Australian Government

Australia-China Council

This book is proudly supported by Australia—China Council.

本书荣获澳大利亚—中国理事会大力支持,特此感谢!

An Anthology of
Contemporary Australian Fiction

当代澳大利亚
小说选

朱炯强　主编

浙江工商大学出版社
ZHEJIANG GONGSHANG UNIVERSITY PRESS

澳大利亚总督斯蒂芬爵士来华国事访问,于 1988 年 2 月 12 日在原杭州大学接受朱炯强教授向他赠送《风暴眼》中译本,中立者为沈善洪校长。

1989 年 7 月 21 日,诺贝尔文学奖得主、澳大利亚著名文学家帕特里克·怀特在悉尼百岁公园寓所接见朱炯强教授。

1992年与小说家切·伊格尔(左)在《澳大利亚短篇小说》主编、作家布·帕斯科家。

1992年与原澳大利亚驻华文化参赞、小说家尼古拉斯·周思教授相聚于悉尼。

1993 年与澳大利亚"新小说派"主将、小说家彼得·凯里在奥地利合影。

1994 年在欧洲著名澳研专家、奥地利克拉根福大学常务副校长、世界名校评估委员会委员法朗士·科纳教授书房里。

朱炯强教授应邀访问澳大利亚国立大学，向人文研究中心主任克拉克教授赠送"研究世界文明　促进人类进步"的横幅，右为诗人马克·奥康纳。

在出版家、作家休·安德森家，左三为陈正发教授，右一为安德森夫人。

1998年与澳大利亚原驻华大使沙特莱博士在澳大利亚研究会年会上。

2000年与美国澳大利亚文学研究会会长伯恩斯教授在该会第十五届年会上合影于纽约。

2005年与澳大利亚国立大学人文研究中心名誉主任(原英国爱丁堡大学英文系系主任、剑桥大学国王学院副院长)伊·唐纳尔逊教授及其夫人格雷西娅教授、北京师范大学张春燕博士合影。

2010年10月28日，卡特教授代表澳大利亚政府和澳大利亚—中国理事会为新版《风暴眼》一书问世授以"优秀翻译奖"。

前　言

当代澳大利亚文学——

世界文坛上一朵多元化文化的奇葩

朱炯强

一种新的亚洲—太平洋文化,即澳大利亚文化正在蓬勃兴起。

澳大利亚文化的发展是欧洲文明的延伸,但又内涵着澳洲地域固有的文化因素,这种历史渊源和地理环境所形成的特点,经过两百多年岁月的变迁、交融和糅合,决定了当代澳大利亚文学具有多元化文化的鲜明特征。

澳大利亚文学发展到今天,从宏观的历史角度考察,已经跨过了三个时期。

从 1788 年到 19 世纪末叶的一百多年间,作为英国殖民地的澳大利亚,发生过两件大事:

一是从沿海向内陆拓展时,于 1813 年征服蓝山山脉,为发展澳大利亚的牧羊业开拓了广阔的前景。

二是 1850 年在维多利亚地区发现了蕴藏量丰富的金矿。

这两件澳大利亚经济生活中的大事,给整个社会的前途点燃了光明之火,为挣扎在生存线上的澳大利亚人灌注了信心,当然,也吸引了众多的欧洲人前来觅宝、定居。表现在文学上,从“乡村叙事诗”式的单纯景观描写和个人遭际的咏叹,开始转向对人的社会意识的发掘,尽管这一时期的澳大利亚文学还处在萌芽状态。

　　1901 年,澳大利亚结成联邦,实现了澳大利亚人为之奋斗的"澳洲人的澳洲"的愿望。早在 1880 年,阿基波尔特在悉尼创办文艺周刊《不列颠》时,就大力呼吁提高澳大利亚人的民族意识,开创自己的新文化,强调就澳大利亚的生活价值来反映现实、从事创作,这为澳大利亚文学发展的第二个时期吹响了号角。

　　这一时期最著名的作家首推亨利·劳森(1867—1922)和 A. B. 帕特森(1864—1941)。这两位作家所创作的短篇小说和诗歌,从内容到形式,已经不再是一般意义上的"乡村叙事诗"了。他们笔下的荒原、山岳和丛林完全摆脱了单纯的景观描写,或个人遭际的咏叹,而是用现实主义的创作手法(尽管是因袭了欧洲的传统),努力塑造与荒原、山岳、丛林休戚相关的人物形象,描写他们的命运,努力刻画他们在与大自然搏斗时粗犷豪迈的性格,揭示他们醉心于开发这块土地时的心态。他们以自己的创作实践奠定了澳大利亚民族文学的基础。

　　以民族文学为主导,现实主义创作手法为基调的这一时期的澳大利亚文学,视野日益开阔,题材日趋多样,体裁也变得丰富多彩。众多的作家力图从更广阔的生活环境来反映现实,展示人物形象,因此,画面广阔的长篇小说应运而生,在这一阶段的后期显得特别繁荣。亨利·汉德尔·理查森(1870—1946)是这阶段长篇小说创作领域里的一位杰出的代表,她的编年史体裁《理查德·马奥尼的命运》三部曲,以其刻画人物的社会性和人物心理的真实性,在澳大利亚文学发展史上占有重要地位。当然,另一位作家万斯·帕尔墨(1885—1959)也是这阶段的出色代表。

　　20 世纪 30 年代以后,特别是第二次世界大战爆发以来,世界性的战争灾难和经济危机也直接波及这块几乎与世无争的茫茫大陆,使澳大利亚人的民族意识出现了新的变化。在文学领域里,一方面,许多作家继承传统,并热心于探求过去的澳大利亚历史对现实的意义,创作了大量的历史题材的小说,同时,也有不少作家转而以澳大利亚现实社会为画面,驰骋笔墨,努力展示当代人的精神风貌和思想感情,在创作手法上则开始尝试心理小说的艺术技巧。这两股文学巨流在 30 年代以后的澳洲文坛上并列纷呈,涌现出了如马丁·博依德(1893—1972)、克里斯蒂娜·斯特德(1902—1983),艾伦·马歇尔(1902—1984)、约翰·莫里森(1904—1992)、帕特里克·怀特(1912—1990)、弗兰克·哈代(1917—1994)等一大批优秀的作家。

　　自第二次世界大战结束以后,澳大利亚文坛上最光芒四射、最令人瞩目的是帕特里克·怀特。有人说,当代的澳大利亚文学属于怀特,这并非言过其实。

　　怀特是一位才华出众、风格独具的现代派作家。1973 年,他的第 9 部长篇小说《风暴眼》问世后,瑞典皇家科学院宣布授予他诺贝尔文学奖,因为"他史诗般的和擅长于刻画人物心理的叙事艺术把一个新的大陆介绍进世界文学领域"。

　　怀特的作品大多以澳大利亚的社会为背景,反映澳大利亚人的思想和生活,既有强烈的时代色彩,又有浓郁的乡土气息;而写作风格和艺术手法却迥异于传统的澳大利亚作家,无论是遣词造句,还是谋篇布局,都独树一帜。因此,怀特的作品成了澳洲文学发展史上一块新的里程碑,他把澳大利亚文学推向世界,"引进世界文学领域"。在这一点上,怀特有着不可磨灭的功勋。

　　怀特早年深受欧洲文化传统的熏陶,师从英国作家詹姆士·乔伊斯、弗吉尼亚·沃尔夫和 D. H. 劳伦斯的写作技巧。在创作实践中,他主张探索人的精神世界,剖析人的灵魂,以解释和反映纷繁复杂的客观世界。正因为这样,怀特的作品不以曲折的情节取胜,而以人物的心理刻画见长,形成了自己与众不同的创作风格。怀特作品的基本主题是:探索隐藏在日常生活表象下面极易被忽视的人性,寻找人类劣根性的根源,追求生活的真谛。

　　怀特最重要的代表作是《人类之树》(1953)、《沃斯》(1957)和《风暴眼》(1973),这些作品规模宏大,气势磅礴,刻画入微。如《人类之树》实际上是一部高度浓缩了的澳洲大陆的开拓史,有"史诗般的规模和力度",《沃斯》则是寻求人类精神上的理想王国的赞歌,歌颂了那些不畏艰险,勇于自我牺牲和造福后代的现代人;而《风暴眼》却是"怀特 25 年来全部作品的大规模集中",是充分融合了他擅长的创作主题、表现手法和叙事艺术的不朽之作。

　　由于怀特的创作实践在澳洲具有举足轻重的影响,加之他荣获诺贝尔文学奖后的声望和地位,因此在澳洲文坛上逐渐形成了以怀特为核心,包括了哈尔·波特(1911—1984)、伦道夫·斯托(1935—　)、托马斯·基尼利(1935—　)等作家的怀特派小说家,与传统派小说家争雄文坛。

　　这两派作家的不同特点表现在:

　　传统派小说家坚持继承欧洲现实主义传统,在内容上仍然着重于描写人与周围环境的冲突,包括人与自然、人与人之间的矛盾和斗争;而怀特派小说家则热心于探究人的内心世界的活动,包括人对自我价值的思索。在创作手法上,传统派强调细节的真实性和情节的连贯性,以求完整地反映客观世界。而怀特派根据人的心理活动的特征,使用不连贯的、跳跃式的画面替代完整的情节结构;字里行间,让梦幻、联想等意识流手法纵横交叉、密集分布,由此及彼地把此时此地的感受串联彼时彼地的体验,超越时间空间,形成一种多层次的、复合式的立体结构,向生活的四面八方辐射出去,从而把各种事件和各类事物联成一体,在展示人的杂乱的内心活动的同时,映射出我们身处的这个纷繁复杂的客观世界。此外,怀特派作家(特别是怀特本人)都是使用比喻(尤其是暗喻)的能手,爱好象征手法,往往不拘一格地赋予某个事物或情节以象征意义,不时地妙语联珠,引人入胜,但也由于比喻常常过于奇特,让人对其内涵难以领悟,甚至百思不得其解,再加上他们的语言有时过于推敲,不免晦涩难懂。为此,怀特派小说尽管出自语言大师的手笔,研究价值很高,但可读性往往不强。

20世纪70年代以后直至今天,传统派和怀特派这两股文学巨流仍然是澳大利亚文坛的主宰力量。但是,由于世界政治风云变幻,澳大利亚介入国际事务日益增多,各种社会和文艺思潮纷至沓来,在它们的冲击之下,涌现出大批青年作家。他们锋芒毕露,提倡彻底摒弃传统(他们认为怀特派还不够彻底),强调澳洲文学具有"国际色彩",刻意追求完全新颖的叙事艺术,把盛行于北美、拉美等地区的超现实主义、魔幻现实主义和黑色幽默等创作手法运用在自己的创作实践之中,反映城市和知识分子的生活场景。这些作家中最活跃的当推迈克尔·怀尔丁(1942—　)、弗兰克·穆尔豪斯(1938—　)和彼得·凯里(1943—　)等人。他们被称为澳大利亚的"新派作家"。他们驰骋文坛,加上移民作家大量增加,非常活跃,能量很大,已使澳洲文坛"鼎足三分",既互相竞争,又互为补充,使澳大利亚文苑变得更加色彩缤纷,多元化文化现象日趋突出。

与此同时,我们还可以看到另一种趋势,即:

越来越多的澳大利亚人(包括作家)开始把他们的注意力移向东方、移向东方的文化,包括悠久古老的中国文化传统。这一观点首先是1972年就职的惠特拉姆政府以政治语言来阐明的。著名作家、《澳大利亚短篇小说》杂志主编布鲁斯·帕斯科在为我另一本选集所写的序言中说:"盎格鲁—欧洲的政治、文化影响将仍然伴随我们;莎士比亚的戏剧将仍然摆在我们书桌上,莫奈和梵高的绘画将仍然挂在我们墙上,贝多芬和莫扎特的乐曲将仍然萦绕在我们耳际;然而,我们将渐渐地把我国看作东方国家,而非西方国家。"

　　他还说:"希望访问中国的澳大利亚人年年增多,而要'回老家看看'——仅仅两代人之前,许多澳大利亚人还把英国称为'老家'——的人却年年减少。"

　　这一趋势实际上是地理环境在特定社会和历史条件下对文化发展影响的必然结果。现在,澳大利亚的许多高等学府里都设有亚洲研究中心之类的机构,越来越多的专家、学者悉心研究亚洲和太平洋沿岸国家的文化传统,探讨澳洲文明过程与它们之间的关系(实际上,最早发现澳洲大陆的可能还是中国人)。

　　同时,他们对澳洲的最早居民——原住地人的研究也愈来愈深入。这种研究与整个澳大利亚的文明史紧密结合,成了澳大利亚总体研究中的重要部分。反映原住地居民历史传统、生活习俗以及他们历经的苦难的文艺作品越来越多,还出现了不少原住地人的诗人、艺术家和作家。

　　面向东方(亚洲—太平洋沿岸)及对原住地居民的深入研究,势必在文学艺术领域里得到反响,因此,一种博采东西方文化精华,既有欧洲文明传统影响,又有亚洲—太平洋文化传统影响,即具有强烈的多元化文化特色的新的澳大利亚文学已在南太平洋蓬勃兴起,为澳大利亚的文学发展揭开了新的篇章,并成了世界文坛上的一朵奇葩,吐露着浓郁的多元化文化的芬芳。

　　下面谈一些我对澳大利亚文学具体的认识过程。

　　早在 20 世纪 70 年代中期,一个偶然的机会,我阅读了西澳洲大学名誉教授、小说家彼得·科恩选编的一部短篇小说选《短篇小说·景色》。我虽讲授英语,但平时只读英美文学作品,此书读后,颇感"别有洞天",信手选译了其中的《学校》《忘却身世的孤儿》等小说,自娱自乐。1981 年,漓江出版社选编一套大型的"诺贝尔文学奖获得者丛书",我应邀翻译帕特里克·怀特的代表作《风暴眼》。初读之时,苦不堪言,云里雾里,难测其意。为了正确理解这部难得像"天书"一般的 50 多万字的长篇巨著,迫使我阅读了怀特的其他一些小说,也读了澳大利亚其他一些作家的作品,才对怀特的创作风格有所认识,对澳大利亚文学有了些概貌性的了解,激起了相当浓厚的兴趣,也萌发了介绍些澳大利亚文学作品的念头。

1986 年,杭州大学成立了由我负责的"英语国家文学和澳大利亚研究中心",有了个研究和交流的平台,而《风暴眼》中译本经过我和徐人望等老师历时五年的艰苦翻译和反复校对,终于在 1987 年年初面世,在国内图书市场上鲜见澳洲文学作品的当时,这部荣获诺贝尔文学奖的长篇小说,对我国读者介绍澳大利亚文学起了点推波助澜的作用。在教学上,我也做了些努力,在为研究生开设的"英美诗歌""20 世纪英美小说"等课程中,增加了对澳大利亚诗歌和小说的介绍,并培养了多名专攻澳大利亚文学的研究生,争取到了让他们访澳深造的机会。

1989 年 7 月,我应澳大利亚—中国理事会和澳大利亚文学研究会的联合邀请,对我们的南半球邻居访问了 40 天。这短短的 40 天访问,活动频繁,颇似乒乓球赛时的"近台快攻"。我不仅出席了澳大利亚文学研究会的 1989 年年会,会见了不少与会的专家、学者,交流了对澳大利亚文学现状的看法,并访问了墨尔本、悉尼、珀斯等城市的一些大学、学术团体、图书馆、出版社和博览会,做了五次学术讲座,出席了两次新书发布会,还分别拜访了包括帕特里克·怀特、约翰·莫里森、休·安德森、彼得·科恩、T. A. G. 亨格福特、切斯特·伊格尔、布鲁斯·帕斯科、尼古拉斯·周思、彼得·马修斯、凯林·高尔斯华绥、马里恩·坎贝尔等新老作家。这些访问对促进互相了解都是意义重大的。

然而,最令人难忘的是 1989 年 7 月 21 日这一天发生的两件事。

这一天上午,我在从墨尔本去悉尼的飞机上,见到了刚离任的澳大利亚总督尼尼安·斯蒂芬爵士。这是我第二次见到这位学者出身的政治家,第一次是 1988 年 2 月,他来华国事访问,在杭州半天期间,专门访问了杭州大学,在欢迎仪式上领导安排我向他赠送刚出版的《风暴眼》精装中译本,有过简短的对话。而这一次空中的意外重逢,我们都很激动。这位慈祥和蔼的政治家动情地回顾了他来华访问时的感受和对杭州的美好印象,询问了我国对澳大利亚文学的研究情况,希望我们加强两国间的文化交流,更多地把澳大利亚介绍给中国读者,最后还鼓励我去看望怀特,交流看法。他谈吐中对我国政府和我国人民的友好态度和平易近人的谦逊作风一直萦绕脑际,无法忘怀。

　　这一天下午三时,我去了悉尼市郊百岁公园的怀特寓所。在我与这位文坛巨擘30余分钟的交谈中,最令人感动的是他对年轻一代作家的爱心。我们是这样谈起这个问题的:当他问及为什么要翻译《风暴眼》时,我的回答很坦率。我说,就题材而言,这部小说并不比他的其他作品更有特色,但从表现其题材的创作手法来看,它有许多独到之处,尤其是在意识流手法的运用上,既独树一帜,又恰到好处,集中地反映了他的不同凡响的艺术风格和写作技巧,可供我国作家借鉴。他听后点点头,说:"现在不少年轻作家在这方面颇多创新,希望今后能多介绍一些他们的作品。"他的这句话虽很平常,却让我感触很深,深感这位老作家的博大胸怀。为此,我暗暗下了决心,选编一部能反映这位文学大师心愿的集子,定名为《当代澳大利亚中短篇小说选》。

　　这次访澳回来后,经过两年多的选编、翻译、校核,在其他译者的配合下,《当代澳大利亚中短篇小说选》终于在怀特去世一周年之际问世,并先后获得了全国第二届优秀外国文学图书奖二等奖,浙江省人民政府颁发的浙江省第六届优秀社科成果三等奖(这是浙江省入选此奖的第一部译作)等荣誉,也获得了澳方学术界的好评。此后,我又编译出版了《飞行组曲——大洋洲散文选》《澳大利亚·新西兰短篇小说选》(此书于1997年获"韩素音中外文化交流奖励基金"一等奖)等有关澳大利亚的书籍。

　　在我历次应邀在欧美如剑桥、耶鲁等大学讲学时,总有一个讲座是关于澳大利亚当代文学的,特别是20世纪90年代中期。在奥地利克拉根福大学讲学后,连续三年专门为学生开设一门"澳大利亚小说"的课程。在欧洲高等学府中,我可能是介绍和讲授澳大利亚小说的首个中国学者。由于多次的访澳讲学,我迄今仍和澳方的一些学者、作家和学术团体(包括学校)保持着良好的关系,也曾被澳大利亚国立大学、西澳洲大学、维多利亚大学等学校聘为合作指导教师,指导有关中澳文化比较等方面的博士生论文。而对澳洲文学的发展和动向,我也始终保持着浓厚的兴趣和关注。

　　今年,浙江工商大学出版社本着促进中澳文化交流的目的,邀我新编一部反映当代澳大利亚文学的小说选。我认为这是出版社的远见卓识,因为具有多元化文化特色的当代澳洲文学,已经成了世界文坛上一朵光彩夺目的奇葩,吸引着全球众多学者和读者的目光。把它引荐给中国读者共赏,既有意义,也是一种乐趣,为此,我欣然答应了。经过反复思考,确定的选材原则是:题材和风格并重,兼顾传统和流派,力求较全面地反映当代澳大利亚文学作品中的多元化文化的特色。入选的这些作品在题材上,能较全面反映当代澳大利亚社会风貌中的多元化文化;在创作手法上,能有综合表现各类题材的不同艺术风格和技巧,具有较广泛的代表性。

因此,除了帕特里克·怀特、朱迪斯·赖特、伊丽莎白·乔莉等久享盛誉的老作家和他们的传世之作外,既有已成澳洲文坛中流砥柱的各类流派的名家,如彼得·凯里、尼古拉斯·周思、弗兰克·穆尔豪斯的名篇,也有长期驰骋笔墨,如大卫·麦洛夫、莫利·贝尔、切斯特·伊格尔等小说家精雕细刻的精品。当然,也包括了原住地作家如亚历克西斯·赖特的《卡彭塔利亚湾》,华裔移民新秀爱丽丝·彭的《她父亲的女儿》等佳作。

成书之际,作为编者,我首先要感谢浙江工商大学出版社,正如我前面谈到的,正是该社领导的远见卓识,才有可能让此书顺利问世,而此书的责任编辑唐妙琴女士认真负责,做了大量工作。同时,我要感谢《世界文学》主编高兴先生的大力支持,同意我选用近年来发表在该杂志的相关作品。我也要感谢北京首都师范大学的陈姝波教授和浙江大学外语学院的方凡教授及她的两位研究生彭娜娜和虞璠同学,她们帮我做了许多具体工作。最后,我要感谢全体译者对我的信任和支持,保证了全书的译文质量。而特别要感谢的是浙江工商大学的叶旭军老师,浙江财经大学的陆萍老师和远在千里之外的牡丹江师范学院的李珊珊老师(她从通信中得知选译此书的消息),她们不仅积极参与翻译,还专心致志地把全书的译稿打成了电子文稿,并一丝不苟地校正文字,大大提高了全书的质量,帮了我的大忙,实在难能可贵,令我感动。但由于近年来我手头上关于澳洲文坛新秀的资料相对较少,影响视野,而耄耋之年,老眼昏花,也影响阅读,因此选材上挂一漏万,势所必然,不当之处,还请行家和读者赐正。

写于 2014 年 7 月

浙江大学西溪校区

目　录

一杯茶

帕特里克·怀特

　　马里亚卡斯第二次到日内瓦时才决定动用那封介绍信。他是为婶母财产问题才去那里的。富有的婶母生于亚历山大市，一直在洛桑寡居并最后故去。他初次到日内瓦时就知道，对菲里庇底斯的拜访一定很没有意思。就是此刻，当他听到信啪嗒一声落进信筒里的时候，心里还在捉摸究竟是什么力量驱使他把埃利森几乎硬塞到他手里的介绍信发了出去。这个年迈的英国人是在勒旺岛结识菲里庇底斯的。几天未见回音，马里亚卡斯心里暗暗希望能就此纠正原先的错误。不料，菲里庇底斯却回信说愿意见见朋友的熟人。信是凹印在纸上的，虽然简短、干巴，但却意味着他非去不可了。他虽然有点儿惶恐，不过还是在离日内瓦的前一天搭公共汽车去了科洛尼。

　　在他决定采取这一行动的过程中，也还有别的因素在起作用，诸如心情忧郁催人欲睡的繁茂的瑞士风光、形形色色的人群的包围等。他刚满四十岁，过着独身生活，不论干什么事情全都单凭冲动和一时好恶。他虽然在物质和精神两个方面都不可能有更大的作为，但似乎又由于条件过于优越，而在创作上毫无建树，使人颇为失望。他还在继续尝试写点什么，然而手中的笔却因为壮志难酬而显得十分沉重。不过，接二连三的半途而废并没有妨碍他从零零碎碎的经历中得到欢欣。自然，他最为满意的还是在能够住得起的最豪华的饭店的阳台上一边呷着咖啡，一边手里将着家传的念珠，消磨掉早上的时光。小事情上的快慰依然使人感到满足。他常舒展着两条大腿,眯着眼睛窥视广场上梧桐树下女人的蓬乱头发和来回翻滚的臀部。他有时想到自己曾经有过一连串的情妇,不禁还要长叹一口气,她们虽然都说得过去,但却没有一个值得留恋,因为她们缺少他想象中女人多少总要有一些的才华。

想象力是马里亚卡斯最珍视的品质,然而他却不能以此自诩,因为朋友们只能对这一点做出揣测。在去科洛尼会见菲里庇底斯的路上,他坐在车里玩弄着这个不为外人所知的宝贝。坚固的汽车颠得厉害,他不无遗憾地发现在座的瑞士人全都安然稳坐,唯独他这个希腊人只能以某种柔和的高雅姿态来掩盖无法表现的内心世界。他偶然一举手发现自己忘记了刮胡子,于是觉得非常别扭,就好像嘴里含着一个苦果似的。他想,下巴看上去一定是青紫色的。

马里亚卡斯在胡同里下车的时候,已经是他的英国家庭教师过去常讲的龌龊模样。他想起埃利森曾经说过,菲里庇底斯虽已八旬,但是不仅十分健康,而且很有绅士派头。他不禁犹豫起来,下意识地放慢了脚步。早晨刚下过雨,地上还有不少水洼,绿树丛的上空凝聚着夏天常见的乌云。马里亚卡斯打了个喷嚏。此刻再想退缩已不可能了,只好继续朝前走去,脚上的意大利皮鞋溅满了泥水,终于跨进了菲里庇底斯家的院子。尽管埃利森曾经向他暗示过老人境遇大不如前,但是看起来却仍然生活得相当优裕。

在宽敞、朴素、结构匀称的瑞士式门厅里,一个落落大方的姑娘告诉他说,菲里庇底斯夫人被请去看望病人了,不过可以见到正在路尽头小花园凉亭里的主人,并立即领他沿着石径走去。一路上,姑娘彬彬有礼地谈着天气,可是马里亚卡斯却心情阴郁,两眼打量着姑娘的臀部。

走到凉亭,姑娘扯着嗓门说道:"菲里庇底斯先生,您等的希腊客人来了。"

凉亭里坐着一位清癯矍铄的老人,亭子的纤细白色板条有的地方已经松脱。

"是啊,"他用英语说道,像一般耳背的人一样,声音平静而高亢,"我们接到了你的信。再说,在几年前,蒂洛森就来信告诉我们说你可能会来。埃利森是我在士麦拿时期的朋友,这一点他对你说过了,其实我是在那之前在科尼亚认识他的。我在科尼亚待过几年,是一位表弟写信把我叫去的,因为他把地毯生意搞得一塌糊涂,可是我只用了三年,就把织毯机从三十三台增加到了三百二十台。"

老菲里庇底斯想起这些事十分得意,不由得大笑起来,可是客人却感到有些茫然。

"你喝茶吗?"菲里庇底斯问道。

马里亚卡斯虽然不渴,但还是同意喝上一杯,总得找点事做嘛。

"杰尼维爱芙,沏一壶茶来。蒂洛森①想喝茶。要沏一整壶;像平时一样。"

女孩走下了台阶。

"你不是英国人。"菲里庇底斯想起来了,并立即改用希腊语讲话。

他头戴猎帽身披花格呢上衣,精神抖擞地坐在桌子旁边。两只手像鸡爪子似的从针织的棕色双指手套中露了出来,面前桌子上的腊锡托盘里放着半玻璃杯茶。

"我妻子会为见不到你而遗憾的,"菲里庇底斯搅动着茶水,小勺碰在玻璃杯上发出叮叮当当的声音,接着又说,"她被人叫去看望一个病得很重的女人,我不记得那人是谁了。"

马里亚卡斯为了不贸然打断主人的思路,就坐了下来。铁椅子很窄,他好不容易才坐了下去。凉亭里有一股霉味。

"他们总是来找她,"菲里庇底斯解释道,但是又突然转了话题,莫名其妙地说,"你一定很精通语言,就跟所有的亚历山大人一样。我妻子学过好几门语言。勒旺岛所有的家庭教师都被请去教过她们姐妹。在士麦拿,几乎无人不知她们的才干。你能相信吗?康斯坦莎能够用叔叔给的象牙镶把手枪站在院子一头打灭放在院子另一头的蜡烛。"

马里亚卡斯没有说什么赞扬的话,他发现主人是一位颇具描述才能的人。

"夏季的傍晚,那些女孩子穿着绣花长裙站在石榴树丛里等待着被人挑选。"

菲里庇底斯先生留着近乎时髦的小胡子,他呷了一口茶,含在嘴里咂着滋味。微风骤起,使花园里潮湿的绿树丛轻轻摇动。马里亚卡斯霎时间

---

① 菲里庇底斯因为年迈,把客人的名字搞错了。

一阵紧张，以为女主人回来了，免不了要寒暄一阵。他回头一看，原来是女仆把茶壶放在桌上后又走开了。

"茶！"菲里庇底斯叹息道，"这是所剩不多的一种享受了。你知道，每个人都免不了一死。"

为了对主人的议论表示敬意，客人开始自己倒茶。他发现自己的手指肿着，上面长着一簇簇的毛，放糖的动作笨拙不堪。他是由于看到身穿绣花长裙的女孩子的手才变得如此笨拙的吧。

"你若是有时间，我很愿意给你讲讲我妻子的事，"菲里庇底斯十分信任地说，"康斯坦莎是一个热情而又难对付的女人。不过为她受些罪却也值得。"

他颤抖地微微一笑。

"在我认识的人中，她最具仇恨心理。她恨透了这些东西！"他说着敲敲杯子。

"噢？"马里亚卡斯低声应道。

他一边喝着淡蓝色杯子里的茶水，一边听着。他回想着过去，嗅着周围的霉味，觉得自己仿佛有点像着了魔似的，有点儿神志恍惚而又服服帖帖。

"对，你用的是茶碗，"菲里庇底斯注意到了客人手中的茶碗，"因为我用的是最后一只玻璃杯了。我一共从那个急于离开科尼亚的俄国人手里买了十二只杯子，我妻子用硬纸盒子装着带上了我们乘坐的驱逐舰。只要你有时间，我就把一切全都告诉你。"

"我有的是时间！"马里亚卡斯说道，突然诚心诚意地准备听下去。

客人觉得必须把零零星星听到的话串起来才行，尤其应该等菲里庇底斯夫人回来。

"好啊，不过并不是总能有时间的，尽管心里这样想也是没有用的，"菲里庇底斯说着陷入了回忆，"当时有一个吉卜赛女郎。我刚才提到过吗？那是在乔斯岛的事，我们已经逃了出来。吉卜赛女郎要给我算命，康斯坦莎气坏了，因为没有给她算。"

老人放声大笑起来。

"她给你算命了吗？"马里亚卡斯用听故事的人常有的暗哑声音问道。

"最后她终于给我算了。她说：'你先从胸脯上揪下一根毛来，然后我就拿着这根毛到阿牙摩尼的山里袒着前胸露着后背跳舞。'"

马里亚卡斯能听得见自己的呼吸声。

"你照她的话做了?"他问道。

"最后是照她说的做了,"菲里庇底斯说,"这并非易事,你知道,我身上没有什么毛。"

他隔着一层层羊毛衫搔着自己的胸部,微笑着追忆起往事。

"吉卜赛女郎都说了些什么?"

"她说,"菲里庇底斯答道,"我当时正用一只这样的玻璃杯喝茶,她说:'你可以活到最后一只玻璃杯打碎的时候。'"

"说对了嘛!"马里亚卡斯很想让这个和颜悦色的天真老人高兴一下,"你不是活下来了吗? 让那个吉卜赛女郎说中了。"

"我怀疑,"菲里庇底斯考虑了一下之后安详地说,"一个人也许会在寿数未尽的时候就死掉的,"接着语气变得比较轻快了一些,"康斯坦莎当时非常生气。她说这纯粹是一派胡言,吉卜赛女郎一定是从吉里娅·阿西米娜嘴里听说了十二只俄国玻璃杯子的事。吉里娅既愚蠢又好多嘴多舌,曾经把她最珍视的两个碟子给打破了。不管康斯坦莎的责骂是否全都有道理,吉里娅·阿西米娜确实爱砸东西。到被解雇的时候为止,她一共打碎了四个杯子。"

马里亚卡斯对于那只侥幸保存下来的玻璃杯着了迷。

菲里庇底斯说:"在科尼亚时,那个俄国人常请我赴宴,有伏特加酒和各种小吃,热的、冷的全有,最后就用大银壶沏茶。"他稍停了一下,然后诡秘地说道:"康斯坦莎嫉妒那个俄国人。她也嫉妒吉里娅·阿西米娜。吉里娅的眼睛确实漂亮,只是在连衣裙领口上面的地方有一颗带毛的黑痣。"

夜幕已经降临。一架飞机在铅灰色的天空盘旋,犹如在书写着什么密码似的。

"我记得吉里娅·阿西米娜打碎塞夫勒①碟子那天晚上,突然要变天。百叶窗被吹得乒乓作响。康斯坦莎病着,当时她还年轻力壮。我可以告诉你,她的脾气一向很坏。她说要到雅典去住,果然就去了。她回来的时候,我知道会回来的,带回来了一个女仆,莱姆诺斯的一个年轻农妇。阿格雷娅也打碎过一只杯子,不过那是以后的事了。"

---

① 法国城市,所产瓷器闻名于世。

"她们这是比着催你快死呀,"马里亚卡斯禁不住说道:"你现在就算是够幸运的了。"

菲里庇底斯觉得这话很入耳。

"我把一切都告诉你,"他说道,"只要你有耐心。我没有死于康斯坦莎对我的爱情,这真是个奇迹。"

菲里庇底斯咳嗽了一阵,突然改用讨人喜欢的天真口气说道:"你知道,人就是这样的。"

马里亚卡斯弓着身子,仿佛听见了百叶窗碰撞的声音。那是在乔斯岛,还是在康斯坦莎的头脑里? 他必须听到、看到一切,这是最为重要的。他从颜色变幻的茶杯里呷茶时,菲里庇底斯一边兴致勃勃地往手上绕着细纱布,一边搅动着那没有生命的玻璃杯。

后来,马里亚卡斯对康斯坦莎感起兴趣来,当时他就意识到会这样的。——他写了一篇关于她的故事,而且居然还写完了。他甚至有点儿飘飘然起来。不过那是后话,此刻事情才刚开头,他弓着身子坐在科洛尼花园凉亭里的铁椅子上,听着人家所讲的一切,满怀恐惧地等待着菲里庇底斯夫人的归来。

起初,弗兰克希街的这个人家不愿意把宝贝女儿嫁给一个出身平常而又无固定资产的年轻人。康斯坦莎也在为是否应该嫁给一个比她矮一头的人而犹豫不决。她经常会一面撕石榴花,一面低垂着眼帘往下看。她常常整个上午整个上午地把但丁和歌德的诗句抄到皮面笔记本上,或者用水彩胡乱地涂抹一张从未见过的英国风景,但是耳朵却在注意地听着那个令人讨厌的、肌肉发达的矮个子男人的坚定脚步声。她的姐妹们把身子探到窗口眺望着,并及时把那家伙什么时候能走上来告诉她。每逢这种时候她总是情绪不好。

她的眼睛盯着地面(她的鼻子是完美无缺的)说:"你难道不觉得个头上的差别会使我们看上去很滑稽吗?"

"我从没考虑过这个问题。"他答道。

"噢,请不要碰我! 我讨厌让我看不上眼的人摸碰,"她坦白地说,"就连我非常喜欢的亲姐妹都尊重我的感情。"

她说话的声音有些颤抖。

"不过你并非冷若冰霜。"

她的脸上泛起了红晕,也可能是被石榴花映衬的吧。

"噢,走开。谁知道我是怎么一个人呢? 反正我自己不知道!"她觉得自己简直在嚎叫。

结果他还是摸了她。他有一副虽小却令人无法抗拒的手。

一对年轻人在弗兰克希街的房子里结了婚。客人们对糖果盒子的精巧设计的赞扬声还萦绕在耳际的时候,新郎就被他在科尼亚的表弟叫了去。

康斯坦莎写道:"央克,你在那些土耳其人当中干些什么呢? 还有你捉到过的那个俄国人。我不喜欢男人之间互相宴请。男人的举动有时带着些诡秘的色彩。"

她又写道:"你为什么不来信要我也去呢? 我对脏土、苍蝇、土耳其人、烦闷(那儿只可能令人感到烦闷)全都不在乎。我来管家。我要把结婚时收下的五套茶具中最漂亮的一套带去。只要你写信要我去! 在挑选窗帘布料方面我是有眼力的。噢,央克,我简直无法安心睡觉了! 你信中讲的全都是鬼地毯的事!"

天凉以后,他回来把她接了去。在驿站换马的时候,她摘下面纱,十分厌恶地说:"我已经闻到骆驼味了!"他很担心她对他的感情能否经受得起环境的考验。

晚些时候,秋月又引起了她的一番议论:"你看见月亮了吗? 这简直只是月亮边儿,像个小小的冰溜!"

她把他的头抱在怀里,仿佛那头已经不再属于他了,仿佛她打算保护它不受外界的伤害。这是完全可以做得到的,但是却不能保证它不受她的伤害。在晨曦中,他们斜着眼睛偷偷察看对方的嘴角,唯恐外人会发现上面的伤痕。晚上他们聆听着小街上的尘埃和讲话声。他不再为两口子一起坐在桌边念酒瓶上的商标和揉搓面包而感到烦闷了。实际上,他们搓揉着沉默,因为两个人都十分清楚对方心里在想什么。

经过科尼亚的这段生活之后,他们发现在士麦拿时两个人经常不能待在一起。这倒不是因为由于生意上的需要而不得不经常外出(他确实常去雅典、亚历山大,有时也到马赛),在这种情况下,书信反倒使他们之间联系得更加紧密。主要还是由于社交上的需要。两个人都有自己的活动圈子，他们在别人家里经常不得不从房间的两头互相望着对方那张本应只归自己所有而实际上却属于大家的脸。每逢这种场合，他总是对她的漂亮身材和珠光宝气赞叹不已，可是她却痛苦地揣测着谄媚者们如何夸奖她的丈夫。

具有讽刺意味的是，有时他俩居然会在朋友的家里一块跳起舞来。

她是否偷过情，他不愿意猜测。而她也对丈夫有情妇的事情泰然处之。对于男人的某种程度的不忠实，陈规陋习总是予以默认的。此外，她说，他永远也不会离开我。

他确实不会离开她。他们是相爱的。

有时他们两个人（通常是和别人一起）也骑马到布尔诺瓦上面的橄榄树林里去。她骑着丈夫在她生日那天为她买的栗色马，不断地回头在人群中找寻自己的丈夫，但是表面上又装出不是在找人的样子。一旦透过粗糙的黑色树干看到那闪闪发亮的皮鞋和裹腿，她就再转身去和旁边的法国人、意大利人、波兰人谈论文学。她骑在光溜溜的马背上，懒洋洋地用手套轰赶着苍蝇。在三个外国男人中间，她最喜欢那个法国人，因为他的虚伪给了她一种安全感。

那天早上她从马上摔下来后，是艾蒂拉赫把她抱到大路上去的。

"我讨厌你们看到我这副样子，"康斯坦莎·菲里庇底斯不高兴地说，但却没有抱怨的对象。"实在可怕得很。不过在不得不面对现实的几乎所有场合，人的样子都是可怕的。"

她吃了很大的苦头，特别是为失去了两个人都希望要的孩子而十分伤心。

她一再安慰他，不让他泄气。"央克，这不会是我们唯一的希望。"

然而，事情很可能跟他们的愿望相反。

他们在码头附近还有一幢玫瑰色的大理石房子，每次开门时，从光灿、蔚蓝的爱琴海上吹来的阵阵微风就会穿堂入室。凡是透过格子窗看到那对夫妇的陌生人，无不羡慕他们的美满。

起初简直无法相信他们的生活会受到任何外界事件的影响，而事实恰恰相反，至少他们在城市遭到洗劫之后被迫在驱逐舰甲板上度过的那段短暂的时间内是这样的。那个与他们在感情上有着千丝万缕联系的城市如今变成了熊熊的大火，滚滚的浓烟映红了凝滞的海面。他四处奔跑寻找着失散了的妻子,连小腿撞到了扶梯上都没有发觉。他呼唤着她的名字。逃难的人群中一片混乱,有的人浑身上下湿漉漉的,有的人衣服却很干爽;有的人毛发被烧焦,有的人血流不止。他们都因为头一次经历这样的事件而惊恐万状,没有一个人还保持着清醒的头脑。他们身上的时髦衣服早已不成了样子,他们呆呆地望着烈焰中的城市。最后总算买通了法国驱逐舰上了船。但这又是为了什么呢? 一个身穿破烂不堪的英国人字呢衣服的矮子推推搡搡地在他们中间跑来跑去并连声呼唤着一个人的名字,这显然不会把他们唤醒并引回到现实中来。对他们来说,此刻即使把草帽边放到嘴里嚼一嚼,也会像饼干一样。"康斯坦莎!"他大声地叫道,"康斯坦莎!"人们的视线被他捶胸顿足的样子缓慢地吸引过来。人群中一个皮肤黝黑、块头很大、看来要体面一些的人走出来,给了这个疯子几拳,可能是因为无法忍受"忠贞"二字的讽刺意味吧①。

菲里庇底斯只顾在人群中钻来挤去,根本没有停下来琢磨基考底斯(是基考底斯吗! 他是个药剂师吧?)为什么在这条吉凶未卜的船的铁甲板上打他。事过多年以后,他已经不再去想这个问题了。可是,当时,他一门心思要集中全力爬上软梯。他在想,在他们莫名其妙地分开之前,他曾怎样想方设法帮助她不要在这充满敌意的气氛中从绳梯上摔下来。

"是康斯坦莎吗?"他哀求着,想把她召回到残存的生活中来。

他看着她从黑暗中走过来,不合时宜地戴在头上的那顶插着羽毛的帽子被城市的火光映成铜绿色。她奔跑着,身上那件原本很好看的银色连衣裙从上到下撕了开来,但摸上去倒还柔软。她偎在他身边,安慰着他。

"央克,"她歉疚地说,"我差一点儿把咱们那个盒子给丢了。我把它放到地上,一转眼的工夫,等我再去找的时候,却发现上面坐着一个人。"

他模糊地记起了当时如何费劲地把那个完全可以处理掉的、经不起磕碰的纸盒子弄上了软梯。实际上本来没有必要把它当作唯一幸存的财产这样刻意保护。

如今她站在令人很不舒服的亮光里面,头上戴着那顶愚蠢地插着羽毛的小帽子,手里抱着好不容易才找回来的硬纸盒子。

他松了口气,大声问道:"那个盒子里装的是什么呀?"

---

① "康斯坦莎"英文是 Constantia,意为"忠贞"。

"从科尼亚的那个俄国人手里买来的玻璃茶杯。"她答道。

"这些杯子完全可以跟着他一起回到俄国去,或者在科尼亚砸掉了事,我才不会介意呢!盒子!天哪,玻璃杯!"

熊熊的火光使她睁不开眼睛。她实在受不了了,于是在甲板上放肆地失声痛哭起来,不过这已经不再引人注意了。

一条小船随波漂去,上面空无一人,看来已经被人丢弃了。一具尸体脸朝下地漂在水面上,头一直沉在水中。不知道是什么人在叫喊:"船开了!我们得救了!"似乎真的可能得救,确切点说是死而复生吧。

他挽着她的手臂,默默地凝视着士麦拿的死亡。纸盒子在她的裙兜里,正随着她的呼吸在一起一伏地动着,看来,她决心不再放开它了。

菲里庇底斯坐在日内瓦郊区的小花园凉亭里,搅动着杯子里的剩茶。马里亚卡斯也喝了不少,茶水在他的空肚子里翻腾,搅得他很不舒服。

"那并不是什么了不起的灾难,"菲里庇底斯说道,"只不过是因为牵涉到了我们自己。"

头戴猎帽的老人此刻似乎对那次不幸早已淡漠,一心只想着眼前的小事。他瞧了一下表说道:

"真讨厌,我妻子还没回来。我们说好了要吃柠檬鸡蛋汤。她做的鸡蛋汤好喝极了,可能是跟吉里娅·阿西米娜学的,不过她自己不会承认。吉里娅是我们在乔斯岛时的管家。她不喜欢吉里娅。"

菲里庇底斯的目光出现了出神的样子,想到妻子要做的汤,眼睛里又有了光彩。

"我们在乔斯岛住过一段时间,"他说,"住在我祖父的房子里。那幢房子大概至今还算我的产业。"

"是那个百叶窗老是乒乓作响的房子吧?"

"对!"菲里庇底斯答道,"你还记得?"

客人并未作答,他在体验着这一切。

"海风一吹就响。"他听见菲里庇底斯喃喃地说道。

海风吹进了陈设过多的屋子。拥挤不堪的家具上面覆盖着一层灰色的浮尘。康斯坦莎·菲里庇底斯在阴暗的房间里奔忙着。

"阿格雷娅,吉里娅·阿西米娜!"她大声喊道,既无法掌握自己的命运,也控制不了百叶窗,"窗户在砰砰直响!"她大声抱怨道,风使她的声音变得更加洪亮,"两个女人连一点儿脑子也没有,还真得让我在你们脑壳里塞进去一些才行。快!快来帮帮忙!我手指甲都快劈了。"

两个女仆(一个是后来结仇的吉里娅,一个是从莱姆诺斯来的女孩子)为了避免一场大难,趿拉着拖鞋急忙跑了过来。

"阿格雷娅可真壮实,"菲里庇底斯夫人常对丈夫讲,"简直是头牛。"

他可能正在吃樱桃,所以没有吭声。看到他把樱桃核吐到手里的样子,她禁不住咬了咬嘴唇。

"而且还很善良。"菲里庇底斯叹了口气说。

这个结实而文静的棕色皮肤女孩子很会摆弄乔斯岛那栋房子的令人讨厌的老百叶窗上面的锈插销。菲里庇底斯夫人为把她带了出来而十分得意,因为她丈夫经常外出,不是去亚历山大就是去马赛。

只要他在家里,傍晚的时候,他们常一起坐坐,他拿着外国报纸,她摆弄着纸牌,不时用小时候从家庭教师那儿学来的英语交谈几句。

"我把阿格雷娅买回来只是为了做伴儿。"菲里庇底斯夫人有一次说道。

"买回来?"他大笑起来。

"带来!①"她有些愠怒地改了过来,接着又一再地重复道:"带来!带来!"

他没再就这件使他和女仆更加接近的事情谈下去。

"要我给您梳头吗,夫人?"在没有风的早晨女仆常这样问。

康斯坦莎很喜欢让她梳头。在梳头的时候,阿格雷娅虽然很用力,但却又十分轻柔。康斯坦莎穿着睡衣,坐在那里读着祖父留下的书籍。她读过赫瑞迪亚和勒贡特·戴里斯尔的诗篇和保尔·路易·柯瑞尔的信札,也读过《艾凡赫》。丈夫不在家的时候,她经常感到烦闷,非常烦闷。

她经常站起来,在空房间里走来走去。啊,她真是爱他(即使他并不爱她),世界上就不会有人真正像她那样去爱一个人。

"你能够理解他怎么竟然会爱上魔鬼的吗?"康斯坦莎听到背后有人

---

① 在英语中"买回来"(bought)和"带回来"(brought)发音相近。

这样说。

这是吉里娅·阿西米娜的声音。菲里庇底斯夫人没有听到回答,因为阿格雷娅没有吭声。

"魔鬼!"吉里娅·阿西米娜低声说。

有一次吉里娅尖声嚷道:"她若不是魔鬼,还有谁是呢?难道拜占庭的女王会是魔鬼不成?"

吉里娅把尿盆顶在头上。菲里庇底斯夫人不能不发话了:"这个习惯太叫人恶心了!吉里娅·阿西米娜,我对你的举动感到奇怪,你还是个有些教养的人哪!"

由于某种原因而变得十分珍贵的俄国玻璃杯子被打碎了一只,菲里庇底斯夫人理所当然地朝阿格雷娅冲了过去,打了她一记耳光。当时,女仆挨打是常有的事儿,所以阿格雷娅照样一声没吭。

"天哪!真谢谢你,阿格雷娅!"这是菲里庇底斯夫人偶然听到的。

"我若是你,肯定会叫唤的,"吉里娅说,"那些玻璃杯真讨厌,难看极了!好像剩下来的还不够似的!一看见她,我就精神紧张,手里拿不住东西。"

阿格雷娅一言未发。

那天傍晚,菲里庇底斯夫人把女仆叫到了身边。她没有道歉,因为一个人是不能道歉的,尤其不能向一个在岛上土生土长的棕色皮肤的女孩子道歉。

"把你的针线活带来,"她温和地说,"在这儿坐一会儿,陪着我看书。我觉得有点儿孤单。"

她们就这样平等地一起坐着。这是有失体统的,不过不会有人知道。

菲里庇底斯夫人的房间在榕树篱笆后面。她经常透过油漆斑驳的百叶窗扇偷偷看夏日的游客,那些人们不愿意与之交往的雅典的阔佬。他们从帽檐下面向她张望。光天化日之下,她看上去是个很不起眼的女人,但是骨子里却高雅非凡。

丈夫不在家时,她常常利用傍晚的时间在她祖父家的花园里闲逛,或者砸开杏核,把甜丝丝的杏仁放进嘴里嚼着。通常她身边总是带着女仆,就是那个不知道她从什么地方带回来的头发鬈曲的女孩子。

菲里庇底斯夫人也常外出。在吉卜赛女郎的那件事情之后,她去了雅典。

吉卜赛女郎来的时候，菲里庇底斯先生正坐在台阶上，旁边放着一只玻璃茶杯。茶杯是吉里娅·阿西米娜端来的，当时，莱姆诺斯的那个女孩子阿格雷娅还没有来。

"先生，只要几个铜板我就可以给您算算命。"吉卜赛女人说道。

她的乳房像两只皮口袋一样耷拉在棉连衣裙下面，身上有一股炭火和公园拐角的售货亭里卖的香糖的味道。

"不过您得从胸前拔下一根毛给我。"吉卜赛女人接着说道。

个子很矮、毛皮不很发达的菲里庇底斯在身上摸索了好一阵子。

吉卜赛女人究竟一丝不挂地在阿牙摩尼的山里跳了多久，只有老天知道。不过她一定是跳过，因为她走起路来就像是迈着长腿跳舞一般，而且，身上的衣服也轻如浮云。有些女人的腌臜身体很快就会不由自主。菲里庇底斯先生勉强能够想象出吉卜赛女人的舞姿，在冷冰冰的满月下她的似乎离开了主体的影子。

这就是康斯坦莎对吉卜赛女人的预言如此恼怒的原因。她走了（完全可能是去了巴黎），但是随身带着丈夫的那张镶在银框里的相片。她本可以不再回来，然而，还是回来了，并且为了生活得舒服一些还从莱姆诺斯带回来了一个女仆。

"你看，"她对她丈夫说，"无论对别人还是对你，生活都会自有安排。"在那幢灰房子里，声音显得特别响。

不过，在她回来的那天夜里，却只能听见他们两个尽量压低了的声音。

"哎唷！"她叫道，"央克！你疯了！真是疯了！"

他为自己的疯狂而欣喜，在疯狂中她用牙咬住了他。

当时还未被辞退的吉里娅·阿西米娜怎么也听不够那个声音。

"那么咱们走吧，到雅典去。"他考虑成熟之后说道。

"噢，我并不要求你去！"她赶紧说明，因为她不愿意以自己体质孱弱作为理由，而她丈夫已经认定她身体不佳了。

"但是这关系到你的健康。"

"是我的年龄，"她边说边把嘴角收拢，"我知道，像我这个年龄的女人总免不了有些荒唐，不过，这样说了也无济于事。"

他把自己的手放到了她的手上，那副样子几乎让她受不了，她真想抓住他那已经干瘪的手，把它深深地藏到心里，因为在那里，一切都永葆青春。

　　实际上并不完全是由于她孱弱的身体,尽管与此不无关系。还有许多其他原因:屋子里面到处覆盖着灰尘;百叶窗乒乒乓乓地响个不停;防波堤对面灯塔的光夜间总要射进屋子里来。岛上的道路全都布满了深深的车辙,绵延的山峦是清一色的灰色浮石。无所事事的贵妇们每天傍晚一边坐在那里吃着碟子里的果酱,一边思索着从雅典定做什么样的手提包。唉,乔斯岛上那漫长而凄凉的夜晚啊,即使不下雨也充满了潮气。菲里庇底斯夫人可能觉得最糟糕的还是丈夫的厄运,如果换个地方,也可能会躲过那场灾难。

　　就这样,康斯坦莎·菲里庇底斯没有去定做什么手提包,而是为自己和丈夫安排新的生活。她为自己的成功感到非常激动,嘴唇在背面涂银的镜子中不住地颤抖。这镜子曾经见到过多少爱人们的眼睛和拥抱呀。

　　"你不该看,"当他蹑手蹑脚地走到她背后的时候,她不满意地说道,并随手放下了镜子,"你难道不知道吗,女人的脸在镜子里面比在实际生活中还要秘密?"

　　她的实际生活究竟是什么呢?他暗自寻思。动乱已经使她的声音变得嘶哑,左下眼皮已经开始痉挛。他爱她,因为他们一起解开了许多谜;他爱得越来越深,因为有些谜他永远也无法帮助她解开。

　　没过多久他们就乘小轮船走了。每当这班船靠岸的时候,全城的人都去接,希冀得到它永远也不会带来的东西。

　　菲里庇底斯夫妇去了雅典,住在利卡维多斯山脚下的一套公寓里。那个地点不能说不时髦,虽然为了使生活快乐一些她本来可以结交一些朋友。

　　关于自己的态度,她做了这样的解释:"我太知足了,也可以说是太自私了,所以不愿意去参加那类活动。"

　　她的口气十分坚决,似乎准备着有人前来验证。然而,她丈夫从不吭声。至于仆人嘛,终究是仆人。

　　菲里庇底斯夫人在丈夫因为生意上的事情到地中海沿岸各港口去的时候,已经习惯了孤身独处。他猜想,自己走后她可能感到更幸福。分离使她心平气和(至少从她的脸来看是这样)。

最亲爱的央克(她有一次这样写道)：

每逢你不在，我总能够平心静气地回想过去的事情，不受眼前那些令人难受的事情的干扰。你可能会说：哪些叫人难受的事情呢？哎，事情一过也就不必再去为之难受了。

我顺便告诉你，阿格雷娅打碎了一只玻璃杯，我给了她一个嘴巴，她没有哭。有时候我想，这个女孩子是不是根本就没有感情，现在我才知道：她很会体贴人，所以难得哭一次。央克，我十分器重她，不过这话我可能永远也不会直接告诉她的。如果讲了，我们两个人都会非常尴尬的！但是她打碎了一只玻璃杯，如今你在科尼亚从俄国人手里买来的杯子就只剩下两只了。在我们所受的一切损失中，这无疑是最严重的，所以每打破一只这么结实、这么经摔的杯子，我精神上都要受到很大刺激……

菲里庇底斯夫人的确受了很大的刺激，甚至一病不起。他回来时发现她躺在床上。

"没事儿。"她说，"不过是偏头疼。"

可是她连说话的气力都没有了，要费很大的劲儿才能讲出话来。

她说："你不在的时候，家里没出什么事情。只是打碎了那只玻璃杯，那只倒霉的俄国杯子。"

他们俩为这件事情放声大笑了好一阵。他轻轻地抚摩着她，但却并没有表示亲昵的意思，只是像医生对待病人一样。她为丈夫没有更进一步的表示而感到很高兴。

菲里庇底斯夫人很快就痊愈了，并且开始下床活动。她穿着睡衣，站在台阶上为娇嫩的天竺葵浇水，当然还有在夏末的空气中摇晃着沉重的脑袋的栀子。

"这香水的味道太重，"康斯坦莎抱怨说，"我得把它处理掉，"她停顿了一下又说，"我的央克，把它送给你那些漂亮的女朋友吧！"

尽管她的话是极力以开玩笑的口吻说的，但还是包含着这样的意思：她将以忍让甚至同情的态度面对现实。

他把胡子修剪得整整齐齐，穿着一套英国衣服，看上去还很神气。有

时候,她还拿起修指甲用的小剪刀替他把从鼻孔里伸出的一两根长毛
剪掉。

"这样一来,你在漂亮的女牌友面前就会显得更加有风度。"她解释道。

他常常去打桥牌,一直玩到很晚才回家。那种地方她是不去的,只是
站在自家的台阶上在他回来的时候叫他。于是,他就走过去,在她的藤躺
椅的一头坐下。也许只是在这种时候,她才能完全占有他。

"都有谁在那儿?"她常常这样问。她并不真想知道那儿都有些什么
人,而他也记不清楚。

他有点儿疲倦,尽管心里很舒服,而她却精神十足地在被晚凉复苏了
的花丛之间走来走去。有时步子迈得很大,缎裙发出急促的沙沙声。康斯
坦莎的头发依旧高高地盘在头上,因为这种发式很配她的脸形。在城市的
灯光照射下,或者在月光的照耀下,她的脸在她走动时看上去像闪亮的镶
嵌画,虽然模糊,但却永世长存。

"如今我又瘦又丑了。"她常常这么说,然后沉默下来。

他们俩都清楚,事实并非如此。在夏末的许多夜晚——这些夜晚加在
一起就是生活——她仍然是只有激情才能创造的艺术品。

"我饿了,"他有时会说,"我去叫阿格雷娅弄点吃的。"

"对,只要你一声吩咐,咱们的阿格雷娅就会给你准备好东西吃的。"每
逢这种时候,她往往故意用庸俗难耐、不堪入耳的语气讲话,"假如在打桥
牌的时候你还没有塞够那些乱七八糟的小点心的话。"

在撕裂的黑暗中他听得见她把一组组的花盆挪到其他的讨厌的地方。

"至少阿格雷娅能给你做点正经的东西吃。我这个人嘛,从来没学会
做饭!"

"要是你想学的话,本来也可以学会的。"有一次他轻言细语地说道,说
完就走开了。

"那我就得整天地炒呀炒呀,还不把人烦死? 我可不敢领教!"

她气哼哼地笑了起来。

"真烦人! 真烦人! 央克,我惹你烦过吗?"她大声问道。

他没有回答,她以为他没有听见,但是,实际上不论他如何回答,她都
不会满意。她从胸前掏出揉皱了的手帕,擤了擤鼻涕。

她常常听到他们谈话——她讨厌偷听模糊不清的对话。她常常听到

他们在厨房里谈话,无关紧要的谈话发出犹如金属轻轻落地的声音。那甚至都说不上是谈话。那个结实的女仆在和别人讲话时总是言轻语细。实际上,她早已不是一个孩子,身体已开始发胖,头发也都灰白了。

"我的央克,"康斯坦莎经常大声地说,"叫阿格雷娅把饭端到花坛来。你一边吃,咱们还可以一边聊聊。"

她时常站在黑暗中听着她自己的声音,或者是在听……

她喜欢亲手为他抖开餐巾,端来茶杯。

阿格雷娅认识了孟尼迪的一个警察,这倒是无可厚非的,不过,她始终这么说:"噢,吉里娅,别把这当成一回事,他只不过又是一个罢了。"就在阿格雷娅同警察一起到乡下去了的当天晚上,康斯坦莎取来了最后剩下的两只玻璃杯。

"来!"她说着把茶杯放到了桌上,"虽然我不会做饭,至少这点活还是干得了的。"

他注意到,出于激动,她坐在那里喝茶时脚脖子在不住地哆嗦。

"你打完桥牌一定饿了,"她不无遗憾地说,"可我又不是阿格雷娅。"

"我不饿。"

"不饿?这么晚了!怎么可能呢!"

她那矮小的丈夫坐在那里慢慢喝着茶。他在看着她吗?他在想着她吗?她可能一时情急烫了嗓子。灯光下修长的手指如此不在意地抚摩她的皱着的眉头。

她的声音恢复自然之后,又问道:"至少你得告诉我,都有些什么人在萨兰迪底斯打桥牌?"

"我不知道,"他答道,"忘记了。"

真让人扫兴。

八月的天气无比炎热,就连漆黑的夜晚都变得火盆似的。在八月,夜晚的灯光会充满恶意地照出一个人的疵斑。她痛苦地发现白天的阳光已经把栀子花烤焦了。

"唉,"她叹了口气,随手揪下了一朵花,"我不明白,一个人为什么要骗人呢?"

那朵花虽然枯了,但却仍然十分漂亮。她随手撕着花瓣,对自己的话并没有经过认真的思考。

"你觉得需要骗人吗?"他问。

"不知道! 不知道!"她反复地说,"自己也说不准啊!"

"我对我自己还是把握得住的。"他回答说。

"是吗?"她问道,身体挺得笔直。他可以看得见她头发盘在一起的样子。

"你能知道自己对别人会有什么影响吗?"他听见她问。

她的声音有些嘶哑。从房间里透出来的光亮划破黑暗一直射到了瓷砖花坛上。

"那些穿着巴黎时装的娘儿们,整天叼着烟卷,手里握着一把牌,可真贪得无厌啊!"

她站在那里发动了最后一次进攻。

"除了她们,"她说,"还有阿格雷娅。甚至连阿格雷娅……"

"天哪!"

"对,就是阿格雷娅!"她大声说道,"你可真是风流得头脑发昏了,竟然跟一个女仆眉来眼去。"

永生的缎子长裙和黑暗翩翩起舞,发泄出它的仇恨。黑暗被仇恨纠缠得透不过气来。

"天哪!"他重复地说。"要是阿格雷娅进来听见你在胡说八道该多不好?"

"是呀,胡说八道! 全是胡说八道! 阿格雷娅老实巴交,她像岩石一样,除非上帝打得太狠,她是不会垮掉的。"

康斯坦莎越说越来气,最后竟失去了控制,一扬胳膊就把手里的玻璃杯摔到了瓷砖花坛角上,碎玻璃碴子"哗"的一声闪着亮光朝四下飞去。

当他上前去搀扶她的时候,她仿佛听见他说:"康斯坦莎,不管你用什么办法,都损害不了我对你的感情。"

她是多么希望他讲的是真心话啊,多么愿意听他关于爱情的表白啊。她渴望能达到他的高度,最后还是证明她离得太远了。

她说:"我想可能我已经摧毁了自己。而这……是最好的办法。"

他把她扶了起来,搂在怀里,想给她那虚弱的躯体注入一些支撑的力量。

接着,她鼓足残存的力气拿起了还剩下的最后一只玻璃杯。这时,阿格雷娅刚好戴着帽子来了,她从女主人手里接过杯子,冲洗干净收了起来。

马里亚卡斯已经在科洛尼的花园凉亭里面待了很久,铁椅子硌得他屁股和大腿非常难受,眼睛里现出了烦躁的神色,倒不是他为花掉那么多时间惋惜,而是他还从来没有这么专注地听人讲过话。

不过,他咳嗽起来,并且看了看手腕上那块昂贵的瑞士表。

"她还没有回来,"老人说着把目光扫到忧愁的湖那边,"都是因为她心好,老是被人家利用。"

就在客人挪动椅子准备告辞的时候,听到有人从房子那边顺着石子路走了过来。

带格板的亭子很狭窄,马里亚卡斯无法抬头,只好猫着腰站在那儿听着自己急促的呼吸声。

脚步声已经到了眼前,看来是无法回避了。这时候老人又说道:"她被人家利用了。"随后他连眼睛都没有抬就非常肯定地补充说道:"她回来了。你和她见面认识认识,我也可以喝汤了。"

客人瞧了一眼正朝着凉亭走过来的那个棕色皮肤的女人。她看上去行动有些迟缓,但却相当稳健。她在湿漉漉的石子路上走着,小心翼翼地绕过烂泥和水坑。

"阿格雷娅,"菲里庇底斯先生终于说话了,"这就是那位亚历山大人。蒂洛森从士麦拿写信告诉过我们的。这是他的朋友。你记得吗?蒂洛森大概在做无花果生意。他网球打得很不错。"

菲里庇底斯夫人十分自信地走上前去,看得出,她脸上的微笑略有变化。尽管她肤色黑,脸上的微笑却是那样纯洁而可爱。

马里亚卡斯虽然不再觉得紧张,但还是喃喃地说要去赶公共汽车。

"对,对,是得去赶汽车了,"菲里庇底斯夫人附和道。她接着去摸了一下丈夫。"衣服都潮了,"她说着还帮他把身上的花格呢衣服拉了拉,"你的茶凉了。"

"我们等了那么久,早就该凉了,"菲里庇底斯抱怨地说,"柠檬鸡蛋汤怎么样?关于这个汤,我们已经谈了半天了,早就想喝了。"

"好的,"她安慰说,"会给你做柠檬鸡蛋汤的。"

她伸出胖乎乎的戴着金戒指的手。不慌不忙地拍了拍他——这是她惯常使用的抚慰办法。

她心平气和地说："我把客人送到车站去。"接着又哄他道："你不跟我们走到门口吗？杰尼维爱芙会生火的。"

"生火！我自己再在这儿待一会儿，"菲里庇底斯冷淡地说，"我要看太阳下山——如果看得见的话。"

瑞士的那些乌云否定了这个可能性。

菲里庇底斯夫人看样子要在前面带路，马里亚卡斯立即跟上去。

"以后再来，"老人说，"我一定要把有关我妻子的事情全都告诉给你。我们一直想回到士麦拿去把财产找回来，但是她不愿意看见土耳其人。我们总是想做这，想做那。比方做饭啦，不发脾气啦。"

但是，另外一个菲里庇底斯夫人已经领着客人走了。她又矮又胖，头上戴着夏季用的宽帽，马里亚卡斯紧紧跟在她的背后。

她由于背对着马里亚卡斯（在狭窄的小径上走路，这是不可避免的），胆子逐渐大了起来。

"他会在那儿一连坐上几个钟头的，"她说，"那是他喜欢的地方。他最大的乐趣就是用那只玻璃杯子喝茶。他一定把玻璃杯的事告诉给你了。"

她这样说，并不要他回答。

"他不会感冒吗？"

"噢，他在户外的新鲜空气里待多久都不会有问题，而且还可以回忆回忆过去。"

她不停地说着，显得更加平静。

"他一定对你谈过她了吧？"她问。"如果她还在，肯定会对你招待得更好。说话也会更加得体。"菲里庇底斯夫人说。

脚在石路面上发出咔嚓咔嚓的声音。

"她是个贵妇人，"她解释道，"我是农民，仆人。不过我也尽了做妻子的责任，因为我爱他。我希望……我想她不会不同意，不会对此有什么异议的。"

"菲里庇底斯夫人死去很久了吗？"马里亚卡斯谨慎地问道。

"很久？是很久了。多久？反正是很久了！"菲里庇底斯的第二位夫人叹息着说，似乎过去与现在之间的距离大得无法想象。

"看来她的身体不是太好。"

"问题不在于她的身体!"菲里庇底斯夫人答道,"夫人是突然死去的。突然死去! 这是我早就预料到了的。"

话从这个农妇的嘴里说出来,开始还断断续续,接着就变成湍急的流水一般,客人也不自觉地被卷了进去,默默地跟着她冲下楼,到了街上。

女仆穿着拖鞋跑下了大理石台阶。

这是一个夏日的黄昏,他们并肩站在人行道上,淡红色的霞光罩在他们的头顶,马里亚卡斯明显地觉察到这个壮实而一筹莫展的农妇心里满怀着焦虑。

"我的夫人! 夫人!"女仆叫着。

她弯下身来。

她那宽大的臀部在痛苦地颤动,丰满的胸部简直要停止呼吸。

她俯着身子看着躺在水沟旁边的人。

康斯坦莎·菲里庇底斯只有脑袋可以挪动,身体已经摔坏了。女仆用皱褶裙子把她盖了起来。除了一条狗和住在楼下的两位太太之外,还没有人凑过去。

"阿格雷娅。"康斯坦莎开口说话了。暗红色的血在嘀嘀嗒嗒地流着。她对跪在身边不住哆嗦的女仆下达命令。

"夫人! 哎呀,我的夫人呀! 我们可怎么办哪! 我们可怎么办?"

她哆嗦着,哀号着已经在准备送葬了。

"我很高兴,阿格雷娅,"康斯坦莎·菲里庇底斯说道,"你永远也不会垮掉的,永远不会,你也决不能垮!"她不顾血如泉涌,欠了欠身子说道:"你看,是我垮了。"

警察把她抱到楼上。如果警察不在,女仆也会这么做的。

故事讲完的时候,两个人已经穿过了冷漠无情的街道,来到了汽车站。

"不会误车的,瑞士人向来总严守时刻。"菲里庇底斯夫人安慰他说。

她又恢复了常态——严肃、呆滞、安详。

"先生跟你谈得很投机,"她说,"一定挺高兴。现在他感兴趣的事情太少了。"

她若有所思地停了一下后又焦虑起来。

"你知道,"她气喘吁吁地低声说道,"那是最后一只玻璃杯了,如果再打破,我可怎么办?那我可就一无所有了。"

菲里庇底斯夫人突然收住了话头,似乎意识到自己泄露了内心的隐秘。她转过身,迈着沉重的步伐向潮湿的令人窒息的花园走去。马里亚卡斯没有勇气目送她回去。再说还有公共汽车。瑞士人是守时的。他跑去赶车。想尽快远远离开那个宁静的环境。他紧张地笑着,无论如何也不愿意亲耳听到最后一只玻璃杯打碎的声音。

（胡文仲 译）

疣 的 寿 命

帕特里克·怀特

　　手指上针尖般大的小疣子据说要长两年,硬壳饼大小的大疣子也只长这么长时间。疣子总长在你最不愿理睬的同学身上,但你又不得不时时与他以及他的疣子打交道。这就是我从布卢·普拉特那里传染上疣子的原因。除了疣子,布卢还患湿疹、冻疮、疖子,有一次还外带甲沟炎。我只在右手第一指关节上长了颗疣子——货真价实的域外移民。布卢对我说:"别担心,费思埃克,过两年就没了。"为了安慰我,他伸出手臂把我搂住,使我连打寒战。说也奇怪,我通常一见他就不寒而栗,竟会同他一起闲荡。他天生富有同情心,这使他显得有点与众不同。他还穷,总穿一件他妈妈编织的深灰色的旧开襟绒线衫(我妈妈说她不会织东西,她常漏针)。有一次他请我去吃茶点,我不怎么感兴趣,但大人们说我非去不可,说像我这样一个被宠坏的、讨厌的男孩,上普拉特太太家吃茶点很有好处,说她丈夫去世后,她靠当护士送儿子上体面的学校。我很不高兴,我踢家具,踢母亲要女仆叫"沙龙"的房间中镀金的收音机立柜,但我不得不认命。我发觉无论富人穷人都同样受命运的捉弄。一个人总能长点见识的嘛。

　　布卢在码头上等我。他仍穿着棕灰色绒线衫和黑长筒靴,只是那双通常很脏的靴子过节似的擦得油光锃亮。(穿靴子我可受不了,我父亲给我向他的鞋匠定做镂花皮鞋,我有自己特别的鞋楦。)虽然我没有注意布卢的疣子,但我知道他的也同我的一样都在原来的地方。我的疣子一定是从他那里传染来的。

　　这天下午我们都变成陌生人了。开始时我们不知道干什么好。我们游荡了一会,在漂浮着油污和海莴苣的脏水中和被贻贝覆盖的码头木桩上找小动物,然后汗淋淋地上山,一边猛力拉拉路旁镶边石与公寓楼或私人住宅之间的戟叶与樱丹。当我们接近布卢及其母亲居住的圣莫尼克公寓楼时,他好像故意似的倒在我身上,并把一个拳头挨着我的指关节。他一边拿他的疣子摩擦我的疣子,一边咕哝:"双胞胎!"我把手抽开,我知道他咧着两片厚嘴唇在笑。我的嘴唇绷得紧紧地贴在牙齿上,厌恶地说:"去去去。"

　　所以我对圣莫尼克公寓楼的第一印象并不愉快。楼体似乎太薄,那紫红色似乎太深,砖块间的凸缝已剥落,每个楼梯平台都像一条灰蒙蒙的腌猪肉,还有人在一个平台上擦脚上的粪污。

　　普拉特家住在顶层,所以我们爬到时都气喘吁吁。布卢说他妈妈还没有从她工作的医院下班回家。但他有钥匙,我们可以进入那只充满煤气和卷心菜气味的箱子。我感到有点害怕,它一点不像我们的屋子,我们的屋子光线充足,女仆众多,家具齐全。在圣莫尼克,我想起听说过的一些谋杀事件。

　　在箱子里,我们磕磕碰碰地走进布卢自己的房间。里面摆着一张铁架盆床,床单已经洗得褪色,还有一只老式的脸盆和一只水罐。最引人注意的是贴在墙上的两幅黑色剪纸,一幅是把小提琴,另一幅是个顶盔披甲的骑士。骑士下面,直接在墙上写着一行红色印刷体大字:唐克雷德。他的房间不像我日常使用的房间,而像海滨的临时住处,我房间里家具发亮,书架上摆满图书。我想问他唐克雷德是什么人,但这样就显得他的知识比我丰富,而在学校里,英语、历史、地理获奖的都是我,我还有一篇文章印在《悉尼先驱晨报》上。

　　普拉特护士的回家使我免于暴露自己的无知。她径直闯进布卢的房间,手里拿着散发出苹果香味的纸袋。她是个兴冲冲的小个女人。她对我笑笑,好像十分了解我似的。也许是这样。我听我母亲说起她时叫她"埃菲"。

　　"我看你们两个孩子都很饿了吧。"

　　我咕哝一声,布卢也咕哝一声。

　　"带他到阳台上去看看风景,唐克雷德,我去准备茶点。"

　　唐克雷德!

　　真是万万料想不到。我看学校里包括校长在内，谁都不知道布卢·普拉特骨子里竟是唐克雷德。同学们如果知道，一定会刮目相看，虽然他根本不配。布卢听到自己的真实名字，连眼皮也不眨一眨，平静地领我走上阳台。

　　"这就是风景，"他说，"风景！"同时魔术师似的把手一扬。

　　这是一个适于登高远眺的日子。港湾一片波光粼粼，对面，能望见市区和富人居住的郊区。水面上渡轮如织，犁出道道白浪。其中有一种比较笨重的汽车渡轮，我母亲虽然明确表示决不踏上"邪恶的彼岸"，有时却容许我们的布加蒂轿车搭乘这种渡轮。

　　既然布卢已经完成了领我看风景的使命，我也应该看看他自己了。"唐克雷德"没有再开口，但白皙健康的皮肤更具有雄辩力，眼睛的颜色只有在蓝天上和海水中才能见到。我也许不愿承认，但确实为这位新发现的朋友感到骄傲。

　　普拉特护士端着盘子和刀叉出来，打破我们俩的沉默。

　　埃菲严厉地对儿子说："你最好去理理头发，对朋友表示点礼貌。"

　　"还有洗手洗脸。"她一边叫一边把刀叉和盘子重重地放在阳台的桌子上。

　　他一定认为我不会觉得自己也要听从她的吩咐。

　　当布卢被迫去盥洗室时，我决定问问为什么他叫唐克雷德。

　　"他爸爸要这样叫。布赖斯喜爱音乐，他在小乐队里拉小提琴，罗西尼①是他最喜欢的作曲家之一，知道吗？唐克雷德是十字军骑士。"

　　虽然我母亲也组织音乐团体，但我相信他们谁也没听说过罗西尼，他们吹拉弹唱的除了谢勒马的东西就是英国的玫瑰和纤纤素手。

　　布卢回来时头发濡湿而服帖，双颊还带着水气，眼睛比刚才更加明亮。

　　当埃菲钻进厨房时，我问布卢："你爸爸是靠干什么过日子的——我是说，除了拉小提琴消遣之外？"

　　我知道像布卢爸爸那样的人们靠工作生活，像我爸爸那样的人，以从自己收入中拿出一部分支付他人的方式生活，与小提琴不小提琴毫不相干。

　　"爸爸的职业是烤面包。"布卢皱起鼻子，仿佛还能闻到一炉烤面包的香味。

----

　　①　罗西尼（1792—1868）：意大利戏剧作曲家。

这时,他妈妈已经把茶点端上桌子。

"是啊,布赖斯是很高明的面包师——一个真正的艺术家。"

在他们中间,面包师是艺术家似乎并不可笑,这顿茶点就是光与水的世界中的盛宴。我们要吃埃菲戴棉手套烘焙的直接从罐中取食的豆子,装在纸袋中的苹果,还有一盘硬壳饼——当然不是要我们想起疣子。这么诱人的食物从来没有上过我们家的餐桌。

埃菲说:"我听说你要当艺术家。"

"对——是这样。"

"那我们希望你成为天才。"她眨眨眼睛。

"你呢,布卢?"我问唐克雷德。

每当我诉说自己的理想时,他都让我滔滔而谈,而当我为了礼貌而反问他时,他总是含糊其辞地咕哝:"呃,我要有点作为的——找个工作——到别的地方去,我喜欢出去闯闯……"

这天下午,他母亲神秘地微笑着为他解围:"唐克雷德不会让我失望的。"

我们开始用茶点。那热乎乎、软乎乎的豆子——或者别的什么——使我热泪盈眶。那些皱瘪的小苹果闪着宝石般的光芒,咬一口就喷出一股我从未闻到过的芳香。至于硬壳饼,它们把我噎了,但并非因为不够新鲜脆口,也并非因为使我联想起讨厌的疣子。我体会到一种即使能够也不愿意向任何人承认的感激之情。

"给他拿杯水来,唐克雷德。"

当他去拿水而我毫不感到羞耻地抹眼泪时,我们继续坐在阳台上。

埃菲在想她自己的心事。暮色渐渐降临,我该走了。

布卢把我送到码头。我们什么也没说。渡船砰地撞上码头吱吱作响的木架,我跳上船。没有回头的必要。乘客一定以为我们是一对不欢而散的朋友。

我回到家里。他们在喝威士忌,在打桥牌,在争论刚才对方应该打什么牌,连我下午过得怎么样也不问一声。问不问都一样。

此后不久,我拿着给母亲治头痛的药方到药房配药。巴尔默先生很讨厌,我不喜欢药剂师,何况他又长了一脸粉刺。我付钱时,他看到我手上的疣子。

"这颗疣子很难看，如果不除掉，姑娘就不肯同你跳舞了。"

"去他妈的姑娘，我才不愿浪费时间呢。而且，它最多长两年。"

他不管我怎么说，从一只浅盘中取出一支唇膏似的管子。

"如果你擦这个，我保证你很快除掉疣子。这是腐蚀药膏。"

我不要他的宝贝腐蚀药膏。

"我完全相信用腐蚀剂治疣子，我把它作为礼物，娃娃，免费送给你。"

我不喜欢别人叫我"娃娃"，但为了摆脱巴尔默的纠缠，我决定接受他的礼物，但不一定使用。

我一到家就跑进自己房间，开始用腐蚀药膏擦疣子。我怕它痛，但没有什么感觉。我每天都花点时间擦它，在学校里则不让布卢看见我的指关节，因为我发现上面的疣子真的开始消失了。

我擦了又擦。当疣子完全消失时，我强忍着把向他炫耀的喜悦推迟一点，再推迟一点。但愿由于疣子的消失，我能够摆脱一些这位唐克雷德的控制。

当然，他并没有真正控制我——但有很大影响。

这段时间里发生了许多事情，布卢不再上学了，听说我学期结束后也要随父母去英国上体面的学校。

现在布卢不见了（他为什么不打个招呼？），我找不到人抱怨自己的命运，父母亲不愿听人诉苦。我给圣莫尼克公寓打电话，每次都没有人接。（他们出什么事了？也许甚至被谋杀了吗？）

我决定到路上去拦截校长佩格勒姆先生，虽然我从未和他说过话，除了被抓住时。那钳子般的黑嘴唇，斥责人的目光，对，还有红鼻子一边的疣或者痣，连看他一眼都需要很大的勇气。他习惯于发号施令，所以说话时，甚至尽量和和气气地说话时，也不像教师而像军官。

"咳，普拉特走了，"他说，红鼻子边上的疣子和眼睛一齐愤怒起来，"我劝他别走，但他母亲支持他。不完成学业就过早地离开学校，那是很错误的。"

我简直无法相信。在我看来，唐克雷德竟背叛了我们的友谊，但我不能让佩格勒姆保持他的看法。

"布卢用不着求学，他是……"我气急败坏地说，"……是神秘主义者！"

不知怎么说出这个词，它突然跳进我的脑子。

校长瞪大眼睛。

"恐怕普拉特很可能沦为流浪者,许多辍学的同学都这样。"

我觉得口腔中越来越湿润,可千万别失声大哭啊。

佩格勒姆伸手按住我的肩膀:"别难过,你会在英国的学校中找到新朋友的。你人聪明,有创作才能,前途是令人兴奋的。"

那些该死的奖赏,那篇《悉尼先驱晨报》上的该死的文章。

"我没有……布卢才有……"

布卢有某种我说不上的才能,那是我所没有的。

可是佩格勒姆最后拍拍我的肩膀走了,他把脚抬得那么高,好像避开一摊泼在地上的糖浆似的。

我们启程的日子迫在眉睫,但我还没有得到普拉特母子的消息。

"她不知道我们要走吗?"

"我不知道,说到底,我们不是很亲密的朋友。"

大衣箱已经送上我们要搭乘的客轮。我们坐在装得太满的手提箱上,这样才能把它们锁上。

我随便看看有没有遗留什么时,在浴室里发现那支腐蚀药膏。自从疣子被擦掉以后,我对它就失去兴趣了,而现在我却把它塞进口袋,打算碰碰运气。

我最后一次赶到圣莫尼克公寓。开门的是埃菲。

"你们出门——或者生病了吗?"话音中不禁带着气恼。

"不,亲爱的,是医院里的病床都挤满了。"

"那布卢呢?"

"哦,唐克雷德到西部地区去了,跟土著人在一起。"

"为什么跟土著人一起?"

"他说可以向他们学习许多东西。"

好一个布卢!当我神差鬼使地对佩格勒姆说他是神秘主义者时,好像对他的未来很有点老练的目光似的。

"反过来他也能教他们木工。"埃菲说。

布卢擅长木工,因为我连个钉子也钉不正,所以向来避而不谈。

"你们不知道我们要出国吗? 也许永远不回来了,"我说,"他们要送我去英国上学。"

我浑身哆嗦。

"你们会写信吗,普拉特护士?"

"我们都不太会写信,但我们一定写!"

那就是说他们不写。

"告诉布卢我的疣子没了,那是用腐蚀药膏擦的。"

"疣子?哦,我看唐克雷德不怎么当回事情。疣子没什么,会自己消失的。"

"不过还是告诉一声吧。"

这就是我必须对布拉迪·埃菲·普拉特说的。

这是巴埃特号客轮上度过的水雾空蒙的日子之一,几乎人人呕吐。我独自东倒西歪地在船上闲荡。我想写诗,以证明我的创作才能,但绞尽脑汁也不开窍。我把手插进口袋,触到那支腐蚀药膏。虽然不久前还用它治疣子,但我觉得自己长大了许多,差不多长大成人了。

为了纪念,我拿药膏在指关节上擦了擦……这时……我发现……这小管子上有只盖子。

活见鬼!

疣子没了,是自然消失的吗?抑或是凭我所固有的某种魔力?我可能是和布卢貌似的那种魔法师。

然而,内心深处,我却恼恨自己,或恼恨唐克雷德,或者恼恨腐蚀药膏。我把药膏扔进白花花的大海,与此同时,大海汹涌起来,就在浪花扑上船栏时,我呕吐了,吐出的污物打在我自己的脸上。

一点神秘的迹象都没有。我浑身透湿,很不舒服,湿漉漉的帽子也越过船栏,掉进大海。

无论别人怎么说,上学和战争都是浪费时间。我就读的那所英国学校,宿舍窗口装着铁栅,沥青操场上裂缝纵横。冬季随着灰色坚冰的破裂而结束,湿热、乖戾的夏季使我的双肺饱受折磨之后骤然离去,如同老化的橡胶断裂一样干脆。我在学校里度日如年,无异于被判处无期徒刑。

战争时期没有什么可讲的。粗略地说,我的战争是在苏格兰的一家大旅馆中,舒适而毫无价值地在桥牌的牌友和伸手可得的威士忌的豪饮者之间进行的。由于写了两三部备受称赞的小说,我就负疚地由于肺病而不能服现役了。"你问心无愧。"他们抽着黑市香烟对我说。只有在梦中和受虐狂似的访问伦敦时,我才看到真实的生活,看到破坏、流血、麻木的面孔以及噼噼啪啪地落在人们脚后跟的可怕弹片。

在一次这样的伦敦探险中,我邂逅史迪威。他是移居英国的澳大利亚演员,由于参加消防工作,了解一些空袭和防空的情况。

"嘿嘿!两天中的第二个!"史迪威把澳大利亚的俚俗和伦敦上流剧院的简略熔于一炉。

"什么两天中的第二个?"我疑惑地问。

"还碰到你的同学——布卢·普拉特。"

在听到"布卢·普拉特"之前的瞬间,我预感到他会说出这个姓名,就像一直等待某个电话时对电话机铃声的预感。

"啊……布卢……"

"昨天在贝思纳尔,见他从瓦砾中拉尸体。"

"他是我当年的朋友。"

"不知道布卢演什么角色。他是贵格会教徒吗?"

"可能是,许多事情他却没说。怎么了?"

"他和一个贵格会组织在一起,旁边停着两辆他们的救护车。"

"你在说贝思纳尔·格林?"

我对史迪威向来不抱好感,正可以借此离开,我荒唐地步行穿过半个伦敦。当然,我没有找到唐克雷德,就像童年时没有找到他一样。黄昏时分,高射炮响了;弹片;火光。不远处,一两枚无所畏惧的炸弹把瓦砾化为尘土。我并不害怕,即使害怕,怕的也是找到布卢而两人面面相觑,无话可说。不过,无论如何,在那片废墟上,我没有找到他,也没有看见贵格会的救护车。

第二天早晨,我想到明智点不如向贵格会总部查询。

经过一夜的轰炸,值班的女人脸色发青,显得心事重重。作为贵格会教徒,她应该心境宁静才对。

"普拉特,唐克雷德……"她在自己的两只拳头后面紧张不安地说。"这里没他的记录。"她履行了自己的职责,失去了兴趣。"他或许是贵格会教徒——可能懒得来登记——就参加了——在被炸的地方帮忙,也可能告诉你消息的人搞错了。"

　　我在伦敦的废墟上转了两天,然后返回苏格兰的旅馆,继续斟字酌句地撰写一部自以为追求真理和现实的小说。

　　有一两次我真想割断自己的血管,然而,多亏乱梦萦绕,我才免于被人轻蔑地发现竟在战争时期漂浮在一澡盆血水之中。

　　那并非因为我的乱梦不够血腥。唐克雷德把我拖出危房,那里充满了虫蛀家具的霉气。他穿着胸前印有飞翔的鸽子的恤衫。恤衫紧贴着他那死亡中的活的躯体。他已经长了惊人的灰白和蓬乱的胡子。他伏在我尸体般的身上,嘴巴贴着我的嘴巴,于是我们一起生长,从过去生长到现在,从现在生长到将来,我们嘴巴组成的通道不再是血肉的通道,也不是金属的,我们周围声音嘈杂,散落着许多残骸:消防车、弹片、洞眼通着人的脑袋的钢盔,被子弹击穿的带煤气表的热水器上,还粘着一块块皮肉和毛发。

　　现在我们是热沙中的蚂蚁,与成千上万的蚂蚁一起在另一个通道口挣扎,尽量避开或者吞食路上的血肉。他把粗糙的手伸给我,我摸到上面的皲裂、结痂的和没结痂的伤口和依然存在的疣子。甚至这种苟延残喘的赘疣也恋惜丑恶的生命。被虚荣、错误的决心和不忠实的企图消灭的是我的疣子。

　　我们爬出来了,我们两人都爬出漏斗形的沙穴,不再受到食肉蚁的威胁。在一望无垠的虔诚的沙漠上,我们面对面地用被太阳烤黑的双腿僵直地跪着,都竭力不向沙穴中看,我们四周都跪满黑人,他们身上的刺画如同严肃的树干上的乱涂乱抹一样费解,我们看不懂,完全莫名其妙。

　　一切都消失了,太阳没入暮霭,给灰色的石砌屋檐挂上彩带,那是我苏格兰旅馆的石屋顶。我也人老心冷了。当年奢华的旅馆房间里,鸭绒被落在破烂的地毯上。

　　和平。为什么不和平呢?战争结束了。只要记住这一点,你就能处处看到明亮的电灯。如果地球起泡的薄膜还将长期慢慢地颤抖,你也不要懊恼,因为上面曾经落下过巨型炸弹。颤抖迟早会消失的,但你得渐渐适应。

　　理论上我无所事事。不以为然者指责说:"像你这样的家伙根本没有出息……"理论上是这样,实际上我是往往受困于自己的无能。我希望能

找到布卢·普拉特,我觉得他有使我摆脱困境的办法,但唐克雷德顾不
上我。

我周游世界,狼吞虎咽非定量分配的食物,大篇大篇地拼凑互不相关
但妄称意味深长的字句。我继承了父母亲在悉尼的房子。我搭渡轮过海
湾经码头来到圣莫尼克公寓楼。外墙的凸线更加需要修理了,楼内煤气和
卷心菜的气味令人窒息。普拉特的姓氏已经不在房客的名单上了。

在普拉特护士当年工作的医院:"普拉特护士吗? 去海外部队工作了,
看护俘虏,萍踪浪迹的,没有保持联系。可能已经回澳大利亚,也可能退
休了。"

"她一定有些朋友的,对吗?"

玻璃窗后面的女人表示同意。"很多,普拉特同人人都合得来。"

"那可不一样。"

"是不一样。"

玻璃对面流露出对进一步询问的无可奈何的厌烦情绪。

"她有个儿子。"

"唔,对。名字很怪,是个人物,也可能只是我们这样听说而已。"

"他在哪里?"

"不清楚。你也许可以通过人事消息栏取得联系。"

这主意很有效。一个多次被死神筛下的人是可以与人事消息栏沾亲
带故的。我找到弗兰克·赖利。"对……只要参加过那次行军,你就忘它
不了。"弗兰克还没有从那次行军中拔出来,他皮包骨头,青筋突出,双手不
断哆嗦。那恶臭的气息,人们认为并非因为酗酒,而是因为长期的忍饥挨
饿和焦虑不安。"米是袋底的,尽是泥屑和象鼻虫,可你还很高兴……"他
从日本人那里偷来的。他们喜欢他,人人都喜欢布卢。要不是布卢把米偷
进营房,许多人不等那次行军开始就完蛋了。他是最好的伙伴。"弗兰克回
忆着往事,哆嗦得更加厉害,他呼吸粗重,仿佛不是从干瘪胸部而是从深沉
的往事中喘气。"我们希望当一切都熬过去时还能待在一起,但我们分手
了。你知道是怎么回事吧,啊?"这位幸存者没有等待我的回答,我怎么能

打断他的话,告诉他布卢的真名叫唐克雷德,以及没有被命令跟他们待在一起呢? 不知道弗兰克·赖利这位复员的士兵,退休的管子工、默尔的丈夫、克里斯和本尼的爸爸、纳雷里和内夫的老爹是否听到过唐克雷德这个名字。如果听到过,他一定不会相信,或者竟认为是对友谊的亵渎。"是的,那次行军……他走上来打我们的头,打我们每个倒下的人的头,直打到我们都振作起精神。我说'打',可以用木棍打,但布卢不是,布卢用手打。是的……那次该死的行军……"他目光发直,眼睛一眨不眨,仿佛患了白内障或者半盲症似的。

默尔走出来把一杯茶塞给他。"好了! 好了! 他说得够多了,先生。"

他伸出哆哆嗦嗦的嘴唇,把无牙的齿龈贴在杯沿上。"那该死的行军……该死的战争。"

现在大战结束了,我在它所引起的小战的边缘旅行,作提倡文学和伦理的讲演,接受各种无聊的荣誉和荣誉学位。我渐渐变成宴会上时髦的填馅火鸡,而我又竟帮助人们分食这只火鸡。在我继承的不再能称之为家的——我太过频繁地外出接受新的荣誉——房屋中、书架上我写的书,原文版的和各种我一窍不通的译文版的,越挤越紧,越挤越紧,大有互相把对方挤落之势。知名竟是这么一件一本正经和耗费精力的事情,我有时不禁发笑。但愿了解个中滋味的人与我同此一笑。

我独自坐在长椅上,四周是杰克逊港的浓雾和遍地鸟粪,脚边被践踏的草地上扔着一只安全套,下面是我母亲称之为"海港高尚的一边"的波光荡漾的海水。一位希望被称为上流人士的老年人向我长椅走来。他很朴素,穿着破旧的教士领,挂着手杖在长椅的另一头弯腰坐下。我能感觉出他很快就会打破沉默。

"请原谅我打扰你,我从报纸的照片上认出是你。"

"我希望没认出来!"

我对他瞟了一眼,由于满嘴假牙,这已经成为我微笑的代用品。

"你认不出我了,我几乎默默无闻——"他咳嗽一声,"但我们是同学。"

我吃了一惊,我没老,也许老之将至,但远远不如这位自称同学的先生衰老。

"伊恩·菲普斯——鲁滨孙。"

我想起一个叫鲁滨孙的,我到校不久他就走了。

是的,我能记起鲁博,但那时前面没有"菲普斯"。虽然我在学校里很怕鲁博,但他后来一定觉得非得加上"菲普斯"才能加强自尊心吧。

我立刻对自己的势利眼感到羞耻。

无论如何,这位外貌谦恭的牧师不会知道我的想法,或者已经看出了吗?我必须设法弥补自己的冷漠和傲慢。

我在板条长椅上转身面向伊恩牧师。"谈谈你自己吧。"我怂恿说。弦外之音是凭这句话,我也是谦和有礼的呢。

"开始没什么值得一提的,在乡村和市郊的教区当牧师。后来我妻子去世了,我在海军当随军牧师。这时我的生活开始了,从某种意义上说,也是完结了。我们的军舰属于原子弹落下后访问广岛和长崎的国际舰队。尽管你有杰出的想象力,你也无法想象那些活地狱中的日子。我不是要冒犯你——懂吗?我非常尊敬你……"

"不必……不必做任何……"在悉尼的晨雾和恬静的鸟鸣中,我扫兴地说,因为我确实恼恨他一语道破生活与文学之间的距离。

老实说,我很想回顾一番那轴日本传统式的优美画卷:内海之滨群山环抱的广岛;松树,枫林、浴室;货亭前,闲人们在欣赏牡蛎贝壳上的波纹和珊瑚雕琢的明虾;可是,现实有力地撕碎了这轴画卷,揭露了人性的毁灭。

"……一块块破破烂烂的灰色皮肤、苍蝇下蛆的没有包扎的伤口、变形的肢体。请注意,我讲的只是活着的人,许多人灰飞烟灭,再也见不着了。"

我明白为什么从某种意义上说,这位心地善良的恐怖的目击者的生活已经完结了。

"他们应该怨恨我们,但他们不恨。就我们所知是这样,但谁也不能十分肯定。"

伊恩·菲普斯——鲁滨孙的教士领边上已在冒汗。

"我们帮不上他们多少忙,他们也不指望……那两个魔鬼的玩具爆炸之后,人们的心态很难揣摩……"

他呼吸粗重,他的喉咙因为讲述中的措辞而缩紧了。同时,他的眼睛似乎表明他怀疑自己身上潜伏着某种致命的疾病。

"只有一个外国人被他们当作自己人看待,我从来没见过日本人那么对待西方人。幸存的几个医生根本不批评他医治病人的不正规方法：用能找到的任何油脂涂抹破烂的皮肤，用一滴菜汤滋润一个原来是嘴巴的窟窿。"

我向前探着身体。

"还有一点，他知道你。我不是指你的作品，而是指你本人。他说他是你的朋友——在学校时，叫普拉特，记得吗？"

"我想我们曾经是朋友……"我的声音由于恼怒而含糊不清，"……可他尽一切努力使我忘掉他。"

"啊，但他说起你时是满腔热情的啊。他说什么来着？告诉费恩埃克，我回国时我们一定要好好聚聚，我比什么都盼望这一天。要是没有那么多总是做不完的事情就好了。"

我巴不得这讨厌的家伙离开我。

可是，他继续追述着过去，他的手杖搁在我们脚边青草间露出的沙地上。

"在学校时以为他粗野，不知道他有这么高尚的品质。"

他凝视着我，仿佛赞赏我善于发现真实的能力。

啊，走吧，走啊，讨厌的牧师！离开我这个几乎一出世就失去同胞兄弟的可怜虫吧，没有他，我根本没有勇气面对嘴巴也会变成的伤口。

　

几年之后，我到东京的一所大学讲学。完成任务后，我谢绝自告奋勇的向导，乘火车去这个你争我夺的都市郊区。那里还保留着一处寺院，不过，与其说用于宗教的目的，不如说是作为昔日的纪念。我讲不清楚为什么要去，如果一定要解释，那就算希望得到某种启迪吧。我跟随旅行目的明确的人流涌出高速火车，发现自己落在了灾难性的社会进步后的常见病之中，挂满高压线的铁塔、空中的电线和形状千变万化的有毒的工业烟尘。

寺院的广场上一片寂静，除了一只塑料袋在一块沙地附近飘动外，找不到任何游客的踪迹。沙地上的沙被吹出了一幅极其精美的简单图案。

那么美妙的图案，我很想上去走走。如果亵渎了这块沙地，有人会把我的脑袋从肩膀上拧下来吗？我抑制住践踏图案的冲动，不知道我这缺乏灵性的天性，是更亲近于工业魔鬼的丑恶和毒害呢，还是更亲近于追求艺术完美的终生事业。

我发觉有人在寺院的台阶上注意我。

"喂,先生,你想做什么就做什么嘛,你很可能是对的。"

"可我不想做什么,至少我认为不能想做什么就做什么。"

"那你还没有觉悟。"

他身材矮小,肤色和肌理都活像根付①,说的是喉音浓重的美国英语。大概因为坐禅过多吧,他疯疯癫癫地纵声大笑。如果能够分享一份我无疑一辈子也无法企及的癫狂,那我真可以不惜代价。

他向我走来。

"人从西天来,寿数尽时又回西天去,为什么?"

"让我想想。"

"想也没用,想也没用。"他举起禅杖向我打来。我顾不得沙地上的图案,拔腿逃跑。

"也许下一次再回答吧。"我对着身后叫道。

他毫不足怪地向我扔了一块砖头。

归途中,在拥挤的火车上,我记起一句一定在什么地方读到过的经文:南无阿弥陀佛。在四面八方包围着我的日本人噼噼啪啪的谈话中,我听到一个声音:光荣属于阿弥陀佛。这不是我自己的声音。忽然,我认出这个朴实而尖锐的声音了。在我一生中的不同时刻,它都这样对我说这句话,但我由于太骄傲,或者太愚钝,始终没有领悟。

我又住院了,做身体检查。我并不认为自己患了神经病,只是犯不着冒这个险。现在已经尽了自己的责任,纵使不能无可指责,也觉得问心无愧了。

正当我怀着这种大可怀疑且自鸣得意的心情,站在医院外的人行道上时,一个女人走上来同我搭话。

"先生,一位老朋友要我捎个口信给你。"

我总是怀疑这类信使,我瞪了她一眼,希望她望而却步。

"你的朋友是谁?"

"埃菲·普拉特护士。"

"埃菲一定不在人世了吧。"

---

① 根付:日本德川时期(1603—1867)和服上的必备饰物,形似坠子,通常为牙雕。

“恰恰相反。”

“那她也该死了，她一定上百岁了。”

女人不理会我的粗暴无礼，从皱纹和脂粉中绽出微笑。无论如何决不年轻。

虽然我还没老——上了年纪，快老了——却越来越觉得老态已萌（甚至已带手杖，这在公共汽车上和银行前很有益处）。

“埃菲和我同事过，那时我还是见习护士，而她却是病房护士，我对她非常崇拜。”

这位不知名的崇拜者使我想起她当年的芳姿，我仿佛看到她穿着白色的鞋子，戴着护士帽。

而现在，她镶着副摇摇晃晃的假牙。“如果你去看她，她会很感激的。”

“嗯……”我现在也镶了假牙，像含了什么不愉快的硬块似的（譬如一根甘草或一颗大茴香）。

“也许将来某一天吧。”

她告诉我山区中的一个老年病院，我一听就不寒而栗，仿佛已经被那里的迷雾和一排排小房间吞没了。幸亏含含糊糊地答应一声就能摆脱她的纠缠。

而后我又想起布卢。“埃菲过去有个儿子。”

“对，现在也仍然有啊。她要我转告，说他在一封来信中提到你，还有一张快照——最近的。”

“他也同大家一样，都老了吗？”

信使从更深处——从皱纹和脂粉间，从摇晃的假牙后——绽开微笑。“不知道，我没见过他，他来几天就走。”

“可你见过那张照片。”

“见过，我见过那张照片，但我看不太像。”

她令人失望的回答使我颇感懊丧，但我仍然不禁心跳气急。

“他还会来几天就走吗？”

她笑了：“对。”

我一步一滑地爬上泥泞的山坡，去埃菲所在的老年病院。我这个伦敦来的家伙不由气喘吁吁，直打哆嗦，我身旁的云雾消散了，露出无边无际的天空,向下看是一条条阴森森地裂开的无底涧谷。

可怜的埃菲,耐得住冻疮吗?

我被领进一间又长又窄的房间,里面许多人像火车上的旅客似的一排排坐着吃饭。房间一头摆着一台只闪光不发声的电视机。一名护士把我领到这餐车中间一个最老的旅客面前。

"他是来看你的,埃菲。"护士说完就走。

老人的喜色中可以见到埃菲·普拉特的影子,她抹了几下身边的空座位。

"请坐,亲爱的。我不能请你吃饭,我们不大好客,对吗?"

坚固的牙齿脱落了,只剩下光秃秃的齿龈。一边嘴角挂着一条灰色的细末。

"吃得好吗?"

"该说味道鲜美。"一双仍然生动的小眼睛不仅表明她在说笑,而且揭示了一个简单的秘密。

我很想重温一下那直接从罐中取食的焙青豆和纸袋装的喷香的小苹果,但生怕我们的心会因此飞出这列固定不动的火车——埃菲命中注定的归宿。

"我想你朋友常来探望你吧?"

"哪个朋友?"

"你当年的护士朋友?"

"唔,瓦尔·科顿。不,她不常来。"

她不怨不怒,伸出戴两指手套的手擦着那条细末。

"瓦尔是好人,要照顾母亲。"

时间走得比嘀嘀嗒嗒的时钟还慢。无声的电视机闪烁不定,映出从人类的血腥暴力到烤馅饼、婚礼服以及在珊瑚岛度蜜月的镜头。

"昨天一个牧师来过,还是让牧师来好——尽管我只相信……"

她不提布卢吗?

一个旅客啪地把脸贴在她脸上残留的细末上,把她的面颊擦得干干净净。

"你知道我的意思,亲爱的。"

"但愿知道。"

"一种不同的观点。"

第二个旅客突然尖声大叫起来，这里无论叫喊什么都一定很有感染力。她被带出房间，一边反抗着，一边抽搐着，伸着舌头。

我不能再拖延下去了。

"唐克雷德，"在一片苍老的喉中带痰的谈话声、调羹敲击盘子的叮当声和渐渐远去的癫痫病人的叫喊声中，我说，"你的朋友瓦尔说你有他的一封信——还有一张照片。"

"有又怎么样？我还以为你要住一段时间呢。"

上帝，这次访问竟然会得到这样的结局。我们两人并排坐在这固定不动的火车中。

不过，她并非存心奚落我，我们都是信赖唐克雷德的忠实信徒。

她拿起一只破旧的、沾着食物的多格食盘。"昨天我们吃剁碎的鸡肉，因为是唐克雷德的生日。"

"他昨天在这儿吗？我们失之交臂。"

"不，亲爱的，他离开有一段日子了。他到西部地区去了，在沙漠上的什么地方。"

她在手提袋的纸片和一条条狭窄的编织物中搜寻着。

"我不相信……不再相信……唐克雷德还活在人间。"是她迫使我得出这个结论。

但别人仍然相信，弗兰克·赖利、伊恩牧师、更陌生的许多土人、俘虏、原子弹浩劫的受难者，他们都众口一词。

"在这儿!"她把照片递给我。这是她的证据。

正如瓦尔·科顿所说，照片不太像，面部已经模糊，它可以是任何人在任何时候的照片。

"模糊点不要紧，我们知道是他。"该古董的主人说，"这里有信。"

她塞给我一封肮脏不堪、几乎四分五裂的信。

"你念念。"她吩咐说。

"告诉费思埃克下次我们一定要见面，聊聊疣子什么的，好好聊聊。"

"我可尽量不谈疣子。我们都知道，疣子会自行消失的。"

我依依不舍地离开病院，一步一滑走下泥泞的山坡，去搭会动的火车。

"停车! 停车!"

火车真的停住了,因为一个疯子正喘着气,拄着拐杖,步履蹒跚地横穿铁路。

我住进了 C 号侧楼的第六病房,里面不光住我一个人,但与住一个人差不多。还有三具很少动弹、难得吱声的活僵尸。

"就你一个人牢骚多。"护士抱怨说,她散发出羊毛脂气味,金色的头发披在面颊两旁。"……怪老头儿……但你挺讨人喜欢的,"她咯咯笑道,"我们不向护士长告状。"

"见鬼!"我强压怒火,"我绝对不会讨人喜欢。讨人喜欢违反我的行为准则。"

"这可由不得你来评判。"

"不由自己评判,那由谁评判? 唔,别人,对,唐克雷德。难道不正是这样吗?"

"没有人当过你的评判。"

"我不相信。"

"你的准则不允许别人评判你……也不允许唐克雷德……无论他是什么人。"

"唐克雷德是我一直追求的自身的一部分,是我未必能够企及的兄弟,他弃我而走了。我们都长过一个像硬壳饼那么大的疣子,它们消失了。我们知道,疣子的寿命只有两年。可我的疣子又回来了。看……看……比过去大……比任何时候都大。它一直潜伏着呢。"

她把其他人叫来讨论我的症状。他们开了药方。

我必须坚持等下去,唐克雷德可能在我出去的时候到来。

"你们不能把那些闷死人的窗帘打开吗?"

他们迁就地打开窗帘。

行了。光线太强。阳光强烈地照射在这座监狱城市的红砖墙上,只有唐克雷德能把我从中救出。墙的夹缝中充满顽强地表现自我的美:海、船、起伏的山丘上的岩石和红砖的建筑。我对这一切又爱又恨,最后疲倦地闭上眼睛。

有人拉上窗帘。许多人在讨论疣、痣和人体上的各种突起物。

"我这个是新长的。"为了帮助他们,我说。

"别担心。"戴眼镜的医生劝我。

"我不担心,因为唐克雷德会来,会在这黑瘤扩散、使我全身发黑……使整个地球发黑之前……解释……"

他们在巨大的血管中扎了一针,那血管中循环着血液,我现在才发现这条生命之河。

我在往下落,一直落不到底;如果落到底,那就没有梦在等待我了。

我有点醒了,窗口渐渐发暗,我的看守羊毛脂小姐踮着脚尖走动,像跳芭蕾舞。

"我不会死,除非医生、律师和政治家害我。"

"没有人说你要死。"

"不会死于黑瘤?"

"谁说你患了黑瘤? 即使患了黑瘤,也天天都有许多人被治愈嘛。"

"不是死于我患的黑瘤,而是人人都患的黑瘤。它正在全世界扩散,使世界一分钟比前一分钟更黑,你只要看看窗外就知道了。"

"你是个很有理性的人,不该这么胡言乱语。我要把窗帘拉上了,除非……"

"我的问题一直都在理性上,而不在什么疣啊、痣啊以及该死的黑瘤上。"

她叫来一个孩子气的男人,他给我打了一针。到处都是针。

然后……然后……

唐克雷德来了。他握着我的双手。我过去曾经是世界赖以生存的理性,现在则不再是这毫无生气的毁灭一切的恶魔了。当世界渐渐变黑时,我心中的恶魔慢慢地死去。我明白了,与全世界的囚徒、苦难者和劫后余生的人们一齐明白了。关键不再是我,而是我们。

是我们掌握着生存的秘密

我们掌握着世界

　我们

（徐人望 译）

风暴眼（长篇选译）

帕特里克·怀特

那老太婆的头只是烦躁不安地在枕头上转动了一下,很可能还轻轻地呻吟了一声。

"怎么啦?"护士一边问一边从暗处向她走来,"不舒服,亨特太太?"

"难受死了,躺在软木疙瘩上,浑身都疼。"

护士抻平裹在腰上的毛毯和防水垫布,又理了理床单。她的态度既非完全是职业性的超然,也不包含人世间的恻隐之心。她也许只是在照章办事。现在已没有必要开灯:熹微的晨光已经透过敞开的窗户照进来,黑乎乎的家具丛中已经泛出了乳白的月长石的光晕。

"哎,老天永远不会亮了吗?"亨特太太费劲地从热乎乎的枕头上抬起头来。

"亮了,"护士说,"难道你——难道你不能觉察到吗?"当她在自己负责护理的这位几乎像蛹一般的病人周围忙碌时,她的头巾渐渐地变透明了,而从细布帽下露出来的鬓发,却仿佛从来没有这般乌黑过。

"能,我能觉察,是早晨了。"老人叹了口气。然后,她张开嘴唇露出苍白的齿龈,像大孩子似的绽出笑容。"你是哪位啊?"她问。

"德桑蒂。你一定认识,我是值夜班的。"

"认识,当然认识。"

德桑蒂护士把枕头都抽出来了,把它们抖松,只留下一个给亨特太太。尽管她还有枕头支撑,身形却显得十分扁平。

"我真希望今天是个好日子，"她说，"真希望说起话来聪明颖悟，而且模样——也能够见得人。"

"你想的都能做到的，"德桑蒂护士换上枕头，"我从未见过你有对付不了的场面。"

"我意志有时很顽强。"

"有什么事吉德利大夫会来的。我昨晚给他挂了电话。我们得记住通知巴杰莉护士。"

"意志并不取决于医生。"

德桑蒂护士未必不赞同她的意见，只是不愿听这种话。"现在舒服了吗，亨特太太？"

亨特太太衰老的头颅枕在舒适的枕头堆上，仿佛敷过防腐香料；她颚骨以下的身体被笔直的被单罩在床上。"我已经好多年没舒服过了，"她说，"你为什么一定要走？为什么非要巴杰莉来不可？"

"因为她接早班。"

楼下花园中什么地方响起一阵鸽子的扑腾声。

"我讨厌巴杰莉。"

"要知道你其实并不讨厌她，她心肠很好。"

"她太多嘴——老是说不完她那个丈夫。她也太自以为是了。"

"她不过比较讲究实际罢了。你总得度过白天吧。"白天难熬正是德桑蒂护士喜欢值夜班的一个理由。

"我讨厌所有别的女人。"今天早晨，亨特太太执拗的脾气全使出来了，"我只喜欢你，德桑蒂护士。"她向护士投去一瞥柔和的目光，那目光有时似乎仍然闪烁着令人惊叹的宝石般湛蓝的光辉。

德桑蒂护士开始以其惯有的谨慎在房间里忙碌起来。

"至少，我今天上午可以看到你，"亨特太太说，"你不能躲开我。你看起来像一种——大——百合花。"

护士不由得把头巾拉低了一点。

"你在听我说吗？"

她当然在听：这是使她们两人都感到畅快的时刻。

"我还能看见窗子呢，"亨特太太漫不经心地说，"还有——白茫茫的——唔，对了，是镜子。都是好征兆！今天是我视力比较好的一天，我将看见（这些东西）！"

"是的，你（将）看见他们。"护士正在整理发刷。这些象牙发刷镶嵌着黄金和碧玉的同心结，对她具有一种特殊的魅力。

"人与人之间的爱，最糟糕的是，"床上的声音对护士说，"当你准备爱他们时，他们却不需要你的爱；而当他们需要时，你又不（爱）了。"

"你还要熬一个白天，"德桑蒂护士提醒亨特太太，"可别太激动了。"

"只要一有机会，我总会很激动的。我现在就控制不住了——谁都劝不住。"

她眼眶中又闪烁出蓝宝石的光彩，接着眼睑像鱼鳞般垂落下来，双目又黯然失色了。

"不过，你说得对，我需要气力。"她的声音变得像在哄孩子，"握一会儿我的手，亲爱的玛丽——好吗？德桑蒂？"

德桑蒂护士迟疑了好一阵，克服着她所受的训练教给她的那一套。然后，她拉过一张蒙着退成灰绿色的椅罩的红木矮凳，并使自己那丰满的胸脯平静下来。这对丰满的乳房，长在她的身上，令人不胜诧异，因为要是没有它们，她将十分淡雅清丽。接着，她握住了亨特太太那只瘦骨嶙峋的手。

这样的握手，使她们巧妙地结合了。从透进窗户的光亮看，天将破晓。她们沉浸在互相依赖的境界之中，而她们的肉体和心灵仅仅是进入其中的门户。当然，德桑蒂护士无法真正对她病人的心灵负责，那是个多么衰老、多么乖僻，中风后又多么脆弱的心灵啊；但他们确实有过像现在这样似乎心有灵犀一点通的特别时刻。如果她没有在她护士生涯中产生一种意念——不，岂止是一般的意念——一种千古永存的信仰，她也许会希望永远滞留在这种美好的境界之中。她容貌美丽，仪态威严，所以那些同事虽然在她身上发现了某种奇特的、无可非议的东西，却不敢说这种东西"具有宗教性质"；她们即使讥笑她，也都在背后。然而，她选择夜班却出于轻蔑。在夜里，她可以在更加强烈的信念的天地间徘徊，不但可以践行她所从事的职业信条，还可以举行其秘密信仰的仪式。

那么为什么选择亨特太太呢？那些不太虔诚或较有理智的人们也许要问。对此，玛丽·德桑蒂无从解释。她只知道这是个年轻貌美时过于放荡的落魄者，在没有滥施残暴、凌辱别人（这种事只有处于垂暮之年的人才干得出来),因而为愤愤不平的怨恨所侵扰的时候,也是一个行将脱离它寄寓的躯壳的灵魂,一个已从人类感情中完全脱离出来的灵魂;解脱得那么彻底,它有时变得像河水一样浊而复清,变得和晨光一样澄澈透明。

这天清晨,亨特老太太睁开眼睛问护士:"那些洋娃娃呢?"

"我想在你原来扔下它们的地方。"因为双方都不满意这个愚蠢的回答,护士露出痛苦的表情。

"他们总是这么说! 他们为什么不拿来?"亨特太太责问护士。

护士只能紧咬着嘴唇,亨特太太的手已经从她手中抽开了。

"你肯定知道那些洋娃娃的事,别说我没有告诉过你。"老妇人几乎有点忿忿然了,"我们过去住在——哦,一条——一条大河旁边。我父亲给了我一百个洋娃娃。嘿嘿——一百个! 有的我不感兴趣,连看都不看一眼,有的却爱得入迷。"

突然,亨特太太洋娃娃似的把头一甩,转了过去,德桑蒂护士不由得屏住了呼吸。

"你知道这不是实话,"老娃娃怨恨地说,"凯蒂·纽特利才有洋娃娃,她被宠坏了。我只有两个——又破又烂。我喜欢它们的程度并不一样。"

德桑蒂护士对她被迫再次过于急剧地卷入这个错综复杂的世界而感到苦恼。

"我扯掉了一只洋娃娃的腿。"亨特太太承认,这时她令人羡慕地恢复了平静。

"后来他们装上了吗?"护士壮着胆子问道。

"我记不得了。"亨特太太呜咽似的回答,"而今天却必须把什么都记起来。人们竭力要揪住我——指责我爱——爱他们爱得不够。"

她神情可怕地凝视着逐渐增强的——如果不说是耀眼的——晨光。

"要尽可能显得漂亮。把我的镜子拿来,护士。"

德桑蒂护士取来镜子:与发刷一样,也是象牙制品,也镶着黄金和碧玉的同心结。护士握着镂刻着长长的指形凹槽的把柄,斜过镜子,让病人照着。她庆幸自己看不见镜中的影像,因为镜中的影像可能比真实的面容更加丑陋。

亨特太太喘息着:"得有人给我化妆。"

"巴杰莉护士会办的。"

"哼,巴杰莉! 去她的,要是小曼胡德在这儿就好了——她知道该怎么办,我很喜欢她。"

"曼胡德护士要吃了中午饭才来。"

"为什么不能叫人给她打个电话?"

"她还在睡觉呢。睡醒了也许还得上街买东西。"

亨特太太很懊恼,头跌落在枕头上,泪水突然涌出半闭的眼眶。

德桑蒂护士听到自己的声音比她所感觉到的平静。"如果静心休息,那你的容颜也许就会显得比原来更漂亮些。这是他们都希望见到的。"

老妇人完全合上眼睛。"现在不行了。唉,我的睫毛脱落了——我的皮肤,我不用照镜子也能感觉到上面的斑点,甚至眼睑上也有。"

"你太夸大了,亨特太太。"一点小小的安慰。护士感到双脚酸痛,头脑和眼睛都还不适应白昼的光线:黑暗的退却使她头昏脑涨,活像一只飞蛾。

这时,她发现病人着魔似的盯着自己。"我想请你拿点什么喝的来,再拿点别的什么——"说着,她伸出一只极其苍老的手,"希望你原谅我,玛丽,好吗?"这时轻轻拍打着的不像是那副骨头,而像是羽毛的末梢。

德桑蒂护士这时的感受简直不是通过感官接受的,但还没有升华到她们有时共享的超脱肉体的程度。然而,这种感受有些令人烦恼。

为了保护自己,护士对一半要求置之不理,而对另一半则欣然同意。"行! 你要什么呢?"

"不要有牛奶的。"亨特太太的嘴唇咂了一下,因为那两片嘴唇粘在一起很难分开。"要点清凉洁净的。"拒绝了半流质食物之后,她补充了一句。

德桑蒂护士只好变得温和些。她不由得看了一下,立即发现,除那羽毛梢之外,老太太的目光也在轻拂自己。那当年熊熊燃烧的蓝宝石的光彩,至少有一部分透过了苍老和疾病企图加以遮蔽的薄翳。"我想要一杯水。"亨特太太说。

德桑蒂护士被弄得困窘而迟钝。"水肯定清凉,"她保证,"从冰箱中取出的,但不能保证洁净,因为那是自来水公司供应的。"

当这位高级修女离开房间时,家具上和那几乎被毛巾掩盖的便盆上反射出来的强光照在她身上,驱散了她的职责所产生的幻象,驱散了她夜间的思绪,也驱散了她神秘的癖性所产生的臆想。她的臆想也许除了一位邪恶的老妇人之外,谁也无从猜测,因而谢天谢地,除了她谁也不能分享。至于白天的玛丽·德桑蒂,凭她宽阔的胸膛和结实的小腿,简直顶得上篮球队长。

亨特太太被独自一人留在屋里,这正是她所希望的。怀着对可怜、抑郁而忠实的德桑蒂护士的尊重,她眼睛半闭,躺着倾听她的房屋、她的思想和她的生活。四周钟声嘀嗒,当然还有低沉的节拍器的响声,那也许是她的心脏在搏动。在某些方面,人们所说的"半瞎"未尝不是有利之处。似乎她的眼光向来过于敏锐:一些愚钝的朋友曾经因此惊恐不安,丈夫和几个情人也曾为此而怨恨、嫌恶。更糟的是,她的子女——他们简直会谋杀她。她摸不到护士藏起来的手帕,只得不用手帕就哭泣起来了。我从来没见你哭过,伊丽莎白,除非你想要什么。艾尔弗雷德经常低着下颚,仿佛准备骑马冲向全副甲胄的敌人;而她则仰起下颚接受挑战。我可没想到要哭,但既然叫你看到了,那一定没错。她以脸的侧面为武器抵抗丈夫:人们告诉她,说她的鼻梁极其优美,她自己也在镜子中端详过,只有艾尔弗雷德没有向她说过。是她的鼻梁不够娇美吗?她的朋友都叫他"比尔"。他大半辈子都把自己扮成那些兮兮的、拄着笨重的拐杖的男子中的一员;他们上门来谈论羊毛和肉食,步履迟缓,行动笨拙,活像领着母羊穿过一丛紫花苜蓿的公羊。一些自作多情的妇女,不了解"比尔"多么洁身自爱,也凑上去向他调情。

亨特太太不禁笑了。

你知道,贝蒂,只有你从来不叫我的昵称。"比尔",不行,还没开口,她就觉得双颚像猎犬似的颤抖起来。我怎么能呢?"艾尔弗雷德"是给你取下的名字啊。我是说,那是你的名字——如同我叫"伊丽莎白"一样。她提高嗓门,嘴巴朝下一抿,亮出她准备不时之需的笑窝;然而在这种场合,笑窝是不能使他臣服的。

虽然他没有指责她冷漠,但影射者却不乏其人:那些幻想延长学生时代的痴情迷梦,让人围着转的老处女啦,那些需要找个对象倾泻满腹冤屈的妻子啦,阿索尔·施里夫一类的男子啦(她仅仅因为想尝试一下纵情声色才与他接触过,那一身的毛就够她嫌恶的了),还有那个年轻的挪威人——不,他这样影射过吗?(他的话题可是鱼类?)——在沃明家的海岛上。

　　并非人人都是冷峻的海岛。他们挚爱"比尔"，也仰慕伊丽莎白·亨特。最冷峻、最不友好的海岛莫过于自己的儿女——虽然只要你懂得如何积攒足够的金钱，也能点燃他们火一般的热情。

　　她吮着枕套角，回忆着她的子女。他们叫什么名字？多——萝——茜？皮斯尔？巴兹——尔！当初热乎乎的名字，到最后都成了丑恶和虚伪。

　　亨特太太一边迷糊入睡，一边竭力想记起她已经发觉的某种别的东西：不是与毛茸茸的男子搂抱，不是受其他女人湿漉漉的亲吻的威胁，也不是子女们更迭交替的轻薄与指责。她渐渐坠入小小的梦乡，希望体味到一种她知道确乎存在，但除非上帝大发慈悲，否则无法进入的微妙的心境。

　　那位夜班护士穿过这名义上属于她雇主的丑陋而浮华的房屋。她必须记住这一点。现在，晨光已经穿透窗帘，走起来比较容易了。她必须记住她装在镜框中与父亲的证书并排悬挂的执照；记住自己已经做了三十二年的护理工作（过两个月她就要五十岁啦）。亨特太太家的楼梯口和过道中都挤满了家具，挤满了那些房间里塞不下去的衣柜、桌案、书橱。那一度色彩绚丽、富有弹性的地毯，现在有的地方已越磨越薄了。这点，屋子的主人看不到，而那些看见了的人又不加理会，因为地毯算得了什么？他们在等待主人作古呢。

　　在楼梯中间的驻足台上，护士猛拉了一把窗帘，放进更多的阳光。刺目的阳光与壁龛中的一瓶缎花很不协调：当她缩回手时，那枯枝上的银白花瓣仿佛在格格发笑。库什太太负责打扫，可灰尘仍在阳光中悬浮飞舞，犹如一股没有香气的香烟：每周只有一个人来打扫两次，有点灰尘是不足为奇的。

　　什么念头在作践着德桑蒂护士，她不禁哆嗦起来。他们是这样解释的，她应该记住，不必让良心因为发现自我而愧怍。那是当亨特太太上一次发病恢复过来之后，她把潮湿的棉花球按上亨特太太多斑的眼睑时。或者说她应该记住，一个讨厌的病人应该少耗费你些心血——或许她某些同行是这样认为的。

　　护士扶着栏杆继续下楼，仿佛需要什么支持似的。夜间，她什么也不用扶，轻快地上上下下，直挺挺的裙子几乎不会擦到栏杆和栏杆上那些纠缠盘结、果实累累的铸铁枝条。夜间很少产生疑虑，因为挚爱和习惯已经把神圣的形式和内容赋予这幢最富有物质性的房屋,而作为一位新入门的教徒,她的思想犹如五花八门的祈祷,从中升腾而起,直上霄汉。

然而今天早晨,当德桑蒂护士深入这个拥挤不堪的井孔时,一阵淡淡的粪臭和一缕缕从老年膀胱里飘出来的秽气,却无缘无故地追逐着她;而那阳光本身、栏杆上的铁刺和透明的指甲,都在恶狠狠地戳着她。

她也许必须记住,没有一个病人是邪恶透顶或者不可理喻的。

那一定是十五年前的事了。当时威勃德先生警告她说:"我必须告诉你,德桑蒂小姐,你接受了一个我该说难以对付的病人。"

威勃德先生双手指尖对指尖,叠成一个锥形,显出十足的律师派头。她竭力估计他的年龄:春秋不高,却老态毕露(也许是生就一副老态);皮肤已经开始干枯,一双僵直的手上,青筋暴突;一只小指上戴着印章戒指,镶嵌在上面的宝石,颜色与青筋一样。

"不能说是反复无常、怪诞不经——但我得说是性情多变。"他语气慎重地强调。

他一边端详着眼前的护士,一边可能在考虑是否可以把自己的声誉押在她的身上,把一位比较重要的委托人的护理工作托付给她。不过这只是一瞬间的事。他对于从事专门职业的人士,向来彬彬有礼。

德桑蒂护士虽然外表上还像认识她的人所说的那么平静,但至少在思想上已经开始权衡面临的困难,捉摸律师所警告她的病人多变的性格了。此时此刻,仿佛有什么东西在刺痛着她。但那无言的嗫嚅,那缓缓荡开的俏丽的微笑却表明她并不那么信以为真。

一个漂亮的女人,呆滞然而可靠。她的工作鉴定是无懈可击的,还有一位上校留给她的一笔年金。

威勃德先生清了清嗓子说:"亨特太太当年绰有风姿,啊,至今余韵尚存呢。她备受人们的仰慕,许多人依仗她——征求她的意见,聆听她的劝告。"威勃德先生笑了起来,放开双手,藏在桌子底下。"她还喜欢斗智哩!"

玛丽·德桑蒂微微一笑,表示赞同。她感到自己显得很蠢,但她必须掩饰自己的感情:兴奋和期待的感情。她每接受一个新病人,都希望再次验证自己的能力,但从来都不曾如此强烈地希望与这位容颜已消损的想象中的美人抗争。于是,她微笑着越过律师的肩膀,望着一卷卷纤尘不染、一律以鲜艳的粉红丝带扎好的文件；她同样被这些文件，被它们无名的神秘迷住了。

威勃德先生接着提起一件可能给他带来麻烦的事情。"我说过，亨特太太患——你还不能称之为精神崩溃——一种轻微的神经方面的毛病。她女儿最近回法国去了——她嫁给一个法国人后一直住在那里。"威勃德先生讲话从来不像此刻这样吞吞吐吐。"我简直不能把这位先生称作她的'丈夫'。你不妨说他是形式上离婚之后再婚的，这个为多萝茜·亨特所接受的信念她却决不承认。"

对于这些别人履历上的具体细节，律师和护士都同样采取适当的严肃态度。

威勃德先生最后宽慰地认为，德桑蒂护士虽然有些愚钝不灵，但这点在与伊丽莎白·亨特的相处上决无不利，也不会削弱她的责任感。他瞥了一眼悬在她那顶不合时宜的帽子后面的头巾。那顶帽子，在他儿女们眼中，恐怕颇称得上"乖戾守旧"了。

"我什么时候上班呢，威勃德先生？"

与伊丽莎白·亨特结识以来的十五年中，玛丽·德桑蒂一直断断续续地被召进这幢房屋，有时是为了满足友谊的需要，有几次是为了让一点小病小痛变得煞有介事，最后则是在总摊牌中主持护理工作。这时，巴杰莉护士、曼胡德护士、李普曼太太和库什太太都不辱自尊地在这支队伍中接受了较低的地位。她们谁都不怀疑上司的能力，有的还从她的热心和虔诚中感觉出一种权威的力量。她的热心与虔诚使她能够更深地进入那位老妇人的心窝；而那位老妇人，则是她们环绕的中心和或多或少为之献身的对象。

今天早晨，这位高级修女迟钝、笨拙地走下楼梯，在最后一级上打了个趔趄。在现在的情况下她的笨拙令她加倍恼火。她低头发现地毯压杆松脱开了，地毯也随之滑离原来的位置。在殊非寻常的今天，这个事故叫德桑蒂护士出了一身冷汗。她感到背上汗水涔涔，鼻子上的毛孔也一定张得很大了。黑夜把又累又脏、浑身黏糊糊的她扔出了它的怀抱。

她一路猛扯窗帘，拨闩开窗，在窗口深深地吸气。她周围的混浊空气浓厚得像天鹅绒。要不是她生性温和，那一定会大闹一通，因为此刻她气得不得了。如果当时有适当的机会,即使没有真正的理由,她也要把管家狠狠地训斥一顿;然而李普曼太太还在睡觉。这是李普曼太太的短处,也是她唯一的享受。(我的前半生,也就是自己还在当小姐而没当佣人的时候。德桑蒂小姐,我都从外面回来了,女仆才刚刚起床呢。)

无论你愿不愿意,这幢房子也将再由你掌管一小段时间,除非那面烫金大镜子一口吞下它那模模糊糊的密友,连同叮叮当当的瓷器和乒乒乓乓的镶嵌细工一并装入腹中。

镜子已经糟透了,但更糟的还是画像。德桑蒂护士要到食品室去,不得不经过客厅。她无法判断那些画像是否有价值,仅仅猜测它们一定花了不少钱。此外,除了瞬息即逝的高雅风度和时髦虚伪,她还看到画像上的人儿流露出某种豪富者动人的哀怜气质。巴兹尔尽管睫毛弯弯、面容灵秀,却总逃不出是个招人厌憎的坏小子,而多萝茜则是一个面目丑陋、性情乖戾的女孩,既无矫饰的光彩,又无做作的体态。伊丽莎白·亨特手腕上和双肩上的宝石成串成串的,如瀑布一般,几乎可以把安分守己、天真无邪的人们淹没在羡慕的波涛之中。然而玛丽·德桑蒂对珠宝却无动于衷。她早就认为,只有那面庞是真实的,不受画师的影响,或者毋宁说它超脱了浅薄、虚伪和庸俗的油彩,反映出事物的真相,犹如某些不太珍贵的宝石,或者鲜花、音乐上的短句和光线的穿过一样。

正是画像上这两个孩子迫使护士联想起那个带着棕褐色的斑点、灰黄色的条纹和刀伤疤痕的干枯躯体:他们正是从这个躯体中跳出来并把自己的意志强加于生活的。今天早晨,亨特太太这两个孩子的画像使德桑蒂护士不寒而栗。(我喜爱所有的孩子;你不喜爱这两个小孩吗,护士? 幸亏巴杰莉护士不指望任何回答。)

德桑蒂护士没有在餐厅中停下来拉开窗帘,她匆匆穿过悬挂着棕色天鹅绒窗帘的沉寂的餐厅,经过艾尔弗雷德·亨特(他的朋友叫他"比尔")的画像。亨特先生的画像比他妻子的小得多,花费也一定少得多。尽管如此,光凭画像角上画师的签名,你便可知道这也非得大大地破费一笔不可。对富翁来说,亨特先生看起来缺乏自信:除了给画师开支票,他在其他方面都可能使画师大失所望。护士怀着对那些生前可能认识而不认识的死者的敬意,放慢脚步,缓缓地走着。她出于崇敬的心理,赋予亨特先生她记忆中的自己父亲的品格。

即使在发现自己不爱——或者说不可能深爱自己的丈夫之后,护士,我还是那么渴望能爱他。开始,亨特太太的这般表白使人非常尴尬:你不得不使自己相信不是在偷听别人说话。

德桑蒂护士推了一下食品室的毛绒门帘,房门像活人似的叹了口气,如果她愿意这么想象,那么它也真会像人似的具有感情的。

她把食品室的冰箱中一只小雕花玻璃壶灌了半壶水。这时,突然听到隔壁厨房中传来"砰"的一声。她走进厨房,发现管家正在穿围裙。管家挥动着手臂,脸给围裙蒙住了,身体可笑地扭动着:也许睡糊涂了还没有清醒。

"起床起太早了吧?"夜班护士说。管家仍然蒙在围裙中。

"哎,我真够——慌张的!"当她终于钻出围裙,其模样更加可笑,表情麻木的面孔上一副僵硬的嘴唇仿佛刚从倾盆大雨中逃出来似的。"真够慌张的了!"她气喘吁吁地说,"都是客人的缘故。还有,威勃德先生要来吃早饭。"

"威勃德先生会去应酬客人的。"

"是的,可实在太早了,我好不容易才离开床铺。此外,"李普曼太太很高兴地记起了什么,"你今天比平常迟了些,是吗,护士?"

"少管闲事。"

管家立即恢复了那副紧绷绷的神情。她双手握拳,手指关节看上去比她面孔还衰老得早,因为几乎脸上所有有意识的表情中都还有一种虚假的青春。"呵,一天中就数现在最难度过。你为什么不能每天早晨都多待一会儿,等巴杰莉护士来了再走,德桑蒂小姐?她从来不会准时到的,绝对不会!我一个人守着她,万一她从床上滚下来可怎么办?或者再来次中风,那可怎么是好啊?"李普曼太太开始没完没了地发起牢骚来,似乎成了最不幸的人。这些话曾经把巴杰莉和曼胡德吓得瞠目结舌,但德桑蒂护士的异国气质却使她能够比较从容地应付。

但仅靠异国气质是不能经常帮助她安慰这位瘦小而不幸的犹太女人的。"也许你所想象的事情一件也不会发生。"今天早晨她只能给她这句安慰,"顺便提醒一句,李普曼太太,我们千万不要提起中风什么的。无论如何,那只能算很轻微很轻微的一点。一只眼睛后面的什么地方破了一根血管。"

　　虽然遭到抢白,李普曼太太却似乎为护士关于医疗业务的计谋的暗示感到高兴:她摇头摆尾地在宽敞的厨房中跳了几步舞,然后突然站住,身体上的每一块肌肉都绷得不能再紧了。

　　"完全正确! 我们的客人会带来生气。我几乎盼得发狂。确实也是艺术家哪! 我已经把床铺好了,还照她的意思插上了鲜花。"

　　"其实你不必插花。"

　　"可她也许会坐在椅子上叫人推进去看看的。"

　　"她看不见。"

　　"亨特太太只要有心简直能看穿墙壁。"

　　"我告诉你,你为客人准备的鲜花可是白白糟蹋啦,他们不会住下——不会住这幢房子。"

　　"可我都把床铺好了! 那是她的吩咐。"

　　"他们不会住下的。"

　　"那得有人告诉她一声。"

　　"威勃德先生会告诉她的。在这类事情上,他有丰富的经验。"当意识到自己忽略了自己的职责时,德桑蒂护士向手中的小水壶皱了皱眉头。

　　李普曼太太的双眉拧成一道,活像条闪亮的毛虫,颤颤抖抖的。"我永远搞不懂,为什么盎格鲁—撒克逊人不要家庭的温暖。"

　　"他们担心被吞噬,家庭是会吃人的。"

　　"总会被吃掉的,即使不被家庭吞掉,最终也得去喂火葬炉。"李普曼太太痛苦地抱怨。

　　德桑蒂护士爬上楼梯,一路上小心翼翼地不让托盘上的杯子和水壶叮当作响。手中端着的托盘与屋子中的其他银器一样,沉甸甸地累得她手发酸。

　　她走到床边,看见病人已经睡着了:开启的双唇接连不断地吸到齿龈上;白垩似的双手像对鸟爪,钩着被单,随着均匀的呼吸在一起一伏。

　　德桑蒂护士熟练地把托盘放在床头桌上,没有发出一点玻璃器皿和银器的撞击声。

　　"我没有睡着,护士。"亨特太太的声音这样告诉护士,"我——病情的最坏征兆是几乎从来没有睡着过。"

　　德桑蒂护士倒了一杯水,当她扶起病人的肩膀时,病人的头颈也活动了。她翘起嘴唇,喝水的模样很不雅观。她的嘴唇令人联想起某种低级动物,也许是海洋中的水生动物吧,在水中吸进比水更多的东西。因为人性原本就是不可能从伊丽莎白·亨特身上得到的,所以人们也不必因此感到遗憾。

德桑蒂护士尽完自己的职责时,镶嵌在花梨木床上的银太阳已经与天上的金太阳争相辉映了。她逃进巴杰莉称作"护士隐退室"的房间,去躲避一会儿。这间房子实际上是间藏衣室,收藏着亨特太太一生中购置的大部分衣服。玛丽·德桑蒂坐在镜子前,松开头发。她在竭力回忆什么呢?她一直都在盼望什么呢?她的脸蛋半匿在乌黑的秀发之中,不时地映照在镜中。

无论睡着也罢,醒着也罢——其实亨特太太的生活已经变成漫长的睡不着的睡眠了——她又重新滑进刚刚离开的梦境。她发现自己可以轻而易举地继续做清醒的迷梦——这些梦组成了她的生活,有时,甚至可以操纵那些她不承认是睡眠中出现的深沉可怕的噩梦。

现在,她那忠于职守但未免性情过于抑郁的护士给她送来的凉水帮助她回到了另一种比较肤浅的经历或者说梦境之中。她们俩——她和凯蒂·纽特利——每人抱着一大捧洋娃娃,在大河边走着。不,不是大河,是一条很浅的经常干涸的小溪,它弯弯曲曲地流过索尔克尔德家,流过纽特利家,流过亨特家,流过每个人的房屋门前,宛如一条在柳荫下、卵石上摆动的棕色丝带。水大时,这条河流波翻浪涌,喧逐欢腾,虽说回水流动不大,却也常有翻动的泡沫,偶尔还有一只漂浮在水面上的泡涨了的绵羊。总是要伊丽莎白去戳泡涨的绵羊,凯蒂是决不动手的。伊丽莎白·索尔克尔德和凯蒂·纽特利走到河流的一个转弯处站住了,那里河水比较深,打着漩涡。伊丽莎白开始向漩涡中扔洋娃娃。它们有的在水面上漂着,有的四肢浸湿了,沉下水底。凯蒂哭了起来。伊丽莎白一开始就发现她是个既认真又单纯的女孩。你有那么多洋娃娃,哭什么啊?看,它们被扔进水里的情景不是很有趣吗?凯蒂有哭鼻子的习惯:我不是哭洋娃娃,是哭我姐姐的遭遇,你知道她的遭遇吗?伊丽莎白哼了一声,以便掩饰她的羞愧。索尔克尔德夫妇说话低声细气的,比当地大多数孩子的父母亲都轻,所以她至今还不知道凯蒂的姐姐莉莲发生了什么事情。凯蒂准备解释,莉莲跟

一个俄国人什么的逃走了。啊，你知道这件事！她现在被杀死了。他们怎
么知道的？你认识的人是不会被杀死的啊。但凯蒂似乎突然长大成人了：
她比过去更严肃了。他们在某条大河的堤岸上发现了莉莲的尸体——在
中国或者西伯利亚。这样说来，别处也有这么大的大河啰！当时她头颈上
的血快要流干了。凯蒂说不下去了，她又哭了。但伊丽莎白·索尔克尔德
不可能因为凯蒂的姐姐莉莲没命地飞奔到那条亚洲大河的堤岸上去寻死
而掉眼泪。相比之下，她们自己肤浅的生活和一潭死水般的日子倒变得难
以忍受了。伊丽莎白·索尔克尔德几乎要为看不到莉莲策马飞驰的飒爽
英姿和听不到莉莲驰骋时的嘚嘚蹄声而掴她朋友的耳光。然而，她只是用
一根柳枝狠狠地抽打着河水。

　　"我那时真是个可怕的小女孩！"亨特太太喃喃自语道，"其实大多数孩
子都是可怕的，尽管从理论上说并非如此。"

　　她知道，无论她的生活变得多么死气沉沉，她都不会去寻死。她只希
望能够再次享受时常允许她进入的那种纯洁、真实的极乐世界。如何进入
呢？她不知道，也许有赖于德桑蒂护士；她需要玛丽握着她的手。

　　她睁开眼睛，开始摸索手铃，想责备护士居然抛开她不管了。门口站
着一个比护士更高瘦的身形，模模糊糊的，她无法猜测是谁，只觉得能够嗅
出那是个男人。

　　"是你吗，亲爱的？"她喊道，"我等了好久了啊。"

　　对方冷淡的沉默使她明白自己泄露了秘密。

　　然后一个声音说："是我——我是威勃德。"他刚才迟疑了一会儿，不知
该怎么回答。她的外孙，有时甚至女儿都拿他一本正经的语法和措辞当
笑话。

　　"啊，是你！很高兴见到你，阿诺德。我知道你要来的，当然，我很高
兴！"她的声音比一般人对律师说话时的声音更有感情，因为阿诺德·威勃
德不光是她的律师。但尽管如此，经历了这一切之后，他可是帮不上什么
忙的了。

　　基米斯要带他的小伙计阿诺德·威勃德送文件来，这样我们就可以保
证不让别人抢走你看中的宅基了。说起来，那还是伊丽莎白和艾尔弗雷
德·亨特（"比尔"）彼此打量并最后做出许诺的那年的事儿。艾尔弗雷德
凝望她的时间比她凝望他的时间长，因为他比她诚实。她当时就承认这一

点:她不是不诚实,而是缺乏他那种纯洁的心地。问题在于,艾尔弗雷德,你必须允许我把我们应该给孩子的东西交给他们;这里谈不上什么生活,还有,他们的教育怎么办? 一提起教育,艾尔弗雷德总是立即付诸行动。于是他们就准备买下悉尼市森蒂尼尔公园中的宅基地,而那个小伙计就要送契约来签字了。伊丽莎白·亨特发现阿诺德·威勃德是个讨人喜欢而无论如何不会加害于人的年轻人。在他离开后的那个晚上,他们在走廊上来回徜徉。艾尔弗雷德盯着她前胸露出的地方:她穿着一条朴素而非常漂亮的白花边连衣裙,在山风的吹拂下,十分凉爽。她知道今夜只得答应他了:从他的呼吸中听得出他在期望;他那么体贴,而"库杰里"的夜又那么漫长。

现在,年老的阿诺德·威勃德走到她的床前——唔,不老,不如她老,任何人都不如她老,只能说是年纪大了点,但他样子老了,声音也干涩了。他握住她的手,她的手碰上他那薄薄的、柔软的细胞组织。要是还能再被情欲撩拨,她也许会把那只手抚弄一番的。

"诸事顺利吗?"律师大声地问,声音微微有点颤抖。

"为什么不顺利呢?"

一句男人常有的问话,但阿诺德问时的腔调却活像老太婆。

也许拉尔倒成了丈夫;不过他们毕竟生了两个女儿。

"拉尔好吗?"

"很遗憾,在受风湿痛的折磨。"

"倒不知道她患风湿病。"

"好几年了,只是时好时坏罢了。"

"那就该感恩戴德了,'时好时坏'算什么,我一直吃关节炎的苦,无休无止的,好几年了。"

"是吗?"

记住,让他捎件礼物给拉尔。这个最平常的女人,一脸雀斑。(亨特太太用手摸摸面孔。)拉尔甚至在当姑娘时眼睛下就有袋状的垂肉了。

律师清了清嗓子。"我得告诉你一个令人失望的消息,不过只是一个小小的失望。"

"别——告诉我。"

她睁着眼睛,阿诺德·威勃德决心避开它们。

"巴兹尔在曼谷耽搁了，他要今天晚上才到。"

"什么——什么？曼谷！"亨特太太的嘴巴从痛苦转向辱骂，"巴兹尔比谁都清楚地知道怎么——叫人失望，"她喘着粗气，"我不知道他这个演员是否已使我失望了。"

"他有一大批崇拜者。你记得，那次拉尔带马乔里和希瑟到伦敦去时见到过他。我想是在《麦克白》一剧中。马乔里在什么地方读到，说只有最杰出的演员才能演好麦克白这个角色，说别人都没有那种声音。似乎是个很重要的角色哩。"

若不是当时她感到有如被泼了瓢冷水似的心灰意冷，那么阿诺德的这段介绍，无论多么枯燥乏味，她也会引以为荣的。当时，她心里懊恼极了，巴不得阿诺德·威勃德快走。

他有所察觉，但还没完全领会她的意思，这会儿他早已走到一扇俯视公园的窗前。夏季的公园中，草皮焦黄，湖水退落，只有一根根圆柱依然高高耸立，在昙花和爱之花的簇拥之上，继续炫耀着欧洲的雕塑艺术。

为什么在与亨特太太的相互关系中，他的自卑感至今未除呢？他固然不喜欢自卑，但不能不仰慕这位先为委托人的妻子而后为其寡妇的女人；当然，还有拉尔来愈合他自尊心上的创伤：亨特太太是个很出色的女人，即使她不让我们忘却她的缺点，我们也要原谅她。

他转过身来，也许想为巴兹尔在途中耽搁而进一步安慰她。根据最后一次同机场联系的结果，多萝茜将按时到达。但她还是躺着，嘴唇微启，发出轻轻的鼾声，吸吮着空气和生命。

唉！她站立在躯壳的外面——她记得自己使用过许多躯壳——深深地悲叹了一声。她凝视着熟睡的丈夫。他当然没有死，只是不知道当她不在监督、责备家庭女教师和数落女仆时，她在忙着做水果罐头和腌洋葱之类的活儿——如果厨师许可——的同时，她在这间屋里在他身旁还过着别的生活。他喜欢与她一起骑马穿过围场。然而，甚至当他们并肩骑马外出，当他绑着裹腿的结实小腿紧紧地挨着她，以致马镫与马镫相碰之时，他也不知道她从来就不是他所想象的女人。她经常戴一顶破旧的、带子上沾着斑点的丝绒帽，从而更使他看不清她的内心世界。当牛群摩擦着从身边经过，当母羊在被挤奶、奔跑，或当牝羊一边喘气一边慢吞吞地移动的时候,她曾经一手抓着羊角,一手理着他宽阔的肩膀上的饰带,和他站在一起照相。那些牝羊比任何东西都更严重地加速了他们那本该天长地久的婚姻的破裂。

唉,亲爱的!她一声声地悲叹。她今后要爱他了。从他还是个叫亨特的孩子,长到被人称为"比尔·艾尔弗雷德",一直到成为和顺的丈夫,成为闷热的夜晚里蚊帐中的主宰,她对他都了解得一清二楚。按理说,他们应该没有什么不可以共有的思想感情了吧,然而他们的肉体却阻碍了思想感情的交流,或者说看起来是这样吧。他抚摸着她,搓揉着她,直至探入她的体内去寻查她那些对他保守着的秘密。

上门求教的羊毛商人和畜牧专家对他毕恭毕敬、诚惶诚恐;而在她眼里,形容枯槁、大汗淋漓地趴着的他却十分渺小:他肩膀周围的肌肉十分肥厚,疲惫的双肺仍然击打着她几乎被夷为齑粉的乳房。动作最熟练时,他的脚趾经常夹住她颀长而清凉的双腿两侧的床单,仿佛找到了一个给她留下最深印象的杠杆支点。她记得,有一次她觉得顺着她的脖子往下流的不是他的汗水,而是他的眼泪,最后他咳嗽起来,从她身上移开。他们的皮肤发出拉开胶布时发出的那种声音。她很想问问,最后终于问了他心中有什么不快。他的"运气",在一切事情上,都超过了他应得到的;这个回答虽然含糊不清,但确乎如此。

无论如何,她给他生了他们的孩子。她必须记住这一点,必须再现他们的面目:在黑暗的屏幕上,跳动着多萝茜的小小面具,既不十分透明又非完全黯然,颇像那些枯枝上的花瓣;屏幕上也跳动着巴兹尔,一个喜欢为陌生人和拉尔·威勃德一类易受欺骗的笨蛋表演的大演员。他们的孩子除了偶然的血缘关系,简直不像是艾尔弗雷德的后代。

所以她必须有所弥补。对于她的身体,他付出了巨大的代价。对此,她并不悭吝。他来不及抢救她父亲的生命,那绝不是他的过错。在起初的那些岁月中,人生的悲剧和被唤醒的肉欲的适应能力使他们亲密无间。这是他们的一致看法。除此之外,她不知道自己还能提供些什么。随后,她就开始故意回避他,希望独自深入了解那个或许自己就是其微不足道的组成部分的神秘世界。不陪他骑马到围场去的借口很容易找,家务琐事啊,小孩病痛啊,没完没了的简单而有说服力的理由信手可拈。她继续禁锢自己,不是禁锢在可见的山峦和灌木的景色之中,而是禁锢在内心的景色之中。"我又轻浮又浅薄，"她无可奈何地脱口而出，"没有任何证据能说明我会有什么结果，更不必提孩子了。"四周的群山在春晖下闪烁着宝石般的光辉，而在夏季的炎炎烈日下熔化为一堆堆翠绿的金属。但在她眼里，无论春夏都是死气沉沉的。她对自己的心境越来越感到惊骇了。

她的心境，他究竟猜测到——更不必提理解——几分，她固然无从判断，但他不可能是那种轻易不受伤害的坚毅男子。他是痛心的；她不是有一次觉察到他在流泪吗？除此之外，他却谨慎地掩藏起自己的感情，这无疑使她的行为愈加乖戾：不完全是自私。无疑，有人看出了这一点，但没有人胆敢公开抨击，仅仅因为，尽管她挑逗他们那么做，但他们怕她。女仆们默默地谴责她：这是她们的眼神流露出来的想法。在偷听电话或伤风感冒的时候，女仆们较为坦率。朋友们可能会被社会习俗，被女仆逼得困窘不堪。无论如何，你的那些女朋友，只要不是过于愚蠢，都不会把你作为她们未来的契友。而男朋友，则不是过于愚钝，视而不见，就是优雅清高，不屑置评。例如阿诺德·威勃德，他就比大多数人了解内情。阿诺德与其妻子相比，前者清高优雅，后者忠厚老实。你几乎见不到拉尔，但偶尔见到时，那平淡的答话以及某种程度的紧张也是蕴含着精明见识的。

自然，拉尔·威勃德一定把人们，不管是谁，企图摆脱束缚、重获当初属于自己，最后也将属于自己的理智而做的挣扎视为一种自私。这种挣扎经历了相当长的岁月，其间，你一方面疯狂地追逐爱情、金钱、地位和财产，一方面不断隐约地感觉到，有时甚至清晰地意识到一种恬静，一种剔除了——即使十分痛苦地——人类弊病的自我的恬静。

亨特太太一声叹息，站在窗口的律师转身看了看。她在被单下保持了那么久的冰冷傲慢的态度终于消融了。

"这是一件拉尔·威勃德根本不可能理解的事情，她太正经了。"她不无悲叹地说。

律师正在想着妻子，委托人莫名其妙的插话未免使他结结巴巴。"怎——怎么回事？你哪儿疼痛吗？我能做点什么——给你翻——翻个身，还是什么的？"他原本并不结巴，尽管声音沙哑，却喜欢表现出一定的亲切。

至于亨特太太，她似乎觉得并无回答的必要，嘴唇又紧紧地粘在齿龈上了。

于是,他继续站在窗口,仍然是个经理已经去世多年的事务所里的下手。

这时,公园已是一派早晨的景象。和煦的秋天把勃发的生机输进衰草枯叶;不知名的人们,有的沿着小湖堤岸悠然徜徉,有的在目标明确地步行上班;一位姑娘骑着出租马店的马,当她的马在一丛树木前受到惊吓时,她几乎摔下马来。

年轻时,阿诺德·威勃德曾经幻想自己戴着一顶缀着条纹缎带的草帽,而且已开始穿上,或者说喜欢想象自己穿上一件黄铜纽扣的蓝色运动上衣。后来他断绝了这个念头,因为,坦白地说,它不符合人们对他的期望。他突然发现自己成了一家之主。娶了拉尔·彭尼丘克伊克——一位很敏感,虽不漂亮但惹人喜爱的年轻女人,与她养了马乔里和希瑟两个小女儿。近来,他与拉尔见面比较少了。这是可以理解的,因为外孙很需要她的照顾。而且,由于他们自己的手脚越来越慢,要做的事情也仿佛越来越多。

尽管有家庭的拖累,又有虽然体面但范围狭窄的事务上的种种事要办——这些都同样令人满意,他和拉尔还是天天晚上在床上相会。也许,双方都很喜欢谈论当天的事情。他相信拉尔比较谨慎,所以有时竟谈及一些他最敬重的委托人的怪诞念头;而她在表露自己的某些见解方面,如谈到他们的女婿奥斯卡·霍金斯的吝啬相,以及希瑟的更年期病痛等等,其坦白之程度,也不相上下。如果他不曾表示他暗暗地宠爱马乔里那个排行居中的女儿,那只是因为怕有负于其他的外孙。

阿诺德·威勃德几乎不能容忍自己听到的从他委托人床铺方向传来的也许仅仅是一声又慢又轻的放屁声;他简直记不起过去是否听到过女人放屁。至于亨特太太自己是否听见,那却不得而知。她几乎完全沉浸在睡眠和思绪之中。

其实,除非感到不适,她已不再怎么注意自己的生理活动了,顾不上什么臭气不臭气。但那些急剧增加的意外事件,却使护士们有所事事了。

那么律师们呢?阿诺德·威勃德做了些什么呢?今天早晨,在那间老式的办公室中,他除了浏览《先驱报》外是否还干了些什么其他事情,这的确值得怀疑。幸亏有护士们和李普曼太太要他付工资,否则亨特太太就得给他找点零碎琐事,譬如去探望探望退休女仆,看看她们是否需要经济上的帮助，以及查询飞机到达的情况，等等。

他到"库杰里"来是送艾尔弗雷德为她买下悉尼市那块宅基的契约的吗？她是下决心要死在这块土地上的——绝不死在疗养院中，肯定不会死在极乐村里。谢谢你——那次送契约是她第一次见到年轻的阿诺德吗？她记不起还有哪次了。在五大三粗、面色红润的艾尔弗雷德身边，他显得那么瘦弱和拘谨，同时又是那么白皙。她觉得他是地地道道的律师，因为他穿着黑色的不合时宜的城里穿的衣服，显得很热。她叫他脱掉外衣，但他不肯。

接着，在考虑了相当一段时间以后，他改变了主意。当她把他的外衣从沙发移到椅背上时，她嗅到一股淡淡的湿热的气味。它不大像汗味：肯定不像男人那雄猫似的臭味。

（为什么这一切都涌上心头，而当天中饭吃了些什么，甚至有没有吃过却都记不起呢？往事历历，如铭如刻——就像他们在牛背上打下的烙印。）

当时阿诺德结婚了吗？啊，结过婚了，他一定结过婚了。那天晚餐时正式谈起过孩子。是的，可敬的拉尔已经生了一个，就要生第二个了。晚饭后，多萝茜和巴兹尔走了进来。那年冬天多萝茜患过气管炎，显得很瘦弱（这是艾尔弗雷德提议在悉尼造房子的正式理由）；而巴兹尔则相反，无病无痛，什么都不在乎。两个孩子都不喜欢威勃德先生，这并不奇怪。后来，多萝茜渐渐爱上了他的妻子。有几次他们碰在一起，她总不肯离开拉尔，手臂吊在拉尔长着雀斑的脖子上要她搂抱——滑稽极了。甚至巴兹尔到了那个开始对谁都不理不睬的年纪时，也常常要跟威勃德太太谈话，想把这位律师夫人拉到角落里倾诉自己的雄心壮志。那副殷勤劲儿，可真让人感激涕零。然而，阿诺德与孩子们在一起时总是一本正经，其实他对任何人都是这个样子。那天晚上在"库杰里"，他给她点香烟，一只手不住地发抖。她握住他的手腕，想让他镇静下来，却吃惊地发现他的肌肉居然十分结实。也许，她可以教他激发勇气的诀窍。是的，那正是她可以授予一切男人的东西；她从来不知胆怯。

那是一个痛苦的夜晚。艾尔弗雷德在说了几句有关羊和前一夜流产的吉姆克莱克母马的事以后，径自睡熟了。那位年轻的阿诺德·威勃德，穿着一件舒适的衬衫，闷闷不乐地坐着，凝视着你摇晃着的脚踝（拉尔一直到大家都忘了裙子原本是短的时候才把自己的裙子截短）；而你则在搜索枯肠,寻找话题,以便打破难熬的沉默。第二天早晨,他走了,你没有见到他:没有理由要见他;艾尔弗雷德驾驶宾利轿车送他到戈岗搭火车就已经够殷勤了。

(乡村的夜晚令人生厌,人们只有在完全忘却了生活中的详情之后才会对它顶礼膜拜。真有趣,你居然还对阿诺德光洁无毛、强壮有力的手腕记忆犹新。)

房屋造好了,心怀恶意的以及意见未免偏颇的人们喜欢称之为"大厦",其实并不是。不把仆役的住房计算在内,只有四个接待间和四个卧室。你决定不急于搬迁,以免让流言蜚语得到可乘之机。再说,在莫里顿大道,一切都得从零开始,不像"库杰里"继承了那么多荒谬可恶的弊端;莫里顿大道有许多细木工、装饰工等匠人在忙乎,使得忍耐成了一种有用的品质。你拖延搬迁和不务时尚的屋址本应使得多数人为之噤声,但一些惯于摇唇鼓舌的轻浮之徒却仍然不免有所议论。哎呀,伊丽莎白,你住到森蒂尼尔公园去,不是与世隔绝了吗?从灌木丛中搬出来,又住进了——实际上还是灌木丛!我们从来不认识住在莫里顿大道的什么人啊。对此,她只能回敬:现在你不就认识了吗?当然,这里多沙,没有房屋的地方几乎都是一堆堆的沙丘;风声起处,问荆①飒飒,长年不断,对花园和头发都很不利。然而,她却决心让那些见识平庸的熟人们开开眼界。

她深信自己的创造力和鉴赏力;大家也都承认她具有这方面的才华。她对为占有而占有不感兴趣,却也抵挡不住许多美丽和昂贵之物的诱惑。对于这些指责她奢侈的人们,她常常回答,它们可能会变得更有价值。不是因为她注重实利,至少目前她不注重。她的理由是:如果不能叫你惊讶得瞠目结舌,不能把你从对自己丑陋的房屋的迷恋中惊醒,那我就失败了。她确实诚心诚意地想要熟人们与她自己一样,陶醉于美的感觉之中。

啊,她今天恨不得把眼珠更深地旋进脑壳,因为她知道自己再也看不见长长的客厅,看不见古铜色窗帘后面落日的金碧辉煌的气象了。

你知道,她说,只要是美的,你就不能说是什么奢侈,对吗?她站在楼梯上,甩开双臂拥抱她的房子——她的艺术品,同时也没有忘记她拥有的听众:丈夫、孩子和两个仆人。如果她做得稍嫌过分,那仅仅是因为她具有

---

　① 问荆:一种植物。

演员的气质。(他们提到巴兹尔时常说,你不难看出他是从哪里得到演员气质的。)

只有在这时,艾尔弗雷德才会说,别太激动了,贝蒂,我们每个人都满心赞赏。可怜的亲爱的艾尔弗雷德啊,她有时感激得要把他一口吞下,而其实他所喜欢的只是温柔而真挚的爱情。她自己做什么,总想把他也扯进去。来看看你的房间——书房——我希望你用得着它——当你来跟我们一块住的时候——希望你经常来。亲爱的——我们会想念你的,是吗,多萝茜?她拉着艾尔弗雷德,而且只拉着艾尔弗雷德一个人的手。由于在"库杰里"为讨好牧工而参加劳动,他的手很粗糙。一只宽大结实、感情含蓄的手,令人兴奋地轻轻紧握着她的手,想用这种男子汉的方式回报她的热情。(他们整个婚姻生活,都是在试图激励对方索然无味的兴趣中度过的。)如果真的要使用这间书房,他勉强笑道,那该在里面读点什么书呢?

然而,她发现他确实是读书的。他积累了整整一房间出人意料的书籍,从上面的痕迹和书页上的折痕可以看出,这些书都是读过的。当他们又在"库杰里"最后相处的那几个月痛苦的日子里,她也有同样的发现。

在这之前,他来到莫里顿大道把他们安排住下时,他就迷上了看电影。尽管巴兹尔想象不出爸爸从看过的每部影片中能看到些什么,但他发出介乎童音和成人声音之间的哈哈大笑(他甜润圆亮、悦耳动听的高音已经发生了变化)。巴兹尔俊俏的外貌掩藏着极其可怕的尖酸刻薄,像一颗尚未成熟的果子,只要咬一口,就会叫你满嘴巴又酸又涩。不过,对于那些粗制滥造的电影,他的看法却是对的;你跟着他去看了一两部之后,只能得出这样的结论:可怜的艾尔弗雷德是按自己的意愿来理解剧情的,在毫不可笑的地方会哈哈大笑,而在见到一位秀发卷曲、演技平庸的女演员抱着婴儿到她情人家所资助的教堂去施行洗礼时竟呜呜痛哭起来——你对此很有些怀疑。不可否认,你也轻轻地抽噎了几声,违背了你自己健全的审美观。或者,那是因为艾尔弗雷德想要抓住你的手,同时把大腿紧紧地挨向你的大腿的缘故。(嘿,倘若灯一下亮起来,你们认识的那个人看见这幕"电影"就好看了!)

亨特太太衰老、斑驳和素有控制的眼睛深处,这时开始渗出了泪水,真是幸运,不然,她的眼皮可就成了胡桃壳了。

即使在(非正式的)分居阶段,每当他从"库杰里"到悉尼来,她也从不冷淡。她决心对自己获得的自由表示感谢和报以亲热的态度。（他也一定察觉得出，这种态度远比激烈的感情要来得平稳。）只要她发出某种暗号，或者过于戏剧性地咳嗽几声，或者"砰"地关上抽屉，或者故意高声叫喊：你们那些威勃德——你认为她知道怎么对待他吗？艾尔弗雷德就会从隔壁房间赤脚过来，于是他们就立即撤下伪装。如果他还活在世上，她希望他能像自己一样愉快地记住这种比较平静的、有益于健康的关系所带来的欢乐。

另一种关系并非没有必要，并非不可取。目的性是必不可少的，他们的孩子就是有目的的行动。她至今还梦见他在她的子宫中栽下的倒钩。

阿诺德·威勃德是必不可少的吗？

刚搬到莫里顿大道时很少见到他。老基米斯的占有欲太强：一个勾搭女人出了名的老头，戴着一顶丝帽，结婚戒指似的脖子上结着一条薄薄的白丝领带。他娶了米莉森特，一个谁都不屑一顾的女子，据说是个残疾人。基米斯老头举止彬彬有礼，譬如说，为了掩盖口臭而嚼薄荷糖。她可能更喜欢那股薄荷香中久久不散的浓重的烟气。还有基米斯祝贺她生日的鲜花：黄色的玫瑰，以及圣诞节赠送的法国酒心巧克力。阿尔奇·基米斯是一位似乎能使生命长存的人物，不久却在圣诞节那天回俱乐部的途中死在皮特大街上。对于这位不值得她哀悼的老人，她却感到了一种从未有过的、情不自禁的悲伤。原因一定是由于死得突然、令人震惊和失去了某种实实在在的可以依靠的东西。几乎所有参加葬礼的男人都若无其事地观察她。她很高兴自己事先想到戴上面纱。他们要看看"比尔"亨特的妻子与他们的律师曾是什么关系。米莉森特·基米斯当时不在场。无论残废到什么程度，在那些十分相信自己算计的男人眼中，她的缺席必然使你的到场变得更加煞有介事。她发现，诚实的感情经常比明目张胆的不贞更加见疑：也许没有任何人——或者，几乎没有什么人猜疑过她的极其放纵的行为。当然还有其他不太放纵的，因为你可能对一枚宝石、一幢房屋、一个孩子或者一个女人不忠实，在思想上不忠实——你不可能完全顺从一个女人，也不可能仅仅挥手致意而已。什么人曾经说过——记不清是哪个恶棍了——她唯一真正的奸情是与她自己发生的。她一定要尽力回忆起来。

不是阿尔奇·基米斯。他尽管有"色狼"之称，但一直彬彬有礼，他太老了，太诚实正直了；他的下手阿诺德·威勃德也一样。正是阿尔奇建议她立遗嘱的——距他们发现他倒毙在皮特大街仅仅两个星期。（死：她过去都把它当成一块石头似的避开的，后来形成了一种概念，一种从脑壳中飘逸而出，像雾气一般笼罩着身体的凌乱而不连贯的思想，但从来都不是可怕的，也从不涉及她本人。）真令人难以置信，由于身后会留下遗产（莫里顿大道的房屋、钻石、艾尔弗雷德婚后划到她名下的股票），阿尔奇竟要她承认对于死亡的信念。她从来不曾想过死亡。如果不是胃中微微有点不适，她真要有点飘飘然的自尊自大了。文件本身就够滑稽可笑的了：一定要把她简单的意愿包裹在煞费苦心的词句之中。他那严肃认真、温良谦恭的态度使她莞尔一笑。她一边抚弄着戒指，一边欣赏积满灰尘的办公室中一切看得见的东西；她总是喜欢欣赏那里的一切。为了免除她进城的麻烦——其实即使在找不到什么借口时，她也要每天驾着小轿车进城——他说：他将把稿本送上门去请她核准。

后来，他们来电话说基米斯先生身体不适，没有上班，稿本将由威勃德先生午饭后送来。

这一次阿诺德·威勃德穿了一身灰色的服装，比起在"库杰里"时穿的色彩强烈的黑衣服来，可谓一大进步。她进去时，他正在凭窗眺望。她猛然间发现自己竟想摸摸他的背脊，轻轻地用双臂搂他的腰，并且顺势往上移动，直到双手在他胸前相碰，把自己紧贴在这个美妙、颀长和尚未觉察的灰色的身体上。

不过，他一定觉察到了。他没有转身，她开始意识到他是在故意推迟互相照面的时间。她感到脸上发热，同时咬紧牙关，阻挡已冲到喉咙口的、目前还仅仅是一般兴奋的热情，以免脱口而出，变成更加邪恶的热情。天气温暖而不炎热，瑞香的芬芳从户外的花畦上阵阵袭来。当他不能继续推延而终于转身时，吸引她的不是他的眼睛，而是一侧太阳穴上的一粒粒汗珠。

他们开口互相表示欢迎和歉意：从某种意义去理解算是社交辞令。他拿着折叠着的遗嘱——她最终死亡的保证书。她仿佛看见那挺括的纸上束着一条丝带；它使那张纸显得颇有几分妖艳和风骚。

"你不必害怕。"她说。这句话倘若不是某种计划或观念的一个组成部分，那就会更加令人惊诧。这个计划或有观念，她怀疑，当她在"库杰里"握住他白皙而强壮的手腕以稳定蹿动的情焰时就开始产生和发展了。她接着详细解释——现在回忆起来,亨特太太不禁哑然失笑。你应该知道,我的年纪比你大得多——我结婚迟,三十二岁才结婚——所以没有什么值得害怕的。即使在现在,这些不着边际的话听起来也极其愚蠢。一定是从一开始就把阿诺德看作一个愚钝不灵的青年。她又疑惧又冷静,但冷静随即占了上风。至少,这番话对他的影响超过了拉尔·彭尼丘克伊克以及马乔里和另一个叫什么名字的小女孩对他的影响。你没有忘却你自己的多萝茜和巴兹尔:南尼正领着他们在公园中散步。诺拉——你知道她的习惯——已经回来读她的没有读完的短篇小说了;而格特鲁德现在则一定面对中餐的圆饼和浓茶在柳条圈椅中呼呼大睡。

她冷静的思绪范围扩展到了阿诺德·威勃德身上,还从来没有一张嘴巴能够在更短的时间内变得如此亲昵。

"啊呀!"负疚之心一时剧烈地折磨着亨特太太。站在窗口的老律师又一次思索是否要走到床边,设法以某种方式分担她的痛苦。

在大白天做爱:记忆所及,这还是第一次。是的,阿诺德·威勃德也一定是第一次当着别人的面脱下衣服。脱掉鞋子之后,事情就容易一些了。她的床铺那么凉,使她不由得哆嗦起来。它从来没有这么使人眼花缭乱过。她闭上眼睛,既是出于害羞,也是希望阿诺德能因此比较容易地获得她向自己保证过要在他身上激起的勇气。不过,结果表明阿诺德似乎并不需要什么鼓励。他吁吁的沉重喘气粉碎了她的观念。于是她睁开眼睛,望着他那雪白的、几乎无毛的强壮身体。当他抬头、喘气时,她发现倒是他的眼睛闭着。就因为她不是拉尔才把她关在眼皮之外?无论如何,眼睛闭也罢,睁也罢,她心下明白,他不是艾尔弗雷德;这既不是爱情,也不是比爱更令人满意的感情。在她,这仅仅是一种欲望;而在阿诺德,则仅仅意味着某种对感情冲动的防范的瓦解。她得到了慰藉,几乎发出笑声。他不可能感到这种极其微弱的兴奋:他过于全神贯注了;她似乎使他越来越深、越来越深地堕入其中了。在他达到高潮时,她双手抱住他的头,竭力把涌遍她全身的赞赏压进他的嘴唇:终于,在她的帮助下,他越过了栅栏。

接着,阿诺德·威勃德突然推开她,完全摆脱了她的羁绊;他的一只脚踩在床腿的活动脚上。我决不能原谅自己,亨特太太,这可是一个关系到许多人的信任的职业啊。可怜的人儿。可我们并不相爱,阿诺德,都怪我,我不爱你,但我爱它,这是不可避免的,你可以忘却它,而我却要愉快地铭记不忘。真蠢，她居然暗示他们仅能得到一半赦免。她竭力使他的背带和吊袜带在自己心上留下深刻的印象，以便永远牢记不忘。男人在整理它们的时候往往极其一本正经。不过，她暗自猜想，一本正经的律师总比淫邪的律师要好。

她记不起阿诺德·威勃德是怎么走的。没有打电话叫出租汽车，大概是步行去搭电车的。她走下楼梯，正赶上孩子们从公园回来。她在这时发现了遗嘱稿本。她希望它就是最后文本。第二天早晨，她驾车进城，把核准的稿本交给基米斯和威勃德办公室中的一位年轻女子：阿诺德没有露面；可怜的阿尔奇正在家里准备上皮特大街去死。

"谁要吃早饭哪？"那么叽叽咕咕的声音，粗鲁地打断了她的思绪和卧室的宁静。

"你是谁？"亨特太太问。

"我是你的护士——巴杰莉护士，请你吃鲜美可口的嫩煮鸡蛋！"

"我刚才还以为你是那个护士——玛丽呢。她没有抛弃我——是吗？"

"她现在下班了，在楼下喝咖啡呢。今天早晨她待着没走，是想看看那位——你的女儿。"

"唔，是的，她们从来没有会过面。德桑蒂那次到我这儿——我刚从一个什么岛回来不久——也就是在多萝茜又一次赌气飞回法国之后。"

"请吃鲜美的鸡蛋吧，亲爱的！张开嘴巴，亨特太太！"

亨特太太翘起下巴。"我对早餐向来没兴趣——结婚以后一直没有兴趣。我喜欢吃一顿像样的中餐——现在他们好像叫正餐了——晚餐不吃什么难消化的东西。"一说完，她的上下齿龈就闭紧了。

"吃一小匙！"亨特太太觉得巴杰莉的骨匙在撬她的嘴唇。"我相信你一定不会叫我失望，或者叫站在这里的威勃德先生失望。世上没人能像威勃德先生那样关心你的利益了。"

"嗬，我的律师，是的，你见过他？"

巴杰莉护士送讨厌的鸡蛋上来，使亨特太太心慌意乱。她吓得要命，生怕在多萝茜到达之前自己的心先碎了，更不必提耽搁在途中的巴兹尔了。

"见过，我们彼此认识。对吗，威勃德先生？"巴杰莉护士眨眨眼睛，又用舌尖濡湿原来就那么闪闪发亮的牙齿。

　　他太熟悉她了。她捧着托盘侧身走进房间时就对他摇了摇头,使他联想起一位叫莱格霍恩的老实人:好奇爱问,炫耀勤勉,傻里傻气,容易发怒。每逢星期五,她下班后都要去一趟他的办公室,这时他就把她的工资袋交给她。(这件事是亨特太太为她的全体雇员做出的规定,在他也并非什么麻烦,倒能借此与他们保持个人关系。)巴杰莉往往要在办公室坐上一会儿,夸耀夸耀自己的非凡。她的非凡,一是基于艾尔弗雷德王子医院的护士训练,二是基于她与一位来自锡兰的退休茶园主的短命婚姻。

　　威勃德先生显然很不乐意开启嘴唇,仅仅听得出他嘟哝说:"巴杰莉护士和我是老朋友了。"

　　亨特太太咽下第三口讨厌的鸡蛋,觉得有几滴流到下巴上了,但巴杰莉却由于阿诺德的奉承而高兴得没有看见。

　　"威勃德先生,"她终于能够让话语从口中喷射出来了,"你应该去吃早餐了。已经安排好了。我希望那是男子汉的早餐,阿诺德,外国女人不懂得男子汉的力量——依靠——早餐。"

　　巴杰莉护士听见这个笑话哈哈大笑;托盘上的餐具发出叮叮当当的响声。

　　"我不怀疑,早餐一定很丰盛。"威勃德先生说,巴杰莉护士又大笑了一阵,仿佛他也说了一个笑话。

　　"我真不明白,你为什么不早点离开!"亨特太太大声咆哮:一个靠自己供养的人所表现出来的愚蠢,会使她一下子变得怒不可遏。

　　"你刚才睡得很香,"他辩解说,"我不想打扰你。"

　　"我并不在睡觉——只是在想。但愿李普曼太太给你烤了一块肉——或者炒了一盘腰花。艾尔弗雷德去料理牲口时总要吃几块冷烤肉。可怕!男人就是这样。带他出去——领他出去,护士!"

　　"威勃德先生熟门熟路,我敢说,在这幢房子里,我根本不知道的角落他都能领我去。"巴杰莉护士又笑了几声。威勃德先生带着极大的屈辱,独自下楼。

　　"现在你可以收掉这该死的鸡蛋了,你还得给我做点事情呢——很紧急的事情。"

　　"是吗? 可还有咖啡呢,您忘掉咖啡了,亨特太太。"

　　咖啡也不得不喝。"加过白兰地了吗?"

"啊呀,加过了,要是把白兰地都忘了,那我活着还有什么用啊,您说呢?"

亨特太太一边摸索着接住杯子,一边用嘴唇探寻杯口。她觉得力量像一股使人极度兴奋的暖流回到身上,从漏斗形的嘴巴一直到冰凉的脚尖。

巴杰莉护士赞许地,甚至爱怜地注视着这位双目失明的老娃娃。她并非一般地赞成饮酒,仅仅称许亨特太太的白兰地。她羡慕富人,喜欢为他们服务,因为那可以得到一种安全感,一种与富人为伍的感觉,尽管得代人吃苦。在朋友面前提到富有的病人时,她总是亲热地直呼其名;甚至报纸的闲话栏中谈到陌生人,她也了解得十分详细。其实,只要你经常去读,他们就不再是陌生的了。

亨特太太呷着白兰地咖啡;她很快就会迷迷糊糊地睡去的。

"我想要你给我化一下妆,护士,"她呷着最后一口咖啡,嘟哝说,"迎接我女儿的到来。"

"给您化妆? 您知道我不会。一生中只有肥皂和清水上过我的面孔。"

"我就怕肥皂和清水。"她的声音,与其说是讽刺,不如说是无可奈何。"小曼胡德在这儿就好了,她会给我化妆的。"

"我不怀疑。曼胡德护士的出身不同。"

"那又怎样? 难道她是香蕉园出来的,你是司机的女儿?"

"我父亲是政府雇用的工程师,三个兄弟都是公务员,其中两个是长老会的长老。"但亨特太太不像巴杰莉护士那么在意这些。"我从小受到严格的教养,即使在艾尔弗雷德王子医院接受护士训练时,我父亲也要我详细报告空余时间的活动情况;至于曼胡德护士——那些住院医生,不论是谁,只要邀请她,她就起劲地与人家跳舞。这完全是真的。啊,我没有什么与曼胡德护士过不去的地方,请你相信我! 她是个漂亮的姑娘——生气勃勃,我真的很喜欢曼胡德护士,只希望她别太过分了,以免给不了解情况的人造成某种错觉。"

亨特太太说:"我喜欢觉得自己已经化好妆了,这使我——感到——美,当然,也许我从来不美,即使在豆蔻年华也没有完全的把握——只知道人们眼睛中的反应——而现在,我再也看不清楚了。"

"很抱歉,亲爱的,谈到化妆我无能为力。"巴杰莉护士从老东西手上接过杯子时,微微动了点恻隐之心,"还有什么事情要我做吗?"

护士屏息站着:要是叫她用便盆接溺,那可就糟透了,而扶她上便桶又几乎总要扭伤自己的腰背。

"有,有点事情,"亨特太太说,"我的珠宝箱。这样我就不会感到毫无装饰。"

巴杰莉赶紧行动起来。那些珠宝饰物在它们主人生活中的显要地位,足以增加这间屋里每个参与装饰仪式的成员的自尊心。

李普曼太太曾有一次鼓起勇气说:"她不应该在随便什么人面前都炫耀她的珠宝,连电工、擦窗子的都不例外,真是的!"管家的能嫉善妒是颇有名的。

"可怜的老太婆,她只有珠宝可以炫耀,"巴杰莉回答,"也只爱珠宝啊。"

"说不定有人要偷——或者竟为珠宝而谋杀她。"

"大概不敢。"

李普曼太太同意"大概不敢"。

这时,巴杰莉护士取来珠宝箱,问道:"还是我给您打开吧?"

"不,谢谢。"对那珠宝箱上的挂钩,即使比她灵活的手指也无法做出比她更迅速的反应:她知道其中的奥妙。这只肮脏不堪、蒙着天鹅绒的箱子,每一寸她都了如指掌。

她的珍宝啊!

如同往常一样,巴杰莉护士一见珠宝就着迷。她自以为不但认识每一件,或者几乎每一颗珠宝——其实只是特别的一部分,并非所有的珠宝都展示了出来——而且熟记每一件珠宝的故事(同样并非全部,因为旧故事往往勾出新故事)。今天早晨,亨特太太竟在天鹅绒托盘上乱摸一通,还暗暗戴上半打戒指。

"您身体真好! 您动作真快!"护士真正感动了,"是您女儿要来了吧?"

"嘿,还有珠宝的故事呢!"亨特太太知道,她的侍女一定经常发现她在数那些虽然现在已经黯然失色而当初却全是闪闪发光的珠子。

无论巴杰莉护士多么虔诚,你都无法从行动上看出她的感情:譬如,谁也看不出她多么崇拜那颗深红色的红宝石;谁也看不出她会因为财富而去崇拜一个古老的偶像。

为了以实在的职业技能来转移祖先的愤怒,她说:"把您的背垫高一点好吗? 哼哼嗬,嘿,亨特太太!"她边叫边撑。

喏,那倚靠在枕头上的就是拥有财富的偶像,她伸开饰满珠宝的手指,俨然要对被单的缝边进行一番复杂的计算。

为了表示一点亲切,护士问道:"要穿上外衣吗?或者披上羊毛围巾?"

"谢谢,要羊毛围巾。"亨特太太有气无力:体力的过度消耗使她精疲力尽了。

巴杰莉护士给她披上围巾。即使对于一位圣徒,她也不至于如此崇敬;不过她不相信什么圣徒,至少不相信那些罗马天主教的圣徒:呸!

"今天的事可是大事,我给您选条项链好吗?"

"不要项链,吃中餐前不用,不戴给多萝茜看。"

巴杰莉护士听从了她的意见。

"戈登给过我一条水晶项链。"

"戈登?"

"我丈夫。我告诉过你,不记得了?"

"应该记得。"

"哎,戈登给了我条项链,很精巧,我至今还戴——仅仅在探亲访友,或者参加护士和医生舞会时才戴。"

亨特太太虽然从来不曾清晰地看见过巴杰莉护士的脖子,但她想象,它一定很纤细洁白,用肥皂擦洗得干干净净:一条适合戴水晶项链的脖子。

"也许我没有说起过。"巴杰莉护士口若悬河,"我是在去牙庙的途中遇上巴杰利先生——戈登的。我当时在锡兰观光旅行——是趁护理工作的空隙去的。您说什么,亲爱的?亨特太太?"

亨特太太不肯重复刚才的话。他们把到锡兰水域去撒网的澳大利亚女人叫作"捕捞队",但供认了自己的一个弱点。"我把孩子们的乳牙装在瓶子里保存了好几年。后来,有一天,不知为什么又把它们扔了。"

"我刚才对你讲到去康迪的那次旅行。我朋友车子的轮胎炸了,一个茶园主碰巧带着个土人从旁边经过。那茶园主就是巴杰利先生。他很客气地请我们吃点心——事情就这样开始了。不久以后,他从茶园退休,就跟我搭船到悉尼来了。"

"他去世了,是吗?"仿佛你竟然不知道似的,但巴杰利先生的遗孀却喜欢被这么问上一句。

"是的,去世了。是在我们结婚后才去世的。那条水晶项链是他在我们结婚时给我的。"

　　亨特太太一时拿不定主意,不知究竟应不应该从珠宝箱中拿点什么赠给巴杰莉太太,赠送礼物总比耗费你贮存起来以备不测的情感要容易些:光阴似水,你可不知道将来会面临些什么情况啊。

　　"这只怪戒指是怎么回事? 我过去从没见过。"巴杰莉护士问,"右手大拇指上的那个。"

　　老太婆懒洋洋地斜倚在枕头上,郁郁不乐的手指简直不是她自己的。那只大拇指上,一簇金丝瓣环绕着一个原来也许是十字架般的东西,整个效果完全是亵渎神明的。

　　"这是埃塞俄比亚戒指,"亨特太太解释,"是我儿子唯一的馈赠——除了那些要钱的信之外。"

　　巴杰莉护士舔舔牙齿。"巴兹尔爵士是个伟人! 报纸上说的。"

　　"我看,如果他们不装模作样,伟人与微不足道的小人一样渺小。"

　　这话语调偏激而且悲哀凄楚,巴杰莉护士忙改变了话题。"我想你女儿——多萝茜——有许多漂亮的珠宝,像她这么有地位的夫人是不会没有的。"

　　"他抛弃她时,她并没有得到什么——虽然她是无辜的,不过,她确实向她卑鄙的夫家榨出了一两件珠宝。"

　　巴杰莉护士很高兴听到这个物质上的胜利。她取来梳子,开始给病人梳头。

　　"我看你不知道我女儿的名字。"

　　"唔,'多萝茜',对吗? 外国名字我一窍不通。"

　　"我来教你。"亨特太太说。她鼓起嘴唇,仿佛在品尝什么奇珍异馐,鼻孔中也如充满妙香一般。"Princesse de Lascabanes."①为了让巴杰莉护士听清楚,她竭力把这几个法国字念得字正腔圆。"你念给我听听。"

　　护士勉强学舌。"我们称她什么呢?"她声音失望而无可奈何地说。

　　"就叫'马丹'②,不必太复杂了。"

　　"马——丹,马——丹,"巴杰莉护士模仿着,接着又响亮地念了一声,"马——丹!"

---

　　①　Princesse de Lascabanes:拉萨贝娜公爵夫人(法语)。

　　②　马丹:法语"夫人"的发音。

亨特太太感到已经把护士制服了，这正是她所希望的；同时，她觉得巴杰莉护士还会口口声声称呼"多萝茜公爵夫人"，既可让她自己听着高兴，又可给她朋友们留下深刻的印象。

"马——丹，马——丹！"由于新的成就，那更加兴奋的声音响彻金色早晨的室内户外。

亨特太太从钟声和白兰地中得到莫大的安慰，仿佛不会有什么人要来似的，即使他们要来，那也是不受欢迎的。她的生活已经安排得井井有条了。

"张开嘴巴！亨特太太？"又是那个巴杰莉。"无论发生什么，我们还得量体温啊，对吗？"

这东西他们叫什么？不管叫什么，反正是凉冰冰、经过消毒杀菌的。不如这样被消毒消死，好吗？死倒不怕，吉德利大夫，但我希望护士保护我，不要遭到比死更坏的结局：例如会见不速之客，尤其是女性。

"不知道会健壮起来吗？"

巴杰莉护士握着病人的手腕，发觉并无回答的必要：脉搏相当有力。

这时，一件值得庆贺的事情打断了他们，即使没让他们感到惊慌，也确使他们大为诧异。

门开了。

"护士，可以见她吗？"威勃德先生的声音，远非轻声轻气，也比平常的措辞简括。"公爵夫人到了。她的女儿。"

似乎这还不够，第二个身影随即沙沙擦过站在门口的身影：对亨特太太来说，这是声音，是芳香，是欢欣，也是悲哀。而巴杰莉护士则看见一个又高又瘦、不戴帽子的女人，大约五十岁左右（出于体恤别人的估计）；除了她半奔跑半蹒跚走进时在脖子周围和胸前跳跃着的珍珠外，服饰简朴，并不惊人。

公爵夫人是不应该跑跑跳跳的，护士刚一镇定下来就对此不以为然；而且，她的脸也不该竟然长得像张马面。

但多萝茜不顾她的挑剔，依然如故，继续踉跄而来。

"Ovmon Dieu,aidez—moi!"①她先气喘吁吁地用法语喊了一声，然后

---

① Ovmon Dieu,aidez—moi：啊上帝，救救我吧（法语）。

才换上另一个自我,或者另一种语言说,"母亲!"接着是一声低一点的"妈!"。

继而,用一个特别优雅的动作,闯入者掩饰起对眼前这位妈妈所产生的表情。她妈妈支撑在床上,嘴中插着体温表,那么衰老;如果说还存在生命,那么,这生命一定来自堆积在僵直的鸡爪般的手指上的珠宝。

公爵夫人扑到床上,在酒精和爽身粉的气味中摸索着,拥抱与其说是她的母亲,倒不如说是她自己的童年。

亨特太太吐出体温表——幸亏没有咬碎——微笑着。你很难判断那是出于喜悦,抑或出于惶遽。

她一直微笑着。最后,她一边泪如泉涌,一边咯咯发笑,"太激动了!我大概尿了一身。"

（朱炯强 译）

刀

朱达·沃顿

普利尼奥每次看着他父亲的那把刀子的时候，心头总是掠过种种悲伤、欢乐、温柔的记忆。这把刀把他和家最紧密地联系在了一起。他来自意大利南方的穷乡僻壤，今年二十三岁，体格壮实，相貌英俊，眼下是米兰咖啡馆新雇用的帮厨。在家乡的村子里，男人们多半已移居美国和澳大利亚。女人便大大地多于男人。父亲们一去就杳无音讯，在那些陌生的国度里销声匿迹，很多做母亲的不得不抚养儿女。

普利尼奥的父亲可不是这样，大约十四年前他在自己的村子里故世。老博内利从来不想离开妻子和一大群孩子，哪怕是一个星期。他做一天挣一天工钱，白天在公路上和田里为一家人拼命干活；空闲的时候，他用他祖父传给他的刀雕刻各种玩意儿。这是他最宝贵的家产，是他自给自足的见证，也是贫困——不过是一种非常值得自豪的贫困——的象征。

眼下，在墨尔本，普利尼奥总是随身带着他父亲的刀，穿着他父亲的黑色灯芯绒裤子。因为初来乍到，他感到孤独，想念他以前从未离开过的村庄，也比任何时候更想念他的父亲；似乎这个异国使他意识到自己是个孤儿。他清楚地记得父亲去世时的情景，仿佛那是昨天的事情；记得父亲临终时一阵阵的喊叫声，好像是无休止的、痛苦的连祷。

"上帝呀，救救我吧。赐给我一个医生吧，上帝，救救我……"

但方圆几里路都没有医生。好不容易从地区医疗中心把医生请来时，他的喊叫已变成咽气的声音。普利尼奥记得他母亲和姐姐合上死者的眼皮,开始了她们的哀悼,尖着嗓门儿,诉说着他死亡的经过。她们不时地把头伸出窗外,将这噩耗告诉村里人,然后又缩回来,继续她们的哀号。村子里的其他女人也一起参与号哭,她们一刻不停地哭了两天,直到葬礼结束。

每每想起那经久不息、反反复复的痛苦哀号,普利尼奥心里就感到难过,仿佛有一块铅塞住了他的喉咙,眼泪禁不住夺眶而出。伴随着泪花的是更多的记忆。他回想起母亲玛达莱娜去给一个做石匠的亲戚干活,头上顶着沉重的东西——成袋成袋的沙子,甚至还有做天花板的料子。她累死累活,所得无几,孩子们总是缺少吃的,他们经常吃的是硬麦做的黑面包。面包做得又圆又大,每个有五到十磅重。一个面包可以吃上一个礼拜。在很少几个节日里,譬如圣母的节日,他们才在面包里加上一丁点儿大蒜作为调料,再在油里蘸一下,就着几片辣得吓人的西班牙辣椒吃。有时还有一碗清汤。这些难得的节日饭菜属于普利尼奥童年的记忆中最愉快的东西。但他的童年不长,父亲死后一年,他刚满十岁时,便开始在村子附近的农场上打短工了。

那时,作为他长大成人的标志,玛达莱娜把他父亲的刀给了他。父亲离世以后,那把刀一直挂在墙上的架上。这把刀不大,骨做的刀柄,由于被许多手掌的汗水浸过,上面留下了深绿色的锈斑,刀面只有半英寸宽,已经磨薄,但依然锋利锃亮。普利尼奥的父亲就是用这把刀雕刻出了他们坐的木椅以及他们使用的木碟和木叉。尽管老博内利从不以为自己是个艺术家或工匠,但他们住的那间屋子的屋角上那尊精巧的木头圣像却出自他的手。他还雄心勃勃地打算完成一座巴勒莫大教堂的微型模型,要是他还在世,这活儿得花他十年心血。

就像当年他父亲一样,普利尼奥上田里干活的时候,总是不无自豪地把刀佩在皮带上。但他一点也没有父亲的木雕手艺,而且也不打算去学。他只不过用它来切切香肠和奶酪罢了,他现在有了工作,有时候也吃这些东西了。有时他也用它来切黑面包,把面包抵在胸前,用小刀从面包外端向靠身子的一端切去,刀法熟练,从不伤着下巴。

普利尼奥是个文静的青年,但对村里的娱乐也并非不感兴趣。尽管除了星期天之外他常常赤脚走路,他步履沉重,步法有点儿别扭,但他仍是那个地区跳舞跳得数一数二的年轻人。他总是混在其他年轻人中间,他们对着牧羊人的风笛翩翩起舞,互相把别人绕在圈子里,稍微碰碰手指,仿佛在亲切求爱;要不,他们就手拉手,陀螺似的旋转起来。

村里的少女喜欢他跳舞时优美的舞姿和奔放的热情。他是最引人注目的年轻人,黑色的鬈发,略带悲哀的黑眼睛。那双眼睛是几代人眼泪和痛苦生活的写照,是心灵深处悲哀的表露。在少女们看来,这种悲哀倒使他显得更加俊美了。面纱后面的眼光是坦率的,现在这种眼光更加坦率了,因为很多男人已客居异国,要不,就阵亡在北非和欧洲的战场上了。她们坦率而毫无掩饰地谈论情爱。每次普利尼奥走过村子的广场,她们乌黑的眼睛毫无顾忌地带着亲切的神情上下打量他的身体,交头接耳地悄悄评论他内在的魅力。

但在普利尼奥忙忙碌碌的生活中,那些乐趣不过是短暂而微不足道的。他从没有因为片刻的闲情逸致而在工作上有所懈怠,相反,他干得更起劲了。他总是盼着能好好儿吃上一顿。这种日复一日的半饥饿状态,常常使他感到恼火,就像这个地方的动物一样:瘦骨嶙峋的野驴痛苦地叫个不停;山羊在光秃秃的土地上觅食,黄黄的眼睛茫然若失地瞪着这个多灾多难的世界。后来,普利尼奥总是和同伴们一起上酒店去,在那里喝酒、玩牌。大家都承认只要一打开牌,接下来就是争发议论。打牌者滔滔不绝的议论流露出对旁人很深的积怨和敌视,因此这种游戏往往以破口大骂、拳打脚踢而告终。

一天,他从田里干活回来,母亲拿出一封信来,在他面前晃了一下。信是一位远在澳大利亚的远亲写来的。母亲不识字,把信拿给了教区牧师,让他念给她听,她已经一字一句地背下来了。那亲戚在米兰咖啡馆当招待,他不但可以帮助普利尼奥解决路费问题,而且还可以为他在咖啡馆厨房里找到一个好差使。

普利尼奥有好一会儿站着,一声不吭,想着允许提供给他的好饭菜;想着渡海越过半个世界时看到的那些海上奇景,但一想起要和他深深爱着的家庭分开,心里便产生了一种恐惧。

"我不去,干吗我要去那儿? 我反正不去。"

"普利尼奥,你去那儿可以给家里帮大忙。"玛达莱娜神情严肃地说。

她劝说,他可以挣大钱往家里寄,她会替他省下一些钱积蓄起来,准备他有一天回村来,与她为他挑选的姑娘成亲。

她的聪明是无可否认的。村里的绝大多数男人,要不饿肚子,要能养家糊口,除了移居国外,别无其他出路。

离别的一天终于到来,普利尼奥的母亲、兄弟姐妹、亲戚,以及村里的朋友们送他到地区中心的火车站,他将从那儿启程去那不勒斯,再从那不勒斯乘船去澳大利亚。普利尼奥和母亲走在众人前头。玛达莱娜保持着一种尊严,走起路来腰板笔直,这是习惯于顶着重物走路的姿态。她着黑色棉布衬衫,黑色喇叭裙,穿长筒靴。她的庄严的面孔露出在那条绕了几圈、披在背后的面纱中间,这条面纱是她娘家上代传给她的。

每当普利尼奥躺在卧室床上的时候,那种离情别绪不觉涌上心头。现在他住在北墨尔本的一所只有一个入口的两层公寓里,四个房间挤满了新到的意大利青年,少说也有二十来人。他们多半来自南意大利,相互间都很和气,待他也不错。与他聊天那样子,仿佛他们从小就认识他似的。可他没法儿与他们多谈,这些人来自别的村子和城镇,对他说来,他们仿佛都是外国人。他本来的天地只不过是自己的村子,谈话的内容也不外乎那个狭窄的世界。但他专心听别人闲聊,寻求了解这个陌生的国度。那些青年人谈论工作,也谈论未来。对他们来说,未来似乎是美好的;但普利尼奥明白,这些人同他一样感到寂寞。这儿没有足够的意大利女人,而澳大利亚女人则很难接近。同澳大利亚男人交朋友也不容易,因为他们有时候讨厌意大利人。新到的人就只好不与外人往来。甚至在他们带他去的教堂里也只有意大利牧师,教徒们几乎是清一色的意大利人。

在米兰咖啡馆干了三个月之后,普利尼奥仍然感到,他与一切使生活有意义的东西割断了联系。他的亲戚待他不坏,但这人来澳已经五年,似乎是属于另一个世界了。普利尼奥思念家庭,思念朋友,思念村子里不少倾心于他的少女,他不是满怀希望或热情,只是无可奈何地开始了新的生活。

但他并不厌恶自己的工作。那是他干过的最便当的活计,尽管工作时间很长,每周又得干六天。他擦地板、洗盘子,他那双粗大的手偶尔还去干点刨皮、切菜之类更轻的活儿。他从来没有那么饱餐过。有时他会不假思索地拿出父亲留给他的刀切起肉和面包来。但如今已难得这样做,因为他已经习惯于使用金属刀叉了。

每晚下班以后,他总是从米兰咖啡馆步行回北墨尔本宿舍。他从未想到花钱去乘公共汽车。要是那样,往家里寄的钱又得少掉许多里拉了。

有几回走过商场，他会走进一家新开的咖啡馆，去看看是不是能遇上一位同乡。要是碰上了，他会要一杯咖啡聊上几个小时。但多半碰不上，于是就急匆匆赶路回寓所了。

一天夜里，一家牛奶店门外的一位漂亮姑娘引起了他的注意。这姑娘眼睛水灵灵的，显得挺精神。她与七八个别的男女青年一起，站在人行道上，和着从自动电唱机里播放出来的音乐，用脚打着拍子。他们议论着、争论着。

普利尼奥几次都看见这位姑娘跟同一批男女青年站在牛奶店门外。姑娘扭过头来瞅着普利尼奥。普利尼奥坦率而贪婪地回看她。

"揍那个不要脸的意大利鬼。"姑娘的一个伙伴说。

说这话的是汤姆·劳勒，一个十九岁的青年，高高的个儿，身体结实，相貌端正。他身穿敞领衬衫。那姑娘名叫梅维斯·克尔。这会儿她哈哈大笑，一面盯着看普利尼奥，直到他消失在街角转弯处。

"我讨厌意大利鬼。"汤姆怨恨地继续说。

他的伙伴们很了解他对意大利人的憎恶。这件事他完全像他的父亲，他跟他父亲一起在维多利亚商场干活。老劳勒总是不厌其烦地说意大利人可以靠一支烟卷的味儿过活；说远在大萧条的岁月里，复员的士兵被迫离开他们的农场时，意大利人就把农场接下来，而在城市里，意大利人也抢走了澳大利亚人的饭碗。

小汤姆把父亲的话奉为圣经，整天唠叨不已。但在普利尼奥出现之前，他并未挑剔某个个别的意大利人，而是讨厌全体意大利人。现在他开始把全部怨恨集中到这个戴帽子、穿黑色灯芯绒裤子的年轻人身上了。

一天夜里，梅维斯乜着眼睛，向普利尼奥投去挑逗的目光，这时汤姆破口大骂意大利人，而普利尼奥却一个字儿也没有听懂。另一个青年嬉皮笑脸地对梅维斯说：

"说啊，看中了这个意大利鬼了，梅维斯？"

"他长得不坏。"她逗笑着说。

梅维斯眼睛里的某种神情激怒了汤姆。在普利尼奥出现之前，他并没有认为梅维斯是属于他的，她只不过是谁都可以调笑的姑娘之一。而此刻他觉得梅维斯应当是他的。这种醋意使同伴们觉得好笑。

"真没想到为一个姑娘你会让一个意大利鬼弄得生气起来。"

梅维斯咯咯地笑起来。顷刻,汤姆眼露凶光。

"你再说一遍我就揍你!"他的拳法有两下子,在西墨尔本体育馆参加过多次拳击预赛。

"我不过是开开玩笑呀,汤姆。"他的同伴解释着,退缩了。

汤姆现在好像不得不维护他的霸权似的,当普利尼奥再次走过牛奶店并瞅着梅维斯的时候,他直冲到他跟前,挑衅地说:

"你在打什么坏主意,蠢货?"

"不懂你的话。"普利尼奥摇摇头说,眼睛往左右闪了一下。

"你们都这么说,"汤姆冷笑着,"可是你想听的时候,你全懂。"

普利尼奥吃惊地往后退了一步,打算走开。但汤姆还不想让他走开。他很快地举手一撩,把普利尼奥的帽子打到阴沟里去了。普利尼奥俯身去捡帽子的时候,男女青年们哈哈大笑,还冲着汤姆连声叫好,汤姆呢,用轻蔑的眼光瞧着普利尼奥。维多利亚街的另一头也能听得见他们的笑声。普利尼奥拾起帽子,揣在手里,从汤姆身边奔过去。

一连几天,这批青年人谈论着这件事,取笑着。

"简直像马戏那样使人发笑。"一个人说。

"他像兔子那样逃跑了。"另一个说。

"这些意大利人都是胆小鬼。"汤姆很有权威性地宣布。

普利尼奥决定以后再也不从牛奶店过了。他不愿把这番屈辱告诉别人。但从厨师和其他帮厨们的言谈中,他能猜测到,要是下回再从那批年轻人身旁走过,他会发生什么事情。那个把他帽子打掉的人会揍他。要是他倒下了,别人会围上来用脚踢他。踢在肚子上,踢在脸上!听说,有时人就这么给踢死了。尽管他对自己的命运几乎已经置之度外,但他不愿死在异乡,在陌生的国土上死去似乎更加可怕。有时他会害怕地想到不知是否有人在暗地里诅咒他死去。他一直回想着他碰到的一切,眼前不时地浮现出汤姆·劳勒的面容。这挫伤了他的男子气概。尽管他秉性温和,并且安分守己,与世无争,但他心中产生了强烈的愤懑。

下一个星期六,普利尼奥离开米兰咖啡馆时比平日稍晚。他打算避开牛奶店,但要到他常去的那家咖啡馆去,说不定今晚走运——在那儿会碰上一个他可以交谈的人。他沿街走去的时候,十一点早就敲过。电影院已经散场,附近几乎没有什么人了。只有在市场的暗影里,零零落落地有几对年轻人在喃喃私语，街角上有一小群男人站着闲谈。

普利尼奥拖着沉重的脚步往前走去，没有盼顾左右。远处意外地传来了一阵笑声。那笑声使人想起不祥的往事。他沿着街道向前凝望，街道给路灯照得一段亮一段暗。汤姆、梅维斯和他们的伙伴们跳完舞正好走出一条小街，朝他走来。

"嗨，瞧那个意大利鬼来了。"汤姆突然大叫起来。

梅维斯伸手去劝阻他。

"别闹了，汤姆，别这样。"

这句话反倒使汤姆下决心要干仗了。

"你不想伤他，对吗？"

"那又不是坏事儿。"另一个青年说。

他们穿过人行道，挡住普利尼奥的去路。这个意大利人不由自主地弯下腰，掉头往后看了一看，仿佛要寻路逃走似的。

"别让这讨厌的家伙跑了。"有人喊道。

"是呀，这回可别给他溜了。"

汤姆往普利尼奥面前一站，把脸凑到他前面。

"还在这儿转悠，你这意大利鬼……"

普利尼奥伸出双手，似乎想推开汤姆，目光从左侧工厂的砖墙扫向面前这群青年的激动、等待的面容。

"狠狠揍他一顿，汤姆。"一个青年说。

"是呀，揍他！"

"好，我会收拾他的。"汤姆从嘴角挤出了这句话。

姑娘们退缩到了墙根，这时汤姆突然拔出拳头，一拳打在普利尼奥耳根。普利尼奥跟跄地往后退了一下，脸色煞白，仿佛抽光了血似的。他感到痛心，但头脑十分清醒。他不能再忍受这种屈辱了，在村子里，只有父母可以这么揍他而不算是一种侮辱。

汤姆逼上去再打一拳，这时候普利尼奥心头冒出一股无名火。他用意大利语叫了一声，从衣袋里嗖地拔出父亲的锋利的小刀，猛地使出全身力气飞快地往上向汤姆捅去。汤姆眼看刀尖就要直刺过来，赶紧往一旁闪避，但没有躲过。小刀滑过汤姆阻挡的左胳膊，刺进了他的身躯。他靠着墙根倒了下来，血流如注。

一个姑娘没命似的尖叫起来。

"他被刺了!"一个青年人喊道。

"救护车,"汤姆呻吟着,声音仿佛是从遥远的地方传来似的,"快去叫救护车。"

他已经倒在人行道上,背靠着墙,眼睛瞪着那摊越来越大的乌黑的血。

别的男女青年害怕地缩成一团,瞪着普利尼奥,他依旧手握小刀,一动不动地站在人行道中间。但是青年一个个溜走了。只有梅维斯没有走。她蹲在汤姆身边,和他说着话,安慰他,但不时惶惑地瞅着普利尼奥。

普利尼奥没有看她。一时茫然不知所措,心里感到一阵压抑。他走了几步,复又停下。他不知道怎么办才好——留,还是走?他呆呆地看着手中钢刀那狭小的刀面。

突然间大道上开始热闹起来,响起了阵阵叫喊声。救护车的红灯向他们逼近;一辆警车已拐进维多利亚大街。人们渐渐地围集拢来,前面的把其他人往后推。

"是一个意大利鬼干的!……他手里有把刀。"

"当心,他又会捅人的。"

人们心目中关于邪恶的种种形象渐渐地凑合在一起,化成了一个。

"一把刀!……他拿着刀!"

(黄源深 译)

学　校

彼得·科恩

教室里非常炎热；户外，阳光火辣辣地晒在满是尘土的地面上，把操场上的青草烤得焦黄。小男孩默视着他的作业本及本子上的数字和用红笔批改过的杠杠道道。在他的生活经历中这些是一片空白，使他感到茫然。他慢慢地抬起双眼，看了看室外灼热阳光下空旷的场地和枯草。那边篱笆旁边，两棵老桉树枝叶葱茏，把近处的一排小屋罩在它们的浓荫之下。他双手托腮，望着窗外，随即目光又移回到作业本上的数字，泪水不由自主地夺眶而出。他没有哭出声来，忙于作业的其他学生也没有注意到他。

在他目力所不及的远方，麦浪如海，沉甸甸的麦穗低垂着。有些地方已经收刈，光秃秃的麦田里星散着一堆堆的麦秆。他们赶着大车缓缓出发，来到麦田，父亲把一捆一捆的禾束扔上车去，沉重地撞击着车身。他帮着他家的短工特德装车。当大车从一堆麦秆移向另一堆时，车子震荡，他就察看车上的装载是否稳当。等到车已满载，他就高高地坐在上面，随车来到堆垛的围场。他爬上堆垛，特德把一捆捆的禾束扔给他，他再扔给父亲。围场上烈日炎炎，炙烤着稀疏的灌木丛和少得可怜的几棵树木，连车子、干禾和身上的衣服都被烤得滚烫。不知是什么时候，场地上出现了些阴影，阴影从一堆堆的禾束移向堆垛，又移到了树荫周围。傍晚时分，他们已疲惫不堪，妈妈就会送来茶水。大家坐在车荫底下聊天，他在一旁静听，听他们谈着某些人、麦子的收成和镇上发生的事情，这些都是他所熟悉的。

偶尔他也问上几句,大家听着并回答他的问题。渐渐昏暗下来的暮色缓缓地移动着,从一片片平静的麦田移向已经收刈的麦田,然后移向围场边上稀疏的灌木丛。在苍茫的夜色中,太阳辞别了滚烫的地面,他们就把大车留在堆垛旁边,牵出马匹。特德接着端出饲料,把它们带进院子。当特德和父亲走出以后,他就在这寂静昏暗的马厩里端详着马匹,细听它们嚼食时发出的声响。直到马厩和谷仓沉浸在一片黑暗之中,他才推开铁门,穿过庭院,这时屋里已经上灯。大家围坐一起,一边吃着晚饭,一边闲聊着。如果他想说些什么,他们也就静静听着。

　　他感觉到泪水在淌,但他怕人看见,不敢动弹。他眼泪汪汪地默视着作业本,本子上红色的杠杠道道已经变得模糊不清,不易分辨了。他用手捂着脸,慢慢地抬起头来,侧眼望去,映入眼帘的还是黑板、课桌、书架和几幅挂在墙上的地图。

(朱炯强 译)

人　鱼

朱迪斯·赖特

"等艾达一结婚，"老吉姆常说，"我就走。一个老头子，和他的孩子们在一起待得太久，那是傻瓜。拿着养老金在家闲着，只会使他们感到你讨厌。艾达结婚后是见不到我的了，除非她时常带埃里克来度度假。"

"您到哪儿去呢，爸爸？我敢肯定，你一定会感到十分孤独，用不了多久就会回来的。"艾达、雪莉和玛吉都不相信他的话。

然而，当艾达度蜜月后回到家，餐桌上一张纸条正等着她。"到岛上去了。照顾好埃里克。记住，要赢得男人的心，须管好男人的肚子，爱你的——爸爸。"

吉姆为人一直有些古怪，上了年纪，就变得更古怪了，邻居们想。他总是喜欢搜集些杂七杂八的东西，什么海贝啦，遇难船上的绳子和罗盘啦，石头啦，以及奇形怪状的木块等。临行前他把这些东西都带走了。艾达把屋子清理了一下，心里很有些悲凉，但同时又感到点快慰。房子现在是他们的了，她和埃里克的。

在岛上，吉姆既感到快乐又有点害怕。小岛人迹罕至，只有一条路，而他为自己选择的又是远离这条小路的一块丛林地。属于国王的东西不属于任何人，他说。他砍了一些长在黑沙土上的黄杨树和山茂桦①，用它们搭起一座木屋框架，分两间，没有地板；又用从垃圾堆里拣来的铁皮和战争期

①　山茂桦：澳大利亚一种终年常绿的树木，开簇状之黄花。

间部队宿营时留下来的零星木块钉好屋顶,然后,再用那些歪歪扭扭不适合盖房的山茂榉为自己做了一些粗劣的家具和板凳,便安下家来。

他又开始生活在丛林深处,就像他年轻时跟人家订合同在边远地区筑栅栏那样。那是他后来常跟人谈起的值得自豪的时光。星星在树枝间移动,林子里充满了各种动物,负鼠在杈丫上跳来跳去,时而,黑暗中突然传来小袋鼠走动的重重的脚步声。夜间睡在这样的林子里,使他的心儿收缩,好像被什么紧紧攥住了似的,他所感到的更多的是恐惧,而并不是对自己大胆离家以及终于得到他期望已久的独居生活所感受的快乐。然而,没过多久,他就能辨别林子里的各种声响,分清半英里之外岩石那边夜间大海涨潮与落潮的声音了,并开始学会解释年轻时在有限的几次海上旅行中认识而如今尚未全然忘却的那些星星的运动。他开始接受这一新的生活并努力去顺应它的节奏,根据潮水的涨落以及天气的好坏来安排自己的一日三餐与起居。

他在那黑黝黝的沙土地上开了一块小园子,园里苗圃的四周用被海水冲刷得发白的小石子和被潮水冲上海滩的碎木镶着,里面种着包心菜、洋葱、天竺葵和蕨,并种上从岩石缝里或树上铲来的鹿角羊齿和不显眼的卷须状兰花。他站在狭长的海滩上从浪中钓鱼,迎着海浪的冲击,一站就是几个小时。到了星期六,他便穿上长裤(而不是短裤),提着他那只破旧的纤维制的小提箱和一只粗麻布糖袋,步行走过那条长达三英里的沙路,到岛上的小村落去,去迎接星期六的游艇,购买一周所需要的食品杂货和面包,顺便带回艾达在城里为他提取的养老金。

走在那条沙路上时,他常常发现自己一个人大声地说话,那声音带着些不安,像是出自他和自己的同类所保持的这种异乎寻常的关系。艾达要是知道了一定会说他变得越来越怪了。想到这,他便收敛了一些。

艾达和埃里克周末时常来看他,坐游艇到这儿来,再在星期天夜里赶回去,行程是很长的。因此,自从他们有了孩子,他就很少见到他们了。玛吉在悉尼当保育员,从不写信,雪莉现已有了三个孩子,丈夫又迷上玩马,有时候只寄上一张明信片,但他们之间的关系从来都不是那么融洽,老吉姆已开始将她遗忘了。

他知道艾达不喜欢这座小岛,不喜欢他这棚屋如此深深地埋在丛林里,因为在这儿,几乎没人知道它的存在。一想到这,他就在内心为自己辩护。不过,多数时候他并不会想到这一点。如今他脑子里所想的是大海和树叶的声音,是对何时潮水涨落,何处垂钓最佳这方面知识的了解,以及那种既希望有人做伴又想一人独处的模糊而又矛盾的感觉。在他煞费苦心为自己的屋子取名的背后,就始终有着这样一种感觉。名字写在一块用扭曲的山茅榉做成的牌子上,每一个字母都显得新颖别致。他在丛林里搜寻了几个月,寻找厚度与形状合适的树段,牌子制成并用浮木装上框子后,他将它拿到大路边,钉在一棵树上。牌子上写着"最后停泊港",一支同样用山茅榉枝条做成的箭头指向大路旁那条隐秘的小路。

这个牌子时而为他招来一些客人,一些到丛林里漫游的好奇之人以及住在村子里那唯一的旅店里度假的人们。他们原以为能沿着小路找到一座里面摆着几张桌子、供应茶水的小咖啡馆,不想只发现这么间小棚屋和这么个穿着打补丁的短裤、喋喋不休的高个儿老头。不过,假如他们顺着他点儿,听他说一会儿话,他一定会带他们去看看他那些古董和他的花园,领他们到尖岬去,给他们讲讲岬上岩石的情况,告诉他们白天何时在何处垂钓最佳,并用厨房桌上那些裂纹遍体的白杯子招待他们茶水,那张桌子现已变得油乎乎的并被木柴烟熏得发黑了。有时,游客们回去后在尚未忘却他之前给他寄来一些报纸和过期的美国杂志。他那屋子的一角堆着许多杂志,有旧的《航海年鉴》,1936 年的种子商便览,地理小册子以及旧的《邮政指南》。

其中一位游客一年后再次来小岛度假时还给他带来一只狗。艾达以前有一次周末来看他时(现在看来像是许多年以前的事了)曾对他说过,他需要一只狗做伴,但他却情愿要他那只老灰猫,那猫在厨房里捕捉老鼠,清理他不然还要亲自动手去埋掉的鱼头,和他同床共寝,冬夜给他焐脚,已有好多年了。吉姆谢了客人,但对那狗却颇有顾虑,因为那狗已开始找老猫蒂迪的岔儿,常将它赶上树,不唤不下来。

于是一天他去钓鱼时只好用绳子把狗拴在一棵小树上,天黑回家时,狗把树旁的一个卷心菜圃抓翻了,并由于挣扎差点儿把它自己给勒死,眼睛凸了出来,可怜分分地呜咽着。老吉姆给它解开绳子,不快地看着它。那狗的长相颇有些不雅,头部长得很丑,样子傻乎乎的,一条尾巴细得像条鞭子。它想在他钓鱼时随他去海滩,同样也常在厨房里偷东西。为此他不得不每周到小村落去买两次肉,而不是一次,这对他的养老金来说可不是件小事。

"蒂迪就比你懂事得多，"他对狗说，"我不想要你待在身边。"可它也是个动物呀——活生生的，无家可归，无人照料。于是他还是让它待了下来，看到它依赖他，去海滩把它拴起来时它那焦急的样子以及给它些残羹剩饭吃的时候那感激的模样，既有些怜爱又感到讨厌。

它不是条绳索；它要求得到的太多，要求照料，要吃的，而它所准备回报的忠诚却并不是他所想要的，而是他所要设法摆脱的东西。他觉得他们之间的这种关系有点不明不白，不像野生动物间的相互关系：同类相依。比如负鼠，雌雄配对，共同养育小负鼠，然后把它们忘了；鸟儿和蜥蜴自己寻食，自己保护自己。人也是这样，他和他死去的妻子生养他们的孩子，孩子们长大了，慢慢将他们遗忘，这都在情理之中。因此，狗摇尾乞怜的时候，他并不去理睬它，当它吞食了一只恙蝉①而死于非命的时候他并不感到特别遗憾。

他最喜爱的日子是从星期一到星期五的工作日，在这些日子里，那长长的一条海滩整个儿都是他的，没有人，甚至连脚印也没有。而在星期六和星期天，说不定哪位渔人或者游客会来游荡，好奇的目光盯着他那缀着补丁的短裤，胸脯上花白如今却几乎被阳光晒黑了的汗毛以及他那时常用剪刀自己修剪的凌乱的头发。每逢这些日子，他就待在家里，穿着汗褂，半带着期望的心情等客人造访，发现并无人来时感到既宽慰又有些失望。但一到星期一，他便早早出门，暗怀着喜悦向空旷的海滩进发，仿佛他刚刚获得了一个胜利，把入侵者赶跑了似的。吃了一个周末从肉食店买来的肉之后，这一天钓到的鱼晚上烧了吃特别对他的口味。他把鱼骨鱼头扔给蒂迪供它享受，当它伏在他身边的时候，就摩弄着它的耳朵。

"我们能行的，蒂迪。我们不需要更多的东西，只需要我们的智慧和一根钓线，一只鱼钩。我们不靠他们，是吗？"

甚至周末下雨，游人因此受阻不来消遣，他也会为之感到高兴。这倒并不是出于特别的恶意，而是出于这样一种感觉，他觉得到海滩来的游客不像他那样理解和爱护这儿的一切，因此他们的到来只不过是侵犯。他们对潮汐，对他们脚下的海岸与岩石，还有夜间大海的声音，对那些淡水渗过

---

①　恙蝉：一种为害哺乳动物和家禽的澳大利亚蝉。

沙地,供小袋鼠和负鼠饮水的地方知道什么?他对这段海岸线的感情是一种特殊的感情,不是觉得拥有它,而是觉得和它融合成了一体,仿佛他和这里的生物一样,生于斯,长于斯,对这儿的每日、每夜、每一个季节都有深刻的理解,知道它们对每一片丛林、每一块海滩所带来的影响。

同样,当周末刮起旋风,游艇无法光临的时候,他也并不为此感到不快。到星期一傍晚,旋风的淫威转移到海上,天空晴朗了,这时候,他可以听到尖岬上海浪撞击岩石的巨响,以及跟着海水下落那隐约模糊的退潮声。随后的几天将又是大潮。第二天早晨他便到海边去(天亮后不久还是低潮),看看海浪把些什么冲上了海滩。

他仍然收集贝壳,涨潮时海浪把海中杂物冲上岸,在海滩上留下以杂物组成的一条长长的曲线,对他来说,没有什么比在阴沉的天气之后沿着这条线漫步,一双眼睛聚精会神地搜索更令他喜欢了。他希望能找到一只色泽像珍珠一般的鹦鹉螺,一只完美无缺的螺壳,以前的那只已经破裂,不如人意了。

旋风过后的黎明来临,天空一碧如洗。当他光着脚,提着空面粉袋向海滩出发寻宝时,太阳即将升起。来到尖岬,穿过缠结的树丛越往下走,海浪的咆哮声越高。那些树木,蜷缩在山脊下,一棵棵被海风吹弯了身子,枝干都弯向内陆方向。

奇怪,海滩上那窝岩石附近怎么冒出一大堆黑乎乎的东西?那东西个儿不大,要不是他知道那地方本来根本没有岩石,他一定会以为它只不过又是一块岩石呢。看来是被海水冲上岸的一个什么东西,海水下落时没能带走它,只带走了它两边的沙,在它身边形成了一洼水坑,眼下它正躺在水坑里。水坑里的水奇怪地发红。

太阳已从地平线上升起,浪花那边,海水发出耀眼的白光,他不得不以手遮阴,好看个仔细,但那东西似乎没有一定的形状。

他开始小心翼翼地走下那被海浪冲得溜光圆滑的大岩石构成的石阶,想弄个明白,因为那东西离低潮线不远。海浪还在冲刷着岸边的岩石。岩石卧伏在地,上边紧紧扒着许多小小的甲壳动物,布满海草,滑溜溜的。走近些看,那东西好像在动,不过,那只是一个浪头冲动了它耷拉在血红的水坑里的一片黑色的阔鳍。

"是人鱼。"吉姆站在水坑上方的一块岩石上往下看时,这么想。虽然他曾在海上旅行过几次,但还从没见过一条人鱼,只是听说过。"海牛目动物。"他又加上一句,以突出表明他懂得很多。

人鱼缓慢地抬起头。它身体的一边有血,就在那坚实的圆脑壳下面。张开的嘴微动着,像在吃什么东西或轻声说话。"抑或在祈祷。"吉姆说。

他站着犹豫不决。人鱼的头又落在沙地上。海浪嬉戏着爬上沙滩,又落下去,那片阔鳍随着海浪无力地摆动着。

吉姆不知怎么办才好。他坐到岩石上,双手抚着膝盖,仔细地看着。他的心动了,不过,他还弄不清究竟是因为怜悯呢,还是仅仅因为吃惊。

"人鱼这儿很少见到。如今很少见。"他自言自语道,一面小心地检验着自己的感情。"几乎都给杀光了。看样子,这条像是差不多快长成了。"他想知道它是雄的还是雌的,可又没有把握。

最后,他滑下岩石,拾起地上一块松石头握在手里以防万一,朝人鱼走去。人鱼动了一下,但只是微微动了一下,像是惊蒙了。最后,他站到了它的旁边。人鱼散发出大海的气息,一种冰冷的、咸涩的气息。

他动手摸了摸——它浑身粗糙,有毛,黏糊糊的,但是奇怪,身子却是温热的。当然,这玩意儿并不是鱼,他想起来了。它像他一样身上流着热血。是头海牛,一头长得很丑的海牛。不过,"假如这玩意对尤利西斯来说都不错的话,对我来说也一定不错。"他又卖弄起另一点知识,自语道。说完,他若有所思地用手摸了摸它的身体侧面,想看看它的伤有多深。

那人鱼古怪的脸上有一道长长的口子,鲜血缓缓流下,滴进水坑里。一片阔鳍扭曲着被压在底下。他得将人鱼抬起来,把阔鳍弄直。

他看到高潮线边上有一块长木板,也可能是一根圆木,那是海浪留在那儿的。他把它拾起来,伸到人鱼那像猪一样长着硬毛的身子底下。这时,他奇怪地发现,那动物睁开了眼睛,正望着他。

他一惊,撤步退后,回视它的目光。然而在他看来,那眼神里并没有什么值得可怕。那是一种充满痛苦的、听天由命的、无可奈何的目光。不过,它的主人仍想动弹,企图松开那看上去带来极度不适的阔鳍。于是吉姆同情地很快吸了一口气,仿佛感到自己的胳膊也那么蜷曲着,正给他带来痛苦。他小心地用木板撬起人鱼那庞大、沉重的身子,一边撬,一边对它说,"动动看,孩子。看看能不能把它伸出来。"

然而,那片阔鳍就是动弹不了,即使人鱼的身体已经完全被撬离了沙地。显然是什么东西断了。吉姆用手一点一点地伸进那充作杠杆的木板下,小心地摸了摸阔鳍,同时,眼睛始终不离那人鱼,唯恐它那愚钝的头突然向他甩打过来。他轻轻地把阔鳍抚平,直到它自然地平躺在沙地上,然后伸手拾起几块石头,伸进去支撑着人鱼的身体。接着把木板抽出来。人鱼躺下了身子,只听它躺下时轻轻地叫了一声,那叫声,既像是痛苦的呻吟,又像是宽慰的哼唧。

听到这一轻叫,吉姆的心微微一动。显然,他帮了它的忙;叫声也许是对他而发的。一个孩子生病,母亲把他移到枕头上,他半就半推时发出的就是这种声音。这声音,在他们中间构成了一种纽带,是人鱼试图要对他说话的表示。

然而,时上时下的海浪将阔鳍冲得左右摇摆。必须用夹板把它夹上。吉姆翻身跃上岩石——他已有很多年没感到有必要这么做了——急急地朝家走去。他找到一两根做夹板用的木条以及一块橡皮膏。那橡皮膏是他一次扭伤了脚,用来贴脚脖子后留下来的。他没等吃早饭,这使蒂迪大为纳闷并感到有些愤愤然;它甚至跟在他后面走了有一半的路,“喵喵”地叫着,像个受伤的妻子。

重新来到海滩后,他开始给阔鳍夹夹板。那人鱼也许有些摸不着头脑,挣扎了一两下,但接着便安静地躺着不动了。他小心翼翼地把阔鳍动了动,发现像是靠身体的某个部位断了,于是尽他所能把它夹好。接着,他站起来,思忖下一步该怎么办。

人鱼在拿掉绷带之前是不能回海里去的,那大概要一周时间,也许要两周。海潮已在转变,很快就会涨得能漂起人鱼那硕大的身体。他必须等到海浪大到能举起它,带动它,然后就让海浪的力量把它带到海滩上那由岩石构成的深岩缝里,那里,高潮过后,海水被留了下来,形成了一个小水池。那地方离高潮线很近,海浪不会把人鱼冲走的。

人鱼是吃海草的,他想。他可以在岩石上收集足够的海草使他不致饿死。也许它还吃面包和菜叶,假如他给它送上这些东西的话。不管怎么说,这时他已下定决心让它活下去。他开始在两条潮汐线间的岩石上收集海草,什么海草都要,每拾一种,心里总希望它就是人鱼所要吃的。接着,他坐下来等候涨潮。他已把早餐忘了个一干二净。

一个又一个小时过去,每当一个大浪冲来,他便或拖或推将人鱼向海滩上移动一些,然后坐下等待下一个浪头,再拖。那人鱼既不主动,也不阻碍他这么做,只是有时用它那习惯于长满海草的水域和海底礁石的非人的眼睛望着他,有时候稍稍做出抗议。当它抗议时,他便用手拍拍它那愚蠢的圆脑袋,用言语鼓励它,作为回答。

终于,他把它平安地运到那高潮时海浪刚刚能够泼进的小水池里,用小石头支好它的身子,并把阔鳍安放妥帖。接下来,他滚动几块岩石把它堵在水池里,并用浮木与树枝交叉着搭了个凉棚。当他最后把那捆海草放到人鱼头部旁边时,他突然感到又累又饿。回家的路上,烈日火辣辣地烤着大地。到了家,他扔给蒂迪半罐牛肉,剩下的加上一大块厚面包填饱了自己的肚子。

第二天早餐后,他从菜园里挑了些菜蔬,捎上些陈面包,带上钓线,又去了海滩。人鱼静静地躺在水池里。它一直未动,但已能从水中稍稍抬起头与胸部看他。见到面包、甜菜叶和大白菜,它的嘴唇抽动了一下,但什么也没吃。

吉姆并没有泄气。"是发烧了,"他安慰它说,"受伤之后,肯定会发烧。一两天之内就会好的。想吃的话就吃一点。"

那天,他就在离岩石不远的地方垂钓。知道人鱼在那儿,这给了他一种快乐。高潮时的海浪每次泼进水池,将它注满,水池里的水便重新变得清凉,这使他放了心。天热本来已成了他的一大心事。

第三天,那人鱼像是恢复了一些体力,在他走近时忽地动了一下,并且发出一种威胁的声音,但当他弯腰给它这天的菜叶和面包时,它也并没有反对。他看到,昨天的食物有的不见了。也许是螃蟹吞食了,但它也可能吃了一些。将近晌午时分,他钓鱼回来看时,它的嘴里还叼着片甜菜叶。他高兴地大声笑了起来。"你能行的,宝贝,你能行的。"

到第四天,它实际上还移动了位置,在浅水池里转了个身,变成面对大海了。吉姆担心地看了看夹板,但夹板还绑着。

"想找你的朋友吗,嗯?我应该料到你想看看大海的。好啦,再静静地待上几天,你会好的。"

可是假如在夹板还没取下来之前,它跟着下一次高潮的海浪拖着身子下海怎么办?它还不能游水,到海里将无能为力,很可能将又被甩到岩石上。他又搬来更多的石头,垒起一道屏障把它堵住,很遗憾地切断了它瞻望大海的视线。

"都是为了你好,孩子。没有大夫的准许不能让你出去。乖乖地待着。这是早餐。"

明天是星期六。他得去接游艇,取他的面包、肉和食品杂货。星期五下午,他忙着为人鱼的避难所布置伪装,因为周末对它来说是很危险的。星期五夜间和星期六一大早时常有很多船只载着一队队人马渡过海湾前来海岛,有的来野餐,有的来露营,有的业余垂钓,父母和孩子们光临他的"宾馆",无所事事的半大小伙子们漫无目的地在海滩上游荡。他必须走,但他将尽快赶回来。

他如此这般地告诉人鱼,把一切都向它做了解释。"你最好隐蔽好,知道吗? 他们只要一看到你,就会把你带到动物园去,或者对你做出什么别的事,那样的话,你的命还值什么? 你等我回来,那时,我会看好你的,知道吗?"

但那人鱼正恢复体力,头部的伤口在痊愈。它时常在水池中移动身子,吃得也多了些。吉姆犹豫着是否离开它。但屋里面包没了,周末什么吃的都没有,鱼又没钓到。蒂迪已在抱怨了。

他早早地出发了,可是路途很长,到中午他才赶回来。到家把手提箱与糖袋往桌上一放,他又直奔尖岬而去,因为他感到有些心神不安。也许会出什么事。

凉棚上的浮木和树枝被扯掉了,这一点,他一到山脊就看在眼里。接着,他看到两个年轻人。他们站在水池上方的岩石上,手里拿着石块,正在仔细瞄准,吉姆跑下岩石;他手里正提着他的手杖。一个年轻人已经把石块扔了出去,但另一个转过头来看了看。

"该死的,别动那人鱼,"吉姆尖叫道,"听到吗? 要不我把你们的皮给抽下来。"

"嗬,是吗? 这是你的吗,嗯?"但第二个年轻人放下了石块。

"不是我的,也不是你们的。但我可以告你们。你们听说过保护法吗? 我是这个岛子的守护人。"吉姆在撒谎,但两个年轻人不会知道的,"现在,把你们的名字和地址告诉我。两个人的都要。"

两个年轻人被唬住了,猫腰上了石阶,撒腿就跑。吉姆尖叫着随后就追。"跑也没用。我知道你们的模样,总能找出你们是谁。你他妈卑鄙胆小的兔崽子们。"但是两个年轻人已不见了踪影。

吉姆下了岩石,走进人鱼的避难之所。那人鱼一动不动地躺着。它已不再流血。石块在它身上落了厚厚的一层。两个年轻人一定半个上午都在干这件事。

吉姆吃力而又痛苦地把人鱼重新向海边拖去。此时正值半潮。石阶尽头,是陡直的岩壁,水从那儿开始突然变深,人鱼也一定是在那里被风浪摄住,抛上岩壁受伤的。他将人鱼进一步朝海里拖去。再进一步。一个个大浪头袭来,打在人鱼那一动不动的庞大的躯体上,把它朝岸上冲。深些,再深些。最后,他瞅准两个浪头之间的那一刻,用尽全力把人鱼朝外推去,眼看着它沉入海底。

跟着,一个浪头冲得他失去了平衡。他扑腾了一会,接着挣扎出水面,发出一声呛水后的呻吟,大喘粗气,正像透不过气来的人竭力想恢复呼吸那样。他在海边的岩石上坐了一会,手捂着头,一边喘,一边呻吟。

最后,他站起来,朝棚屋走去。他的背驼了,嘴唇抿得紧紧的,脸扭曲得如同狐面一般。蒂迪已用爪子扯去了包肉的报纸,正在厨房的桌上犒劳自己。看见他进屋,它抬起头来看了看,尖叫一声,准备逃窜。

但是吉姆并没注意它。他躺到床上,默然无声,于是那猫又开始吃起来,小心翼翼地一面吃,一面不时朝他觑一眼。鼓鼓囊囊的糖袋里难以容纳的面包从袋口漏了出来。

(孟二冬 译)

忘却身世的孤儿

T.A.G.亨格福特

一

群礁环抱之中，一泓清水；在一块突兀于水面之上的光滑的巉岩上，坐着一个黑人小男孩。海鸥在海岸边飞掠，一闪一闪地向浅水里的鲭鱼群俯冲，尖声厉鸣，响彻云霄，扑击水波时激起的朵朵浪花，宛如宝石迸裂。黑孩子悠闲地凝视着海边的景色。远处，惊涛隆隆，拍打着礁石；而在脚下，沙砾上流水潺潺，汩汩地涌进洞穴，无休无止，从不间歇。身后，白花花的贝壳路的尽头，小镇在骄阳似火的中午，已经毫无生气地昏昏沉睡了。这块巉岩，这处海滩，这片大海，这个小镇，就是他所知道的整个天地。然而，他满足于干完了旅馆里的杂活以后，坐在这里眺望那天际翻滚的云海和片片返航的风帆。

突然，身后发出一点隐隐约约的声音，他敏捷地转过身子，只见一个小女孩站在沙滩上昂首望着自己。烈日下的珊瑚沙白光皑皑，刺得她眯起眼睛皱着鼻子，紧蹙的双唇成了一颗小红点。她的肌肤映出淡淡的金黄色；大草帽下，柔软而浅淡的卷发披散在双肩上。

"喂，男孩，"她兴高采烈地说，"你看见轮船了吗?"

黑孩子跳下巉岩，站在她身旁。

"没有，"他一本正经地说，"没有轮船，但有时候有些帆船。"

他的话,音调平稳,没有抑扬顿挫,是旅馆和邮局工作人员,也就是贝拉小姐、鲍勃、梅奥和邮递员丹所操的那种腔调。除了偶尔听到来旅馆住宿的旅客的谈话以外,他听到的就只有这种话了。然而,从他那肥厚的紫色嘴唇中发出这种腔调,无论什么人——唯独身边的小女孩是个例外——都会感到奇怪和别扭。

"我们那里有许多轮船。"她弯腰拾起一块贝壳,凑到耳边,聚精会神地听了一会,据说里面有被波涛灌进去的风神的叹息,"我们是从南边的珀斯来的。男孩,你呢?"

黑孩子微微地皱了皱眉头,因为他不知道自己到底是从哪儿来的。他不可能知道,也没有人想到要告诉他,说他是十二年前的某一天被邮递员丹抱进皇家旅馆厨房的一个破褴褛,只露出两只明亮的眼睛。光秃秃的西北海岸上,方圆几百英里只有这么一家旅店,发现他的丹又是单身汉,于是就把他抱给贝拉小姐。

"可怜的小牛犊,"丹把褴褛放在清凉的地毯上时,贝拉小姐说,"丹,男的还是女的?"

"一条小公牛——躺在几英里外的一块沼泽边哇哇大哭,我不知道——他妈妈可能跑了还是怎么了,反正附近找不到黑人,我就给抱来了,总不能看着不管啊。"

"是啊,当然不能——丹,你说他有多大了?"

"我不知道,"邮递员摘下帽子抓抓头发,"大概三个月光景吧。给他弄点吃的,贝。"

贝拉小姐向冷藏柜走去。"你打算拿他怎么办呢?"她问。

"唔——我不知道。让他待在邮局里,等那批流浪者来领。"

"嗯,这也行——你叫他什么名字呢?"

丹的目光在天花板上转来转去,好像在寻找灵感,最后落在冷藏柜顶端的酒瓶上。

"白兰地!"他干笑着说,"这可是个顶呱呱的名字。白兰地·史密斯!"

"行,"女人扮了个鬼脸说,"总不见得因为这个名字他就会在这儿生根。"

然而没有人来找,于是他就留在丹家,到他年岁稍长时,就在邮局附近干些零活,偶尔也为旅馆劈劈柴火,打扫打扫酒吧间。这些年来,潜藏在他血液中的流浪者的闯荡欲望,已经在他心灵里、情感中荡然无存了。

他又深深地紧蹙双眉,但女孩却不加追问。她用指甲在巉岩上挖起一只帽贝,像所有的小孩子那样热乎起来。"我叫谢拉,"她惹人喜爱地说,"你呢,男孩?"

"白兰地。"黑孩子说。

她大笑起来,发出银铃般响亮的笑声,一只在附近盘旋的海鸥闻声掠上高空。"白兰地?"她叫道,"那是你喝的饮料啊!"

"是我的名字,"他虽然坚持,但并不怎么带劲,"丹给我取的,邮局里的丹。你住在旅馆里吧?可是鲍勃先生的小女孩?从珀斯来的?"

"对,我在那里念书,上星期六才来,我天天都到海滩这儿来的——你都到哪去了?"

男孩指指天边。"在帆船上,"他简捷地说,"出了三天海。"

"噢,你是水手?"小女孩又饶有兴趣地打量着他,"会游泳吗?"

"当然会啰,你瞧!"

他脱下上衣,露出乌黑油亮的、不长汗毛的皮肤;手臂举过头顶时,牵动胁间和背部,现出了一道道光滑的肌肉的纹路,然后,一头栽进水中。在清澈的海水中,她看见他乌黑的身躯奇形怪状地向前游着,一会儿像一条长长的黑鱼在水底的岩石旁绕来绕去;忽而又变得无影无踪了,结果从很远的岩洞里浮了出来;过会儿又慢悠悠地转过身子,打上一长串歪歪斜斜的水泡,噗噗噗地冲破水面;接着,阳光下蓦地冒出他摇晃着的黑色脑袋,把亮晶晶的水珠阵雨般地洒向四面八方,他一边用力甩头,一边嘻嘻地咧开大嘴欢笑。

"嘿,白兰地,你真行!"女孩兴奋地拍起双手,长长的卷发在肩膀上舞动。白兰地哈哈大笑,海豹似的在水中转过身,懒洋洋地游回来,轻轻地爬上岸,在炎热的阳光下躺到她的身边。

"你喜欢蓝贝吗?"他边问边把手插进褴褛不堪的卡其短裤的口袋中。

"蓝贝?"她说,"我不知道——怎么样的?"

他从口袋里掏出几块毛茸茸的贝壳坐起来。"瞧,"他拣起一块凑到她鼻尖底下,说,"你看到过这蓝色的小家伙吗?"

她看清楚了,原来是只闪着蓝光的小贝壳,活像一颗搪瓷纽扣。男孩伸出长指甲插到贝壳底下,把它弹到她的大腿上,惹得她高兴地尖声大叫。

"啊,漂亮极了!可以做项链。再给我找一些!"

黑男孩咧开嘴笑笑，悄悄地滑进水里不见了。他每隔好长时间才上来吸一口气，然后又潜下水去。在大部分时间里，谢拉都能看见他的身子。她看得入了迷。每当他乌黑的手臂伸出水面，把一些蓝贝放在巉岩上时，她都拍手叫好。直到巉岩上已经有了一堆蓝光闪闪的扣子似的贝壳时，他才爬上岸来。他坐在她身边，看她用手帕包好，小心翼翼地把它们藏在暗礁下面。当她抬起头时，他忽然说："我知道一个美丽的岩洞，你想去看看吗？"

他们一块儿择路穿过那千奇百怪、令人迷恋的裸露于水面的礁石。在这些礁石中间的浅水池里，红红绿绿的水草叶片悠闲地随波荡漾，海葵在平静的水面上伸展着紫色的贪婪的触须，海胆一股劲地用身上猩红的长刺往礁石上钻，五颜六色的小蟹惊慌地从他们脚旁遁逃。暗礁下面，还有各色各样的贝壳：有圆的，有尖的，有内壁绿莹莹的，光泽柔和，活像珍珠；有的长着两只小眼睛，还把两只微微弯曲的钳子伸到大门外面。万里蓝天，烈日当空，吹来的阵阵海风，凉爽宜人，但夹带着咸味。礁石外，大海浮光耀金，一望无际。海鸥盘旋着，厉叫着；乌黑的潜水鸟宛如涂上一层亮漆，蹲在岩石上张开翅膀晒太阳。海滩上白光浮动，暑气逼人；小镇在中午的静谧中鸦雀无声，一片沉寂。

二

"你到什么地方去了，谢拉，都午饭后了！"谢拉从赤日炎炎的院子跨进清凉的旅馆厨房时，贝拉小姐简直气势汹汹地责问她。她正在做面包，梅奥也站在她旁边。她一面盯着谢拉，一面使劲地想吹掉一绺从前额挂下来的头发。

"到海滩去了，贝拉小姐。"谢拉轻快地跳到桌旁，把带回家来的红水草叶片铺在桌面上。"嗨，爸爸，你瞧——"

"你跟谁在一起？"贝拉问。

"跟白兰地啊。最好玩的地方他都知道，还抓螃蟹什么的给我呢，还带我去看一个岩洞，他还说，我随便什么时候去他都在那儿。"

"一个岩洞……"女人瞟了孩子爸爸一眼，漫不经心地咕哝着，"瞧，你这个傻瓜！"她转过桌子，走到孩子跟前，梅奥的目光跟随着她，从她身上移到女孩身上。谢拉未免有些惶悚不安地盯着贝拉向她走过来。这时，梅奥暗自思忖：我早就该卖掉这里的产业，到南方去与这小女儿住在一起了，现在居然不了解她，不知该对她说些或做些什么。然而，他虽然这么想，心里却明白自己绝不可能离开这个炎热的小镇，离开这扣人心弦的涛声，离开这熠熠发光、热气腾腾的海滩，它不断地向前延伸，终于天水相连，汇成变幻莫测的海市蜃楼般的奇景。他不能抛弃那些翻过小镇东面的红石岗、从大荒原过来的车夫和牧人；他不能抛弃那些痴狂的来自沙漠的采矿者，他需要和他们闲谈。他们一本正经地叨念在某个被人遗忘的山谷中有一些隐遁的矿脉，说如果人们能够幸而避开那些黑人——那些采珠人，他们有时是为了逃避突然从荒凉、诡秘的海岸窜出的暴徒而在海湾停泊的——就能在岩石中找到整块整块露头的黄金。夜里，他们踏进酒吧间，在摇曳的煤油灯下，在柜台上一边喝酒一边查看粗糙的地图。他们让人看很小很小的金块、装着金沙的烟盒以及滚圆的有霓虹光晕的白色珍珠，并且一直扯到深夜。旅馆外，惊涛雷鸣，拍击礁石；黄色的星星射出灿烂的光芒，穿过漆黑的苍穹，刺破蒙蒙的夜色。他不能离开这一切，不然就无法生活——也许还能呼吸，但绝不是生活。

贝拉走到孩子身边，擦掉双手上的湿粉团，捡起一只大贝壳。

"放到耳边能听到大海呢！"谢拉很高兴有人能分享她的秘密，兴奋地叫嚷，"你注意听，能听到风浪和大海的一切声音！"贝拉小姐低头注视着孩子炯炯发亮的眼睛，柔顺地微笑了。她把贝壳凑近耳朵，果真站在幽暗的厨房里倾听起大海的声音来了。

她叹了口气。

"谢拉，"过了一会，她说，"你别再跟白兰地一块儿去海滩了，你可以在旅馆里玩，或者在他干活的时候去也行。别跟他一块玩。"

梅奥不以为然地耸耸肩膀。"哎哟，贝拉，"他嘟哝道，"那孩子蛮好嘛！"

她对他白了一眼，使他闭上嘴巴。"谢拉，你听到了吗？"她逼她回答。

女孩迷惑不解地望着他们。"为什么啊，贝拉小姐！白兰地会游泳，他什么都会，还给我采蓝贝——哎呀！"

她突然噤住了，满脸都是焦急的神色。

"怎么啦？怎么回事？"女人莫名其妙地急切地高声大叫，"嗨——怎么啦？"

"我的蓝贝,在岩石上没有带回来!"

"啊,这样啊!"声音中毫不掩饰地流露出宽慰,她避开梅奥颇有几分得意的眼光。

"你可以下次去拿,在白兰地不在那儿的时候去。"

"那是为什么,贝拉小姐?"孩子简直要哭了,"为什么要在白兰地不在的时候啊?"

"那,说不定他会伤害你,"贝拉小姐理屈地说。梅奥不耐烦地又摇头又耸肩膀。"说不定他会把你打翻在地,偷你的钱包什么的,你不能老是相信黑人啊!"贝拉小姐继续说。

黑人?孩子迷茫地瞧瞧她,又瞧瞧爸爸。对于她,白兰地就是白兰地,他从巉岩上跳进水中,在水中卷毛狗似的甩头,他采蓝贝抓螃蟹,领她去看岩洞,这就是白兰地。她蹙紧眉头,迷惑地说:"贝拉小姐,可我不会把钱包带到海滩上去啊!"

女人不耐烦了。"不管带不带钱包,"她厉声训斥说,"叫你怎样你就怎样,我的小姐。不准你再跟白兰地到海滩去,听见了吗?就这么办!现在把贝壳都给我收起来,别叫我说第二遍了。快收掉!"

谢拉噙着眼泪奔出厨房,梅奥和贝拉默默地站着看她出去。谢拉在房间里哭了一会鼻子,然后百无聊赖地用水草在床上拼凑图案,借以寻求慰藉。不久,上午的情景很快又叫她入迷了,她把一只贝壳贴在耳边,让禁锢在里面的涛声冲刷掉头脑中对贝拉小姐的威吓所留下的记忆。

三

午睡后,谢拉蹑手蹑脚地穿过昏暗而阴凉的厨房;百叶窗放下了,贝拉小姐正在楼上休息。她从衣钩上取下草帽,跑进骄阳似火的院子。下午是一张白纸,她可以随心所欲去描画任何东西,一天中剩下的这几个黄金般的小时是无穷无尽的——从现在到用茶点,简直有足够的时间可以周游世界。在沙石堆砌的车库背后,一头猪孤零零地关在栏中。她嗅了嗅它周围的气味,懒洋洋地往前徜徉几步,无聊地向它扔了几分钟石块,直惹得它往栅栏上乱冲乱撞,才又惊又喜地甩手离开。在厨房门口,她跪下采摘了一会胡椒树上的红胡椒子;然后,凭着小孩子冒冒失失的心血来潮,尽干了一些自以为能干的事情。旅馆那边静悄悄的,院子里寂静无声,院子外白花花的贝壳路上空无人影。她疾速地朝贝拉小姐房间的窗口瞥了一眼,偷偷溜出大门,沿路向海滩奔去。

黑男孩坐在海边的巉岩上,这时轻轻跳下,立在沙滩上等她。

"白兰地,"她奔到他跟前张嘴就问,"黑人是什么?"

"不知道啊,谢拉小姐。"他迟疑地回答,但立即又兴冲冲地说,"咳,谢拉小姐,瞧我给你捎来了什么。"他弯腰从岩石底下的凹槽中掏出一个肮脏的纸包递给她,"你瞧瞧!"

谢拉打开纸包,不觉给惊呆了。里面包着一只小小的珍珠贝,粗糙的边缘磨得又光又滑,内壁光泽夺目,在耀眼的阳光中,与清凉的波光水影竞相辉映。

"呵,白兰地,真美啊!"她激动地说,"我要保存一辈子,我保证。是你做的?"

黑孩子眉飞色舞,露出全部发亮的牙齿,嘻嘻地笑着。"是啊,"他说,"我做的——我用锉锉的,你喜欢,啊?"

"漂亮极了,"她郑重地重新包好,"谢谢你,贝拉小姐也会喜欢的。"

"我知道,"男孩的眼睛炯炯发亮,"她一直像母亲一样地照料我,有时我也住在旅馆里呢。"

小女孩盯着他,突然想起什么。"白兰地,"她说,"贝拉小姐听过贝壳了,她很恼火,说不准我来跟你一块玩,这真傻,对吗?"

黑人孩子蹙起沉重的前额。"为什么啊?"他问。

"她说你说不定会拿我的钱包。那也是傻话,我哪里带什么钱包啊?"

白兰地调头望着阳光普照的大海,他那温和的眼睛模糊了,沉重的前额蹙得更紧了,他实在无法理解刚才听到的话。"贝拉小姐……"当他重新开口时,声音变得粗哑了。

"贝拉小姐……她为什么要说这样的话?我不会偷窃!"

谢拉倒退一步,手放在嘴唇上。"白兰地,"她迟疑地说,"你现在也不生气吧,啊?"

他回头凝视着她,渐渐地,眉心舒展了。"不,不生气,谢拉小姐。"他终于说,"我们去取你的蓝贝,嗯?"当她牵着他的手,拉他向深潭走去时,他愉快地微笑了。

他们在礁石中转来转去,采贝壳,抓螃蟹,做小孩子想得出来的各种游戏。下午渐渐流逝,天气慢慢凉爽了。白兰地不遗余力地要她玩得痛快,见她垂着满头金发的小脑袋,透过清澈的池水凝视池底的奇妙景象时,或者见她兴奋地把小蟹和小鱼赶到水塘角落抓捕时,都喜悦得双眼闪闪发亮。突然,她惊慌地抬起头来。

"啊,白兰地,我得回家了。时间一定已经很晚,贝拉小姐又要生气了!"

"那好,我们比赛,看谁先跑到路上,嗯?"男孩说着站起来;谢拉收拾好绸披肩、贝壳、水草和珍珠贝,兴奋地尖叫一声,奔向海滩。他有意落在后面让她领先。

没跑多远,突然,她一头栽倒了,痛得尖叫一声,紧紧地抱住膝盖。周围乳白色的沙滩上,洒满了包裹里滚出来的蓝贝,珍珠贝等等,蓝莹莹的斑点,在灼热的阳光下闪耀着;伤口喷出的鲜血与掉落在地上的红水草一时也几乎区分不开。她开始只是呜呜咽咽,但一见伤口流血,立刻张开大嘴,狂犬吠月般地号啕起来。那声声颤抖的号叫,又响又长,只有换气时才中断一下。

贝拉小姐正在去海滩的路上,一听见号啕声就树桩般地钉住了;她盯着声音传来的方向,几乎吓出一身冷汗。她心目中浮现的不是小女孩,而是黑人男孩,是他那褐色的眼睛和头发,是他那厚厚的嘴唇,那丝绸一般光滑的黑皮肤以及那很快就要进入成年人体型的强壮的身躯。她抚养过他,疼他,甚至爱他。但现在——黑人男孩和白人女孩……这使她感到惊恐,不禁发出几声啜泣,拔腿奔跑起来。

白兰地拎着一条鲜艳的水草,提着一只螃蟹的两只钳子,急忙转过一块突兀的岩石。他一见谢拉受伤出血,就扔掉水草和螃蟹,跪在她身边的沙滩上。

"啊,别哭,谢拉小姐。"像贝拉小姐许多次抚慰他自己一样,他温柔地低声劝说,"不过碰破一点皮,瞧!"

他小心翼翼地俯身用黑手指抚摸她的膝盖。他长长的指甲,形状活像榛子,粉红粉红的;而手指之间的皮肤则是灰黄色的。"好啦,"他轻轻地说。小女孩淡淡的秀发卷曲在晒黑的脖子上,就在他鼻子下面。于是她扭过头抱住他的脖子,靠在他褪色的运动衫上号啕大哭。

白兰地的手臂凌空悬着,自然而然地轻轻搭在她肩膀上。"别哭啊,"

他低声说，"没什么，别哭！"

贝拉小姐沿着白色的贝壳路奔来，见他们蹲在沙滩上，便手按着胸口一下站住了。

"谢拉！"她尖叫一声，在蔚蓝的高空盘旋的海鸥也应声嘶哑地鸣叫起来。黑孩子看着她把黑裙撩到松软的腿肚上，胸部剧烈地一起一伏，气喘吁吁地涉过厚厚的、微微发光的沙滩。她停在离她们一码远的地方，满脸通红，脖子上的青筋卜卜地狂跳不止。

"你！"她冲着黑孩子怒吼，声音粗哑而充满憎恨和恐惧。在他背后，白色的沙滩缓缓倾斜，伸进绿色的浅滩，后面是一片湛蓝、汹涌的巨浪，撞击着黑色的礁石，卷起堆堆白雪，再过去直至天涯海角，都是一派无边无际的茫茫大海。海风和阳光沐浴着他们。海鸥像飞出去又自行返回的飞镖，一会儿冲下，一会儿冲上，忽而破水而入，忽而又急腾而起。白色的贝壳路尽头，小镇上的几幢楼房在下午的炎炎赤日中熠熠发光，几乎不可逼视。然而，她眼中却只有那厚厚嘴唇、黑头发、沉重而突兀的前额，以及搭在小女孩肩上的那双黑手。

"你！——"她终于怒不可遏地冲着他吼叫，同时猛地抓住女孩的手臂，一把拉起来，"回去，谢拉！"

白兰地从沙滩上爬起来，说，"啊，贝拉小姐——"

贝拉小姐狠狠地打了他一个嘴巴，他嘴唇流着鲜血，默默地站着，手指慢慢地沿着下巴蠕动。贝拉眼中闪着怒火。

"黑鬼！"她尖声狂叫，"黑鬼，该死的黑鬼！"

难得才有的泪花涌上了男孩痛苦的眼眶。她一见眼泪，就像他一样把手缩到嘴巴上，而且似乎连身躯也在黑色的衣裙中畏缩了；她双目圆睁，呆呆地盯着他。

"啊，贝拉小姐——"他又说，然而她却一言不发，拖着小女孩的手涉过沙滩走了。

黑孩子的手指终于触到嘴唇了，他痴痴地对着血污的手指盯了一会，然后又盯着沙滩上那块转黑的血迹——小女孩的血已经干涸了，凝结成硬邦邦的血块。一百万年以来黑人的鬼魂以各种各样的姿势包围着他，他们身上涂着烂泥、血污和羽毛，抹着神圣的亮晶晶的腰子油，在大声呼唤他，但激荡在他疑云密布的心窝中的血液毫无反应。他听而不闻，视而不见，他已经忘怀了。小蟹钳着他刚才掉落的红水草,急急忙忙地爬过他赤裸的脚背,但他一动不动地站着,痴望着茫茫的贝壳路——贝拉小姐和小女孩已经从白色的小镇那个方向消失了。

(朱炯强　徐人望 译)

我的父亲和犹太人

弗朗克·哈代

我的父亲对犹太人评价很高。

他常说所有由人类智慧产生的伟大成就都是犹太人创造的。

父亲生来就喜欢下断言。"世上没有好的战争，也不存在不好的罢工。""报刊和传教士是工人最可恶的敌人。"这些话都是父亲说的。他最得意的断言是他认定马克思、弗洛伊德和爱因斯坦是我们时代三个最伟大的人物。可是据我所知，他从未读过他们之中任何一个人所写的哪怕是一个字，但他却坚称他那些最得意的格言都出自于这几个伟人，比如他常对我母亲说的"宗教是人民的鸦片"一语就出自西格蒙德·弗洛伊德之口。

记得在大萧条时期本森山谷一个冬日的夜晚，父亲侧身靠在壁炉架上，大声谈论着卡尔·马克思、西格蒙德·弗洛伊德和艾尔伯特·爱因斯坦。

"你们知道吗，这些伟人属哪个民族？"他挑战性地问道。

"德国人！"我的兄弟迈克尔说。迈克尔因为参加了坎皮恩①研究会，学了不少有关宗教和政治的动听字眼。

"他们是犹太人，聪明的阿历克！"我的父亲回答说，"希特勒那个大混蛋倒是德国人——他烧了他们的书。"

"希特勒是奥地利人。"迈克尔坚持说。他是我们家中除母亲外唯一可

---

① 坎皮恩（1567—1620），英国诗人和音乐家。

以顶撞父亲的人。

父亲花了不少时间所研究的人物是列宁和亨利·劳森。他声称列宁是犹太人，虽然像往常一样，他的断言是毫无根据的。他从来不承认劳森是上帝特选的人种——犹太人中的一员，理由是劳森写过几首反犹太人的诗。其实劳森也写过攻击不信犹太教人的诗，当然他对此一无所知，那些诗句他从未读过。

"他们是德国人！"迈克尔继续坚持着，全不顾有吃巴掌的危险，"犹太人不是一个民族。"

"不是一个民族？那好，他们是哪一个种族？"

"他们也不是一个种族，他们是一种宗教。"

"该死的耶稣会已把你的头脑腐蚀掉了。"在争论时，父亲总喜欢骂人。

"犹太人杀了耶稣基督。"母亲大着胆子说。

"耶稣基督自己就是犹太人，犹太人怎么会杀了他？反过来，如果真是他们杀的，那也算不了什么大事。"

"因为犹太人是一种宗教，他们杀了另一个宗教的领袖。"

"耶稣基督是一个该死的犹太人，你别忘了这一点！"父亲斩钉截铁地说。说罢，怒气冲冲地去睡了。

迈克尔对我说："老头子只会空谈。"

"不要那样谈论你们的父亲。"母亲提醒我们。在绝大多数时候，她是特别维护父亲的，自从一个爱尔兰天主教徒和一个威尔士无神论者之间产生爱情以后，他俩就一直相爱着。

迈克尔起了个爱尔兰名字，是因为母亲在家庭圣战获胜时，他来到了人世间。说真的，母亲在家里大多是很顺心的，这从她八个孩子中有六个取了爱尔兰——天主教名字就可以看清楚。另外两个，一个是我唯一的姐姐雷切尔，另一个是我的大哥，他叫所罗门。爹死后，大哥把名字改为帕特里克，因为管理公共服务部的基督教徒认为所罗门是犹太人，因而不能在那里谋职。

尽管七个儿子中有六个起了爱尔兰名字，父亲还是要他们受割礼，我想，这是宗教或者是种族战胜了母亲。（直到不少年后，我还听到父亲在本地的酒店中说："如果受了割礼，就能免染天花。"）我母亲也有她的得胜之时，所有的孩子都上天主教第一教派教堂，即使那两个起了犹太名字的孩子也去。父亲自嘲地说:"不慌,这好像一个犹太教的法庭诫命仪式,或者像黑色土著人举行的仪式,都是该死的迷信。可是,只要能使莫琳高兴……"

有时候,圣战的形式是以移动客厅里的肖像而进行的。我的父亲只要一生气或者一不高兴就搬掉圣经、圣母和教皇的画像;而我母亲在不开心时就移掉马克思、弗洛伊德和爱因斯坦的画像。一旦他们最终和解,画像就恢复原位,孩子们的焦虑之情也随之消失。

我们墙上唯一从没有被移走的画像是澳大利亚丛林好汉奈特·凯利和爱尔兰革命者詹姆士·康纳利的画像:他们是圣战双方公认的烈士。

有些迹象表明父亲曾经是"世产工"的成员,即世界产业工人协会,所谓的不安分者。迈克尔哥哥认为父亲准是受了犹太人的影响才加入的。尽管父亲喜欢引用大联合会的各种口号,甚至为布赖恩特和梅的章程辩护(指1916年不安分者在悉尼所订的罚款条例),还讲了那些不安分者企图用散发五英镑的假钞使澳大利亚货币贬值的引人发笑的故事,可是他却从来不承认自己是"世产工"的正式成员。在他离家外出打工或寻找工作时,他是会去为他们干活的。即使迈克尔说父亲曾毫无疑问地为"世产工"干过散发非法的五英镑假钞的活儿时,父亲也供认不讳。

对这种指控,母亲倒竭力为父亲辩护。

"你们的父亲辛苦劳累了一辈子,把挣到的钱带回家来。要是他经手过这些五英镑假钞的话,他准会拿一些家来的。"对于什么会构成犯罪行为,她的看法有一些爱尔兰人的色彩,她并不认为仅仅由于有几张"世产工"制作的五英镑的假钞就会倒霉。

"同真钞票相比,你根本无法看出哪几张是假的。"父亲心情矛盾地说。

在我长到十多岁时,父亲的政治智慧给我极深的影响,我成了他最宠爱的儿子。有时,他还带我去参加一些政治活动,比如参加保守党和工党的竞选集会,他会在会上突然插话发问。他认为这些政党半斤八两。他又断定工党更糟一些:那些没脑子的工人知道在哪些地方应和保守党人站在一起。"当然,这些杂种不把自己叫作保守党人,他们自称是自由党人,这是那位伟大的犹太思想家弗拉基米尔·列宁自己说的,我只是引证而已,澳大利亚的党派起错了名儿:工党实在是自由党,自由党人倒是他妈的保守党人。"

在三十年代大萧条时期,父亲对反对法西斯分子的活动和反犹太人的活动特别感兴趣,他对埃利克·伯特勒恨之入骨。伯特勒当时还年轻,但已经在鼓吹反犹太主义和道格拉斯信义,并且到处兜售《古代犹太人的礼仪》一书。

父亲不时前往墨尔本,到伯特勒的会议上去据理诘问。第一次去时,他带上了我。我们先搭乘一辆送牛奶的卡车,走了三十英里,然后再从日光铁路站出口处起步行七英里来到城里。

我们一到那里,发现大厅里挤满了人,有衣冠楚楚的职员、店主和一些凶汉,也有一些衣衫褴褛的失业者,从这些失业者绝望的眼神中可以看出他们是来寻找种种问题的答案的。伯特勒所给的答案是犹太人银行家们密谋制造世界性的经济危机。事实上,犹太人银行家以某种无法解释的方式和共产党人合谋以达到此种卑劣的目的。

我跟随着父亲被赶出各种会议,这些痛苦的经历难以忘却,并感觉到这种苦楚将会与日俱增。我暗自祈祷,但愿父亲一言不发——可是,他还是讲了。伯特勒话音刚落,父亲头一个站了起来发问,他满头银丝,双眉乌黑,身穿硬领深色套装,有力地伸出了一个手指。但他的上衣袖子太短了,衣服穿了近二十年,袖口磨损,剪短了一些,衣袖刚刚盖过手肘,多少有点煞风景。他开始发言了,仅仅是发问的开场白:希特勒那个狗杂种是工人阶级最大的敌人,他发明了犹太人——共产党人合谋的说法,这些说法只是一堆生锈的捕兔笼子;人人都知道《古代犹太人的礼仪》所写的纯属捏造……

这时候,会议的主席,一个腮留板刷胡子、目光无神、一副好斗姿态的人过来劝告我父亲,说权力同盟有对付共产主义宣传的方法和手段,并要我父亲只限于提一个问题。

"那好,"我父亲说着,拿出他通常有的蛮干勇气,"我提一个问题:演讲人是否意识到在澳大利亚没有犹太人银行家?"(大厅内一片喧闹——这是来自伯特勒的那些既坚定而又急躁的支持者。)"这是事实,"父亲继续说——这时候我看着我们周围的恶棍们,"我从1931年4月的《墨尔本先驱报》上看到了一张澳大利亚主要银行的行长名单……"

法西斯分子围了上来,但是我父亲仍从一份剪报上读出一家银行的那些拥有人的名字。这些都是苏格兰名字,如麦克福逊、罗宾逊。然而他的话还没说完,六个法西斯分子抓住了他,把他往大门方向拖去。我父亲身强力壮,年轻时曾经是冠军足球队队员,还学过他自称的拳斗术,他顽强地抵抗着,我虽然不够强壮,也不是冠军足球队的队员,更没有学过拳斗术,可是出于一个子女应该忠于父母的奇怪理论，我尽力护着父亲。

在大门口，他设法从那些压在他身上要残害他的人手里挣脱了出来，他转向听众中惊呆了的、衣衫褴褛的那部分人。"别听伯特勒的，澳大利亚的银行家都是该死的苏格兰人，你们会因为你们的困难而埋怨一个苏格兰人吗？不，那么同样也不应该埋怨犹太人，因为犹太人对伟大的思想感兴趣。像马克思、弗洛伊德、爱因斯坦那些人都是地道的犹太人。实际的情况是，造成问题的，既不是苏格兰人，也不是犹太人或者其他什么民族，——而是腐朽的资本主义剥削制度……"

在这当儿，他那启发大家的讲话突然停了下来，那是因为他被七八个法西斯分子用力抓住了，他们把他往台阶下推去，推到门外的人行道上。其中一人一把抓住我的耳朵，拖着我走，拖到街沟——我父亲的身旁。一个法西斯分子正踢着他的腹部，我抗议着，为此我的肋骨上也挨了一脚。

他在地上静躺了一会儿，他后来解释说，他假装死了，这样他们再也不会踢他。父亲站了起来，再扶起了我。

他擦掉了嘴角边上的血，"儿子，你没事吧？啊，我进去过了，我把他妈的信息带进去了！"

"是的，爹，你是把信息带进去了。"我一边摸着酸痛的肋骨，一边应付着。

"来吧，孩子，我们得快走，否则我们便赶不上回山谷的牛奶卡车了。"

不久以后，我父亲决定要和一个更高层次的资本主义反动派中心打打交道：这就是每周在3DB电台举办的星期日晚间辩论会。他在《墨尔本先驱报》上看到一则邀请公众参加关于马克思主义的辩论会的广告。

我们又一次搭乘送牛奶的卡车，再步行了一程来到了弗林特思大街。在先驱报大楼的播音室里的后排找到了位子。一个胖胖的主席坐在三只大麦克风前，两旁坐着两个瘦瘦的似乎很有学者风度的文人。

现在回忆起来，辩论中的两位发言人都是反马克思主义的，那位主席也是反马克思主义的。这使我父亲坐立不定，他很快站了起来，高举手臂以吸引主席的注意。我等待着他发言，心想，那些人反对的正是父亲最喜爱的犹太人的理论，他怎么来击败这些学问高深的争辩者呢？

一个头戴耳机的年轻人把一个长柄话筒送到了他的鼻子下面。

"主席先生，我想对两位演讲人提个问题，"他开始说道，"这两位演讲人是否想到卡尔·马克思改写了日耳曼语？"

　　面对这种奇怪的说法，两位演讲人躲在主席背后乱作一团，而那位主席却在看着阿库布拉帽子的广告。

　　两位演讲人和主席耳语了几句后，主席对我父亲说："先生，两位演讲人对马克思改写了日耳曼语太了解了，他们要我说，在批评他的无神论和暴力论时，他们不希望否认他的智力才能。"

　　我父亲总是把那个夜晚看成他最得意的时刻。我丝毫不怪他——因为作为马克思的信徒和马克思主义者的一员这三十五年中，我从未发现有任何细小的迹象，说是那位老卡尔曾经改写，或者以任何方式改动过日耳曼语；我也从来没有碰到过一个相信这种说法的马克思的支持者。

　　我的父亲一直活到看见 1948 年以色列犹太国家的建立。我把这一消息告诉了他，期望他会对此感到满意。

　　然而，他沉思着说（我还记得当时我不同意他的看法）："嗯，我不知道，我想他们正在犯错误，当然，每个民族如果想要，都可以有资格成为一个国家。但是，你知道我是怎么想的？犹太人是世界上最伟大的思想家——因为他们一直没有一个国家。他们没有什么国王、王后或者政客，也没有将军或者任何其他官僚混蛋；他们也没有什么爱国主义或者任何那类无用的东西，因此他们只能为自己着想。另外一件事是，他们居住在不同的国家，从每个国家中吸收了最优秀的思想。他们是伟大的读者，读了每个国家最好的书籍，他们也写出了最好的书籍，他们是他妈的最好的提琴手，最好的哲学家，最好的作曲家……"

　　我的哥哥迈克尔说："还是最好的放债人。"

　　我父亲顿了一下，右手食指指向空中，既挖苦又粗暴地说："真希望你这么说，那些该死的耶稣会会士把你的头脑变成了一罐蛆虫了。不少犹太人成了银行家和商人——因为他们被整个欧洲赶走了，但是你绝不是指马克思、弗洛伊德和爱因斯坦，喔，当然不是。"

　　他又转过身面对着我："也许犹太人又成了农民，现在那些在巴勒斯坦的移民已建立了一个国家——但是希望他们没有害处，我想弄不好他们要犯错误，开始向别人宣战，也像我们这个笨蛋国家一样，开始建立庆祝宗教和军事胜利周年的节日。当然，小伙子，我们这儿没有卡尔们、西格蒙德们和艾尔伯特们。"

　　在我们父亲的影响下，我的兄弟帕蒂·所罗门和我参加了共产党。然而所罗门刚愎自用,在 1941 年希特勒侵犯俄国后,特别在党支持战争时,他仍持强烈的保留态度。

"世上没有诸如正义的战争和不好的罢工这类东西。"他在本森山谷饭店对我们说。当时他对在座的大吃一惊的喝酒人宣布(其中有些像我一样身穿着制服,而其余大部分人是第一次世界大战时的爱国老战士),"我是一名五流报刊专栏作家,我更要说的是我他妈的为此而感到自豪。"

我的父亲在一所天主教的老人公寓里因患癌症拖了一段时间后痛苦地死去。他十分不情愿地搬到了天主教公寓,以为是我母亲暗自希望在他最后的日子里把他改变成一个天主教徒。事实上他的确接受了天主教的临终仪式——但是所罗门(帕蒂)认为在大伙儿来到他面前时,他已完全失去了知觉。

在他临终前几天,我们去看他,在回家的缆车里,我们都一致认为我们在共产党内所碰到的犹太人都是聪明而又热心的人。"他说到犹太人是世界上最伟大的人民,他是对的。"帕蒂说,"奇怪的是他究竟是在什么地方接触过犹太人呢?"

我们对这个问题纳闷过好一阵子,因为无论是本森山谷还是我们去墨尔本以前曾住过的其他镇子,都没有犹太人居住过。我们最后推断,他准是年轻时经常离家外出在旅行中碰到过犹太人。

在家庭医院(一种为垂死病人办的收容院)里,我们发现他的身体垮得很快,他脸上的一个皮肤癌,长期被忽视了,只是用从邻居和朋友那里借来的油膏涂抹一下,结果极严重地侵蚀了他的身体,使他强健的身体瘦成了皮包骨,他的右脸枯萎不堪。

我们在他的床边待了一段时间,心里很不是滋味,此时我们还要问他第二天要举行的赛马他要赌哪一匹马,他没能活到知道打赌的结果。我向他提到我们结交的犹太人新朋友,并小心地打探他是怎么认识犹太人的。

"嗯,"他的嘴歪着,说话十分吃力,"我不能确切地说我曾经碰到过一个犹太人。但是他们是世上最伟大的思想家……马克思……弗洛伊德……爱因斯坦……"

(陈新锜 译)

怀着孩子的孩子

尼纳·加尔

　　户外阳光明媚,晴空万里,一排排高高耸起的楼房清晰地在地上投下片片阴影,若是光着脚走在沙滩上一定会感到灼热难忍。这是一个度假城,它正静候着周末前来度假的游客,似乎连空气都在期待宾客们到来。城里有经验的居民会告诉你,怎样——即便偶尔去商业区——过得既凉爽舒适、轻松愉快,又经济实惠。

　　在城的另一头,人们正三三两两地聚在角落里聊天嬉笑;还有一些人正在新建的大型购物中心里精挑细选着各色商品。

　　这是一个星期六的早晨,天气晴朗宜人。人们担心渐渐逼近的炎炎夏日带来的滚滚热浪,将会把人折腾的精疲力尽。

　　监狱里,光线昏暗,闷热难耐,空气中散发着汗臭味儿,寂静无声。汉娜躺在床上,双臂交叉掩面放在头上,她的大脑停止了运转,连呼吸似乎都要停止了。床上铺着毯子,汉娜躺在上面,几乎一动不动,尽管她还在呼吸,空气在她微微张开的双唇间流动。听着渐渐远去的脚步声,她的眼睛在双臂的掩护下,紧紧地闭着。她不想再活下去了,想就此结束一切痛苦;或者远走高飞,到一个人迹罕至的地方去。除了妈妈她什么也不需要! 想到妈妈,热泪禁不住从她那紧闭的双眼中流出,流向脸颊,流到倾斜的胳膊上。不一会儿,她就要用手腕抹去脸上的泪水。

　　她真希望自己没离开过妈妈,不曾来这儿上学。她应该留在驻地,不该来到城里,待在那寄宿宿舍里。在学校能打篮球,除此之外,她一点儿也不喜欢那地方。但是妈妈喜欢那里,她曾经被选为代表,和这儿的球队打比赛。"你留在这儿,学习读书写字,"妈妈告诉她,"以后找个好工作,别像我一样。"

学校生活枯燥乏味,一坐就要几个小时,令她厌烦。老师们只喜欢那些头脑聪明、功课好的学生。只有在打篮球时,才会对她和颜悦色、刮目相看。她身材高大,善于阻止对方后卫抢篮板球;她跑得也很快,曾在跑步比赛中得奖。离开学校后,她找不到好工作,只能和妈妈干一样的活儿,但周围好人不多。她不久便离开了。后来,她同时面临三个工作机会,她选了最好的一个。她本该和其他人待在一起。可是她和贝蒂攒了些钱后,便去附近的小镇度假了。她们在那过得真快活,这倒没什么害处。但没过多久,她发现了异样,感到了恐惧。自己会出事吗? 为什么妈妈不在这儿? 如果妈妈在她身边,她知道该怎么做,她会让这些人全走开,别总是缠着她问东问西的,她可以和妈妈一起回驻地,汉娜喜欢待在那里。

"她几岁了?"本地的法官问道,他眉头紧锁,很不耐烦,今天可是周末!

"从她嘴里是问不出什么的,"警察答道,接着他耸了耸肩说,"我想她是被吓坏了。"

"也许我们可以根据这一点指控她。"这位法官的幽默像他紧锁的眉头一样尖刻。

"也许她不知道。"

"她看上去年龄不大,"一双深蓝色的眼睛盯着女孩,汉娜站在被告席上,衣衫褴褛,显得懒散、迟钝。那阴郁的脸上稚气未脱,"不过十二岁的样子。"

"先生,我想她也许不只十二岁。"

"不管怎样,她不该被关在监狱。还能送她去什么地方?"

"我本想送她去修道院,可是那已经住满了,没有空房间了。"

"山上那个女人——叫什么名字?"

"金特尔太太,我也问过了,周末她们打算下山度假。"

"我们得想想其他办法。"

"女子监狱是空的,先生,至少现在还没人住。她在那儿可以自己一个人住。"

这位法官人倒还不坏,可现在偏偏赶上周末,他哼了一声,说道:"把这个孩子关在监狱里，孤单一人，你真的觉得这主意不错吗？"

警察没有作答。

"你肯定镇上没人愿意收留这个孩子么，如果真是这样，也只能让她待在监狱里了。"

警察站在那儿，一动不动，默不作声。法官的眉头皱得更紧了。

"那好吧，这个周末先让她待在监狱，以后再商量怎么办。"法官愤愤地看了汉娜一眼，便离开去准备周末的假日了。警察把汉娜带到了她的"房间"。

人们想方设法想弄清楚有关汉娜的事情，比如为什么没人收留她，她又是怎样怀上孩子的，可她守口如瓶。随他们去猜吧。

一天，有人来看她，不是警察，也不是这里的工作人员。当汉娜满是汗水的脸轻轻触碰到那轻柔的秀发时，她的泪水夺眶而出。不对，她不是妈妈，只是一个女人。但她说话柔声细语，不急躁，不会让她感到害怕。女人吸烟，当汉娜向她讨烟抽时，她颇感吃惊，但还是将烟盒递给汉娜，还给她点上火。汉娜坐直了身子，享用着香烟。她侧着头，看着一股股的烟雾飘向门外。这感觉真好。

女人会玩一种汉娜从没见过的猜字游戏。汉娜很快就学会了，偶尔还能赢，她们一边玩一边记分。女人离开时，把剩下的烟给了汉娜。

汉娜得在监狱里待上两天半，直到周末结束。漫长的黑夜，让孤独的汉娜感到十分害怕。白天倒还能忍受，她可以和那位小姐玩游戏，还能抽烟。有时，她们把灰白的床单拿下来，铺在外面的水泥地上。汉娜几乎感到了幸福。

星期二，一个医生来到监狱为汉娜检查身体，问了些问题，以便了解她近来的状况。医生告诉她，再过四五个月，孩子就出生了。应付四五个月，对别人来说不是难事，可对于汉娜，却意味着无边的痛苦。肚子里的孩子让她心力交瘁。她时而异常烦躁，而烦躁过后，她的内心更加痛苦。汉娜从未有过这种经历。一离开这儿，她要立刻奔回家去。妈妈会不会怪她怀了孩子？会不会打她一顿？还是，她会一笑了之？要是她笑了，那就没事了。她们会一起静静地等待孩子出生。一定要回家！在监狱里挺过周末。回家和妈妈在一起！汉娜高兴得要流泪了。

"想想看，她还是个刚过十二岁的孩子，"警察说道，"我也见过十二岁的孩子，可她这样……可怜的小鬼。"

　　法官又仔细地看了看汉娜，在他目光的注视下，汉娜仿佛觉得自己的肚子正在慢慢地发热。就是这个人好端端地让自己进了监狱，她恨他，蔑视他，可现在她只能忍耐，否则他会变本加厉地对付她。法官咳嗽了一下，清了清喉咙，汉娜趁这机会低头仔细看着自己的脚，对自己也有些恨意。

　　"都安排好了吗？"他问道。

　　"安排好了。"警察答道，他又对汉娜说："你马上就没事了。"

　　这时来了一个工作人员，他告诉汉娜，她还不能回家。他已经和她的妈妈通了电话，他们都认为汉娜应该留在这儿，等待腹中的孩子出生。他和妈妈还商量过将孩子送给别人抚养的问题，妈妈也认为那是最好的办法。

　　汉娜耸了耸肩，突然感到十分欣喜：妈妈知道她正陷于困境，知道该怎么帮助她，于是从远方送来了爱和关怀。

　　"我现在就想回家，"汉娜低着头，几乎是在自言自语，"在家时，我帮妈妈干家务，妈妈总有做不完的事情，她喜欢让我帮忙。"

　　留在这儿，她可以继续上学，学很多东西。这是个很好的地方，汉娜会喜欢这儿的。她可以找到以前认识的一些朋友，其中许多男孩女孩也是从汉娜家附近的地方来的。

　　汉娜才不管这些。蓦地，她回过神儿来，无助、被人嘲笑的痛苦和恐惧再次袭上心头。她自己也不知道事情怎么会变成这样，她要何去何从，她还能安然无恙地回到妈妈身边吗？

　　他一再叮嘱她，要留在那儿，等孩子出生，然后回家，回驻地，回到妈妈身边。然而他似乎不明白，在那儿生孩子时，妈妈不在身边是件多么可怕的事情。汉娜真想和他打一架，但这个少言寡语的男人比那个警察还瘦弱。在他们背后，汉娜觉得自己比这两个男人都强大。最后她想到了逃跑，无论如何要想法子回驻地。可是这样的话，妈妈会焦虑不安的，为她担心，这样她就做了两件错事了。看来她一定要留在那儿——待在那儿。

　　那是个培训中心，位于城南。她在那儿已住了一个多月，伙食还不错，只是她不大喜欢那里的孩子们。如果她们喜欢她，她也许会喜欢她们，可是她们不喜欢她。晚上，她躺在床上哭泣，想妈妈。因她怀着孩子，身子越来越胖，别的孩子嘲笑她。腹中的孩子也让她感觉与众不同，有时甚至觉得自己高人一等，觉得那些女孩子都没有她这般懂事。汉娜想把自己和女伴做的一些事情告诉她们,可又总是犹豫不决。她到底是聪明还是傻呢?
不会打篮球的人才傻呢。打篮球是很好的运动,她是个优秀的得分手。

　　妈妈有时给她写信。和她玩拼字游戏的那个女人也常来信。一天,汉
娜收到了女人寄来的礼物:一套新的拼字游戏的玩具。汉娜得意地给其他
女孩做示范,告诉她们玩游戏的方法。大家都想玩,可汉娜是"老板",玩具
是她的,她只允许那些对自己友好的女孩子玩。世上好像没有一件公平的
事儿,才刚一天的光景,就有六七个女孩儿会玩了,甚至玩得比她还好。这
玩意儿可是她的!难道不是吗?她把玩具藏在床垫下面。那些女孩子如
果足够聪明,是能想出自己的拼字游戏的。

　　这里的负责人和她谈过一次话,他重复讲着别人的话:待在这儿,等孩
子出生,送给别人收养,然后回家和妈妈团聚。她可以忘掉一切,可以不见
孩子,回到家像从前一样生活,她还是那个无忧无虑、活泼快活的孩子。

　　"我多想有些乐趣呀,"汉娜闷闷不乐地说,"可是别人不喜欢我。"

　　汉娜没有被正式编进班级,不必非去上课,这使她感觉自己与众不同。
她会去听自己喜欢的课,她向别人证明,她能像她们一样写好字,读好书,
可她们还是嘲笑她。她知道,那是因为她的肚子。它正一天天地变大,这
使她不能长时间坐着;她走路时不得不把身子向后倾斜,以保持身体平衡。
她憎恨自己的肚子。

　　如果说漫长的等待让人厌烦、疲惫,那么更加严峻的考验还在后头。
汉娜从不曾想到那是如此撕心裂肺的疼痛。她感受到的是沉重的打击和
莫名的羞辱。周围的人对她的痛苦和不幸熟视无睹,她们丝毫不在乎她是
生还是死。当她被疼痛折磨得拼命叫喊时,他们无动于衷,袖手旁观。这
证明汉娜的存在没有丝毫价值,没有人关心同情她。妈妈如果在这儿,会
心疼她。妈妈啊!还有一种东西是过去她快乐的时候所不了解的,那就是
眼泪。可最近几个月来,她常常泪水涟涟。她看见过别人的孩子,她喜欢
孩子,但她看没看到过自己的孩子。她不知道孩子会被送到哪里,她不想
多问。他们告诉她:必须如此。

　　生孩子的事情终于了结了。她现在迫切地等待他们兑现承诺——去
看妈妈,去驻地!她终于能回家和妈妈团聚了。可怕的日子就要过去,她
将迎来新生活。

　　那个女人又写了信来:"汉娜,为什么不回到培训中心去?在那儿再待

上一年半载,学做漂亮的衣服,或者学些商务课程,也可以做个打字员,这样不是很好吗？孩子的事情过去了,你可以继续打球,可以和别人一样享受生活的乐趣。"

连这位小姐也不能够理解。汉娜感到愤怒,惊恐。她感觉到周围的各种压力又在向她逼近,她知道该如何阻止它们靠近自己。她写了回信,信是写给女人的,也是她写给世界的宣言书,她要将心声告诉那些取笑、强迫过她的人。但一阵莫名的恐惧过后,她意识到,要深思熟虑,考虑后果。最重要的是让大家理解她。她在信中写道：

亲爱的小姐：

很高兴收到您的来信,本以为要在这个月的十四号生产,可没想到提前到了九号。是个胖胖的男孩儿,8磅6盎司重。很荣幸把这一消息告诉您和您的家人。您劝我在培训中心再待上一年,这让我感到不安,因为那意味着我和妈妈将长时间分离。和妈妈一起在驻地的时候,我从不感到孤单害怕。我再也不会那么笨了——让妈妈花钱给我买票,去我不喜欢的地方。另外,她现在身体很不好。她气色本该很好,但并非如此。我知道这情况,我们在"三泉"休养时,她就将病情告诉了我。如果她在驻地一病不起,谁能来照顾她呢？没有人。她一切都得靠自己,那么我为什么不回到她身边呢？如果她病倒了,除了兄弟姐妹去看她外,没人关心她,没有。她一直在驻地生活,而我若长久留在城里,就没办法见到她了。亲爱的小姐,我留在这儿无异于对母亲无情无义。那样,我真想请您帮我个忙：把我杀了。为什么那位先生不想想办法让我去见妈妈呢？那儿有永久的工作,我希望到那去,我想去看妈妈。这里天气炎热,我知道那边也很热。经历了这些痛苦和折磨后,我保证以后再不会干蠢事了。让那些男孩统统见鬼去吧。先写到这儿吧,亲爱的小姐,请回信。向您的家人致以爱的问候。愿上帝保佑你们,再见。

您真诚的朋友　汉娜

(李珊珊　译)

白鬃马（长篇选译）

伊丽莎白·乔莉

劳　拉

下了一场持续的大雨后，大地解除了干渴，变得黑黝黝的，显露出一派生机。

我还没睡。到处充满了奇异的颜色，盛开的杏仁花呈粉红色和白色；乌云灰蒙蒙的，边缘泛白。桉树像耸立在云雾中，纹丝不动，树叶尖削，闪闪发亮，在阳光的照耀下微微颤抖，柳树下，青蛙俯伏在田埂上呱呱直叫。突然，纤细的垂枝绽出新芽，露出了鲜嫩的熠熠闪光的绿叶。

岩石间的流水倾泻直下，冲刷着堤岸。好大的流水呀！通常不见水流的地方现在流淌着小溪。各种小鸟，如鹁鸪、知更鸟、鹟鹟，急扑而来，自由自在地飞得近在咫尺。受惊的鹟鹟笔直地竖起小小的蓝尾巴，小鸟们忙忙碌碌，羞羞答答，莽莽撞撞。

她也没睡。我把她带到我这里，让她看看我这里的情形怎么样。现在是清晨，其实我们刚刚到达，她眼中的痛苦已烟消云散。昨天吃晚饭时她那双金黄色的眼睛曾恳求我带她离去。

当然我记得那绿色的垂饰，它曾是我的旧物，我把它给了安吉拉。"宝贝儿"安德烈娅是伊娃的女儿，安吉拉的妹妹，一个小丫头。记得几年前在伊娃干净的市郊厨房内，这个小丫头曾光着身子坐在我的膝盖上乘凉。

伊娃的厨房内有各种电气用品,整幢房子又干净又现代化。澡盆里的水总是冒着热气,散发出芳香,等待着伊娃的两个女儿安吉拉和安德烈娅去洗澡。我现在想到正是克里斯托弗出生前的时刻。

沿着房子是杰克铺设的彩色水泥小道,但是窗台上摆放了很多蓝色小钵,里面种着草木、夏石竹和各种花卉,这似乎是伊娃随身带来的孩提时打发漫漫夏夜的玩意儿。

那是二十年前的另一种生活了。

安德烈娅和我一起缓步而行,雨后的原野弥漫着芳香,周围全是淅淅沥沥的树叶和雨淋淋的绿穗。当我们走过并擦动树枝时,晶莹的水珠像亮晶晶的阵雨哗然落下。山谷中万籁俱寂,但是当鹊鸟在晨曦中翱翔并掠过我的牧场上空时,清新的空气中充满了它们的叽叽喳喳声,黎明正在焕发光彩。

我几乎不能相信她真的和我一起待在这里。当我们并肩行走时,我不时偷偷地瞥上她一眼。只要她和我在一起,那垂饰就显得不那么重要了。我可以瞧她而不是看那宝石。我想我该感到累了,但却一点也没有疲劳的感觉。她一定疲倦了。在漫长的旅途中,她睡着了,有时就微微地靠在我的身上。我要保护她,我感到非常疼爱她。在汽车里她在我身旁熟睡时,我似乎觉得这是一种非常快乐的前奏。当你爱恋的人睡着时,你能待在她的身旁,这时心中暗暗的喜悦之情是任何其他快乐所不能比拟的,恐怕这是真正的"恋人才明白的暗暗祝福"。

她仍像在船上时一样消瘦,脸色苍白,嘴唇特别没有血气。皮肤绷紧呈灰色,这种青灰色只有在重病人身上才能惯常见得到。我想这多半是由于某种不愉快引起的。她的手指又白又细。吃晚饭时她神经质地捻着手指,仿佛没有真正的片刻安静。她需要有人疼爱。我怎么才能让她知道我的内心是多么疼她;我怎么才能告诉她我多么渴望真正了解她,也渴望她了解我;我怎么才能告诉她我想把她拥在怀中,让她感到安全。我希望用我的整个身心去吻她、爱她。

我希望她喜欢我住的地方,不知她是否喜欢这里。当然今晨这里看上去极美,一切都非常新鲜和漂亮,只因为她愿意与我同来。我总想为她做些事情,让她感到快活。

"如果你不太累的话,我们走得远一点,到森林里去,"我对她说,"那里可能有鲜花,早开的鲜花。"我们都很害羞。我告诉她以后将开的不同花卉,深蓝的、浅白的和黄色的花瓣,独一无二地美得像镶了珐琅一般,还有四周呈紫红色的花和叶尖呈粉红色的淡绿毛毡苔,就像小小的金属盘被压进砾石一样。

这里有这么多的东西可以让她看,可以对她讲,但她必须休息了。

"空气中这么香,是什么花?"她问我。我们静静地站在森林边上,紧偎在一起,空气中散发着一种温和的馥香。

"我想一定是金合欢树发出的香味,"我解释说,"金合欢树花不久就要盛开了,你未见其花先闻其香。山谷那边的土地上长满了这种漂亮的树,非常高大、深绿色,满树开着黄花,大约是几年前有人种植的。香味很浓,是吗?"

她对我嫣然一笑,羞答答的笑容一掠而过。

"每年,"我对她说,"我把它们忘了,但它们总是使我突然大吃一惊。"她听了这话笑了。啊,她笑起来真甜!

我们俩都笑了。她说白色的树胶,即薄薄的胶浆,使她想起了银白色的白桦树,我也觉得这些树给人同一种印象。

"我们像自然史老师。"她笑着说。

"不错,我们像自然史老师。"因为我不能谈论我想谈论的事情,我只好大谈树木了。

我们走回屋子。我告诉她,她必须休息了。

真怪,她竟是伊娃的女儿。我不明白事情怎么会这样,为什么会这样。这真是奇怪的命运安排。我害怕想到其他时刻。不快和灾难已成了另一种生活,千万别让他们闯进眼前的时光。我将不再害怕,我已经告别过去,它永远一去不复返了。

安德烈娅

我不敢断定劳拉企求什么。

"我们必须看看太阳如何照耀在滋润的树叶上,"今天早晨她对我说,"我们也许再也看不到森林今天这个样子了。"她的意思是不是因为某种经历,我们将在一起?或者竟是雨使她才那么着迷?我得等着瞧。

　　她带着我在风雨剥蚀的棚子周围转了一圈，这里一切都处在坍毁的状态下。有一些小块土地她设法种上了东西。种着农作物、迷迭香、薄荷和其他草本植物的铁罐和铁桶都已长满了铁锈斑，它们被放置在木板上，木板则像露天剧院的座位一层层地搁在圆形油桶上，不过上面坐着的不是观众，而是一丛丛小型花草。她把我带到灌木丛中，清理那边的下层树丛，古怪的小径伸向野生作物之中，几乎不像是空旷地带，她称它们为防火线，接着我们走下山坡。

　　"我的葡萄园，"她说。"有托凯、设拉子、马斯喀特、格林纳赫、佩德和弗隆蒂格纳克等品种，恐怕有些葡萄树已经死了。"她说。我们再往山坡下面走。"我的果园。"她说。"里面有樱桃李、大梅和金果，还有星红苹、黑麦草和草莓。这是埃乐伯脱桃、哈勒哈文桃、杏和油桃，这一大块荒地上才种植了这么一些！"她对我笑了笑。"这些是我独自一个人在这块地上所能做的小小变化！"我们在小果园间行走，劳拉弯腰随手清除掉果树间的一些湿透的杂草。她用小刀干净利落地把杂草切成小段。"养料都给它们吸光了。"她解释说，"这些吸血鬼早就该清除了！"我们再走了几步，她停住了脚步。"那边还有更多的果园。有帕克汉梨、昆西特大梨、温特·内利斯梨、约瑟菲尼梨。庄稼长出来都成为庄稼，"她说，"有些因为盐和水分太多死了。下了这么多雨，太潮湿了。我们还是回屋去吧。"

　　在劳拉的屋里我有一间大房间，里面空荡荡的。

　　"这是你的房间，安德烈娅。"她把我领进屋子后说。

　　我喜欢这房间，她似乎因此很高兴。我坐在地板上，她低头向我微笑。

　　"这房间里椅子很少，"她说，"你能像亚洲人那样习惯于席地而坐，倒也很好。"她走进厨房，我能听得见她磕磕碰碰的声音。开了那么长距离的车子，我估计她一定累坏了。她为我们煮了咖啡，烤了土司，但咖啡和土司都有股煤油味，吃起来也有煤油味。

　　"对不起，土司烤焦了，"她说，"我不习惯家里来客人，恐怕我太紧张了。"接着她大笑起来。

　　屋子并不大，但似乎很宽敞，因为里面家具不多。劳拉说她靠室外的灯光和颜色来点缀她的房间。

　　"屋内真是空空的没有什么东西。"她微微耸耸肩说。但是我已经看到了各种摆设。窗台上有瓶子和书，壁炉旁有个铜制品，木炉子上放着一把黑茶壶,到处都是书,很多书和纸,有些是手写的。不少书是医药方面的,有些是诗歌和外文书。在她的所谓书房里面,地板上到处是白兰地和红葡萄酒的瓶子,乱堆着书和唱片。书房的墙上挂着几幅用软芯铅笔画的素描:臂、腿和手等解剖画,还贴了好几张马头画,有的昂着,有的驯服地低垂着。我忍不住看了看这些有趣的马头。"愤怒的公马和强制驯服的母马,"当我审视这些画时,劳拉说,"我必须好好收拾一下!"她的脸带着微笑。"这些不只是一个星期的酒瓶,我没想到会来客人。知道有客人来我就得打扫屋子!"

她的桌子上方贴着一张肖像。今天早晨我问她这是谁。"我问这个问题你不介意吧?"我说。

"哦!"她说,"这是诗人席勒,我年轻时喜欢席勒的诗。你问什么我当然不介意。"

"这两张照片呢?"

"他们是我的父亲和叔叔,"她说,"他们已死去多年了。"

这地方与克里斯托弗的屋子截然不同。在清新的空气中我觉得情绪高昂。劳拉屋子的走廊宽畅,从每个窗子都可以看见花草、树木和天空。克里斯托弗的屋子对我像个牢房。除了所有房间的地毯上有黄褐色的菊花图案,屋内连空气都没有,窗子都很矮小单调。在这里我已经感到舒坦多了。

劳拉在汽车里用德语哼着歌,接着用英语唱:"最漂亮活泼的快乐如神。""埃利西姆的女儿,我们到达您女神的圣殿,心中的火焰在燃烧。"这是席勒的《快乐颂》,她解释说。"我没意识到我有时唱歌。我想这是习惯吧!"她笑笑说,"一个人通常不会意识到自己的习惯,直到有人在旁边,这时这些习惯就显而易见了。"

雨真的下起来了,但是她的驾车技术好,她好像很喜欢驾车似的。"有时开车令人厌烦,"她说,"不过今晚不同,我觉得可以永不停止地开下去。"

她老是注意到一件事,她说,那就是无边无垠的路,还有一个接一个长长的转弯。这一个转弯与另一个转弯没有什么区别,渐渐地上坡,然后转弯,接着是一座较陡的小山,一座又一座的小山,每隔几英里就有,相互没有什么区别。

"常常是这样,"她说,"我刚开到这条路上的某个地方时,还以为早已经开过了这个地方呢。"我不真正明白她讲的是什么意思。

"我不明白你说的是什么。"我说。

"啊，没关系，"她轻声说，"这条路上有几处很可爱，特别当夕阳的余晖从树林中透过时，长长的阴影斜躺在牧场上。"接着她说很可惜今晚没有月亮。"层层乌云使今晚漆黑一团，"她说，"一望无际的路穿过森林，现在我们已进入森林，你能感到寒意了。"因为没有月亮，我们看不见树林，只能感到路的两边黑黝黝树林的凉意和它们的存在。

"你有一天会熟悉这条路的。"她说。

她屋子里的多数家具留在城里，但其他日用品在这里，她给我看录音机。她喜欢音乐，我说我也喜欢音乐。

"我在种马场有两匹马，"她说，"我们休息后去骑马。"我告诉她我很乐意，她开心地笑了。

我估计劳拉一定有六十岁上下，但看上去年轻些。她大厅的衣柜里挂满了衣服，但她在这里从不穿这些衣服。我想母亲会说劳拉讲究，我可不想像母亲那样说这种话。

劳拉穿着衣服看上去很漂亮，不知道她不穿衣服时的胴体是怎么样的。我想一个孑然一身生活了一辈子的人，身体一定保养得很好。有人待在她洗澡间里她是不习惯的，一定没有人看到过她的胴体，她这种自恃是不大会被打破的。她比我大很多岁，我若在场，她也许会感到害羞，害羞被人窥视。我决不可加强她的害羞感。

我不应该想起母亲和劳拉之间的友谊，不应该猜测她们之间出了什么事情，我甚至不能想象她们之间曾经有过这种友谊。她们俩的确如此不同。

我也将不去想克里斯托弗。

我将想到劳拉，只想到劳拉。劳拉说我们一直还没睡觉，我得早些上床。我想她是对的，但我不知道是否能入睡，因为一切都那么新奇。

我们从老远来到这里，似乎驶进了另一个世界。整整一个晚上劳拉把我带到这块孤零零的地方。一路上，当我们穿过乡镇时，她告诉我，"这些地方都很小，只有几幢房子，一家商店，有时在主干道旁偶然有一所学校或一个教堂。人们将进入梦乡了。"她说。她这样解释，因为道路转了一个大弯，事实上我们已驶过牧场的一端好多英里才到达这里。

"从公路上看,我的长牧场很漂亮。"她说。但因为天黑,我们什么也看不见。这里没有通往公路的小道,因为这样便破坏了森林边缘田野的整体性。"那边一切都很平静,"她说,"你在太阳下看就会明白我的意思。这是一块长长的牧场,它从公路后边弯过去,就像一条蜿蜒的河流,两边被树林包围着。当我从公路上开车到这里,我就知道差不多到家了。这里一直被叫作长牧场。"

我想要劳拉帮忙,但不知如何启口。

劳拉又到屋外去了,天仍下着雨。

我的房间里有一张堆放了几个枕头的老式大床,还有一个衣柜和一张桌子,走廊上有几张油漆过的椅子,劳拉在地板上铺了一块橘红色的地毯。

"对不起,这里一切都很简陋。"她说。

"我喜欢,劳拉,真的喜欢。"

就在此刻,我已经说了,她到了屋外,在篱笆旁对一个身穿绿衣的妇女讲话。那女人走起路来像只鸭子,她一定是从后面对面那个小屋里走出来的。我估计住在这里的只有她们,她是为劳拉工作的。

我必须好自为之,对劳拉也必须谨慎相处。这里是我目前唯一的栖身之地,我必须换个地方居住。我想与从前的生活告别,与我的过去告别。但愿一切都一去不复返了。

(王黎云 译)

瞭望塔(长篇选译)

伊丽莎白·哈罗尔

"进来。他已经上床了。"

克莱尔迟疑不前。

"雨飘进来啦,克莱尔。进来吧,关上门。"

克莱尔猛地移动一下身体,听从姐姐的话,打她身边插过,踏进日光浴室。劳拉正关在室内,躲避这一夜的风波。两人都站立着。

克莱尔依着碗柜门,那小小的钢把手硬抵着她的肋骨,痛得钻心。她只好挺直身躯。雨水顺着她头发往下直滴。

"怎么回事?"她脱口问道,"出了什么事啦?"

劳拉摇摇头,耷拉下眼皮。她原来认为,费利克斯丧失了理智。就是现在,就她所知,也认为费利克斯兴许发疯了。"他把东西全砸了。"她说。

"那个大的——倾注器。"

"你的脸给划破了。伤口有血。"

"是吗?"克莱尔心里涌起一阵骚动。就在这骚动的瞬间,她兴味索然了,"没打着我。不管他扔了什么东西。"

两人又陷入沉默。

"我们不能永远站在这里,"克莱尔说,好像她们就那么轻易地站着不走似的。劳拉和妹妹四目相遇。她的眼睛里露出一种精力耗尽的神色,一种异常的神色。她壮着胆子打开通向已被隔绝的屋子的门,像身陷庞贝古都的旅游者那样开始观察。她注意到,餐室桌面上有很深的刻痕,那是费利克斯存心用玻璃片划出来的。费利克斯举起每件瓷器和玻璃器皿,都一概朝墙壁扔去,砸了个粉碎。牛排、豌豆和一团团蔬菜,被扔在地毯上形成怪异的排列。

"我们干了什么啦?我们说了什么啦?哦,劳拉,他是怎么啦?"

劳拉摇摇头,她的情绪越来越激动,眼前发黑,视力模糊,双拳紧握,突然做出许多无意识的举动来。

"我们说了什么啦?他喝醉了吗?"克莱尔跪在劳拉身旁,在捡玻璃碎片。

劳拉像害了热病似的,两眼灼灼发光。她起身跑来跑去,一会儿拿畚箕和扫帚,一会儿取热水和要洗的衣裳。屋子里藏着一批经过专家鉴定的名酒,费利克斯从没开过一瓶。过去他显然常去饭店,现在则滴酒不沾。"不,不是喝醉。"

"那么,是为什么呢?"克莱尔机械地帮助姐姐把几个乱七八糟的房间打扫好。她心里激动,却特别警觉、清醒。她在回忆当时的情景,追寻线索。

当时,收音机正轻声开着。克莱尔和劳拉坐着只顾吃饭,装着心情愉快,随时启口一笑,洗耳恭听,连一句稍带刺激的话都不敢说。后来,费利克斯突然向她们开口了,态度亲切得离奇,尽管他好像要想让人理解,可是在几秒钟之后却变得让人摸不着头脑。这时,她们的笑容变成了苦笑,变得呆板,嘴里未咽下的饭菜仿佛也变成了毒药。她们听懂了他的话。

他鬼鬼祟祟地站起身来。他那向后梳的背头有几缕油晃晃地搭在额前,遮住了几条锯齿形的伤疤。他的面孔受了伤。他的模样叫人见了不寒而栗。他的表情犹如食人魔鬼。

她们又怀疑又害怕,目瞪口呆,觉得他讲话的声音在鞭打她们的脑袋。他似乎要把她们的脑袋举起,扔出去,踏上一脚再踢翻。

"马上出去,不叫你不要回来!"劳拉扯大嗓门对妹妹说。

"那么,你怎么办?你也出去!也出去!"

"克莱尔,快走!"

"你别留下!求求你,别留下!"

她们忙了一个小时,把费利克斯所留下的痕迹尽可能全部消除,不是用水洗,就是往垃圾桶里扔。现在,她们正站在厨房里。

"最后，他是怎么上床的？"克莱尔没精打采地问。

劳拉摇摇头："他没有别的选择。他一直在——叫喊——讲了几个小时的话。那是在一点钟之后。我要去一个空房间里躺一躺。你也睡觉吧。明天早晨我们会清楚的，什么都不要说。"

"我甚至不想跟他讲半句话！"克莱尔让姐姐放心，接着怀疑地问了一句，"你是要我们装得好像什么事都没发生吗？"

"对，一直到我看出。"

"看出什么？他会记得的。不管怎样，我们怎能装假呢？"

劳拉暗自推断："这是一种——猝变症。不会再犯了。如果我们装得什么事都没发生过，他会不记得的。照我说的办。听见吗，克莱尔！"

"啊，听见了。"她挺着湿漉漉的脑袋说。

劳拉从窗台上的药瓶里倒出两粒药片和着水一口吞了下去。她把碗柜门关严，把抽屉推进去，朝四周扫了一眼，最后关掉电灯。

在渡船上，在旷野里，克莱尔随意望望天边，望望闪耀着湛蓝波光的海港和太熟悉的船舰，望望花园和鳞次栉比的红瓦屋脊，又望望商业楼群。那楼群本无意义，却开始使她的前程变得复杂化了。

周末下午，来到户外，远离商学院，闻不到一切办公场所固有的文具气味，是令人愉快的，新鲜的。（她患了轻微的过敏症。地区医生把她介绍给麦夸里大街的一位专家。）

学院——她庆幸暂时离开这地方，可又像人们常做的那样，开始回想那里的情况。学院——罗伯逊太太——为实践她所宣扬的那一套，罗伯逊太太每个礼拜六或礼拜天都邀请四个姑娘去她家喝午茶。轮到克莱尔的时候，她曾经纵情地去体验了一下这种社交活动。罗伯逊太太头一次阐述这种活动的作用。听起来合情合理，令人向往。可结果呢，是站在公共汽车站——一个肮脏的车站上等待，望着来往车辆风驰电掣地驶过，沙粒随之飞扬。她极想动身，等呀等呀，好像生下来就在等待着似的。透过灰色的光和沙尘，透过车水马龙摩肩接踵的单色画面，她凝望着，急切而焦躁地等待着，等待（她想）一辆公共汽车停下。

这时，她碰巧站在成排的行列里，没完没了的独白声向她扑来，就好似寄生虫想钻进她的脑袋，寻找立锥之地似的。"我一再对他讲，别把我后脑匀的发丝做成这种式样。这式样已经过时了——这裙子型号要六码的,里面的衬裙要一层层的,褶边——十盒带坚果味的粗制糖果——碰上这种鬼天气,箱子里面都生霉发绿了——人们可以畅所欲言——拿破仑才是个真正的男子汉!哪里有女的爱因斯坦,伦布兰①?女人呀!希腊和罗马雕像,为什么都是男性?因为男性,在各方面都是超常的——我抽彩中奖的时候——领口,要向下开到这儿——战后,这街段的地皮,比我们出的价,高出两倍——现在我找到了幸福的蓝知更鸟——打字,要打得匀称,这点非常重要。"

她,文静温和地应和着,彬彬有礼地回答着。

既然她人在那儿,众多的目光就会不时地扫过来,把她的注意力链环焊接上。她脸上堆着笑,津津有味地扬扬眉。因为,你怎么能伤别人的感情?再说,这也不是谁的错。这是她所盼望的(那么长时间过去了,她几乎无法确切地记得起了),早就应该实现的。她满腔热情地渴望其实现。就在这种古怪的烦闷中,人们在她人生的车站上兴高采烈地跟她谈话,就像对着一根有耳朵的木头讲话似的。

毋庸置疑,学院里的罗伯逊太太,鲁思、诺埃伦以及其他姑娘也好,劳拉和费利克斯也好(这些都是她认识的人),都从这容易满足的方面寻求所需。然而她却为日常的遭遇感到痛苦忧伤。如果她一辈子说谎话做虚伪的事,那么,她所认识或早就熟悉的人,谁也不会识破;反过来说,如果她我行我素,也没有人知道。既然她明显地看出人家在自我感觉良好地表现自己,为什么她就不能有自我表现的反应?

为了礼貌起见,或因受到挫折,她常常把自己看成同伴中的一员。可是,既然无人把她看成局外人,既然她决不相信自己真是其中一员,既然没有谁会知道她是不是躲躲猫②或月中人③,那么,在她洗耳恭听,露齿一笑,讲几句话来满足亲戚朋友的时候,却去苦心追求轻松和趣味,就显然毫无意义了。然而在她认识的人中,劳拉和费利克斯则是例外,因为他们经常希望缄口沉默,只是有时要她逗逗他们而已。啊,困难就在于没有足

---

① 伦布兰(1609—1669):荷兰画家。

② 躲躲猫:面孔一隐一现逗小孩玩的假猫。

③ 月中人:传说住在月亮里,对世界上的事情毫无所知。

够的交往。

俄罗斯人——契科夫式的、陀思妥耶夫斯基式的、托尔斯泰式俄罗斯人。这些俄罗斯人，更易被辨认出来。你可在晴天或风雨天坐下来，和这些人讨论那些别人认为致命的问题。你甚至可以和老成而有眼力的人们在一起非常愉快地谈论天气；谈人间和平；谈人类亲善！不论在什么情况下，要经常和那些对你的一切能够自然流露的人们在一起。

可是，天呐，天呐！克莱尔叹了口气，凝视着那永恒的海港。丧失家园的以色列人，四处漂流的犹太人，在悉尼没有哪个能胜过俄罗斯人。我最亲爱的人，你们在哪里？我的爱人，我的天使，我的情人，我的真诚的笑口常开的人，你们在哪里？

铃响了。渡轮减速，靠近码头。应该起身上跳板，夹在人群里登岸啦——岸上行人，轻轻摇摆，摩肩接踵。有的在翻领上戴着慈善机构的圆形小徽章；有的噘嘴皱眉，戴着花式傻瓜礼帽，脱了节似的跳蹦着行走；有的是度假闲逛的军人，这些人因服过治疗疟疾病药米帕林而皮肤泛黄。人们沉浸在花香和木醇的气息里，身上沾着尘土，身后遗留下乱扔的垃圾。仰望明净的天空，心里一阵激动，俯视地上的柏油，便又垂头丧气——唉，唉！

"去屏幕后面，脱掉衣服。"罗纳德大夫严肃地说。他是个专科大夫，高个子，面色白皙，头发灰白，皮肤透出太阳灯照出的红色。他刚才检查过克莱尔喉咙左边蜂巢似的一块皮肤，现在又要检查克莱尔的身体。

"啊——"她在迟疑，不知对方是否听到了，又不愿意让对方错误判断她的迟疑。"身上别处没有。"她保证地说了一句。

"不管怎样，还是要检查。"外科医生低眼瞧着克莱尔。他是 50 岁的城里人，习惯于遵命勿违。

"啊！"克莱尔走到屏幕后面迅速脱衣，只剩下黑高跟鞋、腿饰和白衬裙。她站在那里考虑下一步怎样做才合情合理。除了衬裙，留着件把内衣，也许更明智一点吧？他的原意，并不是要她全部脱光，这点几乎是肯定的。她没有提出异议，岂不是够傻的？但是，如果只要——她真巴望他刚才说得明确一点，这样就可以按他的确切意图穿着衣裳出去了。她听到罗纳德大夫在走动。

"啊——全脱吗?"她的声音突然从厚重的花屏幕内传了出来。

"不错。"

啊,他要干什么,没错。好吧。她现在知道了。她脱下衬裙,搁到椅背上和其他衣裳放在一起。就这样吧。她现在要做的事,就剩下走出去了。她用指甲去摸屏幕,又马上停下,若有所思地看一眼高跟鞋。其他部分都裸露了,还穿着鞋子,似乎有点无聊——做得过分了? 她脱掉鞋子,瞧着那双洁白的光脚。赤着脚,似乎与这环境十分不协调。太不拘礼节了吧? 好像要去洗澡? 罗伯逊太太听到她要去检查身体,曾经说,报纸上的社交栏里,经常登出罗纳德大夫携夫人与海外来访名人会面握手的照片。他也许希望病人懂得点礼仪。于是,她又穿上鞋子,扯开屏幕,从容自若地踏入外科手术室。坐落在麦夸里大街上一长溜的高层医生诊所,对面并没有大楼。罗纳德的诊所在第 10 层楼上,有一排窗户面对天空,下瞰围着铁丝网的青葱的植物园,远眺海湾和东部郊区。阳光灿烂,确实令人目眩。

罗纳德大夫一直在等待。既然他不想移动寸步,克莱尔只好朝他走过去。她穿着高跟皮鞋,站在肃穆的房间中间。

罗纳德大夫清一清嗓子,并不直视她的眼睛。克莱尔看了一眼他耷拉着的眼皮,便越过他从窗户里瞧向绚丽的天空。

"嗯!"罗纳德大夫轻轻摸一下她左边的乳房,又清一清喉咙。他慢吞吞地绕着她身子走。要不是桌上的钟在嘀嗒作响,诊所和城市便静得出奇了。站在那儿眼看云层,克莱尔几乎可以说是昏昏然了。

"不,"外科医生喃喃自语,现在他又站在克莱尔的前面,稍稍偏向一边,"在这儿,没有迹象。"他用手指头触一下另一只乳房。

在这简朴而庄严的房间里,若不是克莱尔在几年前发现她与自己的身体绝非同属一体、同为一人的话,她的躯体就会有很明显的感觉了。尽管受到仔细检查,骨骼和重要器官都充分暴露,但她好像仍然以为她本身是不会被人看见的。是啊,要让两者分离而独立,这并不是困难的。然而,她的身体,特别白嫩柔滑,在灿烂的阳光下,与她执意凝视的粼粼云片,共同闪现出珍珠的光辉。她的虚荣心,对她是一种相当大的支持。在她的同学当中,有哪一个能够上升到这种严肃认真,一心看云,抛却羞耻的高度? 多么出色的沉着自制!

"不,这里也没有迹象。"大夫经过相当长时间的沉默又说道。

"我想，只在我脖子上。"

罗纳德大夫的眼皮仍旧耷拉着。克莱尔的目光，小心翼翼地从寥廓的室外天宇转移到外科医生的面庞上。他给人的印象，至少要比多数的普通男人纯洁两倍。尽管如此，就近观察裸体，还是令人感兴趣的，哪怕他是个骑士，在报纸社交栏内登出与人握手的照片，而心地又非常纯洁。

还需要进一步保持沉着镇定，因为，注射器已准备好，针头已经扎进她胳膊上方，处方要开，还有一般的问题要说明叮嘱，例如过敏产生的过程和香皂的选择之类。克莱尔处在这种情况下，并不觉得不利，因此她接受这一切，白净的身体立在那里，采取裸体主义者忠诚献身、脱俗超凡的态度。

"好，"罗纳德大夫经过一段只听到钟声嘀嗒的沉默之后说道，"你现在可以——呃——穿上衣服了，维西小姐。"

自她从花屏幕里走出来之后，大夫的眼睛头一次抬起来看她的眼睛。看的时间虽然短暂，但目光却是深邃的。克莱尔回头一顾时，一颗无形火箭好像在他们之间穿飞，震撼了房间，冲击和照亮了她的周身，直到高跟鞋尖。

啊！在花屏幕后面，她穿好衣服，梳一梳长发。对她本人来说，感到震惊；而对寄厚望于骑士的罗伯逊太太来说，却义愤填膺。原来，这是卑鄙的！

"谢谢，罗纳德大夫。"他们握一握手，"再见。"

劳拉正跪着用小铲子挖草坪里的野草，柔嫩的胳膊在拼命使劲。甚至在大门口，克莱尔就看出有点不对头。一路上闷在心里的又悔恨又可笑的惊奇，立刻变成一种恶心的忧虑。

"怎么啦？"她问劳拉。

劳拉抬起头，两眼发烧又发呆，随即又向草坪弯下腰。她的后脖子，在夹起的波浪形淡褐色发丝和红条子衬衣领子之间，给太阳晒得微微发黑。剪除的湿草沾在她那双薄胶鞋底上。

"费利克斯在哪儿？"克莱尔四下张望，讲话的声音很低。这园子，看上去似乎已经被抛弃了。

"出去了。"劳拉在拔很深的草根，喘着气说。

"出什么事啦？"克莱尔环顾如茵的草坪，又仰望近黄昏时的明净的淡蓝天空。空气潮湿而阴冷。

"他带着工厂的账册文书去彼得·特罗特家了。看来,六个礼拜前他就把工厂卖给彼得了。"劳拉把小铲子插进草坪,好像要使出全身力量,从她干活的地方站起身来。

"卖掉了?"克莱尔谨慎地观察着姐姐仰起的半张脸。她们两人朝屋子走去。

"这样一来,我们就不得不勒紧裤带了,他说。他已经辞去园丁这工作了。"

"吉尔罗伊先生吗?怪不得他没露过面!可是,这太过分了!干吗不早点告诉你?"

劳拉耸耸肩。仅此而已,尽管克莱尔的震惊、战栗以及代姐姐鸣不平的诸种感情唤醒了她对利害关系的关注,好像她和妹妹几乎具有同样的感慨,而且注视着身价的起落无定。准备晚餐削马铃薯的时候,劳拉才凄苦地说:"他告诉我的时候,还笑嘻嘻的哩!"劳拉曾经天真地坚信不疑,单凭她付出的劳动,就应该对费利克斯起点作用。可是现在,那种坚信显然降为了零级。克莱尔望着姐姐,又沮丧又气愤。在她的情绪发展到偏袒性的迷乱和痛恨程度时,劳拉还认为能够容忍,生活下去,甚至找出借口为费利克斯开脱哩。她逐渐感到,这种凝固的紧张局面,没有必要维持下去了。

费利克斯回家特别晚,克莱尔松了口气,独自用完晚餐,就关在自己的卧室里。她花了约15分钟时间,迅速做完速写作业,接着梳梳头发。一对灰色眼睛警觉地对着镜子里自己的眼睛。她看到自己丢下梳子,拿起一本书。那是她一直欣喜若狂地阅读着的《红与黑》。但是,处在目前的境况下,她唯一要做的事就是侧耳静听,张开嘴唇轻轻地呼吸,一听到声音就心惊肉跳,把目光从书本移向床榻,移向墙壁,移向房门。自那天晚上以后,领悟和警惕成了她提防邪魔的护身符。

她的卧室,整洁却无特色,铺着淡青色地毯,墙壁粉刷成白色。室内的床榻、装有三面镜子的梳妆台和凳子都是檀木的。小椅子也一样,不过从没坐过。帘幕床罩桌布等,都是优质布料做成的,应该说不易买到。可是,多年前买下费利克斯旧车行因而大发其财的那个商人在免收配给票的商号里提供了这一类的优美货物。

卧室有一大缺点,就是里面缺少回旋余地。正中的一盏灯把擦得锃亮一尘不染的每个平方英寸都照得阴影全无。室内悄然无声。克莱尔为整洁起见，把自己少量的书籍和从图书馆借来的图书都搁在藏衣室里。那隔出的藏衣室，不可能住人，她压根儿就不把它放在眼里。

"你一个人坐在这里干吗？"劳拉轻手轻脚走了过来，带着做作的微笑。

"在看书。"

费利克斯已经回来了。他和劳拉两人坐在起居室内，情绪对立，缄口不言，心照不宣，揣摩着对方的心思，那间屋里"剑拔弩张"真像斗牛前的竞技场。

"我在看书。到那里精力无法集中。"

"你不去，他会怀疑出了什么问题。"

"难道我想独自待一会都不行吗？我真的坐在那里了，你们却只顾自己谈生意。"

劳拉在观察房间——地板的软垫上，弄得乱七八糟，是假装在上面看书的。随后，她又瞧着克莱尔。

"老天爷，你干吗不坐在椅子上？看起来，你好像是在这儿野营。来吧，"她的口气虽然显得坚定，却无把握，"你常常能够使他高兴起来。这种时候，你能让他情绪好转的。"如果克莱尔不顺从，如果费利克斯不能随心所欲，他就会不高兴，那就会有不幸的事发生。如果他不高兴，他就可能一反常态地发脾气，或者古里古怪闹起别扭来。他几乎什么事都干得出。他不是在暗示，是劳拉的什么行动促使他卖掉企业，蒙受损失的吗？"来吧，克莱尔。别犯傻！"

不错，捕兽机已牢牢把她困住了。她倒要摇动一次栅栏，试试它有多牢固。"我不想。难道非去不可吗？"

"我已经请过你了！"劳拉原来是倚着墙的，为了求舒服，摆出的那个姿势显得僵硬而缺乏个性特征。现在，她朝门走去，又尖刻地说了一句："随你的便！"气愤地在门外擤鼻子。

克莱尔心动了。劳拉惊恐了。劳拉的惊恐又使她惊恐。"混账，坏蛋，该死！混账，坏蛋，该死！"她咬牙切齿，用指甲掐自己的手和胳膊，越掐越深，不知掐到什么程度才能使自己感到足够的疼痛。

可是，近来往往发生这样的事！费利克斯故意用言语或行动来激怒、伤害劳拉。克莱尔亲眼看到了，为此感到心烦，不快。然而，他们单独待在一起的时候,费利克斯对劳拉的态度又缓和下来,因此,劳拉便不再像克莱尔那样躁烦、不快以致气馁心灰,于是经常会来这样奇怪的大转弯:"来吧,逗费利克斯发笑吧!来逗逗他吧!他喜欢你这样做。为了我,在他身上花点精力吧。"

克莱尔拿起梳子,使劲梳着头发。从某种意义上说,如果因不得已而采取违心之举,这可能是她碰到的最难办的事情。在她面前,有条细线像箭一样飞驰着,将消失于未来,必须以某种极大的精确度予以注视。出于最自然的本能,她正在做重要的追踪和等待。可现在,她却要被再一次引向弄虚作假。

她怀着抵触情绪愤愤地在梳头发。啊,在以前,她曾抗拒过这类请求。啊,是呀。有许多次哩。她心灵的眼睛曾以爱慕的激情注视着她的一贯作风。啊,确确实实。唯一的困难是,有点为难了劳拉,因为她给分配担任了头号人质的角色。如果费利克斯很想发挥一下自己的力量,令人震惊地大闹一场的话那么,容易受到伤害的,便是她们姐妹两人。残酷和仇恨是令人惊愕的。当然,费利克斯确实喜欢这样做。

"我不干。"她从牙缝里吐出这句话。说完,她起身把圆领毛衣整整齐齐地拉在裙子上。没有哪个人感到有压力而被迫对她说:"在外科医生诊所里,发生了什么事?那不治的过敏症或许要夺取你的生命吧?"没有哪个人因为曾经想到要问她"学院怎么样?"或"你在读什么?"而非常害怕她可能做出什么反应。很明显,在不应该让自己的一时兴致或情感受到忽视这方面,有些人和另一些相比,其重要性要显得更大一点。

她为什么应该在那里跳舞,像三流杂耍演员那样把足以淹没自己的愤怒的泪水硬往肚子里咽,而同时却绕着尊贵的客人囊囊地腾跃,露出三十二颗牙齿谄笑?她不想这样做。

啊,当然。她开始怕费利克斯了。他是个没有理性的人。

有光泽的浓发披在肩上,眼睛里射出危险而变幻不定的光焰,她推开静悄悄的起居室的门,于是表演开始了。

(陈正发　马祖毅 译)

飞行组曲

切斯特·伊格尔

坎塔斯[①] I

飞行员说:"我们现在飞越弗罗姆湖,右边的乘客可以饱览它的风光了。一会儿我们将飞过艾尔湖。"我坐在中间,无法往外看;时间一分一分地流逝,阳光从左舷窗照射进来,人们纷纷拉下窗帘。我沉思着下面飞越的地方:斯图特戈壁滩、辛普森沙漠、乌卢卢、奥尔格斯。我真想在这片土地上漫步;也真想坐在飞行员的座位上,透过头盔上的眼孔似的机头窄窗眺望山河。

飞行员是我们时代的骄子,他们漫不经心地提供一些对我们毫无用处的信息。"我们现在的高度是……机外气温零下……速度……飞机到达新加坡的时间大约是……目前新加坡的地面温度……如果你们要按新加坡时间对表,现在是……"现在我们在麦克唐奈山脉上空,正朝大沙漠飞行。大沙漠我得看看。我走到机舱后部,两个女人正俯瞰窗外。窗前没有座位,我就站在她们旁边。她们是法国人,我们就攀谈了起来,我说着大学毕业以来一直没有讲过的法语,仿佛已经部分地置身于欧洲了。她们想了解这片沙漠、土著人和探险者。向她们介绍这些,我感到自豪。我的祖国就在

① 坎塔斯:澳大利亚航空公司。

机翼之下,幅员多么辽阔,我们在她的上空已经飞了好几个小时。那色彩多么绚丽!我决定待在这扇窗前,直到红色的大地连接那熠熠闪光的大海。

一只手伸进我们中间,是一位服务员。他拉下窗帘,我又惊又怒地瞪着他。不看看这神往已久的美妙景色,坐飞机干什么?我这样对他说。对不起,他说,我们要放映电影,光线太强了会妨碍图像。我拉开窗帘。放什么电影!

放映的电影是约翰·特拉沃尔德和墨尔本的奥利维·牛顿·约翰主演的《狩猎季节》。服务员又拉上窗帘,那两个法国女人不见了。

在罗马,行李迟迟不到。他们在磨蹭什么?在烤栗子吗?我领到行李后又去买车票。妻子和孩子先上了公共汽车,我却撞上身边的一个男人。"对不起。"我说。他说了一个我以前还没听人对我说过的词。

我们进城时已经暮色苍茫。车子靠左行驶;但愿没有澳大利亚同胞迎面驶来。我发觉我们现在跨过的桥梁一定横贯在台伯河上,我们脚下流淌着令人难以置信的悠久历史。恺撒园林在台伯河的哪一边呢?

我们在罗马终点站下车,步行时最先经过的一些建筑物破败不堪;在一个小安全岛上驻足时,还嗅到一股小便的恶臭。我们找到了国民旅馆。我在房间里揿了揿按钮,一个声音"嗯"了一声,于是给加上了一张床。我们决定先洗个澡。澡盆很大,有两个旋塞和一个狮子头。狮子嘴巴是出水口,但没有水。过了好一会,只听到点咕噜咕噜的声音,又等了片刻,方从狮子的牙缝中挤出几点温吞水,令人扫兴。

几年前,我在《生活》杂志上见过圣·彼得大教堂的全色照片。那雄伟的白色雕像,置身在群像中的基督俯视一条巧妙地向一端扩展的街道,给人一种迎面而来的感觉;意大利人善于玩弄欺骗视觉的花招。我在许多明信片上见到过圣·彼得大教堂,还在一些评介文艺复兴时期建筑艺术的书上见过它的剖析图,因而了解该领略些什么,但没料到它会突然映入眼帘。它凭借高耸的山丘,气势磅礴。在每天川流不息的人群中,我们四个只是微不足道的普通游客。明天又有另一群人,又有不同的人们乘着同样的车子,吃着同样的栗子,同样地买梵蒂冈的纪念品,同样惊诧地张大着双眼。

基督是梵蒂冈这一场面名义上的统治者,他的十字架轻轻地挨着肘窝,右手平伸,颇似令人望而生畏的希特勒的敬礼模样。凭借基督的至高无上的尊严以认可教皇——我们可以看到他的阳台——又依仗教堂的权威以认可其老气横秋的教廷大使和高级教士和藏头露尾的银行家,以及进入教堂后随处可见的普通教士。这批人的面目之可憎,绝不亚于科林伍德足球俱乐部比赛时,看台上那批被威士忌和性欲涨红油脸的爱尔兰神父。我以为他们的体制是腐败的;但我一生中却从未见过如此崇高庄严的景象。米开朗琪罗的《圣母哀悼基督》使我感动涕零。穹窿内壁上的金底黑字,书写着上帝通过其爱子颁发建造教堂的圣谕:你是岩石,我要在其上建立教堂,我要把天国的钥匙交给你。我们回家时会怎么样呢? 会面目全非吗? 在一个月的瞬间? 我们要访问佛罗伦萨(这里人称法伦兹)、米兰、日内瓦、巴塞罗那、赫罗纳、卡尔卡松、图尔兹。至此,声名近扬、举世无双的巴黎就近在眼前了。

　　然后返回墨尔本。难道我们只有一个自惭形秽的基础,还是除了欧洲的美妙之外还更有一种勃勃生机?

　　在从新加坡至巴林群岛的漫长旅途中,我拨弄着耳机。第九声道播送着古典音乐,周而复始地重复着同一套节目。我算准埃尔加①大提琴协奏曲的播放时间,戴上耳机。

　　声音很轻,一点也听不到。一会以后,我又试了试,这回听到了,是一个爱好观马、爱好与国王聊天的男人的内心独白,似乎音乐成了一种宫廷活动。可怜的埃尔加,当灵感未被激发时,他的乐句时断时续;可悲的埃尔加,生来就命中注定要表现迷惘,要记录他及其国王的王国从团结一致走向分崩离析的演变。当机声再次淹没音乐声时,我关上耳机,在想象中倾听他的第一交响乐,让那庄严的主旋律在我心中回荡。一切重大的事件都要经过疯狂、贪欲和残暴的阶段,才能使其本来的面目最终得到完美的表现吗? 抑或仅仅是有些事件才会侥幸如此? 他们的时代精神? 他们的梦想? 一想到那些崇高的主题,我颇以为然。我又戴上耳机,刚刚开始播送舒伯特的C大调交响乐。世上还有比这更壮丽的乐章吗?

----

　　①　埃尔加(1857—1934):美国作曲家。

有。我想起了布鲁克纳①，再次摘下耳机，想象他的第七交响乐的序曲。那音乐属于天际云端，属于我们现在身处的地方——远离贫穷的印度三万五千英尺的高空，既舒适，又令人厌烦。布鲁克纳的第八、第七、第四交响乐中的铜管乐都涌入我脑海；我花了一千一百零一元买的机票居然把我送到这世界的想象中心！

在再听舒伯特之前，我想起瓦格纳②纪念先烈的音乐，想起他的朋友路德维希王子，想起莱茵河畔的城堡，想起沃顿的辞别，想起自始至终贯穿《大灾难》的主题，想起爱的拯救力量。

我一生中从来没有如此浮想联翩。

坎塔斯 Ⅱ

我们越过孟加拉湾，沿缅甸海岸飞行。在曼谷，我们在机场内转了一个小时，活动活动筋骨。自雅典至曼谷一段的航程中有许多空座位，我们可以舒展身体睡觉。当曼谷的旅客鱼贯登机时，其人数与机上的乘员数大致相同。好！舱门随时可能关上，我瞄准几个空座位，打算抢占。

这时，服务员开始清点空座位，并领着几个亚洲人上机。又领上几个。又领上了几个。那三五成串的亚洲人衣着褴褛，两手空空，从他们表情上看，都没有上过飞机。他们在服务员带领下络绎不绝，直到所有空座位只剩下我身旁的一个和其后面的一个。最后，这两个座位也被一个男人和一个怀抱婴儿的女人占去了。QF6 航班座无虚席。

婴儿睡着了。那男人会说几句英语，他们是柬埔寨人，在泰国边境的一个难民营里住过两年。他掏出文件，把难民营中一位美国管理员写的一封信给我看，信中表扬他学习英语和协助难民营的管理工作。该人有主动精神，那美国人信中说，肯负责任。我联想起自己写过的许多介绍信。"我们现在去澳大利亚，"这位柬埔寨人说，"我们新的家乡。"我问他，他妻子会不会说英语。"会一点。"他说。

---

① 布鲁克纳(1824—1896)：奥地利作曲家。
② 瓦格纳(1813—1883)：德国作曲家和音乐戏剧家。

　　过了几个小时,婴儿醒了,喂了奶。父亲抱过婴儿,用一块布片遮盖住他的眼睛,入睡后又把他交还母亲。这孩子使我深有感触。他,或她,将不会对柬埔寨或泰国留下任何记忆,唯有我和这对父母才是这次飞行、这次他毫不知情的逃亡的见证人。命运、机缘、遭遇或者别的什么,使他飞出难民营而降落在我们的墨尔本。不难看出,那柬埔寨人满心好奇,只是不知道从何问起。他不时地越过我注视我的女儿和儿子。我儿子在欧洲时不断收集各种纸币和硬币,正在一件件地玩赏。那男人——谁出钱给他买机票的?——从表袋掏出一枚硬币,递给我儿子。儿子端详了一番,把它交给我。这是一枚币值仅高于最小币值的泰国钱币。我又递给女儿,她仔细看了看,对她弟弟说应该回赠点什么。儿子不明白为什么。他已经说过谢谢,也知道这枚钱币并不值钱;并认为这个男人既然是个男人,就一定有许多这样的硬币。女儿找出一枚五十澳分的硬币,从我面前递过去。“这,”她说,“是给你的。”

　　出人意料的是,那柬埔寨人似乎恐惧这块硬币,惶恐了好一阵子。我很尴尬。这五十澳分的硬币本来就不是一件成功的作品,不但那盾形纹徽图案被钱币的八角形紧紧框住,而且另一边印着英国女王的头像,简直令人反感;我鄙视女王,因为她是英国等级制度的柱石。我们这一代人难道还要与父辈一样,终身忍受这种侮辱吗?我为这块硬币上的图案含义感到羞耻。然而,这柬埔寨男人却把它翻来覆去,百看不厌,仿佛只要诚心诚意地看着,就能看出他的未来前程似的。

　　当我们离开陆地进入海湾时,飞机遇上湍流,缺乏经验的乘客不禁大叫大嚷,机组人员以他们听不懂的语言安慰他们;一些乘客拿到牛皮纸袋,却不知道它们的用处。飞机平稳下来时,我算了算余下的航程,又把所需的时间减去二十五分钟,因为这是机头向下的时间:那时他们一定会晕机呕吐的。

　　他们中许多人果然不出所料。我的邻座也很吃惊。这时他已经把硬币装进衣袋,他回头看他妻子,她微微一笑,揭开布片,让他看孩子的脸。婴儿仍然睡着。我们着陆后,我祝他们好运。谢谢,他说;谢谢你的硬币,他对我女儿说。

　　我们在夏尔·戴高乐机场。我妻子要留下搞研究工作!我和孩子们先回国。现在是两点钟——14:00——但阳光惨淡,好像要提前天黑似的。

我们从法兰克福飞来,必须在这里换机。保安措施很严,进机场的乘客必须先进一个小房间,接受同性别的警卫人员检查;我脑海中浮现出一个词:"搜身"。检查在一条漫不经心地拉上的门帘后进行。我讨厌眼前的情景,于是坐了下来,反正时间还早得很。我妻子将进行另一种旅行:从与我们分手的地方乘地铁去旅馆,再去图书馆。她将离开我们独自生活几个星期。我深感肩负照顾孩子的重大责任。我们等待着,因为我不喜欢下面的一步:检查。

不久,我们看到不能再拖延的信号:一群有条不紊的——这是最恰如其分的描述——穿黑制服的男女穿过中转站,朝我们的入口处走来。他们是汉莎航空公司的机组人员,风度翩翩,既不齐步走,也不排成二列或三列纵队;我以为他们的这种举止是很有意识的,很自觉的。他们步履轻快;当接近享有免检特权的入口处时,他们放慢脚步。一个神情威严、帽子上有穗带的男人从口袋中掏出一包薄荷脑。他一停下,其他人也都一齐站住。他说了句什么,其他人一个接一个地伸出一只手,他用手托住它们,同时让一只薄荷脑落在地上,不过女乘务员的手是悬空的,他的手只礼貌地在下面象征性地托着。他是机长。他们笑吟吟地经过警卫人员。

我们通过检查。我发觉刚才的犹豫与我外衣衬里上的破洞不无关系。德国的空中小姐十分迷人,还有吸引儿童的玩具,对此我很感激。在我们简短的航程中,天很快地黑了。北方的冬天里人们干什么呢?当我们渐渐降落时,我看到的是一片皑皑白雪,而没有被积雪覆盖的景物则包裹在一团比汉莎航空公司的制服略浅的蓝色雾气之中。我真有点觉得能够见到北欧神话中的熊罴和毒龙了。高度的文明怎么能在这样恶劣的自然环境中发展呢?

飞行员说:"我们现在正处于赫德兰德港北面,在穿越海岸线。周围云层较厚,但从右侧也许能瞥见港口。"我的座位在左侧,只能见到一团漆黑。我们坐着不动……并不增加安全……似乎可以不惹人讨厌。

时间慢慢过去,我知道我在期待地面的信号,但下面乌黑一片。这黑暗与中东的黑暗不同,那里的港口、石油设施,我想还有军事设施,当我们飞过时都会闪现出一簇簇令人迷惑的灯火,而机长对此却不加解释。

黑夜漫漫。我又习惯地计算时间,还需多少小时才能到家。突然,在一直蒙住我双眼的无边黑暗之中,闪出一点光亮。一点。

我竭力想象那是地面上的什么光亮。篝火?牧人住房?土著的村舍?我国的问题在于:越接近部落生活或部落生活的残余,越接近土著人,人们的态度就越莫名其妙。我舒舒服服地住在城市,与土著人的距离就像在飞机上一样遥远。所以,光亮早已落在后面了,而我却兀自对它捉摸不透。

二十五分钟后,机头开始向下。我爱声名远播、举世无双的巴黎,我发现我身上有法国人、西班牙人和意大利人的气质;然而,我渴望回家。

出租车载着我们穿过科伯格区。太阳还在小山背后,小山上是亡灵的住宅区——科伯格公墓。德谢纳体育场上笼罩着淡淡的雾霭。我告诉儿女,当太阳升上小山时,雾气就会消散,它不像我们在赫罗纳、比利牛斯山和莱茵河上遇见的湿羊毛般的浓雾,没有附着力。当出租车驶上分隔科伯格区与普勒斯顿区的小山时,我们感到周身发热,脱下外衣。又十分钟过去后,我们下车;付车费之前,由于某种原因,我把手提箱放在屋门内,先嗅着这里的泥土气息,我们的黑色玄武岩风化成的泥土。这里白天生机勃勃,暑热还没有到来,但我喜爱我们家园里泥土中升腾起来的气息。

我们三人发疯似的在花园里奔跑着,一会儿抱起小猫咪,一会儿凝视着橡树林,一会儿又抚摸着——即使透过鞋底——那干燥的泥土,深深地呼吸我们在阔别中度过夏日时光的草木醉人的芬芳。

泰　航

我去巴黎开会。我身旁的座位又迟迟没有人坐,最后才被一位姿容艳丽的女人占了。她好像有点惴惴不安,过道上来往的乘客都会看上她一眼,乘务员也特别殷勤。当系安全带的信号解除后,一个胖胖的泰国人很惹眼地托了盘子走到她面前,盘子上放着一瓶刚打开的西班牙香槟和一只玻璃杯。她说她不喝酒,把杯子递给了我。我兴致盎然,而且酒也醇和。她问我在读什么,我告诉她那是我刚写完的书稿。这本书稿是我回墨尔本和悉尼之前在巴黎开始写的,现在想试试在这几个城市之外阅读的效果。她饶有兴趣地听着,并告诉我她是画家。我不相信;可能上过几个星期的美术课吧。我问她从哪里来,她说从法伦兹,我告诉她我第一眼就爱上了法伦兹;她嫣然一笑,说尽管如此,她还是需要旅行的。

她把护照给我看,上面盖了世界上一半国家的戳记。她怎么会旅行了这么多地方?原来她是个模特儿,她的代理人为她订了个周游世界的计划。她把自己的照片给我看,确是天生丽质,有的自然大方,有的温柔娇羞。当我又开始阅读书稿时,她手握铅笔,翻开一本杂志,不耐烦地翻了一阵,然后不知从什么地方抽出一张对折的信笺,动作都是缓慢的。信笺外面用意大利文写着"我的小猫咪"。她翻开信笺,开头是"给我永恒的……",末尾是"我永远爱你"。她凝视着,沉思着,过了好长一会才从手提包中取出本拍纸簿。问我有钢笔吗?我把一支在意大利买的钢笔递给她,可记不清那是什么牌子。"奥罗拉。"她高兴地说。她写信时,一个慕艳的男人走过来找她搭话,她被耳旁的声音吓了一跳,钢笔猛地掷在杂志上,光滑的页面上被洒了好几滴墨水。她显得很紧张。

当她写完复信,放入手提包时,我问了她的情况。她说她一直为悉尼的一位代理人工作,那代理人与一家英国人办的杂志有联系——谈到了该英国人的名字——她与他儿子刚刚相处了一个月,后者希望她留下来与他结婚,她回答说要好好考虑一下,必须回法伦兹才能决定……

我也身处爱河,与我爱人缠缠绵绵,刚度过一生中最幸福的几个星期。在巫山云雨的陶醉中,我认为世界上的一切都是美好的——但"永恒""永远"这些词汇却使我不安。她说她告诉他——她说了他的名字——"我也许会答应的,但要回家后才能弄清自己的想法。"

她在曼谷下飞机。我带上钱在机场购买部转悠。我在看丝绸时发现帕特茜亚——她护照上的名字——站在我身旁。她嘱我不要在机场买东西,市区卖的什么都比机场卖的价廉物美。她还说我的书如果出版有困难,可以找……她说了她爱人父亲的名字,他办一份杂志……他一定会帮忙。我们道过再见。六年后我才再去法伦兹,在那里待了三天,根本没有想起她。仅仅是现在,在写这篇文字时,我才回忆起当时意识到的危险,"永恒""永远"这类令人忧虑重重的词语所造成的墓穴,已经使地面千疮百孔了。

一个瘦小的泰国商人占据了帕特茜亚的座位。他的业务是把亚洲的货物运送给欧洲的餐馆供应商店。他让我看了他的价目单。"这只是近似价。"他说。当吃完饭并收掉餐具时,他掏出计算器,在廉价的黄纸笔记本上写了一阵,然后拟出货单和报价,接着又计算起来,我瞥见他精确到计算出三位小数。

　　他递给我一份英文版《曼谷邮报》，上面登着一张农民要求政府提高农产品价格的示威游行的照片。他告诉我必须为他们采取点措施，否则他们就会变成社会主义者或共产主义者。我发现他始终没有提及他们怨恨的一个原因，就是贪婪的中间商侵吞了他们种植水稻的收益。以我的标准看，他的衣着大概只有合作商店的质量，因此，他也许没有把自己归入侵吞农民利益的中间商之列。

　　飞机上有一群旅行社组织的法国人。他们有的与别的乘客交换座位互相聊天，有的三三两两站在过道上。离我最近的一个看模样是农民，但他用法文说自己是农场主，为尼姆市郊的一家葡萄生产合作社种植葡萄。我问他在巴黎买酒应怎样辨认他们的产品，他支支吾吾半天说不清楚，最后拿出一只瓶子，颇似墨尔本艺术展览馆中施泰尔画的器皿，贴着粗糙的长方形商标，上面印着"加尔省卡斯蒂埃出产的戈多·弗拉维/VDOS"。我说我会留意买这种酒，而他似乎不大感兴趣。飞机在雅典降落时很平稳，这没有什么值得大惊小怪的，但这批法国旅客却为之鼓掌。我很纳闷，他们这几个星期的旅行，每次着陆时难道都是这样的吗？希腊人下了飞机。

　　最后一段航程中，机舱像散了伙的营地，乘客仅满员的四分之一，大多是那群法国游客，外加几个去巴黎的澳大利亚人。我们或转来转去聊天，或眺望窗外景色，或躺下睡觉，并且自己安排喝酒或咖啡，因为服务员已经不管我们了，他们只在瑞士上空给每人发了一朵代表该航空公司的兰花。有一个胖墩墩的泰国人碰碰我的手臂，要我看另一个瘦小的泰国人。"他太拼命了。"他说着抓起一条毛毯，向一排空座位走去。一会儿后我经过他身旁时，他已经呼呼入睡了。终于，系安全带的信号响了，前面就是夏尔·戴高乐机场。

　　在这次旅行中，我感到泰航飞行员操纵他们的巨型客机与澳航飞行员有点不同。他们不是高高地接近机场，然后自信地节节下降，而是关掉发动机，让飞机缓缓滑翔。这种操作方法使发动机发出隆隆巨响。我笔直地端坐着，想起离开墨尔本之前度过的几个星期。我在热恋之中，不能想象因为在法国降落就失去与前几个星期的联系。我想起乘出租汽车去机场前的漫长的一天：我放过一张巴伦博因公司灌制的柏辽兹《安魂曲》的唱片。我喜爱这首乐曲的许多表现手法，其中之一就是这位作曲家首倡的十六面褒贬迥异的定音鼓。那飘逸的鼓声，与其说作用于感官，不如说旨在让大地发出共鸣。我固执地抱着这一带到法国来的爱好，从发动机沉闷的隆隆声中聆听鼓声，向机翼下云障雾蔽的景色中观看欧洲的神秘；我双手抓住座位，相信一切都不曾因为让爱情毫无保障地听天由命而有所变化。我们着陆，下机，进入令人诧异的、似在翻山越谷的通道，通道尽头像是一块三向的电盘，尽是电梯、站车和走道。我沿着路标经过走廊搭上电梯找到公共汽车站，那里停着好几辆公共汽车。我想了一下要去哪里，就跳上了车。司机用法语问："国民旅馆？"我准备法郎。"对，国民旅馆。"我又说了声"谢谢！"

泰航 II，坎塔斯 III

在穆弗塔大街，有人问我圣·艾蒂安·迪·蒙教堂怎么去。我做了个很费劲的手势给他指路。我在一家酒店要那农民说的那种酒，掌柜不屑地说他们已经不从那个地区进货了。我给女儿买了把雨伞，喝了杯啤酒，信步走到圣·艾蒂安教堂，那里正在排练巴赫的一部清唱剧。

我尽量缓步而行，但起伏的心潮却不能自已。来杯啤酒，还是咖啡？我返回旅馆，见泰航的紫色兰花在烟灰缸上晃荡。

几天后，我好不容易找到残废军人教堂，因为这是《安魂曲》首次公演的地方。我竭力想象它在被辟为拿破仑陵庙之前的面目，想象阿伯内克放下指挥棒而吸其回忆录中十分著名的鼻烟时，柏辽兹该站在什么地方呢。我步行穿过巴黎，来到《赞美曲》脱胎问世的圣·厄斯塔什教堂。《三圣曲》中有一段小提琴合奏，我相信柏辽兹的初衷一定是要我们听听天使翅膀的颤动声。像我这种不再相信天使的人们，居然坐在教堂中间，试图从自己的感受中发现柏辽兹所表现——或者可以说"体现"——的精神世界，似乎有点奇怪吧。这种精神境界如果能够企及，那一定是在哥特式教堂中；如果这种精神世界能够祈求，那我一定能够得到，因为每当听到柏辽兹的《三圣曲》，我都觉得它就在我的心灵深处。所以，我敛神聚气，沉思默想，一心要不凭作曲家的音乐而在自己的心灵中发现这种境界。我端坐着，让思想自由驰骋,直至感觉到心中一片恬静。这当然只是初步的,但我觉得有点入门了。

这时,我瞥见一个两天前见过的乞丐溜进门向我走来。教堂中没有别人。突如其来的怒气取代了心境的恬静。我瞪着他,攥紧钱包,憎恶地耸耸肩膀。我的态度很粗暴。两天前,我这样静坐时,他也这样溜了进来,我叫他不要干扰我的思想。而现在他又来了。我对他大声嚷嚷,他却把两个手指塞进嘴巴,说:"施舍点吧! 施舍点吧!"我又呵斥他,一边怒气冲冲地站了起来。今天听不到天使翅膀的颤动了! 我走向教堂深处,凝视着克罗凯的大风琴,那是《赞美曲》首次演奏前一年配置的。我尽量让自己平静下来,但毫无结果。施舍点,施舍点,让他去吃他妈的糕饼吧!

这怒气主要是冲我自己发的,因为我不能视若无睹地对待乞丐,对待罗马街头骚扰游客的吉卜赛人,对待西班牙手抱被麻醉的睡婴行乞的女人,还有纸上写着不幸遭遇要你阅读的男人(有时是衣着体面的男人)。你说不懂他们的语言,但他们知道,你自己也知道他们知道你懂得很。施舍点吧,施舍点吧。他们就是要你的钱。这是欧洲土地上最使你意识到自己不是欧洲人的一大特点。

回旅馆途中,我在巴黎圣母院坐了一会,在莎士比亚书店浏览了几本书,还发现一家出售精彩乐谱的商店,给一位歌唱家朋友买了几首普朗克的歌曲。回旅馆途中,很高兴竟有法国人两次向我问路。啊,是的,我觉得很自在,绝无置身异国他乡的感觉。我跨进一家我最喜欢的酒吧,写了几张明信片。

我在学生时代曾听美术教授约瑟夫·伯克讲过,他在大战期间乘飞机去雅典,飞行员告诉乘客窗外可以见到巴特农神殿,但约瑟夫安坐不动,因为巴特农神殿的设计是要人们徒步登临,抬头瞻望,而不是让人居高临下去俯视的。

我从那时起就迷上了乘飞机,教授的观点也深深地印在我的脑际,每次飞进飞出雅典,我都不让自己去俯视巴特农神殿。但这仅仅是一种姿态,因为我不禁止自己眺望奥林匹斯山。从飞机上看,奥林匹斯山并不那么高,在被剥夺了宙斯及其众神的今天,只是一座普普通通的石头山,光秃秃的,毫无奇特之处。然而,飞越它上空时,我却有点赞赏古希腊人的信仰体系,在当时是很杰出的。我想,他们的想象一定与真实世界是密切相关的……

我为什么喜欢飞行?回答是:那使我,使任何人拥有天神的视野。"天神"是什么意思?没有什么意思,因为已经没有天神了,因此我们必须对自己负责,对我们草率处置的地球负责。还有个问题,我们能够继续生存下去吗?

没有回答。

我们在希腊上空的云层中穿行。透过缝隙的诱人的阳光,斑斑块块地映照在海面上,斑斑块块的光点之外是黑魆魆的一片。岛屿像一块块的礁石。海上没有风暴,但浓云翻滚,我不禁想起"云涛"这个字眼。海面上的明暗急剧地变化着,仿佛在以光与影的变幻重演我们不能目击的沧海桑田的史实。

我们越过意大利半岛的尾端,沿着山峦飞行。大地——机翼下的大地——如同破旧的黑色的天鹅绒,残缺不全却富有视觉效果。一处处悬崖上组成一个个山顶集镇的各个建筑物,活像一颗颗钉在货箱上的钉子,使我联想起古代宗族间的宿怨和仇杀。当山峰越来越高,山腰间覆盖着皑皑积雪时,飞机改变了航向,因为我们要在罗马菲乌米齐诺的奥尔多·达·芬奇机场降落。飞机穿越罗马这座不朽之城的上空时,机身有点颤抖,但我的儿女仍兴高采烈地认出他们知道的名胜:圣·彼得教堂及其前面令人惊叹的广场,广场上排成一行行长串的汽车;椭圆形的竞技场;古罗马的大广场……肮脏、破败的市区,车水马龙,拥挤不堪。我们兴奋、激动地从头顶的衣物柜中取出行李,系上安全带。咔嚓,咔嚓,咔嚓,机舱中一片扣安全带的声响。

在新加坡,我坐在紧挨机舱隔墙的最前排。后来上来一对怀抱婴孩的夫妇,他们需要使用固定在舱顶的摇篮,请我换座位。为了要我答应,他们满脸笑容,彬彬有礼地问了些"你哪儿上飞机的?""离家多久了?"之类的问题。

我的新座位在一个女人的旁边,她在伦敦待了八年,还不清楚自己想不想回家。这使我产生一种感觉,如果家中什么人需要照料,那就只有召回未婚的女儿。

　　几个小时过去了。我们飞越祖国的海岸线。我把手表校准墨尔本时间。我的至爱亲朋即将进入梦乡了吧,我欣慰地思忖着在巴黎为他们买的礼物。坐在我前面的那对夫妇喂过婴儿,拍拍他的背部,逗他玩了一阵,然后铺好座位上方的摇篮,等他睡熟后,把他放进摇篮。当飞机在气流中颠簸时,摇篮也随之晃荡。我想起那对柬埔寨夫妇,这个婴孩也是父母不在澳大利亚而是在异国他乡出生的。这婴儿还太小,眼睛还不会对光。他现在的处境象征着他那无能为力的状态:双重的依赖,双重的悬空。

　　我无法坐着入睡,于是就看书,就频频注视窗外,等待黎明。我想俯瞰内陆地区的地形,想俯瞰沿地下水走向而蜿蜒生长的林带,想俯瞰那充满神秘感的大地——它像土著居民用圈圈点点和弯弯曲曲的线条绘成的图画。然而,我此时此刻最渴望的是回家,是看到自己的家园和故土。

　　天终于破晓了,云雾很稀薄。我们在一片茫茫大地的上空,下面实在还是一无所见。这时,我前面的那个男人醒了,很兴奋。他把婴儿抱出摇篮,紧紧地搂着。当在熹微的晨光中,地面上的景物依稀可辨时,他抱着婴儿凑到窗前:"看,杰弗里,"他说——我第一次听到他叫孩子的名字——"这就是澳大利亚! 看! 这就是澳大利亚啊!"他的手哆嗦着,我深受感动。我问自己,他是让孩子看澳大利亚呢? 还是让澳大利亚看他的孩子?

　　我们离开陆地,进入菲利浦湾,又越过维多利亚地界。二十五分钟,飞行员使机头朝下,我们进入了墨尔本的低空。我能看到我居住的地方,看到我工作的地方了。然后,飞机对准跑道,在一片农田上空渐渐降落。我想起身边在伦敦住了八年的妇女,提出把窗边的座位让给她。她换了座位,大概很感激我,而我则越过她的肩膀,凝视着窗外的橡胶林和干枯的草地。"上帝,澳大利亚真美啊!"我说,她朝我看了一眼,仿佛不大明白该做何感想。

　　　　　　　　　　　　　　　　　　　　　　　　　(朱炯强　译)

逃　离

切斯特·伊格尔

"逃离是一回事，"哈罗德说，"不过，你想到哪里为止呢？"

马琳的回答是："我想到智慧所在之处。"

"你想成为智者。"

"我永远成不了智者。我太散漫，太粗糙，太愚笨。我想到智慧所在之处。"

"在真理面前。"

"那正是我想在的地方。"她说道。小酒吧里的男人们都纳闷：这一带最有钱的那个男人到底在这个其貌不扬的女人身上看到了什么——尽管她身材姣好，但头发凌乱，一身破旧衣服不是从慈善救济店里挑来的，就是她的同屋留下的——假如她曾与别人一起住过的话。据说她曾独自一人，在一个荒岛上孤零零地过了一年。她在那里跟谁聊天？对着鸟儿尖声呼叫，还是潜入浪底，与鱼儿柔声细语？谣传她曾对人说："云是我的朋友——云和暴风雨。"她是一个疯子！她搭便车来到他们的小镇，此刻正与那个男人说话，他是唯一一个疯狂地想对她一探究竟的人：哈利·特拉瑟凡。他要别人都叫他哈罗德，但只有他的家人肯听他的。他们认为，这是他典型的傲慢做派，居然觉得这个最不中用的女人比他们有趣。真是令人忍无可忍的混蛋！

"你就到这里来了？你看看那帮蛮民，智慧在这里可是不容易找到的噢。"他觉得好笑，态度友善可亲；她愚笨的程度令他颇为得意。

"这是通往我要去的地方的一步。"

"那地方在哪里?"

"我得首先判定什么是智慧。要是我看到了却不知道,那我的追寻就毫无意义。"

他眯起双眼,似乎要直视她的内心。"我再喝上一杯,去买些日用品,然后进山去。假如你跟我来,我会给你看你的起步的,一个孤独得足以使你发疯的地方。它位于一口泉眼附近的岩架上,上面残留着一个棚屋。你和我一起可以把它修理一下,我相信你能现场发挥。这是一个接近无限的地方,有心灵所需的空间。我提供给你的地方有可能让你找到你想要的一切,或者任何东西。那是好的情形;不好的是,你会因为苦难、渴望和人的需要而疯狂。"

"那,"她说,"绝不可能发生。带我去看看那个地方吧,到了那里,你得诚实地告诉我你为什么把它给我。"

一丝滑稽挖苦的快意传遍他全身。"这是我期待着的一种对话。你愿意带酒进山吗?"

她看着他拿起了她的杯子。"如果你把它带上,那我与你共饮。否则,我就戒了。"他觉得她回答得很好。

在随后的几个星期里,他们忙开了。她,一有材料就干;他,一有时间就干。他们修补棚屋,用还不太生锈的瓦楞铁换了个新屋顶;他们堵住了几个明显漏风的洞;他们在屋顶下建了一个小小的夹层,并且在一根柱子上刻了梯级——其实就是踩脚点,以便她进到睡觉的床垫上。他带来水管,这样泉水就引到了棚屋。一天早晨他开着卡车送来一个洗衣用的铜盆和一个绿色的大浴缸,令她十分诧异。她想那东西准会在他卸下来的时候砸得粉碎,只见他娴熟地操纵绳子,这是她做梦都没想到的。松开,扎紧,用一个铁撬棒把重物撑起,以避开树干。他只要把它从陡峭的斜坡弄到岩架上——她住的地方——就行了。他们一起推、滚、拉,终于把浴缸挪到他指定的地点。然后,他在缸的下面和旁边都放上石头将它稳固。"现在你什么也不需要了,"他喘着粗气,用他 X 光般的眼睛注视着她,说,"除了智慧。可谁知道它会来自何方?"他用表演式的辞令问道,尽管马琳那时已依稀感到他浮夸的言辞下面的一个苦衷,他似乎既渴望她窥视他面具背后的自己,同时又竭其所能不让她看到。

"我应当感谢你,也真的感谢你。不过,你这是在为你自己干。这,"她说,"是你想住的地方,我在为你干。在你能来的时候来吧,我会汇报的。"他想了想,说:"我们要有些规则,我现在还没想好,但会想出来的。假如我们需要探索的自由,那就必须接受约束。待在这个地方就是你的约束。我的是什么,我还不知道。也许你可以想一想。"

她摇头。"我把自己放在这里,就把自己当作了一个有待解决的问题。你的问题是你独自的。"

最后一个词——独自的——竟意想不到地把他们联系在一起。他指着棚屋门口的一只篮子,说:"你可以把它留在坡顶。里面有一个笔记本。你要什么就写在上面。我要走了,别看着我爬出去,我的这条老腿可不雅观。"她走进棚屋。往外爬的时候,他听见她在折树枝,往火里扔。要是她沏茶,就独自饮用了。他抓着树干、小树苗直起身子;她不顾他的吩咐,透过门与墙之间的缝隙看着他,知道假如他让自己的一部分住在他想在的地方,那她也就在以某种形式与他这个富有和古怪的男人一起逃离。她感觉他的妻子除了可怜和捉摸不定,别无其他。她知道,在哈罗德的妻子艾米丽眼里,自己是一个离群索居、最后注定失败的实验品。"错!"她对着草地四周的树林喊。这声大叫是在抗议,在坚称:在充满缺陷的世界里,成功依然是可能的,而她——独自一人——就可能达到某种成功,只要她逃离自己承诺的可能性决不存在。

寒冷的一天,她在屋内坐着,说:"点上锅底的火吧。该是彼此分享真相的时候了。"

"不止一个真相。"他纠正道。

"所有的真相,"她说,"都交汇在一个伟大的、内在的、外在的和不可知的真理中,它将光明洒向所及之物。"她看着他,加了一句:"你听着是否太难?"

"太难了! 你边泡澡边说,我就明白了。"

他点上火,抬高泉水的引水管,让它往大锅里注水。他添了些木柴,仔细地生好火。当转过身面向她时,他若有所思。

"你害怕了。"

"有一点,令我很意外。"

"勇气的别名是愚蠢。当感觉不理解的东西近在咫尺时,恐惧就出现在头脑里。"

"对。但是是什么使我恐惧呢？如果一头狮子咬住我的腿，或者犀牛凶猛地向我扑来，我是有理由害怕的，可……"他朝外面的世界挥挥手，树林静止，天空宁静。她说："我们害怕的是我们对自己的了解。我们想让自己保持现状。领悟就是改变。认识新事物就是变得不同。"

"我想你说到了点子上。那什么是我不想知道的？"

"你会告诉你自己的，我愿洗耳恭听。"她朝雪牙龈丛中的浴缸望去。"你会习惯寒冷，"她说，"岛上刮大风的日子，我曾脱光衣服，奇怪的是，一丝不挂反倒感觉暖和。我的身体以提高自身的温度来御寒。当我认识到这点时，我的一个恐惧就消失了。"

"还留下多少？"

马琳说："我什么也不怕，但是我依然能够感觉恐惧，全靠内心去克服。各种各样的事情都可能激发恐惧。"

"比如？"

她看着他。"背叛。无知。变化无常者的轻举妄动，他们做出孤注一掷的事情来，因为他们讨厌自己人生根本上的不确定性。"

她继续说："你也许会。谁说得清你为什么会那样呢？你可能不会那样做，但是你一旦有背叛我之意，我将先于你的意识知道。你会在我的眼睛里看到不忠，而你将不允许自己认识到你自身意图的反映。如果可能，我们一定要避免，但如果这是我们的因果报应，那就在所难免了。你我都在劫难逃。"

他站着，没有作答。他出去试探锅里的水温。然后，他移动水管，让它开始向浴缸注冰水。"这太慢了。"他对她说，但更像在自言自语。他开始朝金属浴缸边扔树叶、树枝。她注视着他，知道他在想什么，便容光焕发地从棚屋里出来帮忙。他们把易燃的东西堆在将要共用的浴缸边，把枯叶推进锅底，再用它们去引燃堆砌在浴缸边的雪牙龈木柴。火焰立刻蹿了起来。某种疯狂的冲动主宰了他们。他们在那小片空地上奔走，抓着一把把树叶和倒地的树枝，捡来的东西都被投到了簇拥着的浴缸的火焰中。他俯身去测水温。她观察着他的反应，似乎他说的什么可能推动拯救的实现。"很冷，不过一点小不适算什么？我们开始了，马琳！我们正在把此地变成我们自己的！"他开始沐浴宽衣解带，她也脱下衣服，随手把它们扔向棚屋。他捡了一块石头铺在地上，这样他们可以跨过浴缸的边沿，避免脚踩到火里。他看着她，只见她满眼是欣赏；在他身上，她感到，有一种狂野的欣喜，那是在他所认识的人中，唯独她能帮他释放的。她抓住他的手。"是的！"她跨了进去，拉着他，没有看，但知道他会跟进来。"是的！"他大声叫道，希望得到回声，但是没有。"是的！"他又喊道，一声比一声响亮。"是的！是的！是的是的是的！"马琳蹲着，然后伸展双膝，水淹到双腿间的毛发。"准备好，智慧！"她宣告，"我们不远了！"

腿与腿挤在一起，水没到他们的下巴，他们轮番说着话。马琳想模仿浑厚的铜钟声，开始用洪亮的声调发音："噢母玛呐帕德么哈姆。"哈罗德侧耳细听，似乎这来自另一世界的声音会引发回声，而事实果真如此：澳大利亚森林里的鸟儿在树丛间轻快地飞来飞去，对彼此以及它们周围的世界说着什么。"我不知道，"他说，"它们可曾对自己不满？还是它们不会反思？难道我们……"他叹息道，"……是唯一能反观自我并发现它不合心意的物种吗？"她等着他的下文，没想好接着说什么，而某样东西促使着他继续："不受欢迎是我的负担，我的命运。他们掩饰得很好，因为我是他们的雇主。他们需要我为初衷和不太好的当地事业捐赠。他们让我知道——似乎我需要他们提醒似的——我的捐赠总是首当其冲。假若我出一百元，下一个最大的数目将是十元；假若我出十元，他们会出一元，或者五十分。我确立标准。他们为此对我耿耿于怀。但那不是真正的原因。在他们眼里，我的罪过，并使我成为他们宁缺毋要的讨厌鬼的，是我会思想。我凡事琢磨。他们受不了。他们随遇而安，得过且过。若有人要他们看看自己，他们就讨厌他。我！这世道不公平的是，文明是由我这样的人创造的，他们那样的人只是……"

他迟疑了一下，因为话一出口就是他明确的表态。

"……耗材。饲料。烧火用的燃料。"他狠狠地盯着他们容器四周燃烧着的木柴，然后转身面向他的同伴。

她说："有不满才有所成。幸福归于沉静。满足不过是反刍。"她停顿了一下，若有所思地说："在黑暗中摸索意味着在我们什么也看不见的时候，假装看见自己在做什么，呼唤光明的人揭穿那些说能看见自己在做什么者的谎言。"

他点点头，突然觉得这位与他共浴的女人将永不会怀孕和生育。他向右手边、她左侧那个浸没在水中的乳房伸出手去。"在一个将不会成为母亲的女人身上，有一种巨大的悲哀。"

　　平缓清晰的话语在他肩头上方响起，他感觉她是在说给山腰的岩石听："传宗接代涉及申报你的会员身份，这早在几年前我就弃之不干了，"她苦笑着补充道，"告退了。让我的证件失效，停付我的各种费用。我将自己置身于寂静中，来看看我能听到什么。"

　　他们凝神静听。高山的临在是一首歌。管弦乐般的空气在他们四周呢喃絮语。风，高高在上，驱动着云朵，使一缕光线照射进他们峡谷的另一边。他想问她些什么，但知道那会打破一条心照不宣的法则。

　　"我的妻子十分理解我的状态，但是她爱莫能助，因为她无法消除那个使我骚动不安、困扰和折磨我头脑的东西。我相信她觉得我驱除了它就会好过些，所以她总是尽她所能地哄我。那是多么令人宽慰，我因此而爱她。哪个男人拥有比她更好的伴侣？不过——她也知道——我并不特别需要伴侣。我想要的，我觉得，是一个与我一样骚动不安、永不知足的人。"

　　云的飘移带走了峡谷的亮光。她把水泼到脸上，双手梳理了一下头发，然后，她把头靠在浴缸的一端，仰望头顶的树叶，或许是远方的天空，久久地沉默不语。他甚至怀疑她进入了冥想。终于，她又开口了。

　　"渴望是一种欺骗。希望他人也去做我们自己不得不做的那份活。登山者看到山顶就倍感鼓舞，但是假如他想站到上面去，他得一天天、一步一个脚印地行走，直到他把自己的身体搬到他眼睛所向往的地方。高级的精神境界需要我们努力才能抵达。问题是弄清楚什么行动、什么思想引领我们向上，什么引领我们向下。这个问题容易表达，但不可能解决。"

　　他站了起来。她抬头看着面前赤身裸体的他。"好了，出去吧，"他说，"我们的第一课至此结束，我们将在很长时间内不知道它是否有用。我想，对此我们能说的最好的话是，大有希望。在回去干活前，我想喝杯茶，再来条鸡腿。"她站起来，浑身淌着水。她，比他更结实、圆润，一个与男人并肩而立的女人！"帕帕吉诺，帕帕吉诺。"[1]他试图唱起来。她笑着，伸出一只手臂搂住他。他咯咯笑了，"穿上衣服，把水壶烧上。我有事要干。"

　　他再一次到来时，浴缸满满的，锅里沸腾着。他对此并不感到意外，坦然接受。她的眼角闪烁着一丝欢愉，这令他高兴：这是一种渴望已久的亲

---

　　①　帕帕吉诺：出自莫扎特的歌剧《魔笛》中的二重奏曲。

密。他坐在她棚屋门口的一块岩石上脱靴子;她在一旁看着,似乎眼前发生的一切是有约在先的。他接着脱去袜子,然后站起来脱掉了裤子、衬衫、内衣。他赤身裸体,任她打量。她的眼睛温柔地在他的身上漫游,尽管在看到他上半截腿上的伤疤时,不无好奇和对疼痛的一种感同身受。"我从一匹马上摔下来。我傻透了,真是活该。要不是被一个本该在别处的路人救起,我可能早死了。不过,那就另当别论了。进来吗,亲爱的?"

她脱了,跟着他进去。她站着,以便他在她蹲下去前细细观看她。他对她身体的接受——它的模样,以及它所蕴藏的激情和思想——对她是一种难得的慰藉。"轮到我了吗?"他问。她点点头。

"当妻子告诉我我们要有第一个孩子时,她早已知道了我的反应会是什么。她,当然——为什么当然——是对的!可预料,从来都是那样可预料的哈罗德·特拉瑟凡!我会为她高兴,我会为自己感到自豪,终于成为一个真正的男人,我要努力去迎接它将带来的巨大变化的挑战。我写诗,我想我没告诉过你。在我理想的诗篇中,一切尽在标题里,一个漂亮的粗体黑字标题!你知道吗?《失去的孩子》《宠儿》《将来的风景》《决不回眸》。唷!你一看题目就知道我写的都是废话。我为什么不是真正的诗人,不是那些有着天使般语言的人中的一员?我为什么得不到我想掌握的最炽热、最无私的爱。"反正,我的诗,"他继续道,"我原认为你可以在标题中表达主题,然后照你想的去展开。我的妻子,一个哪怕有一个月时间,除了削铅笔什么也不做,也拼凑不出两行诗来的人……"挫败感使他的小腿肌僵硬,"……说我错了,题目是那个自以为知道自己在做什么的人秘而不宣的部分——所谓举起用意的大旗——然后诗根据它本身的需要拓展,或者,回应它本身内在的力量,这,甚至连诗本身也不知道,直到最后一个句号出现——假如有句号的话;天啊,如今他们都做些什么!——只有在那时这首诗的意义才显现出来。'就像生孩子,亲爱的。'她对我说。生孩子!她抚摸着怀着我们头胎孩子的肚子,又以她眼神的力量,迫使我也去摸摸,我知道她要说什么——人生是魔术,是谜,实际上就是生育,哪怕是最厉害、最理性地对我们智力的运用,不过是在我们怎么也不明白的过程中,采取一些明智的防范措施!"这个多年以来击败他的想法、见解,在那个早晨他开始抵制,他的身子因抵制而变得僵硬。

马琳看着他,等他把话说完。"她说得对,我真傻,我花了三十年才承认这点。而你看,这认错面向的是一个陌生人,而不是我的妻子。那说明什么?"

这一次是哈罗德把头靠在浴缸边,凝望上方的树和远处的天空,说:"世上有宽恕、有解脱吗?会有来自某位仁慈和好心的造物主的恩赐吗?不要告诉我答案,我早已知道了。"眼泪又一次夺眶而出。"什么也没有,没有宽慰,可我还是忍不住想得到它。"

她默默地坐了很长时间,然后站起身来。他急忙抬手制止,其实她不过是中途去加一桶热水,再回来。

她开口说时,声音很低。"人是一件多么了不起的造物,他的理性是那么高贵,他的能力是那样无限……"语言的节奏赋予她的嗓音高贵感。他本想说他非常羡慕那位著名的戏剧家,但强迫自己保持沉默。轮到她了:那是他们的协定。他想提醒她,她在低吟的是一部女人惨遭不公的戏剧,但他发现她在将他的怨怼、痛苦与错综复杂又啼笑皆非的事儿堆放在一起,这使每一个问题都无法解决。她告诉他解脱不存在,否决了他的祈求。她停顿了一会儿,然后开始了一长段的无韵诗,他一直想不出是哪首,直到最后,提到那位可望而不可即的女性,他才恍然大悟,原来是歌德的《浮士德》。念完后,她用德语重复了最后几行,然后说:

"你瞧,根据这些最伟大的思想家,我们还不存在。你,一个男人,在你甚至还没有允许我们迈出第一步、我们共同的第一步时,怎么可能得到你如此渴望的那个终极答案呢?你得回到开始,一切从头再来。重新界定每件事情。那该使你忙上一两辈子了。"

他阴郁地看着这个女人,她正为同一件事情开具永世万代的处方,来使他的痛雪上加霜,一种他觉得自己所讨厌的痛和缺乏,还有更糟糕的,一种对她的痛苦的分享。"你赢了,"他说,"你说得对。我没想到你以其人之道还治其人之身,而你做了,做得光明正大,如果可以这样说的话。我们坐一会儿吧,下次我们再在此继续这个话题。"马琳拿起浴缸边的一块香皂,伸手顺着他的大腿内侧滑去,并开始擦他被裂骨刺穿的皮肤,一个成熟男人之前的绝大部分人生。

下一次见面是在两星期之后。马琳非常勉强,哈罗德点了火,默默地坐在她身边,直到水烧得足够热。他甚至已在缸里待了好几分钟,她才脱衣进去。"轮到你开场了。"他说。

她没有动静,只是把头靠在缸边,凝视树林。不一会儿,哈罗德就猜测她一定是去意已定,而又苦于难以向他启齿。"是什么?"他问,"我做错了什么吗?"

她也温柔地说:"我在考虑往前走。这不是你的错,但会是你产生的一个影响。"他等着。"我不习惯别人听我说,我喜欢在墙上写。"这他知道;在棚屋的梁上、墙上甚至在屋顶刷油漆处都有用粉笔和铅笔写下的思想片段——《圣经》、大量的神秘论、晦涩的福柯思想。"我怎么会有把你从冥想的理想之所驱走的影响呢?"

"一个地方好不过在它那儿产生的思想、获得的人格发展。我已经抵达了自己能在此到达的顶峰。这是你的地方。每次来造访我,你都是这样说的。你对我很好奇,那就有影响。有你在一旁看着,我心神不宁。你关注我进展的同时,在阻碍我进展。"

"这么说,你是必须让自己包围在彻底的冷漠中啰?"

"它很冷酷,残忍,可正是我需要的。"

"要不这样呢?"

"我会变得很依赖,那是多年前我就拒绝了的。"

哈罗德说:"我们都很依赖。我们都需要从别人那里得到一些东西。这是为什么,我想对你说,我来这里感到心满意足的原因。我的妻子,没有妒意,她会对你说,那对我有无穷的好处。"

"可那是对我能量的损耗。你在带走我本该投入自身的心理动力。"

"我们不单单属于我们自己。我意识到有些人净赚,有些人净亏,因为我们中的一些人要的比我们给的多,不过,如果你想想,放眼整个人类——那正是诸如我们之辈——它是均衡的:进的与出的相等。他们必须如此,否则系统就会有盈亏。我相信心理能量的不可毁灭性,所以我倒觉得它什么也不曾失去。它只是做了一些迁移。我们每人都有盈利的时节,也有亏损的时节。我推想我认为,一旦性格确立,我们在人生历程中改变的就不多了。同样的、老的一套特征以新的形态出现,我们并不完全认识我们自己,还觉得我们越老越智慧。"突然,他的嗓门粗起来:"哦,这是什么乱七八糟的想法!这还想解决一切问题!要是我带了酒过来就好了,我们可以一醉方休!我们可以一起傻笑,彼此滚爬在一起,再傻乎乎地醒过来,相互安慰我们可以从头再来。你不觉得这主意很好吗？哎，你听着觉得如何？”

话音一落，他就知道自己已经把她赶走了，知道哪一天当他来到这座小屋，将是人去楼空。“你可以再来，”他说，“我拒绝相信宇宙是无限的，总有一个地方是它的尽头。走到海角天涯，但你必须回来，马琳，回来！我不会说请字。我不得不把我最迫切的需要表达成命令式。那里什么也不会欺骗你，因为你已经看到了我的内心。回来吧，我会把棚屋留在这里，没有人露营，没有好事者拍照，它将永远为你免受侵扰。”

“我一无所有，”她说。“这对我不好。”

“你要去哪里？”

“一个热带海岛，草木葱郁的地方。那里，在我回到内心深处的奋斗前，有新的、令我分心的东西要去克服。我总在失去，总在延迟那种奋斗，因为——这是我目前的真相，真的，最后——我不想到达什么最终的涅槃。我不想消亡，我需要去奋斗，那是使我保持人性的最后的东西，你一定已看到了这一点——尽管我不喜欢自己的人性，但我没有办法，我不能没有它。我不想在被好事的林中散步者发现时，是地上一具被野狗肢解了的尸体。”

哈罗德说：“我知道我在犯规，我不该打断你说话，但我不由自主。我想保护你，供养你。我想给你你想要的清净甚至孤独的环境，给你少量但足够的供给，给你一个安身之所，这样你的心灵、你的精神可以向前旅行……”

他知道她的头脑正在拒斥他。“马琳，你觉得那样如何？”

“在赋予我完美时，你创造了完美。假如一切都提供了，我有的就太多了。我要的都给了，我就成囚徒了。孤独的小路是痛苦的小路，而且必须如此。完美的陷阱是人人都说的——一个镀金的鸟笼。我要继续赶路了。”

面对她的愤怒、她的反抗，他软弱无力，并对自己充满了怜悯。看到这里，她骄傲而坚强地站起来，战胜他。深感自己的惨败，他只好强装几分体面。他也站了起来，水，如同她身上淌的，往下流着。男人和女人，面对面站立在他们共用的浴缸两头。“一场真正的较量，”他伤感地说，“你奋斗及其与之相关的本能比我的深沉、坚定。”随后，他夸口的气势越来越弱。“我们谁先出去，马琳？嗯？告诉我，我是在你的胁迫下先出去，还是乖乖地尾随坚强的你？”正当他还在寻找别的说辞时，她说道：“国王和王后有朝臣告诉他们的优先权，我不想那样无聊。我们一起出去，来吧，哈罗德，你和我，先迈一条腿。”

跨出浴缸,他才意识到自己先迈了那条伤残的腿,他可从来不曾这样迈过。"要我为你擦干吗?"

"不要,"她说,"我们在外面走走,等风把我们吹干。我不想让你碰我,以防它使我犯傻,但是我还不想不再看到你。"他们在有树荫的、斑驳的空地上走着,直到他们的身体干爽。

他往她的篮子里又装过两次东西,第三次来访时,篮子不在老地方——一根倒地的木头下面。他一看,烟囱没有冒烟。他一边艰难地从山坡上走下来,一边想着她人在哪里,她什么时候走的……最重要的,她留下了什么话。

棚屋干净整洁,尽管负鼠早已在里面活动。装稻米和面粉的瓶瓶罐罐还是她走时的样子,扫帚立在壁炉旁,待用。茶壶是空的,倒置着;没有表明马琳离去的发霉的茶叶。她的书放在那里,无一署有她的名字。他不知道她最后一次签名是在什么时候,他记起了那张社会保险表——曾遭到官僚们的耽误和核查——带给一两星期的津贴。他们用第一张支票购置的水壶和锅就整齐地放在笤帚旁边,它们像他一样,被遗弃了。他的心里充满了一种可怕的渴望,渴望她回来,渴望为他们俩重新树立努力的目标,渴望赋予他们全新的时刻来互诉心曲。再也不能了!他知道,不管他如何呼唤她回来,她将再也不会来填补他的虚空。

他朝门外望去,似乎她的灵魂,林间透明的幽灵,可以从他视为归属的高地召回到这个偏僻的隐蔽之所,那里有更深沉、更有意义的思想,从头脑的幽暗处涌现出来。

他因孤独而感到恶心,便重新读起她写给自己的一百零一条短信,那是她在他给她的棚屋里写的。那小屋如今永远成了她的,直到一场森林大火——不可避免的毁灭——将它吞噬。"像它吞噬我们所有人一样。"他看着浴缸,轻声说道。大锅边木头整齐地码放着,随时等待那将永不会被点着的火。他知道自己应该进入水中继续他们的探索,但是他同样知道,他一个人将无能为力。他是多么强烈地渴望有个人来激励他,建议他,质疑他,阻止他,反对他,总之,战胜他的头脑不断建筑起来的壁垒,使他的人性变得普通。

他瞬间感到一种冲动,想抓起一块木炭在墙上写下:"泥渣!这就是我,永远都是!"但是,他头脑中再次闪过一个念头,哪个地方一定留了离别的信息! 他四处找寻,靠近壁炉的一个盒子里有些从一个练习本上撕下来、被揉皱的纸片。他把盒子放到凳子上,把纸张摊平。上面还是那些早已用铅笔或粉笔写在墙上的东西:标签、片言只语、图示说明。在打开最后一张时,他想那一定是她留下的音讯。他用手掌、手指把它压平,她用黑的圆珠笔写着:"那些说我们孤零零地死去的人忘了我们是孤零零地活着的。伴侣,尽管对于我们的独处具有破坏性,但能使它好过些。下一步——需要——是去认识伴侣关系中起帮助而不是破坏作用的那部分。每一个跛脚者都需要一根拐杖,值得学习的诀窍是我们借助拐杖站立起来,然后把它扔掉,这样将可能是一路的欢欣。"

他想,回头也许是虚妄的、孤注一掷的行为和企图⋯⋯但是一个过程,一旦开始,就必须勇往直前。马琳走了。"我很幸运,"他对棚屋说,"不像我原来想要的那样幸运,但是比大多数人幸运。"然后,失落感使他不能自持,他坐在她的椅子上,两眼涌动着悲伤的眼泪。最后,闷闷不乐的他开始明白:有样东西期待着他,不,是他期待更好的自己。他站了起来,划了一根火柴凑近纸条,当火焰在烧黑的纸片上熄灭时,他对着它或她说:"静静地走吧!"

（陈姝波 译）

上帝的殿堂

费伊·兹维基

　　他们年岁已高,决定分居。他是爱她的,但他厌烦和担心即将会发生的事情。他怀疑幸福是否就是他所需要的东西,但他没有停止追求过。她知道他们最好不要生活在一起,而且她已经迷上瑜伽术。他们两人都害怕孩子们比他们自己更了解自己。

　　凌晨,寒气逼人,从他们睡觉的地方绊倒之后,他一脚踩在她身边的一堆书里。那里有莉莲·赫尔曼的《一个未完成使命的妇女》,描写受性荷尔蒙危害的爱娜·宁的日记和两本论述焦虑和忧郁的书。她看了大量的书,很多是在床上看的。今天早晨她已经趴在地上,好像一只孤寡无助的蝗虫,下巴靠在地毯上,两手犹如婴儿紧握着双拳放在身体的两旁,左腿离地板不过一英寸,有节奏地做着深呼吸。他在四周寻找内衣时,听到她呼吸的韵律。

　　亲自找内衣使他伤心和愤慨。他的心被一小块乳白色肌肉所苦恼,这肌肉从绿色睡衣富有弹性的腰部鼓出来。人文主义的教育在哪一方面能和这种情形相比拟? 他觉得他爱她,真想抚摸她。多年来他一直想抚摸她,但他们相互间过于拘泥。

　　她爱他吗? 她无法肯定,但她那均匀的呼吸节奏声与他保持着远距离。当他经过她去浴室的时候,她身旁的双手紧握着拳头。

　　"你将会发现无与伦比的新的精神和力量,"她的瑜伽老师昨天身穿黑白条纹、高领、长袖的紧身衣,举止优雅地说,"你的精神和躯体将经历着一生中最大的乐趣。"于是,她和其他二十多名妇女一起躺在当地浸礼会教堂的大厅里,在这一个小时里,她期待着答案。她躺着,身体挺直,开始有节奏地缓慢地做动作,并单纯地把自己想象成一个体态优雅、美貌诱人的女人,正在寻觅幸福。

另一种比较冷酷的声音对她的命运却不那么充满感情。这使她想起她的肉体有个名字。它意味着死神。

她依然像蝗虫似的无依无靠,把头转向他,微笑着请求原谅她的昨天。这种笑的姿态就是她今天所表现的那样。他没有看到她笑,而是盯着那块乳白色的肌肉从绿色睡衣里鼓出来的地方。

"这种运动会增强下腹、腹股沟和臀部的肌肉。"那老师说道。

腹股沟、臀部。臀部、腹股沟。这些部位在书里意味着色情,但她从未把它们和自己联系在一起。臀部是用来坐的,而且她一直不知道腹股沟在哪里。

她一想起老师的要求,紧握双拳放在大腿底下,不知不觉感到全身肌肉紧张起来了。他想抚摸她,像通常那样,但他不得不准备去上班。走过敞开的门口时,他听到无线电里播出一种奇特的提琴曲调声转变成一种深沉的女声,声音洪亮、舒缓、清晰、毫不做作。她的老朋友,杰妮·柏恩正在朗诵圣歌。

"我的心灵渴望上帝的殿堂……"她现在又回到学校大厅倾听杰妮朗读早课了。她甚至在孩提时就生有一副低沉的嗓子。圣歌里激发美感的形象使她浑身感到抚慰,上帝的殿堂布满着绿色的葡萄藤,粗壮的藤上长满卷须,白玉兰的树上开满芳香的花朵。在上帝的殿堂里流水淙淙,栖息在树间的鸟儿在歌唱。

她惊叹曾经欢乐的人们发生了什么。"你知道我和她一起去上学吗?""你说什么?"他急躁的声音在浴室里响着。"我和在朗诵圣歌的女人过去一起上学。""哦?你看见我的另一只袜子吗?""她总是知道她要做的事情。""是啊,麻雀找到了屋,燕子为自己筑了巢。"这声音匀称,含意深长。"她要什么就有什么,听起来她很快乐。她没有结过婚。""她很明智。"

眼下,全是对话和手势。双方都知道感觉到的东西不是言语,双方都知道语言已经说完。他发觉麻雀和燕子的悲怆难以忍受。曾经有家的她可以以为没有家。他已经不得不从头开始建立一个家,而且要说到做到。

她的老朋友朗诵完圣歌并开始朗诵《以赛亚》的选段。

"看一看左边的上抽屉。"她紧张地说。她的身躯扭曲成了另一种姿势，依然腹部朝地，膝盖弯曲，双手伸向背后试图抓住她的双脚。这双脚既宽又白，右脚上有一个囊肿。双手握双脚太费劲，只好把它们放开。她只好下颏着地，双腿后伸。他找到了他的袜子，站在那里看着她。她使劲后失败的姿态使他感动和奇怪，并防备她出事。"喂！下面像什么？"她一听畏缩起来，好像受到挑战，就弯起膝盖，试图再次抓住她的双脚。她气喘吁吁地上气不接下气。她双手握着双脚，坚定的眼光朝前看着。他走到窗边把窗打开。"要是你烟不抽那么凶，那会好些。"他说。"谢谢，一万个谢谢。"她在颤抖，但依然握住双脚朝前看。

"这片荒野和偏僻的地方会为他们高兴……"她朋友的声音给了她一点勇气，"……而且哑巴的舌头会唱歌。"她的身体失去了平衡，背部慢慢地弓起来，成了坐的姿势。她在默默地挣扎，好像多次挣扎着要站起来或躺在地上。她发觉很难和他接近，然而她曾经许过诺言要和他活到老。现在他们相互很少倾听对方的话。她仍然在听收音机。

"杰妮从未离开过她父母亲的家，我想她还和他们生活在一起。"难道这就是那自信的、有意的说话声的秘密所在吗？"你知道你不能走回头路。"他说着把袜子放在他床边的下面。她笑着说："也许不。"他知道"不存在也许有的问题"。他从未想过走回头路，对他来说不存在走回头路。对她也一样，但她并不知道。他们双方都需要指导，他们都老了。

"很遗憾，我说的绝不是她的声音会联想起那么多往事，我们九岁的时候，她有个最令人宽心的母亲。"

他在床上从她弓起的身体旁移开。刹那间，她看起来老多了，然而又似乎年轻了，比她最年幼的女儿更显得无依无靠。她耸耸肩膀把头发从前额挥到背后，开始哭了。他的心都凉了，但他把身体再移开一步。"这里没有狮子，也不会有别的贪婪猛兽……"

"但愿我不是那么蠢。我每天早晨都想死，但不是因为孩子而想死。"

"你呢？你不关心自己吗？"

……悲痛和哀叹即将消失……

他不会比她更相信新的乌托邦；但他试图防止这种信念彻底崩溃。

为自己活着吗？这对他们多年前发誓要相依为命的两个人来说又有

什么意思呢？谁赋予他们各自的力量极力忍受心中的苦恼呢？谁能那样对对方说："你不知道它有什么意思。"然而，她说："你不知道它有什么意思。"而且，因为他相信任何情况都会使他们摇摇欲坠的共同生活以悲伤而告终，他同意她不知道它有什么意思。他所知道的，不管怎么样，是当他看到她低着头和眼睛旁嘴巴边的细皱纹时，他也要去死。但眼下他不得不走了。

"我已经迟了，今天请别太伤心。你比我更了解它的意思。对此我们以后再谈。"

他看一看表站起来，希望她没有看到他在看表，她看到了总是很恼火。没有，她没有看到他的动作。她在朝前看，眼泪从她绿色的睡衣前水汪汪地流下来。在她蜷缩成一团的时候，他弯下身，把手按在她的肩上，"或许你该去看医生。"这是他们老生常谈的一句话。在他头痛和未吃早餐肚子饥饿的时候他老说这句话。孩子在厨房里的吵闹声在外面都听到了，或许是因为星期一没有面包剩下来。

"正是那样——"她突然不说了。

"什么？是什么？我怎么办？"

"我只要你想怎么办就怎么办。"

"这对我们两人都没有好处。"

"只要这样就有好处。"

"要是我知道你的想法，我们就不会谈论我们两人要分手的事情。"她不得不同意，总是在关键的时候，为能自我控制而感到自豪。她站起来向厨房走去。

当他坐进汽车去上班的时候，他感到惊奇，他情绪很好。他下午要给她买件礼物，一种漂亮的礼物，或许是一个美化花园的雕像，也许是一尊天使石雕或一个鸟的浴缸。一种年轻人从不会想到的而且一定买不起的东西。

（胡新云 译）

一个旅行者的故事

大卫·麦洛夫

一

在这个州的北部有个地方,或说得确切些,有一条蜿蜒的纵线,那儿的植被瞬息万变。一百万年或更早以前,发生了一次地壳变化,顷刻间将两大地块挤到一处。一块是辽阔的平原,散布着露头岩层以及蓝灰色的羽状橡胶树林;另一块则是亚热带丛林。登上山脊,一片全新的景象映入眼帘。地平线处林立着肯宁安氏南美杉和大叶南洋杉,大片的棕榈树和香蕉种植园。宽阔的河流总像涨潮似的穿过粗壮清香的甘蔗林滚滚流向海洋,就仿佛你在车上不过打了一个盹,醒来却发现已经行了一天的路程。

一穷二白的土地。临时凑合的矮小住房在教堂尖顶周围挤作一团;上漆的或依然本色而闪闪发亮的铁皮屋顶分外显眼。转轴式风车在徐徐转动。院内有储水池,茂密的九重葛将它遮蔽得几乎不能透气。漆成铁锈红的屋棚根根木头不是歪就是斜,靠铁钉牢牢地固定住,整间屋子骇人地大幅度倾斜着。烧焦的荒坡和空旷的围场上随处丢弃着霍尔登斯、切维斯、先锋、庞蒂亚达牌汽车部件和其他重型交通工具的引擎。它们矗立在四面八方,犹如一座座工业雕塑品,或交通事故后的汽车残骸,在等待某个可怜人妙手回春。一辆不久前刚拖离路面的铁皮破车突然爆炸,飞到空中,六七只母鸡咯咯惊叫着,扑棱着翅膀逃离炸裂的车厢。

这地方从没有一件事大功告成,然而也从没有一件事半途而废,样样事物都处于拆解、重建、再生的过程,被心血来潮地改制成其他东西。一个变化无穷的地方。

公路上某一地点奇妙地悬着一只大香蕉,其长度几乎等同于泰国皇家游艇,用鲜艳的黄灰泥塑制而成。往前二百英里有一只大菠萝,也是灰泥塑制的,还建有拱顶长廊,专供观赏周围的群山。介于两者之间的是另一个国度。男人们穿着短裤在田里劳作,皮肤与脚下的泥土呈浑然一体的砖红色。孩子们赤着双脚,不走小径,却专拣草木丛生的地方慢条斯理地转悠,似乎从哪听说有可能在这儿镢出个金娃娃。女孩子们身穿褪色的长裙,凑在门口,无精打采地挥着手,或者在空荡荡的院子里晃着双腿坐在高悬的车内胎上,内胎因被充作秋千而重又获得新生。

这里的每一重大事件都发生在过去,而且无一不具有地质特征。一连串几千年前就已熄灭的死火山,它们留下的暗黑色圆锥形火山熔岩堆构成当地景色中最引人注目的部分。尽管它们冷却后奇形怪状,但已不再令人生畏,仅仅奇特而已。甚至连它们的土著语名称,通常虽不雅但至少表达了其中的奥妙,在当地方言中也竟至无法发音了。其意义即便当时有,一经用俗便已不复存在。

作为一名艺术使者,我的职责之一是将我国文化的信息传递到这一落后闭塞的地区。我叫埃德里安·特里斯克,一个生龙活虎、指点宝藏的精灵,说得确切些,是艺术委员会中的规划官员。

日常事务总是一成不变的老一套。广告刊登在《蔗农报》或《教区记事》上,每周二晚上,比方说,七点半租用郡府大厅,免费供应晚餐,由我放映关于当代澳大利亚绘画的幻灯,有时放一部电影。放映机放在大厅后部一间小屋里,里面堆有做礼拜弥撒用的一切设备。有时我宣讲某位澳大利亚诗人的生平和作品。内容没有严格的规定,听众通常不超过十二人。遇上天气不佳或适逢全国妇女会开会,到场的就只有两三人。最棘手的莫过于类似卡里该那样的地方:居民混杂——部分澳大利亚人,部分意大利人,部分土著人,部分印第安人。最糟糕的就数卡里该了。在那儿连印第安人都分成几个派别,各在相互敌对的寺庙顶礼膜拜。因此只要有可能,我尽量安排卡里该那类城镇至少隔二三年才在预定行程上出现一次。填补因此而造成的空档并不难,但一个人能就道格拉斯·斯图尔特的发现诗以及威廉·多贝尔的幻灯片加以评注的能力毕竟是有限的。

搞文化这行当诚如鱼游釜中,我已遍体伤痕。这一行我干了已有半辈子:作为英国领事馆的侨民在沙捞越洲、乔治敦·阿巴丹待了二十年;在西非大学干过一段时间;做了两年酋长妹夫的私人教师——我并非初出茅庐,然而到五十六岁仍未站稳脚跟。总有大批年轻人涌出大学校门,带着满脑子改造民众的计划和打算。金发碧眼的小天才们风度翩翩,口蜜腹剑,为脱稿的小说四处寻觅封面设计;长于发送退稿信的小姐以及为来访的显贵端茶送水的女士;知道如何安排事宜使之奏效的现代同性恋女子;到处都有我的敌人。他们毫无顾忌地向当权者进谗言,影射我名不副实:比如说,我在那所声名狼藉的大学里并非在执教,而是在迎合。生活是一场无休无止的拼搏。

我奋力拼搏着,不遗余力。我发现没有比马不停蹄地猛干更垮人的了。单脚蹦跳,学公鸡啼、母鸡叫,拍打臀部,揪人肘弯——只因喜出望外地发现他们还活在人世,身体健康,甚或仅仅因为在料想的地方找到了他们——谈话中添加诸如"非常愉快,是吗?""这就是医生嘱咐的吗?"一类的荒唐套话;或者那种公然的虚伪之辞,像"你们好,可爱又可爱的人们!";甚至花言巧语地恭维别人,其吹捧之肉麻,只有最厚颜无耻、自命不凡的人才会信以为真,一般人必会窘迫尴尬得无地自容——这些是得心应手的有力武器,凭借它们便可即刻成为无伤大雅的怪人——热衷于逗趣,过于浮躁,感情奔放、激动亢奋,未必是老谋深算的好手。

得,这是其中的策略之一。事实上我用心良善,只求不受干扰地走自己的路,享受片刻流连树梢的夕照。然而要做到这点我必须保护自己,而保护自己则意味着扮演小丑角色,躲避卡里该那样的地方。出于我无可奈何的某些原因(诸如那些印第安人各自拥有敌对的寺庙),我将把宣讲布雷特·怀特利狂文一事移交给卫理公会牧师——一位退休的伐木工——的妻子,她正重新撰写亨利·劳森的作品,颇不情愿地在只有一名教师的学校里任职,为期两年。

二

我已做完讲演,正在等候牧师的妻子,这次是英国圣公会带我去用晚餐。咖啡壶和搁板桌已在大厅后部放置停当，桌上摆满香肠卷、五彩饼、枣饼、巴芙洛娃饼，由两位胸部饱满的女士负责招待。她们把听我演说的全部时间都花在准备这桌饭菜上了，丰盛得令人叹为观止。这并非出于对听众人数的估计，而是由于他们觉得对艺术就该如此——艺术，在这个地方，即意味着烹调，而烹调的高级形式则是糕点标花，精装胡萝卜。讲台上的照明灯已经搬走，加长电线和投影机也已放回原先的小屋，俨如某种当地崇拜的偶像。

"特里斯特先生，如果你不在意，我很乐意和你说几句。也许听听这话对你不无好处。"

对方的法律语体使我吃惊——至于误称我的姓名我已习以为常了。

说话的是位六十五岁或七十岁的小个子女人，形容枯槁。因她长着棕色的皮肤，乌黑的眼睛，刚进来时我把她当成了印第安人。只不过她戴着一顶帽子，一顶皱巴巴的草帽，帽檐上别着两朵玫瑰，加上那副白手套，因而显示出盎格鲁一撒克逊人的正式打扮。当一个女人要去面见律师谈论分居条件，或找医生看病，如果运气不佳，兴许还是不治之症——她会用心打扮一番，这些时刻事后她会铭刻在心并盛装纪念。

我注意到她不曾装模作样地不懂装懂，尽管这是我讲得最好的一次，慷慨激昂，一如既往。"阿瑟·波义德和神秘的新娘"看来不合她的口味。她松开脚上的鞋子，发出一连串同样神秘得不可思议的长吁短叹，而且丝毫不加掩饰。她在帆布椅子里越陷越深，时而眨眨眼睛，似乎某张生动的幻灯片所展示的景象令她瞠目，随即便又沉入座椅不见人影了。节目结束后，她困难地重新把脚伸进鞋子里。这位随心所欲的妇人此刻令我吃惊地宣称："有关你那篇论述艾丽西亚·瓦尔的文章。"

是有这么一篇文章。那是数篇题材广泛的文章中的一篇。这些文章论及西尼日利亚称量黄金的准确度，文艺复兴时期的剪刀，马斯喀特和阿曼的居室内部。我的文章至少是无可争议的，并能出示凭据证明它们的存在。这区区雕虫小技给予我极大的创作快感。那篇关于瓦尔的专文虽然迪瓦的信徒们并非对此一无所知，但是居然传到了卡里该！而且传到了这位举止古怪且不通文理的女人手里！

"你读过了？"我傻乎乎地问。

她没理睬我的问话，"我不能在这儿谈，这地方不合适。可我想你会对我了解的一些情况感兴趣的。"她努了几下嘴唇，因牙齿一时松脱了，这口假牙她一定也是特意安上的。老人使劲一咬,将它们重新安好,接着说道:"还有东西,我有几样东西。这儿是我的地址,我写在这张纸上了,十点左右我等你。"

她把一张横线信纸塞进我手里,说了声"谢谢"——先对我然后对牧师的妻子——就走了。

"那是谁?"我问,伫立着凝视她的背影。

洛根夫人的嘴唇做出一个轻蔑的微笑:"哦,那位,可怜的人,那是我们的贾奇夫人,是个人物,住在印第安人附近。"

应该承认,最初我认为这是个圈套。我对迪瓦的满腔激情,对她的生活、她的唱片、她的遗物可以说像着魔似的感兴趣,这在领事馆里是人人皆知的。我的敌人若见我心烦意乱一定会兴高采烈。

于是为谨慎起见,我把这张纸条塞进胸前的口袋,似乎它无关紧要,然后搓着双手,做出对即将享用香肠卷和巴芙洛娃饼高兴得不得了的样子(像以往一样,巴芙洛娃饼做得考究极了;一看就知道是在卖弄手艺),等待洛根夫人挪步。可她站着没动,正饶有兴致且居心叵测地对我冷眼旁观。

她是位身材高大的年轻女人,丈夫有望当上主教。此时她正在这荒山野地熬受他们该等待的一段时间,欣欣然却又颇不耐烦。这一点明显地流露出来。她说话生硬,手指动作急促不安,颈腱绷得紧紧的,原有的聪明才智在这儿因无用武之地开始离开她远走高飞。由于她先前对它极为依赖,如今便失去了平衡,虽未摔倒却难以站稳。我暗自思忖,她看来完全会对我和不幸的贾奇夫人大感兴趣,或出于无聊,或由于眼下缺乏更好的机会显示她比起男人们的痴情来是何等的卓越如鹤立鸡群。

"你想去?"她问道。

我企图一笑置之。

"哦,得看情况,是吗?看明天情况怎样。我是说,你很难预料,对不?也许明天是贾奇夫人的主日。"

她像是觉得这话很发噱,我开这个小小的玩笑就仿佛我本人也认为这事不无荒谬之处。我为自己的亵渎言论一阵恶心;主教的妻子,毫无疑问,对何为神圣则持有不同的见解。

但是我已拯救了自己,这点是至关重要的。我打量着硬吃下去的三只香肠卷和两块巴芙洛娃饼,它们作为一种恰如其分的赎罪方式,同时对女主人不失分寸地泼点冷水,她自以为至少在巴芙洛娃饼这件事上我们之间有着某种默契。实际上,我讨厌巴芙洛娃饼,可这是口味问题,不是一成不变的。于是我欣然吃了两块这种饼以改过自新。直到我终于来到户外,感受周围一派亚热带的沉沉黑夜,不停地摆动起伏的棕榈树叶,低悬的繁星,轻弹的薄翼,舒展的喉咙里发出的悦耳的鸣叫,浓郁的腐朽气息但同时也是万物更生的芬芳——直到那时我才摆脱束缚,意识到我所惧怕的卡里该也许会是我时来运转的地方,会在那儿获得某种独一无二、意想不到的发现。想到此,心脏禁不住怦然剧跳。一个有魔力的名字已经出口,贾奇夫人的地址正炙烤着我的胸膛。

我当然要去!

三

我没费周折就找到了那座房子,那是由树桩高高架起的五个未上漆的檐板中的一间,坐落在狭窄的山脊上,独立于镇上的其他住家,其余几间为印第安人的房子。一群又胖又黑的孩子在前院踩泥潭,最小的几个光着身子。鸡群咯咯叫着向外逃窜,拴在篱笆桩子上的一条瘦狗站在那里厉声嚎叫。灿烂的晨光射向四面八方,照得篱笆几乎平贴在地面上。棕榈树干裹在金色的晨光之中,水面和外屋屋顶上积聚了一层丰厚的朝霞。硕大的紫花上闪烁着晶莹的露珠,从花朵下面传出昆虫轻微的嗡嗡声以及衰败的草木散发的扑鼻香气。

我登上木楼梯,楼梯两旁的栏杆早已不复存在。来到阁楼门前我停住脚,准备敲门。

那妇人即刻出现在我面前,她肯定一直在幽暗的屋里等着我。她比我印象中要黑,在明亮的日光下脸上有种急不可耐的神情,似乎这二十甚或三十年来她一直渴望得到的某种东西已从内部将她掏空,那双黑眼睛也逐渐朝它凹陷下去。她依旧穿着那身蓝花衣服,但没系腰带,赤脚站在干燥的走廊地板上,一双畸形的脚。

"进来,"她说,一面朝我身后观望,以确信没人随我同来。然后站着微笑道,"我想你不会让我失望的。"她转身走进门厅,那里面铺着破旧的亚麻油毡,"到厨房来,我沏杯茶。"

　　她指指木桌旁一张椅子，一边用前臂推开桌子上的杂物——果酱罐头、吃剩的烤面包和几只脏杯子。随后她灌满水壶，从罐头里舀出些茶叶（那罐头每面都绘有穿和服的日本女人），坐了下来。身后，木制的炉子上，水壶开始咝咝作响。

　　"正如我说的，"她开口道，好像我们前一晚上的谈话从未中断过似的，"我有些情况要和你谈，鉴于你对她颇感兴趣。"

　　"艾丽西亚·瓦尔？"

　　她笑了："我当然不是在说希巴女王。"

　　她环顾一下烟熏火燎的厨房，又在我俩之间腾出一些空间，似乎要在这乱糟糟的场所整理出一块地盘以便能安置庞大的事实。她两眼闪烁着异样的光彩，伸出手松开拳头。

　　蜷卧在她掌心里的是一只蛇形珐琅手镯，红黄两色，精美绝伦，旁边是两只小巧的法贝热复活节彩蛋①。

　　见我惊诧不已，她得意极了，发出刺耳的尖笑。

　　"瞧，你没料到吧？我知道你会吃惊的。"她把三件宝物放在桌上，起身将水壶从炉子上拎开。"你若是个行家就该知道那玩意儿，她在纽约拉科梅戴过，1905 年时。"

　　这宝贝混杂在早餐后的杯盘狼藉之中甚至比在它该进的博物馆里还要显得奇异夺目。这是先由拉利克后由蒂法尼为她打造的几件精巧首饰中的一件。那些首饰的形状有百合花、蛇、蝶蝾和极乐鸟，色彩均为当时的蓝绿或红黄，供她平时或上台时佩戴，意在赞美她绰约的舞台风采永存于她扮演的形象所具有的天赋丽质之中，表明这些饰品不仅属于她在巴比伦或印度度过的一段梦幻般的生活，而且同样属于她在多维尔、蒙特卡洛、卡尔斯巴德、巴登·巴登、卡普里所进入的那个世界。桌上的玩意扭动起来，尾部闪闪发亮，放射出宝石般的光芒。由于质地为纯金属，它依旧完好如初。我将它翻转过来，看背面的题字。

　　"哦，一点不掺假。"她边泡茶边对我说，并发出一声干笑，"对你瞧上一眼我就料定你是个人选，我一看就知道。这个人，我对自己说——会相信

————————————

　　① 法贝热（1846—1920）：俄国金匠，珠宝首饰工艺设计家，其作坊精制的复活节蛋被俄国和各国皇室视为珍品。

的，只需给他看看手镯就行。果然不出所料。给你，年轻人，喝茶吧。"

她呼噜呼噜地喝着茶，一边从杯口上方朝我张望。

"你瞧，"她说，忽地严肃起来，"我信任你，我必须信任某个人，而你就是我信任的人。我决定放弃隐居生活。"

她努力使我充分意识这一点。

"我想你知道她 1906 年回这儿来了。"

"1908 年，"我更正道，暗喜在众多意外见闻之后终于能表现自己不乏学识。"1903 年有一次巡回演出，1908 年再度出访卢克雷西亚、卢西亚、塞米拉德米德、阿德里安那、勒库夫勒。"我信口道来。

"不错，"她说，"可她 1906 年到这儿来过一次。这就是我要告诉你的，1906 年。"

我无法与她争辩。事实上无人知晓 1906 年瓦尔在哪里。那一年整个儿都是空白。1905 年她在旧金山、纽约、布鲁塞尔、伦敦、巴黎和圣彼得堡。1907 年在南非、维也纳、布达佩斯、华沙、柏林，随后返回伦敦结束演出期。但 1906 年她什么活动也没有。据说她有点体力不支，隐居在法国南部。一些更为罗曼蒂克的评论家则猜测她与一位王储去中国旅行了，或与一位亚美尼亚军火商去了波斯。那位军火商后来的确在汉普斯特德为她买了座房子并购置了她的第一部汽车。可据我所知，从没人提过澳大利亚。

"那段时间，"老妇人平铺直叙地说着，尽管那双黑眼睛像跳豆一般活泼欢跃——她正为自己的胜利而沾沾自喜——"她住在墨尔本澳大利亚旅馆的一个套间里，那正是我和孪生兄弟降生的地方。我是艾丽西亚·瓦尔的女儿。"

她披露自己的身份如同先前向我展示那只手镯一般——一下子展开握紧的拳头，亮出一件闪闪发光的珠宝，似乎在说："瞧！如果你相信那只手镯，就应该同样相信我，我们是一个整体。"

她靠在椅子上咂嘴，咧着嘴笑，对这台小戏中自己高超的演技得意非凡，见我一时傻眼，不由得心满意足。

"现在你可以把它放下了，"她对我说，指指那只手镯，"我们要谈的是我自己的事。"

我花了将近二十年时间通过报刊文章、评论、节目单、歌剧院账目追踪这位不平凡的女人的经历（那几篇小文章就是为将来写一部但愿是完整的传记练笔的），甚至在着手撰写她的生平之前，又有长达二十年时间专注于有关她的各种传闻以及从当时原始的录音机里传出的她那细润纯美的嗓音。

战后，她仍在演唱——1918 年以后——但只唱些简单的曲子：舒伯特的摇篮曲《家，甜蜜的家》。即便这些曲子给她一唱也成了整场演出中最优美动人的时刻，她的艺术就有如此的魅力。似乎《家，甜蜜的家》那简朴的曲调是一位被永远逐出锡兰森林或巴比伦花园的天使从空中摘取的，随之带来的唯有一息来自失去的世界的辉煌而空灵的气韵。少年时，我会目不转睛地聆听这些唱片，根据照片想象传出美妙音乐的异国他乡，在那里有一位来自南海岸的普通平凡的农家姑娘，其自身的天资以及舞台上制造云雾、烟柱的精巧机器将她改变成一位具有神奇魅力的造物，一位能主宰不朽或死亡的公主，一只极乐鸟，一位复仇天使——尽管报刊上的国际丑行录中偶尔也出现她的名字，却丝毫不给人以格格不入的感觉。她那些不体面的言语以及倘若不说庸俗也是平淡无奇的风流韵事犹如下凡的诸神在人间的所作所为，他们身后尾随的荣光足以改变并弥补先前的过失。

一颗灿烂的彗星，因为尽管彗星在划破天空时放出耀眼的光芒，其实质却只是石块。同样，再没比艾丽西亚·瓦尔还是一位精明实际的女商人这一事实更能使人信服她超凡脱俗的庄严高贵了。她满口粗话像个小工（后来改掉了）；早餐喝三瓶吉尼斯黑啤酒；无论走到哪，周围总蜂拥着形形色色的人群，赌赛马的，玩纸牌的，围观的，加上合唱队那些面色白净、佩戴肩饰的年轻人，便使她每次入场都颇为壮观。台上，她经常是一位乔装成吉普赛人的女皇；而台下，她就是吉普赛人，要求别人像女皇般地对待她。

晚年，她移居基里比利的港口，成了当地一位蛇发女怪①式的人物。我有一张照片，是她庆祝七十岁生日时在安东尼·霍尔登店照的。照片上的她被一群崇拜者簇拥着，既雍容华贵，又歹毒凶狠。崇拜者们都已上了年纪，清一色的男性，容貌出奇地僵化，仿佛就在那一刹那，她将目光转向了他们。但那次庆祝活动的本身却像孩子们的聚会一般纯真无邪。银盘里的糕点制成蜗牛、青蛙、小猪等模样，有果冻造型，还有一只硕大的心状蛋

---

① 希腊神话中的蛇发女怪能把任何遇上她眼光的人变成石头。

糕,上面插着一把刀,周围是一圈熊熊燃烧的小蜡烛。

她幸存下来了,有望活到八十岁,她的命运可不像法尔·莱普或莱斯·达西那么悲惨,怀着破碎的骄傲之心遭外国人蹂躏而死。这些殖民地女子们的性格比男子顽强:艾丽西亚们、梅尔巴们、马乔里们、琼们,她们在征服世界后,回归故里,葬身市郊,死在她们自己的天鹅绒床上……可如今,过了大约半个世纪后,却有人提出编目中有遗漏,在所收集的里乔铜雕和迈森瓷器、金制罗尔斯·罗伊斯车、杜布瓦和里兹内尔设计的路易十六小衣橱、杜米花瓶、蒂法尼灯、珠宝,以及扮相俊俏的她饰演名妓、公主、梦游的村姑时身着的戏装等物中,我们尚须增添一位从未受到承认的女儿——一具真真切切的血肉之躯——尤其是经历如此长久的岁月之后,这位女儿,家住卡里该的“我们的贾奇夫人”,一位坐在肮脏的厨房桌边、饱经风霜、不修边幅然而却奇特得令人难忘的女人终于出面要求她在灿烂的历史中所应得的一席地位;并以一种也许与迪瓦一脉相承的权威要我当场起身率先承认她! 重大的考验难道就是如此摆在我们面前的吗? 在早上10:30,一个乡村厨房里,像卡里该这样的地方?

那女人置身于我眼前,看我有没有胆量相信她,承担起她的事业。

走廊上传来的脚步声在最后时刻解救了我。来了一位男人,一位穿长靴的高大男子。他脚步轻盈,恭敬礼貌,像是客人,可又熟悉环境,毫无拘束。老妇人转身面对他,并不企图掩藏那只手镯,或掩饰我俩之间正处于极为戏剧性的状态这一事实。

“这位,”她说,可能是在对自己说,“是我的丈夫乔治。”她站起身,走到食具柜前,又拿出一只杯子。

那男人神情羞涩,可仍走上前来,伸出一只大手。他年约七十或七十有余,肩宽体壮,一头粗硬的灰发,胸毛很长,也是灰色的,从法兰绒衬衫的扣子间钻出来,他在桌旁坐下。水开后,妇人为他倒了杯茶。

“那么你告诉他了?”男人说。当着另一个男人的面和她说话,他显得有些尴尬。

“不错,告诉他了,可没全说。”

他点点头,呷了口茶,对我斜睨一眼。他个子不小,举止却谨慎得出奇,仿佛在我身上看到了某种力所不敌的威力。不论那是什么,他怯于面对。庞大的身躯既已不起作用,对他便犹如沉重的负担。他像是很不满意自己那副肩膀和胳臂,笨拙地摆弄着细瓷茶杯。然而,当妇人将手放在他手上一会儿,两人四目相对时,他们似乎便超越了我或他人可能对他们施加的任何伤害,相依为伴,俨然不可侵犯。在他多毛的颈项处,喉结在上下滑动,他一把握住茶杯喝了个精光。

"好吧,"他说,"我过会儿回来。"

他站起身,正要掉头离去,她在背后叫道:"别急,乔治,一切都好,你知道。"

他在门口亮处停了一会,阳光正从后方洒向门厅。

"如果你这样说的话,妈咪。"

他略微向我点点头。

"我五点钟回来。"

她静听他穿过游廊,走下七级楼梯。当她再次面对我时,脸上带着威严的表情,我从未料到如此瘦小的妇人会有这种神态。她变得光彩照人,升华到必定被她视为真正的自我那种高度,威风凛凛,足以使我相信她也许正如她所自称的那样,其母亲是一代最杰出的演员之一。

"现在,"她说,"听我从头道来,你会相信的。"

四

我得指出,二十年来,从南海岸的牛奶场追至世界各国半数的首府都市,我试图找出迪瓦的生平踪迹。据我的经验,有关她生平的事实少得可怜,几乎无法寻觅。一位行踪诡秘的女人,对人怀有深深的疑虑,甚至对最亲密的朋友与顾问也不例外。她似乎是在掩盖有关自己的真相,谈及自己的父母、婚姻,甚至出生地与出生日期时,前后矛盾,事实多有出入。确切说,说谎的不是她,就像不是贝因哈特在说谎一样。实际上,她让其他人自己去揣测,猜测越是五花八门越好,她自己则添枝加叶。随着岁月的流逝,她离事实本源愈来愈远,枝枝叶叶不断增多,成了主干,变得更为光怪陆离。要是平平常常的真相能昭然于世的话,人们肯定不会接受真相。真相与她的风格不再吻合。

在早期,当她刚以漂亮的歌喉出现在世人面前时——她似乎是奇迹般地来自一个遥远空洞的地方——她就已使得记者们去按人们想要听到的东西进行报道,用想象编织与西密拉米斯①相符合的她以前生活的图景,因为对她眼前的崇拜者来说,她那偏僻遥远的故土,每处每点都与西密拉米斯的家乡一般奇妙诱人。于是,在人们口中,她的父亲便成了拿破仑的一个侄子,五十年代在新南威尔士落户,娶了当地的一位女继承人。后来,她的父母成了一家由匈牙利犹太人组成的巡回马戏团中的卖艺演员,她便出生在德诺利的金矿区。降生那天,本大陆出产了它最为辉煌的金块,即那块"尊敬的陌路客"。后来,当她声名地位稳固之后,她承认说(这也可能不是真的),她来自贝加河附近的一个贫穷的农民家庭,并为自己描绘了一幅浪漫的图画。她在处处栏栅的农家土地上漫步走来,在奶牛群里亮开那美丽的歌喉。(这是一幅奇妙诱人的景象:海浪在绿色牧地的脚下拍叩,夜幕降临了,一位赤着双脚的姑娘在愈来愈浓的夜色中梦游着。此时,殖民地的空中响起那天使般歌喉发出的第一串音符;仿佛是自然景色中某个尚未为人知晓的精灵,音符飘入一位过路人的耳中,他在路上稍稍驻足,怀疑自己是否尚在梦中。接着,他摇了摇头,继续赶路——这是她的第一个不知名的崇拜者,他完全不知道他享受的是何等的殊荣。)

尽管诱人却无法证实。已经公之于世的关于她身世的说法都反映了她现在的地位。直到后来,当她不再摆那些出风头的噱头,成了寻常百姓家喜爱的明星后,农家女孩出现了。

她真的在十九岁时嫁给了小镇上一家五金商店的老板了吗？她真的在柜台上递送一包包、一袋袋的铁钉、螺丝帽、螺钉和螺丝吗？她的男人呢？为什么她平步青云时他不来到前台宣布她是自己的妻子呢？她用钱封住了他的嘴吗？或者是雇了打手吓退了他？她会干出那种事。难道他从未意识到那声名卓著的瓦尔和他愠怒的新娘其实是一回事？当九十年代初她首次登台时,陪伴她的是一位上了年纪的男高音,他来自一家意大利的巡回演出团,但他也不再露面,只是一个名字而已。

当然,在某种意义上,这些均无关宏旨。她给崇拜她的公众头脑里大量输入了有关她的传奇故事。这也是传奇的一部分:她成了一位完全成熟的大歌唱家,浑身珠光宝气,裹着部落女王的层层绸缎;她以她一直为之奋

---

① 西密拉米斯:神话中的亚述女王,以美貌、智慧与淫荡著名,在位期间曾修筑巴比伦,征服埃及、埃塞俄比亚,且攻过印度和亚洲。

斗并得以保持的形象面世,一个戏剧性的幻象,除了她扮演的角色外,那有血有肉的躯体内没有任何过去的身世。想象迪瓦的童年简直就像询问诺默或卢克雷西亚·博尔吉亚①于七点到十三点之间在干什么一样。活着的传奇人物并不在此处或彼处出生、成长、进学堂。他们突如其来地出现于我们眼前。他们在转瞬之间神秘且又不可抗拒地存在了。

事情便总是如此。在两个演出季节的中间一段时间里,她就踪迹全无了,尽管各种谣传五花八门,但却没有事实佐证。

她是否是巴黎伯爵的情妇,甚或是他门弟不相配的妻子呢?她是否先嫁给那位亚美尼亚军火商,继而又抛弃了他呢?她与圣彼得堡的宫廷关系非同一般,足以使她进入某些最高层的社交圈。不过,这究竟是因为她在那儿舞台上获得的空前成功,还是由于某些更为私人的关系,则无从确定。她把收到的信件全都毁掉,而自己又根本不写——数量不多的几张尚存的便条文理不顺,错字连篇。就连她的财富也无从查考。因为害怕金钱耗完而经济拮据,她用假名在三十到四十个城市里开了银行户头,从匹兹堡到南京都有。这些银行户头中尚有好些不为人知,仍在银行里生息。她去世时也没有留下遗嘱。

我们永远无法知道她自己是否相信流传的关于她的故事,或者她满意于自己在世人眼里的形象:人世间的天使,无与伦比的明星,瓦尔。但是曾经有过一个童年——父母与一个家庭;也肯定有过一个原本相当普通的名字。她本人绝不可能忘记。不过,它们是她的秘密。当那些华丽的服装、珠宝饰物、出自某个爱米莉亚或伊莉莎贝塔之口奔放的台词——这是她身上神秘气氛最为伟大之处——被撇在一边之后,她会是何等尊容呢?当她清晨五点照镜自顾时,她是谁?熟睡时她又是谁?(迪瓦的睡态,想象一下吧!)在成打杰出人物的手势中,在心狠手辣的女王和公主、复仇心切的恋人、抱屈怀冤的恋人和其他人面禽兽身上,有着只有她才能认得出的一位失落和隐秘的孩子。正是这位孩子长成一位六十岁的陌路人,她最终返回故园,从相片中打量着我们,令人害怕,或许她也被自己的陌生感震慑了。一位妇人,她的生命超过了她自己创造的身世形象,现在所剩的唯有

---

① 卢克雷西亚·博尔吉亚:意大利贵族女子,西班牙枢机主教罗德里戈·博尔吉亚(后来的教皇亚历山大六世)的私生女。父死后退出政界,热心赞助文艺。

重现她先前游离开去的那早期而平凡的自我，这一自我从未在她身上彻底消失过。

因此，贾奇夫人的故事尽管听似离奇，却也不是与已知的事实成水火之势的。没有任何故事会与现实格格不入。这故事也不是太漫无边际而不可信。我在梦中听着。当她叙述完毕后，我们听到走廊上传来那男人的脚步声。此时，天色已经暗了。她长长地叹息一声，身子向后仰靠，她被自己的叙述或者说是被历历往事弄得精疲力尽了——这成了她自己的生活经历；有那么一刻，她似乎被悲剧故事的辉煌和遥远深深触动了。我感到如果我只要喊她一声，她便会好似另一个世界的来客一般消失得无影无踪。最好起身如同走出剧院般离去，脑海里依旧闪现着未曾破损的幻象。

"你们还没点灯？"那男子问道，他惊异地发现我们待在暮色里。他的身影在门道处显得很是高大。

她便挪动身子。

"不，我来开，"他说道，"你坐着，谈完你的话吧。"

"我们谈完了，"她回答，出神地盯着前方，"我们快完了。"

他在屋里走动着，给油灯灌上油，点上火。当他弄完后，便把油灯放在桌上。她再次成了几小时前开始讲述她的故事时的那个矮小、疲惫的妇人。她瞅瞅自己多节的手，接着目光上移，同他的目光相遇。她莞尔一笑。

"别担心，我挺好的。我保证马上让你喝上茶。这儿有些腌牛肉。"

她迟滞地站起身，走到肉食品冷藏柜跟前。

我谢绝了她的挽留。我们之间那种感情与思想的交流一去不复返了。这男人的在场以及他在屋后一个铁盆中洗刷的声音，拨弄水花时鼻子还发出扰人的噪音，这一切给她施加了某种制约。她不再完全属于她自己了。她把我送出了走廊的阶梯。

屋外还有光亮，棕榈树顶和香蕉树在天空勾勒出自身的轮廓。天上一大片云团似的东西疾速掠过头顶，一群我当成是鸟的东西。那是狐蝠，正自南而北离开热带雨林，去城的另一头它们的觅食地。成千上万的狐蝠。它们从树枝底下涌出，冲破黑暗，凌空飞行着。此刻，天几乎完全暗下来了。这片黑压压、颤动着的云团自身便恰是降临的暮色，天空被它们遮得一片漆黑。

在走廊台阶的最上层置放着一个盖着盖的浅碟，俨然似供品，边上还有一朵鸡蛋花;第二级台阶上也放着一个浅碟。她低下身子,拿起浅碟——两个匹配的供品——一只手一个。

"印第安人的,"她微笑道,站直身子,举起浅碟,让我看个仔细。更为显而易见的证明。她停了好一会儿,以便让我明白这东西的含义。"好了,"她说道,"这意味着什么?"

我不知道。事件发生六十年之后,主要角色谢世三十年之后,这会有什么意味呢?——不,这不对。她才是主角。

"我不知道,"我告诉她,有些惊诧于可能有的各种意味,而且并不仅仅是对她而言的,"我们以后会了解的。"

她点点头。

"你瞧,"她开口道,"我可是把我的生命和她的一起托付给你了。"

她把头朝点上灯的走廊处偏一偏。

我走下台阶。

"我要是你的话,就不会再踌躇,"她在我身后喊道,突然变得现实了。"瞧老天这副模样,我敢说一场风暴就要来临,而且来势还挺猛。"

五

那女人的生平,不可置信。但是历历数来的细节不由令人深信。此刻我已直视过她的双眼,她也不由我不信。我们的贾奇夫人,她有着一股华贵之气;尽管她缺乏教育,身上却带着股咄咄逼人的聪慧。但是她没受过教育,她告诉我的许多东西若非出自她自身的经历则只能凭最为艰辛和潜心的研究才能获得。她对各种日期、演员表,甚至于迪瓦同事与朋友中最不为人知的名字全都了然于胸。当地那位药剂师——他清楚卡里该的全部历史——极为肯定地对我说,她一生都在这儿度过的,或不妨说,他这一辈子——他已五十岁了——都没见她离开过本地。她和丈夫不与他人往来,只有他们的印第安人邻居和附近镇上的常来常往的一两个印第安人上他的家走动。好多年了,其他白种人对他们敬而远之。有谣传说,她本人有印第安血统,而她丈夫则带有土著人血统。听完她的故事后,我得出结论:她描述的童话似的孩提时代只能是她自身的经历。

她回忆中的两桩事件令我印象特别深刻。

一桩是 1917 年她十岁时从圣·彼得堡逃往波兰边境的故事。

她和她的兄弟很小的时候就被带到了俄国。在俄国宫廷的边缘处长大——某位大公未予正式认可的后裔；因此，根据她自己的讲述，她不仅是迪瓦的女儿，也是在叶卡捷琳堡被处死的罗曼诺夫孩子们的表亲。因为这一层关系，她相信自己仍被列于布尔什维克的暗杀名单上。正是为了避开她们本地的暗探，她才于五十年前逃来卡里该。

她清晰地记得她们从雪地上逃命的那晚的情景，但对此前的早期经历却几乎毫无印象了。她、她的孪生兄弟和两位皇宫里地位显赫的贵妇人一同被塞进了一辆雪橇。

冬夜的雪光比白昼的光亮显得更为蓝色莹莹，使城市拱形屋顶的轮廓陷入如梦似幻般的静态。她们伪装得严严实实，越过涅瓦河的座座桥梁，穿过人声鼎沸的大街，周围到处是大车、马匹，身背大包小裹的农民、火把、混杂的哭叫声和各式各样的脸庞。接着，雪橇在压得硬邦邦的雪地上吱吱地前行。她们最终出城进入似乎被魔法镇住的乡村：白桦树尖上罩着一片白糖似的白色，所有声音都变得哽咽、变得遥远了——她幼年时代那古老的俄罗斯永远沉睡在她的脑海中了。簇拥在一起的木制小屋污迹斑斑，穿行其间的泥土小巷覆盖着薄冰，杯子里的茶冒着热气，烤熟的条肉灼痛并弄污了手指；大森林、冻的河流。她们在朦朦胧胧中走得很远，行走在漫漫无际的白色之中。白昼无声无息、无休无止地降临着，她们的行程没有留下任何痕迹。后来，在西进的途中，她们遇上一队队穿着灰色外衣、脸色灰暗的士兵。他们中有些人脚上裹着破布烂絮，很多人四肢残缺，绑着绷带。他们睁着惺忪的睡眼注视着她们的雪橇消失在远方；而她们则从睡梦中看着灰色的队列在身后愈变愈小。没有任何细节的一片洁白，那是忘却，是遗忘，正是在这一片空白中，那男孩——她的孪生兄弟——在某个小镇上迷路，与她们走散了，被小镇上塞得满满的难民逆流裹挟而去。那些俄罗斯人、乌克兰人、列托人、波兰人、犹太人构成的难民潮水向南面、西面和东面涌出战争之口。

走失的兄弟仍然侵扰着她的睡梦。她的异性同胞手足，那另一个能证明她究竟为谁的人。

她回忆起他们睡在同一张吊床上，天真无邪地如叠起的匙子般地挤在一块儿，或许还分享着同一个美梦。两只蓝色的飞蛾在他们顶上盘旋，随着微风东冲西撞。空气中弥漫着一股薄荷香味。

这些年来,她有时会再次嗅到这香味,会清醒地感到吊床轻微晃动的舒适感,几乎回忆起他们在一起分享的美梦。这美梦后来渐渐具体成了飞蛾,她也几乎重新感受到了他们的身子相叠在一块——他们之间那亲密无间的融洽——儿时的完整感。

有时候,当她在镜子里看见自己的映像时,她会有种奇怪的感觉,感到自己已经不是独自一个人。她眼中的镜中映像抖动了一会,浮现出另一个身影。于是,她便与自己对面而视,但却在一个不同的时代和不同的地方;感到她的四肢变得强有力,她的胸脯归为平坦,上唇的细毛变得粗硬,喉咙中哽咽着一个更为雄沉的声音,要说那种她已不再使用的语言。她其时痛苦地感到一种不完整性,似一位迷失了近六十年的陌生人的感觉。这位陌生人有着与她自己脸庞相似的一副外表,正在她的记忆中搜索那已被忘怀的梦,他们的孩提时代。或许他永久驻足于某个波兰的边境小镇的火车月台上,成了那儿一名火车检视员。当车站扩音器中呼喊那些不相干的人名时,他便朦胧地忆及一个院落里令人炫目的情景,以及一个身子伏向他们的和尚那张长满胡子的脸,一股圣徒的气息触摸着他们的眼帘,而他们则全身裹得严严实实,正准备上路。或许,更早些时候,一家花园,木制长凳上放着待凉的一碗碗薄粥,柠檬切成一小块一小块,在一座六角形拱顶的如蜜般的光线里,回荡着蜜蜂似的沉沉的声响。他的思绪与她的回忆在薄荷香味中一块跳动着,与她目前的感受无异。他已不再知道这究竟指向何物,而且假若他真知道,或者自以为清楚的话,现在也没人相信他。

她的第二个回忆或许使前面的回想变得清晰可见,富有条理。她脑海中浮现出一家花园,花园经隧道而下,通向一个宽敞嘈杂的港口。

这儿是悉尼。1920 年,她十三岁。她从印度来到了澳大利亚,这点她完全记得,她被悄悄地朝南偷送出波兰,到达特兰西瓦尼亚,又与同队中剩余的其他人一块由那儿去了土耳其,再由那结队往南行。一连几个星期颠簸在阳光炫目的一片土地上。除了偶尔出现的小股土匪或他们指向天际的枪支,地平线上空无一人。后来,在一个凉爽的早晨,印度;连绵不断的如烟似雾般的水帘掩映着道道山谷,经历沙漠荒地之后发出的长长的舒气声,雾气迷蒙中的杉树绵亘耸立。长途跋涉的旅行者们沿着杜鹃花丛中的狭窄小径朝着钟声起处行进。

那儿发生的事属于另一个故事。在带她出来的妇人们同当地的某个显赫人物反复谈判停当后,她被接纳进一个皇亲官邸,过上了富丽堂皇然而却是早熟的生活。然后,她与一位势力不大的王子正式订亲,她记忆中的那场订婚仪式唯有大象和无数的焰火构成。

但是,命运却推着她继续赶路。当她才满十二岁时,生下个男孩。他刚降生,便被宫里的情敌们抢走了。麻药过后,她醒来时,发现一个破布娃娃躺在儿子的地方。这布娃娃她现在还带在身边。我立刻明白了,从她说话时的表情神色,从她头朝寝室门处稍一偏摆的动作中,我看出了,尽管她并没这么告诉我。我知道,这是她内心最为深藏的秘密。我想象着她独坐在自己的房内窗子格栅后面,在傍晚的凉爽气息中,哄着布娃娃,哼着催眠曲,呼唤着它的名字。时隔多少年,这失去了的孩子仍然干扰她的睡梦,这梦境使她痛苦不堪,肝肠寸断。一张小嘴猛力地吮吸着她的乳房。她记得一种痛苦,那痛苦连着好几个小时充斥着房间,在墙上回荡着,破碎了,跌落下来。在以后漫长的岁月中,它已不再是肉体的痛苦,而是一种痛彻心扉的空洞。那孩子要是还活着,该有六十岁了。他们几乎是同时代人:她,她的兄弟和那孩子。或许,他正过着一个普通农夫的生活,对自己的身世一无所知。他双手粗糙,两腿细瘦,在稻田的泥土里干着活,一辈子都生活在饥饿的边缘。这是她的另一部分,就像她的孪生兄弟,她已与其失去联络,但他却在她头脑中独自存在且与孪生兄弟占有等量的一席之地。

她再次被偷运出国。在更南面的孟买,她不再是一个妻子或母亲了。一个天气暖和的傍晚,她被召进一家坐落在水滨的大旅店;她还拖抱着她的布娃娃。她被带进一个房间,房间里有位戴着许多硕大宝石的贵妇人,一边淌着眼泪,一边把孩子搂进自己乳房高耸的怀抱,口口声声唤她为自己重新找回的孩子。

这场戏如何进展是不难想象的。事实上,迪瓦从前也演过这戏,那是在卢克雷西亚。她自己感到惊讶不已,她的崇拜者也颇为兴奋,因为她在自己身上寻到一种崭新的、未曾预料到的感情的表现:它超越了肉欲、权欲或复仇欲,是伟大的感情——母爱。她又成功了。

她自己肯定会感到此次孟买母女相认好不奇怪:生活最终居然模仿起艺术来,要不就是那场舞台戏已经预知了真实的孩子?认定有个孩子存在;把这作为其奇特力量的源泉——作为汲取眼下扮演角色需要的感情的来源,而且在某些更为博大、更为逼真的形象中,它充盈着生活的气息。很显然,就迪瓦的情况而言,它不可能发生。当这伟大的一幕戏收场之后,她们便又回到尘土飞扬的日常生活中。那孩子肯定只不过是瓦尔马戏团中的另一名旅行者而已。只要她尚在路上,伴随她从一个首都走向另一个首都的人就是五花八门的,有经理、服装员、顾问、情人、嗜赌成性的老朋友和其他食客们,这孩子也许同她一块儿待了一两个季节(没必要详细说明以何种身份),以后便分手了。

所以她现在身处于悉尼夏日午后烟雾弥漫的光线中,躺在一张吊床上,悬在粗壮开花的树上。从顶上房子敞开的窗户里漾出一个声音,拜蒂、拜蒂,它唱着,有人在用钢琴伴奏,看不见的手乘着轻松自如的羽翼上下翻舞在琴键上,那声音也随之变得虚无缥缈了。她又成了孩子,重新返回母亲的怀抱。

她独自躺着,穿着她的白色宴会礼服,在朦胧的睡意中透过颤动的眼睑和石砌的拱廊凝视着在蓝色薄雾笼罩下的港口缓缓地上下起伏,仿佛是某个陌生却漂亮、拜倒在她脚下的动物那抖动的皮肤。她感到它呼出的气息正拽动着她的丝绸袖边,花园里飘漫着各种香味:碰伤的栀子花、柏树和溢出的树胶。在树丛中一处低湿地上空满是飞舞的昆虫,那儿有什么东西正在成形,要不就是刚刚离去。云朵正积聚,酝酿着一场暴风雨。突然,从水滨而上的长长的阶梯上,穿过拱廊的光线,走来了和尚拉斯普廷。他现在扮成一名水手,双眼在杂乱的发须中炯炯发光,胡子显出勃勃生机,他把一只手指放在唇边。

她立即认出了他。他再度向她证实了她为何人,以及他们两人究竟来自何方。他也脱险了。他在一处冰封雪冻的院子里身负七处枪伤,活了下来。残杀他的凶手们见他朝他们走去,惊得魂飞魄散——如一条发疯的狗似的在雪地上蹒跚,体内带着七处枪弹,而且还喝下了致命的毒药——刽子手们逃之夭夭了。他现在仍然潜行隐迹于世上,等待机会亮出自己的真实身份。

他有仇家,他们正追杀他。他待了一小会儿,刚来得及警告她也有人在追杀她。当顶上的屋里传来一声呼唤时,他吃了一惊,吻了吻孩子的眉毛,粗糙的手举到孩子的头顶,最后一次为他祝福,便穿着那身水手服悄悄溜下通向水滨的长长的阶梯。他在那儿踌躇了片刻,在剧烈变幻的天光中映上了他身影的轮廓,接着便逐级而下走向一艘等候着的小船。仍然留在她身边的则唯有他胡子的气味,它不时地搅动着她的记忆,而且是千真万确的。这便是她用来唤起对他——她的一位保护人——的记忆的手段:他那多节的双脚——一双和尚的脚——正一步步退下那石板铺就的阶梯。水面有节奏地起伏波动着,一头昏昏欲睡的野兽的呼吸节律……

六十岁之前。

从阳台上传来的呼叫声又一次传来,那是她母亲的声音。艾丽西亚·瓦尔。

六

我正撰写着关于卡里演讲的报告,披着晨衣,脚穿拖鞋,自由自在,舒舒坦坦,手肘边端放着一瓶威士忌。

这些事儿源源不息流出笔头。尽是些听着顺耳的陈词滥调,微不足道且无伤大雅的谎言,为的是说服这国家掌握钱囊的把持者,使他们相信在这荒僻之处正在进行着宏大的事业,也相信我们这些艺术使者正逐日使人们信奉令人精神愉悦且更高的真理。这玩意儿对我来说毫不费力。全神贯注地花上半小时去编排例行公事似的谎言,使我得以能不面对自己的两难抉择:在多大程度上我准备(喔,艾德里安,这可不是你的又一发现!是啊,是啊,我亲爱的,艾德里安大叔又插手此事了!)牺牲自己的名声,为了维护贾奇夫人那颇有争议的身世而去面对极端多疑的世人们。

下雨了,那女人预测得没错。大雨倾盆而下。大地变得泥泞不堪,灌木丛东倒西歪,大树在暗淡的雨水中挣扎着,我住的汽车旅馆房间的屋顶被雨点砸得发出震耳欲聋的噪声。因此,一开始,我并没有听见敲门声。我抬起头来,目光越出灯光圈,看见那女人的丈夫乔治的身影映在窗户的背光处,像个来过三次的男人,不出声地冲我做着手势。我疾步奔向门口,让他进来。但他只来到走廊处,不肯进屋。他赤着脚站在那儿,身上的雨衣往下淌着水。

"我溜出来一小会儿,"他开口道,"她正熟睡着。我有几桩事要告诉你。"他把手里的灯放在地板上。

"可你干吗不进来!"我说,"进来吧,喝一杯。"

他摇摇头。

"不，"他神情极为严肃地说，"不，我不进去，要是这没什么不同的话。"他的眼光落在我身后亮着灯的屋子，里面有双绳绒线床罩、电视机、旋转台灯。"我浑身全是泥水。"

他确实溅满了泥水，但他还有另外一个更为深层的理由。这房间太过明显地象征我来自的那个世界，一个外表华贵、功能健全、设施完备、强大有力的世界。这世界威胁着他，恰如那女人在她去博得这世界的刹那间也感到这个威胁了。

"要是你不介意的话，我就待在这儿。"

于是我们就这么谈着话，几英尺之外的水槽朝外喷涌着雨水，哗啦啦的水声几乎淹没了他的话音。

他开始解下身上的斗篷。"我只想，"他重复道，"告诉你几桩事。"他踌躇了一下，大拇指和食指笨拙地解着一个扣结。

"像那些她以为一直在打听着她情况的人们。这些年一直如此。那，那些人是我编造出来的。"他神情极度羞愧，赤着脚站立着，肩上还披着淌水的斗篷，双眉皱起一个结。"我本想马上告诉你的，澄清一下事实。"他迎着我的目光，并没有避开。我翻起长外衣领子，尽管一点儿也不冷。我点点头，如果他想要代表真相，那不过是个不合适的代表。换个场合，我或许会稍稍跳个舞，来摆脱自己的窘境，但是他却绝不会喜欢来个舞蹈什么的，而我此时也无此心绪。

"你瞧，"他说道，"我并不想失去她。我可没恶意。我想让她认为她需要我。我不认为这会造成什么不同，是吗？我是说，你还得按她的心意干。"

"我不知道。我不知道她想要干什么。"

"喔，她想让人们最终知道她是谁。"他摇了摇头，没有说出他脑海中出现的他自己将来的身影，尽管他无法摆脱这身影，"我想这意味着她会回去，回到他们身边去。"

他们是谁？他指谁？他以为谁在那边——哪儿呢？她又能回到谁身边去呢？他有没有意识到已经过了六十年，这期间，在成千上万份报上而且也出自那些报纸，一个完全不同的故事被逐日讲述着，它还未完，它的悬念牢牢地吸引了我们？

他又开始解披风纽扣，这比默不作声强。接着他口气坚定地说："我这人一般不会撒谎。我认为这是毫无问题的。只是——我不想失去她。她是位杰出的女人，你根本不清楚！我们在一块很幸福，她也会这么告诉你的。我竭力使她生活幸福，而自己也一直很幸福，从未有过悔恨，一丝也没有过！这些年来，我们从没有拌过一句嘴。这肯定能说明些问题。你瞧，我第一次遇见她时，她才不过是个女孩——娇小得没有分量，我都怕碰坏她。那时，还是在沃克吕兹，我是个赶运货马车的车夫，而她则替富人们帮活。我们在工作完毕后就会聊上一通。有一天晚上，她跟我讲了她的全部身世。我从不知道世上还会有这么个世界。她想要躲到他们抓不到她的地方去，所以我们就不停地跑，最后在这儿隐姓埋名地定居下来。"他皱着眉头重新审视了一番自己的看法。"我得回去了，"他说，"趁她还没有醒来，还未开始挂念我。她的确会担心的，你知道。我来时她正睡着，累坏了。"又一阵沉默。随后他伸出手，像这天早些时候一样，我们握了下手。

"你真的相信她，是吗？"他说，巨大的手掌紧紧握着我的手，"如果你相信就最好不过了，无论代价如何。她想让人们最终知道她的真实身份，但这事由你决定，你认为怎样对就怎样做，全面考虑。"他松开手，拿起马灯，微微点了点头便下楼隐入雨夜中。雨水劈头盖脸地朝他浇来。我注视着那盏马灯以及照在他风衣上的飘忽不定的灯光，直到它消失在树丛中为止。我裹紧晨衣，虽然并无寒意，转身面对空无一人的房间，那静静迎候的灯光和宜人的温馨，一时间不愿进屋。天空雷声轰鸣，大树在剧烈摇晃，河水奔流而下。说实在的，这几天我非常害怕一人独处。

可这是贾奇夫人的故事，不是我的故事——或者说是那男人的故事。毕竟他是第一个相信她的人。五十年来他对自己的信念始终不渝，并不惜稍稍背离真相，将它们变成平凡的日常生活。这是我听到的故事中最令我感动的：一个男人的形象，他竟能一生平平凡凡却忠心不二，别无他求。他言行举止中毫无一丝炫耀，他会平平淡淡地说："这便是我为之奉献的东西；这就是我。"如果说那女人的自我宣称——她充满情感，语气确凿地说她的真实身份不同于公开的身份——并没有说服我，那么他更为坚定的一席话——他就是他自己，尽管在她面前他黯然失色——则使我不再怀疑了。

同他在这一切中所起的作用相比，我不过是个微不足道的角色。我是个信徒，一个叙述者。要是叙述者也有必要对自己叙述的真相坚信不疑的话,那么这同牺牲自己的一生而且以此作为自己忠信尺度的做法则是两码事。我同事们的怀疑,最为古板的听者唇边也会漾起的一丝讥讽——这些是我将不得不忍受的一切。我已清晰地看见我本质中那不可置信的一面(一个人怎么会变得不可置信,甚至于自己也不例外?)将如何公然亮相,当我抖动臆想的斗篷,猛击双手,在空中舞动着手指,我将呈现给人们——出于我自己对非同寻常事物的希冀(他们肯定会这么说)——一位娇小、黝黑、赤脚行走于花丛中的女人,艾丽西亚·瓦尔的女儿。"不过她曾经是个完美无缺的人。"(他们会在某个拥挤的酒吧,或者在工作午餐上吐着虾壳时向别人转述这个故事,像所有讲故事者一样,添油加醋地稍稍夸大些。)"要是她是他编排的产物,那她可再恰到好处不过了。不过,他确是编造了这一切,是吗?肯定是他杜撰的。"

喔,不错,我们的贾奇女士确实恰到好处,过于恰如其分了。她给我出了道难题,并不是为了测验我相信与否,而是为了考验我的勇气,看我最后是否敢于揭去我小丑的面具,虚假的笑脸和窘迫时的手舞足蹈而去讲述她的故事,并由此抛弃自我。

我们讲述的故事使我们自己裸露无遗了:它们成了我们自己。我们继续生活在故事之中,也继续生活在故事之外。浑身血污的中士来到台前,宣布说一场战争已经打赢,流了点血。他讲了二十句声音刺耳的台词后,便销声匿迹了。但是他被召到前台讲述的故事却将在冥冥之中伴随听众一辈子。他自己的结局在这之后已是另一个故事,也该由另一个人来讲述。

(左　励　陶黎庆 译)

中　士

詹姆斯·麦克奎因

　　虽然还是早晨,气温却已急剧上升。中士离开帐篷,走向大海。海是那么蔚蓝,蓝得犹如记忆中一张旅游招贴画上的海。耀目的水面在阳光下闪烁着,波光粼粼,缕缕残烟从躺在浅滩上的坦克中冒出来,被微风吹向陆地。

　　战线在小山和大海间延伸出的 20 英里内。五天的战斗使整个荒滩散满了机械残骸和士兵的尸体。一个飞机的尾翼翘出浅滩,活像一条鲨鱼的鱼翅。

　　中士沿水边缓缓地走着。他把头盔从前额向后轻轻推一推,冒汗的皮肤顿时感受到一阵空气的清凉。

　　坦克的履带和轮子被击毁了,瘫痪在一百码外的沙滩上,从炮塔口飘出袅袅青烟,随风向的改变打着旋涡。他走过去。闻到了一股浓烈得令人窒息的焦肉臭味。坦克旁一个晃动的东西映入他的眼帘。一个男子跪在那儿,全身裸露,只穿着短裤和靴子,在一只油桶里掏着什么。中士走上几步。

　　当中士接近时,欧迪抬了抬头,转动手臂停了一停又继续掏下去。他肤色棕褐,肌肉发达,热得大汗淋漓。油桶里散发出刺鼻的汽油味。

　　中士低头注视着他:"你好,达谢尔……你在干什么啊?"

　　欧迪又抬了抬头,黑乎乎的脸上睁着两只滞呆的眼睛。他龇牙咧嘴地笑了笑。"收集一点纪念品,哈利!"他说,向身边脏手帕上的一小堆戒指努努嘴。戒指都是男式的,大多是金的,有的很普通,有的戒面却是圆形的、方形的或盾形的,还有的嵌着宝石,总数可能有一百来个。

"我把新鲜的都收拾了,"欧迪说,从油桶的液体中抽出手来,手中抓着六七个手指,每个手指上都戴着戒指。"明天收拾那些不新鲜的……"

中士躺在帐篷里,闷热中迷迷糊糊地读着一本破烂的简装书。他被一声炮响惊醒,立刻意识到是自己一方开的火。炮声很近。他十分惊奇,因为战线的这一部分已经陷入奇怪的沉寂之中。敌方的阵地距离只有一英里左右,但双方都不想发起进攻。规则的炮火离奇地按时发生,简直可以预报。虽然双方依然保持想象中的敌意,夜晚的寂静却不受到干扰,军需车辆也不被炮击。

当第二声炮响时,他丢下书走出帐篷,越过死寂的土地爬上山脊,手搭凉棚眺望炫目的火光。这时正好传来第三声炮响。他看见炮弹落在敌人阵地后方的暗褐色小山脚下爆炸。那里有一辆汽车在移动,在坑坑注注的地面上缓慢地颠簸。

在与中士炮位距离相邻炮位上,炮手们正在装炮弹。那是博伊斯的炮;那大个子汗淋淋地赤着上身。腾起的红土在轮子和炮尾周围旋转,也包裹着炮手们赤裸的小腿。空气里充满了熟悉的火药味。

中士走上前去,这时又响起第四声爆炸。炮弹在一辆爬行着的汽车前开花,他知道他们是瞄准了在做夹角射击。

正在瞄准的炮手看到中士靠近,笑了笑说:"看下一发!"

中士透过灰蒙蒙的阵地眺望那辆汽车,第一次看见车身上的白色圆环和红十字。"喂,"他叫道,"你们不能打……是救护车……"

"是他妈的敌人的,伙计……"博伊斯一拉火绳,第五响炮弹声震撼了炮架。

中士调头眺望那辆救护车,它被掀翻了,并立刻起火,阳光下火光隐约可见。他看了一会,然后慢慢返回帐篷躺下,又拣起那本简装书,竭力想继续读下去。

夜间的进攻占领了敌人的阵地。第二天早晨,火炮向前推进,进入新的阵地。新阵地上散满了敌人惊慌撤退的痕迹;空弹药箱、破弹夹、乱纷纷的军用电话线、放弃了的炮位。成群的苍蝇麇集在横七竖八的尸体上,飞舞在来不及填平的便坑上和用浸透汽油的沙土烧饭的锅灶上。

傍晚时分,战场已经打扫干净,帐篷已经竖起,尸体也掩埋了。太阳渐渐西沉,夜色像潮水一样淹没被夕阳染红的大地。中士离开指挥岗位,穿过营帐来到荒滩上。他又脏又累,在痢疾的逼迫下,他很想独自待一会儿。他的右髋部托着皮套中的大左轮手枪,在尘土中拖着笨重的靴子。

他沿着昨夜推进的路线往回走,在近荒滩几百码的地方发现了一个地下水泥掩体,那坚硬的轮廓在散漫地摩擦它的沙土中看起来很显眼。这是一个深埋在地下的地堡,墙体已经裂开。肚子又翻腾起来了,他不得不在地堡的阴影下蹲了几分钟。

他终于拉上短裤,对着西坠的太阳半闭上眼睛,一动不动地站了一会,然后并无目的地绕地堡四周转了一圈,这才发现通向堡内的入口台阶。地堡内黑洞洞,阴森森。他走了下去,靴子在粗糙的水泥地上发出吱吱的响声。

在地堡里,一开始他什么也看不见,渐渐地,他的眼睛适应了昏暗,看见有一堆沙袋和几只空木箱。地堡里并不凉爽,而是闷热得很。他正欲转向台阶折回时,听见沙袋后面有悄悄移动的声音。他停住脚步,大喝一声。沙袋后面出现一个敌方士兵的身影。他佩戴着军官肩章,但没戴钢盔和帽子,一头金黄的头发,红红的面颊上污痕纵横,看上去非常年轻。

中士掏出乌黑的大左轮手枪,这把手枪在战斗中只用过一两次。敌军官举起了双手,默默投降。

两个人在昏暗中相距六英尺,呆呆地对峙了好一会儿。蓦地,敌军官的右手伸向腰部。

手雷！中士闪过一个念头,不知这一闪念出现在左轮手枪击发之前还是之后。

当他清醒过来时,看见尸体的右手紧紧地握着一块表,一块旧银表。也许是一件传家宝吧,中士想,怕被我抢走。根本不见手雷。

中士走出地堡,走上台阶,进入太阳的余晖之中。阵地上没有异常行动,他相信没有人会听到他的枪声。回到营地,他走进自己的帐篷,他知道他们马上要继续前进,决定不提地堡的事。

一个星期后，战线向西推进了一百英里。他又独自一人回到荒滩，在一条小河边，他扔掉左轮枪，往枪套里装了些巧克力和沙丁鱼罐头。

早晨醒来，他一动不动地躺了一会儿，感觉到空气的不熟悉和寒冷，以及身旁妻子的躯体陌生的温暖。妻子动了一下向他靠得更近。

妻子起床后给他送来一杯茶。他感激地喝完茶，靠在床头上抽烟，一边等妻子点燃热水器，安排他洗澡。他擦上肥皂，在渐渐冷却的水中躺了半个小时，端详着皂液在褐色双腿的白色疤痕上慢慢溶化。最后，他放掉污水，擦干身体，穿上旧法兰绒浴衣回到卧室。昨天晚上他把军服挂在衣柜里，今天早上就让它留在那儿。他穿上旧法兰绒灰裤，柔软的白衬衫和灰色羊毛衫。他脚上穿着便鞋，感到特别轻松。

他上午很迟才离家，在明媚和清冷的阳光下向镇上走去。他在桥上停留片刻。下游一百码处有一个码头，空荡荡的。落潮时的栈桥高卧在沾满泥浆的桥墩上。一台破旧的疏浚机深深地躺在水中，看上去比战前更锈蚀不堪。仅仅三年前，他还在这台机器上工作过。但那时的生活似乎被一个与时间毫不相干的鸿沟隔绝了。他知道他不会再回到那荒滩去了。白蛉热、痢疾和弹片使他告别了战场。对此他并不遗憾。但眼前这地方他却生疏了。他知道，他退伍后将不得不找一份工作，重新安居下来，隐退到这河流，这市镇，这翠绿山乡的宁静之中。

他离开桥头，走上通向大街的小山坡。

镇子沉浸在清晨的宁静之中，但他觉得莫名其妙的陌生，最后才发现因为自己是一个没有穿制服的军人。

他买了盒香烟，走进一家理发店。一个身穿蓝色工作服、手上拿着剪子的年轻人从屏风后走出来为他理发。这小伙子似乎有点面熟。

当他从铺着橡皮的玻璃柜台上拣起被找的钱时，他听到身后推开店门的声音。他转过头，看见一个身穿卡其制服的军官，不由得心里一震。他认识这个人，是当地的法官。法官穿着上尉的制服，佩戴着肩章，纽扣发光，皮带锃亮。中士知道上尉凭借一个训练厅和一张活动桌在离家六英里的地方度过多年的戎马生涯。

上尉走到他身边，"哈啰，哈利！"他对中士说，目光不满地落在后者身上的羊毛衫和法兰绒裤子上，"我想你是军人吧？"

　　中士对上尉丰满而又光滑的面庞瞥了一眼,说:"是的,赛西尔,我刚以为你也是呢。"

　　他转身走出店门,站在人行道上冷清的阳光中,他浑身开始颤抖,下巴的肌肉也哆嗦起来,连手指也都弯曲、握紧了。他赶紧把手插进口袋,快步离开。他走下山坡,向河边迈去。

　　　　　　　　　　　　　　　　　　　　　　　　（郭泽民　译）

引渡亡灵的恩加纳格

B. 旺格

　　寿终正寝终于来临了,这是不可避免的。书上说,没有人,不论是白人或是土著黑人,会长生不老。虽说,只有灵魂才万世不灭,在我部族的家乡巴巴拉,已故乡亲的灵魂都栖身在象征他们部族的水潭下面,等待着再生转世。那里肯定有我的一席之地——没有土人比我的地位更显赫了——我们部族的祖宗恩加纳格会了解我一生的建树。

　　白人与黑人的世界都历经磨难。几个小时前我一去世,总理就宣告这一噩耗:"没有他,我们的世界将暗淡无光。"虽然他只是在议会里宣布,可是,消息很快就传遍四方。电台不断地广播,国内各家报纸纷纷登载。偏远村寨,每个牧羊人和他的牧羊狗现在都知道,议长已与世长辞了。巴巴拉的乡亲,只要看报纸、听电台,就一定知道这一噩耗。地府总督一定彻夜吼叫不绝,告诉荒野里每一个幽灵,我已过世了。葬礼将定于明天举行,当然,不只是我一个人下葬,乡亲们要竖立一根根丧葬杆,漆上我的部族年代悠远的图腾,饰以鹦鹉的羽毛……喔,老祖宗恩加纳格会关照该做些什么——他是巴巴拉独木舟桨板的巧匠,能把灵魂从大陆摆渡到亡灵之乡。我要安息在象征我部族的水潭,就在那里。但乡亲们会把那一根根丧葬杆取上什么名字呢?

　　我马上就要回归故里,老祖宗一定很满意。我好久好久没有看上家乡巴巴拉一眼了。自从第一批传教士来到红树林湾,建造了一间小屋以后,我就没有回来看过。人们都说,巴巴拉产的海蟹和棕榈果比任何地方都多。很久以来就这样，几十年前就这样。当年我离开家乡时，我不知道我是否长得够大了，会使用长矛。我离开家乡，确实很早，很早——不然，一个人怎么能一步步地登上生涯的顶峰呢？只有两步台阶比议长的宝座高——那就是总理，女皇或国王的高位。恩加纳格一定了解这一点，虽然他也说不清白人议会是怎样活动的。"不要与那一群人混在一起。"那天我选入议会时，他在梦中这样警告我。老祖宗心地善良，人们不应因他对白人有怨气而责怪他纯朴的心灵。上任之初，我就应邀拜见白人的大老板——总理，接受一把钢斧。这是他送给巴巴拉乡亲的礼物，答谢他们对传教士的友好款待和赠送的海蟹、棕榈果。我得知，老祖宗希望我任期长一点，学习白人的神奇医术。我相信，他已跟白人谈过，否则，他们怎么知道，我还是个孩子时，恩加纳格就看中我，要培养我成为本部族的医生。

我不喜欢旅行。如果我能与前几任尊贵的议长安睡在堪培拉墓地而不乘飞机南来北往，我将会更高兴。这并不是说，我讨厌坐飞机旅行；通常我倒是喜欢这样做。我曾两次坐飞机周游世界。在竞选期间，我犹如一只蜻蜓，飞到东，飞到西，行迹遍澳洲。人们都说，从部长的专机上俯瞰的世界要比在地上环顾的大地风光得多。令人遗憾的是，我现在不乘专机旅行，而是变成一只狐蝠在飞行。

恩加纳格看到我这个模样，肯定不会反感的。狐蝠到底是一种蝙蝠，还是一种鸟类，不管人们对它如何分门别类，这种生灵组成了我们部族的信仰。在我们部族迷惘朦胧时期——巴巴拉的神话时代，一阵暴风雨使恩加纳格迷失了方向。他的独木舟正运载着一具乡亲的尸体。他漂泊了好几天，寻找一个安葬的地方。人们说，如果恩加纳格失踪了，我们整个部族就会随之灭亡。幸亏一群远飞的狐蝠把老祖宗恩加纳格带到布兰瓜。现在，狐蝠像在远古时代一样，仍到处飞翔。从前，在巴巴拉，我们常在傍晚时分听见一群群狐蝠从头顶飞往伸向腹地的瓦瓦拉格沼泽；在黎明时分，我们又听到它飞翔归来。后来，我明白，这些成群结队的狐蝠，像恩加纳格一样，每晚都从布兰瓜飞向内陆腹地。

巴巴拉是个偏僻封闭的地方。不管你是一个飘荡的幽灵，还是一只奋飞的蝙蝠，你都需要一对坚硬的翅膀飞达边远的村落。当年我离开巴巴拉时，我是乘一只驳船出海南下的——不，那一定是一只破旧的汽船。这只船大约每三个月来热木林湾一次，给几个传教士送来白糖、茶叶、镜子、圣经等物品,同时也带来天花。所有的东西就这样送到我们乡村野地。

当乡亲们第一次看到那艘汽船驶近热木林湾时,他们都以为是恩加纳格的船被雷电击中起火,匆匆而过;随后他们又说,汽船是一根在海上漂浮、慢慢燃烧着的木头。至今,乡亲们仍这样认为,因为在偏远的村落里,你生生死死,投胎再生几十次,白人社会都根本不知道你曾活在那里。幸运的是,我脱离了那里落后贫苦的生活。

多数议员在随便称呼我的时候,都叫我"传教士孩子"。那是开玩笑。再也没有比议会更肃穆壮观的地方了。我是议会史上最为资深的主持人。我想念自己的同僚们。如果我持有出生证明,我就可以被安葬在白人的公墓里,也许日后跟随共事的白人议员一起升入天堂。可是,情况并不那样:"我们怎能接受一个无证件证明他是如何出生的人?"议会常听到这样的话。议会先生们的法制观念是无可非议的,每个人一降生到这个世界就登记入册。当然,我指的是每一个白人。我去拜会我的朋友——总理,他说:"指示他们安葬我。"

总理正忙着装烟斗。这个长长的望加锡乌木烟斗是我赠送给他的生日礼物,那是他邀请我出山参政之后。好久,他才抬起双眼望着我:"这需要手续,你是知道的。"他这样告诉我:由于我来自与白人不同的土人部族,我倒有自己的福分。因为,安息于堪培拉公墓里的白人政治家中无人会再生的。"只有你们部族的人才具有这样可贵的风俗和传统——这些,我们以前都谈过,你还记得吗?"他吸着烟斗,"你可以成为议会里资历最深的议长。"他倒记得,根据巴巴拉部族的信仰,没有人会永远长眠地下。不过,我还是喜欢在堪培拉的墓地享有一隅之地,而不愿被埋葬在荒野的土堆里。

"您父亲记得我的出生——是他把我放在汽船上,那时他在巴巴拉当传教士。"

总理放下他的烟斗说:"事实上,公墓管理人员所需要的正是你的出生证书号码。政府没有人登记你们土人的出生日期。这样做,白人、土人皆大欢喜。"

我告诉他,恩加纳格会注意这一切。当一个人过世了,老祖宗会把他的独木舟停泊在热木林湾的悬崖峭壁边,然后把亡灵引渡到布兰瓜。"正如你在画里所看到的那样。"他父亲把这幅巨大的树皮画挂在他的教堂里,画面上表现了我们老祖宗用独木舟把一个亡灵划渡过海。船舷透明无遮,亡灵平躺在舱底,你一眼就可看到。

总理咕噜了一句:"你们的祖宗不做书面记载——那是个好传统。"

不过,几年前,我们常常谈起恩加纳格。那时,总理与我在同一所寄宿学校里读书。有一个暑假,我们与童子军一起野营,曾策划一块儿逃到北方去。瓦瓦拉格沼泽地从热木林湾一直向内陆腹地伸展——这是一大片千层树丛生、遍地清水潭的原野。白人们几乎都没有见到过这片乡村野地。我们在那里搭了一间小屋,像我的先辈一样,靠野鹅蛋、百合花茎根、椰子和海蟹为生。

总理又吸了一口烟:"你们先辈传下非常优良的传统——也许我也会成为德高望重的总理而名垂青史。"

不过,当学生时,我们俩从来没有去过瓦瓦拉格沼泽地。我赠送给他的望加锡乌木烟斗,造型修长,边上雕饰着一幅恩加纳格画像和他的独木舟。老祖宗比在树皮画上的形象小得多。在巴巴拉,在族人过世的仪式上,只有族里的长者才那样吸着烟斗。

白天的大部分时光里,我得停止飞行。这并不是我怕热,而是我怕光。在阳光四射的时候,没有蝙蝠会顶光飞翔。而且,我的眼睛已发红了。我得找一棵枝繁叶茂的大树,悬挂在树枝上,用双翼蒙住眼睛,挡住光线。一株空心树是避光的好场所。我越往前飞,空心树就越多,遍布瓦瓦拉格草泽。其他地方的树都没有那里的高大,有的大树空心后可以藏匿好多狐蝠。恩加纳格为什么要把我变成一只狐蝠?要是变成一只鹦鹉展翅高飞就容易多了。可是,鹦鹉浑身白色,这使老祖宗不高兴。不过,鹦鹉是什么颜色对我都无所谓。那天晚上,我离开堪培拉时,我去拜会总理,向他告别。"没有我,你还得凑合办事。"我深表歉意。我们两个人都不知道,到底需要多长时间一个人才能再生,重返议会。虽然他只是猜测,他说,这跟外出度假相差无几,"你对土人和白人都做出了杰出的贡献。"他拍着我的肩膀说。

我当上议长的那一年,白人在瓦瓦拉格沼泽地打出了石油。他们宣布,在荒林和沼泽下面蕴藏着大片石油的海洋。当初上帝开天辟地的时候,他对这片土地的慷慨厚爱超过对其他任何地方。巴巴拉是我们部族祖辈创造的,因此,恩加纳格不允许其他人在这块土地上乱来,他不愿意看到白人来践踏我们的家乡。几年前,甚至白人传教士建造的一幢小屋也使他大为不悦。他要部族里所有的老人与他想法一致。不过,老祖宗无法影响我。我独自一人代表巴巴拉的乡亲签署了开采石油的协定。事实上,族里只有我知文识字,能看懂老一辈土地监护人与石油开采公司协定中的法律条款。恩加纳格从远古神话时代就划着独木舟,他从来也没有听说过"石油",没有一个乡亲知道"矿区开采费"这个词的意思。

总理挥舞了一下手臂,掠过我的肩膀,说:"我想你喜欢回到乡间野地。几年前,我们不是谈起此事吗?"

"可现在我不再是一名少年童子军——而是一个需要体面的地方安息的成年人。"我仍然希望他会说服有关的官员为我在白人的公墓里找到一方栖身之地。

"把这作为一项政治任务吧。这里议长的高位将等待你再生后来担任。"他向我点点头,示意我跟着他去花园。当我们沿着树丛中一条小径漫步时,他的手臂又一挥,搂着我的肩膀。瞬间,我仿佛感到成了一名少年儿童,与他并肩穿行在乡间原野。"要保持你们部族这些优良的传统习惯。"他希望与我同归乡里田野,在那里再生转世。

"这能实现吗?——再回到这里继承旧位,当议长?"我问道。

"这可以安排;如果必要的话,我可以修改'圣经'。"他指的是"宪法"。总理慢悠悠地前行,把我领到花园后门,"每个人都有再生的权利,没有法律能禁止它。"他请我在返回乡间田野后给恩加纳格捎句话,问他的冥府能否接收一个白人的亡灵?

我的翅膀已经发硬了。我得放慢速度,不管什么时候到达。巴巴拉故乡总会在那里,我首先看到的是一望无际的瓦瓦拉格旷野,长着千层树,到处是清水潭,广阔的原野树茂草密。人们说,甚至连穿越过境的幽灵也感到方向难辨。在巴巴拉,有人一去世,他的亡灵就飘荡过来,躲在树荫遮盖的水塘里,阴暗无光的树丛中或空荡荡的树洞内,等待被摆渡到布兰瓜。可是,恩加纳格总是慢慢而来,也许让你等上好几天,靠吃薯类和百合花的茎根度日;不过,我不用吃那些玩意儿——海蟹我也不吃。那里还零零星星地长有草莓。如果我没有什么东西可吃,我就吃嫩树芽,狐蝠很喜欢吃树的嫩芽。我纳闷,恩加纳格会不会让我等太长的时间。也许,他的独木舟已停泊在热木林湾,恩加纳格在峭壁脚下等待我。这与乘坐部长专机大不一样。不过,这是部族里每个亡灵必走之路。在我们把部族的土地租借给石油开采公司之后，我在幻觉里经常见到恩加纳格。在每晚的梦境里，我总是梦到他在叫我："来，跟我来。乡下需要一位医生。没有医生的看护，那里就要衰落下去。"令人惊讶的是，他还不了解，我对家乡的贡献是一个部族医生所无法企及的。在签订协议之前，我修正了整个文件，使瓦瓦拉格原野钻探出来的滴滴石油变成一枚枚金币，叮叮当当地滚进我们的金库。时间已证明，我做得很对。现在已有这么多的财宝源源不断地流入。每一个乡亲、每一条野狗都将世世代代过着舒服的生活。我们甚至成功地举办了英联邦运动会——否则，英国女皇，世界各地怎能知道巴巴拉？而且，我还要为举办世界博览会助一臂之力，可惜，我却咽气了。

瓦瓦拉格原野现在面目全非了。高大的千层树不见了，取而代之的是林立的铁塔。至于一汪汪水潭，绝大部分都消失了，留下来只是一块块盘状的凹地，底部的烂泥全干了，使人想起一张张布满皱纹的老脸。当然，还有几个水潭残留在那里，里面积满了熔渣，看起来活像一具具庞大的残骸，横躺在荒野里腐烂。再也不见幽灵出没四周了，即使蝎子也钻进了气味刺鼻、暗乎乎的水潭里。此外，视线所及只有尘土——亡灵在尘土中是无法生存的，这就是进步的代价。这，我会向恩加纳格解释的。一个人不应为一匙洒地的牛奶——一桩不可挽回的小事——而懊丧。恩加纳格怎么会准备接纳总理的灵魂呢？这位白人大人希望再生。不过，如果情况真的是这样，他可成为白人社会中千古不朽的领袖。诚然，我得小心翼翼地向恩加纳格提及此事。

原野空空荡荡地伸向远方，像一头横死的野兽。对啦，一个人不应为一匙洒地的牛奶而忧伤。可怜的老祖宗恩加纳格，我怀疑他是否听说过匙子，更不用说喝过匙子里的牛奶。清水潭和树木对他来说固然很宝贵，可是社会的进步意义更大，尽管他对此感到悲伤。对于这种局面，他或者我都感到无能为力，我们无法掌握巴巴拉乡村的命运。让我们懊悔的是，当时谈判租借契约的时候，我没有想到水潭和绿树。要不然，我就可补上一项赔偿的条款。当时我认为，整片瓦瓦拉格原野还不及我一个人的年薪。我以为，钻探石油一完成，白人就会全部撤走。季风挟带暴雨一登陆，水潭就满了，原野又水汪汪一片，树木又葱葱茏茏地生长，只不过需要更长的时间。这一点，我要向恩加纳格说明；我将很快见到他——在瓦瓦拉格原野的尽头有座小山，俯视着热木林湾和老祖宗停靠独木舟的峭壁。亡灵一个个爬上小山，瞭望独木舟是否已划近海湾。有时候，他们也能看见布兰瓜——坐落在远远的海上，沐浴着日落的金光，一片灿烂。

关于总理要来布兰瓜，我将对恩加纳格守口如瓶。这位白人大人一俟再生转世，他就会马上离开我们的乡村田野。可是，老祖宗不喜欢政治家。不管恩加纳格有什么想法，我要全力推举他——在英联邦运动会上，官定的吉祥物是他划着独木舟。这帧画要比总理烟斗上的肖像大些，实际上是从一根丧葬杆上复制来的。这幅画的出处倒是无关紧要——世世代代，恩加纳格就这样划着小船从布兰瓜摆渡去大陆，管它给丧葬杆叫什么名字。

我的一只翅膀已疲劳得麻木了，我愈飞愈低。现在，我不能飞离"航线"——一条输油管，它像乌鸦奋飞一样，一溜直线，穿越乡间野地，爬上前面的小山，伸向热木林海湾。山坡上出现了一个黑点，那是油泵站。专家们说，他们从地下用油泵抽上来的、气味难闻的玩意儿就是石油——金黄色的液体。对恩加纳格，我不可谈及矿区开采费，他对白人一定还是怒气未消。他最后一次来看我……唔，是我过世的那个晚上。老祖宗手拿乡亲为亡故族人在乡间野地里竖立的丧葬杆。丧葬杆通常涂上鲜红的底色，上面再用白色的线条画上老祖宗的独木舟——你能看到一个死人平躺在船舱底。自从我们部族出现在人间，丧葬杆就是这个模样。可是，我梦幻中所见的丧葬杆却沾满了矿渣，模样太素淡无味了。"没有巴巴拉人死后不竖一根雾拉姆。"恩加纳格把丧葬杆递给我，"上面不是要画上独木舟吗？"我问道。老祖宗厉声回答说："你已剥夺了我的独木舟。"说完，他就离开我的房间，我来不及辩解半句。是的，雾拉姆——这是丧葬杆的土语。

我希望老祖宗现在应平静下来，不再生气了。他也会反对总理来布兰瓜吗？那里食品丰富多样，老祖宗会教给我们在营火上煮海蟹、焙椰果。不管我的总理朋友喜欢不喜欢这些食品，他得将就。他是个老烟枪，比我所认识的任何一位政治家抽烟都厉害。我们岛上不种植烟草。但是，我得为他寻找其他叶子让他当卷烟抽。总理必须带一个像他父亲当年使用的水袋，旁边挂一个椰子壳制作的水杯。我们将在那里住上一段时间，像两条老鳄鱼游来冬眠一样。请原谅——这是两位资深的政府高级官员。

油管从山上沿着山坡伸向海边的恩加纳格峭壁……不，峭壁已被炸毁了。我想过，峭壁一定被炸毁了，因为它半路拦住了油管的伸延。如果油管略微向右或向左移位一下，峭壁就可以保住无事——可惜白人根本不知

道恩加纳格。乡间的树木都被他们砍光了,甚至连一根雕刻丧葬杆的树桩
也不剩了。

　　白天很快变热了;没有树荫可以遮阳,甚至连一块鹅卵石也无踪影了。
炸平了峭壁之后,这些白人一定把每一块岩石都抛进大海里。油管穿过海
岸一截伸入海底……是的,油管伸向布兰瓜。他们已建造了一座巨大的输
油站,我可以看到大海那边高大的铁塔。现在,海岛看起来与大陆更贴近
了。几年前的一片葱绿现在几乎消失在茫茫的大海里。我真怀疑,老祖宗
是否还在那里。油轮——我看到一长串油轮排列在那里等待装油。这些
油轮看起来真大。老祖宗的独木舟夹在他们中间,根本无法划行前进。

　　我得设法飞进油泵站躲避骄阳。可是,我连一扇破门窗也没看到……我
只能从下水道钻进去。这些下水道很臭——这一定是下水道的出口——现
在要退出来太晚了。我已经钻了一半,里面黑洞洞的,但比外面凉快。我
可以躺在里面休息直到天黑。也许,恩加纳格天黑时会来摆渡我。他可能
已经找到了别的地方让我们的灵魂安息。否则,我们将来怎么再生转世
呢?我无意重返仕途从政,但得说明,总理要随我来。因此,老祖宗必须在
阴间给他一席之地。没有一个先辈像恩加纳格一样,对待亡灵这样铁石
心肠。

(万昌盛 译)

蠕　动

布赖恩·马修斯

城郊的这条林荫道,此时依然沉浸在夜色之中。栖息在树梢的麻雀、画眉和喜鹊开始跳跃欢鸣,婉转啁啾,似乎已感觉到了黎明的来临。一会儿,几缕曙光悄悄然地洒落在寂静的康莫道斯街和拉瑟尔街上,周边的景物开始依稀可辨。刚刚到五点整,一辆被打卡钟唤醒的洒水车驶上了街头,开始朝着异常干燥的草坪哗啦啦地一个劲洒水。

"闹哄哄的黎明开始了。"罗宾·埃略奥特低声对丈夫说道。他们刚亲热完,互相搂抱着躺在暖暖的床上。再过五分钟,他——彼得·埃略奥特——就得起床了。他要去赶飞机,到别的州处理一些事务,明天才能回来。这可是他们俩结婚 18 个月以来的第一次分离。

"我真不想让你去。"她说。

他紧挨着妻子躺着。她抚摸着他光滑的脊背。她的睡裙拂到了鼻子,让她顿觉痒痒的,不由得抽抽鼻子。

"我知道你怎么想的,亲爱的。就两天而已,事实上,还不到两天呢。明天晚上我就可以和你一起喝茶了。放宽心,好吗?"

紧接着,他又说了一句,语气却不再那么轻松阳光了:"其实,我也巴不得不去,就待在家里。再这么躺下去,我可真的走不了啦!"

半小时后,他洗漱一新,整装待发。她还躺在被窝里,他沏了一杯茶,递到她面前。他拎起昨晚一起收拾好的手提箱,爱怜地轻拍她怀孕五个月的隆起的肚子,与她吻别。这一吻缠绵得几乎将他重新拉回到床上。最后,他还是走了。她听见出租车来了又走的声音,渐渐地淹没在此刻已经十分喧嚣的鸟叫声中。屋子里静悄悄地,罗宾·埃略奥特一个人躺在空荡荡的床上,迷迷糊糊地睡着了。晨光透过窗帘缝隙照耀在屋子里,形成了一圈光环。

八点钟,邻家车道上的汽车发动声把她吵醒了。她懒懒地坐起来,突然胸口一阵恶心。这恶心像是从脚踝开始,然后如水波一般荡漾开去,很快遍及全身。每天清晨醒来时,她都以为自己不会再恶心了,可实际上事与愿违。她身体笨拙地从床上下来,缓缓地拖着双腿走进浴室,对着抽水马桶呕吐了好一会儿。恶心的感觉好些了,她回到卧室穿上晨衣,然后走到厨房想烤点面包片。有时候吃点东西会好受些。

十点钟,她还穿着晨衣,又一次到了浴室。她很明白,这是今天最后一次呕吐了。她在屋子里来回走动,大口大口地吸气,想让自己冷静下来。厨房的一把椅子下面,有彼得的跑鞋;餐厅的桌子上,彼得的书还翻开摊着;那把安乐椅上,还放着彼得昨晚睡觉前撂下的十字字谜;给孩子准备的婴儿房里,彼得上周末用过的榔头、漆刷、锯子和水准仪还原封不动地摆在那儿。卧室里靠他那边的床头柜上,是那台她总搞不定的、结构复杂的带钟收音机。收音机上的红色时间数字正冲着她不停地眨眼:现在是上午10:36了!她回想起彼得曾那么热切地注视着她,手把手地教她如何设闹钟,如何调开关设定将她唤醒的调频音乐。她沉沉地坐在床沿上,忍不住大哭起来,不停地呜咽抽泣着,哭得头疼了才停止。

此时的院子都显得那么落寞,萧然。

两只前来觅食的喜鹊儿在栅栏的树篱下喧闹着——或许是两只交配的鸟儿?谁知道呢——地上的枯叶也不时被弄得飞扬起来。细看看,那里生长着一簇簇绽出嫩芽的葡萄藤,藤枝攀爬在小屋的白铁皮墙面上,骨架似的枝节四散开去,好似一张撑开的网,或是哪个怪物肚子里的肠子一般。鸟儿们——鹡鸰和麻雀——不停地来回啄着地上的枯叶,也不知为了什么。八月末的白天,肃穆而又冷峭,季节交替时分,天气忽冷忽热,格外让人捉摸不定。如此的落寞、萧然!她心里迸出一句话:够了!这一切都让人受够了!

她心里突然有个自己都觉得好笑的想法(她日益变粗的腰身使得她走路也变了样子):到院子里去!她仔细察看院子里的那些花草树木。她捡起几根金合欢枝条,随手把它们编了一下,铺在地上。她经过豌豆丛,拔掉了几根野草。她走到草坪上,抬头看了看阴沉的天空,努力想让自己从那种难以自拔的古怪的低沉的情绪中解脱出来:这阳光不是阳光,这树木已经落叶,这大地也不再平坦。她竭力把注意力转向远处车来人往的嘈杂声,转向邻居院子里熟悉的开关垃圾箱盖的咣哐声。

她回到厨房里,感觉整幢屋子静寂得听得见任何一点声音:只有人去楼空后我们才会听得到——电冰箱制冷剂流过冷凝管的沙沙声,从未留意过的电子钟的咕咕声,分针的嘀嗒声,天花板上的屋梁随着气温变化发出的吱嘎声,这一切都犹如长长的一声叹息。

她把金合欢和绿枝条插在花瓶里,把花瓶摆在餐桌中央。尽管她放得很轻很轻,花瓶还是碰到了木桌面,发出响亮的撞击声。她很不高兴,撅着嘴,双手狠狠地拍了拍桌面,好像要寻衅报复似的,又沮丧得很。她忽地转身朝卧室走去,鞋跟深深地陷入地毯,每走一步都发出沉闷的踏步声。

站在落地穿衣镜前,她拂起那件花色的孕妇装,把袜子和内裤褪到臀部,仔细看自己那微微绷紧而又发亮的肚皮。清晨沐浴时,她就注意到肚皮发亮了,一整个上午她总不自觉地会想起这件事。当然,这不是什么新鲜事儿。不过,今天上午肚皮好像又绷紧了一点。她摸了摸这光滑发亮的肚皮,心想这是不是就要开始越来越大了呢?是不是早了点?她想着要找本书去查查看。她整理身上的衣服时,突然意识到了衣衫摩擦发出的窸窸窣窣声,她停住了手,一片静寂中,似乎整个屋子都在期待着什么似的;她的脑海中浮现出院子里的景象——奇异的亮光,迷失的方向,花鸟草木以及芽蕾那神秘的活力。"啊!"她大声说道,"看在上帝的份上。"话音刚落,她又觉得自己特别傻。

她拿起编织篮走进起居室,把它放在地板上,紧靠着那把直背椅子。坐在那把椅子上真的很舒服。她拨弄了几下卡式录音机,一会儿《展览会上的画像》的曲子就响了起来——声音放到了最大。在带着颤音的多声部交混回响中,她双眉紧锁,不停地编织着。她一针一线地编织着,就像马索斯基的那位画廊间的漫游者一幅画一幅画地神游着,一首曲子喜气洋洋地结尾终了,她飞针走线的手指也停顿了下来。曲子最终的铃钹声消逝后,屋子又一次陷入了寂静之中,面对着又一次像在期待着什么的屋子,她带着挑衅的语气喊道:"太棒了!"

屋子的角落和阴影处传来奏鸣般的回响。

她快吃完中餐时，突然有了一种感觉。此时的她正等着听主要城市天气预报，好想象一下彼得此时的感受如何。这种感觉来得快去得也快，快得她几乎来不及体会，好像一瞬间的消化不良的感觉。她一动不动地坐在厨房炉灶旁的座钟边上足足六分钟，满心期待着，却还是错过了天气预报。很快，这种感觉又来了，一推一搡。她仰靠在椅子上，全身放松，一脸笑眯眯地正对着天花板。

胎儿动了，他动了！

下午三四点的时候，太阳透过云层直射出来。她搬了把椅子拿了本书来到院子里。她坐在凸出的门廊与厨房墙壁相交的角落里，那里被太阳晒得暖烘烘的。她打开书，放在膝盖上，还冲着眼前的绿树、灌木和蹦来蹦去的小鸟笑着。她右手按着还没看的书，左手伸进衣裙摸着腹部，期待着此时那个谜一般的小囚徒在神秘的囚室里再次推搡。她漫不经心地想着明天晚餐的菜单，她想为彼得的归来特地烧一桌菜。她看到了那个离她不远的，沐浴在夏日阳光下的地毯上滚爬的婴儿，她全部的爱怜也都给了那个在苹果树下蹒跚学步，捡着被风吹落的苹果的孩子。下午的时光很快就过去了，天气也慢慢凉了起来，她回到屋里，明晚的菜单也没想好，毫无头绪，那本书也一个字没读。

那天晚上，她独自舒展着身体躺在床中央，似乎她一直以来就是一个人独占这张床似的。她慢慢地开始进入了梦乡，依稀听到隔壁房间有婴儿的哭声。她慢慢地睡着了，那哭声会停止的。

一直到第二天上午九点半她才睡醒。那些梦啊，清晨鸟啼啊，邻家汽车声啊，远处车来人往的嘈杂声啊，都统统没有印象了。昨晚昏昏欲睡时，她依稀记得的只有婴儿的哭声。她微笑着看着自己的肚子，那里孕育着一团小东西——一只成形的小手？一只小小的脚？她想从床上起来，可身子一动就会觉得恶心。不过，今天早上倒是没有进浴室呕吐。她穿好衣服，又突然来了兴致，喝了一杯茶换换口味，还吃了一片烤面包，面包上涂了厚厚一层维吉米特果酱——她偶尔也让自己奢侈一下——然后她就开始整理房间，总感觉仿佛临时借来个人体，时刻陪伴着她。她开始意识到，这种两人一身的感觉在这屋子里让人难以忍受。昨天那种整个屋子都在期待时的寂静所引发的各种隐匿的噪音,此时都退去了。她拿着掸子和吸尘器兴高采烈地干着,嘴里还开心地哼唱着。那倾听者也开心地蠕动着,他听到了她的歌声,也感觉到了她的热血沸腾。

这一天下来,他们都累了。她本想淋浴换好衣服,等待彼得的归来,却一头靠在厨房的餐桌上睡着了。她睡得很香,肚子里的孩子也暂时安静得很。

彼得轻手轻脚地从前门走了进来,发现屋子里寂静无声,让人有些不安起来。看到她睡眼惺忪,杂乱松散的样子,彼得倒没觉得奇怪。看到她安然无恙,他总算松了一口气,刚才那种整个屋子被废弃的感觉,着实让他惊慌不已。他也努力克制着心中的不快:毕竟她也没收拾打扮一下自己,也没有表现出翘首期盼的样子,甚至连欢迎他回家的饮料都没准备。厨房一点准备的样子都没有,看来别说大餐,就是一份简单的晚餐也不会有了。当然,这一切都没什么,都会过去,会成为以后的笑谈。

让他真正感到沮丧的是,当她张开双臂拥抱他,贴在他胸前喃喃细语,抬起头来亲吻他时,他一下子明白了——明白了——有些东西已经一去不复返了。他也永远都不会明白究竟是什么变了,为什么变了。

(方　凡 译)

无可奈何

弗兰克·穆尔豪斯

　　与世隔绝的谷地山村里,他们正在小木屋中拆卸行李,这时,她第一次看到了枪,于是问:"爸爸,你为什么带着枪?"

　　"因为枪或许可以给人带来安全感。"……跟一个才八岁的孩子谈论安全不安全的问题,合适吗?他思索着,当你已经 34 岁,躺在床上,突然一阵不可遏制的情感涌上心头,除了将头深埋进毯子里以外别无他法,这种感觉就叫"不安全感"。可能你现在只觉得妈妈和爸爸不够爱你,而事实情况并不是这样……

　　"可是为什么啊,爸爸?"

　　"枪吗?我跟你讲过的呀,它让我感到心安,就像一直陪伴着你的洋娃娃让你感到心安一样。明白吗?如果有野兽闯到我们门口的话,我拿枪对准它们,它们就会逃走。"

　　"我们周围有野兽吗?"

　　他想起他和吉米有一次在海滩上围着篝火,吸着大麻,高谈阔论。那次,他们为了躲避城市中牵扯他们感情的磁场,在海滩上过了三夜。

　　"持枪是个政治问题,吉米。"

　　"那你非暴力那一套呢?你不自相矛盾吗?"

　　"持枪并不意味着这个人就是个军国主义分子、好斗分子或暴徒。它就像人拥有的选举权,或事情发生时享有的发言权一样。选举权适用于社会稳定时期,而枪支适用于社会分裂或动乱时期。面对言语挑战,人们以言语为己辩护;面对枪械威胁,人们则以枪械回之。"他说这话时仿佛在演戏。

一时间,在大麻的作用下,他感到周围乱作了一团:黑暗的危险时代、动荡、混乱、枪击。他听到了枪声。随即沉入到了弥漫的静寂之中。

"仅凭一颗 22 型号的子弹? 哈哈哈哈。"吉米笑道。

听见吉米"哈哈哈哈"的笑声,他微微一笑,爱着他,就又咯咯一笑。

"子弹……光棍,22,"他暗自想道,"我 22 岁的时候,光棍一个,差点挨了子弹。"

从沃特豪斯家上完竖琴课回来,他看到了那封信。他通常在星期三晚上到沃特豪斯家学竖琴。他当初怎么会想去学竖琴的呢? 尽管他努力学了,却依然不得要领,更糟的是,他从未从中领会到任何美感或弹奏技巧。

信上写道:"我最亲爱的佩里,我本想以后再告诉你,可是又忍不住。几个星期以来,我一直在考虑这件事,没有告诉你,心里很愧疚。但是我无法当面对你说——在我们曾一起度过无限美好的八个月后,在对我们两人都意义非凡的共同生活之后。不管怎样,这段生活对我而言刻骨铭心。这听起来有点像陈词滥调。这封信写地语无伦次,我头脑里也一片混乱。分手不是一切的结束,我们在一起生活时的美好点滴将永不消逝。你要知道,我已经和丹尼尔一起生活了。我并没有如你所言'忘却旧情'。我深爱着丹尼尔,我也爱你——但方式不同。我们先分开一阵子,之后我会向你解释清楚一切。啊,亲爱的,如果我们能够一直真心相爱,那该多好! 但是像现在这样互不厌倦地分手,也未尝不是一件好事。玛戈特。"

他之前想过会发生这样的事情,但丝毫无助于抵御这如暴风雨般袭来的感情剧痛。他倒在床上,哭泣着。寻找安眠药企图自杀,却只找到三颗。看见她的牙刷依然摆放在浴室里,恍惚觉得她还未远离。他躺在那里,回想着他们共同度过的时光:第一次同台演出,一起乘独木舟旅行。一幕幕的往事令他心如刀绞。他吞下安眠药,麻痹痛苦。

第二天早上,寂寞充满房间,他不愿醒来。他想再回到睡梦之中,却怎么也睡不着了。

他打电话到丹尼尔的房间,丹尼尔说他认为玛戈特不想和他通话。

"喂，我他妈的偏要和她谈谈，所以，看在上帝的份上，让她来接电话，否则我就闯过去踢烂你那扇该死的房门。"

玛戈特哭着肯定了她信中的一切，他也哭着重申了对她的爱。唉，他的爱。

然后，他跑到体育用品店，买下了销售员出示给他看的第一支来复枪。销售员本想介绍介绍这款枪的射程和瞄准器，却困惑地发现根本没有必要多费口舌，于是就将这支枪连同一盒22型子弹仔细地包装好。

他驱车回公寓，泪眼模糊。他拿着包裹，意识到了来复枪的重量和平衡力量。这是他早上以来第一次感知到外部事物。

在他的公寓里，他见到了玛丽洛。

"玛戈特昨晚给我打电话，把事情都告诉我了。她说我或许能帮上忙。她对所发生之事感到很难过。"玛丽洛提议去喝个酩酊大醉。

在玛戈特之前，他就与玛丽洛有过性爱关系，和玛戈特在一起时又有过一两次。对此，玛戈特毫不知情。说也奇怪，玛丽洛竟然同时是他们两个人的亲密好友。

那次野餐中，他居然笑了。他喝了个大醉，服用了一些镇静剂，在玛丽洛的车上就不省人事了。玛丽洛将他带回了她的住所，他在那里住了一个月左右。其间，他的来复枪一直搁在他自己家的床上，原封未动。他回去取衣物的时候看到过，当难忍的痛苦再次袭来时也想到过它。

"爸爸，我问你这附近到底有没有野兽，你说啊。"

"有啊，宝贝，峡谷下面有野兽，但是只要我们有枪，它们就伤害不到我们。"

"可万一它们半夜来，我们都睡着了，那要怎么办啊？"

他和罗萍结了婚，成了她孩子的父亲。罗萍搬过来不久就发现了那支来复枪。

"什么时候买的，佩里？你真是，要这玩意儿干什么？"

他已经忘了那把枪。

"身为一个男人，就应该养家——应该会打猎，打猎是一项基本的、原始的技能。你知道，如今，原始的就是时髦的。"

"是,我承认,来复枪是很原始。但这肯定不是真正的原因,说吧,要枪干什么?"

"就是这个原因啊,在原始的环境中,除非我们知道如何保护自己,不然就面临着毁灭的危险。那些古老的生存技能正在被我们遗忘,但是,如果有一天我们不得不钻进丛林以躲避轰炸、侵略等等不幸,它们是必不可少的。"

她不相信他的解释,继续盘问。

他实话实说了,觉得为了夫妻之间的坦诚起见,他或许有必要告诉她。

"我买枪是为了自杀,"他说,"我曾经极度绝望。"

他们倾心相谈,罗萍了解他的这一情况以后,说:"啊,你不会再伤心绝望了,亲爱的,既然这样,为什么不把枪扔了呢? 我害怕枪。"

他说他会把枪扔了的,但内心并没有这样的打算,也并没有行动。

克莉斯跑到悬崖边上,双手扶膝,弯着腰俯瞰峡谷,寻找野兽的踪影。

"你小心呐,克莉斯。"

结婚前,他曾一度迷失自我,内心压抑着巨大的幻灭感。这种幻灭感来自哪里呢? 从峡谷中来的吗? 他不知道。他拒绝了在皇家剧院扮演一个小角色的机会。他也不再到沃森斯餐馆喝酒了。他躺着,呆望着河水。一天睡十五个小时。喃喃道,这一切都有什么意义?

一天,在极度的痛苦中,他给来复枪装上了子弹。这枪自买来以后第一次装上子弹。他往下朝枪管里面看了看。这铁家伙真是个有耐心的仆人。他退出子弹,又装上,又退出,又装上,又退出。子弹在退弹器的反冲力作用下四处散落,整个房间都是。他漫不经心地赋予此象征意义,说,这就像人自杀了以后尸体被抛开一样。诸如此类。

当时的幻灭感,或痛苦,或别的什么名称,并没有远离他。结婚两年后,那种感觉卷土重来,让他又无法自拔。罗萍竭力想帮助他,但他独自陷在精神空虚的深渊中无力挣扎。他感到周围的人用同情的目光俯瞰着他,却都不能助他爬起来。他不知道自己是否会再往下掉,如果再往下掉的话,他是否还能再爬上来。罗萍认为,这意味着他并不爱她或克莉斯。"如果你爱我们的话,你就不会觉得生活如此无聊。"但他及时地让她相信了他对她们的爱。他不知道这样做是否诚实。幻灭感起因于生活中的不如意。玛戈特总是在他的脑海中挥之不去,幻灭感袭来时尤甚,其他的时候也会。他想,他需要尽快地重新体会"爱情"这个字眼的含义了。可以说,幻灭感是一头野兽,枪可以吓跑它,也可以杀死它,一劳永逸。不过,最好还是仅将它吓跑,或许。

　　"我说,万一它们趁我们都睡着的时候来怎么办?"

　　"嘿,克莉斯,如果它们半夜里来的话,我会听到的,因为它们会发出很可怕的声音,这样,我就会起来将它们吓跑了。"

　　"可如果你不在这儿,怎么办啊?"

　　"我会在这儿的。"

　　他把灯递给克莉斯,让她提到小木屋里去,自己则提着来复枪和轻便煤气炉。

（彭娜娜 译）

来自耶稣的礼物

格雷厄姆·希尔

"我的车被偷了!"

阿布很激动,看来此事对他非同寻常,另外,他讲英语的时候一向激动。

由于激动,他竟没注意到自己讲话的对象是个钦布①人!

阿布此刻追悔莫及。在他与这位钦布警察之间有一个办理公务的柜台,钦布人的手指正在柜台上漫不经心地敲着。他抬头看了看墙壁上挂的圆形时钟,又向窗外望去:炎炎烈日把公路烤得发烫,海面在阳光的照射下闪闪发光;最后,钦布人把目光转向了阿布。

"你说什么?"

"我的车被偷了。"

钦布警察又看了看墙上的时钟。另有一个警察坐在一张办公桌前,正在用他瘦瘦的手指轻轻地敲着打字机,他是卡尔卡尔岛②人。

卡尔卡尔岛人虽然也不是阿布的同乡,可如果这件事对他讲,肯定要好得多。

"等一下!"钦布人的目光从时钟上移到阿布的身上,他猛地翻开一本

---

① 钦布省是巴布亚新几内亚独立国的一个省。巴布亚新几内亚独立国,简称巴布亚新几内亚或巴新,是位于太平洋西南部的一个岛屿国家,主要涵盖新几内亚岛东半部,西邻印度尼西亚的马布亚省,南部和东部分别与澳大利亚和所罗门群岛隔海相望。

② 卡尔卡尔岛:巴布亚新几内亚的火山岛,位于俾斯麦海,由马当省管辖。

又大又厚的硬壳日记本，又取出一支圆珠笔。

"告诉我——注册号是多少？"

阿布原本焦急万分，可现在焦虑的心情已经慢慢平复。他该等到钦布人下班、卡尔卡尔人当班，处理公务。他瞥了一眼钦布人，后者正拿着圆珠笔在柜台上轻轻地敲着。阿布又看了看窗外，正值晌午，马当①的街道上没一点儿风，烈日下的椰子树和芒果树无精打采。

"注册号？"

咔嗒！——咔嗒！——咔嗒！——声音不断从打字机上传进耳朵里。

这咔嗒声简直要劈开阿布的脑袋，它像一支支箭在耳边穿梭——是钦布人的祖先用过的箭，正是这些箭将阿布的曾祖父、祖父和父亲赶下了高地②，赶到低洼地带居住，后来他们又被迫来到蚊虫肆虐的沼泽地。这次迁徙使阿布的祖辈吃尽了苦头，还改变了饮食习惯：在高地时，他们以红苕为主食，来到沼泽后，只能改吃西谷椰子③。

"注册号——到底多少？"

（咔嗒！——咔嗒！——咔嗒！——咔嗒！——咔嗒！）

阿布的祖父就死在一个钦布人的手里！砍掉他头颅的没准儿就是这个钦布警察的祖父或曾祖父！

"大叔！快告诉我注册号！"

"车上有我的名字。"

阿布好像又想起了什么，补充道："我的名字是阿布：A—B—U，车前头写着的。"

（咔嗒！——咔嗒！——咔嗒！——咔嗒！——咔嗒！——咔嗒！）

钦布人，这个阿布的仇人说："你是说，车上有你的名字？"

"我给耶稣打过电话，他送了我一辆车，车上写着我的名字。"

（咔嗒！）

"什么？"钦布人问。

---

① 马当：巴布亚新几内亚马当省的省会，城市位于巴布亚新几内亚北部沿海，城市的第一个居住点是德国人 19 世纪建成的。

② 公元前 8000 年新几内亚高地已开始有人定居。

③ 西谷椰子：棕榈科、西谷椰子属，原产于印度尼西亚的摩鹿加群岛和巴布亚新几内群岛。在原产地是主要的食物来源。

"耶稣送了我一辆车,上面写着我的名字!"阿布回答。

卡尔卡尔人瘦瘦的手指停止了打字,侧过身来打量阿布。

"你给耶稣打过电话……? 他还送了你一辆车,车上写着你的名字?"卡尔卡尔人问阿布,语气平和。

阿布点了点头,微笑着看着卡尔卡尔人,还是卡尔卡尔人和气,够朋友。

钦布人转向卡尔卡尔人:"这疯子的事情你来处理吧。"

"该你处理。"卡尔卡尔人说道。

在高地居住的部族中,钦布人的凶狠残暴尽人皆知。眼前这位钦布警察无疑是他祖先的合格子孙,光是看一眼他的脸便会让人不寒而栗,仿佛随时都准备把阿布的脑袋拧下来。他重重地把本子合上。

"耐心点!"卡尔卡尔人说道,语气虽然很轻,可已不像刚才那样平和。他警服的领口上有两道杠,钦布人的领口只有一道!

卡尔卡尔人在椅子上重新坐好,继续打字。

(咔嗒! ——咔嗒! ——咔嗒! ——咔嗒! ——咔嗒!)

"好啦,疯子,听我说!"

(咔嗒!)

"谁偷了你的车?"

钦布人盯着阿布,目光咄咄逼人。阿布胆战心惊,甚至忘记了该说英语。

钦布人说我是疯子!

"白人,澳大利亚男人,偷了我车,那车是我的。"阿布乱了方寸。

打字机上卡尔卡尔人瘦瘦的手指再次停下来,转过头来看着阿布:"你好像在说英语……是吧? ……那么……好的,行,说英语,慢慢说,说清楚点儿。"他又对钦布人说:"别再叫他疯子!"

钦布人脸色一沉,好似要把阿布和卡尔卡尔人的头一起拧下来。他的皮肤黝黑,身板比卡尔卡尔人更健壮,但是卡尔卡尔人的警服上是两道杠。

"这样吧! 带我去找偷了你汽车的人。"

说着,钦布人径直走出门,阿布还没来得及跟上,门就砰的一声重重地在他面前关上了。

阿布推开门,外面的热浪扑面而来,让人透不过气。在刺眼的阳光下,钦布人已经变成了远处的一道黑影。

马当街道两旁种着成排的芒果树,从树上掉落的芒果随处可见,钦布人的长筒靴将脚下的芒果踩得稀烂,阿布光着脚,小心翼翼地走在滑溜溜的芒果汁肉上,吃力地跟着钦布人。

"说吧。你什么时候给耶稣打的电话?"钦布人边走边问。

"两年前。"

"你真和耶稣说话了?"

"那还用说。"

"你肯定吗？是耶稣?"

"是呀,他送我一辆车,车上写着我的名字。"

"嗯,嗯,你怎么知道?"

"我等啊,等啊,一直等——"

"等什么？在哪儿等?"

"在伯恩斯·菲利普码头。码头外面还有两道大门,一个写着'禁止入内',另一个写着'停放处'。"

"这么说,你在码头上等着船卸货!"

"我等啊,等啊,一直等,后来,我——"

"等等！——"

钦布人停下了脚步,阿布慢慢跟在钦布人的身后。前面是一个市场。旁边的地上坐着一个妇女,她的前面摆着椰子和巴婆果。妇女正在给怀里的婴儿喂奶,她的嘴里嚼着槟榔。

钦布人侧过身对着阿布:"情况是这样的吧:两年前的圣诞节之前,你给耶稣打了个电话……后来,你就在码头附近等着——经常等?"

"每天。"

"从去年圣诞节一直到现在,天天都等?"

"不止哪,"阿布的眼睛在强光的照射下几乎睁不开了,"去年圣诞节之前很久开始我就在等,今年圣诞节早过去了,我还在等——"

这倒是真的,眼下已经是十月份了。

"天天都等?"

钦布人的脸色有些异样。

"每一天。"

坐在地上的妇女吐出一大口槟榔汁,深红色的汁液溅到了阿布光着的双脚上。

阿布没觉察到，眼睛仍盯着钦布人。

"每一天……?"钦布人自言自语，"两年了——也许两年多了——每一天……每一天……都在等?"

钦布人没再向前走，脸上原本愤怒的神情正慢慢消失。

妇女又吐出一大口深红色的槟榔汁，汁液从钦布人擦得锃亮的黑皮靴上飞过，溅到靴子上。但这丝毫没有引起钦布人的注意。

"大叔——什么牌子的车?"

"丰田。"

"丰田? 你向耶稣要的是这个牌子的车吗?"

"我和耶稣说，给我一辆尼桑，——瞧，就是那种!"阿布指着停靠在街道旁的一辆车子。

"可你说的是写着你名字的丰田!"

阿布解释道:"这个我不怪耶稣，我本来想，耶稣不会送我车，所以，作为惩罚，他只给了我丰田。这也行，我不怪耶稣，我真不该那样想他。"

说着，阿布走到了钦布人的前头，引着他穿行在市场里熙熙攘攘的人群中。市场两旁小贩们或蹲着，或坐着，叫卖着各色商品。两个人经过卖槟榔的摊子、卖雕刻制品和其他各种带图案的小玩意儿的摊子；走过卖香蕉、西瓜、巴婆果的水果摊；卖西米、熏鱼的小摊子；卖烟卷、石灰、食盐的摊子；他们还路过一个挂着冰块箱的自行车——它的主人正在卖冰块；最后，他们绕过码头来到了伯恩斯·菲利普码头的后面。在他们面前出现了一排高高的栅栏，栅栏上面是带刺的铁丝网，栅栏后停放着一排排小汽车，但是并没有阿布说的那辆车。

"等一下，让我先进。"钦布人说。

钦布人从汽油泵旁走进一间办公室。一个穿着工作服的马当人正坐在里面。

"格雷姆在吗?"

"在打电话。"马当人回答。

"咱们先等等。"钦布人对跟在身后的阿布说。

阿布来到屋子的一扇小窗子前，向窗外看去，目光到处搜寻——突然，他眼睛一亮，开始手舞足蹈起来。

"那车是我的。"

钦布人走过来，把一只手搭在阿布的肩上，向外看去。

"车是我的——！"

"大叔，慢点说——说英语——，说清楚些！"

"我的汽车，快看！"

外面果然停着一辆崭新的红色丰田越野车，车牌上写着：A·B·U·956。

"我的车——！"阿布快活得像孩子一样。"那车——我的！——被偷了——澳大利亚人——！"

"托尼，你找我有事？"声音从他们的背后传来。

他们转过身，说话的是一个白人。

"白人先生——属于澳大利亚——偷了——"阿布迫不及待。

"慢慢说，大叔，"钦布人拍了拍他的肩膀，"慢点说，别着急。"

"他遇到什么麻烦了吗？"白人问道。

"麻烦？不错，是有点麻烦，这个人说你偷了他的车，就是外面停的那辆红色丰田。"钦布人回答。

白人的个头很高，他目光俯视着把阿布从下到上打量了一番：阿布光着的双脚，裸露的腿，又脏又皱的棕色短裤，破烂的 T 恤衫；当他看到阿布右上臂的丑陋的疤痕时目光稍停留了片刻，这个疤痕是村子里的一个老人用砍刀把带着铁钩的箭头取出后留下的痕迹；最后，他的目光移到阿布的胡须和花白稀疏的头发上。

白人大笑了一声，然后对钦布人说："咱们谈谈。"

"去你办公室？"

"是的，去办公室，托尼。"

白人将一只手搭在钦布人的肩头上，好像和他是同族的兄弟，两人朝办公室的门口走去，刚要进门。

钦布人突然停下了脚步："就咱们俩？"

白人回头看了看阿布，示意他过来，一起进去。

办公室里有一张桌子，桌上放着两部电话，杂乱地放着些文件和其他纸张，一些重要的文件、账簿放在屋内一个靠墙的木架上，桌子的前后两端各放着一把椅子。

"我再去拿把椅子过来。"白人说。

白人取椅子的时候，阿布用心观察了钦布人的坐姿，等到自己坐下时，便学着他的样子坐下来，两只手放在膝盖上。白人在办公桌的另一头坐下，身子前倾，胳膊肘支在桌子上，一只手托着下巴，看着阿布和钦布人。

"那么，请讲吧。"白人说道。

"他订了一辆汽车。"钦布人说，"就像您一样用电话订的。"

"向谁订的？"

"耶稣！"

"耶——稣！"白人用没有托下巴的另一只手蒙住眼睛。

"他说，他从耶稣那儿订了辆汽车。"

"托尼，"白人说，"你应该知道我们这儿发生过盗窃案，去年一次，今年两次，都发生在夜晚，每次丢的都是电话！"

"马当每家公司都丢失过电话，"钦布人说，"什么原因，你知道吗？"

"知道，知道——有人给上帝打电话，要他从天上派飞机来，装上可乐、啤酒、录音机，甚至还有推土机之类的——"

"还有一辆汽车。"钦布人说。

"啊，是的，还有汽车。"白人的手仍蒙在眼睛上。

"而且他知道，汽车并不从天上直接运来，而是用船从——"

"悉尼！"阿布抢先回答。

白人把盖着眼睛的手拿开，盯着阿布。

"不错，我们的轮船从悉尼，虽然有时也从纽卡斯尔走，但一般都从悉尼出发。"

"所以，他每天都躲在一棵芒果树下，看着伯恩斯·菲力普码头，每天等待……一直等了两年。"

"多久？"

"两年。两年还多。"

"上帝！"白人的手再次蒙住眼睛。

"奇怪。"

"有一天——等了两年多以后——他终于看见船上卸下一辆汽车，上面写着他的名字。"

"那车是我买的。"

"你没给钱!"阿布急忙说道,"你没把钱给码头办公室里的人。"

"今天上午,我刚刚付清的。"

"慢慢讲,"钦布人劝白人,"别动气。"

"包括三种费用:按汽车出厂价的到付款、车的运费和税费。"

"没给,"阿布说,"你没给钱,你只是在一张纸上写了名字。"

"是呀,"白人说道,"那是支票,我在签支票付款,难道要我带上一卡车钞票不成?"

"你没给钱,"阿布坚持说,"就是没给钱。"

"是的,"白人说,"我没给钱——可是我在支票上签了名字。"

阿布笑了起来,先是看了看钦布人,然后看看白人。

"名字我也会写。"

说着,他把椅子向办公桌凑近了些,从桌面上拿了一张纸,又抓过一支圆珠笔,紧紧地握在手里用力向纸上划,他仿佛在拿着一把小刀。一分钟,或许用了几分钟,他写下自己名字的三个字母,占满了整张纸。

"看看,纸上,我的名字。"阿布脸上神采飞扬。他得意地看看钦布人,再看看白人,开心得很。在这一过程中,另外两人一直沉默不语。

白人用双手挡住眼睛,没看阿布的名字,钦布人也没看,而是一直盯着白人。

"好了,格雷姆,"钦布人说,"你有什么话要对他说吗?"

"当然!"他将椅子向后撤了一下,站起身来:"我当然有话说。"他快步走向房间的另一头,背对着阿布和钦布人,取下放在靠墙的架子上放着的账册。看了一会儿后,他的一只拳头猛地打在了账册上。

"这事儿挺棘手,不是吗?"他显然是在对钦布人说话。他蓦地转过身,回到办公桌前坐下,双手蒙在头顶。"真他妈……够麻烦的。"

"没错。"钦布人说。

白人坐在椅子上,身子向前倾斜,把手伸进裤兜里掏出钱包,把里面所有的钱都取了出来,隔着桌子递给阿布。

"你,都拿走吧——"

钦布人突然站起来,一脸怒气,白人和阿布都感受到了。也许,被钦布人的曾祖父砍下头颅的前一刻,阿布的祖父看到的正是这种怒色。

白人把钱放回钱包,装进裤兜里。

"那你要我干吗——把车给他？"

"这还用说，"阿布心想，"应该给我车，给我……给我……把车给我！"

白人和钦布人互相看着对方，阿布期待着钦布人的回答：就这么办，把车给他。

可钦布人并没有这样回答，而是把双手轻轻放在阿布肩上，低声说："大叔，咱们出去吧。"

阿布站起来，笑容十足，他的朋友钦布人准会带他去取车。

可钦布人带着阿布出门来到了街道对面，这儿有一颗芒果树。他那双沾满槟榔汁的锃亮的皮靴踩着被压扁了的烂芒果。他坐了下来，面对着旁边的停车场。

马路上，虽然热气还未消退，可太阳已被乌云遮住，阳光已不像刚才那般炽热——暴风雨即将来临。

阿布和钦布人挨着坐在芒果树下的人行道上，他们仿佛并不是在马当的街上，而是回到了村子里。

"小时候，"钦布人说，"我爸爸从没见过白人。但是现在，我们都见到白人了，我们还见到了飞机，而飞机会把各种各样的货物运给白人。"

"我们村子里有个传说，人人都知道。上帝有两个儿子，一个黑皮肤，另一个是白皮肤。这位天父住在天上，他给两个儿子每人一本书，书上说的是人世间发生的事情。书上也说明了如何向上帝祝福，只有按书上说的做，上帝才会高兴，给他们送去货物。"

"可是，这个黑皮肤的儿子不识字，他把书扔了。他为上帝祈福的时候，不照书上的方式做，而是用丛林人自己的方式：身上画满图案，头上插着羽毛，唱歌，跳舞，用力敲鼓。"

"然而天父愤怒了——因为黑皮肤儿子不按书上的方式祝福他。而白皮肤的儿子认识字，他按照书上的方式向天父祝福，天父满意极了——所以，天父把所有的货物都给了白皮肤的儿子……"

尽管阿布也在"听着"兄弟俩的故事，还不时微笑、点头，但他的眼睛始终看着对面停车场里的那辆写有他名字的小汽车。

"后来，一个白人来到我们村子里，他是村里人见到的第一个白人，一个传教士。他告诉大家，白人和黑人是兄弟。他有一本关于世界上的万事万物的书，还讲了该用什么方式称颂天父。传教士把那本书给了我爸爸。

我爸爸不识字,可他知道兄弟俩的故事,他没把书扔掉,而是在一棵椰子树下挖了一个洞,把书埋在了洞里。干旱的季节一过,他就每天坐在椰树前,每天都坐在那儿,一直等到每两年干旱季节过去,他在等着椰树上长出钱来。这样,他就能用钱买下飞机上运给白人的货物了。”

阿布这时心里美滋滋的,他从没这样快活过。他的朋友钦布人正在和自己讲他聪明的父亲的故事。他讲完了,就会把汽车给他。

“有多少?”阿布问。

“什么?”

“长了很多很多的钱吧——没错,上帝一定给了你父亲很多很多的钱吧?”

阿布看见钦布人的脸上掠过一丝怒气。他断定,钦布人的父亲没拿到一分钱。他想问个究竟,可他明白这种事是难以启齿的。他的父亲肯定干了什么坏事,他可能是个天主教徒。阿布所在的村子里,传教士是路德教派的,他可是说过,天主教徒是要下地狱的,地狱在罗马城的地下。路德教徒都能去天堂,天堂就在悉尼城的上空。阿布村里的一个人曾对他说过,从天堂到悉尼之间有一条公路,天堂上的所有货物都会从这条路运到悉尼港口上船,然后轮船会把货物运到新几内亚。装货物的箱子上都写着黑人的名字,可黑人无法靠近码头,因为码头的两道大门上写着“停放处”和“禁止入内”。白人却能进入码头,他们诡计多端,把货箱上的黑人的名字换成了白人的名字。可这回耶稣比白人还有心计,他把阿布的名字写在了送他的车子上!

钦布人站起身来,看着阿布。

“大叔,马当有没有你的同乡?”

阿布把他在马当的一个同乡的名字和住址告诉了他。两个人离开街道,阿布领着钦布人向他的同乡家走去。天空中闪电划过,雷声轰隆隆不绝于耳。这位同乡的住所同白人住的地方很相似,但要小一些,也没有带刺的铁丝网和看门狗。两人走了进去。阿布的同乡帕苏里正在摆放椰子。

“他是你同乡?”钦布人问。

“是的,”帕苏里说,“他没惹祸吧?”

“没有,他情绪不好,也许还会更糟。”

帕苏里用一根手指头点了点自己的太阳穴,比画了一圈。

"他是个疯子。"

阿布看着钦布人,发现他的脸色变得格外阴沉。

"他没疯,"钦布人的声音大得像打雷,"不准那样说他。"

阿布的同乡毫不胆怯,也不示弱,眼睛盯着钦布人。

"他确实是——"

就像刚刚怒容顿生那样,钦布人此时的怒色又立刻消失得无影无踪。

"确实——他的脑袋——有点儿中邪了。"

帕苏里见这光景反而面露惧色,慢慢向后退。阿布恍然大悟:一个毫不胆怯的人能够面对一个怒气冲天的钦布人面不改色——可是他却无法直视一个悲愤异常的钦布人。

大滴的雨点从天上掉下来,掉落的不光是雨水,还有钦布人脸颊上流下的泪水。

"你要照顾他,"钦布人说,"好好照顾他。"

钦布人走后,帕苏里从摆放得整整齐齐的椰子堆里拿了一个椰子,挽着阿布的手臂来到屋檐下。他用砍刀处理了椰子壳,然后将椰子递给阿布。此时,雨已倾盆而下,帕苏里顺着梯子进屋去了。

阿布吸吮着椰子汁,甜甜的、如牛奶般的白色汁水慢慢流淌进了他的体内,那见不得人的肮脏念头也随之一起沉到了心底。他不会去要汽车了。

他被骗了,白人骗了他,耶稣捉弄了他。他也明白他们为什么要骗他。耶稣也是白人,他用汽车来愚弄他,他还真的相信那辆车是耶稣送给他的!不过,一个黑皮肤的耶稣一定会出现,这一天就像圣诞节和复活节一样一定会到来。黑人会有一个他们自己的耶稣,他会挥起硕大无比的砍刀,将写着"停放处"和"禁止入内"的大门劈开,把装着货物的箱子劈开,把箱子上改写的名字和在支票上签名的手砍掉,把他们的手、脚全部砍下来,把愚弄黑人兄弟的家伙全部砍死,把白皮肤耶稣的头砍下来!

"阿布大叔——你疯了! 疯了!"

阿布抬起头,是帕苏里的妻子,她正站在台阶的顶上,用手指着阿布,战战兢兢地向后退。

阿布这才意识到,自己已经不在屋檐下了,而是站在滂沱的大雨中,双手紧握着砍刀柄,四周是被他砍得七零八落的椰子。摆放整齐的椰子堆被毁了,椰子七零八落、伤痕累累,白色的果肉裸露出来,像牛奶一样的白色汁液流淌出来。雨越下越大,雨水混杂着椰子的汁水、果肉,如一股股血色的溪流,汇聚在阿布站立的地方,汇成了一片白色的水塘。

帕苏里走出房门,他的妻子正颤抖着为椰子的损失痛心。帕苏里走下台阶,在滂沱的大雨中走向阿布。

小心翼翼地,他取下阿布手上的砍刀。

"大叔,进屋,咱们进屋吧!"

(李珊珊 译)

黑夜中的灯塔

莫里斯·卢里

　　为了使您深受教诲，对他产生敬畏，请允许我向你介绍一位非凡的人物，一位男子汉，一位——嘿，那不正是约塞尔·谢泼斯吗！我得承认，他相貌不出众，站直时身高只有一米五，手脚粗大笨拙，两颊粗糙得像金刚砂纸，左眼睑下垂。他看你时那样子很滑稽，好像不在看你。但绝错不了，约塞尔·谢泼斯是一座灯塔，是这个朦胧世界的路标。约塞尔是一盏可靠的明灯，你的心要是被他一照，就想翱翔和歌唱。这个小伙子还只有 22 岁，可几乎是一位大夫了。

　　那么了不起？

　　我知道，我知道犹太学生学医的多得很，但请告诉我，有多少学生一放学就急奔回家帮助为生活而挣扎着的可怜的父母呢？有多少学生苦读到清晨四点，然后匆匆起床精神饱满地急切地去餐馆做星期天午餐的招待？

　　约塞尔就是这样做的。约塞尔是一个奇迹。据我父亲说，约塞尔是位大有出息的奇才，是上帝的赐福，是圣徒。他是一个千载难逢的光辉典范。因此，每当星期天我们全家去"天堂"餐馆用午餐时，我们的父亲总要让我们弟兄沐浴在约塞尔这盏明灯的光照下，竭力希望我们——他的两个蠢儿子能借他一点光。

　　我正式声明，虽然我 15 岁了，但还没有完全排除从医的打算。这一可能性很小，但许多事情都是可能的，不过目前我主要对电影导演或者体育记者感兴趣。我兄弟今年 12 岁,不知道将来做什么,不过他还小。

让我们再回到约塞尔·谢泼斯的话题。在说他之前,我得先谈谈"天堂"餐馆,不过为了把事情说得清楚些,我还得先说说我父亲。

父亲是个水果商,小本经营,生意做得挺活。他一周有四天都得清晨五点起身,驾车去市场做买卖(有时里面还穿着睡衣),直到晚上八九点钟才回家。母亲在店里帮忙,通常一起回家。因此,可想而知我家的伙食质量。星期天例外,我们都休息,全家去餐馆用午餐。但要是你认为这意味着幽幽的烛光和悠扬的琴声,那你真是太不了解我父亲。

我父亲认为享受就是饱吃一顿。因此灯光亮得灼人,地上没有地毯,椅子晃动,餐具不相配有什么要紧,桌布上有些污渍又有什么关系?那是什么,你发现碟子上有头发?那就别吃!

我们上这样的一家餐馆用餐大约有一年。招待是一位至少有 70 岁的老头,常常对着餐桌喋喋不休,穿着的衣服好像是他已故的曾祖父从老家带来似的。当他把汤泼得一地时,还一个劲地向我们唠叨他那疼痛的脚、他的蛀牙、他的至今未嫁的四十岁的女儿、他那患了十一年的背上的怪痛。桌上有一份菜单,有没有其实无所谓,因为所有的菜都一个味。每个菜的量都很大,你吃完站起身时会饱胀得要死。"欢迎下次光顾。"当我们拖着沉重的身躯离开时,店主总是这样对我们说。整整一年,我们都上这家餐馆吃。后来,我们突然转到了"天堂"餐馆。"天堂"餐馆和前面那家餐馆没有两样,唯一不同的是:招待员是约塞尔·谢泼斯。

"您好,大夫!"每当我们全家去那家餐馆享受一周一次的"家宴"时,父亲总是大声和他打招呼。"近来好吗?大夫?"他的声音传遍整个店堂,"一切都好,大夫?"

大夫,大夫,我父亲对这个称呼特别有兴趣,它像蜜一样甜,总挂在他嘴上。

我们在餐桌旁坐下,桌布上有几处新油渍,褶皱处还积着残剩的面包屑,我把一些抹下桌子。我的餐叉弯弯曲曲,看起来像一件现代雕塑,我伸手去拿菜单,这纯粹是无聊之举。即使不看我也知道上面写些什么。"天堂"餐馆的菜单老是一个样。

"啊。"父亲从靠椅上转过身来。

大夫过来了。

他站在我们桌旁，手上拿着个记事本，奇怪地笑着，显出一副似看非看的神情。他清了清嗓子。我一边注意听父亲和他讲话，同时乘机察看他那双大得出奇的脚。

"下午好，大夫。"父亲说。

"下午好。"约塞尔·谢泼斯轻声回答。

"你的学习怎么样?"我父亲接着问。

"很好。"约塞尔·谢泼斯十分平静地回答。

"大夫，你不觉得在餐馆帮忙占用你太多时间吗?"

"没有，我能安排好。"

"说得很好，"父亲脸上露出笑容，"告诉我，大夫，你什么时候毕业?"

"再过三个月。"约塞尔·谢泼斯说。

"毕业后开私人诊所吗?"

"开始不行，我得在医院实习一年。"约塞尔·谢泼斯回答。

"请原谅，大夫，我忘了这一点。在医院里工作一年，取得些好经验，然后准备自己开业?"

"我打算这么办。"约塞尔·谢泼斯说。

"很好! 真是前程无量。"父亲说。

接着父亲转向我和弟弟。他向我们投来的目光，简直难以形容。我们当然无言以对，要不更会自讨没趣。

"好吧，大夫，"我父亲说着拿起菜单，"我想来个汤，你看哪个好?"

我们点了菜。谢泼斯大夫拖着沉重的脚步离去。他实在是个怪模怪样的人，但世界就是由五花八门的人组成的。模样不能决定一切，比如谢泼斯大夫，就我本人而言，如果患了重病，我可不乐意他那样看着我。即使我躺在地上，生命垂危，也许还用一根管子插进我的鼻孔，也不乐意他用似看非看的眼光盯着我。

和约塞尔的相遇使我父亲满心喜悦。他环视店堂，除我们之外，还有十来位客人，都因对付这些量大的饭菜，脸上露出愁苦的表情。

就在那时候，老谢泼斯先生从厨房里出来。他一出现就被我父亲招呼了过来。

"您好，谢泼斯先生! 一切都好吗?"

"好,好。"谢泼斯先生说着淡淡一笑,很快溜回了厨房。

可怜的谢泼斯先生,他神色难看极了。他脸色阴郁,两颊深陷,紧锁的额头布满了皱纹,好像有 110 岁。我通过备餐室的窗户看了他一看,他在一只大罐里搅拌着什么,简直像个幽灵。

老谢泼斯太太也在那里,她平时难得露面。她头发灰白,个子矮小,由于过度的劳累显得很憔悴。

"他们工作很辛苦,是吗?"我问父亲。

"这是他们的荣幸,"我父亲说,"他们在供儿子上医学院读书!"

"但约塞尔总是穿着新衣服。"我说。

"那么你要他穿什么?"我父亲说,"你要他穿得像个要饭的? 他和上层人物结交,可不能穿得太寒酸。"

"那么小汽车呢?"

老谢泼斯先生为他儿子买了辆崭新的小汽车,一辆锃亮的两种蓝色相间的小汽车。现在正停在餐馆的大门外。

"白痴!"父亲嚷着,顺手在桌上猛一拍,桌布上的面包屑飞了起来。"你知道这汽车干吗用的? 约塞尔可以一下课就赶回家,不用把时间浪费在慢吞吞的公共汽车上,这一点你懂吗?"

"对不起,父亲。"我咕哝着,低着头直到这顿饭吃完。

光阴似箭,几个月过去了。一天,我们全家又去"天堂"餐馆用餐,发现约塞尔·谢泼斯不在店里。

"噢,我儿子现在在乡村。"谢泼斯先生说着过来招待我们。

"他考试都通过了吗?"我父亲问。

"他以优异的成绩通过了考试。"谢泼斯先生说,"他现在在一所很好的医院里工作,我们不太见到他,他工作很努力,一星期只回家两三天,每次疲惫不堪,你可能看到了。"

"第一年是艰苦的,"父亲说,"你好吗? 谢泼斯太太身体可好?"

"好,好得很,"谢泼斯先生说。他看上去比以前更糟,工作比过去劳累得多,一个人跑前跑后,额上闪着汗珠。我把这些告诉了父亲。

"傻瓜!"他大声说,"你懂得什么? 他们以辛苦工作而自豪。他们为儿子而活着。"

这种境况我确实弄不明白。疲惫不堪的父母，精疲力尽的儿子。

"你会懂的，两三年后，谢泼斯大夫的前程一定美好似锦。"

那以后的三个星期里我们没有去"天堂"餐馆，因为有一些社交活动——一次婚礼，两次庆祝男孩 13 岁生日。到第四周，我们又去了，希望饱吃一顿。但一进门就感到不对劲，一切都变了。外面的招牌仍然在，里面却没有一个人。谢泼斯先生到哪里去了？谢泼斯太太又到哪里去了？一股阴沉奇怪的气氛笼罩着整个餐馆。

然而，我们还是在我们常坐的桌旁坐了下来。桌布仍没有换过。我们摆弄着照样弯曲的餐叉。我父亲从靠椅上转过身来，环顾整个餐厅。

这时从厨房里出来一位我们以前从未见过的老头，他大约 60 岁，眼神黯淡得像条狗，脑袋秃得闪闪发亮。

"哦，谢泼斯先生身体不舒服？"我父亲问。

"你没有听说？"那人说。

"发生了什么事？"父亲问。

"哎哟，"那人边说边摇头，"他上吊啦！对不起，我去拿把椅子来，我的脚有病，而且痛得很。"

我们被惊呆了，没有一个人说话。那人搬来了一把椅子，带着倦意叹息着坐了下来。谁上吊了？什么时候？为什么？

"真可怕，"那人摇着头说，"你们一点儿也没有听说？"

"没有。"父亲说。

"哎哟，"那人的头比刚才摇得更厉害，接着慢条斯理地把整个经过一五一十告诉了我们，都是关于约塞尔·谢泼斯的事。

"他压根儿不是一个大夫，"那人告诉我们，"他第一年就被开除了。他脑子笨得很。那么这几年他到底在做些什么？他在外面搞了个非犹太姑娘，每天开着他父亲为他买的小汽车去看望她。"

我注意到父亲在抚弄着餐巾。

"你知道发生了什么？"那人接着说，"上星期，谢泼斯先生给那个乡村医院打了个电话——他有事要提醒他儿子——他听到了什么？在那个医院里，没有一个叫谢泼斯的大夫，从来没有过。"

讲到这里，那人停了下来，用一块相当大的手帕擤擤鼻子，他足足花了半分钟将这块层层叠折的手帕从裤袋里掏出来,又花了半分钟将手帕塞回裤袋。没有人吭声,他擤擤鼻子,接着继续说下去。

"为此,谢泼斯先生等着儿子回家。他来了,驾着锃亮的新车。谢泼斯先生说:'听着,今天上午,我给医院打了电话,他们告诉我根本没有听说过你。'他的儿子说出了实情,事到如今他怎么可能再隐瞒? 他说:'我从来就不想当大夫,是你们强迫我,是你们逼我这样做的,我不能告诉你我被开除了,因为那样会使你们伤心。'谢泼斯先生听完儿子的诉说,跑到楼上,在梁上系了一根绳子。在这个国家里,你听说过这种事吗?"他问我父亲。

他又是一阵摇头,噘着嘴,轻轻地呻吟着。我们餐桌上仍没有一人说话。

"他差点吊死了,要不是谢泼斯太太的话,哟,哟,多可怕。"那人继续说。

"约塞尔现在在哪儿?"我问。

我父亲狠狠地瞪了我一眼,但那人回答了我的问题。父亲转向了他。

"谁知道。"他说,"他跑了,我听说他在某地一家工厂找了份工作。"

"那么谢泼斯先生和谢泼斯太太呢?"

"我不知道,"那人对我父亲说,"我想他们目前住在朋友家里。你知道有一个叫泼朗斯基的人吗? 他买了这家餐馆,他是好人。"说到这里,那人站起身来说:"噢,你们想要吃些什么?"

我们吃了起来。尽管发生了这些事,饭菜仍是老样子:量大。最后我弟弟发表了看法。

他说:"'MD'原来是骗子硕士。"

"住嘴,不许开玩笑!"我父亲吼叫着。

他情绪糟得很,一直到我们吃苹果羹时,他才开口。他说:

"如今的孩子一文不值。"

"可是他本来就不想当大夫,都是因为他父亲逼他。"我说。

"那么,做父母的希望他们的孩子有出息,希望他们比自己的苦日子过得舒坦一些又有什么错?"

"没有错,父亲。"我说。

到午餐结束时,父亲已把整个故事颠倒了过来,这件事已改成孩子对父母忘恩负义的道德教育事例,我坐在那里默不作声。

实际上我在想,约塞尔·谢泼斯没有成为大夫并没有使我感到吃惊。说真的,他一点儿也没有大夫的仪表,真正的大夫有那样大的脚吗?

吃惊的是像约塞尔那样长相的人是如何赢得姑娘的爱情的?并且是一位非犹太姑娘。约塞尔·谢泼斯每次回家都精疲力尽,真是难以置信。谁会想到,在那副外表下隐藏着一个放荡的灵魂,一个阔气的多情汉,一个诱惑少女的恶棍?对我们大家来说,约塞尔·谢泼斯曾是黑夜中的一座灯塔,一个光辉的典范。

(沈正明　译)

梦中人

芭芭拉·汉拉恩

上学时，碰上她不喜欢的课，她就开始做白日梦。体育课，她更不感兴趣。遇上打篮球，她就和几位吸烟的女同学一起逃课，躲在小屋后面，但到底还是躲不开老师敏锐的双眼。于是，就被罚当记分员。可她也只是坐在那儿装装样子，自顾自耽于那些梦想之中，记分员的差事早就抛到了九霄云外。课堂上，她坐在椅子上，前后摇摆，想象自己是如何漂亮，就跟电影《富人》中的女演员康斯坦斯·贝尼特一样。《富人》是这位女演员拍的第一部有声电影。可每次怀特小姐都会在这当儿神不知鬼不觉地走到她身后，在她头上猛敲一掌，并罚她站在教室的角落里。有一次上地理课，她正想入非非，怀特小姐叫她在地图上指出她正在说的那个地方。她胡乱地指了一个——那是非洲的某个地方，碰巧还真被她指对了。

《黑尼姑》是本趣味低下的小说，里面充斥着天主教徒们干的那些邪恶勾当。可新教徒们非常喜欢这本书。上课时，她用课本遮住这本小说，偷偷地读，同学们还以为她在做课外作业呢。接着她故技重演，又看完了她妈妈的一本叫《玛丽挖矿室》的小说。她想，爸爸和妈妈也一定有过那些事。她出生时，妈妈痛了整整两天，她才平安来到人间，而爸爸现在已经去了另外一个世界。

街上有两位做流产术的护士，一位长着一对斜视眼，两片厚厚的嘴唇。她的一个女儿就读于卫理女子学院。听奶奶说这两位护士把一种滑溜溜的液体注入孕妇体内，就会让她们堕胎。因此，每天都有女孩前往医院做流产,进进出出,络绎不绝。她家一边的隔壁住着个跛足老头,绰号叫"一跛一拐的希腊神兵"。他是个老恶魔。奶奶说即使在大白天,他也会揪住他妻子的头发,把她拖进房去干一场。她家的另一边隔壁住着个黄毛丫头,她那帮相好都是晚上来她家。她说一旦她挣够了装副新假牙的钱,她就不再要他们来了。

有时在电车站等车时,她担心上学会迟到,所以就闭上双眼,默默地数着数,希望数到50,车子就来了。她的女友们也无聊透顶。有一次在电车上,她们一边不停地说着"避孕套",一边咯咯笑个不停。车上的售票员是位轻佻的年轻小伙子,他问她们在笑什么,她们也没搭理他,倒是笑得越发起劲了。在校内,男生不跟女生一起上课。教室用块布隔成两间,男生老是隔着布帘,用胳膊肘轻轻地触碰女生;有些女生便和男生溜出教室,躲进树丛幽会。

一次上图画课,她画了一朵三色堇,怀特小姐说那是全班画得最差的一张画,叫她举起来示众,结果引得全班哄堂大笑。毕业后,她在拉都儿街的一家大商店里画广告,画杯子、茶托、卧室或厨房设施。其实,她很想画时装。画广告的人当中,有一位头上长了颗瘤,还越长越大。一次,他头晕目眩,跟跄了几步,便摔倒在地,失去了知觉。人们看到他戴着一副标明身份的手镯,送他到医院动了手术。他头上缠着白色绷带,但不时解开绷带让人们看看他的伤势。后来,他辞去了工作,不久便离开了人世。一次,她在报纸上看到招聘模特做袜子方面的广告。她想去应聘,但奶奶说她的腿就跟棒棒糖似的,她只好放弃。

附近一个女孩的哥哥带她去看电影。他那顶墨西哥宽边帽挡住了后排人的视线,他们叫他摘下帽子,他就是不肯。他是来自边境的乡村骑手,一身牛仔打扮。休场时,他还在那里滔滔不绝地谈论他如何驱赶十九头毛驴,如何吃蛇肉,如何在火灰里烧冬眠的蜥蜴,以及那肉品尝起来如何比酪鱼还要有滋有味。忽然,她闻到自己鞋子的臭味。这是一双价格低廉的白缎子鞋,她买来后用乌油把它染成了黑色。乌油还未全干,所以散发着臭味,而且味道越来越浓,她觉得自己要光脚回家了。

雷西皋带她到"国王舞厅"去跳舞。舞会上,雷西皋的一位朋友看上去就跟一尊龙神似的,正襟危坐,专注地看着《新闻报》里的赛马消息。对周围的人,他好像毫不在意,可过了一会儿,他就请她跳舞了。他们都住在塞巴顿。舞会后,他俩便一起乘车回家。从那以后,她就和他一块儿看电影,一块儿到海滨散步,一块儿在弹子房对面的店里喝新鲜柠檬榨汁乐一乐。她最喜欢听的乐曲是《最后的华尔兹》。每到周六晚上,他俩就和雷西皋、瑞埃等姑娘们,还有嫁给了容克家族的一个姑娘在"国王舞厅"跳这支曲子。她要是摘得"舞会女皇"的桂冠,就能得到一盒巧克力。她穿着妈妈给她做的蓝色绉纱装,领口镶有一圈绉绸花,后摆呈鱼尾形。舞会结束后,他送她回家,想借机与她在屋旁亲热一番,说这不过是个建议而已,不是正式求婚。

他父亲很长时间都不来了。有一天居然打了辆出租车来看望他们。他们一起进了车。坐在车里,她心里想,他父亲居然如此高大、肥胖。他母亲与他的埃格尼斯姨妈住在一起。有天晚上,他带她去看她们,她们正好不在家。他姐姐也不在家,据说正和她的男朋友坠入爱河之中。她爷爷说她只有那额角长得还像样。

她和妈妈一起去买做结婚礼服用的羊毛绉纱料,但就是买不到中意的蓝色,只好在米勒·安德森布店买了一块类似的料子,然后把它染成她喜爱的颜色——中蓝色。她的婚礼裙下摆做得很大,并在腰部用银色的玻璃珠缝制了一个叶状的图案。大衣上做了一个灰兔皮领,穿在身上,就像一只小松鼠。她还把花边缝在她的内裤上。奶奶见后,一把拉掉,打趣道:"何必做这些装模作样的,又不是去私奔。"

结婚那天,她坐在院子里把指甲染成淡粉红色。奶奶见后又说:"你别在那坐个半天染那玩意儿。一洗不都全没了吗?"他们在户籍所结了婚。婚后,她觉得生活并不美满,因为他常去树木稀少的草地上踢足球;叫他拍照,他也不愿意,甚至不愿把他们结婚的消息告诉他妈妈、埃格尼斯姨妈或姐姐,就因为他们都是天主教徒。

他们分期付款买了一套卧室家具和一个食具柜。他们和他父亲住在一起。他父亲关门时,总在门上夹张纸,这样就能知道他们是否进过他的房间。若有她的来信,她也拿不到,因为信箱钥匙由他父亲保管。他父亲爱吃炖菜,常把炖好的菜放在一只小平底锅里,搁在炉子上,每吃一顿就往里加菜。就这样连着吃一星期。以前,她还从未见过有人在午餐时能吃下整只小羊腿的。

他也爱吃他爸爸的炖菜,还喜欢往菜里加咖喱。他爱在马身上打赌,甚至连一只苍蝇是否会爬上墙顶也要打个赌。他与那帮哥儿们一起出去，若碰上不顺心的事，他就绷着脸，一肚子不高兴。他在韦克菲尔德街的基督教兄弟会学校读书时，拿过一笔奖学金。毕业时，他曾想到铁路部门谋份坐办公室的差事。可不是嘛，能在经济大萧条时期进政府机构上班，那简直太棒了。他有学历，完全够格，可他们却说他视力差，最后没有录用；事实上，他根本不用戴眼镜读书、看报。没办法，他只好在赫尔顿斯的五金店里找了份工作，而且也不想再挪窝换份好一点的工作了。

《事实报》的"妇女之声"一栏里有的广告一看就知道是做人流的。她也怕怀孕，所以每个月都担惊受怕，但还是怀孕了。有一天，她坐在厨房的桌子上，晃着双腿，难为情地把这事告诉了妈妈。妈妈跟她说，如果不想要小孩，可以不要。她说她一定要——此时此刻，有生以来第一次，她要按自己的意愿行事了。在人家的指挥棒下过日子，她早厌倦了。

她日复一日地坐在家门外的一棵无花果树下，编织着一条围巾；她愿意单独一人坐在那里，不希望有人靠近她，因为需要认真地编织五十八行才能形成图案。要是与人聊天，她就会织错。她在衣服上打上细细的裥，缝上花边。在针上绕上粉红线，然后一拉，就变成了螺旋式玫瑰花蕾。她编织毛衣和宝宝毛线鞋，用印花布装饰婴儿床。她妈妈用簇针和简易针给婴儿床编织了一个粉红色的罩子。她做了几顶小圆帽，在上面缝了褶饰和花边，看起来非常优美雅观。

他老是折磨她，有时几乎让她丧失理智。有一天，他拿着一只死老鼠追赶她，而她是最怕老鼠的。后来，他爸爸说像她现在这样的身子，这么做会伤害她的，他才住了手。

她把画样拿到合作商店去时，身穿一套海军蓝的套装，外面罩一件敞开的外套，脖子上围了一条狐狸皮的围巾，围巾挂下来，正好盖住她的凸出部分。虽然她戴着结婚戒指，但广告部经理还是经常拍拍她的手，像是认定她是个未婚先孕的女子。她也没有向他解释什么，因为她怕那样会丢失工作。

一天，她在烤肉，烤好后，把肉从炉子上拿出来，准备接着烧马铃薯。可是，平底锅一倾斜，锅里的油全倒在她脚上。烫得很厉害，连痛都感觉不出来了。当时只有她一人在家，她就站在那里哭了起来。后来，她想起曾在书上看到过可以在烫伤处撒面粉。他回家时，看见她的双脚埋在面粉罐里。她的两只脚都是大水疱,医生只好把它们都包扎起来。过了些日子,她用剪刀把水疱的顶端剪去,抹上消毒剂。她担心肚里小孩的脚也会因此受到损伤。她双脚缠着纱布,一拐一拐地经过维多利亚广场去莫尔处取画样,路上碰到了几个熟人,她想:他们准以为我生活得很不如意。

有人在线上挂了个结婚戒指,测试她生男还是生女。戒指总是朝这边摆动,因此推测她将生女孩。她不停地吃橙子,一次一口气连吃了八个。到最后,她觉得很不舒服,只好朝天躺下睡觉。她不喜欢侧着睡;要是趴着睡,又会觉得如置空中。

英国首相张伯伦带着伞已去会见希特勒,以求太平无事,阿德莱德的人却认为战争离他们还很遥远,不会爆发。但战争还是爆发了。三天之后,婴儿出生了。

九月的某个星期三早晨,炎热,刮风,难受,她开始阵痛,他扶她乘出租车到了海滨路的一个叫圣·艾凡斯的小医院。医生给她做检查时,她的阵痛已经消失了。医生说她大约还得等一星期才生产,不必这么早来医院。但她说她不能回家,因为家里没什么人。医生又说,那你可坐在阳台上等你丈夫下班再回家。天气实在太热,她觉得很难受,医生只得让她进产房。除了产房,她又能上哪儿去呢?他们把她带进一间挂着几个大灯泡的房间,将她安置在一张摇摇欲坠的小桌上。他们并不十分同情她,还说她任性。说完就去照顾另一个正在分娩的妇女去了。当阵痛又向她袭来时,她只是孤单单地躺在那里。忽然她感到情况不对,原来羊水破了。不一会儿,身子周围全是羊水。这种情况,她从书上看到过。因此,她知道下面将会发生什么。由于她还是平常的穿着,于是她就大声地喊叫起来:"噢,看在主的份上,孩子要生了,我知道要生了。"但是,没人进来。过了会,有人进来取东西才发现这个情况,就赶快喊来了医生,医生说:"天哪,头已出来了。"她觉得这是世界上最最疼的事,仿佛整个人都要被撕裂了,她想这下必死无疑了。生个孩子要这么受罪,太不值得了。不管生出个什么人物来都不值得!而她又得独自一人承受这场痛苦。医生说:"你干吗不喊出声来?"她说:"那又有什么用呢?"说完他们往她鼻子上盖了一帖缓痛剂。然后,医生把婴孩提起来,说:"是个女的。"她看见他们拍打着婴儿,让它哭出声。他们按摩她的腹部,取出胎盘。这时,她近乎疯狂地拿起枕头直向医生掷去,说:"不是女孩,是男孩,他们会把他送上战场。"

她先看了看小孩的双脚,然后再看看脸,只见她双眼半睁半闭,满头黑黑的卷发,一张亮灿灿、粉红色的脸蛋,活像一个中国洋娃娃。护士们抱着她,走来奔去,给整个医院的人看。

当她用尿盆时,一种可怕的东西往外淌——又黏又滑的,护士不肯告诉她是什么。她胡思乱想:是患了癌症,还是其他什么病?后来,真相大白,原来是一段早该取出的缝线掉了出来。

婴儿老是吮吸着奶头,她的牙床犹如剃刀,她担心奶头会被咬掉。虽然感到疼,但挺有趣的。她总担心自己的乳房太小,粉红色的,奶头也小,而有些女人却有一对硕大的棕色奶头。医生则说乳房的大小无关紧要。

她在医院里住了十天。出院后,她和婴儿住在光明广场旁的一家饭店里,她丈夫有个朋友就在这家饭店的酒吧间工作。她不喜欢这个地方,令人厌恶。这里的厨师是个高大的胖女人。一天,这个女人说她不舒服,便去了医院。结果,生了个黑婴。这里还有拳击手、摔跤手和妓女,到处是污言秽语,还有一个老婆子,手拿一根蜡烛,醉醺醺地到处游荡。目睹这一切,她真想一把火把这鬼地方烧了。几乎每天她都推着那辆白柳条和粉红色人造革相间的婴儿车,到住在玫瑰街的妈妈家去。遇到刮风天,小孩最高兴,踢着双脚,哇哇直叫。

她第一次给小孩洗澡时觉得很恐怖,简直不敢动手。孩子就像只小白兔,浸在水中,似乎要从手中滑脱。为了使尿布柔软,不擦伤小孩的臀部,她用“天鹅”牌肥皂洗尿布。小孩抓住的第一件东西,是一张鲜红的巧克力纸。

她依据照片描画农场的机器设备。当她聚精会神作画时,就把小孩放在婴儿床里,再把床放在镜子前,让小孩从镜子里瞧着自己。还给它玩好多好多的玩具。她外出时,女服务员多半会来照顾小孩。但她总是不放心,因为每次回来时,小孩都在号啕大哭。有一天,小孩父亲把她抱到酒吧间,并把她最好的一只手提包挂在他自己脖子上,当着饭店里所有妓女的面,摆出一副赛马赌博的样子。她再也待不下去了,回到了露珠街他爸爸家。

她画防毒面具,画进行急救工作的示意人物,以便一旦澳大利亚爆发战争,他们就可应战。她从未想到他也得参军入伍,因为赫尔顿斯许多在做参战准备的人都没有入伍。

　　他骑自行车上夜班,浑身汗涔涔的,还不时咳嗽,但他毫不在乎。他双颊红红的,还照吃他的咖喱和炖菜:他人日渐消瘦,没有办法,只好到海滨路的一家诊所去就医。医生让他照 X 光,才知道得了急性肺结核,双肺都已经感染了,几乎无法治疗。他不想住院,她就每天在家照顾他。她把家里所有的东西都消了毒。洗碗时,只能把他的碗分开洗。有时,他咯血。没多久,脚踝肿了,医生说这不是好征兆。他只得住进阿德莱德医院输氧。

　　一个夜晚,她在医院陪他,他叫她拔去插在鼻中的输氧管,搬开钢瓶。她起先不愿意,可他非要她照他说的办。后来她答应了。想不到这样一来,水四处迸溅,只好匆匆请来护士。一天,医生告诉她她丈夫已经无救了。当她走入病房,看见他坐在床上,看报上的赛马消息。他形销骨立,鼻子和眼睛都凸了出来,活像只鹦鹉。他说自己还年轻,死不了。可谁知道,过完小孩周岁后的第二天,他就去世了。他过世后的许多年里,她都不敢看一眼鹦鹉,也不敢听到房间里有人咳嗽,那会让她情不自禁地尖叫。

　　葬礼的头天晚上,大家在他父亲家替他守灵。他父母信天主教的朋友们为他唱挽歌,然后交谈了整整一宿,棺材放在房间的前部,开着盖子,每个人依次走过,为他祈祷。他母亲让她走过去抚摸他的脸,那张脸如同石头一般,凉得像冰块。她觉得自己快要疯了。当她和他父母同坐在灵车里,驶过玫瑰街后面的一条弄堂时,看见奶奶推着小孩的手推车,不由失声痛哭起来。他们围着坟墓站立着,倾听牧师为他做最后的祈祷。随后,棺材葬入土中,大家纷纷朝棺材扔花朵。切姆旧货店里的人看了登在广告栏上的他的讣告后,给她寄了张明信片,问她是否有东西要卖。

　　葬礼之后,整整一个星期,他妈妈把自己关在房间里,不与任何人交谈。他爸爸说,他把食具柜的欠款付清后,柜子就归他所有了,她带着卧室中的家具回到了玫瑰街妈妈家中,把这套家具放在顶楼的房间里,让他爷爷、奶奶使用。她和妈妈、蒙古婶娘睡在隔壁的房间里,小孩也在那儿,睡在她自己的小床里。

　　一天,奶奶起床后,突然扼住她的喉咙,她觉得自己马上就要窒息了,就挣扎着、哭喊着向妈妈逃去。爷爷的身体也不太好,整天坐在椅子里。一次,下面的小屋着火,他去给消防队员开门,一不小心头被撞了,一下子变得傻乎乎的,不久便去世了。他去世之后,奶奶在铁路附近的一所医院里也离开了人世。

　　从这以后,她妈妈对这孩子格外关注,嘴里老是唠叨:"可怜的小东西,谁知道将来还会发生什么事呢?"她给小孩做衣服,打围巾,带她去看电影,小孩哭闹时,她抱她出来。

　　她的蒙古姨妈轻轻地拍打小孩的脸和手,放在膝盖上给她喂奶。她不能抱着小孩边走边喂奶,那是因为她的脚很小,就是自己走路也走不稳当。她喜欢把小孩放进手推车,再用其他东西塞满小孩的四周,把她稳稳地固定在那儿;而小孩不喜欢那样,总是要把所有的东西都踢掉。每当她推着手推车上街散步时,另外一些老婆子总要站在自家的栅栏处瞧着她。

(陆　萍译)

似水流年

贝弗莉·法玛

傍晚时,潮润灰暗的空中刮起强风。她去洗澡间走过他书桌时不由得说:"这天气,看来要下雪!"

"会下么?"他望了望窗外。

"你看那灰蒙蒙的天。"

"下雪天还早哪。"

"晚上八点钟电视播放《卡萨布兰卡》,"趁他抬头的片刻,她赶紧说,"去酒吧看电视再在外面吃晚饭,怎么样?"

"嗯。"

屋里有点暗,只有他周围灯光亮着,有些暖意。暖气管静静的,什么时候它们能"咝咝"响起,为住宅驱寒呢?"实在太冷了!"她轻快地说。

"嗯。"

"也许我该去闹市区走走,拍几张这种天色的照片。"她说。

"外面太冷。"

"走走会热的。"

"好吧。"

"哦,也许还是不出去好。我可以给家里写写信。"家远在澳大利亚,那儿正是夏天。"写到《卡萨布兰卡》播出。"

他叹了口气,等她唠叨完。

她的屋子里开着电热器——这是间起居室,她就在这儿工作。高高的双层窗棂上方是有着毛玻璃罩的对灯,里面不时传出黄蜂陷在蛛网上挣扎的嗡嗡声。她写字的桌子对着窗户,每天得三次将桌子上的书本推在一边,叠放好文稿,因为他们要在这桌子上吃饭。旁边是厨房,里面空荡荡的,阴冷又充斥着煤气味儿。她将电热器拉到长沙发前,头枕着丝绒坐垫,蜷缩着身子躺下了。

后来她朦朦胧胧醒了,似乎听见他走进厨房。不一会他拧亮灯,递给她一杯咖啡。她呆呆地坐起,让出位子。“写完了吗?”她打着呵欠,伸出暖暖的胳臂搂着他的肩膀。

“只写了一点儿。”他笑笑。“你呢?”

她庆幸自己没出去。“没有写。都什么时候了?”

“哎哟,八点十分了。”

“啊,我们错过电视了!”

“不,还没有。电视才刚开始。”

他们一口气喝完咖啡,匆匆地互相帮着套上衣服和靴子。“你一定看过这部片子,是吗?”他问。

“当然啰,谁没有看过?”

“那干吗还——”

她用亲吻堵住他的嘴。“我想和你一起看,在美国。”

他微微一笑。他们“呼”地打开门,却怔住了。外面下着大雪。一定下了几个小时了,雪花纷纷扬扬,在路灯光亮中飞舞。“嗬,下雪!”她直奔进屋取来相机,站在门廊里拍了一张又一张。冷杉的枝条积满厚雪,低垂在院子里;榆树依然满身银皮金叶;草地、汽车和屋顶都像盖上一层厚厚的羊毛;过往的汽车在白茫茫的路上留下了辙印。

“现在我们真要迟到了。”他说。他们手拉手费劲地走过几条街,到他们喜欢的那家酒吧去。那儿灯光闪耀,亮得像团火。酒吧外面,两个年轻人在打雪仗。她走得气喘吁吁,而年轻人却互相追逐着,还嘻嘻哈哈地取笑她。

“小猫咪!”一个嘲弄着喊道,“你完全是只小猫咪!”

他打开酒吧雾蒙蒙的玻璃门。看电视的人一起回头瞧他们。他带她找座,叫了杯红酒和一杯爱尔兰咖啡,坐在她后面。英格丽·褒曼的脸占据了整个荧屏。

　　门又被打开,刮进一股白色疾风。那两位年轻人也进来了。他们跺着脚,抖落身上的雪。人们又回头瞧。"庆祝今年第一场雪!"其中一位嚷着,"喝酒吧,大伙儿!"他高兴地大喊。老板又给他们添上红酒和咖啡。年轻人则盘膝坐在地毯上,盯着荧屏看起电视来。

　　"嗬,他们那么年轻。"她听见耳边有人喃喃自言,一位花白头发的妇人在微笑。她也报以一笑,便全神贯注看电视了。他坐在后面,双手搂着她。电视结束后,他起身出去解手。

　　花白头发的妇人也在轻轻抹眼泪。"呵,哎呀!"她做了个鬼脸。"你常来这儿吗? 我可是常客,我们就住在这条路上。"

　　你常来这儿吗? 我可是常客,我们就住在这条路上。站在我家门廊下就望得见这酒吧,光闪闪亮堂堂的,你没法不来。看那门口挂着灯,周围雪花飞呀飞,榆树叶像黄蝴蝶——真像神话中的地方。这屋里又暖和又亮堂,简直像在万圣节的南瓜灯中。到处灯火辉煌,镜子中光闪闪的。门一开,雪片飞进来,屋里的人影一起晃动。今晚即使电视里没有《卡萨布兰卡》,我也会来的。

　　亲爱的,你喝点什么? 再来一杯? 你喝红酒? 吉米,再来一杯红酒,给我一杯杰克·唐纳儿。是的,我付钱。不用那么傻笑。你难道没心肝么? 什么样的人才取笑《卡萨布兰卡》? 谢谢,吉米。零钱不用找了。

　　看那廊檐下雅座上一对对的,都那么庄重,点着蜡烛,喝着美酒——但他们头脑中都空空的,就像蜡烛燃尽了烛心。他们也许都有过《卡萨布兰卡》那样悲痛的遭遇,但谁会留意? 只有《卡萨布兰卡》一次又一次让我们伤心。我看到你最后哭了。你那位也哭了。啊,酒吧是看这部片子的好地方,最合适的地方。我每次都哭,实在忍不住,那么高尚、悲痛、纯洁,而且——嗨,你知道该怎么说。反正,在家中我无法看。比尔,我的丈夫,每当我忍不住哭,他就发火,就跑出去。哼! 难道让我待在家中看你为这臭电视伤心? 这是上次他说的话。但生活中谁不是一有机会便宣泄一下伤感的情绪呢。

　　你便是我宣泄的机会,可说说心里话。

　　他就在那儿,在赌桌边上。他是在和你那位谈话吗? 我想是的。他们在点烟,相互结识。这岂不是巧合?他看来是位很随和的好小伙。比尔也是这样。我爱比尔,很爱他。我们认识 13 年了。我可以告诉你一些事……比尔的情况我不是不知道,但我爱他。他也爱我,虽然多半时间似乎并不感受到爱。他需要我,也不得不为此惩罚我。他就在那儿,看起来年轻,其实已老了,头发花白,皮肤也松弛了。看他脖颈里褶皱的皮肤。看他那么和善,咕噜噜地喝酒,和谁都合得来。但一回到家里,他就没话了。实际上他性子火暴而可怕,谁也无法真正了解他。

他是我第二个丈夫,他不会忘记这个,他是我第二个丈夫。你那位也是第二个?请别在意我干预了你们的私事,我会告诉你这点。你们相处得有点儿过分,显得相互太关心体贴,懂我的意思吗?这看得出来,就是那样,只要你懂就看得出。即使你们是澳大利亚人,还不是一回事?哦,不,我不是说你们相处得不好。但,一个人只有在初恋时才是全身心投入的。以后,不管怎样,总是有所保留。你变得明智了——而且你也无法掩饰这一点!

到星期四——正好是感恩节,我们就结婚 10 年了。你一定会发笑吧。为我们高兴才是。这总是件大事,我第一次婚姻远没这么长。而两次婚姻之间,我独身了 20 年。

你记得第一次看《卡萨布兰卡》时的情景么?我是在 1943 年。当时这影片刚刚上映,而我和安迪正度蜜月,这就足够感动得哭了。比尔知道这一切,提起这些往事,他就受不了。他假装以为仅仅是雷克和伊尔莎让我伤心。男人——你把你生活的真相告诉男人,就会永远为此付出代价。记住这一点。

1943 年!安迪 19 岁,我才 17 岁。他的船一周内就要起航去欧洲。我们的父母都不同意,说我们太年轻。我们就诓说要私奔。这样,他们才答应了。那个周末,我们在纽约度蜜月。那旅馆糟透了——现在还是老样子——到处是蟑螂和马桶的声音。我们都十分局促不安。你都能听到“滴答”的漏水声。我们的房间在顶楼,从太平梯口可望见哈得逊河。雾中月亮像是白纱帘后黄澄澄的旋钮,还有曼哈顿的灯火,这可不是玫瑰床,安迪说过,这是灯火之床。我们看了《卡萨布兰卡》,哭了。我们那么年轻。他即将走上战场,而我将等待……我们满屋转着跳舞,就像雷克和伊尔莎。我们那夜几乎没睡,甚至不知道怎样干那事。我们都有点怕。但很快就掌握了诀窍。可惜他随即上船走了。

他终于回来了。回来了。在意大利荣获了勋章，成了英雄，但他从不愿说起这些。不管那儿发生的是什么，安迪是完了。他开始酗酒，失去了工作，后来什么工作也找不到，只是酗酒、赌博、做黑市生意。有时一星期只回家一两次，睡上几天……

有天夜里他开始打我，说这一切都是我的过错。后来又痛哭，答应以后再也不打我了。我太傻，竟相信了他。假如他打了你，亲爱的，又不了了之的话，你就麻烦了，事情只会越来越糟。

可不，有个夜里我是在厨房的地板上苏醒过来的。餐桌上的灯还亮着，桌底他洒下的啤酒沫像是融了的奶油一样。每次睁开眼，我都看见地毯上的三角图案，湿漉漉、红晕晕的，但迷迷糊糊看不真切。窗外一片漆黑——仍是夜里——窗框边泛着银光，像他折断的刀片。扯落一半的窗帘，被啤酒润湿了，在风中抖动。这白色的窗帘像新嫁娘的披纱。救命！我大喊。头感觉要胀裂。风一定吹散了我的头发，粘在了脸上。远远的好像什么东西在呜咽。我的鼻梁塌了，殷红的血不断涌出来。安迪不在。我用力抬起头，扶着桌脚爬起来。破碎的玻璃杯，窗框残片，稀湿的窗帘，却没有任何纸条，没有。房间里一片昏暗、潮湿。我躺着，只觉得地板烫得像火又冷得像冰。我扯过窗帘裹身，想暖和一点。

直到天亮我才发现他已带走了一切。天知道只剩下些什么。可怜的安迪！我又感到害怕。不要离开我！现在不要撇下我！我爱你！甚至现在我还在幻想——我醒来了，不一会站了起来，知道我已失去了安迪，他永远地走了，呵，我永远摆脱不了那时的痛苦。

很抱歉，别为我难过。我一会就会好的。好，再来一杯，杰克·唐纳儿，是的，谢谢。

奇怪的是，第二天我爬起来后，尽管鼻梁塌了，眼睛肿得像烂桃，浑身抖得厉害，牙齿直打架——我仍然上街去，希望能撞见他，跟上他，一路上我一直啜泣着。你这般狠打我之后，就这样随随便便跑了？我回来又望了望厨房，那儿空荡荡的，玻璃窗后是一片暗淡的黄色。

另一桩怪事——夜里我有了种幻觉，一位芭蕾舞演员走进来（我原曾梦想跳芭蕾，我跳得不错，可惜先是战争爆发，后来又结了婚……）。不管怎么说，这位一身雪白戏装的演员轻轻扬起手臂，向我鞠躬。那一定是窗帘的幻觉吧。她弯腰扶我起来，又伏在我身边低低哀泣。这些我记得很清楚。

看那镜子中的我们俩，像一堆威士忌酒瓶间的两个幽灵。好，吉米，笑吧。他还以为我在欣赏自己哪。虽然我是有点儿自我陶醉，但还不至于那样。振作些吧。那真的是我——骨瘦如柴、白发蓬松？你绝想不到我曾是位芭蕾舞演员吧。比尔恨芭蕾舞。他说，一切痛苦、努力和丑恶，芭蕾都不能表现，这是大谎话。华而不实，又辛苦透顶，他说。舞蹈演员的味儿像马，有位名人这么说过，比尔读报上这篇文章给我听。我说，马并不因有气味而显得不美。马也是舞蹈者，跳舞的人爱它们。不管怎么样，我喜欢它们的气味。你会的，他说，你不是注重琐碎小事的人。这不是在献殷勤吗？不行。但我又想，算了，反正我是嫁给你了。我没有说出来，他示意我不必说，只是眨一下眼，而我已心领神会。

我们大多数拌嘴便是这样结束的。这都无关紧要。不论比尔说什么干什么，有意还是无意，都不会像安迪那样刺痛我的心。如果比尔想那么干的话，他会让我十分伤心。但心底深处已经历了那样的剧疼，任什么也无所谓了。比尔知道这一点，他和安迪是一路货。也许他会变得和安迪一个样，谁知道？我不知道安迪现在活着还是死了。我父母来帮我离的婚，他们告诉他，再也不许来见我和孩子们。

让我告诉你最丢人的事——要不要再来一杯？——最丢人的事——哦，天哪，我还从未对人说起过这事。吉米，再给我来一杯，好吗？最丢人的是，那天夜里他把我打倒在地——打倒在地后——又开始摔东西，叫嚷他要离家出走，我还滚过去抱住他的腿，哀求他别离开我。我不让他走。我——苦苦哀诉，又号哭——我甚至吻着他满是泥巴的鞋子。于是他用另一只鞋狠狠扇在我脸上。我的鼻子就是那样被打塌的，事情就是那样。

谢天谢地，那一夜孩子们正好不在家，他们没见到这一幕。他们好几次看到他打我，但那次没见到。他们还小，雷克才五岁，伊尔莎还是个婴儿。假如他们看到，心灵上会留下创伤的。我绝不让爸爸伤害你，雷克常常对我说。他们在新泽西州我父母那儿，因我想找工作，没法照顾他们。我们给他们取名雷克和伊尔莎——你明白为什么！伊尔莎已结婚了，她住在阿拉斯加，是个护士。雷克死了，在越南打仗死的，也得了枚勋章。假如他父亲知道了，我想他会骄傲的吧，但也许不会。

请别误解我,其实我是很看重献身、爱情、名誉和忠诚的,即使到头来这些都是一场空——否则我怎么会那么喜爱《卡萨布兰卡》! 雷克和伊尔莎,他们愿意为某个人或某件事献出一切,我但愿自己仍会这样。真正的人有他们光荣的时刻,随着岁月流逝,他们难以保持光荣,但光荣永存在记忆里。比尔不愿看到这点,他只说要面对实际,你和你的光荣,你沉湎的过去,都狗屁不值,只是糖浆中的一堆狗屎。那也比你酸醋中的狗屎好,我说。噢,那就好呗,他说。亲爱的,我就用这些机智巧辩对付他(比尔从不谈自己,他过去的情况就像腌浸在醋里一样,埋在他自己的心底)。好什么,亲爱的? 狗屎就是狗屎,他又说。谁能知道真相? 我说。是你自己不愿听,他又说。我们就这样没完没了。

心中永难平复的创伤,是发现光有爱还不够,爱上一个人无济于事。你只能自己痛苦地体验这点,没人能告诉你。你年轻时相信爱情,相信它会天长地久,以为这是唯一重要的事,只要忠贞不渝,爱得越来越深,爱情就会拯救你们。我不知道伊尔莎若跟雷克私奔——放弃一切,永远跟了他去——她是否会落得鼻子被打塌倒在地上的结局? 你永远不会知道。

他们过来了。瞧,他们正在猜想我们在说什么呢。看他们怀疑的眼色,两张皮笑肉不笑的脸! 你那位刚才一直在盯着你。他紧盯着你看,好小子! 显然你还年轻,他钟情于你,很好。你该好好享受一番。那些年轻的情侣们差不多都已离去。当爱的共鸣振起,难道你们会仅仅喜欢一个雪后黑白分明的夜晚? 你们一路上会滑倒在对方身上,到家互相把脚擦干,又会感到暖和。好吧,伙计,该回家了吧? 嗨,我的大衣呢? 谢谢,亲爱的。我感觉这么舒畅,你不会知道我是多么高兴! 我也不知道为什么会把我的生平讲给你听。《卡萨布兰卡》放完时你哭了。也许就因为这一点吧。

"我能不能看看这个?"

"看什么?"

她双手本能地遮住了那些急急写就的手稿。他抬起眉:"看看你写了半夜的东西。"

她从肩上递过手稿。沙发"吱吱"作声,纸页"沙沙"翻过。最后,他把稿纸扔回桌上,去煮咖啡了。她呆呆地望着手稿,浑身直冒汗。暖气管正热得发烫。

"谢谢。"她说，接过他递来的大杯咖啡。

"写完了吗？"

"哦，差不离吧。刚才我正想睡呢——真抱歉。你睡过了吗？"

"我过去总是很尊敬作家的，"他喃喃地说，"现在倒难说了。"

"你不是在写某个作家的论文吗？"

"嗯。总是读不完的作品。对我来说这些，"他指着手稿，"似乎更像猎奇之作。"他等她呷了口热咖啡，又说，"也许最好你能戴枚徽章，戴一样标志并且注明：留意猎奇作家。那样人们才觉得这算是公平交易。"

"你认为这样做才公平？"

"她似乎信任你，才说了她一生的故事。"

"我希望我能公正地讲述这个故事。"

"哼，公正。"他叹息道。

她无话可说。他一点点喝完咖啡，拿着杯子去冲洗干净，回来站在她椅子后面。她双手紧握着杯子，灯光朦朦胧胧照在咖啡中。

"我可不想成为你作品中的任何角色，"他似乎平心静气地说，"永远不。希望你理解这点。"

她几乎像要窒息，于是便伸长脖颈呷了一口咖啡。但他一把夺过杯子，摔在桌子上。杯子碎了，咖啡四溅，在她的稿纸上洒落下棕色的斑斑点点。这一回她很明智，没有动弹，直到他脚步重重地走过餐桌，椅子被碰撞得划地有声。她听到隔壁屋子里他擦火柴，吸烟，并发出一声长叹。

（刘新民 译）

牧羊人的妻子

莫利·贝尔

这幅画的题名大概搞错了吧,不过这没什么大不了的。画中的女人不是"牧羊人的妻子",而是我的妻子,我俩彼此没见上面——快 30 个年头了吧,那是在她离家出走并跟他同居不久后画的。瞧,她把戴着结婚戒指的手隐藏得那么得体。这是一幅大小为 20×24 英寸的油画,右下角的落款为"拉塞尔·德莱斯代尔"。

我说"不久后",是因为她手里拎的还是我们的小提箱哩——不过,德莱斯代尔却把它画得像只购物包了。她脚穿一双平素去海滩时总穿的橡皮底帆布鞋。还有,落款日期是 1945 年。

果然是海塞尔,没错。

从她的脸部你能看出些啥呢?看得出她是个扔下丈夫和一对儿女的女人吗?在这节骨眼上,我倒认为是画家栽了个跟斗(不过他当时怎能料到?)。他笔下的海塞尔一筹莫展,流露出无可奈何的神态,仿佛事到如今全是我的过错。要不然呢,她没准一辈子只配做个乡下娘们儿。

除此之外,这幅画倒算得上栩栩如生了。

海塞尔块头可大了。记得我俩最后一次拌嘴为的就是她的体重。她重达——我有数据为证——1.2 英担 4 盎司。不过,她的个头其实并不高。我看她臃肿起来可快着呢,实在用不了多久。瞧她那双腿。

她的脸蛋儿小巧玲珑,很好看,这我承认。像画中一样,她那双目何等庄重肃穆,总让我惊诧不已。总的说来,她长有一副安详柔顺的脸庞,很惹别的女人喜欢。不过,在气候干燥的条件下它到底撑了多久,天晓得!

牧羊的! 为啥偏偏是个牧羊的? 我一时目瞪口呆了。

"我不过到附近出去走走。"她写道,活脱脱海塞尔式的口吻。字写在扔在桌子上的一张裹肉用的纸上。

接着写道:"你的茶点放在烘箱里。别给特里维尔吃胡萝卜。"当时一看就觉得怪里叭叽的。

她这么说话,好像自己再也不会回来似的。可转而一寻思,我觉得哪能呢?

眼下我感到最伤我心的便是这张纸条了。顶头不见"亲爱的",甚至连个"戈登"都没写。收尾也不来个"爱你"什么的。海塞尔倒干脆,走了,连个"再见"都没说。本来嘛,我俩完全可以谈谈的嘛!

阿德雷得是个小镇,没过多久大伙就知道了咋回事,他们都躲着我,剩下我孤零零一个人来抚育特里维尔和凯。过了老长老长时间——好多年之后吧,只有人们问起我时,我才快快说道:"她早溜走了。谁知道她跑到什么鬼地方去了。"

怎能想到竟在一幅油画中碰到了她,而且是幅着了色的复制品呢。我暗自思忖,也许是这幅画才使海塞尔扬了名的吧。

画本身倒不见得有什么稀奇。背景是偏僻的内地——究竟在哪儿呢? 南澳? 也许是昆士兰,西澳,北澳? 咱们不知道。你休想找到那地方。

他正猫着腰,俯身在马前,给它喂食。天光已近黄昏时分,大约下午五点钟光景吧,海塞尔身影的长度足以佐证。气温可能在华氏 100 度之上,仍居高不下。在这种地方过夜! 静寂该已悄然而降了吧。

看来海塞尔活得并不快活。我看她准是在反省自己。不错,那会儿她离开我才不久,不过她却站在画面的前方,离他远远的,好像他俩并不在交谈。瞧见了吗? 距离=芥蒂。他们已唇枪舌剑过一番了。

我理所当然地要将他的底细探个水落石出。可现在连他姓啥名谁都不知道呢。在德莱斯代尔的画里,他只是个廓影,黑乎乎一团,准是一个土著居民。40 年代末,一些土著居民就曾以牧羊为业,我知道的。

可我又推翻了这种想法。

我拿了枚放大镜,想瞧个明白他脸上挂着的是什么表情,头发呈何种颜色。放大镜下,只见几抹粗条条笔触。这家伙,真神秘。

　　不过,依我一孔之见,他该是个个子矮小的人。你瞧他与那匹马、那些车轮子的比例! 不是他太小,就是那匹马太高大了。

　　这幅画终于看出点名堂来了。

　　有一天,我跟你的小女儿吵了一架。她和特里维尔有时也过来看望我。顺便捎上一句,她还没结婚,身条跟她妈像极了。她老是怪罪我,说"人家都讲妈是个好人"。

　　"是呀,"我点了点头。

　　"那她干吗不辞而别呢?"

　　"你妈这人……"我灵机一动,"直冒傻气。"

　　飕飕地逼过两道森森寒光。

　　我环顾四周,搜索枯肠,"她喜欢在水中走。"

　　凯奸笑一声,气汹汹地说:"什么? 你做得太绝了! 真是岂有此理!"

　　当然啰,我这样解释不够贴切。可那阵子我蒙在鼓里,连她是跟一个牧羊人私奔的这一点都不清楚。

　　海塞尔骨子里是个腼腆的人,甚至跟我在一起都羞羞答答的。她生性好静,不爱出风头。她连个电话号码或转信地址都不留就跑掉了,过后不久,就让人家给她画像。对此,我也挺想得开的。唉,就那么回事。听起来有点古怪,但其实就那么回事。

　　唉,傻起来真没办法。一个星期天,皑皑厚雪初盖贝克尔山,我们乘坐奥斯汀小车上山了。一眼望去,景色绝伦。不知咋的,我觉得我们的橡胶树和桉树与那茫茫皑雪极不相称,连这棵老鬼桉也如此。我把感受同海塞尔一说,她就呼地奔进雪地,冲着我扔起雪球,引得人们哄然大笑。过了会她就陷入齐膝深的雪堆,像个小学生似的哇哇乱嚷。本来我并不想跟她过不去,可一走到她跟前,我就不由自主地厉声喝道:"起来! 别傻乎乎的! 起来!"顿时,叫声戛然而止,此后几个小时她再没吭一声。

　　凯当然不会记得那件事了。

　　事后细细琢磨,再看看德莱斯代尔的这幅肖像,我倒觉得海塞尔不乏温柔的一面。我想准是她的邋遢劲才使我下不了台。比方说吧,一看到她腋下的片片汗渍,不知咋的,我就难受,她劈柴的模样也让我直皱眉,我看她劈起柴来挺来劲的。有一次,她抱着冰块往冰柜里送,恰好让我撞上了——那时大战才结束。送冰的人好像没看见我,跟在她屁股后,只顾算找头。这一幕使她的形象在我心目中大为逊色,我也不知是咋搞的。还有呢,她杀死过那条蛇,那是我俩住在海滨的一间小木屋里过圣诞节的时候。我碰巧揭开炉盖,一看,是条黑蛇。头都被砸扁了。"它钻到了我们的屋底下。"她忙不迭地解释。

那栋小屋有两个房间,没铺地毯,有个煤油炉,屋后还有只石棉抽水马桶。海塞尔倒毫不在乎,恰恰相反,到该走的时候,她满腹心酸,依依不舍啊。我可得返城上班去。

这画勾起了我的思绪。大概那时开始海塞尔就光穿了件衬裙,裸着脚满院子走来走去。画中的衣服就像件衬裙,过去到屋后烧垃圾她还常穿着它呢。

我不知道到底是不是件衬裙。

"喂,太太!"我边进厨房,边同她凑热乎。这样跟她打招呼也许不对茬,尤其是按今天的标准来衡量。不过我确实是用那种方式来表白自己的一番柔情蜜意的。我想海塞尔不会不懂,有时我看得出她是动情了。

我讲这些无非是想说明我俩过日子并不总是吵来闹去,磕磕碰碰的。当我意识到她已离我远去,我就整日整夜地坐在黑灯瞎火的起居室。我是个牙科医生,总不能抖着手去拔牙补牙吧?她出走的消息传遍四方。上帝保佑,现在我总算可以捡起我的老行当了。

这一切难道说明得了她出走的原因吗?

其实不然。

还是回到这幅画上来吧。德莱斯代尔并没把苍蝇画出来。他不想让苍蝇在她脸蛋上滚爬,更不想让海塞尔挥手赶走它们,这点是明摆着的。不过这一笔一省,问题就非同小可了。为了画一幅漂亮的油画或创作一幅"杰作"居然窜改事实!那一带我去过——苍蝇多得成千上万。那些苍蝇不一定都带菌,人们送给它们的名字叫"丛林蝇"。它们非把你折腾得发疯不可。海塞尔当然心甘情愿,毫不计较。什么炎热啦、苍蝇啦,一概不在乎。

那是个野营日。我们随身戴着一顶钟状条纹沙滩帐篷。当时我想它会派上用场的——万一我们迷了路,空中的人就能发现它。好了,事情坏就坏在这顶帐篷上。虽说我终生难忘我们在那儿所见到的五彩缤纷、气象万千的山岩,但我再也没了那份兴致去重访故地,没了!有个夜晚,我心头豁然开朗。站在离帐篷只有几码远的地方,头顶霏霏苍穹,身置冥冥寂寥,我陡然毛骨悚然,如堕五里雾海。此景此情,无复言传。而挨到白天,多刺的小灌木也无动于衷,不近人情。

然而,海塞尔却悠然自得,对周遭的一切似乎都漠然置之,好像她自己就是那儿的一部分。我感到我俩在渐渐疏远,仿佛我是局外人,尤其与她格格不入,备受冷落。我错就错在自以为这不过是她一时的懒怠,稍纵即逝。

真是祸不单行。那会儿我们四处寻找宿营地。“这儿不好。不,那儿也不行。”我一个劲地说着——主要是自言自语,因为海塞尔让我自个儿嘀咕,她呢,偶尔才搭上一两句。最后我终于找到了一块场地。黑暗中一棵树依稀可见。我们摊开铺盖,睡了下来。过了午夜,我们被一阵可怕的嘈杂音和刺眼的光线惊醒,孩子们一个个哭叫起来。原来,我把帐篷搭在阿德雷得至奥古斯港的铁路线旁了。

走到奥古斯港以北二三十英里的地方,我调转身就往回走。我别无选择,当时我们好像全丧失了理智。实不相瞒,我们在那一带的什么地方竟然遇到个牧羊人,他坐在一旁煮茶。当我问起他的羊或牛在哪儿时,他只是挥了挥手。谁知海塞尔看在眼里,乐在心头。她即刻蹲下身来。她那副神态我至今历历在目。傻娘们儿!

那男的没说几句话,不过他倒招呼我们喝茶来着。“快来呀,”海塞尔抬头冲我笑道。

海塞尔呀,傻劲又发了! 她明明知道我急着赶回家。那个牧羊人呢? 他俨然是个外交家,只是闷头用棍儿拨弄柴火。

我说道:

“你要喝茶,那就喝吧。我在车上啊。”

行了,就这些。

现在我记起来了,这个牧羊人长着个瘦小的脑袋,头戴一顶卡其帽,脚套一双满是尘土的靴子,寡言寡语。我记忆中的他已模糊褪色。画上是他吗? 我不知道。海塞尔——海塞尔和那讨厌的背景把一切都吞没了。

(郭国良 译)

桉树（长篇选译）

莫利·贝尔

一些桉树实在是太过普通了，它们几乎引不起凯夫先生的注意。霍兰德时不时地，得把他叫回来，重申基本规则，而这是一开始就详尽仔细地解释过的。就像一台重量级拳击锦标赛的裁判，把选手们叫上赛台，抬头挨个地审视他们，教练一边按摩着拳击手的脖颈，一边念叨着无聊空洞的话。而规则是，凯夫先生，或其他别的什么人，必须叫出每一棵桉树的名字，才可以娶到霍兰德的女儿。现在，让我们继续前行。

然而，我们可以承认，几乎无事无物，不可以被视为理所当然。一些桉树在我们眼前掠过，它们数目如此巨大浩繁，我们所见全是一片褐色；而且也因为它们的平平无奇，竟会变得被我们视而不见，落得如同杂草和电线杆那样的命运。

艾伦被父亲告知，要在平凡中见出新奇之处。世界上的每个对象，都有它自己的历史，不消多说，这个对象的历史是其他对象的历史之结果，如此追索下去，便永无穷尽。而这一切，艾伦被告知，只要有一个名字，就可以被激发触动。新奇的事物，于是便可以或多或少地浮出来。

世界上最普通的桉树，是澳洲赤桉。在霍兰德的庄园上，沿着溪流有数以百计的澳洲桉。尽管它的分布是如此之广，在塔斯马亚岛①上却无此树——这也可视为平凡中之新奇事的一个小例证。

①　塔斯马亚岛：澳大利亚大陆以南 240 公里的岛州，为塔斯马尼亚州府所在地。

经年历久，澳洲桉树身上，就缠绕了许多的传奇故事。这倒是平常无奇的。即以单纯的数量论，在这广大世界上，不是在这儿就是在那儿，总有一棵体态庞大的澳洲桉挤入我们的眼帘。而在我们澳洲，它们沿河而生，不但把它们模糊的外形刻在我们脑海里，还满带着绿意潜入我们心里，在乌鸦群集啼叫的单调景色中，给出几缕希望。不但如此，这些桉树组成的占地辽阔的树林，那么古老，斑斑驳驳地结满树瘤，有着一种年已古稀的气质。也就是说，有着充满了事件、季节和故事的漫长一生。

有趣的是，即便澳洲桉树遍布了整个澳洲，它在文献中出现的首条记载，却说它是在那不勒斯一个卡玛尔杜里修道会的有围墙的花园里，被培植出来的。这到底是怎么回事呢？

艾伦听说过这个故事的一些片断，好像一艘未竣工的轮船的龙骨部分那样；而于她，这故事却足以驻留下来，给出各种声音和面孔。她在日记里，也草草写下了一些可能的解释。

19 世纪末，一位明轮蒸汽船的船长——这是个爱尔兰裔的、来自温特沃斯①的鳏夫——发誓要杀了他的亲生女！

这汉子在水上贸易这一行里可是把好手。就是在最炎热的夏季，他也有着驾船驶过大令河②的非凡本领。人们常常见他站在船舵边，不苟言笑；他女儿立在一旁，却是微笑地挥着手。一天，女儿没在父亲身边出现。他的时间瞬间就变得迟滞不前了，他驾的船开始频频搁浅，一次船上还载着大捆大捆的羊毛。他继续在河上驾船掌舵，可是困扰他的不只是生意上的损失，还有对他女儿品行的疑虑。每到他驶至温特沃斯城，看到大令河流向并汇入更强大的墨累河③时，这疑虑便加重加深了。如果他没搞错的话，他女儿的容貌都已有了细微的变化。

事实表明，他的疑虑是有道理的。还不到 20 岁的他的女儿，在和本地一个牧场主的儿子恋爱。整座城的人都知道了。她怀了孕。这对恋人在他结束每周的航行回家之前就私奔了。他决意去追。他甚至不在乎是不是能把她带回来。

---

① 温特沃斯：澳大利亚新南威尔士州西南端的一个小城，大令河和墨累河在此交汇。
② 大令河：澳大利亚第三长河，发源于新南威尔士北部。
③ 墨累河：澳大利亚最长的河流，发源于澳大利亚的阿尔卑斯山脉。

许多年后,已经长了一脸姜黄色大胡子的他,追踪她的足迹,到了那不勒斯的卡玛尔杜里隐修院①,一个以默祷、禁食和劳作为修行方式的修道院。

他被领到一个体态臃肿、手里抓着一根长柄锄头的女人那里。经过遍历整个世界的旅程,这可怜的男人站在那儿,用手揉着自己的眼睛。她粗陋的长衫,还有她平静的神情,看上去她如同置身梦中。那个孩子已经被人带走了。

他开始质问她。

这以后的事情,猝然发生,让人几乎来不及记录。不知道是出于愤怒还是释然,还是想从她那里得到片言只字,他抓住了她的肩膀。他们在花园里厮打起来,踢起了尘土,摇来晃去,扭作一团。艾伦听到别人这么说。

接下来的故事是:就在那时,一粒澳洲的种子从它一直潜藏着的这船长的裤脚里掉出来,洒落在地上。

或许是——事实上,也看起来是唯一的解释了——在地球上那个特定的地点上,在父女之间发生的这场仪式一般的扭打中,这粒种子从裤脚中被踢出来,然后给踩进了贫瘠的土里。因为,在他颤抖着、精疲力竭地离去后不久,那里就出现了一棵绿芽。

女儿照料着这绿芽,直到它长成一株健壮的幼树,而她也在卡玛尔杜里修道院生活得足够长久,看着幼树长大,长成一棵成年的澳洲桉树。这棵树身伟岸的大树,支配了整个花园,它寻找水源的树根让围墙裂口,并且吸干了菜地里的水分;就是这同样的树,在轮船驶过大令河时,航行过一小时又一小时之后,总是还排列在河岸两侧,而她再也不会见到这条河了。

有个意大利人,他讲道,曾在卡尔顿镇开了家水果铺子。

他接着说道,这人是墨尔本第一个自命为"水果学家"的人——如果你曾经困惑过这个词是打哪儿来的话——并且把这个词用绿油漆涂在了他铺子的门面上,他的水果有最美的品质。他就住在铺子的楼上,父母都不在了。他是个驼背,倒也驼得不是很厉害,但这也让他的嘴向一侧稍稍歪斜过去。每个人都喜欢他。他认真地倾听女人们的言谈。结果,女人们甚

---

① 卡玛尔杜里之名,与赤桉的拉丁文学名音近。

至不愿听到一个说他不好的字眼，更不用说批评他的水果的话了，尽管，她们还是会摇摇头嘲笑任何关于与他结婚成亲的提议。

他在卡尔顿的铺子，以其对水果的精心摆放和陈列而著称。这都是每个星期日，在百叶窗后面，他用了极大的耐心和技巧创作出来的。他有足够的色彩和形状，可从中选择。

常见的苹果金字塔之类的陈列，他以为太过平庸而不取。相反，用绿黄两色的辣椒，他摆出了精致的意大利地图，或昆士兰州的地图，以庆祝芒果季节。国旗啦，当然还有橄榄球啦，以及钟表和一个骑自行车的人，都是他令人难忘的杰作。当他的技艺渐长，他就开始创作水果雕塑了。这包括一些耶稣诞生的情景，用塔斯马尼亚苹果做的艾尔斯岩①，以甜瓜、番荔枝和菠萝构成的反战场景。

这是他的爱好，也恰好有益于他的生意。人们会问："那么，这个星期你又为我们构思出什么来啦？"

这位驼背店主尽情挥洒在新鲜水果陈列上的心思和关注也还适度，刚开始时能抵御那"弥散在星期日的盎格鲁－撒克逊城镇上"特有的荒凉气氛，同时还给顾客或人行道上走过的路人以惊喜。渐渐地，这些陈列构思的野心和设计的复杂性，都在不断扩展。这就需要他有着更多的耐心、技巧和精力——这也不过仅是在他所需要具备的本领中，略举几例罢了。驼背店主一如往常地继续在店子里安静地售卖水果，而水果雕塑却变得越来越趋于极端了。

旁边的蛋糕铺子里，有个年轻女人在那儿工作。偶尔她会走到他的铺子里来，买一串葡萄什么的。只要她走过身边，他就停下手里的活儿，看着她。她倒一次也没有朝驼背店主的方向瞧过一眼，更不用说跟他搭过什么话了，就算遇上他系着围裙、碰巧站在人行道上的时候，也没有过。

一次，他给了她一些葡萄。她接过去，勉强道了个谢字。不消说，她对他的水果陈列半点儿兴趣也没有，结果，那些水果陈列就变得越发野心勃勃了。

那时，这年轻女人长着一双蓝得异乎寻常的眼眸，更像是一只波斯猫的眼睛（是悉尼以西群山上模糊朦胧的蓝色加以精炼提纯后的版本）。而

———————————

① 艾尔斯岩：澳大利亚中部的大型砂岩岩层，又名乌鲁鲁，是世界遗产。

更加异乎寻常的——这也或许关系到她眼眸的色泽——是她利用每一个机会审视自己的方式。除了照镜子之外,在橱窗里、门里、汽车引擎盖上、小水潭边,她处处都要打量自己,也不管是正走在路上或是和人说着话,她不会错过任何一个能投给自己匆匆一瞥的机会。常常,在她注意到自己身影的时候,就借机理理鬓发和衣衫。她拿自个儿没办法,这种对自我的专注已经发展为一种怪癖。

她是可爱的,还是美丽的?艾伦思量着那对蓝色的眸子。

可爱也好,美丽也好,都是无关紧要的。她有着长而直的发丝,约略显得木然的神情。这可怜的驼背店主已经迷上了她。能够得到她,就能让他的人生变得充实和完整。

每有空闲,即便是招呼着客人的时候,他也在寻思引她关注的法子。

他坐下来,列了个单子,精挑细选了各样色彩。他又计算了数量,下了订单购买外国水果。他到市场上亲手挑出每一个水果来,用手掂量它的重量,寻找合适的外形和色彩的均衡性。

整个星期日他都在关着的店门后面忙活。到了早晨,他还没完工,做着最后的修饰润色。他就像新几内亚岛上那些热切的小鸟一样,忙忙碌碌地搜集着瓶子盖和玻璃片,放到巢里,以吸引雌鸟。

平常的那些旁观者和早起的顾客聚了过来,而当他拉开百叶窗的时候,就像一个政治家为一尊青铜塑像揭幕那样,在人群中引发了一阵轻声低语的赞叹。

第一个考验已经通过了。

他现在要做的,就是等待。

一些旅行者在拍照,孩子们蹦来跳去地朝着它指指点点。一个在附近大学教授艺术史的顾客恭喜他:"一件杰作。我可从来不轻率地这么说……"

正当此时,她出现了,穿着高跟鞋。他和一个顾客还只说了半句话,就丢下这人奔到门前。

上班已经迟到了,她虽匆匆走着,仍左顾右盼地设法看到自己在其他物体上投下的身影。可是——这是怎么回事啊?她径直走过了他的橱窗,全没注意到任何特别的事情。他驼着身子等在那儿。上午的时候,她又走过了一次,还是没注意到任何事。午饭时分也是这样。到她下班回家的时候，还是如此。不过这时引得她关注的，不是他的水果雕塑，而是他停着的卡车的后视镜。

她在那里，被塑造在橱窗里，头枕着赤裸的肩，那是一幅令人惊叹而又逼真的阿尔钦博托式的拼贴肖像①。以桃子和奶油做的肌肤，切片的苹果和一些椰枣作鼻子，木瓜的额头，香蕉的下巴，亮闪闪的石榴子儿的牙齿，眉毛是猕猴桃，多汁的李子的嘴唇，成捆的番石榴以为双耳，梨子构成了她的两肩；还有别的一些薄片和小块，太细微了无法即刻辨识出是来自何种水果的，但却都是构成整体的一部分。借着额头的一条裂隙，以及精心摆在其中的蜜桃和无花果，他甚至表现出了她自恋的神情。

这一切都在那里，带着充满了爱意的精确性，独独却少了眼睛。他无法找到一种淡蓝色的水果。而没有眼睛，显然她就没法看到她自己。

这时，他伸出手去，不经意地触到了艾伦，然后把手掌支在一个光彩又光滑的树干上，这树正好是一株蓝桉（双肋桉）。

在悉尼以西的一个小镇里，一个希腊人在主街上开了家小馆子。馆子有一半的面积都安置着固定了桌椅的卡座，每张桌子上放个盛着白面包片的玻璃盘子。四面的墙壁漆成大海的颜色，靠近卡奇诺咖啡机的地方贴着一张从杂志上扯下的照片儿，照片里是一个坐落在荒芜悬崖上的白色修道院。

这希腊人的妻子在馆子后间作厨师，女儿作侍者，他整日坐在收银机后面，管着这一切。

这女儿留着长长的黑发，衬衫的领口开得低低的，有时穿着一件 T 恤衫。她从未穿过连衣裙或短裙子。她看上去不太开心。她几乎从不开口说话。

希腊人把全家搬到内地来，搬得离大海尽可能的远。这是为着他的女儿不必被人看见她身着泳衣的样子。传言说她身上有一块深葡萄色的紫斑，让身体的那个部位毁了相，但是没一个人——那些每个晚上都光顾这家馆子的粗鲁男子当中，肯定没有一个——亲眼看到过这块疤痕。

———————————

① 阿尔钦博托：意大利文艺复兴时期著名画家，其特点是以果、蔬、鱼、花等堆砌成一幅逼真的人物头像。

　　小城里的新鲜事总是不多的。留在这儿的那几个年轻男人，拿他们生命中的大好年华谈论着汽车啊冒险的，他们也猜议着女侍者的事儿，但是当她走到他们桌边的时候，他们也就立刻安静下来，只是咧嘴笑笑。要是这些人中哪一个运气来了，能请她去看场电影，或是带她到邻近的镇子兜兜风，即便这样，她父亲也要求她晚上十一点之前回家。她也从来没让任何人看到她衬衫和牛仔裤里面的样子。她就是和这些年轻男子一道儿长大的。她对他们想些什么、谈些什么，甚至他们的头发如何梳理，为何总是一样的发型，对这一切都真是太熟悉不过了。

　　一天早上，一个从来没人见过的男子坐在一个卡座里，要了一份早饭。

　　他有着肥大的耳朵和瘦小的头颅。他系着领带。为了让自己有点事做，他花了整整十分钟时间试着把菜单稳稳地搁在面包盘的盖子上。

　　这个男人瞅了一眼那长发的女侍者，然后就每个早上都在这家馆子吃早饭。他还对他要的鸡蛋怎么个煎法，都详加说明，想着这或许能取悦她，只是她对此却不曾留意过。

　　他住在旅馆里。他向来是个谈起话来就滔滔不绝的人。他可以就任何你愿意提出的话题谈上一番。他特别喜欢的，是把自己介绍给一位女士认识，然后打这儿发展出一段关系来。他发现他惊人的丑陋也并不是一个阻碍。事实上，或许还曾不无裨益呢。他很善于倾听。当他还年轻的时候，就已经有"五十只乌鸦那般的狡诈"了。他一开始是挨门挨户地售卖咳嗽药，然后是推销吸尘器，再后是兜售辛格牌缝纫机。此外他还兼给一家生产旗杆的厂家揽活儿，这家厂子最近刚把业务拓展到承制梯子的活计上，都是些数量一多就难以搬运的物件儿。他总是看上去一副很饿的样子。不如意事常十之八九，这个规律对一个四处旅行的销售员来说，比对其他男人更加适用。

　　他被这位女侍者沉郁寡欢的神气迷住了。四下探问之后，就听说她身上有什么东西，被极力掩饰起来，竟没一个男人能描述出有关细节。他就决定，不到自己亲眼看到这东西时为止，就不离开这个城镇。

　　有了这个念头，他就一日三餐都在这家希腊饭馆里吃。到了晚上，他一定要作最后一个离开的顾客，即便为此要多点一份咖啡。不过，他很快就发现，那曾经在几十个乡镇给人带来过成功的本事，现在可不起作用了。这本事，就是不知羞耻的奉承，荒诞不经的夸张，还有老一套的、老掉牙的笑话，同时，再把眼睛死死盯在这女人身上。女侍者对这一套不感兴趣。倒不如说，她马上就起了疑心，甚至是生出敌意。

连着一星期都遭到了拒绝，他决定再试一个晚上。他总不能老是跌在这么个泥潭里起不了身。做这么个决定，就如再点一份吐司面包一样轻松随便。他把自己的箱子留在旅馆床上，然后出门到这家馆子里去。黑暗中，一个裹着黑色披巾的女人闪在他身前。这个老妇人，他从来没见过。她好像是说着什么，还抓着他的袖子："这又不是世界末日。"她忘了戴上她的牙齿。她抓着他的手用自己的手指摩挲着，指指点点地说："警醒啊，要做个正直的人。"

这话听起来像是个谜语，又像是刺耳的嘲笑。他和气地笑笑，转身要走时却一下子被什么绊倒了，把膝盖给擦伤了。

还是总带着一脸倦容的女侍者注意到了。她当真开口说话了："你都干啥了？"

低下头，他看到自己两只手上全扎满了碎木屑。

然后他注意到，希腊人和他的女儿都在看着他。出人意料地，这父亲还对他点点头，笑了一笑。但是已经太迟了。接下来要怎么做，这个男人心意已决。这最后一晚，他不再试着捕获她的芳心，只是把饭吃完，连一杯咖啡也没点。他待在外面，等着馆子打烊。四下无人。当她卧室的灯亮起来的时候，他就转到饭馆房子的后面去。

他小心翼翼地爬上尖板条连成的栅栏，都想哼支小曲儿了。怎么就没人想过要这么干呢？院里有一棵枇杷树，一个鸡圈，一些木材。他爬上百叶窗台，踮脚站着。

女侍者在自己的房间里，正在脱掉最后一件内衣。她漫不经心地转过身来。她的赤裸有种强大的影响力，让他几乎惊讶地倒抽一口气：臀部以下有浓重的黑色的一团什么东西。

他伸长脖子，想看得更多。然后就瞧见在她腿上，有一块黑色疤痕，就像是她站在深可没膝的墨水里似的。

就在那一刻，她把脸扭向了窗户。虽然她没喊叫，他还是往后退了一步，或者，他认为情形是这样。他的后背碰到了坚硬的什么东西。人一动都不能动，挣扎也是完全没有意义的。他甚至还能看见那间房间和女侍者暗淡的身体。两条手臂消失进他的身体两侧，他感到自己融入了某种既坚且直的、高耸着的东西里。可笑的是,他这时意识到,自己该回到悉尼的家了。他的头开始变冷,然后他听到人说话的声音。

从女侍者健壮的腿上,那块斑痕越过了近处鸡舍的笼子、一些瓶子和罐头、有用的木料等,也越过了灰色的已经碎裂的栅栏,进入了用考里树①做的一个新电线杆的基座中。这电线杆在任何天气里,都站得笔挺,能清楚地看见希腊女侍者待在她的房间里,惯常地赤裸着身子。

她自然是从此过上了幸福的生活,也时不时地享受着异性的陪伴。

（李　剑 译）

---

① 考里树:澳大利亚的一种桉树。

远　离　大　洋

海伦·加纳

　　到了卡拉奇,他们只能留在飞机上,不准擅离。她来到打开着的后舱门,倚门而立,机舱外,一切都呈现出灰褐色,在日光中微微闪烁。两位身穿卡其制服的男人正蹲在飞机尾部投在柏油碎石路上的阴影里。他们平静地交谈着,同时做出意味丰富的手和手腕姿势。在她身后,其他乘客在阴凉的机舱里,默不作声地等候着。

　　汉莎航空公司的 DC10 型客机在波斯湾上空飞行。有些乘客耐不住寂寞,便主动与素不相识的邻座攀谈起来。她身旁的澳大利亚乘客打开公文包,取出一本塑制影集给她看,里面有他推销的各种霓虹灯照片。他慢慢地一页页翻着,详细地向她讲述着每一幅照片。我不该来,上飞机之前我就明白这点,在买票之前。“瞧,这双鞋,”那位澳大利亚人的话音从大胡子底下传来,“可真不赖。”他脚上蹬着一双浅灰色高跟无带皮鞋,鞋面上安着一个小小的金鞋扣。她感到不该这么看着他那双崭新的鞋子,于是,她听着他的话的同时,将目光投向一位年轻人。那是个德国人,他正背向前方,双膝跪在座椅上,双臂横支在座椅头靠处,向他身后的人打着招呼。他吐出的字眼很轻柔,令人无法拒绝,那神情仿佛他正咀嚼着空气。她在等着上厕所的当儿,探下身子,从一个圆形的车轮大小的舱口朝外瞭望,机外景象通过这一舱口都走了原样。在机舱与漫长而笔直的海岸线之间,一架小型的非洲酋长的白色包机正朝相反方向疾驰而去。要是我乘的是那架飞机,我就会在回家的路上了,而现在我可走错路了。

在旅馆里,她醒了。手表告诉她,现在是八点半。屋外很亮。她来到窗边,凝视着来往的人们。气锤声停了。她提起电话机。

"对不起,"她问道,"现在是白天还是晚上?"

接线员笑出声来,回答说,"晚上。"

她挂上电话。

在马路对面的火车总站她买了四只橘子,塞进一个白色的塑料包,一手提着,走了开去。我不会有啥麻烦的,我自己能买东西。我能买东西。我本不该到这儿来,我甚至连他的名字也发不准。我犯了个代价昂贵的错误。

回到房里,她拨了个电话号码。

上楼梯途中,他的手搭在她脑后。

"我累坏了,"他说道,"得去休息一个小时。"

"我读会儿书。"她说。

他脸朝下,身子笔直,和衣倒在他的床上。她信步来到走廊上的白色书架前。架子上堆放着成千上万的书,浅黄色的地板拼出人字形花样,墙壁刷成乳白色,黄铜的门把手锃光发亮,原色的棉布窗帘遮映着窗户。她取下《都柏林人》,在餐桌前坐下。她不出声地坐着,她能听见他的呼吸声由急趋缓。

咖啡壶、滤水器和切面包的餐刀上的价格标签尚未除去。餐架上没有盘子,只有几个模样不大、形状奇异的东西,一个无柄碧绿色大口杯里插着金黄的花枝,一个镶着蓝色图案的白底蛋杯。厨房的窗口外是个阳台,满满地塞着空纸板箱,一个套着一个。阳台外,别人的院子里,长着一棵枝叶茂密的大树。

整整一个小时她坐在桌边,不时地一页页翻书。原先闪烁着夺目光芒的太阳这阵躲进云彩后面,压根儿就看不出现在是什么季节。

他来到厨房的门道口,"但愿我刚才已经睡着了。"他说道。

"你是睡着了,"她说,"我听见你匀称的呼吸。"

他没有看着她,只是很快地回答,"我那是深深沉入了自己的内心。"

她站起身。

"你想看看我的自行车吗?"他问,"那就是,在那边。"

"那辆黑色的吗?"

"嗯。"

在一个拐弯处他停住了汽车。似乎已是傍晚时分,但空中却很亮堂。苍蝇在牛跟前上下翻飞着。"自从我离家后,除了鸽子和人之外,这些是我见过的首批生物。"

青蛙呱呱地鸣叫,暮色迅速笼罩下来。他们走着,进入一处树林。当他们还在林中时,夜晚来临了。小路湿了。点点光亮闪烁着,熄灭了,又重新燃起。在参天的大树下,一头鹿几乎全身隐没在杂草中,正悄无声息地离去。

他们步出树林,沿着一条大道朝前走去。道路沿着一大片的水朝前延伸,两旁巨树耸立,茂密的枝叶遮天蔽日。水面上吹来的风呼啸着穿过枝叶。在他们身后,矗立着高高的、关闭着的别墅。百叶窗紧闭,有着装饰华丽的木结构阳台。

"真美,真美。"他说着。

闭嘴。一艘旅游船在乌黑的水面上掠过,船的栏杆上悬挂着彩色的小串灯,清凉的水波送来断断续续的音乐。成双成对的舞伴在甲板上跳着舞,身子紧紧地贴在一起。

"那就是……海洋吗?"她问道。

他注视着她,笑出声来。"我们这儿离大洋有上千英里!"

他们沿湖走着。

"你坐过船吗?"

"船?"

"是啊。"

"手划小船,有过。父亲曾经常带我乘他的桨划小船出去。"

"你是说独木舟吗?"她问道,"小皮艇?"

"差不多吧。我讨厌那玩意儿。因为我父亲是位出色的……操桨手,而且他想让我成为……"

"硬汉?"

"不是硬汉。我那时个子不大,对什么都讨厌,我讨厌跟家人住一块,我讨厌那帮兄弟姐妹。他只是要我混出个人样来。可我太矮小,面对这个高大强壮的巨人坐着,我感觉自己像个侏儒。在海上——在湖上——他会问:'哪儿是北京?哪儿是纽约?'我会紧张得什么都想不出来,我就胡猜。"

他便说,'不对,'用桨'嘭'一下敲在我头上。"

只有一张床。床很窄,这是他的床。他坐在厨房里,同朋友一块喝酒。那位朋友对她说:"在最近的二十年里,这国家发生了两个重大变化:抚养孩子已不像以前那样纯属强制,尚武之风亦有所收敛"。午夜过后,两个男人仍在厨房里聊着,而她则脱了衣服,躺在窄窄的床席里端。在旅馆里,我床上的床单铺得刷平,羽绒被叠得像薄饼一样齐整,放在脚后;我出钱买舒适,于是我就有了舒适。她一直睡到他上床。接下去的整个晚上,她都费力地同他挤睡在一块,无法动弹。明天我会好起来的,明天我会精神振作的。我又会笑了,又会一切如常了。他的鼻息如气锤般震天响。窗子关得严严实实。在世界另一头的那个夏末晚上,他为什么要对我唱歌呢?当我正沉沉睡去时,他为什么要搂着我,唱月儿升起给我听呢?我的血滴在床单上,他放声笑着,因为侍女生气了。我们站在悬崖边上,底下是茫茫林海,他向我借去了指甲钳。他钳着指甲时,那微弱的声音变强了,在清新的空气里回响:"啪嗒、啪嗒、啪嗒。"他说道。为什么他打那些个电话呢?为什么他在半夜打电话时放声哭泣呢?

他老埋怨不停。他大声笑着,装作在说笑话,然而埋怨就是他说话的方式。所有一切都糟透了。他的生活糟透了。

"对不起,我一直在笑,"她说道:"你干吗不——不,我不说了。"

"什么?究竟是什么?"

"我老想出些有用的主意,我知道这令你不快。"

"不!一点不!这些东西都很好。"

"你为什么不每周捎个信儿呢?"

"谁?究竟谁呢?"

"为什么你不少干点这千篇一律的活儿呢?"

他笑出声。"要这么让步,可真太糟了。"

"你不要这么多钱也能过,是吗?"

他脸上露出困惑的神情:"可我得付这套公寓的租钱。"

他出去上班了,沉重的门在他身后关上。她把自己那杯咖啡倒入水槽,那水槽的出水口被一小块煎鸡蛋白堵住了。

她冲了个澡。对着镜子凝视,又把目光移开。她找出钥匙,出门走向那辆自行车。在另一家阳台上,一位围着裙布的妇女看着她开了车锁,而当她举起一只手打招呼时,对方毫无反应。

　　天空布满了乌云。车座很高,她骑车摇摇晃晃地穿过一个十字街口时,一位稳稳当当骑着车的金发碧眼女人朝她吼着,"小心!"她停下车,买了一块肥皂和一本方格练习簿。她在一幅地图上费力搜寻着,终于找到了去一家美术馆的路。她走在美术馆里,两旁是巨大的廊柱。我总得看点什么东西。我得穿上件湿衣服,无知地到处游逛。他会问我看了些什么,我得回答。我出了什么问题了吗? 这些绘画和洋卡片一样俗气,画中之物仿佛由石膏做成。《马尔他的洞穴 1806 年》:水波恰如煮沸后的花菜。天空满是呈淡红色、翻卷着的松松散散的东西。这儿有幅丁托列托的名画《瓦尔刚撞见维纳斯与玛尔斯》。维纳斯的乳房为两朵花蕾,一条小狗躲在桌子底下。"纳粹分子们,"一位站在她身后的法国妇女说道,"抢走了这幅丁托列托就再也没有归还。"一个小男孩趴在地板上,对着一尊古老的塑像作着一幅铅笔画。能听见他的呼吸声。他的铅笔在纸上划了条条凹痕。他的父亲坐在他身后的一张长凳上,微笑着等他作画。

　　在卫生间里,她发觉长裤都被鲜血染黑了。

　　公寓里仍然空无一人。很难猜出现在是什么季节,也猜不准现在是啥时候了。

　　在他的公寓房里,找不到扫帚,也没有熨斗。

　　一只窄小的橱里塞满了衣服:束着腰带的雨衣,一些意大利短上衣,几十件洗衣店里送回、尚未展开的衬衫,每件衬衫上最惹目的便是一个小小的平整的领结。

　　留声机的转盘上正播放着一曲贝多芬的小提琴奏鸣曲。

　　床下放着一本《堂吉诃德》和一只热水瓶。

　　嵌着双层玻璃的窗户透不进一丝声音。

　　或许他拔腿溜了,溜出城去了,好躲开我和我这次不受欢迎的造访。

　　厨房的墙上张贴着一幅深棕色相片,上面是个孩子,一个小女孩,身着吉普赛人穿的褴褛衣衫,颇富浪漫味道。她的眼神表达了早熟的性意识。我走错了国家,来到了一个错误的城市。当我听到国际长途电话空洞的咝咝声时,我本可以挂断电话的。那是半夜时分,他吞下那已失效的药片。他在电话里哭了,尽管我那时正在阳光明丽的白天。我当时在星球的另一边,那儿是白天,那儿有我的花园,我的楼房,以及令我牵肠挂肚的宠物。

我本该挂上电话的。他说，总得做点什么事，不致这么悲哀下去。闭嘴。喔，闭嘴。这是海洋吗？这儿离海洋隔着上千英里！

她凑到家具跟前。她把东西抄在手里，仔细打量着。她又走进衣橱，拉过一件外衣，捂在脸上，接着便由着外衣跌落到地上。这才好受些了。已经有了起色了。

她朝窗户走去，靠窗放着他白色的书桌。桌上有一架小型打字机，乱七八糟堆着几叠纸、书和信封。她扯去了一块遮在一幅带镜框相片上的布。那是张照片。她把它拿在手上，那是她自己。一张不大的脸，黑黑的，充满了焦虑的神色。在照片下面，玻璃板底下，有张撕过的破纸，非欧洲产的纸，上面印着横线，而不是方格。她自己的笔迹，这么写着：我很抱歉，你得睡在我的血泊中，不过，其他一切我都感到很愉快。她把它挂回钩钉上，重新罩上布遮，开始翻阅那些纸。

公寓里到处是女人的来信，巴巴拉、布莱特、埃马努埃莱，好几十个。在他工作的书桌上，在冰箱顶上，在卧室里。他将女人的信，单张的信纸，零落地散放在房间各处，像布小手雷一般，放在锅底下，夹在书页中，以使自己时时产生惊奇感。她读着那些信。什么腔调！干巴巴的，不乏机巧，竭尽全力使自己显得有趣轻松。语调凄楚，一种哀怜的调子。成熟的女人，跟她自个儿一样。"卡普里，这还没完。"一张明信片的背面这么写着。不，这已了结了。我花了数千元来到此地，在这些信纸片上发现了我自己。我现在成了一个荣誉军团中的一分子了。

电话铃声响起，长长的单声，那是欧式电话铃声。她犹豫着拎起了话筒。不是他的电话，那是位年轻的女人。她们有了共同的话题，谈了起来。

"他手头有我的诗歌，"那位年轻的女人说道，她有些羞怯，声音不高。"他说过这个周末我可以打电话给他。他说过，我们可以一边喝点什么，一面讨论我的诗稿。"

"我会转告的。"

"我叫吉妮。你听清楚了吗？名字是法国拼法。"

"我会告诉他的，我保证。"

那年轻女人用她那轻柔的、腼腆的声音说，"谢谢你。你真好。"

天哪，这事算结束了。

她提起自己的包，走出门去。

　　在火车总站,一个衣衫褴褛的黑发女人跑出一扇大门,门上写着:"警察。"她的鞋子破烂不堪,牙齿也残缺不齐。她屈膝露齿朝前奔跑,沿着一条弧形小道跑过车站,奔上大街。男人们相视而笑。

　　火车朝南驰去,一直朝南而去。它每站必停。人们上上下下。车道两旁高山耸立。火车朝前奔驰着,山顶上覆盖着霜冻。人们带着包裹,挎着背包,也有携子带女的。他们说着含糊不清的方言,打着招呼。火车驰过边界,它已经横跨了整个国家。一位老妪捧着一只塑料壶,喝着酸奶酪。她的手机械单调地将匙子举起,放入壶中。她极不雅观地舔去并咽下嘴唇周围那白色的奶酪沫。火车驰过一个关隘,那边上是条碧波映翠的河流。从河流深处涌起的震颤在上涨的河面打着哆嗦。过了第二条边界线后,她打开了窗户,紧挨着火车道伫立着房屋楼舍,它们露出陈旧花瓶的颜色,楼房的朝向在浓密的树木的掩映中零乱不一,久远的年代已经磨钝了它们的棱棱角角。百叶窗呈翠绿色,紧装在靠墙里端,外面窗台上便有了足够的空间,以供洗刷墙壁,培植红色天竺葵。空气也有了色彩与质地,你一伸手便能触摸到,那是黄色的,几乎是粉红色的。她转身看着车厢,里面弥漫着熟睡的孩子的气息。

(陶黎庆 译)

"嘭、嘭"

迈克尔·怀尔丁

　　打门声响起的时候他们正躺在床上。不是敲门,从一开始就是打。于是身上起了鸡皮疙瘩,跟着胃部收紧,肠道充满了恐惧,很像《圣经》上所描写的。

　　他们一动不动地躺着,不说话,屏着气,不想暴露他们就在屋里。

　　响声又起,嘭、嘭、嘭,声音太大,不像是客人来访,像是催命。

　　就是警察打门时间也没那么长。若是警察的话,这时候早破门闯进来了,他也早已被逼到墙根,嘴上挂着被手枪打出来的血,而她则正在床上被强奸。他不愿想象她缩在屋角,抱着床单掩面抽泣,扮演一个拒绝受辱、痛哭流涕的女人那么个老套角色。可是被警察强奸是否就更好接受些呢?

　　也许她本可以把它,就是说门,打开,而站在门口的却是一个信使,怀中抱着她暂时别离不在身边的情人送给她的鲜花。一束接一束的玫瑰,源源而来,房间里顿时变成一个芳香四溢的红色世界,充满了生气。外边还有一辆花匠的送花车停着,并且还在不断地运花,直至屋里地板上堆满了花,堆得有床那么高,她可以躺在上面。

　　我倒在生活的芒刺上,在流血。

　　打门声变成了缓慢的,不紧不忙的砰、砰、砰、砰。

　　他看到一只胳膊在舞动,那胳膊听任自身的重量朝下捶打在门上;看到那巨大的爪子,油腻腻的破旧的灰外套,从衬衫、耳朵上往外伸头探脑的稻草,活脱一个懒洋洋的稻草人。是个狡猾多端的疯子,一个拿着刀微笑的家伙。

她深夜端坐在塔楼里,正编着头发,情人攀着一根绳子爬上来,带她骑上一匹强健的黑母马私奔了。是个月夜天,深蓝色的浮云不时掠过月亮的脸庞。在客栈或者别墅又或者城堡的后门,他们正嘭嘭打门,试图唤醒她的保护人,通知他们,她被带走了。

敲门人又像啄木鸟似的在窗户上敲打开了。一枚硬币啪地砸在窗玻璃上,发出一声充满威胁的回响。接着是等待那将粉碎每一块窗格玻璃的震颤,超音速的毁灭。

也许有那么一回,你觉得这是第一次发生这样的事,也许有一回你认定这将是最后一次。她抽过白被单盖住胸脯,接着又往上拉拉,咬住被单的边缘。床单被她抽过去,床上的男人赤条条地露在外面,尽管显然在竭力控制着自己,看上去仍如惊弓之鸟。他像个胎儿似的蜷缩着,面对门口提着啄木鸟似的斧子和无人认识的疯子,他暴露出赤裸裸的恐惧。那疯子,也许刚服完他每日一剂的氯丙嗪逃出来,抑或还没有服那每日一剂或每小时一剂的氯丙嗪,或者一路逃跑一路灌酒灌得酩酊大醉地从别的州或太空逃窜而来。然而,他这副惊惶的模样并没有使他在她眼里有所缩小,反倒正是因为他的想象,想象她和一个使他充满恐怖、不知会给他带来什么灾难的人有联系,这一点使她兴趣大增,陡然感到自己的不凡,门口的人此时对她来说已不再显得那么重要了。需要的时候,她将把这当作一张王牌,不管怎么说,他就是这么想的。当他像个胎儿似的蜷曲在那里,听到门每打一下,或者窗玻璃每敲一下就畏缩一下的时候,他就是这么想的。

"假如你真要泡进亚硝酸里的话,那倒也好。就我本人来说,我并不喜欢这些引起肾上腺素大量分泌的造次举动,我倒希望他停止捶打,一走了事。"

也许她并不需要亚硝酸。也许她的生活本来就由一连串的打门声所构成,或为木料场突然响起的高速电锯的吼叫所惊醒,或被登门造访的朋友打破好梦,而朋友的来访不过是为了让她看看她怎样剃汗毛,问她意见如何,抑或女扮男装前来招摇,头戴大礼帽,身穿燕尾服,银片包头的手杖不停地敲击着屋门。

敲门声又像一台老式蒸汽机车活塞所发出的"噗噗"声响,发一声响,喷一柱黑色的浓烟,映衬在浓烟背后的是绿色的小山峦。那烟黑里透红,活像个幽灵。机车后只拖着一节车厢,同样黑里透红,黑色的油漆底上描着红色的图案。她正匆忙外逃,逃离报复,抑或逃往幸福,去迎接生活的欢乐。

接着,敲击和捶打停止了,随之而来的是异乎寻常的暂时的平静,是积蓄力量等待下一次的猛攻。本来抱着疑心,以为有陷阱,清楚地意识到这种保险性是虚假的。而现在,所有这些都从窗口消失了,仿佛一块毯子扑扇着驱走了烽火发出的烟的信息。但见她蜷伏在烽火前,像凯瑟琳·泰喀克威撒、波喀洪塔斯·米尼哈哈,除了手腕脚踝被布条捆绑着外,全身一丝不挂,也许还除了束发带上插着的一根羽毛。

石子开始像雨点般落在屋顶上,在瓦上跳跃,最后落地,噼啪作响。

不像在战壕里,若是在战壕里情况或许要更糟。也许像一支城市游击队遭到围攻,迫击炮载着汽油弹笨重地缓缓开来,"呼""轰""哗啦"。一支支特警队破窗而入,先是扫射一阵,投出烟幕弹。干净利索。

也许这时他们正航行在神秘的海域,声音来自一座无人知晓的火山喷出的熔岩,或是在一个沉闷的热带地区的夜晚,天下起了雨,雨点打在绷紧的帆布上,他们正等待着某种奇异的夜鸟发出怪叫。

这么说来,她的面前有两个男人,两个男人。他们可以一决雌雄,但到最后总会给她留下一个,除非他们以死相拼,各自击中对方致命部位或者在男性间发现友谊而将她抛弃。不管是谁留下,都不错,她有什么必要去担忧呢?悬而未决中期待的刺激本身就足够了。

"尽管我不喜欢你所说的什么被人捆绑起来,眼睁睁地看着我在你面前被人奸污,不喜欢你老是提这种事,可我觉得你对这种想法太感兴趣了,应该让你经历经历,了了你的心愿。""我可不玩这种把戏。""那好吧,我们可以打开门瞧瞧。也许我愿意。"她从床上爬起来,走到门口,摸到把手,拧开。"衣服呢?""什么,你想亲眼看着我衣服被扒去?"

(陈正发 译)

滨海营火

巴里·希尔

他俩从里斯本出发,乘慢车沿海旅行,在一个似乎游人较少的小村庄下了车。旅途中有一段路,他俩能眺望到大海——苍茫、潋滟的海面,可不久海景便消失了,直到他俩在这个景色迷人的支线车站下车时,海景方才重现。车站沿月台种着向日葵,售票处屋顶装饰着青瓦。透过小巧的拱门,他俩又看到了大海——同样苍茫,却夹带着北美滚滚而来的汹涌波涛的大海。对于在伦敦待了三个冬季的人来说,这真是一幅赏心悦目的美景。这正是他俩所企望的。剩下的就是住进旅馆,然后就可以尽情地投入假期生活。

安德鲁一心想照顾萨莉,抢着扛上行李,粗鲁地拒绝了一名搬运工的帮助,径直朝前走去。他相信萨莉会跟上来的——果然如此,她肩上挎着橘红色的海滩旅行包,跟在他身后,那神情使搬运工大失所望。安德鲁吃力地扛着行李,汗流浃背,怒气冲冲,可说什么也不愿让搬运工插手。萨莉顺从地跟着他,她知道,安德鲁只有这一次机会把全部行李都压在自己身上:今年他俩早已商定,与其在一个陌生的国家中走马观花,不如就在一处住下来。

旅馆坐落在海滩的尽头。安德鲁把行李堆放在水泥台阶下,两人一起推开毛玻璃大门,里面一切都是铝管和塑料的组合。接待处的工作人员态度粗俗,动作迟钝。最后,他俩终于被领进自己的房间,却是侧楼中走廊尽头的一间,而且阳台面朝内陆。等服务员离去后,他俩一人一边扑倒在摇摇晃晃的床上。预订房间竟会这样！然而,安德鲁想,像他这样比较年轻的丈夫,除了希望一个简单的计划能够顺顺利利,还能怎么样呢？萨莉并未责怪他,她说还是下楼去喝咖啡。他俩在休息室的航空靠椅上坐了下来。那是个长方形的房间,中间放着一只巨大的渔柜,这家旅馆以海鲜出名。渔柜中的绿光均匀地照射到房间的每个角落,四壁没有开向露天的窗户。一名侍者走上来问要不要爱尔兰咖啡,他俩简直不相信自己的耳朵,面面相觑,向对方脸上的绿光和沮丧看了一会,不禁放声大笑,随后要了啤酒。不愉快的遭遇使他俩的心更贴近了。他俩打算熬过已预付房钱的几天后,再到别处去找个窝儿。不管怎么说,他俩总算来到海滨了。

他俩在读书、散步和游泳中度过上午,然后到一家海滨露天餐馆中大吃海鲜(旅馆的餐厅有名无实)。午饭后,他俩做爱、午睡;傍晚,手挽手地出现在海滨大道上,一同步入海滨广场,在椅山桌海中寻找僻静的座位。随后,他俩又继续读各自的书刊,继续以各自的方式憩睡。安德鲁认为憩睡主宰着这个国家的一切。他阅读《图书和出版商》杂志,因为他觉得即使在半睡状态中或者在度假期间,也不能对其他出版社的下一步打算完全不闻不问。萨莉读艾利斯·莫达奇的《钟》,因为安德鲁竭力向她推荐这本书。当然,他俩也聊天:他俩仍然有许多话要相互倾诉,尤其是在他俩一起生活了十年(八年婚姻和此前不到二十岁时的两年同居)之后。当他俩热烈地谈过一些话题后,谈兴就会渐渐低落,继而满足地继续读书或观看周围的世界。这时,他俩仍然有着足够的互相信任,只要一方推一下另一方,他俩就会一起默默地抬头观看,并相信对方的感想与自己大致相同。他俩毕竟一起游历了亚洲和西欧的大部分地区。

然而,在这个地方,安德鲁受不了这些当地人,或者说这些乡巴佬。这些人并不依靠兜售小玩意儿和罐装啤酒谋生。据说这是个兴旺的渔村,但近海的河滩上却闲散着许多劳动力。他们躺在破渔船之间的河地上,而这些破渔船是被人从海水里拖上岸的。他们男的穿着黑上衣,女的披着黑披肩,或孤身一人,或成双成对,更像一群群搁浅的鲸鱼,都懒洋洋地躺在沙滩上。安德鲁注意到,这些男人、女人和孩子,尤其是男人,似乎整天低着头,把脸埋在黑色的袖管里。你只有在傍晚时分,才看见他们的面孔,这时他们才抬起头,在海滩上点燃篝火,一群群地背对落日坐在一起。在他俩回旅馆的路上,安德鲁禁不住想走近他们,但萨莉却认为不必靠得那么近,靠得近不礼貌。

安德鲁想给这些人拍照,捕捉这一具有海滩特色的镜头,但一走近,孩子们就从营火边逃开,并向相机镜头丢贝壳。孩子们的父母亲却微笑着——这为他的镜头拍摄他们那一排排残缺不全的牙齿提供了良机。"你可不能拍!"萨莉说,安德鲁厌恶地转身不理睬她。她这种胆小怕事的声调与他要从杂乱无章的事物中理出头绪的冲动一样使他心烦。他知道自己拍了一张好照片:他就是这样使景物具有更深的意思的。他们是夜间出海的渔夫吗?天天在渔市上卖鱼的就是这些家庭?萨莉对这些景物不感兴趣,安德鲁也不想过分地去打扰他们,因为过分打扰别人是不明智的。然而,难道还有比整家人整家人全身披挂地躺在沙滩上更不明智的吗?他对此十分恼怒,而萨莉则把这现象归咎于他们居住条件的恶劣。

他俩终于可以搬出安德鲁称之为"水族馆"的旅馆了。在往回走的路上,他俩找到一间客房,恰好就在他俩中意的那家露天餐馆的楼上。房间的一面可以眺望海滩:破渔船、躺在沙滩上的人们、大海尽收眼底。清晨,他俩走上阳台,可以看到一片无边无际的大海。海面银光耀眼,不可逼视,几乎看不到排排海浪。那猛烈冲向海滩的波涛,安德鲁心想,偶尔会不会把海滩上的渔夫卷走?房间的另一面是陡峭的悬崖,崖顶上有一座白色的小教堂。这正是个绝妙的处所,从这儿眺望到的是全村最优美的景色,生活似乎就在他俩脚下露天餐馆的遮日篷下流过。整个黄昏,他俩完全可以坐在那儿,慢慢喝着葡萄酒,领略海滨生活的情趣。

然而,黄昏时分,他俩下楼了,在飘逸着沙丁鱼香味的海滨大道上徜徉。每日黄昏,海滨大道总变成一条小吃街,便携式烤架上,炭火炙烤着沙丁鱼,鱼是当天捉的,那气味、那刺鼻的海腥气,无论你有没有尝到那烤焦鱼鳞下的酥软鱼肉,都使你觉得好像口中含着一大块似的。萨莉怕鱼腥,安德鲁却很感兴趣。每天黄昏,他都要拉着她坐在烤架边上,直到夕阳西下。"找点事儿干干吆!"安德鲁大笑着说——真是奇怪的说法。

萨莉天天洗日光浴。她的双颊和双腿上亮光光地涂着高质量瑞士油膏,她先晒扁平漂亮的肚皮,晒两块三角形的肩胛骨,继而晒整个光脊背。安德鲁躺在离她一臂之距的地方,与她形成一个钝角。他坚持读他的书刊,并不时地看着她轮番地往身上涂抹杏仁油、蜂蜜、蜂蜡及枫树汁——她会一连几个小时不停地抹来抹去,只偶尔站起来比较一下肤色深和肤色浅的部位,然后又梦游人似的躺倒。当她坐起身时,由于长时间的暴晒,她的双眼变得茫无表情,甚至当安德鲁见她一脸大汗,问她"想去游泳吗?"时,她也总是回答一声:"不。"又懒洋洋地躺回去,一点不担心中暑。安德鲁跳入海水,心想萨莉一定又是灵魂出窍了。

海水总让安德鲁感到舒畅。

每天的天气都很好。他俩的身体很快就达到了最佳状态,她更加健美;他被太阳晒瘦了,显得更加坚实。他俩穿戴整齐后去吃晚饭时就像初交一样彼此羡慕:他欣赏她后背开口很低的连衣裙的优美;她则赞叹他印度棉布衣衫的时髦。他说要戴她那顶有紫丁香飘带的草帽进餐厅,"你才不敢呢!"她说,虽然很喜欢他试试。他觉得如果同另一个女人在一起——天知道同谁——他也许会试试的。

阳光下,萨莉感到自己的身体正从伦敦的冬天里苏暖过来。她决心今后度假一定不错过盛夏季节。阳光让人心情轻松,感情更加亲密。安德鲁躺在她的身边,难以相信一个小小村子竟能如此和平宁静。午饭前的一段时间极其无聊,要不是涨潮,他俩也许会去那些露出水面的珊瑚礁。由于阳光的暴晒,珊瑚干死了,成了长年累月不再有珊瑚栖息的礁石。

她有时舒舒腰,感叹道:"呵,呵,呵,但愿永远留在这儿!"

黄昏时他呕吐了,他发烧,躺在他俩那间漂亮房间的床上。他浑身颤抖、发冷,腹泻引起的痉挛使他在床上辗转反侧。萨莉非常关切,从楼下的餐馆为他买了许多冷饮、热饮。他批评她浪费,她责备他吝啬。黄昏后他开始好转,在床上坐起来吃点心时,他戴上太阳镜以抵御床头灯的灯光。她大笑起来,接着他又真的戴上她那顶柔软的草帽。萨莉原谅他的经不起日晒,并说中暑真是麻烦,他在病中的表现很好,又说:"今后你真得小心点。"这时,他把草帽当作碟子向她丢去,算是回答。第二天,他痊愈了。

萨莉是个温柔的女人,很少惹人生气,是个能够轻松担任年轻妻子角色的女人。她体贴地准备缩短上午日光浴的时间,这就可以提前吃午饭和提前午睡。所以上午她继续进行日光浴,安德鲁则继续阅读书刊,然后回旅馆去——用更多的时间吃午饭和寻欢做爱。萨莉在度假期间似乎充满了性的诱惑,而安德鲁也能回报她。之后,她漠然地睡去,这对大多数丈夫来说,也许感到心满意足,但他却拿不准自己是否喜欢这样,或者说,他不能忍受就这样子呆头呆脑地躺在她身边。当她未醒而他睡不着时,他就悄悄溜出房间,跑到楼下的街上,再穿过村子中空荡荡的小巷到达村边,然后由较宽的巷子转回。这些巷子一头连着大海,像望远镜的镜筒似的对着大海和天空。他总是更有精神地回到旅馆。这时她正在洗澡,他就在阳台上悠然地点上一根烟,等她穿好衣服。"亲爱的,可以出发了吗?"安德鲁问。"当然。"她回答说。于是,他把烟头朝大海方向一扔。而后,晚饭中间,安德鲁找了个借口单独回房间查阅与伦敦方面交往的电函,写日记等。他们已经在这个村子里住了八天了,还有一个星期。

悬崖顶上的小教堂那边有个斗牛场。这儿的斗牛很文明,他俩发现葡萄牙人斗牛绝不把牛杀死,确实值得一睹。当然,萨莉仍然犹豫不决,她憎恶一切残暴的行为。牛,即使是公牛,在她眼中也是马的表兄弟,而马则是她童年时代的宠物。安德鲁强调说,这里的斗牛绝对不像西班牙,也完全不像在马德里电视上所见到的,他俩可以坐在廉价咖啡馆里,一边吃喝一边像看足球赛似的看斗牛——始终可以津津有味地品尝热肠。不,不能这样,他大笑着说,他俩应该在月光下到斗牛场上去观察葡萄牙斗牛这门优雅的艺术。

对他来说,斗牛是一种最精彩的表演。斗牛场很漂亮,一层层的看台很高。他俩坐在视线良好、票价适中的座位上,看着公牛在弧光灯照射下奔来奔去,而月光更增添了斗牛的情趣。上场的那些小公牛,奔跑起来充满活力,预示着表演的精彩。萨莉紧挨着安德鲁,在单薄的连衣裙内微微哆嗦,仍然提心吊胆。海风吹到了他俩的座位上,他用臂膀搂着她,不禁想起古罗马圆形剧场上的女人们,想起她们目睹血腥的场面而若无其事。萨莉问,"他们不会把牛杀死,是吗?"说着把脸埋在安德鲁肩上。"当然不会。要我对你说多少遍才行啊?"他又大声嚷嚷起来。为了弥补他的粗暴,他想把她搂紧一下,可她挣脱了。公牛继续在场子上奔跑,几个衣着鲜艳的年轻人在后边紧追不舍。公牛转身时,他们急速退却,旋身翻过栅栏;他们大声地笑着,似乎在表示他们能过于轻易,过于顺利地逃脱呼啸而来的牛蹄。葡萄牙斗牛是一种很古老的、文质彬彬的表演,根本没有什么危险可言。有一阵子,一头公牛竟然一动不动地站在赛场上,痴痴呆呆地活像一座铜像,甚至当斗牛士撩拨它、戳刺它时,它那前冲姿势也是敷衍了事的。似乎大家都觉得这斗牛表演进行得太久了。坐落在风景秀丽山崖上的小小斗牛场,距离咆哮的大海只有一石之遥,但这里发生的一切都是温和的:好像人世间的一切活动,在这儿都停止了进展。

然而,这种"停止"却在第二天萨莉终于开口说话时被打破了。她说出了他知道一直盘踞在她心头的念头,说出了一直准备说的话,说出了假日里他俩达到某一心境时她总要诱发的行为目的。她巧妙地在等待着这一心平气和的机会。他俩正在阳台上吃早饭,在拨弄着盘中的鸡蛋;海面上波平浪静。萨莉睁大双眼,开口说话了——她的眼睛那么湛蓝、明亮。

"安迪,我们将来要养孩子吗?"

她的语气那么充满了柔情和蜜意。

"要,当然要。"

"真的吗?"在他的注视下,她抬起头。

"当然真的。"他微笑着说,字音拖得长长的。他能做到很有耐心,很温柔,他也能只用一句话就封住别人的嘴巴。

他解释着说,当然,这件事部分地要取决于市场经营部的改组,不管这种改组是否会发生。只有在那之后,他俩才能确定他是否愿意在国外任职,是否打算在英国安家。他接着安慰她说,她现在的年龄并不大(她二十七岁),许多女人在三十好几生育,照样养出健康的孩子。根据统计,根据经验,实事求是地说,晚育并无多大的危险。

萨莉听他说完,然后才问:"难道你不想我们有一个可爱的孩子?"

"让我吃完早饭再谈,好吗?"

"讨厌。"

"萨,请不要破坏我们的早晨! 我们再等上十八个月,甚至再等上两年,这又有什么关系呢? 为什么非要急急忙忙地养孩子,而牺牲所有别的选择呢?"

"选择,选择!"

"萨……"他说着吃下这个又硬又冷的鸡蛋,胡乱地抹了一下沾满咖啡的脸颊,扔下了手中的面包。这一切,为萨莉提供了充足的恢复理智的时间。现在,安德鲁准备站起上海滨去了。既然萨莉不能省悟,他又有什么办法? 就在他丢下餐巾的当儿,萨莉说,"我知道,我知道你说的一切,我刚才真傻。"安德鲁微笑了,他想这淡蓝色的早晨回到了他俩的身边。萨莉接着又说:"我知道,我们今后的日子还长着呢。"

他俩一起来到海滨,躺在沙滩上。阳光暴烈,安德鲁不得已放下手中的小本诗集,闭上眼睛。炎热舐着他的脊背,像是要把他蜕皮去壳一般;炎热压倒了强光,似乎在他的眼睛背后插进一道坚实的阴影。当他抬头观看时,眼睛里散出小金星。他对一切感到漠然,他渴望发生点什么——不管什么。

果然,第二天发生了一个插曲。

那是将近午饭时分。整个上午,他俩都亲昵地在一起看书、打盹,还一起游泳。他前一天的不愉快情绪已经烟消云散——也许跑到那些废弃的船壳之中,跑进渔夫的身躯里,跑上蔚蓝的天空了。不管怎么说,他决心好好看点书,并不时地抬头眺望大海。从海面上吹来的微风,使人感到特别舒畅。他大口大口地呼吸着海风。

海水中有人在游泳——与其说游泳,不如说在拍岸的浪涛声中击打。他们挥舞手臂,冲着海浪尖声大叫。真是一群胡闹的傻瓜!一群患癫痫症的疯子!安德鲁是个备受称赞的游泳能手。他的目光从岸边的浪花扫到汹涌的波浪,这些波浪涌成玻璃似的浪墙,然后急速扑向海岸。浪墙的外侧,有一个人在游泳。安德鲁心不在焉地望着他,有点想与他结伴同游。那人在挥动着手臂。

天知道他在向谁打招呼。

但那人继续挥舞手臂。

安德鲁的眼睛转回到书本上。

萨莉坐起来说,"我想那人是遇上麻烦了。"

"天哪,你大概说对了。"

可笑的是,一个人遇上了这种事情竟然毫无选择的余地。安德鲁步姿优美地跑下沙滩,好像去买冰淇淋似的。他快步蹚着没膝的海水,穿过迎面扑来的第一排海浪,游向汹涌的深海。在安德鲁开始涉水的瞬间,他感到心脏加快了跳动,忽然间,他对自己现在是否能够救人产生了怀疑。

安德鲁向遇险者疾游了足足五十码,那人在海浪中忽隐忽现。当游近他时,安德鲁听到他在咕噜咕噜地发出吞水的声音,并用葡萄牙语呼喊着,但安德鲁一靠近,那人立刻冒出水面,双手乱抓,差点一屁股坐在安德鲁的头上。

"转身!"安德鲁喊道。

那人猛向前冲。

安德鲁在他耳朵上猛击一拳,然后迅疾地把他扳过身去,右臂挟住他的胸脯,任他手舞脚踢,把他的身体靠在自己身侧。救助落水者,通常都是这样的,然后侧身往回游,尽量让被救者的面部露出水面。那人仍在用葡萄牙语大喊大叫。

"别喊了! 省着点儿力气好吗?"安德鲁把他挟得更紧了。

一个巨浪把他俩淹没了。

"别动,你这个疯子!"

第二个浪峰更高更猛,但没有淹没他们,而是把他们冲向海岸。安德鲁漂亮地侧身游着。落水者挺直身子,一动不动;安德鲁游得更快了。

安德鲁确实游得很快,连到了齐胸深的水域还不自觉,仍然一股劲地挟着葡萄牙人继续侧游,但葡萄牙人从他的挟持中挣脱出来,在水中站住,并向在海边进行海水浴的人挥手。不一会儿,一大群人围住了他俩,有男人、女人,还有小孩。小孩子们拉拉那人的腰带,摸摸那人的手臂,跟在那人的后面,围着那人听他讲几乎淹死而被救的故事。他们说的是葡萄牙语,安德鲁根本无法听懂,而且,他还未开口,那人就上岸,在沙滩上举行"新闻发布会"了。

"你看见了吗? 看清楚了吗?"安德鲁跌坐在萨莉身边。

"你还能继续游。"萨莉赞赏地说。

"不,不,你看见那家伙上岸时那副神气的样子呢,简直像只孔雀!"

"他捡了条命,真够走运的了。"萨莉说。

"可他连谢都不谢一声!"安德鲁愤愤地说。

"也许他不会说英语。"

"笑话……看他那模样,人人都会以为是他救了我呢。"

萨莉大笑。

"有什么好笑的?"

"来,躺下歇会儿。"

"哼,假如没人去救那小子,他准会把比斯开湾的海水全都喝完了。"

"瞧你说的,你做起诗来了! 坐下吧,安迪,看在上帝的份上。"

他终于坐了下来,躺在萨莉身边,让心跳逐渐恢复正常。他把脸埋在胳膊弯下,看那家伙趾高气扬地离开海滩的模样,他觉得眼珠都要跳出来了。他气咻咻地躺了很久,恼恨自己情绪激动,恼恨自己的心胸褊狭,恼恨萨莉的镇定平静和避而不说他冒了生命之险。是的,是这么回事——她完全认为他所做的和要做的一切都是理所当然的。

假期还有三天。

安德鲁毫不讳言地承认,他已经对这个小村子感到厌倦了,他需要更宽阔的活动空间。他想在萨莉午睡时去逛悬崖另一边的海滩,去参观小教堂,去拍几张缆车的照片。"我们都可以一起去嘛。"她说。"我想多逛逛。"他回答说。幸好,她对此并不生气。他俩毕竟结婚十年了,这种回答并不意味着他想摆脱她。

下午一点半,安德鲁登上缆车。车厢里坐满了穿奶油色长裤的中年人和带孩子的少妇,孩子们坐在缆车里兴高采烈,顾不上吃蛋卷冰淇淋,以至奶油融化了,流到他们的小手指上。一个披绿丝巾的漂亮女郎,似乎没有同伴,她很像法国人。安德鲁感到她的眼睛在瞟他,但是由于已婚男子不自觉的习惯,他对此并不注意,只把眼睛望着天空,望着后下方的村庄,望着鳞次栉比的房屋和海滩上黝黑的船壳,望着村外的大片沙滩和正午骄阳下泛出白光的海岸线。缆车在空中爬行,各种景色也在安德鲁的眼皮下滑行,直到缆车到达山顶时,他才对女郎看了一眼。

乘客们下了缆车,有的朝小教堂方向走去,有的朝眺望海景的地方走去,还有的向内陆方向的斗牛场走去。法国女郎却走向崖顶唯一的一家旅馆。那旅馆有一个宽阔的松木结构的露台,坐落在湿润棕榈树下的台地上。安德鲁想回去时可以在这儿喝上一杯。

他向崖边走去。

一条小路陡峭地从崖顶通向海滩,上面一个人影也没有。安德鲁一踏上这条小路就脱下了衣衫,奔跑起来。他跑向最近的海岬,又转向另一个海岬,海滩上依然不见人迹。他不停地向前跑着、跑着,一直跑到咆哮的海浪拍击着的岸边,不能再往前跑了才停下脚步,弯下身扑进柔软的粉状的沙子。他舒展四肢躺在温热的沙子上休息,他的下身很快陷入沙子里。海水汹涌着从大海深处升起,向他扑面而来,使他猛地翻身坐起。

他径直向大海奔去。

海水冰凉,与小村庄海滩上的海水截然不同,海浪也更加强劲。巨浪把他冲向海边,他又向前扑去。他低着头,双腿如同活塞,顶着海浪向前猛冲。他终于脱离了浅滩,不久便在平滑的浪谷间畅游起来。他有力地击水前进,心中充满了喜悦。他想,他要劈波斩浪游回萨莉的身边,上岸后对她说他不得不离开她,告诉她他其实已经离开她,早就离开她了,他俩在一起相处得太久、太久了,而一切实在的、美好的东西,都是不可能天长地久的。

他游过一排海浪后停了下来,他踩着水:应该明智地不刺激地告诉萨莉,明智地通过这平静的清澈的海水传递信息。他踩着海水:脚下的海水碧蓝清澈,犹如蓝天。

他仰面躺在水波上——吹着口哨、拍着水花,深深地呼吸着。一个颠倒的世界。阳光照耀着他胸腹上银光闪烁的水流——他像一段坚实、修美、自由自在地漂浮着的圆木。

他要告诉她不掺假的真实。

真实存在于水中。他像鸭子似的潜下水去,又吼叫着浮上水面。他吼叫着、游着,活像一头海狮。他完全忘掉了萨莉,他已经把真实告诉她了。

一会,他抬头望一眼海滩,惊喜地发现离开海岸至少有一英里远了。海浪在不知不觉中毫不费力地把他送出好远。他自信可以轻而易举地游过横在他与陆地之间的水域,于是几乎立刻一边在心中吼叫着,一边在多少有点冒险的自诩的激励下有力地、沉着地、干净利落地划动着手臂。他把脸沉入水中,欢快地向前游去。

他被卷出更远了。

当然,他有许多宝贵的海上经验。他清楚,在海上游泳如果被急流卷上,挣扎是没有意义的。遇上这种情况,最好的办法是随波逐流,听凭急流把你带到离海岸更远的地方,然后游向最近的陆地。这就是在海上游泳遇上麻烦时最明智的办法。但如果不这样做,而是先试探一下急流的力量而后屈服,那也无妨。

他认真地游着,尽力保持划水的节奏,双臂均匀地回抽,每次都让拇指碰到臀部,以便保持正确的姿势。他现在与小教堂下方的一个沙丘在同一条线上——那是个测点,标志着急流把他沿海岸裹挟的距离——他向这沙丘游去。可是,当他停止划水,抬头观测时,却发现自己已经和教堂上的十字架在一条直线上了。他第二次停下来观察时,发现自己显然没有向海岸靠近一英寸,而只是被卷过了山崖,冲向小村庄的海滩一边。

“哈哈,”他想,“这样回去倒更方便了。”

他看见缆车正向悬崖蠕动,这种完整的侧面图像只有渔夫在黎明时才能见到。他感到非常幸运。

他随波漂流。

多么幽深、晶莹的海水。阳光射进他身下的教堂,他的双脚在教堂的顶部划动。

他踩着水。海水冰凉,他还不停地划动着双臂。

现在需要的只是耐心和常识。

他绕着悬崖上的小教堂转。缆车、缆车售票处、村庄的广场、广场南端的三家旅馆相继进入他与教堂间的直线,接着还有与海岸平行的一片三角形的白色帐篷、大门紧闭、空空荡荡的鱼市场。渔夫们该都在船上了。真的,许多渔船似乎停留在他漂流的前方。如果现在的方向不变——漂流倒比他原先想象的容易得多——他竟可以到达那些渔船,可以顺顺当当地爬上去,在阳光下晒干身子。如果他漂到船边,他就可以躺在沾满盐味的甲板上,日落时与渔船一起去深海捕鱼,到第二天黎明时才返航,早餐时还能吃上一顿鲭鱼。不管怎么说,他只要能漂到船边,至少可以暖暖身子。

他用双臂拍打着海水,顺着海流游了一会。

随后,在快要到达渔船时,他却停了下来,因为他被卷入漩涡,无法继续前进——可以从岸上的固定目标得知。就在与村庄外围遥遥相对的地方,挟持他的海流与从海滩方向来的潮流相撞而消失了。他拍打着、呼喊着,向海滩方向挥手。不久,他又一次仰面向天,像条浮在海上的马尾藻。他一边休息一边思考。

如果拼全力顶着海岸方向来的潮流向岸边游,那就得冒着中途精疲力竭的危险;如果向渔船方向游,那又有可能陷入两股海流相汇合而形成的复杂的水势之中;而如果原地不动,则潮流必然会变,那时就可以顺流上岸。所以,现在的问题仅仅是保持体温,以及请上帝保佑,别碰上鲨鱼。

"喂,船儿,喂,水手,

别跑得太快、太快,

船长的女儿躺在海边,

想搭乘你的小船。"

他向缆车方向放声朗诵诗歌,但他的声音立即被浪声淹没。他满不在乎地翻了几个跟斗,心想:"对,就这样保持镇定,我不是懦夫。"

他可以清清楚楚地看到在夕阳的余晖下,海岸宛如一组舞台布景:村庄广场上竖着一柄柄粉红色和橘黄色的遮阳伞;露天餐馆的遮日篷已经收起;海滨大道上人群络绎不绝,有的骑自行车,有的徒步;不知为什么,一幢二层楼房里的灯亮了一下,随即又灭了,仿佛在向远处的渔船发信号。他还看到海滩上还有许多洗海水浴的人群莫名其妙地站着朝他眺望,其中有人还真的找一个渔夫商量什么。安德鲁向他们挥手。

那渔夫从一个沙滩上站起身,走到另一个渔夫面前——两个黑色的身影凑在一只发白的破船壳旁边,其他渔夫也一起靠近。他们低头弯腰,好像在商议什么。随后,他看到他们中间闪出橘红色的火光,火光照亮他们的脚。不久,安德鲁嗅到什么气味,对,嗅到一股强烈的鱼皮焦味,沙丁鱼的香气似乎就从他鼻子底下那片平静的水面上升起。

生活的一切都远离他了。

她在哪里呢?

夜幕降临了。

黑暗中,在那么迅速降落在他头上的冰凉的黑暗中,他能够看到海滩上发生的一切。营火远处,灯光明亮。每家餐馆楼上的房间都亮着电灯,楼下餐馆里的侍者忙着招待顾客。穿戴华丽的人群在大道上徜徉。安德鲁在想象中还看到昨晚跟他俩坐在一起用餐的那对夫妇,看到了丈夫转向妻子对她做着手势。一切都在不太远的地方进行着,一切都历历在目,一切都弃他而不顾。

她在干什么呢?

他一边等待潮流转向,一边在冰冷的黑暗中安慰自己:他绝不是悲哀地想起她的。他不停地运动身体,他不做浪漫的绮想。他没有满心想着萨莉美丽的情影,不去想念晚上在她身边的温暖;在冰冷的黑暗中,甚至也不想念夫妻间的性爱,不想念自从认识她以来的忠贞和女性的温柔。不,他想到的是她正准备去吃晚饭。

她一定正在他俩下榻的房间里,已经洗完澡,穿上棉布连衣裙,正在照镜子,扑玛·格里芙香粉,一边轻轻地哼着歌,因为,对,因为只有今天他才回来迟了,才耽搁了他俩的晚饭;她哼唱着,因为只有这一次他才没有抱怨的理由;她哼唱着,有着少女的轻松。

安德鲁放声大笑,笑得几乎喘不过气来。

不久,潮流开始转向了,他的双腿感觉到了流向的变化。把握时机——否则一切全完了。

在冰冷的黑暗中,他划着水,等待着机会,等待着冲向海岸的第一排波浪。它说不定会突然向他扑来,他必须看准它荧光间的闪光,听出它的声响,不失时机地钻进波谷。现在他轻松了,既然已经进入波谷,就可以自由地随谷底的漩涡下沉,相信充满空气的胸腔足以使之随同波谷升起,随着大海无穷无尽的推力前进。他只要随波逐流。

他沉浮着。

他决非简单地上下浮沉。每次下沉,他都前进一段距离。

第一次波谷上涌时,他又望见了海滨:村庄中的灯光,广场上的热闹,还有海滨的沙滩。当他爬上沙滩的时候,浑身的骨架子都散了。他躺倒在沙滩上——全体的肌肉似乎都失去了血液,浑身冷得发抖,粗重地喘着气。他让呼吸渐渐平静下来。他看到前方沙滩上有许多渔夫,一个个都蜷曲着围着一堆堆营火,仿佛生了根。一会,他穿过沙滩,深深地呼吸着,向他的萨莉走去——但仍然没有一个人注意到他。

(徐人望 译)

针灸的故事

罗伯特·德鲁

　　克里斯蒂娜·李要带着孩子们动身前往加拿大,去看望她的弟妹们了。"我想去同我的家人们小聚一阵子。"她说。她全家人最近已从马来西亚移民到了多伦多,因为马来西亚已不同往昔,在那里,非马来人、非穆斯林人和中国人已不再能够满怀希望,他们感到现在生活就像灌了铅的骰子一样,事事处处都对他们不利。这一家人最初从上海取道香港而来,到1950年,在马来西亚安顿下来,此时克里斯蒂娜降生了。

　　因此,尽管这家人现在又迁往异乡(只有瓦尔特的姨母和堂兄弟留了下来),但对马来西亚仍然怀有深情。克里斯蒂娜今夏去多伦多途中,要在吉隆坡稍事逗留,把丈夫的骨灰归葬故土。她带着两个稚子:亚当十岁,弗里斯蒂八岁,准备在那里滞留三天,举行一次小小的浸礼会葬礼,然后搭乘新加坡航空公司的班机飞往温哥华。

　　基于保密法,检察部门不便对案例详加评述。但是就已在案的记录来看,如果发现任何部门带有偏见,或者发现任何机构不够完善,从而导致某人陷于困境、横遭损害的,则尽可向有关部门提出申诉。

　　在马来西亚,中国血统的中产阶级习惯于把孩子送到国外就读大学。克里斯蒂娜与瓦尔特在香港大学邂逅。她攻读文科,主修英国文学。狄更斯小说中描述的食品,诸如米高伯的辣味羊肉、沃莫夫人的白脱布丁等,都激起她的奇想。瓦尔特攻读医学,比她年长六岁,在国内时与她无缘相会。他对狄更斯所读寥寥,脑海里自然也就没留下什么布丁等食品的印象。在狄更斯的故事里，他似乎只留意到了食物的匮乏——确实，人们饥肠辘辘啊。结婚以后，他在马来西亚行医，既当西医，又做传统的中医。数年之后，他俩决定，孩子们在澳大利亚会有更好的机遇和前途。

在澳大利亚的西澳大利亚州，亚裔移民比例最高。这并不足以为奇——这个州离亚洲最近。它也离非洲最近，因此来自南非和津巴布韦（从前叫作罗得西亚）的白人移民也最多。西澳大利亚州对中产阶级移民颇具吸引力的原因显而易见：这里气候相间于北部的副热带气候和人口较稠密的西南部"地中海型"气候。经济正在飞速增长。这里的人们在政治上具保守倾向，但在金钱方面却颇具冒险精神。投机商被当成英雄，"企业家"则是恭维的词儿。事事处处都显示出这里是一个新开拓的世界。房地产经营、采矿业投机都能赚大钱。从事知识性职业也同样如此。

"西澳大利亚人可别以为我对此地业已烦腻了。"克里斯蒂娜自我辩白似的对那位站在门前台阶上爱挑剔的金发碧眼的电视女记者说道。对于这样的事，人们在私下尽可随便臆测，但是，慢着！连她本人都尚未决定以后是否回来呢！那位记者似乎对这家人的离去也甚觉不快，但这或许只是因为大清早便要出来采访，周末还得上班工作，不得休息令人头疼之故。大海在初阳映照下，金光浮跃，水天交接的远方消失在朦胧一片的晨雾之中。摄像机镜头中，亚当和弗里斯蒂穿戴得整整齐齐，准备上路了。他俩穿着海尔和圣希尔达两所私立学校淡蓝和灰色的夏季校服，两所学校同属英国圣公会①。克里斯蒂娜戴着遮阳眼镜，身着浅蓝绿色花衣衫。她行将离开这西堤海滩的家了，这是后来购置的那幢房子。百叶窗已经拉下，护窗板业已关好，以抵御即将来临的夏季炎热，和遮挡那印度洋和白色沙丘炫目的反光。在这筹划未来之际，她已雇了保安公司的人员来守护房子，以防小偷穿堂入室，避免人为的蓄意破坏和乱涂乱画。在屏幕一角，那位优哉游哉嚼着口香糖、挺精神地站着的人，想必就是已经到岗的私人侦探吧？

装着丈夫骨灰的锡镴瓶已经妥帖地打点在克里斯蒂娜的手提行包中。

那位电视记者问克里斯蒂娜为什么要走。问这话简直是多此一举。对这件事此地还有谁人不知，谁人不晓？说实在的，大多数人甚至包括报

---

①　圣公会：英国国教。基督教（新教）主要宗派之一。

界现在都已经不再把它当成个"故事"看待了。他们认为并没有什么曲折之处,事情再清楚也不过了:庸医行骗,一再触犯法律。那位电视记者难弄的态度暗示,此事不仅不再有什么引人兴趣之处,而且克里斯蒂娜在走出家门动身去机场的此时此刻,甚至都无权面带抱憾的微笑,无权身具那副高贵的寡妇的仪态。她不配这种形象。

或许克里斯蒂娜在镜头前满可以辛酸地流泪,取出锡镴骨灰瓶,来赢得那位电视记者的些许恻隐之心。但是她没有这样做。

她为什么离去?这跟他们当时移居此地的理由没什么两样。因为事情发展成这个样子,因为事情注定如此。但在镜头前,她避不作答,仅仅是一丝勉强的微笑,面朝西北,向那晨雾迷蒙、水天交接的远方扬起下颌。

自从瓦尔特医生在西珀斯的一条两旁长着胡椒薄荷树的大街,建起他的诊所开业伊始,事情就注定是要发生的了。从诊所向东隔几个街区就是议院,近邻都是些诊所、律师事务所,以及矿业公司。他的诊所获得成功,日益兴旺。不久,瓦尔特和克里斯蒂娜每人都有了一辆马西迪牌车,并且还在西堤海滩购置了一幢白色的大房子。那是个富裕的郊外,房子全部都坐落在一行行白色细沙覆盖的小山丘上,俯览大海。房子的起居间和夫妻的卧室朝向西北,遥对着亚洲。太阳在高高的白色石灰石围墙后面西沉,高墙也遮护着游泳池免受下午海风的吹拂。

即便是这个游泳池,也是整个生活事件中的一环。愿望实现了,便会进而萌生出更高的希冀!事业获得了成功,因循风气,便也要拥有游泳池。亚当和弗里斯蒂在池内向教练学习游泳,他俩还有数学和理化课辅导,还要打网球和学习音乐。在每周唯一空闲没有功课的晚上,亚当还担任小童子军,他的队被选为花园晚会上的仪仗队。新来的州长是一位退休的有爵士头衔的英国将军,他在晚会上接见西澳大利亚州的公民,或者不如说是接见那些有幸得到邀请的人。亚当知道,在市政厅门前狭窄的石灰石台阶上,需要有二十名男童子军和二十名女童子军,分列两旁,斜向站立,这样,后面跟着一班随从的州长和州长夫人——也身着童子军服,便出现在市政厅大门口,通过两行对称站立的孩子们,慢慢地步下台阶,走到等待着的人群面前。

亚当的父亲虽然不属那些翘首以待的人之列,可他还是为亚当感到骄傲,也为亚当拉小提琴日益长进感到骄傲。无论在家中,还是在诊所的候诊室里,他只允许演奏古典音乐,大多是莫扎特的协奏曲。瓦尔特深信古典音乐能使病人心境安适,益于康复。他也为自己力促的医生与病人之间的良好关系感到骄傲,更为自己能用西医西药和针灸推拿相结合的方法给病人治疗而引以为傲。他是此地使用针灸疗法的先驱。久病缠身的人们怀着希冀之心,从各处赶来求助于他,把他的治疗作为最后的希望。

　　克里斯蒂娜向检察机构提呈的申诉用词谨慎,小心翼翼,迥异于日常的言辞。她的英语不错,但时而会不经意地误用现在时态而造成语义含糊,这对于谈论她丈夫的案子会造成不利。因而在那位年轻的电视女记者咄咄发问时,她只得把目光移视那晨雾迷蒙的远方,就好像在凝神观看罗特奈斯岛以北的某处似的。大清早,大海像游泳池般平静。渔人们——那些乘着装有艇后发动机小艇的业余捕鱼爱好者们尚未归来,鲅鱼和鳕鱼正在洄游期。她戴着眼镜的脸镇定而平静,飞机两小时以后就要起飞了。"瓦尔特把所有的精力都放在了病人身上,"她脸朝着远方说道。"他尽力给他们治病,为他们好。"她脸上浮起些许抱憾的微笑。"他是个了不起的医生,但是办事却不在行。对有些事情听之任之,才招致了官员们的怨尤。现在我们必须走了。"

　　她在申诉中申辩道:"调查中所采取的错误形式和对我丈夫不负责任的态度才使得他被捕和被指控有罪,这是不公正的。"她申明,这是她本人的看法,也是她丈夫的同事、朋友、病人和了解真相的人们的共同看法。为了孩子,为了丈夫的名誉,她感到义不容辞,要为丈夫一洗清白。

　　瓦尔特的诊所与几家时髦豪华的餐厅相毗邻。尽管它们食品精美,价格昂贵,却都按时尚做法,把自己谦称为饭馆。在那里的大师傅们心目中,食物烹调的难度往往比风味的微妙更重要。这些餐厅以它们的那种与食物实际用途大相径庭的烹调法而远近闻名,声誉来自大师傅们精心制作的小巧精美的食品。虽然那些掏得起钱付账的常客——白手起家腰缠万贯的富翁和当地的英雄们要求味道好,分量足,但是,百万富翁们都喜欢在时髦的去处抛头露面,为自己粗俗的情趣得到高雅的放纵而大把花钱。就这样,靠着获利颇丰的烤牛排和鱼,这些所谓的饭馆成了气候。

　　医生诊所门前的车道,从下午一点到四点常常被那些富翁们的车子堵塞,特别是在周五那天,更是堵得严严实实。医生并没有因此而小题大做,不过只是给餐厅挂个电话,告诉他们挡道的车牌号,然后静等来人,把乱停的车辆挪个地方。瓦尔特不常光顾这些时髦的去处,只是到一家他所熟悉的餐厅,买回中国式或马来西亚式的外卖饭菜,因为这家餐厅在烹调时从不使用味精。

在家里与孩子们一起吃饭晚时,克里斯蒂娜做英国式菜,偶尔一两次兴之所至,也照着那本有趣的烹调书"匹克威克先生的大份客饭"上的菜谱露几手。这本书是瓦尔特送给她的圣诞礼物,它总是使人回忆起那段愉快的大学时光。

金阳餐馆的老板亨利·罗是瓦尔特的朋友,他在食物烹调上以禁绝味精为荣。偶尔,新来的厨师或懒惰的大师傅会私自携入一瓶味精,来给食物增味,亨利总是把它弃掷不用。瓦尔特到澳大利亚后发现,所有"亚洲式"菜肴几乎毫无二致地用味精调味,只有金阳餐馆独家是个例外。瓦尔特一吃味精就会头疼,情绪变坏,好与人争短论长。他忠告他的病人不要吃味精,尤其是那些患有高血压和精神抑郁症的病人。

电视上报道他初次出庭的节目里,瓦尔特深陷的双眼四周蒙着黑晕,疑虑地盯着电视摄像记者,头发刚粗粗理过,挺直的头发在脑袋两旁直挺挺地竖起,宛如动画片里达格伍的头发一样,两手各攥着一只装有医疗记录的袋子。一个身着猎装的大个子联邦警察手中捧着盒卷宗在前,两人一前一后走上法院的石阶。

克里斯蒂娜也去了法庭,还有瓦尔特的朋友亨利·罗。法庭宣称:在澳大利亚,针灸作为治疗法并没有得到政府部门、保健机构和医药部门的认可,从而只是一种辅助手段。瓦尔特·李医生却认定针灸为疗法,因此被指控犯有十次施行假治疗罪。他的行为使政府损失了总数为 173.80 澳元的开支,以作为支付给他病人的医疗赔偿费。最后,法官判瓦尔特医生三年监禁。

克里斯蒂娜卖掉了他们那两辆马西迪牌汽车,还向亲友借了债。接送孩子上学时,她总是带着尊严而又抱憾的微笑。孩子们有时哭着从学校放学回家。瓦尔特在监狱的洗衣房里干折毛巾的活儿时,得知他的行医注册已被吊销的消息。他强忍住泪,但一经回到牢房,终于失声痛哭了。打从第二天起,他转向了宗教,以寻求心灵的慰藉。他在狱中办了一个圣经学习班,还领着狱中的犯人做祷告。

九个月后,瓦尔特由于在狱中表现良好获得假释。他卖掉了白色沙滩上的房子,携全家东迁悉尼。他感到他们不得不离开珀斯城,因为他的案子在吉隆坡的报纸上成了头条新闻,他感到再也无颜遥对马来西亚。逆运似乎把他整个人压垮了。他整天不离在威罗毕租来的房子,一天到晚诵读着圣经,还老是抱怨喧嚣的交通、粗鲁无礼的店员,甚至对这里的湿度也牢骚满腹,尽管湿度比马来西亚低得多。西澳大利亚的干热,那位于东边的沙漠和可借以校对钟表时刻的极有规律的海风,这一切的一切,他早已习惯,无法忘怀。他久久地做祷告,每礼拜天都去位于恰茨伍德的一个浸礼会小教堂做礼拜,还参加在当地教区牧师家中举行的每周谈心会。克里斯蒂娜觉得,他在这些事情上花的时间太多了。她对浸礼会毫无兴趣,她要他振作起来,为孩子们想想。

　　他向上天祈求圣示的同时,她则在与他的老同事们取得联系,并在设法疏通那些政客们。她也不断地规劝他,让他回想西澳大利亚的迷人之处:干热的气候,安静的交通,黑尔和圣希尔达私立学校,网球,小提琴,小童子军仪仗队。她满怀希冀:过去的一切得到谅解,病人们重又回到他的身边。

　　在西堤海滩上,他们购置的第二幢房子虽然小些,但大海的风光同样绮丽。现在,他们每人开辆东京牌小车。六个月后,瓦尔特重新被医药委员会接纳行医,克里斯蒂娜的努力终于获得了成功。瓦尔特又重操旧业,在离原址不远处,新诊所开张了。亨利·罗在金阳餐厅举行了一个晚宴为他洗尘。主菜是取材于当地的广东式菜肴:鲍鱼菠菜汤,金橘酱猪排,芦笋鸡,杏仁对虾,黑豆酱汁蟹,卤汁石斑鱼,席间还上了当地产的白葡萄酒、恰得尼酒和啤酒。"吃了这么顿盛宴后,你得替我治治酸性尿啦。"亨利蹙着眉头,伸屈着指关节,对瓦尔特开玩笑地说。"还是少吃些蛋白质为妙,"瓦尔特说,"记住,你是个亚裔。"

　　瞧,我承认我提议的性质确实非同寻常。眼下我提议:耗费几个月的时间,在两三个州对人们进行实际调查。当然有关部门不一定采纳我的提议,但我有权把整个事件直接提呈总理,并要求他采取行动。

　　对于联邦警察第二次突袭诊所的人数,分歧不大,克里斯蒂娜记得有六人,诊所接待护士葛拉尔丁·麦克卡斯莉说有八人。她俩都肯定,有两个警察抽着烟进入了外科室,其中一个乱弹烟灰,还用脚把烟蒂踩在地上。没有搜查证。警察叫病人们全部离开。他们把瓦尔特的医疗档案、病历,会计账簿、现金收据簿,以及一切与"针灸"二字沾得上边的东西全部席卷而去,还没收了十二根针灸用银针和两个注射器。最后,他们逮捕了他。

克里斯蒂娜本可以对那位电视女记者谈谈在西澳大利亚生活中那些令她茫然不解的事。比如,她感到好奇,为什么年迈的州长要用小童子军仪仗队?她也不明白,为什么石斑鱼这个词要拼写成那个古怪样子?为什么在电台的"主持人与听众"这个无线电节目里,给主持人打电话的尽是些北英格兰和南非口音?为什么要动用那么多警察去逮捕一个矮小无害的医生?为什么把他关进拘留所,又为什么保释金竟高达六万澳元之多?

克里斯蒂娜带着以西堤海滩上第二幢房子的地产作具的保书赶到拘留所。他们把瓦尔特拘留了四个小时以后,准其交保释放。法庭以三次假治疗罪和政府损失总数为 51 澳元的医疗赔偿金为缘由,命瓦尔特医生八天后出庭受审。

在这座城市北部,法庭附近,有几条具有异国情调的街道,声名狼藉。过去,这儿有条街妓院林立,是专为独身移民和来此作定期访问的美国舰队而设的。现在那里有夜总会、酒吧和各国风味的餐厅。其中的中国餐馆中,有个"宝石宫"很受律师、侦探和法院法官们的青睐。瓦尔特的律师迈克尔·托迪是这儿的常客,也是每周五必在这里进午餐的一伙人之一。他们之中还有一个证券经纪人、两位体育专栏作家、一位房地产经纪人、一个退休的足球运动员(现在是电视气象节目主持人),一个驯马人和一位牙医。那是不拘礼节、吵嚷喧闹的一群,从不讲究俗套,随意带朋友来一起进餐。周五午餐的特色是这群人对和蔼可亲的餐馆老板理查德·刘和他妻子罗思的肆意戏谑和放纵玩笑。

一个周五的早晨,瓦尔特再次出庭了。托迪为他辩护。但听证十分草率短暂。尽管瓦尔特站在被告席上,法庭却没让他为自己申辩,只是又发落他八天后再出庭受审,以便检察官能在这期间整理本案。法官同意了检察官的请求,命瓦尔特交出护照,每周一次去警察局报到。

瓦尔特离开被告席,走出了法庭。托迪跟随在后面。在走廊上,托迪点燃一支烟,把辩护状塞入公文包。衣衫褴褛的不幸的人们从旁边走过。不知打什么地方飘来了一阵苯酚的气味。瓦尔特一屁股跌坐在长椅上,用一块蓝手帕不住地捂着鼻子。托迪抬手看看表,已经十二点二十三分了,然后又看看他这位凄凉的当事人。"跟我一起吃午饭吧。"托迪邀请他说,

"中国式的。"他又补充道。

　　一个小时后，托迪自问，为什么当时要邀请他？因为自己也有个儿子在黑尔私立学校就读，还因为医生正身陷不幸。可是，真不该邀他吃饭。医生在场实在是大煞风景，他们这伙人说笑聊天的雅兴横扫殆尽，老板理查德和老板娘罗思开的玩笑显得粗鄙而又令人尴尬。医生心绪低落，滴酒未沾，只顾低着头，不住用筷子大口地把饭菜划入口中。医生是进餐的人当中唯一的华人，托迪想这是不是他第一次出席澳大利亚人的社交活动。

　　克里斯蒂娜买好周末用的食品从新世界超级市场回到家时，见瓦尔特坐在扶手椅上，正手捧圣经在大声地诵读着。他那凄惨的模样、低沉含糊的声音使她震惊万分。她抛下购物袋，急步走到他面前。"你身体怎么样？""到哪儿去过了？""发生了什么事？"一连串的询问，关怀备至。但是，关心而已，绝不是爱。他正在诵读福音书，那双浸礼会信徒的眼睛红红的，领带上还满沾着酱油渍。这个时候，这个样子，让她怎样表露爱意，又如何去安慰他呢？"你盯着我看的样子真怪，"他突然指责起她来，"就好像我真是个坏人似的！"泪水涌出了他的双眼，他猛地站起身，圣经落在地板上。"你不了解我！"他喊道，"你一直都是旁路人！我孤独一人，真孤独啊。"他两眼浮肿，拿着块手帕擤着鼻涕，咒骂着她，暴怒地在屋子里走来走去。克里斯蒂娜把买的物品放到厨房地上，跑出屋子，上了她的车，她得去接孩子们了，把孩子们从学校接回来，从游泳、网球、音乐、童子军中接回来，从此，要远离这所有的一切了。她只得跑出这幢房子去，暂避暴怒的瓦尔特。十三年来，他可从来也没有这样对她大声嚷嚷过啊！

　　瓦尔特头疼欲裂。他服了几片阿司匹林，拎起他的医疗手提箱，开车进城里去了。他住进了一家最豪华的旅馆，要了朝向西北的房间。他给自己注射了过量的吗啡和哌替啶，往后躺到床上。

　　这个案子还会持续很长时间。除此之外，我就没有什么别的可说了。因为甚至在决定本案是否需要继续审理下去之前，就要牵涉到好几个部门了。况且还有各项登记表、花名册，中间还有节假日等等，这些都是必须考虑在内的事。此外，还有大量的材料需要研究：法律文件、法庭记录、技术和医疗数据、证人的陈述等等，更何况还有联邦与州之间的关系，这一直是个让人感到十分棘手的问题。我看，最早也要九个月或者十个月，也许需要十二个月，事情才会有个眉目。听说，那位寡妇就要离开这个国家了，但即使是那样,也绝不会使事情变得更容易一些。当然,这是绝不会记录在案的。

克里斯蒂娜领着孩子们通过了金属探测器,进入了等候起飞的候机大厅。几天来,她一直在担心那盛着丈夫骨灰的锡镴瓶会惹麻烦,也许会出现那一幕:警铃、混乱、询问、窘人的解释等等。然而,她的行包中放着锡镴瓶毫不招惹人眼,在传送带上移动着进入了 X 光检查机,顺利地通过了。

（郑　昱译）

百 合 花

彼得·斯卡辛纳基

　　莫琳·特里维诺是肯尼的妹妹,他们家与我家相隔好几个街区。去他们那儿,首先得穿过一个操场,再越过一条排水运河,还得走过一大片纸皮树树林,那片林子在 50 年代中期就占了大半个城郊的面积。

　　特里维诺一家住在破旧的木屋里,屋子的檐板都没粉刷过,整个房子摇摇欲坠,总像要塌下来似的。屋顶是用瓦楞铁盖的,已经生锈;窗上的玻璃早已破了,用报纸糊着;墙上门上都布满裂缝。房子四周尽是树,屋后有一条小溪,其实只不过是积水形成的水流而已,水流缓缓向前流动,最终消失在林中的鸭子河里。从路边电线杆上接出来的一根电线伸进小屋,把小屋与外面的世界连成一片,生怕有朝一日,小屋要被风吹走似的。然而,尽管屋子四周既无栅栏又无阳台,这间破屋子以及周围的世界也有叫人刮目相看的地方。百合花! 那些高高的海芋属百合花! 大片大片的花儿,蓬蓬勃勃,绵延不绝! 绿色的枝干厚实坚硬,光滑的叶子宽大美丽。花朵儿粉绵绵的,显得异常温柔,花瓣儿卷曲着,一片叠着一片,宛如鲜润的嘴唇;每朵花的中央,伸展出金黄色的花蕊,洋溢着一派自豪。显然,正是由于这儿潮湿的地段才使这些花儿开得这么茂盛。是有人特地种植的呢,还是它们自己从地下钻出来的? 如果是人种的,那么又会是谁呢? 谁会在这杂草丛生的地方种出如此娇美的花朵?

　　有时候,在操场边的公园里,我会遇上特里维诺兄妹俩。我和他们互换连环画看,要不就是跟着他们到处转悠,玩上一整天。通常,那些移民的孩子们也跟我们一块儿玩。他们比我们大几岁,所以,我们都挺尊重他们的,求他们给我们讲溪水中各种各样的水生物:蝎子呀、甲虫呀、蜘蛛呀、胎生小鱼呀,还有青蛙。肯尼比他妹妹约大两岁,他教我们如何制造麻醉剂,做弓箭和皮枪套;甚至还教我们如何使篝火一直熊熊燃烧到爆竹夜的前几个星期。他们兄妹俩和我们一起玩得情同手足,可他们从不邀请我们去他们家。当时我常想是不是因为他们家太寒碜了才不好意思请我们去?如果我们从树林里或是小溪旁走回家,刚好经过他们家门口时,他们总是赶紧跑开,消失在门背后。如果我们朝他们走几步,最多也只能走到门廊为止。我们从来没有看到过房间里面到底是什么样子。但有一次例外。那一次,我去跟莫琳交换连环画,她正坐在廊檐下。大约是中午光景,房门半掩着,我尽力望去,只见里面乱糟糟的,像是他们的卧室吧;地上散乱着衣服、鞋子、报纸;床铺没整理过,床单一半拖在地上。就在我和莫琳边换连环画边聊天的当儿,我情不自禁地看了看她的腿,她的双腿微微叉开着,衣裙只盖住一半;她自己一点也没有要掩盖一下的意思,我就不自觉地看到了她白色的内裤。她的双腿透出玫瑰色,腿上的汗毛在阳光下闪出淡黄色光泽。我比她约小三岁,但那时的我感觉到她的行为在我内心世界荡起些许涟漪。当她发觉我在观察房间里面时,她就往后一靠,从后面伸手把门给拉上了。除了那次看到的以外,屋子里面别的情况我就什么也不知道了。

我那时正在圣·彼得学校读书,那是一所由圣·约瑟夫姐妹开办的学校。除了读书,我还参加那儿的礼拜活动,同时还兼做祭坛男童的差事,这些荣耀的使命是我十岁生日那天起名副其实地承担下来的;当时,通过死记硬背,我已学会了做礼拜时用拉丁文吟唱祈祷文,而且已经拿得动祭坛上的花瓶,还能点燃祭坛顶端的蜡烛,点的时候又不会碰掉长长的蜡烛花,这一切,布伦丹修女全都看在眼里。

一星期中,礼拜天的弥撒安排在上课用的楼里进行。教室与教室之间的墙实际上是由木板与玻璃嵌板制成的。每逢星期五课后,孩子们便主动留下来,把这些隔板打开,把长凳和书桌摆成教堂里用的那种靠背长凳,把多余的课桌椅搬到外面的长廊里。孩子们当中,有的还被叫出来充当男童,协助神父做弥撒,他们得在星期六下午打扫教室,擦拭铜制花瓶,用鲜花装点祭坛。所用的鲜花都是由人捐的,如果捐花的是个孩子,有人会反复地跟他说那些花(当然,还有我们所有的劳作)是献给"至高无上的上帝"的礼物;只要我们继续为上帝行善,从不施恶,那么,天堂里必有我们的一席之地。当时,我天真热情,毫不理会父母的反对,主动要求担任辅祭工作,又同时做祭坛的"帮手";要是布伦丹修女和多诺万神父也不同意我那样做,我就争辩说上帝他会同意的。我以上帝的名义行事,难道还进不了天堂吗?

下课以后,我总是骑着自行车去转悠,尤其是在日长夜短的夏季,我总是冲进家门,换上衣服,从车库里推出自行车,沿着大街奔驰。附近大部分地方都是灌木林,路上尘土飞扬,乱石密布,许多街的两旁都已建起了工厂,但厂旁的路上都还没浇沥青。这些现代工业的后院俯视着鸭子河的宁静与清澈。通常情况下,大量的废物与泄溢通过排水管道涌进溪中。那些高高地凸现在河岸边的陶制管道就是用来排泄废物的。

当时,那个公园和操场与那条溪流挨得很近。一条小路从中心大道上分叉出来后穿过这个综合性建筑——在当时,这个公园与操场显得古朴原始;那条分叉路迂回着向前延伸,绕过操场,一直通向河的最深远处。那儿,茂密的金鸡纳树和橡树遮住了路的去向,不太熟悉那儿地形的人准会迷路的。为了在举办足球赛和板球赛时能挡住那些无票观众和强行入门者,操场四周筑起了一道高大的尖板条栅栏,那条路紧挨着木栅栏延伸了好一段距离后才弯回到中心大道上。

一天下午,我去新开办的蜡纸厂和家具厂逛了逛后回家。这两家巍峨的长方形厂房都是由铜、玻璃、混凝土和砖瓦建成的,这种现代气派与周围绿色的丛林和两厂之间那尘土飞扬的道路格格不入。那天,路上就我一人骑着车行进。我看树上没有鸟儿新筑的巢,不然,我准会像往常一样爬上树去瞧瞧那些窝儿。不一会,天色变暗,凉风嗖嗖,一场暴风雨就要来了。树枝在风中摇曳,天上已布满黑云。我赶紧加快速度回家。

就在那时,我看到了它——镇上那辆带水槽箱的卡车,外观像辆汽油槽拖车。以前,我也见过这车,那是在溪流边。驾驶员偷偷摸摸地把它开到树林里,从车里抽出些什么,一闻便知是垃圾废水。他把车停下来,拉下一根长长的黑色软管,把管子沿河放好,然后从驾驶室后发动小功率引擎。完了以后,他总是鬼鬼祟祟地离开公园,掉转车头,穿过林中小道。如果没有遇着其他车辆的话,他就一直朝前开去。

然而,这一次,在开往小河之前,他却停了车等在那儿。我早已躲在两条小路之间的木栅栏后面,等着瞧下一步将发生的事。车还没有熄火,所以我想他随时会开车离去的。

灌木丛那边,从特里维诺家那个方向,走来了莫琳。起初,她在卡车后面站住了,直往后张望;当她走到车前面时,驾驶员关掉了引擎;车门打开了,莫琳爬了进去。

驾驶员给自己和莫琳点了烟,他们聊着,莫琳的身体紧挨着他,头枕在他肩上。他看上去比莫琳大多了,很可能有二十来岁了吧,平时总一成不变地穿着蓝长裤和红格子衬衣。他们开始接吻了,他的右手在她身上移动着。我看不到他们胸以下的部位,但莫琳的左手分明也在移动着,他们翻滚在一起,倒在了座位上。这下,我就什么也看不见了。

天色变得更加昏暗,风在咆哮,云在翻滚。狂风卷起的尘土拍打在我的衣服上、脸上、头发上,还真有点疼。我意识到自己看见了本不应该看的事,但我的脑际闪浮着在莫琳家门廊里与她交换连环画时阳光洒在她腿上的情景。直觉在警告我,如果卡车里的男人发现了我,那我就惨了。不管我当时站得离他们有多远,我毕竟是个入侵者。

我侧着身子悄悄地往后移动着身子离开了,直到快近操场时,我才蹬上自行车,使劲踩动自行车穿行在风中。

没隔多久,又快到了星期天做弥撒了。星期五下午上课时,有人问我是否能为祭坛提供些鲜花时,我几乎连想都没想我能从哪儿弄到鲜花就爽快地答应第二天下午拿去。

我自己家的花园里没有那么多盛开的鲜花,况且父母亲是不允许我摘的。因此我便想起了那些百合花,那些花开得正盛,花茎粗壮,不用采好多就可以把教堂里那些花瓶装得满满的。

当我走近那间房子时,心里想着自己能用鲜花博得修女的青睐,说不定我还能因此得到一幅上帝的"圣画"作为奖赏;但同时,我脑子里又浮现出莫琳与那个男人在绿色卡车里的情景。百合花在阳光下熠熠生辉,简直让我着了迷:碧绿、丰润、醇香透熟,仿佛已等着有人把它们从金黄色的花蕊中摘掉,分离。

我正准备走向门廊去敲门，里面传出一阵嚷嚷声。我停住了脚步。

"你这该死的小野货——游来荡去，尽招惹人，像个婊子！"肯尼的声音。

"这关你什么事啦，嗯？"莫琳针锋相对顶撞着。

我退回到门前栏杆和那一排排绿油油的百合花之间，蹲伏着，等待着。

由于隔了一段距离，争吵声显得微弱了些，也听不太清楚了；这样一来，我决定不跟他们打招呼，自己动手摘花，而且要在他们还没注意到门外有人之前就跑开。

花枝脆嫩脆嫩的，我弓着身子，用手轻轻一折，枝就断了。汁水流到了我手指上，喷到了皮肤上；花蕊中精细的白色粉末撒在我手上。我猫着身子只顾摘花，全然忘了自己在哪儿，要摘多少花。

"喂！别碰那花儿！"

是莫琳的声音，肯尼站在她身边。

"你好，莫琳……你好，肯尼！我在这儿摘些花送到教堂去做……"

"滚开！"她轻蔑地吐出两个字。

她刚才准是一直在哭，因为她满脸通红，声音发颤，听起来怪怪的，以前我可从没听过她这样说话，所以我一时搞不懂她究竟是怎么回事。

"我刚才只不过是……"

"谁管你刚才干什么来着？快走！快滚！把花放下，你这个小偷！"

突然，一阵令人不安的沉寂横越在我们中间，仿佛是一把看不见的刀平举在空中，刀锋正对着视线。她突如其来的挑战竟让我束手无策；然而，渐渐地，随着时间一秒一秒地流逝，我开始清醒了。那些花！我曾起过誓要拿去给布伦丹修女的，要是空着手回去是绝对不行的，也是不可原谅的。要是那样，人们再也不会信任我，将来理所当然我也就不可能担任辅祭工作了，也许要失去往日当帮手时的那股威风劲了，更不用提失去上帝的宠爱了。

被动的防卫顿时变成了主动的攻击。我原先那稍带歉意的语调转成了嘲讽与指控。这好比拿枪瞄准扑面而来的野兽，百发百中，我绝对不能让我瞄准的目标跑了。我冲口而出：

"我要把你和那个在绿色卡车里的男人的事抖出来！"

她跳下门廊，在那条通向门口的小径上，抄起一把砾石子胡乱地向我投来。

　　惊慌和惧怕。迷惘、创痛、尴尬、耻辱一起向我袭来,脸面丢失殆尽。这就是当一颗小石子碰到我额头时我心中的感受。不管当时年少气盛的我有何等骄傲,在那石子与额头相碰的一刹那,那骄傲已被击得粉碎。我扔下那一大抱百合花撒腿就跑,跃过小路,冲向那条我曾碰见绿色卡车的小道,边跑边喊:"野鸡、野鸡、野鸡……莫琳·特里维诺是只野鸡!"

　　这句话是什么意思? 我敢以性命担保,要不是彼时彼地,我是无论如何说不出那种话的。我那时才十一岁,莫琳肯定也不过十四五岁。然而,当时我已充分意识到我骂她的话,肯定与我那天下午在卡车里看到的事有关。

　　阳光穿过圣器储存室的窗户,给里面的一切都抹上了一层琥珀色:祭服、祭瓶、花瓶、十字架、锃亮的房梁、红丝绒,气氛像一种黏稠的流质,像装在一筒密封玻璃管中的油在升腾、滑降,被一种无形的光源点亮,变幻出一系列的影像,永不定型。储存室内闪亮着令人窒息的光芒。

　　"当然,我们当时作更多的了解就好了,是吧?"布伦丹修女环视四周,对安·帕特森、玛丽·霍盖、帕特西亚·香农和道格拉斯·奥伯思恩说道,希望他们表示赞同。

　　他们点点头,异口同声地说:"是啊,是啊。"

　　她继续说道:"与其依靠某些人,还不如我们自己多做些了解。"

　　"某些人"这三个字是用了强调语气从她那两片干枯桉叶般的嘴唇里吐出来的。她这是什么意思? 听她那副语调,好像我是这所学校里的陌生人。

　　"好吧,就这样吧,下一次我们会慎重些,你现在可以走了。"

　　但我并不想回家。在她指着门示意我走的那一刻,我才意识到为什么眼前的一切在金黄、湿润的空气中显得流质般地无法定形,我开始放声大哭。她对我的责备以及我自己对失败与挫折的深深体验,使我在同学们面前,在那些神父的帮手面前哭了。然而,当我转身离去,跑向操场时,我又碰巧看到了那修道院以及花园还有那一簇簇苗壮的蓝紫色绣球花,这些花把整个修道院的墙团团围住,看上去像护城壕一样。修女为什么不用这些花来装点圣坛呢? 我边想边跑,悄然无声地躲进火车站旁的树丛里。

　　向父母解释头上的伤是很容易的:我就说是自己滑了一跤,摔倒在教堂的台阶上。我这样想着,不禁又奇怪为什么刚才修女没有问起我头上的伤。伤口虽然不大,但也是挺显眼的。我与特里维诺家之间存在着什么样的关系呢？就像是伤口下的另一种隐痛，这种想法时时萦绕着我，让我烦闷极了。

出乎意料的是，第二天上午七点钟，我在教堂帮忙做弥撒时，发觉自己并没有失去辅祭男童的荣幸。而实际上，别的男童并没来，所有的活儿由我一个人包了，这不禁让我想起前一天做弥撒时发生在圣器储存室左边的事。花瓶里插满了菖蒲花，淡粉色的菖蒲花是用来代替美丽光洁的百合花的，与百合花相比，它们逊色多了。不管怎样，从那以后，我再也不是祭坛上的帮手了，再也没有人鼓励我"自荐"做辅祭工作了，而我自己再也不想干星期六的活了。

就在那天上午，我骑车回家，风吹拂着我的头发，耳边风声嗖嗖，吹得我双眼直流泪，我仍记得自己当时在想着发生在公园里的事——莫琳和那个男人在卡车里的事。我想着想着，那种没能捐花给修女而引起的内疚感骤然减少了。我觉得自己仍然具备优良的品德，是的，即便是特里维诺家的人从此不再理我，不愿再见我，也没有关系。我知道我还会去公园，盯住那个卡车里的男人不放——假如我看到莫琳独自在树林的话，我也许会跟踪她。这一切好像都是由于那些百合花像符咒一样把我给镇住了，那迷惑力简直与布伦丹修女说话的魔力一样不可抗拒；她一边用戒尺击着拍子，一边让我们用拉丁语吟唱祷文，当我们一有纰漏，她就会冷不丁地用戒尺击打我们的膝关节；与她的咒语相比，百合花之声更甜润，更迫切，仿佛向人们承诺了一种体验，一种横贯万古、芬芳沁人的体验，教堂里所有的祈祷声、吟唱声、所有的行屈膝礼所发出的声响都无法与之相匹。

（王丽亚 译）

滑 稽 角 色

布鲁斯·帕斯科

　　谁要是存心看他一眼就不难发现,他五短身材,裹在衬衣里的肚皮已经凸出,而胸部干瘪,但是你不会注意到他那一对眼睛是斗鸡眼。除非他抬头朝着你看,他不能直视你的眼。

　　他从火车站月台上提起箱子,站了一下,目光落在写着"谢泼顿"的路牌上,又一个乡间小镇。此时如果有人朝他再看上一眼,会注意到什么呢?是犹豫不前? 是隐而不露的胆怯? 他的目光从路牌上移开,寻找着可能在等待他的小车。

　　他步出月台,走过一扇绿色的旋转栅门,就看见有一个人在那边接车——一个他预料中的大块头。

　　"莫非您就是博比·麦克莱恩?"那人先打招呼,同时抬起一只硕大、打结的手。博比看着这只手,意识到自己必须握它。他放下提箱,伸过手去,让眼前这个容光焕发的人把它紧紧握住。"不错,鄙人就是博比·麦克莱恩。"他的苏格兰口音或多或少证明了他的身份。博比能够看出,面前俯视着他的这个人一定已经发现他的斗鸡眼,同时在心里嘀咕着经纪人是否搞错了。但是,博比提起箱子,准备跟着来人走了。

　　"哎,把那家伙给我。我叫杰克·希勒,谢泼顿足球运动俱乐部主任。上星期就是我给您打的电话。"是的,博比记得那嗓音。杰克接过箱子,一双眼睛专注地看着他们的目的地——车站酒店。

　　"天哪,也许这事儿算是阴差阳错了。"杰克一面沿着两边长着胡椒树的弯曲坡道往下走，一面在心里犯愁。

"嗯，就这地方，"杰克说，"车站酒店，不那么漂亮，但比较舒服。把您的箱子暂时放在门厅里，先到酒吧间去同伙计们见见面。"

有几个人抬起头同杰克打着招呼，说着笑话，接着垂下目光看他身边的矮个儿。似乎在一瞬间有一种几乎难以觉察的冷场，于是杰克对着众人说："喂，伙计们，这位便是博比·麦克莱恩，为了给今晚的舞会助兴，我们特地从墨尔本请来的喜剧演员。"

一些人把酒杯推向一边抬起头来，另一些人中止了谈话，都把目光集中到这个据说是闻名遐迩的喜剧演员身上——或者说，演出代理人做广告时是这样说的——博比·麦克莱恩，轰动一时的卡巴莱①表演艺术家。

博比想到此时该说一个笑话，立即把他们吸引住，同时显一显自己不凡的身手，但是，他太累了，在类似今天这样的场面站着，无数次地被大群普通观众所包围，习以为常地成为千百张脸孔翘首而望的目标。于是，他脱口说道："我听说你们这里的冰镇啤酒顶呱呱的，我想，还是让我先品尝一番。"对这一要求，人们不得不照办。称赞当地的啤酒好，至少不会得罪任何人，虽然这话没能立即起到联络感情的作用。

酒吧里的人拿不准这个操苏格兰口音的人到底能否不负众望，但是眼看着这位喜剧演员一下子把啤酒从喉头往下灌进肚里，个个都兴奋起来。

杰克想到自己的角色，开始同博比谈他的旅途情况。

"在列车上过得怎样，博比？"

"好的，相当舒服。"博比说，一面喝着杰克给他买的啤酒。在他周围，人们你一句我一句地谈论着羊群和水果，然后话题中心转到足球上——对三周前谢泼顿在决赛中夺冠的事进行评论。博比往肚里灌啤酒，很高兴将自己的脸孔藏在啤酒杯后面，一边在心中惊叹这里的人三周来能这样不厌其烦一遍又一遍地谈论每一个进球、每一次犯规、每一个撞人动作。他们终于转了话题，预测今晚谁会成为舞会中"最佳、最漂亮"的选手。后来有人转过头来对博比说：

"晚上你要讲笑话给我们听，是不是？比利？希望笑话干净些。"说着

① 卡巴莱（Cabaret）：卡巴莱或卡巴莱歌舞表演，指有歌舞或滑稽短剧等表演助兴的夜总会。

便眨眼使色,呵呵大笑起来。博比听到自己被叫错名字,并不想更正,倒是杰克赶忙把口中啤酒咽下去,擦一下嘴巴,说道:"他的姓名是博比·麦克莱恩,至于说的笑话是否干净倒无关紧要,晚上在这里的诸位同仁一个个都是胸怀开阔的。"

"那么,就来一个吧,比——鲍勃①。"那个讲起话来似乎都以接连三声呵呵呵结尾的人说。博比的嘴正好吮着杯子,还没有人注意到他的斗鸡眼。就在酒杯挡在自己面前的这一瞬间,他得到一点安慰,但不由自主地又纳闷:说话的这个人要是不跟着发出三声半心半意的笑声,那他能否提出一个问题来!

待他睁开眼睛,放下酒杯时,他发现人群在注视着他,很清楚,他不讲一个笑话是过不了这一关的。此时,他们都已经看到他的斗鸡眼,不免心中生起疑窦;而杰克宁愿花一百五十元钱去雇来这么个丑角,也不去雇一个脱衣舞女。此刻他也开始担心起来,不知道该向大家作怎样解释为好。这个足球运动俱乐部管委会的其他成员都赞成聘请一个脱衣舞女来给小伙子们助兴,而当杰克决定不采纳请"迷人歌女"西蒙娜这项提议时,大家都闷闷不乐,可是,一旦杰克下了决心就没有几个人会投反对票的——无论如何投票反对的人不会超过半数。

"我想,"博比开了腔,一面深深吸进一口气,这时他打了一个嚏,不过只有他自己感觉得到,"我想,你们大家都听说过一只爱尔兰狗掉进捕兔机中的故事。那狗把自己三条腿都咬断了,到头来还是逃不脱。"在犹豫之后爆出的阵阵笑声中杰克喘过一口气来。"一个住院病人一天早晨醒来时惊呼,'护士,护士我感觉不到自己的腿了!'又是怎么回事?'你当然摸不着自己的腿了,'护士回答道,'因为昨夜大夫把你的一双手臂都截掉了!②'"大家对这个笑话都听得有滋有味。博比喝了一口饮料,盘算着自己如何在再讲一个笑话之后找个借口上一次卫生间。此时他正在出汗,自己已能嗅出臭味了。

"你们听说过两个人和一条狗同上酒吧的故事吗?两个人站在酒吧门

---

① 此人已发出"Bi—",忙改口成"Bob",即 Bobby 的爱称。

② 这句中原文用了"feel"一词,其义双关,病人的意思是"感觉到",护士理解为"摸着"。

口,其中一人身边站着一条狗。第一个人问:'你的狗咬人吗?'另一个人回答:'不,我的狗不咬人。'于是第一个人弯下腰拍打着狗头,狗便汪、汪、汪叫了起来,还咬了他的手。'我以为你刚才说过你的狗不咬人。'第一个人说道。而另一个人回答说:'我刚才没有说这条狗就是我的狗。'"听众中有人轻拍着博比的肩膀,还有一人去给他买来啤酒。博比想着,被截肢者一类笑话总能引人发笑,毫无例外,同时他咽下一口啤酒,向大家道一声歉,便上了卫生间。

他对着不锈钢便槽小便时注意到存尿器的牌子是"米拉"。"米拉"这牌子许多地方见到过。"科斯科"也很普遍,间或还可见到"日出"牌和"卡罗马"牌。"米拉",墙上的"米拉",他一边自言自语一边撒完尿,拉上拉链。

正当博比在污秽的瓷盆中开始洗手时杰克走了进来。

"嘿,原来你在这儿,我们以为你这会儿失踪了。哎,你现在需要什么不妨对我直说。"杰克面对着不锈钢便器,扭头过肩对博比说着话,"亨利已把你的行李提到你房间去了,过几分钟酒吧就供应茶点了,舞会八点整在GV房间举行。稍微早几分钟到那边去,我会给你指点位置的。"杰克把裤裆的拉链拉好,低头朝站在他身边水盆旁的博比打量。他对于眼前这个小个子能否把观众吸引住仍然信心不足,况且这批人又是被啤酒灌得精神焕发、津津乐道于女人的足球手。

"还想再喝杯啤酒吗,博比?"杰克随随便便地问了一声。

"谢谢,不喝啦,"博比回答,"我想上楼到房间里去一下,在用点心前擦擦身体。"

在自己的房中,他从二楼的窗户往外看去,目光越过阳台上的波纹铁索落到大街的另一边,只见一条黑白相间的狗沿街在关闭着的店铺外面东闻西嗅,后来在一家奶品店外面舔吃着什么——博比想着,也许是哪个哭闹着的小孩把冰淇淋洒在地上了。然后,他回到散发着霉气的床边,打开行李包,取出盥洗用品。他在房中央停住脚步,把小包举到胸前,低垂着头。此时如果有谁在近旁偷看,就会注意到他在那里呆立了数分钟,如果偷看者靠得相当近还会看见他眉目紧锁的神情。不过,并没有人在近旁,更没有人偷看。

他沿着一般乡镇酒店常见的铺着化学纤维地毯的走廊往前走,经过好多说不出名字的房间门外,终于找到了浴室。从浴室往外看,下面是铁路车场和成片胡椒。有两个男孩在玩开关齿轮。那儿也有一条黑白相间的狗，不过，或许是另外一条狗。

浴水是热的，这已是难得的了，他任热水在自己的后颈流，在头发上流，在两肩流。别的人都不曾到乡间小镇上做不起眼的演出；别的滑稽演员只在城市酒店中表演，顶好还是到皇家文学俱乐部演出。

对于一个在城里过惯日子的人来说，到小镇上来演出是很吃力的，而且报酬不能令人满意，观众还期待着周末大部分时间能看上演出。他们要么拍打你的肩背，装出一副滑稽相——他们以为你便是那种滑稽角色。他们尽力模仿你，要么他们就像杰克那样，不露声色地表示失望。他们之中大多数人都喜欢龙尼·巴克或戴夫·艾伦一类演员的表演。呀，不想那么多了，水是热的，就让水流在背上淌，放松一下自己的肌肉吧。

他张开手指梳弄着长在两肩及胸腔上的长毛。他有着宽大的肩膀，不错，他还有一个大肚子，但是他仍会情不自禁地敞开衬衣，露出胸部和藏在黑色卷毛中的金质奖章。虽说那胸腔看上去有点邋遢相，但它正是他引以为自豪的部位；他的眼睛是他明显的缺陷——正是这一双眼睛使他走上说笑逗乐的道路。对于长着一双斗鸡眼的人，人们总不免认为他是天生的滑稽角色。

他在休息室里吃肉汁烤面包。粘上肉汁后那三角形面包和白脱肯定要变成棕色，他把面包举起来看，不出所料，有一团软绵绵的、肮脏的浆状物。如果我当厨师，我绝不会这样做，他一边想着一边把一块块牛排和汤菜吞咽下去，而把面包推到一边了事。

杰克在 GV 房间里等他。这 GV 两个字母到底代表什么？在杰克领他到小演出台上去时他在思考着。台的一边是铺着代表该俱乐部彩旗的一排桌子。他轻拍着麦克风，看样子这玩意儿肯定不牢靠，他也明白没有人会想到去把它调到低于常人使用的高度。

有几个人穿着绛紫色的晚礼服，多数人穿着过了时的普通西装，还有些人穿着很随便。妇女中多数人着长上衣，但也有人着色彩鲜艳的有束腰带的长袖裙袍，还有年轻姑娘穿着足以显示其体型曲线的银色紧身长外衣，而多数女孩身上着廉价的淡色裙装，看上去一本正经，其实显得颇不自在。

博比被领到主宾席上就座，他们都是往昔的足球手，现在一个个不是发福了，便是秃顶了，他们那些像松糕一般的妻子每周六给大家分发一次馅饼。她们烫起来的发卷及搽上去的大量润肤香水起初是相当不错的,可是过不了多久那一束束卷发变了样,同整个发型不相配了,那多毛的腋窝任凭搽上老牌香水也无济于事。在发奖品过程中整个厅堂说笑声不断此起彼伏,博比身边的那些人开始讲一些近乎淫猥的故事,还不停地向博比使眼色,邀请他讲一个能让人捧腹的故事。

纸质的餐巾变湿了,新做的发式变了样,衣袖卷得高高的,待博比看到杰克打手势要他去后台时,整个房间已是嚣声大作,烟雾蒸腾,气球爆破,彩旗浸透着啤酒了。

终于到了杰克拿起麦克风,把博比·麦克莱恩介绍给观众的时候了,他尽量想引起人们的注意,他们很快就要倾倒在一位城里来的喜剧演员的面前。他说话时多次往身旁瞥上一眼,你可以看得出他这样做是因为他不能肯定身旁这位五短身材的人是否能像他自己一样把眼前这一大群爱开下流玩笑的人的注意力吸引住,或者更胜一筹。

博比由着人们喊叫和发出嘘声,慢条斯理地把麦克风降到适合自己的高度,接着还站着不说话,让目光扫视全场。他登台表演有上百次了,而眼前这群闹哄哄的观众使他失望。

最后,他凑近麦克风,冲着吵闹最凶、衣冠不整的醉汉高声说:"喂,有种的过来,站出来,让大家好好地看看你。"这个青年在同伴们的怂恿下,既心虚胆怯,又跃跃欲试,便快步冲到麦克风前。

"乡亲们,请朝这里看,有谁看见过这么尖的领子吗?"人群中发出"没—没—没有"的呼喊声。"听着,孩子,把你的秘密告诉我们:你的衣服是哪位师傅做的?"人群中又爆出一阵呼喊声,那青年趁机高高兴兴地退回到自己的座位上去。现在博比觉着已把大局控制住,便开始讲第一个砍头去尾的简短笑话,在此同时耳目并用,了解听众的情绪。又有一个当地青年想碰碰运气,要同城里来的滑稽演员做一番决斗,便高声喊叫:"啊,伙计,去你的,你讲的笑话我们在公立学校读书时就听过了。"博比轻松地喘一口气,把身体移近麦克风,恰到好处地对着扩大器向观众高声说道:"乡亲们,我们真是三生有幸,因为明年我们可以让伊夫尔·尼维尔①粉墨登场,他将要借这个醉鬼的嘴先来表演一番!"博比接下去讲了几个爱尔兰人

---

① 这个伊夫尔·尼维尔似是人们熟知的著名演员。

的丈母娘和老婆的笑话，引得全场哄堂大笑。

"女士们，我希望我不会得罪你们，因为我下面谈到的话题按一般情况来说恐怕是不登大雅之堂的。"一个身边没带小孩、又为哄笑和酒精所激奋起来的妇女高声接应道："哎，快说吧，讨人喜欢的宝贝，你不可能让我难堪的，因为我一直在干这事儿。""好，乡亲们，你们都听见了。"博比一边说一边朝那妇女走过去，用手指指向她，"她说自己一直在放屁。"人群随之一阵大笑，为这个男子在唇枪舌剑中的推挡技巧而轰动，他的还击让人啼笑皆非。接着他讲了一连串以放屁拉屎为题材的笑话，听众眼泪都笑了出来，但是他自己的脸部毫无表情，只有当他对着麦克风发出放屁和排便的模拟声音时是例外。他们对他脱口说出的每一声"pppppppppppfffffff"都听得有滋有味。博比说完最后一个笑话便立即离开了，人群报以阵阵掌声和欢呼。

博比抹去额头的汗水。"再干一次。"他站在后门口自言自语，深深地吸进一口气，那夜空中充满胡椒子及尘土散发出来的气味。他加入了由本地小乐队伴奏的本地人舞会。还能在别的地方看到这样又扭又摆的跳舞吗？他在一张桌边找了个座位坐下，接过别人递过来的免费啤酒。这张桌旁已坐着两个人，其中一人对博比说，他要讲一个博比一定会很喜欢的故事给他听。博比闭了一下眼，两肩几乎不为人觉察地战栗了一下，但是他正好举杯到唇边，没人注意到他的哆嗦。

他耐着性子听完他本人早已听过也讲给别人听过的故事，坐着一动不动，此后另外那人要他讲一个卡车司机的故事给他们听。博比照办了，这时已有一小批人围过来听。那位因自己的衣服被博比取笑的男青年此时拿手指戳着他说："我想你以为自己什么故事都能讲，对吗？""不错，"博比回答，"你出个题目，我就给你讲一个有关的故事。"那青年没有这种思想准备，结结巴巴地说，"好，好吧，你就给我讲一个关于……关于……一匹马的故事。"于是博比不假思索就讲了一个关于马的故事，那青年只好又一次退缩到人群中去。

他现在已成了众人喜爱的角色，啤酒一杯接一杯送到他手中。舞会结束后他被邀参加一个聚餐。当乐队开始收拾皮鼓和吉他准备离开时，博比被拥着进入一个休息室，只见人们从汽车冰柜中拿出雪糕及各种各样的罐头。

聚餐在一座有檐板的木屋中举行，房子外面有一块不大的土质花园和一些生了锈的汽车壳;房内溅满污点的漆布和金属薄板上反射着彩色灯耀眼的光线,音箱中发出高分贝的乡村摇摆舞曲。博比以内行人的眼光扫视着像面包架一般的金色唱片架,看清了那些属于下里巴人的唱片,便心凉了半截。

他信步走到院子里去,在满天星海的夜色中吸着扑鼻而来的胡椒子香味。在铁路车场背后的沼泽地有一只麻鳽在鸣叫,一个年轻的足球手咳嗽一声,躲在鸡舍后面呕吐。博比在一丛蔓生的天竺葵的阴暗处撒了一泡尿,见年轻足球手蹒跚着进屋去继续吃喝。他便是今晚"最佳、最漂亮"的选手。

一名妇女从油毡搭起来的厕所中走出来,手还拎着裙角,也许她在揩干双手。她触着门框发出不大的声响,用一只手轻轻地搭到滑稽演员的肩上,直盯着他的眼睛看。是他的双眼内斜视,抑或是她自己的眼斜视?"博比,你是博比,对吗?"他点点头。她用手臂抱住他的肩,使劲将他拖向休息室,他感到她的乳房紧紧地贴住他的胸头。"往这边走,博比,我带你看一件挺好玩的东西。你是喜剧演员,你会喜欢这一点的。"她用手指指着房间的一个角落,那儿有一个男人颓然倒在地毯上,弓着身子,那姿势挺像母体内的胎儿,两臂交叉抱在胸前,头上戴着一顶绉纸糊成的礼帽。

"看见了吗,博比,那一米八个头的汉子是我的男人,晒成了古铜色的压路机司机,我得跟着他过一辈子。"她又盯着他的眼睛看,这次她肯定他的眼睛内斜视。她把目光往下移动,看到他的奖章,将它拿在自己手中抚摸,同时手指摆弄着他胸口的卷毛。"为什么闷声不响,博比?你是滑稽演员,别人都当你是今晚聚会的支柱。"她放下奖章,用手轻轻拍打着黑色毛卷。

"博比,晚上好,"杰克同他打招呼,伸手推了他一下。"戴比在同你聊着天,对吗?她是个妖精。戴比,你自己说是吗?"说这话时他伸手想去拍打她屁股。

"去你的,杰克。"她回敬他一下,转身朝厨房走去。杰克的目光尾随着她。"那婆娘的奶真神,她的嘴巴像垃圾筒一样,她的道德也差不多一样脏。不说这些了,博比老兄,你觉得怎样?"杰克问了一句,对于对方的回答并没有兴趣听。这晚上的活动已取得成功,大伙都喜欢上滑稽演员了,杰克现在正是得意扬扬之时,便自顾自走开了。

博比看见戴比拿着一杯饮料又回来,在人们身后躲躲闪闪地往外走,最后坐在一处矮墙上,那墙有多处裂着口像烂嘴巴似的。街上停着的车子中有一辆在猛烈地摇晃着。博比点燃一根纸烟,仰头看天空中的繁星,担心如何打发从此刻到明天下午乘 2:35 那班火车离开之前的这段时间。一只黑白相间的老狗像患关节炎般缓缓朝着他走过来,靠着他脚边没精打采地卧下,可从未对他看上一眼,它并不想做点什么动作来换得身旁的人对它拍打抚摸一番,只不过是在夜色中找个人偎坐在身边而已。博比低头看着这只精疲力竭的牧羊犬头上那乱蓬蓬的皮毛,拍打着它的嘴巴和耳朵,狗没有动。人与狗就这样继续呆坐在夜色中,而同时那辆车仍在摇晃着,后来屋内传出聚会的人群散伙时发出的声响。

有只手按在博比肩头。他转过头去,见戴比在他面前歪着身体。"我一直在寻找你,博比,"她边说话边把那条狗用脚轻轻推开,"我原以为你可能已经离我而去,你想躲我是吗?你错了,我的博比小丑,因为我又把你找到了。"她牵住他的一只手臂,带着他沿街行走,两旁都是甜叶桉树,树皮和树叶在微微夜风中沙沙作响。他们在胡椒子下面停住脚步,她将他的嘴唇拉到她自己的嘴边,此时他嗅到的已不再是胡椒子的气味,而是一个女人身上发出的麝香。

"你干吗不问一声我要把你领到什么地方去?"博比对这个问题不做回答,只是透过垂着绿叶的棚架向天空窥望。

"我带你回你旅馆的房间去,这便是我来找你的目的。"说着这些话,她把自己的一双手伸到他衬衣里面。"凉冰冰的,我的博比乖乖,我还是送你上床吧。"

博比先睁开眼睛。晨曦透过亚麻细布的窗帘照进房内,发出深棕色光芒,预告会有一个炎热的白昼。微风吹拂着窗帘。他摸到躺在自己身边的裸体女身,也嗅出了粘在自己手上和床单上的麝香味。

那女人发出一声低吟,转过身子,用一只手扳住他的胸脯。在现在这种光影下,那女人乱蓬蓬的头发和胸部、臀部的曲线给人某种古典式的美感。曙光在她两颊涂上一层金色,她那甜睡中闭着的双眼好像一个稚童在恶梦中半醒半睡的状态。

她又呻吟了一声,转动一下身子,睁开了双眼,伸出一只手从自己的面部掠过去搔了一下自己的头发。人们睡醒时为什么做这个动作?

"上帝。"戴比叫了一声,眼睑下边产生回忆,她认出了胸部多毛和双眼斜视的滑稽演员——她的情人。"上帝! 回家去,到'迷人的王子'那边去——对一双黑眼睛来说这是挺合适的!"

博比出去淋浴,她匆匆忙忙地穿衣,收拾提包,拎着鞋,天亮了她要回到自己那木板筑成的小屋去躲起来。

她走进浴室,隔着噼噼啪啪的水声和弥漫的水雾对他说话:"喂,博比,天亮了,我得走啦!"她不安地摆弄着自己的提包,穿上鞋子。博比躲在水汽中,惊慌无比。

"你不想对情人说句什么话吗?"她对着喷头洒出的细水流发话。"地球并没有停止转动,我知道,地球只会照常运转,你说呢? 但是,不论怎么说,那可不错——"她的目光从自己的提包往上抬起,拨开水流,盯着眼前这个头发稀疏的矮胖男子。她以快动作吻了他的背,用手挤压他的肩膀。"再见,博比。"她转身走开,鞋后跟在地砖上发出吱咯吱咯的声音,他目送着她离去,竭力想说上一句什么话去安慰她,可是牙齿紧闭着打不开。水珠接连溅落到肩上,形成小水流从他胸口的毛丛中流下去。

他站在砾石铺成的月台上,把行包拖向铁路侧线的边上。终于听到了火车的汽笛声,他是 2:35 这班车的唯一旅客。等待他的是一百英里乡间轨道上的行程和三个小时单调的咔嚓咔嚓声。

（毛华奋 译）

乳品点心铺

马里恩·坎贝尔

柜台的分级货架上,一罐罐贻贝和腌洋葱交替陈列,它们似乎都是当令食品,却无人问津。人们只要少量龟肉——其实是鲨鱼肉,和奇科面包卷。奇科面包卷的销路不错,而贻贝和腌洋葱的罐子表面则泛出一串串气泡,活像一群气鼓鼓的河豚。埃尔茜鼓着腮帮说,她再也不穿尼龙工作服上班了。她卷起裙子,放开大腿上的塑料箍。头顶上的风扇叶片懒洋洋地转动着,恰恰把热气搅动起来。

她可以闭着眼睛干活:打牛奶面糊、洗马铃薯,把马铃薯切成整整齐齐的薄片,活像一名鼓手,双手以灵活的手腕、一定的幅度,自然而有节奏地进行各自定型的动作——过磅、洗刷、去皮、切片。不过,她最擅长的还是拾掇马铃薯。她的刀滑过一只只七凹八凸的、长疤的、长芽眼的马铃薯,那么娴熟自如,轻盈快捷。现在,男人们扔下她到后面房间去打牌了。为了不浪费一滴食油,她把昨天晚上炸马铃薯条的残渣捞出来,盛到一只铁丝筐中过滤;然后给贻贝和腌洋葱罐子加满,又看看一串串不断纠缠、松开、上升、破裂的小气泡。韦特克斯轿车扬起的尘土使罐子蒙上一层灰蒙蒙的污垢。管它呢,如果迈克坚持要这样陈列商品,那是他的事情。现在得给孩子喂奶了,奶头跳得厉害。

真奇怪,竟没有人谈论奶头上的这种流遍全身的刺激,它一定如同雷达,乃是一种远距离信号。希望乳汁不要渗出衣服,不过,即使渗出衣服,也会被围裙遮住。凯文是个乖孩子,几乎太乖了,那么睡了又睡,那么安安静静地牙牙学语。无论如何,露茜会照顾他的。她拖着大号伯莎吸尘器,一个个地打扫旅馆房间。看她那提着吸尘器上楼的样子,那瘦小得像只小鸟的身材,你会觉得她体质太弱,干不了那么繁重的工作;但与你相比,她是瘦小而结实的。"只要不为婴儿影响工作——注意,你不能带婴儿上班,喏,那是你自己的私事。"迈克说,"如果休息时想去看看,你尽可以去。""如果想去看看,我爱去看看。"埃尔茜对贻贝和腌洋葱说。

她当初刚来卡尔古利市时,腆着肥大的肚子,要对付工作还真不容易。后来,她买了条腰带,紧紧地扣在腰部,几乎把身体一分为二,但那仅仅把脂肪挤向两边。不过,她至少还有双大而明亮的杏眼。"我喜欢你,埃尔茜",沃尔说,"我喜欢你的海洋气息,喜欢你绿色的眼睛和粗黑的眉毛,也喜欢你雪白的牙齿。"他说着亲吻她笑呵呵的嘴巴,"下次你的沃尔再来的时候,可别忘了他啊,也别让老板占你的便宜。"然后他伸手去抓手表,一条粗壮的毛茸茸的小腿仍然搁在她身上。她想说:我喜欢你正在脱皮的长雀斑的鼻子,喜欢你盯着我眨眼睛的神气。"下次再见,亲爱的母鹿眼睛。"他说。他甚至没有留下一张照片,但她几乎能画出他手臂上的文刺:一只黑色的向上爬的美洲豹,直刺进肌肉,下方刺一条飘动的带子,上面写着:宁死不……不怎么呢? 她曾隐隐约约地觉得凯文也会有这样的文刺,但当他出世时——像只活蹦乱跳的海豹,同他爸爸一样充满活力——手臂上却是光光的没有半点痕迹。也许,沃尔是被纳拉伯河的特大洪水送到尤克拉,才在路边旅馆后面的房间中与她合用一张小床的。

小店中常有这种宁静的片刻,这时,她可以听捕蝇器的嗡嗡声,可以看门口塑料防蝇帘轻轻地向东飘起。不知为什么,迈克不喜欢让她坐凳子,即使没有顾客也不行。她发觉静脉曲张沿着外胫缓缓往上爬,而小腿内侧,紫色的血管则像蜘蛛网似的渐渐扩大。也许不久就能在铁路旅馆找到工作,这样就可以与露茜一起冲洗厕所,一起整理床铺了,她们至少可以心情舒畅些。乳房抽动得厉害,她简直可以听到它们的声音,像雄猫号啕一样的声音。

防蝇帘被拉开了——她没有抬头,必须让自己平静下来。进来的一定是那个脸色苍白的小伙子。他叫博基,总是孤孤单单地闷不吭声,每次都站在门口,让防蝇帘挂在肩膀上,两只大拇指插在黑色牛仔裤的口袋里,仿佛要让你猜猜他在想什么。得了,这次让他自己说要干什么吧。有时,他好像根本不是来买奇科面包卷,而是来左右摇晃和前推后拉弹子足球游戏机的操纵手柄，并且一直玩到中午休息时间结束才肯罢休。他总是一个人玩两个队，从来不与别人比赛。

门外真真实实地传来雄猫号啕般的哇哇大哭声，埃尔茜随即看见自己的婴儿车冲进五颜六色的防蝇帘，看见一双粉红色的小拳头拳击似的向空中挥打。露茜瘦削的手臂青筋毕露地推着婴儿车的把手。车子翘着头冲上台阶。露茜干瘪的胸部激剧地起伏着："看，埃尔茜，他在造反呢，我急死了。老迈克都骂了。如果下次再这样，你恐怕就保不住房间了。两点钟之前我还要收拾三十来个房间，伊莱恩已经在检查了。说我没有把浴盆上的去污粉痕迹洗刷干净。你知道，我看她戴着黑手套乘电车来干什么啊？来找我的岔子！来找该死的去污粉的痕迹。哈哈哈哈。"

"嘘，"埃尔茜说，"老板会听到的。"

"好吧，我得走了。好好吃一顿吧，凯文，你这小家伙啊。再见，亲爱的。"

埃尔茜解开胸罩，竭力抑制自己的感情。肿胀的乳房上，蓝色的静脉像大理石上的色纹；慢慢渗出的白得发蓝的乳汁现在有如喷泉。凯文有力地吸吮着，两只拳头慢慢松开，在乳房周围磨蹭。她必须尽快奶完孩子：五分钟，不能超过五分钟。听那把纸牌重重地拍在吱吱作响的桌子上以及杰克讨厌的吐痰似的声音，他们现在还在一心一意地玩牌。迈克又要叫杰克把工资输得精光了。凯文眨眨眼睛，忽闪着淡褐色的眼珠；沃尔也是这种温柔迷惘的目光。他如果回来，一定会爱她，爱她们母子的。至少，那天晚上，她每次经过他及其同伴的餐桌时，他都责骂同伴不该摸她的屁股。凯文紧紧地依偎着母亲，那种感觉从两股间上升，幸福地刺痛母亲的子宫。

两条细瘦的黑色牛仔裤管踏进塑料门帘，进来的是博基。埃尔茜悄悄对凯文说："他好像刚从硝烟中钻出来似的。"

她把凯文换到另一只乳房。乳房在柜台下面，他不会生气。会从她表情上看出破绽吗？他用笨重的皮靴踢踢油毡地板上的破洞。她把仍然冒着乳汁的左乳房塞进胸罩。凯文一边嘴角上打出几个乳汁的气泡，他的小手指在她鼻子上乱摸；那粉红色的牙龈往两边一分，格格格笑了。"现在不太饿了吧，啊？"埃尔茜觉得博基的态度比过去热情。马上就好了，她说："你要点什么？一只奇科面包卷和一小份龟肉？"他点点头，懒洋洋地走到弹子足球游戏机前，一边沙沙沙地摇着口袋中的硬币。她不知道他怎么才能在游戏机前找到花钱的机会。后面房间中传来椅子移动的声音，但愿站起来的不是迈克。杰克她能对付，杰克为人厚道，就是打牌输了钱也好说话。脚步声在后门口停住，店铺中只有两排不屈不挠的顾客打弹子足球的声音。突然，埃尔茜听到迈克从牙缝中挤出的厉声斥责。

"你以为这里是他妈的什么鬼地方？是他妈的托儿所吗？我跟你说过，不准把婴儿带来，那是你的私事。马铃薯条炸好了吗——没有？你有一个顾客，你接待了吗——没有？我现在告诉你，如果再让我看到这种不能容忍的情况，我就把你撵走。"

埃尔茜猛地把凯文拉下奶头，几乎把他扔进婴儿车，他在婴儿车上撞了一下，车身也在弹簧的作用下微微摇晃了几下。她在尤克拉省吃俭用，花了好几个月才买下这副弹簧。晃晃荡荡的玩具熊绊住了他的脚趾——是她把玩具熊挂在车上的。她竟没有拍几下他的背部。两个、三个、四个顾客进来了；红、黄、绿、蓝，防蝇帘忽而被拉开，忽而挂在顾客的肩上，忽而拍打顾客的面颊，忽而轻轻弹回来，在门框中缓缓晃动。帘缝间强光刺目，叫人看不清对面的商店。迈克还未骂完，他把顾客当作听众："你们看看吧，这就是你们得到的服务质量。你们来买鱼，买马铃薯条，但你们看到的是什么呢？这是家不像话的乳品点心铺，我都不愿向大家推荐。不行，这里的乳品，甚至没有经过高温消毒。"

人们看不到她的乳罩扣，没关系，仅仅衣服没有扣上。她可以一压乳房，让乳汁像消防水龙头似的喷射而出，然后看他们在乳雾中眨巴眼睛。迈克哗哗地摇了一阵铁丝筐，然后在拍纸簿上写了几页吩咐，撕下来插在一条铁丝上。他回头不对任何人，又对所有在场的人说："孟席斯先生说得好，总有些人就是应该被解雇的。"他的话使大家都笑了起来。防蝇帘上的五颜六色挤在一处了，但有人猛地把它们扯开。埃尔茜没有感到强光刺目。有的聪明的蠢汉总是双手插进帘子，把它往两边豁然拉开，然后才通过门帘的，就像摩西在红海上开路一样①。

"我不要奇科面包卷了，"博基低声咕哝说，是他拉着防蝇门帘，"需要我帮忙吗？"他问道。他以为自己是什么啊？是童子军？童子军的荣誉！那文刺正是这个意思：宁死不辱。难道她还没有被挖苦够吗？她想回答他，但有点梗塞，只能强忍泪水，对他摇摇头。到街口就不远了，从那里过

---

① 圣经故事。摩西率以色列人逃离埃及，使红海海水往两旁分开，形成一条通道。

汉南大街,然后沿威尔逊大街回家最近。要是眼睛能看清楚就好了,阳光令人目眩,沥青路软绵绵的,吸拉着婴儿车的轮子。她让凯文猛地震了一下,使他连枷似地挥舞着双臂,急促地大哭起来。风很大。她觉得汉南大街很宽很宽,简直没有边际。"乖乖,宝贝,"她说,"好了,好了,我们马上到家了,一到家你就可以大吃一顿了啊。"听那么多的谈话声和傻笑声,附近好像聚着一群人。哼,如果他们认为女人推婴儿车可笑,那就让他们笑好了,她可以用孩提时代的魔法来对付。这当年的把戏就是,一走下那光秃秃的小山,踏上埃斯佩兰斯宽阔平坦的大街,脑子里就像自动钢琴似的一遍一遍地重复顽童们的谩骂:"真胖,真胖,摇摇晃晃像乞丐;真胖,真胖,两条大腿两座山。"而且,只要她低着头,咬紧下唇,他们就不会盯住她,就不会指指点点,就不会唱:

"嘿嘿嘿嘿看啊

大象埃尔茜来了。"

现在她不那么胖了,仅仅剩下硕大的身材而已。只要凯文不这么大哭大闹,不这么叉着双腿乱蹬乱踢,让粉红色的玩具熊绊住脚趾,她就可以施行那种魔术,然后抬头瞪住对方,是谁都得低头。

"啊哟!上帝!"

埃尔茜抬起头来,在强烈的阳光下眯着眼睛。惊叫的是一个衣冠楚楚的男人,大热天还穿黑礼服系蝶形领结,这时正抓着小腿欢蹦乱跳。他额上冒着汗珠,龇牙咧嘴。"你到底在干什么啊!"他大声呵斥。

在场的盛装女人不止一个,竟有十几个。一个男人在照相机后面扮着鬼脸,对面是靠在提着漏水水袋的帕迪·汉南塑像上的新娘,雪白的尼龙婚礼服拖裙沿阶而下,有如波浪的白沫。她狠狠地瞪着埃尔茜。埃尔茜觉得她肿胀的嘴唇张开了。喂,那被撞的男人又吼道,"你算在干什么啊?"他旁边的女人从连在小圆帽上的面纱后瞥了她一眼,面纱上有许多小点,她眼中的世界一定是一点点的。她打开无提把的黑漆皮子提包——埃尔茜也想省钱买一只这样的皮包——从中取出一块花边小手帕,捂着鼻子轻轻打了个喷嚏。

"我算在干什么?"埃尔茜恢复了说话能力,声音平静而响亮,"哼,我推着孩子回家,知道吗?我可真不明白你们算在干什么?"她对新娘、新郎、男傧相以及不知什么身份的、戴面纱的女人说。

(王笑萍 译)

商 务 代 表

巴里·迪金斯

　　墨尔本证券交易所的商务代表们在一家名为棕橡树的旅馆住了下来。他们身上穿的是价值三千元一套的细条纹图案西装。当这些人看到一位女招待朝他们走来时,其中一名用淫荡的语气问道:"小姐,你愿不愿意陪我们一起乐一乐?"女招待并没有马上回答。她记下了这些人所要的东西,一边用手捂着嘴,一边对他们说:"你们这几位先生是了不起的汉子。没有你们,卡尔顿这个城市就缺少了生气。我怎么赔得起呢?"说完,女招待冲他们一笑,转身走了。

　　没过多久,这些人又叫来了女招待,要她把他们那瓶进口啤酒上的那个样子非常漂亮的陶瓷瓶盖打开。女招待照办了。虽然她的脸上略带笑容,但笑得很不自然。当这些商务代表提出要和她一起共进晚餐时,她的脸一下子变得绯红,从脸颊一直红到耳根。对于这些商务代表提出的带有诱惑性的请求,她感到吃惊。但是为了不得罪他们,她还是假惺惺地说没问题。说完,她就朝门外走去。

　　冬天的下午,太阳似乎也显得很苍白。透过窗户,一线淡淡的阳光射进他们居住的房间。此时商务代表正一个个狼吞虎咽般地嚼着法式馅饼、美国饼干,并伴随着一把把生葱和莴笋。可是,没过多久,就在他们坐在房间里审阅合同、更改内容时,一个个就不停地打嗝、放屁。

　　一些穿着华贵的妇女不时在他们房间门口走过,传来阵阵高跟皮鞋声,其中一些还会停留在窗口梳妆打扮一番。这些商务代表西装的上衣口袋里插着猩红色的手帕,口袋里放的是外壳摸得有点发白的镀金怀表,这种装束在墨尔本证券交易所是非常流行的。他们要了一瓶玛格丽特河白葡萄酒。在喝酒的时候,其中一名商务代表说道:"我们该去找些特兰克女人玩玩,然后再去饱饱地吃一餐。你们是不是还记得这些女人的电话号码?嘿,真他妈的,怎么把她们的号码给忘了。她们是怎么样的一些人?我记得其中一位是黑发,另一位是白头发。她们曾在黑人和白人一起组织的吟诗会上出现过。你拨个电话,她们就会来的,干完后,你再付钱给她们。"

一名商务代表打通了电话。一个女人和他交谈了以后拿着他的信用卡走了。正当这位商务代表到厕所解手时,另一名男子则把那个空葡萄酒瓶扔到厕所边那只印尼巴厘岛出品的垃圾盒里。扔酒瓶的男子名叫布赖恩,此时,他正抽着烟,想着在顿卡尔斯特的妻子。布赖恩还不停地用手摸摸他的前额。想起他妻子在厨房里弯着腰,往烧熟的鸡大腿下塞大蒜的样子,想到他妻子把孩子抱到床上,给他们读布赖·福克斯写的《南方之歌》,布赖恩的脸上露出了微笑。他此刻正抽着半截哈瓦那雪茄。他看到他那位同伴从厕所里出来,裤子的拉链也没拉上,头发上还沾着一些葱花,这副样子使布赖恩有点忍俊不禁,他们是好朋友。

布赖恩和他的同伴一起来到兰德·考番酒吧和另外一些商务代表一起喝酒。而此时在布赖恩的家里,他的妻子爱米莉正在用吸尘器小心地吸着地毯。她要让自己的丈夫感到高兴,尽管她还搞不清楚她丈夫究竟是怎样一个人,他在哪些地方工作,在哪里喝酒,甚至布赖恩为什么爱她,爱米莉也不明白。

布赖恩爱他的妻子,这点似乎是肯定的。因为昨天上班的时候他对爱米莉这么讲过。当时,他竟然来到了爱米莉的办公室。布赖恩看上去强壮有力,处在这些谦和的处理计算机数据的女人中间,布赖恩始终显得非常机智聪明,就像是在一所鸡舍里,母鸡总能吸引周围的一群小鸡。爱米莉也意识到这些。布赖恩走在女人中间那副威武的样子一点都不亚于相片上的美国电影明星罗伯特·米切姆,尤其是他那宽广脸庞上露出的微笑深深地吸引着爱米莉。有时她丈夫会在门口停下来和某位女招待闲聊,并拿起一个塑料咖啡杯递给她。为了不让女招待马上离开,布赖恩还把他那粗壮有力的手搭在她肩上。每当看到这些,爱米莉就有一种妒忌感,当年,布赖恩就是用这种方法来吸引爱米莉的。

　　布赖恩对所有的女人都很亲近，这一点爱米莉也很清楚。布赖恩长着一头棕色的头发，有一副像希腊神话中美男子阿多尼斯那样的身材，以及他那敏捷的思维和旁征博引的谈吐，使得他对女人有很强的吸引力。他那副揉揉鼻子假装窘迫的样子最使爱米莉动心。一次，布赖恩在拉维森商店的领带柜台旁做出这副样子时把爱米莉乐得前仰后合。几年前，布赖恩曾当过这家店的商务代表。这种陈旧的吸引男女结合的方法似乎是具有魔力的，有些人具有这种吸引力，而有些人则没有。爱米莉属于后者。她是来自福克斯山区的一位纯洁女子，她敬畏上帝，但喜欢听那些关于鬼神的故事。十六岁那年，她和布赖恩结婚了。现在，爱米莉把吸尘器放到一边，冲了一杯速溶麦氏咖啡，独自坐在桌边，眼泪从她的眼眶里流了出来。虽然，她想极力掩饰，但很显然，真正使她感到伤心的是她丈夫布赖恩和那些商务代表。

　　爱米莉从来没有读过有关提倡男女平等或争取女权运动等方面的书籍，她至今只是意识到从性别上来讲自己是位女性。她似乎应该属于那些信仰宗教的女人之列，她把头发剪得短短的，嘴上涂了口红，眉毛用紫色的眉笔修整过。此刻，她正在给孩子们读书，尽管他们都已经入睡了。《宝岛》是她最喜欢的一本书，虽然里面有些章节描写暴力，但这些暴力情节却充满着喜剧色彩和戏剧性的变化，然而小说毕竟是小说，和现实生活是截然不同的。特别是在他们居住的顿卡尔斯特城，那儿的商业中心就像纽约一样混乱。

　　爱米莉大声朗读小说。这些描写爱情的章节稍稍抚慰了她那绷紧的神经。"今晚我为什么会这么紧张？"爱米莉独自思忖着，"今晚我是怎么了？"布赖恩马上就要回家了。每次回家他总是喝得醉醺醺的，但为了应酬，他不得不和那些同事一起喝酒，这是他昨天晚上，要不就是前天晚上说过的。物以类聚，人以群分么！有时，布赖恩晚上回来，坐在炉火旁边亲吻着她，边摸着自己的前额告诉她，为了工作，他需要花多少精力去应酬。而这些爱米莉都不会去细想。她总是希望一切都是真实的，因为她母亲曾经告诉她，相信真实会给她带来生活的信心和勇气。

　　然而，爱米莉终于被惹火了。这是在一个午夜以后，爱米莉穿着睡衣离开家，在凛冽的寒风中找寻她丈夫的车子。偶尔，她站在雨中看到那熟悉的车灯时，她想竭力地抓着它们，但所有车都像流星似的在她身边疾驶而过。

"噢,今晚怎么这么冷?"爱米莉不由得哆嗦了一阵,然而仍在刚刚被雨水淋湿的草地上奔跑着。每当遇到拉在草地上的一堆堆狗粪时,她总是用力一跳。她家的那条长毛狗叫珀西,兽医曾断言这条狗不是很聪明,因为它曾经被围困在一个食品盒里长达两天,结果着了凉。但爱米莉还是很喜欢这条狗,因为她曾经在《读者文摘》上看到过介绍,说长毛狗是很勇敢的。而爱米莉需要的正是勇气和胆量。她曾对布赖恩说:"我这个人的性格就是不够大胆。"而布赖恩听后却笑着说:"我这点胆量够我们俩了。"

爱米莉一头栽到床上。她想着他们的孩子,也想起她和布赖恩的新婚之夜。那时,布赖恩非常强壮,而且也善于辞令。爱米莉是个守规矩的女子,只有在结婚的这一天她才喝醉过。当时她喝的是法国香槟,布赖恩却一连喝了十多瓶啤酒,还醉醺醺地扔掉了一瓶杜松子酒。爱米莉见此情景非常吃惊。最后,半醉半醒的布赖恩还硬要爱米莉陪他再喝一杯香槟。

爱米莉当时意识到她丈夫已喝醉了,但喝酒对她说来似乎是男人的事。当布赖恩外出和朋友喝酒时,她只不过暗自期望他会打电话回来邀她和这些朋友一起去喝酒。但布赖恩说他喜欢和那些粗鲁的朋友一起喝酒,因为和他们一起喝酒不仅可以喝得痛快,还可以借酒消愁,这样就可以把一身的烦恼抛到脑后。什么烦恼?她曾经非常谨慎地问道。事实上,她从来没有看到过自己丈夫有什么烦恼。布赖恩说他烦恼是因为他有一些合同没有得到履行,那些酒鬼也常会令他变得心灰意懒。在这种时候,如果饮酒过多肯定会伤身体。有时,布赖恩走在大街上会被别人叫住,到附近的圣艾森特或亨利王子医院,因为他一些很熟悉的同事由于喝酒太多得了胃癌,或抽烟过多得心脏病而死,他们大多死的时候还不到六十岁。布赖恩总认为自己会活得更长,因为他觉得自己还年轻,还喜欢踢足球,就好像自己才十八岁似的。

有一天晚上,爱米莉从停放在车库里的划船后面发现一些内容非常淫秽的书籍,里面的照片是黑人姑娘勾引白人汉子,简直不堪入目。爱米莉从来也没有看到过这类照片,她想这肯定是最近来租这间房子的那个家伙留下的。于是,她就把这些东西统统烧掉了。

已经连续几个月了,布赖恩没有回家,也没有给家里打过电话。多年来,爱米莉从来也没有怨恨过自己的丈夫,她甚至还不知道什么是怨恨。布赖恩长得很美,这是事实。对爱米莉来说,布赖恩是她的一切,她的诗,她的未来。爱米莉对她的丈夫可以说是顶礼膜拜。

当爱米莉喝着汽水,望着雨水流淌在屋外的篱笆上时,她产生了一种强烈的欲望要杀死她丈夫。她从床上爬起来,打开一个黄色的牛皮纸包,放了一梭子弹在里面。爱米莉端坐在床上,脑子里却在盘算着等布赖恩回来时怎么办,他照例会像往常那样吹嘘一番,习惯性地揉揉鼻子,以显示他那副似乎是很累但不失天真的样子。

爱米莉穿着睡衣,觉得身子有点不大舒服,她开始抽泣,并纳闷为什么布赖恩到现在还没有回家。她想洗个澡,但此刻的爱米莉满脑子想的就是要杀死她丈夫,竟忘了打开热水龙头。洗完了这个冷水澡后,爱米莉略施淡妆,穿上她最好的衣服。她打了电话给电信局询问时间,其实她能清楚地看到房间里的石英钟此时已显示出早晨五点钟。她又打了个电话给一位朋友,可这位朋友已搬到昆士兰居住。就在这时,爱米莉不由自主地扳动了手中的枪,把厕所的墙壁打了个洞。她打电话给管道工,叫他马上来修补,并给他一个大致的修理价。这时,布赖恩回来了。

布赖恩一回到家,就倒在床上酣然入睡了。爱米莉看到她丈夫的手腕和手指上写满了其他女人留给他的地址和电话号码。此时的布赖恩额头上已露出了几条皱纹,喉结高高地隆起,正躺在床上发出呼呼的鼾声。爱米莉站在那儿,两眼直愣愣地看着丈夫。她想起当年布赖恩向她求爱的那副样子,那样子非常滑稽可笑,就像有一张照片,当时的布赖恩在明特城和爱米莉参加他一位朋友的婚礼,新娘也是爱米莉的好朋友,那时布赖恩正弯着腰在逗新娘、新郎。结果,照片上的布赖恩只露出了他的屁股。

爱米莉不停地咳嗽着,眼睛却盯着从布赖恩耳朵里流淌出来的鲜血。她手中还握着杀死她丈夫的那把手枪。赶来的警察一边用火柴杆挑耳朵,一边盘问着爱米莉。这副样子就像在电影里出现的镜头一样。"你为什么要这样做,太太?"爱米莉却平静地答道:"我自己也说不清。"

(胡加祥 译)

卡彭塔利亚湾（长篇选译）

亚历克西斯·赖特

第一章　从远古时代开始

一个部落齐声呼喊：我们已经知道你的故事了。

钟声到处回响。

教堂的钟声呼唤信徒们到教堂。天堂之门将在那里打开，但是对坏人大门紧闭。钟声召唤天真无邪的黑人小姑娘从一个遥远的村落走来，在那里，叼着橄榄枝的白鸽永远不会落地。星期日，从教堂回家的小姑娘环顾四周，看到人类的沉渣，实事求是地宣布：世界末日降临了。

那条先祖的大蛇，比暴风雨中的乌云还要巨大的生物，自星辰上降落，因其硕大无朋而行动迟缓，但极富创造力。如果你一直用飞翔在大地之上、苍穹之下的鸟儿的眼睛观察，就会看见它的动作十分优雅。俯瞰大蛇湿淋淋的身体，你会看到它在古老的太阳照耀下闪闪发光。那是远在人类学会思考之前，那是几十亿年前，它从天而降，肚皮贴地，在卡彭塔利亚湾潮湿的泥土之上笨重地爬来爬去。

这条富有创造力的大蛇一头扎到深深的地下，急速穿过滑溜溜的泥滩，身后留下的地洞塌陷下来，发出雷鸣般的响声，形成幽深的峡谷。海水翻滚着滔滔巨浪，沿大蛇留下的尾迹潮水般涌来，原本湛蓝的波涛，很快就变成黄色的泥汤。那泥汤注入蜿蜒曲折的沟壑,形成一条条弯弯曲曲的大河,流淌在海湾辽阔的平原上。大蛇爬过海水漫过的平原,爬过盐碱滩,爬过盐渍的沙丘,穿过红树林,进入内陆,然后又回到大海。它在沿海岸线的另外一个地方冒出头,又向内陆爬去,然后再回来。它途经之处留下千河万流。最后创造的那条河,和以前的河流相比,不大也不小,但大蛇从此盘踞在这条河深深的地底,栖息于巨大的石灰岩地下河床网络中。倘若它对那些并不知晓它存在的人们有了不满,这条河便会毫不姑息地予以惩戒。人们说,大蛇的存在既能包纳万象,又能渗入万物。它就在无处不在的大气中,它如皮肤般附着在河岸居民的生活中。

这条由于潮水作用而定时涨落的蛇河泥水奔流,它那沉重的呼吸我们很难领悟。想象一下大蛇的呼吸节奏:大蛇吸气时,潮水向内陆涌来,古老的石灰岩高原上,枯黄的衰草在强风中飒飒作响,潮水向高原峡谷深处静静流淌的泉水慢慢推进;突然,大蛇呼出一口气,潮水转向,大蛇游回自己那一片亦在循环往复的浅水滩,就在大陆河湾里巨大的湖泊盆地中,盆地的边缘将大陆与大海隔开。

要想领略大河的呼吸,你得有几天什么都不做的耐心。如果你坐在河边那棵赤桉树下(那些不怀好意的上教会学校的小孩们曾在这棵树上意外地吊死爱哭的萨利)等待,在枯死的树枝所指的地方,你能看到大蛇呼出的气流如一股强风穿行,在河面泛起银光闪闪的涟漪,宛如昼伏夜出的小蛇身上的鳞甲。而那小蛇,阳光一照射到它滑溜溜的半透明身体,它就愤怒地甩尾摆身,挣扎着,扭动着,要逃回它天性更适应的黑暗之中。

有关这条河和沿海地区的隐秘知识,是自开天辟地以来老祖宗传下来的“原住民律法”。要不然,在西南风带来的雨季,人们怎么能在洪水肆虐、蛇鱼满滩的辽阔平原上找到深藏的水下河道呢?一个人倘若不是在这样一个时而洪水泛滥、时而土地龟裂的地方长大,怎么能知道横扫过南半球和北半球的信风会在夏天的什么时间交汇?怎么能够对天气的变化比对自己还更了解呢?怎么能懂得在季风期从排水管道里流泻出来的浑黄水里捕鱼?那时候,大片大片的深水注入宽阔的河流,漫过堤岸,淹没辽阔的平原。龙卷风流连忘返,重新集结,大雨滂沱,一直没有停息,但是肥美的鱼却随处可见,唾手可得。

和大河相处,你得有特别的知识,好对付它多变的情绪。那就是:河水的流转，跟人一样，也有情绪的起伏，会季节性地改变河道。河流暴虐地践踏人类的苦心经营，无情地抛弃它从未真正去了解过的恋人——它就是如此对待殖民主义鼎盛时期兴建在其河岸上的那座边陲小镇的。小镇是北澳大利亚腹地的人们为运输贸易而建的港口。

上世纪初的一个雨季，仅仅因为大河决定改道，从离小镇几公里远的地方流走，码头的水便销声匿迹。于是，这个没有水的港口再也派不上用场，但小镇并没有就此消失。至今这里的居民还在继续谈论祖祖辈辈流传下来的话题——为什么这个镇子要继续存在下去？他们坚持扎根在这里，是为了保护北部海岸线不被"黄祸"侵略。那是一幅可怕的图景，一支黄色大军跟着箭头向前挺进，箭头直指德斯珀伦斯小镇。最终，保卫家园的热情烟消云散，"黄祸"没有入侵。大家都环顾四周，为它的存在寻找到一个更应时的理由。也就是说，小镇还得时刻提高警惕。责任不在一两个人身上，而是人人有责。因此要密切关注，不能错过时机，要超越个人的经验，发出自己的声音，来做出一份鉴定，即对黑人的状况做一番评论。如果能做到这一点，就认为你为维护本州的权益做出了经济上的贡献，甚而为维护整个国家体面的社会形象做出了贡献。

诺末儿·凡特姆①是个部落老汉。他一辈子都生活在小镇边缘名叫"刺丛"的稠密灌木林里。他的住所就在密密麻麻的灌木丛中，那是些细长枝条的植物，光秃秃的没有什么叶子，只是成千上万根刺条，下面连蚂蚁也找不到半寸遮阴挡雨之地。德斯珀伦斯镇周边这种有百害而无一利的外来灌木在此地生长已有很长很长的年头了，凡特姆家没有人能记得起来到底是什么时候开始的。自打诺末儿出生那天起，他们家就住在小镇尽头一个垃圾场旁边。他们从垃圾堆里捡来铁皮、破布和塑料，搭起一间间东倒西歪的小棚屋，一家人挤在里面，连气也喘不过来。那些拓荒者家族的后代宣称自己是镇子的主人，说原住民实际上根本就不是这个镇子的一部分。没错，从前他们的活儿就是掏粪坑，运垃圾，扫大街。此外，他们说，是牧场主把原住民像扔垃圾一样扔到这里的，因为他们拒绝给黑家伙们同样

---

① 这个名字原文为 Normal Phantom。Normal 意为"正常、普通"；phantom 意为"幻影"。

的报酬,即使有了联邦立法后。所以黑家伙们只好在别人的镇子边上待着,难道不是吗?把他们全部当垃圾一样扔出去,不给他们一星半点的东西来过渡。

不,"刺丛"早在有汽车之前就有了,那时货物商品都由骆驼队运送,直到阿富汗人阿布杜尔和阿布杜拉老哥俩在那连接南北、被称之为"生命线"的要道上失踪。过了好长时间之后,人们还开玩笑说,阿富汗人是诡诈的、骗人的狗,凶残的狗,不能信任的狗。等到食橱里的东西吃光了,镇上的人终于意识到,骆驼队很可能再也不会回来了——这时镇子里所有的人都估计他们是死了。有几个基督徒想拿全镇人的行为不端说事儿,鄙视地说:"哼!现在总该接受点教训了吧?"可别人全都不这么想,因为不久邮政卡车便运来了格洛格酒和食物。谁都认为,邮政卡车是迄今为止你能想象到的最为便利的公路运输方式。

一个阴云密布的夜晚,骆驼队终于出现在德斯珀伦斯。骆驼脖子上的外国铃铛晃荡着,像晚祷的钟,在寂静的夜晚,发出叮咚、叮咚的响声。镇子里的居民像孩子一样从梦中惊醒,直挺挺地坐在床上,眼睛瞪得老大,活像僵尸。他们看见黑色的影子在伸手不见五指的卧室里移动,于是认为那是散发着阿富汗人气味的鬼魂——老天爷作证——不请自来,长驱直入,喧宾夺主,飘浮游荡,绕着人家的房子游走,压根儿不理睬你的存在,行为举止绝对谈不上好。甚至不懂得先敲门,再进别人的家。这是镇上自诩为新澳大利亚人的居民们无法忍受的事情:连死人也没规矩了!还没入澳大利亚籍吧!实在不是澳大利亚人的做派!你们应该派个搜寻队出去看看到底怎么回事!天亮了,大伙儿才舒了一口气,原来只是可怜的老阿布杜尔和阿布杜拉的骆驼。

随后几天,谁也没想去抓那些骆驼,也没有人去卸驼背上已经腐烂变质的东西。镇子里的人都对去碰黑皮肤外国人的东西或牲畜深恶痛绝。于是这几匹骆驼就由着性子四处游走,带着满身的伤口,因为那些腐烂的食品袋子还缚在它们背上,晃荡在它们身体两侧,磨出累累伤痕,它们自己无法解脱,得有人来帮忙。袋子里装着面粉、砂糖和谷物,谷子长出了芽,接着又枯死了。可怜的牲畜们遭到有组织的围捕,那些尖叫着不肯合作的骆驼听不懂英语,也不明白他们的野蛮行径。追捕者或步行或骑马,追赶了好几个小时,又是石头砸,又是鞭子抽,最终才把这些骆驼赶到黏土湖,开枪打死。镇政府那位笨手笨脚的秘书用粗笔尖在档案里写下如此记录：骆驼被清除。这是载入史册的镇自治委员会完成的第一件工作。

先前骆驼队的宿营地有许多骆驼粪。到了雨季，骆驼粪里残留的含羞草种子抽出细小而坚硬的新芽。成千上万粒种子撒在每一条小路和溪谷，被雨水冲到浅浅的水洼，在那里得到新生。新芽把肥大的根深深扎到泥土之中，将大地连成一片，让人产生一种幻觉，似乎即使没有水，这里也会永远一片葱绿。在这道宛如海市蜃楼般的风景线，在这块古老的土地上，畜牧业蓬勃发展。虽然花开花落，但人们从来没有放弃。现在，干旱的季节，婆罗门牛杂交繁殖的牛群为了啃食粗短的蓝草，在这道风景线上踩出纵横交错的小路，将表层土碾成飞扬的黄尘。

"刺丛"人说，诺末儿·凡特姆肯定能像他的先辈们一样，对这条河了如指掌，和它同生共存。他的祖先们都是河上弄潮儿，自打开天辟地，他们就和这条河生活在一起。诺末儿就像时涨时落的潮水，随着那条奔流到海的长河来来去去。他尽可能地待在水上，乐此不疲。他深谙鱼类，和海湾里那些被叫作"睁眼瞎"的巨大鳕鱼相交甚笃，它们常常五十条甚至更多地结队而行，浩浩荡荡跟在他的小船后面向大河上游游去。老人们说，鳕鱼能活几百年，也许诺末儿也能活这么久。老人们还说，他对天空的了解就像对大河的了解一样多，因为他就星星也能说出许多道道来。"刺丛"人说，他一直在追逐星辰：他小时候，我们就见他在茫茫夜色中奔跑，想去抓星星。他们确信他知道如何追到星星，他们认为，他一定是在海上刮起风暴、水天相接的时候，在鳕鱼们的陪伴下，到星星上去的，要不然他怎么回来呢？

"他是怎么上去的呢？"谁都这样问他。

"水难不倒我。"诺末儿·凡特姆的回答简单，尽管他知道，当他心思有所活动时，他的身子就能跟上去。

德斯珀伦斯人对诺末儿开着吉普车一路向北去河边的行为，早已司空见惯。这是他有过的唯一一辆汽车。而且，车顶上总是绑着一条铁皮小船，船身上布满凹痕，还有一两个流弹打在上面留下的小洞。他买这条小船似乎是为了在公路上驰骋，而不是在水面上平安地航行。

人们说，他对这些泥沼深水区域的熟知程度要强过大鳄鱼；那些在午夜落入罗网的鳄鱼，那些眼睛像玻璃球的怪物游到他的小船旁边，要和这个大河巨人决一死战。鳄鱼张开大嘴，做出一副所向披靡的架势，向沼泽中的小船猛扑过来。它们咔嚓咔嚓咬着牙，全速飞驰而来，嗖嗖作响，愤怒的尾巴狠命地抽打着船侧，水花飞溅如同风暴。人们乐于回忆诺末儿用略带悲凉的口吻（装出一副彻底现代化、美国化了的俨然同总统般胡克船长的范儿来）说："那些咬得咔嚓直响的嘴巴对他来说屁都不是。"他说话的当儿，就像野兔一样蹦来跳去，到处找枪，花了老长老长的时间。诺末儿以这样的方式结果了几百条史前活化石的生命：枪口遥遥瞄准，一片翻腾飞溅的水花，一堆疯狂跃动的厚皮，月光一闪，扳机一扣，子弹正中那爬行动物的两眼之间。

这个只有三百口人的小镇，倘若没有这一声枪响，总是十分宁静。生活在这里的人谁都不知道这个港口以前是个什么样子，连一张能摆放到纪念遥远往事的博物馆橱窗里的照片也没有。因为在它的鼎盛时期，谁都没有想到应该给它留个影。但是谁都知道，这是诺末儿的大河。

雨季前几个月，热浪滚滚，一波高似一波。有一天，镇里有个人——他的名字不值一提——正被这积久的燠热弄得昏昏沉沉，百无聊赖，只等着雨来。他像一具尸体，四仰八叉躺在门厅里光溜溜的亚麻油地毡上。他住的那幢房子和隔壁那幢一模一样。北边海上吹来的风像跳华尔兹舞一样旋转着，刮过二十五公里泥滩，一路喧嚣，从前门进来，从后门出去，把后门弄得开开关关，发出很大的响声。这人长长地舒了一口气，对海风带来的凉爽心怀感激。突然，这个无足轻重的家伙想到应该管这条大河叫诺末儿河，在这个改变一样东西从来都很难的小镇，他的这个想法居然变成了现实。

当地郡自治会举行了一次庆祝活动，纪念港口建成一百周年。当时正值土著在自治会占主导地位的时期。这个时期十分短暂，但发生了许多非同寻常的事情，土著无甚危害的胁迫，社会规划者们哼哼着。他们急于让采矿业在这里蓬勃发展，有意义的和谐共存使得土著在那段时间有求必应，包括把这条大河的名字改成诺末儿河。就在这蜜月期，那些断然冒险成为自治会委员的原住民，很聪明地利用公职，为生活在第三世界贫困烂泥中的自家人尽可能谋点私利。

这是第一家跨国矿业公司进入这一地区时,德斯珀伦斯欢欣鼓舞中最重要的部分。这个大公司为了自己的利益,编造出许多能让当地人短期内牟取暴利的计划。他们即将开始行动,掠夺这个地区的地下宝藏:他们花言巧语,大肆鼓吹,说这一带地下矿藏丰富。

这个安排了铺着精致白亚麻桌布的午餐会庆典由矿业公司出钱,吸引了南方的政客专程坐飞机来参加。不过当地显要都知道,这帮人靠不住。更有甚者,有的当地人一边满脸堆笑,表示欢迎,一边在他们的贵宾背后压低嗓门儿说些难于启齿的骂人话。还有些喜欢嚷嚷的当地人干脆恶语相加,直截了当地攻击这些政客。乱哄哄的叫喊声,随着一阵阵风断断续续飘到人们耳边:你们怎么总往地下缩?你们是澳大利亚政治垃圾里的小矮子,还是别的什么玩意儿?呸!对任何外国投资者都奴颜婢膝,那些人聚集在国会门口的台阶上,敲着大门,浑身散发着铜臭味儿!

那些政客和矿山经理主管人员站在人群中不知如何是好,后来都簇拥到老英雄诺末儿身边合影留念。新闻媒体的记者们一个个手持相机,大显身手。他们都是和矿业集团高管一起坐喷气式飞机来的,机票自然免费。接着又隆隆地从南方刮来一阵沙尘暴,把一切都毁了,虽然那只是寻常的沙尘暴。红色的沙尘就像一堵厚厚的墙,夹带着一路刮起的柴草、树枝、树叶和塑料购物袋,铺天盖地而来,把刚切好的三明治吹得一塌糊涂。原本就容易大惊小怪的大人们此刻惊慌失措,带着他们抹着红绿油彩、兴奋得高声尖叫的孩子们,飞奔去找遮风挡雨的地方。

接下来的电闪雷鸣和倾盆大雨彻底毁了这天的庆典——正如镇子里怀疑论者所预料的那样。尽管平添了这些颇富戏剧性的插曲,这次活动还是照常进行,而且有足够的时间由州总理(现已被罢免)完成这个仪式,正式宣布把这条以已故女王的名字命名的大河改成“诺末儿河”。那些来参加庆典的比较传统的人们嘀嘀咕咕:“Ngabarn, Ngabarn, Mandagi①。”诺末儿在他那异常简短的致谢词里,通过扩音器非常大声且不无恼怒地说出来的也是这几个词,那些懂得本地话里各式骂人话的人都明白,他可不是在说谢谢你们!谢谢你们!他们一个个捧腹大笑,都笑傻了。因为这条河自开天辟地以来只有一个名字:万加拉。

---

① 应为一些骂人的土语。

　　这是有关这条河的一桩趣事。人人都以为他们可以驾驭这条河，就像驾驭一匹绰号叫作"柴油机"或"小相思树"或"围篱林"的有传奇色彩的难驯野马一样。在周末，人们总是开着汽车驶过海湾崎岖不平的公路，前往北部海岸线。他们会在路边停下车，推着他们的船越过河岸斜坡，径直驶入浑黄的河水：华丽俗艳的渔船，有着六十年代乡村和西部风格的名字，如堂娜、斯特拉、特里克茜。那些色彩鲜艳的船，发动机的马力都很大。为了买船他们花了好多钱，那些钱是他们在地下两公里深处加班加点地干活换来的：从看起来像古老年轮一般的层层岩石中的母脉擦下富矿来，再拖出地面。

　　他们在水面上东甩一条钓鱼线，西撒一张捕鱼网，拿着最昂贵最先进的渔具，但对大河的脾性却一无所知。他们根本就不想这些。现在，随着矿工大批涌入，这个地区住的人越来越多，歇班的时候，他们都无所事事。新的矿业公司雨后春笋般在这一地区兴起，全然不管当地人的意见和看法。

　　采矿停止之后，诺末儿·凡特姆也好，他的家人也罢，或者他们的亲戚——过去的和现在的——都没有被载入这个地区的官方史册。他们的存在已无迹可寻。就连米凯大叔的子弹筒收藏也看不出他们存在过的痕迹。

　　米凯有一个金属探测器，天知道这玩意儿已经跟了他多长时间。他说，有一种热情在驱使他不断地搜寻，因为他永远不会知道什么时候才能搜集完对这个地区土著部落大屠杀的证据——所有那些口径为四十四、三十、三十三、十二的子弹筒。他搜集到了种种地图，证人的名字，各种细节，一切的一切。他是一本活百科全书，把自己的声音作为历史档案留在盒式录音带里，相信总有一天会对那些战争进行审判，那时候这些东西就能派上用场了。但是没有旅游者去米凯的博物馆，也许因为建错了地方。对你而言那是战斗，为一小块土地，为一点点认可，你得一直战斗。

　　所有那些老矿井，老采矿设备，老矿工，老矿工棚屋，放在橱柜里的矿工遗骨，所有和采矿有关的东西都被杂乱地打包堆放在一起，再加上一堆废话，就作为当地吸引旅游者的"杀手锏"，推向市场。旅游手册选择历史遗址和博物馆印在精美的封面上，吸引你从机场、酒店、汽车旅馆以及把采矿业作为卖点的旅行社,去参观游览。因为那些东西熠熠生辉,你甚至无法藏起来。

　　然而这不是杂耍表演,战斗还在进行。如果你的土地被毁坏,你也会大声疾呼。大蛇的约定仍然渗透万物,就连头发梳到脑后、卡着发夹、梳洗整齐去教堂的小黑女孩儿们也不例外。她们静静地倾听这个声称除了不知道世界末日的准确时间之外,什么都不知道的民族的呼唤。然后压低嗓门,羞羞答答地问,今天的天气预报准确吗?

　　如果你去旧公墓造访,如果你要拜访河上弄潮儿,请你等一会儿。那些将我们穷途末路的记忆,带至这片墓地的老海湾乡下男女们会从泥土中爬出来,告诉你这里曾经发生过的真实故事。

（李　尧译）

旅行的乐趣

凯特·格楞维尔

旅行会使人生更富有意义。也许这就是我们要旅行的原因。事实上，每一次的旅行出门都像是一次生死攸关的遭遇。

即使在伯爵院的公共汽车站，我待的地方也似乎是来自其他行星上的抽象派艺术品。这儿是桌子，那儿是椅子，这儿是床铺。轻飘飘的棕色糊墙纸东飘西落，令人直打哆嗦。站在包儿旁边等候汽车，我们相互端详着。在之后三天结束时，这些陌生人中的一些人会亲如家人。谁知道会发生什么事？什么事都会发生。其前景并不富有诱惑力，但这样去看待旅行，会使旅行成为一种冒险。就这样去考虑吧。

说真的，约翰，旅行是一种冒险。作为你较好的女友还不是冒险。作为你星期三的女人也只是每逢星期三开心开心而已。

你知道你的烦恼是什么，你太好反省了，你知道吗？振作起来，改变一下吧。旅行，对你大有好处。

大批的澳大利亚人到雅典去，犹如候鸟似的。那边一个扁平脸孔的姑娘看起来是澳大利亚人。她的额头低而发亮，下巴尖尖，薄薄的嘴唇间一张裂缝似的嘴巴。她的一对大乳房安放在很讲究的奶罩里，颇似舒适的扶手椅，每只奶头上涂过什么，真脏。

是不是因为我是他们中的一员，就得冷笑？

那个身穿大图案格子花衬衫的人看上去是美国人。他那双硕大的旅行长筒靴在脚趾处高高隆起，活像是他腿部末端的圆石。一双巨臂如若火腿,此人是个地道的肉食者。在他旁边,一个皮肤黝黑、身材矮小的男人,端端正正地坐在整整齐齐的包裹上,包扎的布带一点也没有松散,整齐得像一大块黄油。他端坐着,慢条斯理地吃着三明治,使得我有几分束手无策。

这就是你所指的摆脱自我?瞧以后的经历是怎样的?

我得去占个靠窗口的座位。三个白天两个夜晚待在通道上可不是好玩的。要是好玩,以我的宽宏大度,我会让一些可怜虫享受享受。挤进去。你装作视若无人,把插队的视为下贱之徒。一只脚踩在最底层的台阶上,身边漫不经心地挎着包儿,使我后面的人群想不出挤上来的好主意。现在可好啦!我们迅速进去了。离后座不太远。车子蹦跳起来了,不是在山脊的轴线上跑。多亏了这条路。现在坐着,看上去真天真无邪。

坐在我旁边的那个人活像金发的希腊神。我从他垂直的胸肌设想他正在投掷标枪。惊险啊!我们互相招呼问候,证实了我们俩都是到雅典去的,也证实了他是希腊人,但在英国学习。

"我在学习当飞行员。"

"那该是很有趣的。"

"是的。"

我们还是在荒凉的彭格或什么地方,但司机将带我们去品尝希腊的风光。我们的旅行才开始,道路蜿蜒曲折,伦敦的郊区巍然耸立,毫无装饰的窗口一闪一闪而过,像是在播出希腊音乐,使整个客车充满了乐曲。

"尊姓大名?"我问道。

"科斯塔斯,意思是国王。"他谦虚地傻笑,解释道。

我记起我收集的引人注意的谈话。我知道曾经住在那条街上的某个人,想起我五年前花 10 英镑买的那件衬衫。

"我有一位朋友,他学习飞行,"我说道。

那不太好,我认识一个曾经住在那条街上的人。

"他得学会摩尔斯电码,这玩意儿您也学吗?"

科斯塔斯不耐烦地欠了一下身子。

"什么?"

"摩尔斯电码。"

我说得一清二楚,以致在一片突然的静寂中,客车上的人都听得到。

"木梳……?"

"不是木梳,是摩尔斯,您知道,点点划划的电码。用一部小小的机器……"

我仿效摩尔斯电码操作员手腕的动作。点、点、点、划、划、划、点、点、点。科斯塔斯毫无表情地注视着。救命啊,我正在下沉。呼救信号。科斯塔斯用希腊语呼唤。司机把希腊音乐的音量加大了。

真的是那么好的东西,引得一大批圣·玛利亚、圣·克立斯多福和圣不论何人,以及玫瑰红念珠和象征交好运的大蒜串都面对客车的前窗跳起舞来? 那个看起来效率很高的钟试图在九点半时告诉我们是一点钟? 没有关系,这口钟一天走准两次。如果我们到处闲荡,可以吃些大蒜。我们到底在德兰斯斐尼附近的什么地方?

我在这里,旅行,开阔视野,也许得记些笔记。瞧这些房子,好像是箱子,没有特色。那树篱,我对树篱该说些什么呢? 一种睦邻的标志。它被修剪得像长卷毛狗,另一端恰恰连着邻门的树篱,伸过去的部分在生机勃勃地发芽抽条。有人用电动剪刀修剪它,那人徘徊着走过来,在剪走最后一片飘忽不定的叶子之前,我们往后站着欣赏。不管怎样,又一天过去了。唷,在花园里度过了周末。

乘船渡海峡,油然产生一系列的联想。"您也在客车上,是吗?"那位涂抹奶头的姑娘低声问道。"您知道我们打算做什么吗?"前面的一个瘦高个子走到小吃柜台,手抓住头顶,说道,"哎哎哎哎,两杯咖啡? 不是茶?"

我们下船时,一长队的希腊人在等候。我含义深刻地判定,等候与旅行之间的关系,同物质与反物质的关系一样,而且还要跟客车会不会把我甩掉的顾虑做斗争。另一个澳大利亚姑娘,面孔像是个护士长,穿着汗衫和紧身短裤,跟着我跑遍了码头。

"接着,我乘船到开罗,只付了 27 英镑。以后,是这列火车把我们带到喀土穆,从喀土穆我乘飞机到阿尔及尔。真够脏的盥洗室,唷,你不会相信的。"

在码头上,我们无望地站着等候,一群美国人也在等候,期望在这个模糊不清的地方得到解救。我们围成一个圈子站着,交谈着,身上绕着鲜艳的背包,宛如色彩艳丽的驼背鸟儿。人人都在活动中。

"观望啊,观望,不停地观望。"约翰说,"不管你在追求什么,你需要学会放松自己。"

　　法兰西是一团蓝色的烟雾。团团巨管巨箱直耸云天,庞大的建筑物朝我们飞驰而过,什么颜色也看不出来。高高的无声烟囱永恒地指向上方:向上,向上。整齐的三角形煤渣堆从薄雾中升起,高高耸起,连绵不断。一堆往后移,消失在远方,另一堆取而代之。或者,是不是同一堆在嘲弄我们?

　　在约翰之前是吉姆。我的妻子不理解我。在吉姆之前是杰丽。姑娘,你是个干劲十足的人,在环顾四周。在杰丽前面是杰克,一个拥有百万美元的小伙子,别在家里这样叫他。

　　之后,我乘飞机到达马德里,在那里乘上清晨的列车到里斯本。这天应该是 7 月 28 日,对不起,是 29 日。而后,我乘上客车来到这个叫奥泰戈的小地方,一个相当漂亮的地方,但其厕所却一股臭气。随后该是 8 月 2 日,我乘上飞机从里斯本飞往巴塞罗那。

　　高压电的铁塔在朦胧的烟雾中缓缓后退,用螳螂腿似的脚架笔直地迈进。有些铁塔,像是手擎着包袱前进,有些像是被截肢似的,只拿着一圈金属线。电流肯定都会通过它们。

　　这里开始变暖。我的周围,纸袋开始沙沙作响,顷刻间空气中充满了橘子皮和乳酪三明治的味儿。我在袋里翻来翻去,摸出一个苹果。经过一番考虑,我改变了主意,切了一小块留给自己,把另一块给了科斯塔斯,他几乎看也不看就拿去了。学会给人一点,给与取,一切就是如此。

　　我前面还有两个澳大利亚姑娘,穿着紧身衬衫,干净整洁的脸庞真正做到了有机结合。长长的涂着黄油的面包、色拉香肠、西红柿和配套的小刀。有没有压碎的食物?啊,没有。在刚刚下过的阵雨中,这些姑娘没有下车。即使是盐,在摇动器里,加上特别的盖子也不会散落。纸餐巾,我不相信它。她们坐着大声咀嚼,而我周围的其他人,他们的饼干从胀破的纸袋里掉落出来,橘子水滴在她们的大腿上,打开饮料罐时,汁水溅在我的后颈部。

　　"哎呀,对不起。"

　　后面的两个青年人焦急地瞧着,强忍着不致窃笑。

　　"没有关系。"

　　他们彬彬有礼,讲话时注视着对方的嘴巴,我讲话时,他们注视着我的嘴,虽然他们不是靠嘴唇动作的聋哑人。他们是一对好小伙子,他们告诉我去阿托斯。在阿托斯半岛，不允许女人到处走动，他们说，即使是雌性动物也不例外。他们忍不住对此窃笑。装有女人的船只不准驶进离海岸半英里的地方，这几乎给了你女人会有什么样的感觉。要是他们在入口处把你剥个精光，想一想你的感觉吧。他们在那里玩些什么名堂呢？

下午在慢慢地消逝。我们仍然在法兰西？比利时？卢森堡？

国境线上发生的一起戏剧性事件。这是德国。对每个人来说，重要的是护照。护士长的大腿在短裤内发抖，她给我看她的签证。瞧，我曾经到过这里，到过这里，到过这里，而厕所都有一股臭气。旅行扩张了屁股。

夜幕降临。前面的澳大利亚人拿出气垫，吹起气来。毫无疑问，这些澳大利亚人已经自己武装起来了。那么我为什么不效法呢？一条羊毛毯盖上膝部，可以像臭虫在地毯里那样不受侵扰。

喂，你是什么样的女人？你的冒险意识在哪里？你的欢乐寄托在多面人性的壮观里吗？发光的织锦是由上千条闪光的线编织而成的，这就是生命吗？当微笑消失时，你会在哪儿呢？

科斯塔斯在我旁边扭动了一阵，颓然倒下，进入梦乡。如果我打算让出位置，我会骂他的。

夜深人静，我们停下来加油，小便。涂奶尖的女人把双手放在两腿之间，哦哦哦哦咳，我得走了。我们在盥洗室里排队，目不转睛地看着斑斑点点的镜中映像，互相听着。解开扣子，拉开拉链，咳咳咳。

每个人都试过客车旁边的售咖啡机器。英国钱币用不上，法国钱币也不行，没有人有德国钱币，每个人试试后都走开了。一双孪生兄弟走过来，拿出标有"外币"的钱包，就站着啜饮咖啡，而我们只好在他们的周围干眨着眼睛。"对不起，我们就这些钱，"他们说，"但可以呷一口。"

早晨醒来时，我们的车子吃力地穿行于曲折的丛山之间。安第斯山脉？阿尔卑斯山脉？喜马拉雅山脉？天下着雨。雨点悲悲凄凄地滴落在我的窗口，而窗上巨大的刮水器像舞蹈家似地优美地相互转动着。滴滴滴滴，滴答滴答。

在公路拐弯处的周围，一个深深的峡谷插入薄雾，形成一个扭弯的 V 字。头顶上方，山脊直冲阴暗的天空，锯齿般的山脊四周，像小孩乱涂乱写一样。客车里寂静无声。

随着峡谷渐渐平坦，雨水停歇，客车又恢复了活力。那对孪生兄弟把气从气垫中压出，发出粗鲁的嘈杂声。他们卷起羊毛毯，仔细地折叠起来。接着他们拿出水瓶，洗净他们的脸孔，放回去，对第二天不抱什么惊奇的期望。是啊，我们是适应得了欧洲的。

昨晚与约翰在一起，在永远再见之前，他在我们上床时说，"我断定我最喜欢外面的床位。"于是，他告诉我一个罪犯被送上绞刑架的故事。有人给他白兰地酒喝。"是啊，"他热切地说，"过去从未尝到过，也许我会喜欢它的。"

马、山、鸡和母牛——在旁掠过。我发现用手指在牙齿上摩擦，会发出一种短促刺耳的声音。一个人被单独禁闭起来，是会变成牙齿的艺术鉴赏家的。

厌烦就是这样：有些人开动脑子时，你却对此感到厌倦。

当车子再度停下来时，我们在车子附近徘徊，如同神经紧张的小孩惧怕被甩在后面一样。我们迷路了，无人能确定我们现在在什么国家。

"于是我不管三七二十一搭上飞机去罗马，而去佛罗伦萨则乘火车的几乎迷路了，他们到达了另一个地名的地方。这些农民都有一股大蒜的味道，火车脏得很，粗鲁和无知。在这一大批人中间没有一个人讲英语。别和我谈意大利。"

护士长竟有如此权威的话语，充满了恫吓。可是，伙计啊，她什么地方都到过。厕所发臭，农民粗鲁无知。她说给那些女人听。这些女人凝视、张嘴，引人注目，"为什么不坐在我旁边，咱们可以好好聊聊。"

她的下巴肌肉发达，是世界上最健全的下巴。从她如此喋喋不休来看，她的下巴可称为宇宙大亨。一个脸孔粗糙的农民拖着脚步走过来，盯着她看，他那张已经没有牙齿的脸孔简直像一只被压扁的鞋子。

"谁老是盯着看，蠢货。"她大声嚷嚷。

这里的山脉相当好看。松树的侧影爬上隆起的地带，好像是用大剪刀剪出来的黑色纸张粘贴在白色的天空上。橘色的秋树在墨绿的松树林中，色彩效果特别好。山丘在山坳里呈现蓝色的倒影，其顶端弯向太阳。松树犹如铅笔一样笔直，指向山坡。我们飞快通过一个村庄时，听闻破钟敲得叮当响。有一座涂着柔软赭石色灰泥的教堂，四处是粉红色的小十字架。在摩得那旅馆上炫耀的标志几乎褪得无法辨认了。

我们停了下来，那个挎着整齐背包的人下了车，有条不紊地摇摇手，然后走开了,这里只有一个人才知道他要到哪里去。刹那间,科斯塔斯占领了他留下来的窗口的座位。

进入南斯拉夫的边境,见到的似乎只有枪炮和粗大下颚的脸庞以及南美独裁者所戴的尖帽子。边境卫兵在车上大摇大摆走着,粗鲁地检查每个人装满难以处理的橘子皮和面包皮的塑料袋。科斯塔斯给他们两包香烟,他们就放他过去,苍蝇就不叮这个孩子了。他们费力地翻阅我们的护照,我们在坐等、冒汗。我说我不是恐怖分子。说实在的,我这一生也没有见到过白粉。

车子滚动着进入薄暮。斯拉夫人的脸孔在挂着煤油灯的门口严厉地盯着我们;而在田野里,木制的马车吱吱嘎嘎地走着。一个还没有收工的工人步履艰难地跟在马后犁田、钻洞,梦想着喝些浓汤。

清晨,我们通过了奥林匹斯山。我记得这是我的一次冒险行动。我们几乎到了那里。山脉伸展于整个平原旷野,像是一只睡着的大猎狗,其脚爪伸向火堆。奥林匹斯诸神就在起伏不平的山巅之上,离此不远的地方就是世界的中心点。这些神多么虚弱和残缺,只有具有巨神刻痕的宙斯在林中可怜的小东西间升起。可能我应该变成一棵树。这回有机会了。

雅典。象形文字代替了路标。他们一大批人中间没有人讲一句英语。当我迈着肿胀的脚一扭一拐地走下车时,那个涂抹乳部的女人在呻吟,"哎哟,哎哟,哎哟,我的脚浮肿了。"

护士长大踏步走开了,手中拿着地图,到年轻人的旅舍去,"接着,我乘车南下希腊。好人。给他们一些带路的小费。"

现在我单独一个人。我以为我会喜欢雅典的,但大理石砌成的人行道上却有粪便的气味。

我寄了一张明信片给约翰。祝他走运。

"亲爱的约翰,在客车上度过了一次伟大的旅行。也同一些澳大利亚人和一个标致的希腊人闲聊,见到了一大批欧洲人。你是对的,我需要冒险。再会,路易丝。"

(周添成 译)

上海舞（长篇选译）

布赖恩·卡斯特罗

识骨寻踪

帕萨（Pasah）（希伯来文）：忽视，宽恕；一瘸一拐地跳舞。

1651 年 3 月 10 日，伊斯雷尔·德·卡斯特罗四岁。

他和他母亲伊莎贝拉住在小岛上一个牧人小屋里，这个小岛靠近巴西的大西洋海岸。她已经失去了昔日的美丽，皮肤上留下了疤痕，头发也失去了光泽。人人都说他们过的是一种节俭而艰难的生活，与岛上的其他居民没什么两样，不过伊莎贝拉编织纺布的天赋要远远高于其他的寡妇，退潮的时候，她看到她们在收集浮木。她的孩子也与众不同，哪怕是他黑色的皮肤和卷曲的头发。从一开始，母子俩就与众不同，宗教奇怪，礼仪罕见。

小伊斯雷尔还很年幼，记忆和自我意识突然之间将时间前推，他开始了一些秘密举动……寻找东西……在洞里，在藏身地，在洞穴里，在木头箱子里，在一切可能的地方，寻找……骨头……想反复考验一下记忆，看是否能将它们退回到时间里，从而可以断然地说，在变化着的世界里，它们依然不变。石头和骨头是持久的。他可以让自己变小，甚至比他实际的样子还要小，小到可以一下子消失，一连几天看不见，而他可以看到很多，眺望着夜晚，一双眼睛像美洲虎一样开阔。他的母亲教他认字。她天天拿出一本书，教他认字。到了树林里，他会将事物跟文字对应起来。如果一件事找不到对应的单词，那么他就会将其藏起来，这个无词之物就成了一个秘密，一种神圣的礼仪，只有一个不在场的上帝在看着，他的眼睛比美洲虎还要好，也正是在这个时候，他开始了一种古老的恐惧：空虚，灭绝。他的头脑里进行着激烈的对话，争辩和宣布事物的完美性。于是上帝出现了……上帝加剧了怀疑，于是，经过多少天的沉默之后，他会用最甜蜜的嗓音跟他说话，逻辑也非常清晰。

这种神圣的幻觉可能就是精神分裂的一种标志。

但是在1651年，伊斯雷尔·德·卡斯特罗脑子里听到的真的是一个坚定持久的叙述者的声音，关注的只是向前运动，这不是病理学。小伊斯雷尔爬上海边的岩石，寻找灰岩坑和螃蟹，有时候，他会眺望远处的地平线，有一种想迫切离开的需求。太多的东西已经藏起来了：别针、药盒、铅丸、鱼钩、羊腿等。它们呼唤他，大声尖叫，还在散发着光泽，还很新，刚刚埋掉。

后来有一天，他母亲没有起床，到了中午，她叫他过去，亲吻了他。到了晚上，她再也不能动了，岛上的寡妇们聚集在她周围，吩咐渔民把她安葬掉。伊莎贝拉·博瓦·比塔·德·卡斯特罗死于天花。他把东西都放到她的寿衣里，他不知道它们的名字，此刻，时间静止不动了。村民们快速而含糊地念了些伏都教和犹太教祷词。海上刮来了一阵新鲜的风，带来了海难和风暴的故事。

一位老人收留了他，让他放养山羊，等他长大了，可以上弓了，就教他如何猎取野鸡和野猪，就这样，无论他走到哪儿，他都带着弓和满荷的箭袋，从没挨过饿，不过他拒绝吃猪。他的狩猎和钓鱼之旅很快将他带到了大陆，靠近维多利亚港的地方。他坐在这里，看着他们吃力地装船、卸船，船是圆的，帆是横的。他看着巴尔卡小帆船顺着潮水飞奔，而卡拉维尔帆船斜挂大三角帆迎风而上，劈波斩浪，令他惊羡不已。十年过去了，他还在看着它们，还在放养着山羊，并向一个永远也不会死的疯狂房东交纳什一税。但是伊斯雷尔会读书了，每周两次，房东都会从这个举止文雅、讲一口高贵的葡萄牙文的孩子身上获得乐趣。就这样，孩子得到的是图书，房东得到的是充足的睡眠。这正是出逃的机会。

他签约上了船。他们说黑人顶多只能做一名水兵。他们想阻止他，但是他偷偷上了船，很快就发现了他的用武之地，一个黑人小男孩，祖先来自非洲，头发焦黑，很庆幸这儿没有歧视。感激。黑人。他们在他内心拼搏，一起一伏，就像一艘船向着非洲倾斜，在那片大陆上，他可以触摸，也可以不触摸，可以上下，顺从或抵抗，可以扮演，也可以不扮演他的角色。当他抬起头来的时候（在那儿，在心脏的舱位里，晃动着肮脏的绝望逻辑，在这里，在大脑的瞭望台上，迸发着对革命的渴望），他听到了残忍的抽鞭声，灵魂在敲打着虱子，那种痒是无法抓的。

这就是疲劳的结果。在一个风平浪静、平淡无奇的大海上，人们只能做这些。木匠是一个有信仰的人……很适当，他说，但是你们这些犹太人，他对孩子说道，只会做十字架，你们现在所承受的负担……说完这些，他开始到处踢小伊斯雷尔，踢得他身体肿了起来，没人在乎这些，因为黑人的皮肤是不会给打伤的，至少他们是这么说的。但是喝完了酒后，木匠有时会将手放到孩子的头上，跟他讲远东的故事，尤其是讲一个人几百年前漂洋过海，用虔诚驯服了一批岛民的故事。这个人赤着脚北上，木匠说（一个傻瓜，伊斯雷尔想），他站在雪地里，讲述着大道理，尤其出众的是，他举例加以佐证，他使村民相信，有火焰路，也有温柔路，他让他们看他的脚印……从他过来的地方，既黑，又深，几乎难以寻找，这是他灵魂光芒的一个标志，他吐露了这一信息，也卸下了他们为他的到来所负的责任。

一个狡诈的男人，伊斯雷尔——机灵而不失纯真，孩子又加了一句，生怕木匠再踢他。

我的祖父和他同船，对这个人留下了十分深刻的印象，木匠说道，靠近葡萄牙湾，也就是上川岛的时候，我祖父用他亲手制作的水手用贮物箱换取一双黄羊皮靴子，然后将它送给唐·弗朗切斯科，因为大家都这么叫这位了不起的人物。但是这位伟人一脸微笑，摇了摇头，拒绝了，并建议将这双靴子送给一个老谋深算的中国走私者，名叫孔子夫。唐·弗朗切斯科的建议一向被全体船员视作命令。我祖父没有这么做，而是把它们给了自己的儿子，我父亲然后将它们给了我。这种传递会产生邪恶的后果……

就在木匠的故事讲到这儿的时候，上面传来了一声喊叫。他们走上甲板。光线开始变得怪异，黑云在海上盘旋，滚滚而来。当木匠斜着眼睛想更好地看一下乌云，当他要望远镜的时候，他已经知道，一场可怕的风暴是难以避免了。乌云从海中汲水,突然,光线变得强烈起来,船开始十分吃力地穿过海浪,一会儿叹息,一会儿沙沙作响,一会儿又嘎吱嘎吱,发出碎裂声,在世界之底给折磨得恶心而痛苦,船骨吱吱作响,呻吟,没多久,他们开始倾斜,偏航,海水像子弹一样喷洒而来,他们的脸都遭到了冲洗,支索拉紧,然后突然绷断,削掉了一个人的头,于是伊斯雷尔的脸一下子给血雨温暖了一下,他顺着风紧紧地抓住疯狂摇摆的舵柄,发现自己不知不觉之中已经来到了船舱这儿,只有船长一个人,船长让他赶紧下去,稳住摇摆不定的船舵,因为木匠已经找不到了。抬头望去,伊斯雷尔看到桅顶和桁端顶起火了,蓝色的火苗从一边跳到另一边,那噪音真是难以忍受。下面更是糟糕,一只只桶重重地撞击着船体,两边似乎已经漏水,膨胀,然后缩小,上下起伏。裂缝的地方倾泻出黑炭,那味道真难闻。他下到舱底,水没膝盖,他用脚去摸索那个巨型舵栓,好将舵链锁住。他滑了一下,跌到了船底,就他所知,船可能已经到了风暴角外围的海底。他相信他正被船尾一个敞开的洞口往外吸,仅仅靠前臂上绑着的一根链条救了自己。一个世界漂走了:剑柄,白色的丝绸裙子,上过光搽过粉的假发,还在发出回声的吉他。他安静得出奇。噪音回落到了远处低沉的轰鸣,艳舞的节奏,他的母亲在读书,他走进沉落教堂,走向圣坛,一个木匠神父将他指了出来。你只会制作你本人承受的十字架……他站了起来,回到船上,给漂了起来,吸着难闻的臭气。旋转的星星,一束狂热的光线照亮了花边状的油水。有人提着一盏灯下来了。你没事吧? 没人。有声音,就这些。一切太容易了。名字? 他问道。事物的名字。他感到窒息。无法将他的思绪转过来,还在感受着深海的冲击;他像世界一样旋转,又沉了下去。

这一次是一个巨大的城市沿着一条河流伸展,烟雾弥漫,灰蒙蒙的,一种幻象。在一条被冰覆盖的林荫大道上,轿子来回穿梭,运送跳舞的人。一个男人下了轿子,他穿着黑白相间的奇怪晚礼服,给轿夫付了点小费。他先是沿着人行道走,然后又沿着黑色的海边,冲着围戴穆斯林头巾的卫兵点了点头,接着又转进一条小巷,登上连着破院子的楼梯。他走进一间满是老鼠药的房间……他能感到这些死老鼠在他柔软的皮鞋跟挤压下咯吱作响……他将帽子放在一张灼伤了的桌子上,打开白色真丝围巾,放进帽子里。他从上衣口袋里摸出一只皮夹子打开,解开一长条锡箔纸,呈现出一小段苍白的粉笔碎片,看上去像是一个象牙管、一块骨头。他闻了闻,点着一根火柴,透过这根管子吸了一口烟,坐到还没有整理过的床上,用手指挠了挠头发,他的头脑浮现出跟他一样的另一个人,接下来又是一个,直到火熄灭。

小伊斯雷尔开始吞咽轮船内部的水。他像一个布洋娃娃一样围着沸腾的大锅打转转。后来他听到了他母亲说:"每一个词都有一个开始。"他将嘴巴鼓起,像一条鱼似的,从凹陷的骨头里吸气。

他母亲临死之前的吻。

他玩耍着,悬挂着,转过身来,轻松地蹬着水,然后回来,发现了一个解缆钻,将它钻过一个锚链,挤进花键环,舵杆砰的一声往回又关上了。铁弯了,给控制住了。

奥斯:"骨头;嘴巴(拉丁文)。"

他浮出水面,就像船倾斜了一样,他的腿被驾驶杆夹住了,屁股错位。奥斯! 他疼得昏过去了。"干得不错!"船长叫道,他将头伸出舱口,然后又消失了。"奥斯!"他叫道。三个小时之后,等到风暴消失,他们找到了他,奄奄一息,于是他在这场风暴中的做为被宣布是人所能从事的最勇敢的事情。他们把船长室给了伊斯雪尔,木匠做了一个木头夹板,他们给他波尔多红葡萄酒和牛肉干,经过一个星期的谵妄,他恢复了,但是他走起路来却是一瘸一拐了。他们将船驶入印度果阿。

伊斯雷尔·德·卡斯特罗的名字已经从果阿传到了马六甲海峡,传到了澳门和菲律宾。一个黑人成了一名英雄,拯救了一艘船。等他全面恢复后,他又签了一条船,在印度和中国之间从事贸易,每次出海要三年。他听到了更多有关知名牧师唐·弗郎切斯科的传说,后来又听到了他的追随者殉难。他听到 1597 年 2 月 5 日的一天,他们 26 个人如何在日本长崎市西坂山的一个稻田里被钉死在了十字架上——一群西班牙牧师和他们的日本信徒。

他驶进澳门。水面一片宁静,水也很浅,周围群山升起,每一座山顶都有一个葡萄牙堡垒,他们的大炮经过水的锻炼。日本基督徒们依然在这一是非之地上寻求避难。说实话,有时候,他看到他们穿着黑色和服,穿过玫瑰堂前的潮湿广场,偷偷地去做弥撒。他注意到这里面种群众多,是一个多元文化,在这个多元文化中有葡萄牙人,菲律宾人,来自马六甲海峡的克里奥尔人,中国人,日本人……甚至还有英国人和德国人,令人惊奇的是,还有非洲人，他们于 1622 年打败了荷兰人，其勇气和忠诚使他们也备受人们尊重，这是一个经受住了枪林弹雨的人群，这一点使他非常着迷。但是他是一个低下的水手，他在这个商业港口安顿下来的可能性几乎特别渺茫。后来在一次短暂的访问中他谈上了恋爱，他爱上了一个叫孔苏埃洛·冈田·佩雷拉的混血女孩。无论他如何努力，他都无法将其忧郁的面容从他孤独的时刻中排除，在第二次旅程中，他发誓他要娶她。而她则写信给他说这是不可能的……除非他有很多的钱，或者影响力。他再次意识到了他的肤色，内心想起他还没有绝望。

绝望。不想听其低沉的歌声都很困难，不想超越历史的平庸叙述，沉湎于其凄惨的旋律中也很困难。他在南湾前闲逛，溜进涨潮港，在温暖的雨水中坐在石墙上，吸吮冰冷的瓦管排出的苦水，看蝙蝠翅膀状的船帆每日工作，在海峡来回行驶，于是下定决心征服自己。他租了一艘舢板，航行于岛屿周围芦苇丛生的平静水域，有时候他会来到一个眺望他所处水域的地方，有时候他也会来到一个通向渔村的三角洲，他用木桩标出一块地方，雇了一些苦力，用泥土、稻草、牡蛎壳片和旧的骨头搅拌在一起，一种中国人认为经得起炮火的调和物，来造房子。有人告诉他，这样造起来的墙叫作夯土墙或龙环葡韵住宅。他精神振作，因为一踏进这个家，他就给裹在珍珠般的外壳里，这种珍珠般的磷光可以指挥他驾船。中国人对这个地方退避三舍，声称这个家里有鬼魂，这样倒也可以防盗。他把这个地方叫作龙环葡韵住宅，并在墙内秘密藏了一些他设法存下来的硬币，然后再次出海。

现在他 30 岁了，腿瘸得厉害，很难再过船上生活。后来，有一天，在马六甲海峡的一家旅店，他了解到船上的木匠安东尼奥，是的，就是那个到处踢他的人，正在河边的济贫院里奄奄一息。伊斯雷尔用他登岸的最后一天来到那儿，看到一个消瘦的老人像胎儿一样躺在那儿，语无伦次地嘟哝着一个交换而来的水手用贮物箱。一个小时前他刚从床上摔下来，脑边的伤口在出血。一玻璃瓶浑浊的小便放在床垫下面，伊斯雷尔想，安东尼奥用他发黄的手指和长长的指甲指的就是这个东西，但是老人将它扫到一边，就在伊斯雷尔变换了一下位置，让液体转到另一张床下的时候，他注意到在木头柜子边的地板上有一只布袋子。他将它拿起来，安东尼奥小声地说了一句："这是你的。"然后，老人一副惊骇的样子，喉咙里发出一声咔嗒，然后停止了呼吸。一个披着黑色面纱的胖女人突然出现了,伸出手,将他的眼睛闭上。她冲着伊斯雷尔摇了摇头,一言未发,伊斯雷尔走到外面,站在河边,手上拿着那只布袋,没有打开。他感到某种奇怪的责任降落到了他身上,他不知道自己为什么突然开始扯衬衫的袖子,直到袖子像缎带似的悬在手臂上。

　　回到船上,他打开紧紧系在布袋口上的绳子。在布袋里,他发现了一双山羊皮做的靴子,穿得已经很薄,几乎已经没有用了,但是也许跳舞除外。进进出出。他的跛行似乎在起作用。

(王光林 译)

邻居之死

安杰洛·劳卡基斯

当弗雷德·莱斯利老头的邻居可真不容易。三年来,我们之间的关系竟恶化到对他又害怕又厌恶的地步,乃至最后几个月里,我必须承认我简直巴不得他死掉。

老弗雷德昨天晚上死了。本来一直以为他死了我才高兴,其实不然。相反,今天上班时,我大部分时间都沉浸在沉思之中,只被唯一的一位来访者打断过一次,只走过一次神——做了一点关于该邻居之死的非非之想。

可是,直到下午,直到几小时之前意外听到一个最新消息,才发现这件令我冥思默想事情的原委。我必须对这一发现做出反应,而反应的后果之严重,又要求我必须具有某种精明练达的素质,所以,讲讲业已发生的一切也许不无意义。

再说一遍,由于一整天只有一个来客踏进我这丑陋的福利工作来访接待处,因而我大部分时间都在不着边际地胡思乱想,诸如有关莱斯利去世的种种细节:有痛苦的感觉吗?当时有人在场吗?如果有,是谁呢?尸体是去世后几天才发现的,还是不久就被发现了?

凡此种种就是我昨天晚上开始思想的内容。当时,我参加一个晚宴后回家,看见他门前停着一辆救护车。真的,我今天大部分时间所感受到的平静心情——虽然不久前起了波浪——来源于昨天晚上回家时坐在车上的那几分钟。那些橘红色闪光的灯总能激发人们的联想。

具有讽刺意味的是,我在晚宴上恰恰猛烈抨击了老弗雷德那种利欲熏心的家伙。汽车停在车道上，我坐在汽车中，看着救护人员用手推车推出他的尸体，不禁感到自己是一个多么奇怪的福利工作人员。老弗雷德走了。他从来都有明确的自我意识，总让人觉得他完全明白自己是什么人，需要什么以及自己所处的地位；而坐在车中的我，却很难说具备常人认为的社会福利工作人员所应该具备的特点。

我的同事，我必须承认，往往都是极其诚实的公务员，他们也许过于认真，几乎总是为穷困者和被压迫者奋斗得精疲力竭，虽然我可能同他们一样认为，帮助穷困者和被压迫者自己解救自己的工作很有价值，但在作风上却大相径庭。我不是那种穿工装裤或牛仔服的人，也不像人们常见的一般社会工作人员那样一本正经；或者从另一个角度去说，他们嗜酒，而我最喜爱的饮料却是加牛奶和糖的茶。

有时，我想他们绝不会相信像我这样的人会真正关心别人；就我而论，心绪不佳时也认为我与他们绝大多数人的唯一相同之处，仅仅是向同一个财政部领取薪金。昨天晚上我才认识到，我不但在嗜癖和爱好上与同事们不同而招致他们的怀疑目光，而且从时下流行的观点看，我还颇有点麻木不仁之嫌。

很奇怪，我似乎始终不能让自己替弗雷德·莱斯利做点什么。他大概是获得合格证书的会计师，但帮助他收拾收拾后院，替他上街买点什么，或者至少偶尔听他唠叨唠叨，那又有什么不可呢？他老了——六十五，也许七十了，作为老前辈，是值得受点敬重的——尊敬老人是我一向坚持的原则。

然而，今天，在寒冷的曙光中，我发现我的自责在理论上固然不错，但仅仅在理论上。这个业已去世的老头对我实在粗暴，而日积月累的大量非礼行为乃是我憎恶他的重大原因。说起他的恶行，那实在太多了：如有一个阳光明媚的日子，他看见我在自己前院劳作，就走过来警告我提防患皮肤癌，要我以后戴上帽子；又如他那条满身跳蚤的恶狗咬住我的裤管时，他故意站在一旁，让你好看，等等。

我们之间的龃龉和争执由来已久，其中至少有一次十分严重的爆发性冲突。现在回想起来，这件事不能不归咎于这老头性情乖戾，无论他健在还是已故，恐怕都难以原谅。

直到两年之前，我们马路对面都有一块空地，地主早就搬离我们的街道,迁到更益于健康的郊区去了。今天这块地上盖了两幢很难看的城市公寓。我一向反对建造城市公寓;任何人,只要愿意听,我都愿意很实际地向他解释"城市公寓"仅仅是"现代贫民窟"的委婉代词。当我在本地报纸上读到开发公司的建房通告时,我不得不起草一份请愿书,最大限度地征求本街道居民的支持,并赢得令人振奋的响应。可是,某天莱斯利隔着篱笆向我大声喊话,要我到街上去,他要找我谈谈。

我听从他的吩咐,毫无戒心地走到门口,却听到他气势汹汹地破口大骂。你发了什么疯,他大声嚷嚷,竟敢反对开发公司的计划? 成千上万的人在寻找住房,而你……,我辩驳说我决不反对建造住宅,你怎么敢等等,等等。就因为这样,他竟挥拳打人,一拳打在我脸上,我只好急忙进屋,找手帕堵住鼻血。

我忘不了被他打得鼻血直流,只要有一点点诱因就能触发记忆,甚至今天早上斯特拉尼厄里太太坐在办公桌对面时,我还联想起来。她是我今天的唯一顾客,找我诉说她丈夫,问我能不能阻止丈夫不断地打她。她的英语吞吞吐吐,欲断又续。不知是她说话的噯嚅还是记起莱斯利的一拳,当时我竟奇怪地几乎忍不住要笑。我之所以终于没笑出来,是因为我赶忙说了一通空话:劝她去找牧师,如果牧师不解决问题,那就诉诸法律等等。有五个孩子和一个粗暴丈夫的斯特拉尼厄里太太哭着走了,而我竟坐着胡思乱想,恐怕颇有失责之嫌。

我发觉近来工作时越来越容易分心。好像来访者也比往常稀少,所以空闲的时间很多。我原来就有一边工作一边走神的习惯,弗雷德的去世似乎更成了一个新的刺激因素。本来,今天还有一个预约过的来客,一个叫格雷厄姆的纠缠不清的诉讼当事人。但他没有现身,这使我有时间幻想出一个有关莱斯利之死的阴惨惨的离奇故事。

我的办公室在皇后街,原来是一家干洗店,到处沾满衣物的纤维。在这个垃圾堆里,我和卡罗尔唯一的安慰就是看着窗外的街道(卡罗尔是我的助手,青年就业介绍所让她来一周工作两天,主要任务是打字、沏茶以及监视蟑螂)。办公室内谈不上什么陈设,只有两张办公桌,我从其中的一张旁边观看外面那条市中心阴暗、狭窄的街道,观看街道上忧郁、沮丧的过往行人,从而得到一点仅有的慰藉:桌子旁的视野毕竟还有那么一点深度和广度,并由此想到办公室的四面墙壁之外还有天地存在。

　　一只在桌子和窗子之间的地板上乱窜的蟑螂可恶地干扰了我的视线。今年天气转热后,这些害人虫大批出现,于是我吩咐卡罗尔——她根本不怕蟑螂——在办公室的四周再多放些诱饵。当我看着她跪在蟑螂出没的角落忙碌时,我的思想又回到昨天晚上,回到那救护车、闪光灯和弗雷德·莱斯利门口的手推车上。不过,这次弗雷德·莱斯利被推出时并没有死,还在活生生地挣扎。他被按在手推车上,想挣脱出来。两个救死扶伤的救护人员也变成两只巨大的蟑螂,它们奇怪地穿着空军的浅蓝色上衣和海军的深蓝色制服裤,神气的帽子两边伸着两条又长又灵活的触须。

　　那老家伙还是那么狡猾和强壮,一转眼竟挣脱许多紧紧压住他的蟑螂腿,但他没逃几步就被它们重新抓住,摔倒在排水沟中了。蟑螂人彼此看了一眼,仿佛默默地询问对方:继续这么装模作样有什么意义?还有什么等待的必要?它们的意见无疑毫无二致。于是,它们扑到匍匐在排水沟中的老人身上,立即大饱口福。它们用凶残的上下颚撕拉着,老人血流如泉涌,不一会就只剩下残骸和衣服的碎片了。蟑螂人心满意足地把手推车搬进救护车,随后上车离去……

　　当然,我应该为这些幻想感到羞愧,尤其是在即将获悉的消息之后;但当时办公室中静悄悄的,没有别的可做的事情。我想审查一下明年的经费申报表,但觉得懒洋洋的,一转念又想再喝杯茶。我正要吩咐卡罗尔,这时进来一个不速之客。我起初有点不快:格雷厄姆不见面,却来了一个从未听说过的陌生人。

　　来访者所诉说事情的严重性很快消除了我对他的嫌怨。我们开始谈得很糟。他到这儿来,一开口就说,社会保障部门没有完全给他应得的失业救济。我们还没谈上两分钟,他就对我的职业精神表示怀疑,说我不像搞社会工作的等等。我回答说,如果机械地把穿衬衫结领带的人视为异己,那是很愚蠢的;我不嫌恶他穿T恤衫和破牛仔裤,他又何必介意我的衣着呢?我还告诉他我拿的是政府的钱,而政府在录用以帮助穷人为最终目的的工作人员方面,是有严格的遴选程序的。

　　又经过一番类似的解释,他大概被说服了,因为他忍不住哭了起来。他一边鸣咽,一边说还有别的事情——少领救济金仅仅是部分原因。这并不奇怪,我想,这些人总是找个借口,玩点小花招,然后才吐露比少领一张支票严重得多的真情。然而,这一来访者所披露的事实,不容否认,确实令人大吃一惊。

事情是这样的：昨天晚上，这家伙只剩下最后一两元钱了，他打算窜进哪户人家，偷点什么能换钱的东西。他跑到克莱德街——彼得沙姆区的克莱德街，即我住的那条街——找了一幢没有灯火的房屋。他跳过后院的篱笆，摸进没有上锁的后门，这时，洗衣房中一盏灯突然亮了，一个老人站在他面前。

我的思路跑在他叙述的前面：我知道他要说的房屋是谁的房屋，老人是哪个老人，我从心理上做好听到殴打致命，听到弗雷德·莱斯利血腥之死的准备——顺便提一句，我并非第一次听到这类事件，每次听到都很不好受。

幸而不必听到类似的故事。他说他根本没有碰过那个老人——他反反复复地强调没有碰到——但老人却在他面前不到两米远的地方突然跪倒。他弯下腰去看看是怎么回事，但触摸到的却是一具尸体。他吓坏了，用他的话说，就跳起来"一溜烟"逃走。

他到这里来，他说，因为他觉得有罪。他只知道要对所发生的事情负责。他想知道怎么办，要向警察坦白吗？怎么坦白呢？他需要别人的劝告。

我首先对他说，你不明白你刚才讲的事情的性质，告诉别人是很危险的。一个牧师可能保持沉默，但政府部门中却没有多少人值得信赖。听了你的叙述，我就有责任打电话给警方，陈述我所了解的一切。

在之后的沉默中，我心里暗暗庆幸多亏格雷厄姆不来。这时可真的要喝杯茶了。我问"史密斯先生"——为了隐讳其真实姓名，姑且如此称呼——要不要喝茶，他谢绝了。在去烧水的途中，我告诉小卡罗尔她可以回家了。虽然我敢肯定她没有听到什么，但有她在场总是不大方便。

我在她身后锁上前门，回到烧水的房间，把开水冲进茶杯，然后放进茶袋。在等着喝茶的时候，我——今天又一次——想笑，简直憋也憋不住。很奇怪，每当我处在不受攻击的地位，或每当我在某种情势中占据上风时，我往往感受到这种强烈的发笑欲望。然而，他向我和盘托出自己的秘密，我应该采取相应的对策，这一认识迫使我迅速恢复镇静。

办公室中，那年纪轻轻的冒失鬼还坐在我办公桌前的椅子上，还是那么一副垂头丧气的神情（我现在就坐在桌后）。他大概只有十八九岁，因而，我想，他应该极其容易听从我的劝告。

"呃，史密斯先生，不，别告诉我你的真实姓名……你犯了罪，这是确定无疑的……"

他抬头注视着我，满脸沮丧和等待的神色。我不知道他等待什么，也许等待我告诉他我要报警吧。"但你的罪很轻，只是闯入别人的住宅行窃。对于那老人的死亡，依我看，说到底，你没有责任。谁知道他是怎么回事？很可能患有某种致命的疾病……你把事情的经过告诉我，我当然相信你说的都是实话。你放心，你可以相信，这件事我保守秘密，我绝对不告诉任何人。我答应你……"

这时，他似乎又要哭了。我急忙绕到桌子对面，伸手按住他的肩膀，他才没有哭出来。他脸上的表情渐渐放松，不一会就像摆脱了极大的精神负担似的。我接着向他说明应该上哪儿要求解决救济金的问题，并请他最好马上就走。送他到门口时，我看了看表：将近五点，即距现在一个小时。我告诉他我不想再见到他了，他点点头，也没看我一眼就出去了。我回到桌旁继续喝茶……从那时起，我就一直面对马尼拉纸封面文件夹上的空茶杯，呆呆地坐着。简单地说，我是陷入了沉思。

每天下午，我都有留下点时间回顾一天经历的习惯。我觉得这么小结一下很有益处。如果能从中找到点意义和价值，我就会感到兴奋，感到明天是新的一天。可是今天，黄昏渐渐接近，我却理不出一个头绪。今天太不寻常了。

回忆之下，我觉得我可能是帮助了那个年轻的傻瓜摆脱了犯罪感，而与社会上随处可见的罪恶相比，我在邻居之死这件事情上的过失简直微乎其微。我还想，如果要写讣告，执笔者一定会以基督教教徒的口吻叙述弗雷德·莱斯利的生平，并给予高度的评价；而我的态度则可能被视作有失博爱美德的典型——当然，这是基督教教徒的眼光。

然而，我的脑际还出现一些不同的想法。这些想法终于找到了表达自己的词语，于是我取出笔记本，提笔写道：

"事实证明我的看法：总有那么一些日子，那么一些难得而可贵的日子，人世间的事情确实会表现出前因后果的关系，我们会目睹一个人应有的结局。我们观看一个人的登场，一个人的下场，看到一个特定人的下场是与其特定生活轨迹丝毫不差地密切相关的。而且，我们观看时始终认为,业已发生的一切都是完全正当的。在莱斯利先生的一生中,我们都扮演了一定的角色,甚至突如其来的'史密斯先生'也不例外。其实,'史密斯先生'可以说在莱斯利先生的生命历程中起了一个十分特殊的作用。对于这个年轻的糊涂虫,我已不再有什么可说可做的了。我不是差不多已经告诉他,对我来说,他已经不复存在了吗?然而,对于从事社会福利工作的人们而言,只要人类的痛苦继续繁衍,我们就永远有事可做。"

(徐微芳 译)

纯洁无邪

彼得·高尔斯华绥

一

我第一次与吉尔和托里见面是在 1975 年初。尽管我试图把它忘却，但那一年的情景却至今历历在目。因为就在那一年，妻子跟我分道扬镳，各奔前程。当时，我的神志还没有完全恢复正常。

然而得到左邻右舍夫妇的热心帮助，我并不觉得孤独寡助。临别时，妻子拿走了家中部分的餐具，毛巾和床上用品。她倒好，一走了事，就把我托给朋友照管。

我生活不能自理，这是可想而知的，一度也确实如此。邻居们轮流替我接孩子放学回家，陌生人替我倒垃圾、刈草坪。他们还非常合适地排好值勤表，每日三餐按时用手推车把一碗碗热菜热饭送来。

"你该吃点东西，保罗。"

"我真的不饿。"

"别折磨自己啦，这不是你的过错。"

过了大概两三个月时间，我发现在各种聚餐会上，他们总特意为我留出席位，请帖源源而来。这样做无疑是要确保我有足够的营养，因为我只顾埋头工作，体重锐减。同时，也是出于交际的需要，凭借社交活动达到自我解脱的目的。

后来,每次聚餐时我都坐在独身女子旁边。我着手考虑从这些觅侣者中间物色一个合适的对象:红娘们给我介绍的对象每周都不相同。但是,择偶的女士总是乘出租车前来赴约。而我的任务很明确,就是在聚餐会结束后陪送她回家,纵然我有时难以欣然从命。

"劳驾您,保罗,……"主人笑吟吟地说。

"我听候您的吩咐。"

"您开车来的是吗? 那就请您……"

当我随同这位参加鹊桥会联谊活动的小姐离开时,主人们愉快的情绪自然会引起我的共鸣。

"你应该自重,保罗!"他们含着笑容殷切叮咛,站在灯光下的安全门前目送我们步入夜幕之中。"千万别做出事与愿违的事情。"

二

正是在这艰难的岁月里,我初次结识了吉尔和托里。

每隔两个月,他们应邀参加一次聚餐会,每次出席人数六至八人不等。提起这些聚餐会,我就不自由地联想到有关的体育专业术语,如十一人的板球队,八人的划船队。吉尔和托里仿佛属于第一组船队:人人都热忱地邀请他们来家作客,至少我在场看到的情形是这样的。

我与吉尔和托里从未成为知交。充其量说,我们只不过是朋友的朋友,相识的相识。大家仅仅经常在一起聚聚而已,除此之外,别无其他特殊的关系。我们不太讲究礼节仪式,其实,在这方面也没有经受过任何的真正考验。

此后,我照旧常常与吉尔和托里见面,也听人讲起他们更多的情况。

他们是天生的一对恩爱夫妻,好比是永恒热恋中的情侣。贴切地说,他们是一对循规蹈矩的童男童女。

我从众人口中了解到他们的事情是如此之多,以至于开始怀疑这一切是否真的巧合,还是有人存心要我效仿他们的榜样。扪心自问,我当时自己的生活理当引以为戒:通宵达旦不停工作,有时一连几天不换洗衣服,此外,还常常酗酒滋事。

那些谙于世故的朋友们都在竭力规劝开导我。所以,为了对孩子的品行进行教育,他们需要母亲的疼爱和抚慰。

"星期五同我们一道吃晚饭好吗,保罗?"

"好极啦,什么时间?"

"八点钟。"

"我想带孩子们一块来,行吗?"

"当然可以。"

三

我想在这里对吉尔和托里的生活做一简略介绍。这对夫妻情深似海,可谓海枯石烂永不变心。尽管在这方面我缺乏个人的切身体验,我还是对他们颇感兴趣。至于我和他们之间的关系么,不亲近也不疏远,如果按相隔的长度来划分的话,则属于"中间距离"罢了。也许正是这个不近不远的中间距离成了观察他们的最佳位置。

首先,他们组成了一个统一、完整、独立的实体,完全可以同外界隔绝联系和往来。或许,除了自己的孩子外,他们不需要任何人。无论走到哪里,他们总是随身携带孩子们的近照,每次聚餐时让宾客传阅,并引以为荣。这些照片在我看来并没有什么两样,但是,在吉尔和托里眼里,它们却有着天渊之别。

再者,既然如此,他们为啥还要为社会工作操心? 这始终是个未解之谜。我坐在餐桌的对面,不时察言观色,揣摩他们的心意,但是百思不得其解。即便在那时,他们的体态亦已开始出现变化:吉尔身段丰腴,两腿矮胖,脖子粗大;托里身材颀长,衣冠楚楚,头戴眼镜,活像一幅标准漫画的模样。

"真是不可思议,"我记得有一次在我驱车送女友回家途中,她窃笑地说,"男女结合怎么会永不变心!"

"我不同意你的看法。"

"夫妻俩,一个体重增加,另一个就会减轻。"

"这一点我倒没有注意。"

"这种变化嘛,本来就是微乎其微,"她向我解释道。"好了,请进屋去喝杯咖啡怎么样?"

　　她的名字叫凯西——在所有的觅侣者中,她是我决定再次约见的第一位异性朋友。也许是她锋利泼辣的一番话深深地打动了我的心。我非常欣赏她看待问题的方法,她分析问题头头是道,实在令人折服。她和我有着共同的生活遭遇,她对婚姻习俗不存任何幻想。

　　"这是被警方承认为合法的情爱。"她引经据典地说。

　　话音刚落,我们俩不禁哑然失笑。

　　她对吉尔和托里——这对黑人夫妇同样很感兴趣。虽然我们不止一次地耳闻目睹这对模范夫妻的事例,但是我们非常渴望了解他们的内心深处,很想知道究竟是什么使这对伉俪如此相敬如宾。

　　不,不完全是这样。我认为需要更多的事实根据来证明我们悲观失望并非毫无道理。传闻的东西往往不一定完全可靠,况且,任何事物也不可能那样尽善尽美。总之,我们想证实自己在婚姻问题上并非失意。那么,聚餐会倒是个很好的机会。倘若他们在晚间聚餐时坠入我们的圈套,那么这对黑人夫妇也难免有所自我暴露。尽管社交场上很喧哗——人们戏谑嬉闹,谈笑风生,他们总会漏出一点蛛丝马迹。

　　这样的实地调查需要有极大的耐心,自我暴露并非唾手可得。理由之一,吉尔和托里老是肩挨着肩,手握着手,十分亲热地坐在一起。

　　按照聚餐会的规矩,夫妻应分席而坐,俗称假离婚。但是,他们始终形影不离,卿卿我我,执拗而得体地抵制任何事先安排的座次。

　　席间,他们依然如故,眉来眼去,或揉揉脚踝,或悄悄地把手放到对方腿上。当然,这些动作仅囿于他们两人之间。即使在吃饭的时候,他们也都聚精会神,难以分散他们的注意力。他们俩搭档的表演真绝,宛如动物园的饲养员给动物喂食一样:托里老是不声不响地往她的盘子里夹菜,他每次给她夹菜,吉尔总是亲热地咂咂嘴唇,吻吻他的手,然后目不转睛地盯着他看。

　　"我在书中读到,"我试探一下他们的反应,"婚后夫妻同房只能维持两年,至多不会超过三年。"

　　可是,吉尔和托里根本没有在留神听我说话。

　　"也许有人对这个数字表示怀疑,"凯西身子微微向前倾斜,朝着桌子对他们说,"但是,也有人认为它言过其实。"

　　"我们俩结婚七年了。"吉尔终于开腔说话。

对于他们,爱情专一也适用于其他方面,他们夫妻俩总是其中一个与人交谈。他们夫妻职责和义务的界限真的如此泾渭分明?这对终身伴侣,一个讲得越多,另一个就说得越少。吉尔可谓是这对黑人夫妇的代言人。

"我丈夫说⋯⋯"这是吉尔的口头禅,她每次讲话开头惯常这样说,"托里不同意那种说法。"

在她说话期间,托里一直静悄悄地坐在那儿,时而眼里露出笑意,时而点头表示赞同,但是自始至终一言不发。

"我丈夫一定会很恼火的,要是⋯⋯"她怒目圆睁地说。

"我亲爱的始终不渝地⋯⋯"她接着断然地说。

听到此话,托里皱起眉头,流露出一丝不悦的表情。

四

简而言之,他们那么天真烂漫。但看到他们夫妻恩恩爱爱,卿卿我我,我不禁触景生情,想起当年自己的不幸遭遇。为此,我感到有必要纠正他们那种认为婚姻会给人带来幸福的错误想法。于是我狠心地挑逗他们,凯西自然也不甘落后。

我记得有那么一个突出的例子:吉尔讲述托里在黄金海岸出差时遇到的事情。

"我那可怜的男人,"她开始叙述事情的经过,"他平时最讨厌离家外出。"

托里坐在她背后频频点头。

"有一天深更半夜,他被一个陌生女人的敲门声吵醒。"她说。

我心不在焉地听着,但是,听她这么一说,我顿时将身子挨近。

"陌生女人问比尔在这里吗?"吉尔继续讲述。

此时,凯西俯身急切地问:

"那你怎么办的呢,托里?"

"托里讲他自己刚到旅馆,"吉尔抢着答道,"没听说过比尔这个人。"

我们全神贯注地听着。

"陌生女人说他们事先约好今晚在他房间里见面的,也许他现在已经离开旅馆了。"

"这样叫人扫兴,太糟糕啦!"我忍不住说。

"让我猜猜,"凯西插话说,"这个女的大概说她晚上就没有别的事好干了。"

"是的,不错。"托里总算头一回开口说话。

"那你回复她说了些什么啦?"

"他说了声抱歉,随即就把门关上了。"吉尔重新继续讲述。

"请你跟我们说说真话,托里。"我笑出声说。

"旅馆服务员最熟悉内情,"凯西紧接着说,"旅馆的房间是由他们安排的嘛。"

"我不明白这是怎么回事?"吉尔低声自言自语。

五

我还记得翌年夏天的一次游泳聚会。我们还是第一次来到这个地方。请帖是一天前刚送到的,很显然,这是在最后一分钟才决定邀请我们来参加的。

我们到达时,托里正在水池里游泳。

"瞧他那双腿,"凯西对我窃窃耳语,"好像关押在集中营里的战俘那样,瘦得只剩下个骨头架子。你仔细看看他的膝盖!"

我抬头望去。只见他的大腿好像是给蛇吞噬过似的,从臀部到膝盖关节只剩下隆起的骨架。身体的其他部位也好不到哪儿,皮层紧包骨头,他身上好像压根儿没长着肉似的。

我们就这样心怀叵测地打量着他,并以此寻求乐趣。

现在再来看看吉尔。爱情专一是否仍然有效?一切都还难说。她不习水性,但喜欢坐在水边观看,身着一件系有腰带的宽松长袍。当她丈夫从水池一边游到另一边时,她缓步迎上去与他喋喋不休。

"我丈夫说,"她习惯地说,"他对那个问题的看法坚定不移。"

最后,托里从游泳池里爬了上来,上气不接下气,他大概游了十五个来回。吉尔手里拿着毛巾早就等候在那儿。

"她不爱好体育锻炼,"凯西偷偷细声道,"所以,托里一个人要完成两个人的运动量。"

吉尔从桌上端起一盘点心递给托里,但他婉言谢绝了,身子裹着浴巾从她身边走过。

"她一个人还得吃下两个人的东西呢!"

我们像孩子般地站在那儿,如同顽皮淘气的小孩站在教师背后窃笑。多么有趣!

六

约莫在这个时候,我们决定搬到一起共同生活。严格地说,我们双方当时还处在考验阶段。但是,我们至少可以彼此当作朋友相互保护,戏称合理化服务。况且,两家的孩子合住一所大屋,还有什么能比这更加切合实际呢?

没有人会相信这一事实,至少我们自己是这样认为的。夜晚是一天中最美好的时刻,夫妻之间可以互诉衷情。但是,更常常发生的是在孩子们上床睡觉后,我们坐在一起促膝谈心,相互交流白天的信息。我们俩居然成为愤世嫉俗的慰藉物,而这对黑人夫妇却惯常是我们消遣取乐的材料。

我们之间似乎达成一种默契:不多议论我们自身的问题。对于凯西过去的婚姻状况,我只知道她的前夫是一位摄影师。

"他在暗室里花费的时间太多了。"有一次她不经意脱口而出。不过,事情就到此为止。然而,这倒提醒我今后言谈行事必须格外小心谨慎。

家里安顿好后,我们就开始着手筹备聚餐会,以便报答朋友们长期以来对我们的款待。在一两个月里,我们接待了一批又一批客人。最后,我们邀请吉尔和托里来家里作客。

他们当时体况欠佳。托里脸色憔悴,双眼凹陷。非常明显,他穿的衣服也遮盖不住他瘦削的身子。过去穿得笔挺的西装,现在从他身上消失了,眼下,他穿着一套宽松下垂的工作服,看了真叫人啼笑皆非。吉尔精心打扮了自己,但是不管如何,她那肥胖的体形是无法掩饰的。

"这是我的房间。"凯西边领路边介绍说。

"那一间是我的卧室。"我紧跟着说。

客人对我们卧室的安排,丝毫没有流露出诧异和惊奇的样子。

"夫妻嘛,总是要有分有合,"凯西对他们说,"譬如,当一方受到委屈时,夫妻就得暂时分开。"

那天晚上没有其他的客人,因为我们只想单独和他们在一起用餐。他们确实没有让我们失望,他们的表演像往常一样出色——互使眼色,传递情意,如胶似漆,难舍难分,美味佳肴共同享受……虽然他们并非绝对分享一切,但餐桌上的食品总是朝同一个方向传送。

用过奶酪和咖啡后,吉尔拿出几张孩子们的近照给我们看。沉思片刻后,她提出也让她看看我们孩子的照片。

"我有更好的东西拿给你看。"凯西接着她的话说。

"嗯,是什么?"

"有关我遭遇意外事故的照片。"

凯西起身走出房间。我隐隐约约地听到她在抽屉里翻寻东西。我好奇地等待着,这是我第一次听她提起这些照片。

"什么事故?"她回房时我立即问她。"我怎么一直蒙在鼓里。"

"这是去年,"她回答说,"我与前夫分手之前发生的事情。"

"是车祸吗?"

"当时我们在外度假,就我们两个人。我们搭乘一辆便车去纳拉博尔,坐在卡车后面的拖车上,不料半路翻车了。"

"你受伤啦?"

"颅骨破裂,腿部骨折。"

听到此话,吉尔和托里都流露出忧虑的神情。

"你的……前夫呢?"吉尔着急地追问。

"他连一点儿皮都没有擦破……你们瞧这张照片,汽车司机正在设法给我止血。"

她边说边递给我们一张布满褶皱的旧照片。我们凝视着照片,呆若木鸡。画面上有个人正在用撕断的毛巾条给凯西包扎受伤的腿部。

"你当时觉得疼吗?"

"说来奇怪,起先不疼。后来嘛,当然疼得直叫……这儿还有一张照片,是失事时拍摄的现场镜头。"

我们面面相觑,样子十分尴尬。果然不出所料,凯西在观望着我们的态度。我自然心领神会,但是吉尔终于吞饵上钩。她忍不住问:

"这些照片是谁拍的?"

凯西顿了一下后才作答。

"我的前夫。"她细声抱怨说。

七

那天晚上送走客人后,我回到房间躺在床上,肚子感到胀鼓鼓的,很想去方便一下。真是无巧不成书,窗外下起瓢泼大雨,雨柱倾泻而下,哗啦啦地倒在屋顶上。凯西执意留我再多待些时间,但是,她神态异常,默不作声,也许心里还在惦着那次车祸。那时,我们已同居好几个月了,可她一直未提起过这桩事情。

我终于打破沉默,开口说话。起先,我漫无边际地随便闲扯,后来却不由自主地回想起我个人所经历过的凄楚生活。

"有一次我去探望一位卧床不起的病人,我清楚地记得。完全是由于忧虑过度,她头天晚上睡觉时还是好好的,可是次日早晨就起不来了。事后,她病魔缠身达数月之久。"

"她吃饭咋办呢?"凯西出神地问。

"她丈夫每天给她送饭菜,还给她清洗粪便。"

"她丈夫可够辛苦了。"

"七块面包、四瓶饮料,每天都按时送到她的房间。她躺在床上,动弹不得。"

"她活像一只蜂王。"凯西饶有风趣地说。

"她死活不肯住院治疗,宁可躺在自己家里。她拒绝社区医疗中心人员的护理,还拒绝给她治疗褥疮。最后,她甚至于拒绝我的探望。"

"我不忍心再听你讲下去了。"凯西打断了我的述说——这样的话可从未出于她之口。通常,别人的困境她总是听得津津有味。

"她丈夫病故后,我受邻居之托最后一次到她家里去,"我没有理睬她,只管继续讲下去,因为我内心无比激动,完全沉溺于痛苦的回忆之中,无法抑制自己的感情,"她丈夫比她早谢世,我想他死于心脏病突发。噩耗传来,她竟然挣扎着从床上爬起,结果翻落到地板上。但是,由于她身子过于笨重,无力再向前爬动。三天后她才被人发现,身体严重虚脱,口中语无伦次,在粪便中乱打滚。"

凯西低下头，依偎在我的怀里。

"够了，别说了。"她苦苦地哀求道。然而，我坚持把故事讲完才肯歇手。

"她臃肿的躯体无法抬出房门，所以只得先用一把大锤把门框敲掉。急救人员用担架把她抬上救护车之前，不得不先在屋前的庭园用水龙头把她全身冲洗干净。围观的孩子们发出一阵阵哄笑声，而她一直呼喊着已故丈夫的名字。"

"多么骇人听闻的故事。"凯西听我讲完后说。

凯西的胸脯剧烈起伏，乍看起来她似乎旧病发作。

"我相信他们，"她接着说，"我只是跟他们开开玩笑而已。"

我热泪盈眶，嗓音嘶哑，犹如很久以前孩提时的那种感受。

我紧紧地把她搂在怀里。外面淅淅沥沥下着蒙蒙细雨。

"我想该睡觉去了，"她一边擦拭眼泪一边说道，"我一定要好好学习他们的品德，和他们一样。"

（卢世雄　译）

不断追求的姑娘

尼古拉斯·周思

　　十六岁时,我们对邪恶有了朦胧的意识,总以为我们周围没有多少邪恶。只要能找到一点,我们就很高兴。弗兰这方面的鼻子很灵,她嗅出格伦纳格游乐场旋马管理员身上的邪恶,他就是恶棍。因此,夏日深夜,我们一有机会就到那里去骑旋马。

　　游乐场内只有弗兰、鲁比、我和那个收了我们钱、给我们打开关的恶棍,以及悬挂在横杆上色彩绚丽的旋马。你可以骑在上面不停地旋转,让旋马飞荡开去,高高离开地面,俯冲升腾,直到头昏脑涨。一天夜晚,管理员让我们旋了双倍的时间,我们又喊又叫,头发飘、衣服舞,最后都吃不消,但弗兰还要继续旋。她只要对那家伙笑笑,那家伙就会让她再骑一会。我见他手按旋钮,使她越旋越快,越旋越高。他斜靠在喀隆喀隆响的马达护罩上。这个个子细瘦、二十岁的恶棍,穿着黑色牛仔裤和破背心,留着佐罗式胡子,头发乌亮卷曲,手臂上刺条大胸脯的美人鱼,脸上全无笑意。他加快速度,弗兰每次经过时都向他猛冲下来。她一直飞荡开去,直到马的侧面几乎与地面平行,她从马背上悬挂下来。

　　“我要死啊,”她尖声大叫,“我要死——”身后逶迤拖过一串长长的单调叫声。时间到了,马达由慢而止,旋马也回到平台上四足站住,恶棍要下班回家了。弗兰一边嘲笑他,一边晕头晕脑、蹒蹒跚跚地通过出口。她翘起下巴,摇摆着染成金黄色的头发,眼中闪出傲慢无礼、不可克制的火花。她完全是跳跃的火苗。

"我还能旋。"她回头对恶棍嚷道。

"比旋马怎样?"

鲁比和我不得不把她拖住,因为她还在大口大口地喘气。鲁比脸上掠过责备的神色,然后讥嘲地大笑起来。

弗兰爱虚荣。她经常与黑人在一起,因为她们之间的对比对她有利。鲁比皮肤白皙,唇红齿白,头发乌黑有如乌鸦羽毛。她身材高挑挺直,你如果不顺从她,她就抓住你的肩膀直摇。她们的深厚友谊该是保护她们不受情人侵扰的武器,但她们不是这个,就是那个,总有一个人爱得发狂。弗兰先后爱过一连串肌肉结实、双眉乌黑的男人,这些男人是别人崇拜的偶像,而她又是他们崇拜的偶像,这就意味着当她从神龛中跳下来离开时会惹麻烦。鲁比的情人比较少些,她找成熟的男性,爬到他们肩膀上。我不喜欢鲁比的那些男性,但我算什么? 不过弗兰也不喜欢,一旦他们自以为是起来,她就把他们赶走。"他们什么都对,"对于他们的世故她常说,"就像《彼得·潘》中的仙女,好像你只要一味相信就行似的。"

鲁比的脖子上不离照相机,但她拍的照片都不进入冲印阶段。然而,只要研究一下这些长方形的小纸片,她就知道自己该怎么办了。摄影是最虚伪的艺术,因为它最以真实自居。如果你的意志力很强,这可就是自行其是的好方法。通过排列这些时间的裂片,鲁比懂得了世界秩序。"真是好眼力啊。"人们说。但弗兰暗地里向我抱怨,"她是大摄影家,又是我最要好的朋友,但至今没有给我拍过一张像样的照片。"

我说:"你安定的时间太短。"

鲁比与一个我们从未见过的男人同居。那男人有一幢大房子和三个小孩。她把这件事告诉弗兰和我时,我们都忍俊不禁。弗兰不停地到处漂泊,忽而墨尔本,忽而戈阿,忽而北海岸。她靠的不是自己的力量,而是作为某个阴郁的旅行家、画家或吸毒者的心肝宝贝。我在机场上见过她几次,她既没有几个钱,也没有多少行李。她不是自己要这样萍踪浪迹,而是当时同她生活的男人不肯放过她。他们还需要她,而她也需要他们需要她。我不知道其中的缘故,她好像什么也不在乎。她表现出一种几乎十分明显的心态,仿佛厌倦得要命却又不去计较。

她回乡时碰上一个歌手,又随他周游澳大利亚。他曾经有希望当上明星,只要有此可能,成不成为事实有什么关系?但这不利于她的健康。

"这样会要她的命的。"鲁比皱眉蹙额地说。虽然她没有说什么,但弗兰给了她一个回答。那是一张明信片,上面写着"一切都要诚实",惹得鲁比火冒三丈。

后来,我们听说她回阿德莱德了,住进了医院。她颠沛流离,太辛苦了,但谁也不了解她的详情。那歌手在她床边哭泣。我走过去,靠在床栏上。鲁比端着照相机说"笑一笑",给我们拍了几张快照。弗兰看上去没有大病,她面色苍白,但平常上午时也不红润。她打算换一种生活,如此而已。歌手不得不去墨尔本,她不得不留在阿德莱德。这就是她告别和结束关系的方式。

我问她为什么,她说:"我想当模特儿。"

这就是说她要独立生活,不让别人消耗她的心血。她在生活中找到了自己的位置。鲁比仍然和那位有身份的男人同居,但与弗兰彼此往来。弗兰要当模特儿,总得有个地方开始,她要鲁比给拍几张求职用的照片。立正的,随随便便的,怪模怪样的,鲁比为此拍了好几卷胶片。"对,这样很好。"当弗兰一会儿靠在墙上,一会儿躺在床上,一会儿坐在椅子上时,鲁比一边叫一边全神贯注地咬紧嘴唇。

鲁比拍完就走了。几星期后,弗兰上鲁比家要照片,她坐在陌生房间中一张很大的椅子上,等鲁比把照片找来。虽然那都是些刚冲印出来的底片,但弗兰仍然很兴奋。她把喜欢的找出来标上记号,觉得有几张确实令她爱不释手。

"这几个礼拜我可没法脱身。"鲁比说,摇着头表示自己很忙。她要举办一次展览。

弗兰最终没有拿到照片。她到墨尔本去找那位歌手,结果邂逅了另一个人,流浪到不知什么地方去了。鲁比的展览会举行了,其中最重要的一件作品叫《毁灭》,就是那天在医院煞费心机地给弗兰和歌手拍的。她把这帧黑白照巧妙地变成一个道德说教的故事。弗兰看上去形容枯槁。

后来这帧照片变得非常出名。那歌手用它作为自己相册的封面,鲁比的摄影集也把它印在封面上。摄影集出版时,歌手已经功成名遂,这照片对他已经失去作用,然而,它仍然是清醒地哀悼一代人的挽歌。

对于鲁比摄影集中那些贬损她的照片,我不知道弗兰做何感想。这本开本狭窄、纸质光滑的简装本作为圣诞礼物推出,鲁比因此成名。

我置身于一个拥挤又热烈的艺术家联欢会上。在这令人目眩的时髦人物和时髦式样的大汇展中,我毫不感到意外地见到鲁比。我们都不愿意互相见面,却偏偏在楼梯上相遇,我不得不招呼说:"你好。近来怎样?"

"我现在真的很多产呢。"她笑着说,一副煞有介事的神气。她旋即想起什么:"你知道吗? 弗兰的消息? 她死了,在北海岸。什么不光彩的事情吧,谁都不大清楚。"

她眼睛盯着我,看我是否同意她的猜测。我惊呆了,说不出话来,只惊叫了一声。

"她活该,"她说,"这样的结果由来已久,她自己一直自找嘛。"

在这洋洋得意的瞬间,她简直是道德法官。

"不。"我回答说,一边转身离开。我一口灌下一会前慢慢啜饮的烈酒,向高声谈话的人群走去。他们嘈杂的说话声在我头脑中轰轰作响。弗兰就是生活,她不断地追求。我们常说,浮沉荣辱都是一样的,但这不是真实。

我独自跳起舞来,想起鲁比和她的摄影。她只拥有那些底片,而弗兰却不断追求生活。我瞥见鲁比在人群中端着照相机,正装模作样地选择镜头,我就像伊斯兰教苦行修士礼拜时一样竭力飞旋起来。我绝不能让她的照相机把我逮住。

(徐人望 译)

爱 告 诉 我

尼古拉斯·周思

　　上楼梯,再下楼梯,他们在一个俯瞰乐池包厢的第一排找到座位。詹姆斯坐在靠里面的座位上,让儿子乔坐在他旁边那个空位上。男孩从包厢栏板上方探出头去,注视着乐师们鱼贯而入,穿过一排排乐谱架,各就各位。调弦的声音响起,鼓、锣、形似扇贝的巨大的钹,几乎就在他们眼皮底下做准备。乔兴奋地转过头去看父亲,父亲揉搓着他的脖颈,似乎在确认,他们的确在一起,在音乐会现场。

　　进来的路上,他们在歌剧院前面狭窄的观景台上站了一会儿。詹姆斯想让儿子看看暮色中渐渐隐去的壮阔景色:大桥、船只、岛屿和对岸的悬崖峭壁。可是站在那儿,凝望海景,他感觉既紧张又疏离,仿佛他也是一条船,被系泊在海底的缆绳牵着,在水面上荡漾。男孩只是低着头,看一次又一次汹涌而来又悻悻而去的浪涛。

　　这两个座位还是当年詹姆斯和男孩的母亲第一次来听音乐会时坐过的位子,当时没有别的座位了。结果他们很喜欢从这个角度观察近在咫尺的交响乐团的一举一动,看它内部的运作,看它心脏的搏动。接下去那场音乐会,他们还是买了这两个座位的票,成了会员之后,在下一个音乐季他们也一直预订这两个位子的票。他们喜欢看每一个演奏者用心演奏的样子,喜欢看指挥脸上胶着的扭曲表情,喜欢听偶尔传来的木头和金属的刮擦声、撞击声,他们还能窥视到演奏者们偷偷查看手机信息。从这个有利的位置听过去,交响乐团的演奏具有三重维度。你能感觉到视觉和听觉间的那个时间差,当木管乐、铜管乐、打击乐和低音提琴,穿过厚重的空间,和前面处于领先地位的弦乐汇合后,那滞后的回声。

这儿是詹姆斯和辛迪恋爱的地方。在这两个座位上所听到的交响乐那丰富的音声,仿佛具有一种特别的力量,促进了他们关系的发展。起初,只是两个同事出于共同的爱好,一周工作结束时,不是去健身房或者各自形单影只地回家,而是时不时一起去听听音乐,刚开始还有点尴尬,相互之间更没有什么承诺。可是后来,一起去听音乐会成了他们期盼的事情,甚至成了精神上的依赖。有一天晚上,听完一场勃拉姆斯作品的音乐会后,他们沿着微光闪烁黑幽幽的海岸边漫步回家,手挽手偎依在一起,那么亲昵,整个氛围都变得浪漫起来,他们停下脚步,相互凝视,心中诧异惊奇,然后是他们的深情初吻。那天晚上,辛迪让詹姆斯送她回家,还邀请他进了家门。

等到第二年预订演出联票的时候,他们已经结婚,第三年,乔就出世了,一切都发生得那么快。辛迪上半天班,詹姆斯被提拔。等到小宝宝夏洛特出生的时候,他们已搬进有四个卧室的新家。

乐队现在在调音,定调。乐团首席伸长脖子,倾听从一件乐器到另一件乐器上跳跃出的音符。圆号定好音,倒放着,把管子里面的水控干。观众们在一排排椅子之间侧身走着,找他们的座位。有的女士头发盘在头顶,或是长发披在肩头,珠光宝气映衬着裸露的被阳光晒成褐色的皮肤;另一些是短发,穿着黑色礼服,配饰也很时尚——男女老少莫不如此。詹姆斯和儿子向剧场望去,楼上楼下,包厢内外,几乎已经座无虚席。

"他太小了,"男孩的外婆曾经表示反对,"他才四岁。"

"这也是一种经历。"詹姆斯说。

"可是,你们要去听的是马勒,天哪!他的曲子演起来全都长得没个完。那么沉闷阴郁的东西。哪部作品?第三交响曲!你可别指望一个小男孩儿能老老实实坐在那儿听这曲子。再说,等到回家上床睡觉,已经半夜了!"

可是詹姆斯决心已定。这是本次音乐季的首场演出,他的儿子怎么能不去呢?辛迪经常说,应该让孩子们尽早接受音乐熏陶。乔在娘胎里时,就听着维瓦尔第的音乐跳舞了,夏洛特现在两岁,就迷上了《卡门》。这次她当然应该和外婆待在家里,做个好宝贝儿,詹姆斯解释道,希望能安慰他的小女儿。

"您不是在辛迪三岁的时候就开始让她听音乐了吗?"他提醒焦急不安

的岳母。

"那可是《胡桃夹子》！多奇妙啊。"想起往事，老太太嘴唇颤抖着。女儿从小就特别想当个芭蕾舞演员。她一直都热爱音乐。

这是他们预定音乐会票的第六个年头。詹姆斯不愿在第一场音乐会就让辛迪的座位空着。这是他们永远不变的地方。在这里，他们能感觉到扑面而来的音乐的声浪。辛迪去世前不久续订了这个季度的票，对于她的意图，詹姆斯心里很清楚。

六个月过去了。詹姆斯很好奇，在男孩的时间尺度上，永恒会是怎样的一种感觉。辛迪永远缺席，这个事实对他们而言依然刺痛，且余温尚存，就像这个不到一年前她还坐过的位子上毛扎扎的红色椅套。他抱了一下乔，抱得有点儿紧，脸上的微笑也有些紧绷。

"老老实实坐着，伙计，"他说，儿子扭动着，从他胳膊下面挣开，"尽量安安静静坐着。等别人拍手的时候你再拍。到安静的段落时，你要安安静静坐着听。好吗？"

男孩满脸严肃，好像担起一种责任。这首六个乐章组成的交响曲会一气奏完，没有中场休息。乐队指挥是一个敦敦实实、长了一张娃娃脸的家伙，满头胡萝卜色的头发，苹果似的脸蛋，举起指挥棒，痛苦地噘着嘴。他们开始演奏马勒的第三交响曲，这是所有古典交响曲作品中最长的一首。*Langsam. Schwer*，这是乐曲开始时的标记，缓慢，沉重。一阵闷雷般的鼓点传来，铜管奏出扭曲压抑的哀乐，小号引导乐曲进入平静的主题。音乐会开始了。

最可怕的事情在辛迪身上发生了，例行体检查血时发现她患了癌症。医生庆幸发现得早，且认为切除肿瘤的手术很成功，可是后期治疗过程中发现已经扩散。随后便是更加困难的外科手术和进一步的治疗，但是病情没有好转。在后续的手术中，医生未能清除所有的癌组织，肿瘤继续扩散。辛迪只好回家等待，她从始至终都表现出一种英雄气概，总是保护着两个孩子，平静，坚强，深爱着家人。

詹姆斯却气炸了肺，事事不顺。他用一些补偿性的任务超负荷地折磨自己，最后他被人从单位送回家，简直成了一副暴躁不安的骨架子。

不过还是有平静如水的时刻，这平静似乎是会持续下去的，而他们也因此相信她会痊愈。他们笑谈如何被这场变故惊吓，这不是命运，而是陷阱。儿子和女儿，妻子和母亲，丈夫和父亲，一起滚倒在病床上，彼此拥抱，放声大笑。辛迪忍着痛苦，微笑着，和气地轻声说话，然后，她去了。

舞台上，一个气宇轩昂、身着长礼服的深肤色女人款款上前，开始唱歌。她的声音浑厚、低沉。看到那女人裸露的脊背，乔朝爸爸咪咪地傻笑。光脊背上的几抹猩红丝带随着她声音的渐高而绷得愈紧，勒着她凝脂般的肌肤。她像一条大船的船首巍然屹立，不知要驶向何方？

男孩觉得两条腿越来越疼。他想踢那道免得他们一头栽下去、掉到正在演奏的乐队边的栏杆。他有点轻蔑地瞥了父亲一眼。已经演奏好长时间了，可是父亲还直挺挺地坐在那儿，他也许压根儿就什么都没有听进去。

终于有了乐章间的停顿，咳嗽声、变换坐姿的声音此起彼伏。乔觉得父亲的手紧紧地钳着他的胳膊。他又烦躁不安地在座位上扭动了几下。音乐又开始了，乐队指挥头发凌乱，整个身子像海草一样飘动着，似乎在哀求什么，双臂大大张开着，要把那音乐的强劲声浪拖曳向前。再没有比这更广阔的。① 简直是一种折磨。

聚集了乐团所有的力量，撩人心魄的旋律缓慢而又尽情地展开。詹姆斯听出这是那首充满渴望的歌。后来廷潘小巷②的一个写歌手把它改成了一首低劣的、让人听了撕心裂肺的歌。"我会看到你……对跨越时间和空间灵魂的团聚的热望……在所有熟悉的老地方……我会看到你。"那样一种充满激情的需要和渴望。他不由得打了一个寒战。乔觉得父亲搯着自己的胳膊，他扭动着想挣开。父亲在颤抖，虽然看不见，但男孩感觉得到，泪水夺眶而出，濡湿他长满胡茬的下巴。

詹姆斯忍不住呜咽起来，惹得周围的人都转过脸看他。音乐进入高潮，宛如狂风骤起，势如破竹，粉碎了、淹没了所有的痛苦和忧伤。

男孩吓了一跳。"爸爸，"他轻声说，"别这样。"他想挣开父亲铁箍一样的大手，可是全然无用。詹姆斯已神游别处。

詹姆斯仿佛回到了乔那么大的年纪，一个被父亲置之脑后的男孩。他又回到他长大成人的那个乡村小镇，回到小镇边缘那幢装着护墙板的房

---

①　原文为德语。

②　廷潘小巷：一个与流行音乐家、作曲家和出版商联系在一起的地区。

子,回到父亲的书房。冬天惨白的光照进厚厚的窗帘拉开一半的正方形窗户,父亲坐在墙角一把扶手椅上,旁边是新买的柚木饰面留声机,他头戴耳机,两个圆圆的听筒活像米老鼠的耳朵。站在门口的男孩听不到唱盘上播放的任何声音。

那间清冷的、天花板很高的屋子光线很暗,收拾得井井有条,摆放着几个书架和一个四抽屉的文件柜。桌子上放着的钢笔、文件夹、一瓶墨水和签署文件时用的一沓吸墨纸,看起来有点乱,让人觉得主人的工作突然之间被打断了。在一个乡村小镇,律师事务所总有足够的工作去做,不过从来不会太多,就像他们住的这幢房子,就像事务所本身,他们干的活儿也是家族传下来的。在这个小镇,他们家三代人都是律师,赢得了广泛的赞誉和尊敬。而最初在这里创业的老祖宗——酒馆老板——声名狼藉的过去已经成为遥远的传说。这个家族别的一些成员也许离经叛道,恶习缠身,有的人无可救药,有的人只是懒惰。但是,在无休止的艰苦劳动和视野狭窄的乡村小镇,谁都不会因为这些问题而被完全抛弃。

詹姆斯父亲这一支,个个雄心勃勃,积极向上,矢志不移。他们在法学领域学有所成,在大城市学习生活,培养了更加广泛的兴趣——读书、听音乐,甚至喜欢谈论政治。他们还特别热心于公益事业,积极参加镇图书馆和艺术学校的工作。詹姆斯的父亲将这一传统发扬光大。世界唱片俱乐部送给他成套盒装的密纹唱片,让他在家里用最新的设备来听。他不愿意和镇子里的人甚至妻子分享。当然妻子对这些玩意儿也不感兴趣。她宁愿到大伙儿都看得见的花园里,在与他们那幢白房子相映成趣、芳香四溢的花丛和青翠欲滴的草木中干活儿。她拿丈夫开玩笑,说他在昏暗的书房里头戴耳机,攀登古典音乐的高峰。她笑着说,他和那些星期六下午听收音广播机里田径或者足球比赛的其他男人没有两样。她精心侍弄花园,故意留下几个野草丛生的角落不去打理。

花园那边有一道篱笆,篱笆墙上有一道门通到菜园,菜园里还养着母鸡和奶牛,邻居们每天晚上都来挤奶。詹姆斯的哥哥——帕特里克,最近把菜园里那个旧棚屋据为己有。他把自个儿的东西从卧室搬到这儿,招贴画贴满四壁。他把衣服堆成一堆,把褥垫铺到地板上当床,整个白天都在那里睡大觉。晚上却彻夜不眠,将音乐放得震天响,隔着偌大的院子也能传到母亲的房间里,母亲也只能干着急,在黑暗中睁着眼睛,难以成眠。帕特里克来来回回穿过后面的小围场到那间棚屋，或者走过房子旁边那条小路的时候，从来不进家门和家里人打个招呼。从小狗仔养大的那条狗对他忠心耿耿，从来不朝他汪汪叫，睡得死死的，绝不会被他惊扰。所以，你根本就不知道他在不在家。结果，寂静的夜晚听到那绝对算不上悦耳的音乐反倒成了一种安慰，因为你至少知道他还平平安安待在家里。

她不知道为什么自己的大儿子这么闷闷不乐，不知道为什么不再和他们说话，先是不理父亲，然后不理她。她也不知道他对弟弟做了些什么，让詹姆斯砰的一声关上门，一副受伤害、受委屈、很害怕的样子，远远地躲开，一个人待着。帕特里克为什么生那么大的气？有时候她在镇子里碰到大儿子和年纪不相上下的孩子们一起闲逛，他就把脸转过去，避开妈妈的目光，好像命令她赶快走开。她听说，有一天夜里，他在酒馆外面被人打了个鼻青脸肿。肯纳神父还对她说，警察正在侦察镇子里年轻人之间贩卖毒品的案子，她的儿子已经榜上有名。

她纳闷丈夫头戴耳机听那些宏大的交响乐时，是否会想到这些事情，第三、第五、第九。

她修剪一株玫瑰，剪掉主干多余的枝叶，只留下一英寸长充满生命力的小枝，她跪在地上，在玫瑰的根部挖掘，松开周围的泥土。就在这时，可怕的事情发生了。从棚屋传来一声枪响。仿佛是对那一声巨响的回应，她大叫一声，拔腿就跑，撞开篱笆墙上那道门，冲进棚屋，扑倒在儿子身上。儿子紧挨那张临时凑合的床，躺在地板上，一张脸血肉模糊。他把父亲教他射击的那支步枪枪口放到嘴里，扣动扳机。鲜血和别的东西——骨头渣子、脑浆——溅在天花板和墙壁上，像天上的星星，在她脑海里旋转。她呻吟着，哀号着。

她把儿子抱在怀里的时候，他身上还有余温，淋漓的鲜血粘在母亲的身上，就像他出生时沾满母亲的血迹一样。她喊丈夫。他还头戴耳机待在书房，什么也没有听见。

一年后，在哥哥自杀的忌日，詹姆斯走进父亲的书房，他想请父亲开车送他去镇子另一头的一个朋友家，他们邀请他参加一个聚会，还要在朋友家过夜。他背着包，准备出发。父亲坐在扶手椅上，头戴耳机，听唱片。詹姆斯看见盒子侧面写着"古斯塔夫·马勒"，尽管他那时候还不知道此人是谁。父亲直挺挺地坐在那儿,神情专注,凝望着窗外冬日下午灰蒙蒙的风景。窗帘只拉开一半,屋子里越发昏暗。他紧闭着嘴,脸色灰白,眼睛干涸,面无人色。除了刀刻般的皱纹勾勒出一张了无生气的脸,没有任何可以称之为表情的东西。

忧伤把这个男人包裹得严严实实,阻挡住心海荡漾的任何相互交流的波澜,分享情感的激流,精神宣泄的意愿。詹姆斯站在父亲的视野之内,而父亲对他视而不见。屋子里死一般寂静,只有完全属于他的音乐声浪在耳机里流淌。父亲已经被那声浪吞没,在音乐的波峰浪谷里消失。

詹姆斯拿起背包,回转身沿着走廊走了出去。外面,潮湿的银灰色天幕下,他看见母亲正在菜园里翻着土找新土豆,找到后,就放到一个柳条筐里。那个筐像鸟巢,里面摆放着她那些粘着泥土的蛋。她在哭。詹姆斯,一个局促不安的大男孩,笨手笨脚地抱着妈妈,不去注意她脸上的泪水。他问妈妈能不能开车把他送到朋友家,她点了点头,没精打采地跟着儿子回家拿钥匙。

"爸爸!"乔急切地说,摇晃着詹姆斯,直到他松开他的胳膊。管弦乐的喧嚣淹没了男孩发出的任何响声,或者使父亲无法因为他的这些响声做出任何反应。所以,他下定决心要让爸爸感觉到他的存在。

乐曲长长的末乐章又回到开场时的速度,但是这当儿,音乐一直挣扎着向上、向上,渴望一种崇高,一种升华。铜管乐音大作,呼求天国之门开放。两架竖琴乘着铜管奏出的上升旋律,荡出琴弦的柔波。钟琴鸣响。弦乐部分发出越来越高的颤音。

詹姆斯感觉到乔在使劲拉他。他满脸通红,一种要燃烧的感觉流遍全身。他的耳朵嗡嗡响。这一定是父亲听过的音乐。他继续体会那种感觉,觉得自己从来没有像现在这样更接近这种感情的源头和起因。如果真能到达,他就会理解。他感觉到那音乐的声浪以一种和谐和果断,冲决一切障碍,奔腾向前。

他觉得辛迪就在那音乐的声浪之中,向他走来。她想在这儿,她就在这儿,好像他们的家把她召唤到了这里。男孩把胳膊从椅子扶手上拿下来,紧紧地搂着父亲的后背。詹姆斯感觉到男孩身体的那股热乎气儿。他们在一起,他们三个人在一起。辛迪的到来填补了那个失却的空洞,切断了他们与黑暗和忧伤的联系。在这个愿望、这个结果面前，他束手无策，任凭音乐把他拽到它的洪流之中，随着滚滚波涛，向光明飞驰而去。

鼓掌声、欢呼声骤起。小男孩也从座位上跳下来，加入到欢呼的人群中。"耶！"他们已经听完音乐会，某种变化已然发生。

"你真了不起，伙计。"父亲说，用一块花格手帕擤了擤鼻涕，擦了擦皱纹丛生的眼角。

海港的平衡以这样一种形式出现：像呼吸一样起伏的波浪永远不会让海面平静。那亘古不变的不平静、不安宁让灯光和星光游弋在一起，拉长，变成条纹状，在黑油油的水面上律动。微风扑面，这一对父子从水泥甲壳里走出来，走到音乐厅前面的平台。歌剧院宛如一座高高的祭坛，是受到古代玛雅人祭献仪式的启发而设计的。天地在这里交汇，像莲花一样盛开。一溜长长的台阶向下延伸。男孩两级一蹦，一直跳到前面的广场，父亲跟在后面。台阶之上赫然耸立着歌剧院层层叠叠的拱顶，平展的地方被灯光照亮，凹进去的沟沟坎坎在阴影中消失。海湾一边，弯弯曲曲的海岸消失在黑暗中。另外一边，万家灯火在水面上跳荡，宛如碎银点点在夜幕下闪烁。码头周围的酒吧里传来阵阵音乐，一群群夜半时分饮酒作乐的人在音乐声中跳舞、叫喊。詹姆斯和儿子向停车场走去时，与他们擦肩而过。

乔让詹姆斯紧紧握着他的手。在刚才那地方可不一样，在那个音乐厅里头，不过现在都结束了，男孩要看着父亲平安回家，就像妈妈一直做的那样。

（李　尧译）

女 友 们

凯琳·高尔斯华绥

杰基骑了车子来到这儿,天正下着雨,时间不早了,而我还没有做好准备。

"你也不想去参加这次聚会,是吗?"她问道。

"当然不想去啦。"我回答道,"但你知道,如果我们不去的话会发生什么事儿。"

她跟我进了浴室,以便在我淋浴时与我交谈。当我低头在喷头下用热水冲洗头上的洗发剂时,我察觉到她正好奇地注视着我。在她浴室里,我也曾这样站着与她闲聊,欣赏过她那完美优雅的体形:冬日里她的皮肤黝黑而又光洁,丰满柔和,肥腴适中。她的脸蛋——这尊杰作的顶部,更是光彩流溢。

她比我年轻,但相差不了几岁。体态上,我俩则无相似之处。我的肤色白皙,耽于享乐、酗酒、抽烟,加之营养与睡眠不足,我显得早衰了,体力衰弱,疲惫不堪。当我告诉她我觉得自己受了生活的欺骗——因为没有人告诉过我,一个人在她尚未成熟前也会衰老,杰基笑了,她觉得我变幽默了。

我对杰基有所保留,但她离不开我,这使我颇感踌躇。我们各显个性,她伤感时,我安慰她;她烂醉如泥时,我照料她。在这以前很久,她便得到我的照看了。而在我酒醉过量时,我却挺身直立,一直保持清醒与冷静。她日常穿的衣服是我帮她挑选的,这些衣服突出了她的双腿和胸脯——她最引以为自豪的部位。我仅是那种男人喜欢与之交谈的女人，而她却是那种男人喜欢与之上床的女人。有时我倒希望事情能变个样儿，那也许是因为我不愿经常看到那种事后给她带来的深深的创伤。在她心中，我是一个打不垮的人。

浴室里的所见搅乱了她内心的平衡——她第一次看清楚了我一丝不挂的身体。在她眼中，我一直是一位不屈不挠像母亲般坚韧的人，突然间，她从我身上看到了非母爱的、脆弱的一面，和对她构成的性威胁。她不是傻瓜，不会意识不到她的青春、美貌，以及性爱的软弱标记，不可能总是阻止我成为她的情敌。简言之，她为看到了我这裸露的后背而感到震惊。

待我擦干身体，穿上衣服，抖落了我那学生式头发上的水珠，她才松出了一口气（"男人喜欢长发。"杰基常常甩着她的头发，带着为我着想和给我指导的口吻，用不同的强调语气说，男人喜欢长发，男人喜欢长发，男人喜欢长发）。尔后，我们又恢复了常态。她身着不合时宜的紧身高领羊毛衫，对此我可不负任何责任。我穿上了一套端庄的红黑两色相间的衣服。此刻，我俩都祈求能免于出席朱莉亚的晚宴。

雨已停止，再也没有理由不去参加朱莉亚的晚宴了。朱莉亚家离我家仅隔三条街。我锁上门，杰基将自己的自行车锁在路灯柱上，我们漫步沿街道走去。

我们本来不该来。朱莉亚等得不耐烦了，喝醉了酒。她是我们的同事，但她经常凭借她三十九岁的年龄对我们发号命令。在我们这群人中间，她比我们年龄最大的还要长十多岁。

她遍邀车间的同事们参加晚宴，但只有我们这一群社会地位不高的同事出现在她的晚宴上，这使她气恼，大量的红葡萄酒又冲垮了她，她的情绪极为恶劣。她的另外一些朋友，其中有几位我虽认识但不愿与之接近，正围着餐桌坐着，漫不经心地吸着麻醉品，嬉笑地谈论那些不合时宜的、主张性别歧视的话题。杰基和我都觉得不舒服起来——我们从心底里觉得自己高大多了。朱莉亚走过来，"自己倒点什么喝喝吧。"她生气地说完，扔下我们就走了。

我们交换了一下眼神，朝放汽水的地方走去。那儿，格雷格和理查德也满脸沮丧地在汽水箱旁闲荡。我们会合在一处。正当我们带着饮料，准备退出客厅，避入前厅的空房间去时，穆丽尔光彩照人地出现在门口。于是，从单位里来的人到齐了，他们是：朱莉亚、理查德、穆丽尔、杰基、格雷格和我。躲开朱莉亚，我们走进了起居室，关上门，谈笑着。这时，我们心里祈愿不要有人来打扰。

但是，门猛地被推开——毕竟，这是朱莉亚家的门。我们的女主人此时醉醺醺的，流着眼泪。她站在房间正中，摆出一副女演员的姿态，十分平静地开始讲话了，她谈了晚宴，谈了我们，谈了她自己。根据以往的经验，我们知道她的叙述很快就会变成尖叫，而且她想诉述的内容我们都略有所知。我们静静地坐着，观看着。

从各方面看，朱莉亚都是个庞然大物。她，体态臃肿，行动笨拙。这得归于她二十年来无节制的滥食与心情孤寂时的狂饮。她是一个肉体和情感的杂食动物，她也是一个有生气的、有宽厚心肠的人，诙谐、慷慨而且聪明。我们坐在那儿，在她越来越变得歇斯底里时，心里尽力念叨着她的这些优点。壁炉台上，她芳龄十九时的脸庞冲着这位发狂的、凶狠的妇人甜甜地微笑——这张相片正好是对那张冲着我们尖声嚷叫的面孔的无情嘲讽。那张脸因过量的酒精作用而显得苍白，它被怒气、肥胖和细条粉红色的皱纹扭曲得变了样。

她的指责支离破碎，毫无条理，而且显然也只能如此。对我们来说，是问心无愧的。为什么她冲我们发火？我们是来参加她晚宴的仅有的几位同事。当然，从毫无逻辑性的潜意识角度来看，我们都明白她冲我们生气是因为我们是唯一出席晚宴的几个同事。假如我们也没来光顾，她会更生气。但我们不是重要人物，不是那些需要人去讨好、献媚的人物。她生气，因为我们是我们，而不是他们；因为我们来了，并且发现他们没来。她生气，因为我们不喝酒，因为我们没去取悦她的其他朋友，因为我们将自己关了起来。

她对这些都只字不提。她骄傲得不肯承认这些，她醉得不能理解这些。她只告诉我们，这已不是第一次了，她为我们做了那么多的事情，而我们替她做的却那么微不足道。她话里真正的含义是，她恨我们因为我们年轻而她却老了，我们的青春、欢笑和避难的力量都超过了她。

避难正是我们将要实施的行动，既然她现在已变得十分可怕。一个显出老态的庸俗商人离开原先坐着的餐桌走进房间来看个究竟。她猛地将身体投进他的双臂，他朝后摇晃了一下，又恢复了镇静。他抚摩着她的头发,嘴里发出轻柔的喃喃声。我们发现门廊和客厅的一边已被人群围起来了,理查德站起身,打开窗子,爬到花园去,我们也一个个跟着他往外爬。

这正是她恨我们的原因,我们是那些当夜晚变得过于衰老、臃肿时能从窗口逃出去的人,我们年轻,我们健壮,我们充满希望。

我当然除外,我是最后一个要从窗台上往外爬的人,她将脸转向了我,我一下子呆住了。我明白,我正是那个她从我们这群年轻的叛逃者中挑选出来的一个早熟的愤世嫉俗者,一个精神王国里的乞丐,她的同路人。"你!"她边说边用颤抖的手指指着我。她的姿态使我想起她在她那富有天赋的业余表演中扮演《麦克白》中的巫婆、《特洛伊妇女》中的赫柯巴和《谁害怕维吉尼亚·伍尔夫》中的马萨。

"你,你!"

她的意思是挽留?滚蛋?付款?不要离开我?

我爬出了窗子。

格雷格跌进了玫瑰刺丛中,理查德想尽力保持理智,却难免心烦意乱,懊丧不已。杰基还在哭泣,穆丽尔显出一副逆来顺受的熊样。我替格雷格理清荆棘,穆丽尔捧起理查德的头,格雷格将自己的手帕递给杰基。然后,大伙儿一起拖沓着走向我的住处。关上房门后,这房子看起来从没有这么美好过。

杰基仍然没有止住哭泣,刚才的遭遇使她联想起,她至今仍在忍受的她那凶狠的母亲对她发出的那些没完没了的指责,她对这些指责一直都抱一种顽皮儿童的态度。理查德,这位对出类拔萃、随生随灭事物持模糊看法的崇尚者,被事后那种极端的憎恶和怀疑搞得脸色苍白。理查德和济慈有着同样的信条,认为真和美是人世间唯一需要知晓的事物。穆丽尔和我至今还没有向他忠告一句,济慈没有活过三十岁。格雷格仍在竭力试图冲出他那延长了的青春期的牢笼,当然,他没有我们其他人那么多的遗憾事。但这一次,他也沉默了。

就剩下穆丽尔和我了。穆丽尔超然,平静;她已成熟了,遇事不再大惊小怪(与我一样);她与朱莉亚不同,从不烦躁不安,至少她自己是这么认为的。穆丽尔像其他人一样,也有她的弱点,但在这个场合里,她显得完美无缺。我则对背叛朱莉亚这件事的想法深藏不露,不走漏口气,即使是对穆丽尔也不例外。

此刻,必须对我们刚才的经历做些评述,发表一些清白无辜者的诉状。因为还没有人用过晚餐,我就烧了些白穗芦粟,烤了些三明治,大伙儿像快活的孩子一样吃起来。

但我们不可能真的快活得起来,我们不是孩子。我们仍感觉得受谴责、遭驱逐的痛苦,感到内疚,害怕十至十五年后我们可能会遭受到同样的处境。这时,同样心境的格雷格提出了一个绝妙的主意,用心理剧①来发泄情绪。他说:"现在,我们来进行创作和表演。""杰基,躺下来。"他喊道。杰基在地板上躺了下来——除此之外没有地方可躺。格雷格朝我做了个手势,说:"你演朱莉亚。"

我退缩了。穆丽尔像只猫似的优雅地蜷缩在一把椅子里,看着我们。她嘲笑地朝我竖起一条眉毛,于是,我接受了挑战,随即投入朱莉亚这一角色的创造。即兴表演、观察力、移情作用、记忆力,这些对我都不是难事。朱莉亚的风格、姿态,她的丢脸、失控……

我听到自己发出一声撕心裂肺的叫喊声。杰基吓得大叫,小伙子们鼓掌喝彩,穆丽尔惊得跳起来,坐得笔直。她向我发出一个无声的、急切的信号:哦,老天爷,该停止了。

格雷格说话了,穆丽尔转过身去想让他闭嘴,但要封住格雷格的嘴是不可能的。"太棒了!"他喊道,"你学得太像她了。"

"我知道,格雷格,"我回答道,"我知道。"

(高　奋　译)

---

①　心理剧:一种根据精神病人生活中的实际问题编成的即兴剧,由本人和有关人物参加演出,从而使病人的精神得到发泄和治疗。

习 舞

凯琳·高尔斯华绥

　　《希腊姑娘佐芭》这部电影我是 1967 年在喀普里电影院看的。当时我十四岁。那天,我和朱莉乘车去海伦家,海伦的哥哥克里斯开车把我俩送到电影院,后又把我们接回家。我父亲和朱莉父亲都说过,要是哪个男孩要开车送我们到什么地方去,那就不准我们去。而我们则告诉他们,凯利·皮迪斯先生说过,要是克里斯不开车接送我们,那海伦就别想去。他们真的要像希腊人当父亲那样专制刻板,总想给我们走点弯路,吃点苦头。但不管怎么说,克里斯在我们的兄弟学校上学,他是级长,还是板球队长,为此,我父亲和朱莉父亲同意让我们去了。我们只字未提克里斯在我们心目中的形象——他就是上帝。

　　我不知不觉迷上了《阿兰·贝兹》这支舞曲,其余的人也都大声叫好。在舞会结束人们都走了以后,海伦凭着依稀的灯光,滑过大厅中央的过道,在猩红色的地毯上施展优美的舞姿。我与朱莉则在座位上尽情地欣赏这份美好。那时我还没有我那套黑色呢衣裙。

　　那部电影在阿德莱德上映以后的几年里,每当舞会、社交活动和聚会等活动结束时,大家总是转成一圈,跳着佐芭跳的舞蹈。开始时膝盖老是互相磕磕碰碰,穿高跟鞋的人老要摔跟斗,到后来我们就都很熟练了。校内有许多异国姓氏的希腊姑娘和小伙子,他们总带些令人馋涎欲滴的点心来参加游乐会,如巴克拉娃薄脆饼、考贝拉巴炸面饼圈、卡拉特帕馅饼等。他们教我们跳舞,我们一面对着五人一圈、五人一圈的欢乐人群弹着《阿兰·贝兹》,一面搭讪:"教我跳舞行吗?""你是说教你跳舞?那么来吧!"海伦还特地为我单独开课,因此我知道了不少迷人的舞步。她教我识希腊字母,教我如何用咖啡杯算命:有没有信啊,什么时候有机会旅游啊,或有什么伤心事啊,等等。

　　女生们的服装是统一的:脚上是镶饰带的黑鞋子,加厚的长筒袜;内着短衬裤、胸罩和衬裙;上身为白衬衫和一式的领带,外披长袖羊毛短大衣。姑娘们喜欢把打双褶束胸上衣的带子扎得紧紧的,再把上衣轻轻往上一提,使衣褶正好落在臀部上,衣边在膝盖上方显得既简洁,又合身。要是不这样穿,就臃肿拖沓,很不利索,活像一只缠结着粪污块的羊羔。外面再穿一件大两号的新牌子无袖长衣,宽松的外衣袋里插把梳子,头上歪戴一顶贝雷帽,打扮成法国人的样子。

　　我们琢磨过特威格的许多照片,发觉过去的化妆无非是口红加胭脂,而现在的化妆则是再涂上眼睫毛油及眼睑膏。总之,正如记忆中的妈妈那样,她过去就是这样涂胭脂的。胭脂就是胭脂,没啥特别的。

　　在读书时,大家都想得到好成绩,但又不想太好,还要装作没花什么力气似的。如果你课堂上能对答如流,或者对课程以外的东西兴趣更浓,你就不同凡响。你也许颇具魅力,也许平平淡淡。要是你很有魅力的话,你就会把周末花在做头发和跟男孩子们电话闲聊上;要是你没有什么吸引力的话,你就会把周末花在做家庭作业和长途漫步上,一面听着半导体一面在大街上逛荡。那一年我们多数人都来来回回、往往复复地漫步了几百英里,脑际萦绕着1967年的音乐,不知道何年何月才能万事如意。至于历史是什么,美又为何物,世界有多大,我们一概茫然不知。在课堂上,我旁边坐着个叫安妮·帕克斯密斯的姑娘,她一直在编织着锦绣未来的美梦:嫁给在离我们学校仅几英里之遥的圣彼得大学里的某一个男生,他毕业后会当医生,将给她在离我们学校也仅几英里之遥的恩莱公园里买幢房子。他们将生两个儿子,一个取名叫贾斯廷,另一个叫丹尼尔,他们也将上圣彼得大学……

　　最要紧的是你在外出时是否有哪个男孩与你同行,你会因此而成为明星。如果能找到机会与某个男孩一道出去,而他又并非是轻率地把你带出去的话,那可切莫错过良机,还真得感谢他。经过相当一段时间以后,你们就分道扬镳了。过不多久,再重新开始。运气好的话你又会跟别的哪个男孩交上朋友,一同出去。大家都是这么过来的。

在我看了《希腊姑娘佐芭》这部电影两个星期以后,我爱上了一个名叫乔治·斯坦纳斯的男孩,就把《阿兰·贝兹》这曲子扔到了脑后。那是一个冬日的下午,在威茅斯大街上。他边吃着汉堡包边瞧着我,我被他看得神魂颠倒,就爱上了他。我与乔治出去共度了愉快的、令人难以忘怀的五个星期,我一次次吻他,亲他,仔仔细细瞧他,直到他把我甩了。

二十年来我看见过不少男人,但是有谁比得上 1967 年时乔治·斯坦纳斯那模样呢? 他是那样英俊潇洒:那乌黑的头发,金色的肌肤,微微上翘的嘴,嘴角露出一丝詹姆斯·迪安式的轻蔑神态。每当我沿着北泰雷士街散步时,他总会进入我的眼帘。他躺在战争纪念碑前阳光明媚的草地上,身子靠在一只手肘上,两眼盯着我。在他身后竖立着巨大的天使石雕,手中握着宝剑。

我爱他,因为他是异乡人。他皮肤黝黑,与众不同,他来自异国他乡,多情缠绵,经历不凡。他使我生平第一次大胆地渴望对异性的追求,思索着那与我截然不同的男性躯体,那充满着魅力和奥秘的躯体。他是真正的男子汉,一个真正的希腊人,他就是希腊的化身。

我与乔治分手三星期以后,我们兄弟学校办起了初级交谊会,在这里我才真正开始学习跳舞。星期五下午习舞休息时,朱莉和我相互承认我们都有些害怕,不想再去了。我们有一位老师,她擅长于谈论女孩的事,诸如个人保养和修饰的重要性啦,为想逃脱体育课而说自己在例假期间是不道德的啦,等等。她操七国语言,是在 1939 年随父母从欧洲逃来的,当时她才十多岁。在我们眼里,一个四十多岁年纪的妇女还长发披肩似乎不太相称了,至于其穿着打扮之怪异奇特,更是我们在自己妈妈身上从未见到过的。使我们感到可怕的是,不论何时她只要听到"希特勒"这三个字,就会不管三七二十一大哭起来。出于她教我们德语,其间总掺和着许多历史,有时难免不提起"希特勒"这三个字。现在我觉得她是一个既漂亮又有文化修养的女人,但那时我们却认为她有进取心却不修边幅,歇斯底里而又自命不凡。我们怕她,又不知道为什么,因为我们并未意识到我们怕她。

她曾推心置腹地跟我们谈过有关参加舞会的问题。她一再叮咛我们,说我们应该像有身份、有教养、气质好的淑女那样，服饰典雅，风姿绰约。在跟男子交往时不要显得拘谨，在跟他们谈论时尚的话题时要显得机灵，我们还应该轻松随和，切忌整个晚上只厮磨一个而冷落他人，等等诸如此类的繁文缛节。

我和朱莉闲暇时常常议论这些烦人的说教，我们俩谁也不想做闺阁千金，至少不是她所说的那种矫揉造作的"典雅""端庄"。明知要举止庄重，谈吐文雅，但一与男孩子接触，就无法自制，浑身冒汗，甚至失态。肯定没有人会来邀我们跳舞，我们真担心暴露缺点，真害怕人们会把我们当作没一个男孩愿与共舞的姑娘。这意味着长大了也嫁不出去，到那时我们该怎么办呢？

最恼人的还是我们的穿戴。朱莉还有两套可穿的衣裙，只是不知选哪一套更好，穿蓝色有领子的呢还是灰色镶花边的？我呢？人一直在长，衣服早已捉襟见肘，得添几套新装了。好在我下午又没事干了。一星期来，我每天下午放学后就跑商店，试了一套又一套，接着又失望地从身上扯下。有时真弄得我眼泪汪汪：这一套一穿上就使双腿看上去像牛奶瓶似的；那一套一穿上又使头发看上去像军人的平顶头；而看样子挺不错的红色的那一套又使我脸变得灰绿苍白。我还是没什么可穿的。那天放学后我又一次直奔那些商店，进行最后一次绝望的搜索。

我发现了一套黑色衣裙，但几乎不想试穿。我以前从没穿过黑色的衣服，母亲老说我穿黑的太老气。

试衣室是粉红色的，里面散发着别的女士身上的阵阵温馨香味。我把衣服挂在衣架上，仔细审视着。衣料是黑色的天鹅绒，白府绸的领子和袖口。紧身背心胸前饰有三颗白色小纽扣，两只袖子各有一个大皱褶，沿着手臂从肩上挂下来，又在胳膊肘里由宽边的、饰有珍珠的袖口收紧缩小。

我把贝雷帽、运动衣、过于肥大的新连衣裙、结带子的黑鞋子、仔细束上带子的束胸上衣、学校的领带、白衬衣以及长袖短大衣等，从上到下统统脱掉。瞧着镜中只穿着衬裙和连裤袜的我，简直像那熊妈妈还未舔出样子来的熊仔，越看越令人生厌。难怪乔治要拂袖而去了！我取下衣架上的那套黑色衣裙，一下子套了进去。

光阴荏苒，一晃又是好几年。这是一个晴朗的冬日下午，当时我在佛罗伦萨的一所寄宿学校里，我已两天没吃东西，三星期没讲英语了，心头无限惆怅,总有一种落寞之感。转过学校二楼大厅的一角,透过从远处一扇窗户射入的几缕灯光,我看见了一幅画,画镶嵌在一个用卷形图案装饰的镀金镜框里,上面积满了灰尘。在半明半暗之中我能辨得出那是一幅女人的肖像,它显得那么朦胧,那么闲静,那么遥远。我看出了她头部的轮廓,以及她那没有笑意的凝视。一幅古老的、恐怕连挂的人都忘了的画,一幅不知是谁不合时宜地挂在那儿的画。我往前挪了挪,想看个仔细。我突然感到毛骨悚然:画中的女人竟随我而动。哦,原来不是画,而是一面镜子,映出了我的身影。

　　这还只是我人生旅途中第二次看清自我:既无绝望之意,也无欢愉之感,不想超脱,只是好奇罢了,就像在火车上偶尔与陌生眼光相遇时所激起的好奇心。第一次看清自我就是在那个难忘的星期五下午,在试衣室里,在我拉好拉链,弄直我的黑衣裙,抬头看着镜子时,就在那最后的瞬间,我突然感到,在我今后的人生旅途中,我就是这个模样。跟大家一样,我曾时时处处都在想入非非,幻想得到"灰姑娘"式的人生突变,在舞会上得到成功。但我的遭遇却截然不同,白马王子并没有向我走来,他悄然离我而去,走得无影无踪。当我在镜中欣赏自己的倩影时,已不在乎穿上新衣的我究竟能在舞会上具有多少魅力,能吸引几个男孩了。

　　我想象着我是自由的,镜中姑娘的脸蛋既不姣好也不一般。但就在那儿,靠着几码黑天鹅绒而最终被推入注意力的中心,在分成十级度量魅力的标尺上,她却能设法消失在这尺度之外,设法逃脱了这无形的网。她正在对我说,现在我对跳舞没啥可发愁的,也没啥可企盼的。她也在对我说不必像安妮·帕克斯密斯那样编织梦幻般未来的彩卷——想象着当医生的丈夫教两个儿子贾斯廷和丹尼尔,如何在恩莱公园里做神气十足的小绅士。这些与我有何相干呢?她还在对我说我可以自由自在地戴上贝雷帽,爱怎么着就怎么着;我可以自由自在地钻研,愿多努力就多努力。无法摆脱的是我对乔治·斯坦纳斯的恋情,以及对那些步乔治后尘的男子汉们的柔情。但这与度量魅力的标尺,与彩卷,与跳舞,统统无关。

　　在我眼里,舞厅的舞会犹如宽松的上衣,犹如未经修整的眼睫毛,犹如考试中的高分数,真是乱七八糟。校方不时在里面不定期地上一些枯燥乏

味的舞蹈课,但又非去不行。因此在我第一次习舞时,我是二百名习舞的
年轻人之一。我们都穿上了最好的衣服,在学校大厅滑溜溜的地板上磕磕
碰碰地练习跳舞,尽量想不要摔倒,尽量装作每天都在紧紧地拉住异性舞
伴有节奏地踏着舞步,这个舞伴是你一直要应付的,令人动情的,一直伴着
你的。我们这些年轻人相互拥着,并不希望什么。

　　我想我们大家多么盼望在舞厅的地板上自如地跳舞,舞步正确,自然
得犹如呼吸一般。由于电影、电视、神话故事、歌曲、十九世纪的小说,以及
父母亲旧时照片等的感染,我们曾想象着自己具有魅力和从容自然,在舞
会上衣着华丽,并显得对此十分高兴而又一点也不焦急。我认为无论是弗
雷德·艾丝泰拉舞还是金格尔·罗杰斯舞,我们都无须预先排练。这类文
化模式,是仿照十九世纪时巴黎的一个舞厅。在这种舞厅里,戴着祖母绿
宝石和佩着勋章的成年男女们,操着法语,在群星般灿烂的盏盏枝形吊灯
下,翩翩跳着玛祖卡舞。而我们这二百名十四岁的少年,却是聚集在学校
大厅里。椅子被推到大厅后面,厅里挂满了五彩缤纷的彩带和气球,一个
男生在楼上灯光控制室里充当电工。我们是在孟席斯首相停止执政的澳
大利亚一个小城里,是处在爱特娜·艾弗里奇当政的最后几年里。当时有
几百名各种各样的艺术家被迫整船整船地逃离澳洲,并发誓不再回国。而
我们也不能跳舞了。

　　乔治也在那儿,他躲避着我,回避着我的目光;朱莉也在那儿,每当我
们在舞池中划着舞步擦肩而过时,她的目光越过各式各样男孩的肩膀,向
我意味深长地抬抬眉毛,示意我在跳舞的间隙出去交换各自的想法,海伦
跟大多数希腊姑娘一样是不准参加舞会的,即使是这个由她哥哥一人张罗
的舞会也不行。

　　克里斯是一流的十一人球队和十八人球队的队员,是象棋俱乐部和辩
论队的成员,他每次考试都能直接通过而得到学分。那一年他扮演了海盗
王这一角色,头上系一条樱桃色海盗式绸巾,上身穿奶油色天鹅绒燕尾服,
下着蘑菇红色齐膝短马裤,脚蹬黑色高筒靴,耳挂一只金耳环。每当他第
一次出现在舞台上时,观众席上的许多少妇都会猛抽一口气,不时地在座
位上挪动着身子。他太完美太有魅力了:他按澳式规则踢球,而不踢英式
足球;他与澳大利亚姑娘同出同进;他唱吉尔布特和沙利文的歌;他的英语
成绩全是优秀。老师们称颂他,母亲们崇拜他,父亲们佩服他。

　　我现在明白了,他那时实际上是步履维艰,就像走钢丝一样。有着如此声誉的他,绝不能有一次考试不及格,不能有一次失利,也不能唱走调一个音符。十七岁的他,与他三个朋友举办这次舞会非常得心应手,无须扯大嗓门。想偷偷摸摸成双搭对待在外面的姑娘小伙们被一对对请了回来;暗底夹带啤酒和白兰地的小伙子们被一一安顿好,并悄悄地送回家。他们四个人穿着全套校服,结着舞会主持人的领带。就是这样的装束,使得谁都不会不知道他们是谁,也不会不知道他们是在那儿干什么的。他们只比我们大三岁,但却显得成熟、正统而不同凡响,令人敬佩得五体投地。

　　谁也没有邀请我和朱莉在晚宴时跳舞,因此我俩只得退出舞池一起进餐。真得感激我俩的舞伴,使我们有幸能随心所欲地饱餐一顿,而不必难堪。安妮·帕克斯密斯的傲慢男友是校管弦乐队队员,他设法经过班长身旁又给她弄了些白兰地,这样她就喝多了些(她还不曾与圣彼得大学的男友告吹,但她正设法甩掉他),无意间让巧克力蛋糕的冰屑掉到了朱莉的淡灰色裙子上,然后跑到外面在树丛中吐了起来。朱莉跟我说,就在晚宴的舞会前,安得鲁·卡特把罗宾·唐纳森甩了,罗宾为此大哭了一场。我跟她说我晓得索菲亚·利斯科斯与迪安妮·马丁正在女厕所抽烟,而凯文·博伊尔那位修道院里的新女友生来就没剪过头发。

　　那天晚上就是这样度过的,它伴随着我,是那么美好。我喜欢说长道短,爱吃巧克力蛋糕,我也喜欢朱莉,而那天下午在试衣室里使我得到灵感和受到启迪的那一刻,仍使我茫然:就在我参加舞会前几小时,那件大事,那件重要的事情,就已经发生了。我为别人而感到遗憾,他们好像仍在企盼着那件大事的发生。但是灯亮了,演奏结束了,人们涌出了大门,淹没在黑夜之中。没有人丢失水晶鞋,也没有人找到水晶鞋,没有人在月光下跳舞,也没有人看见有陌生人穿过挤满人的舞厅。

　　后来一个正在整理东西的男孩发现了一张唱片,使他有了一个主意。一会儿,佐芭跳舞的音乐响了起来,熟悉的乐曲声立刻把我们带回舞池。我们勾肩搭背,笑着围成一圈,随着乐曲声而蓬、蓬、嚓、蓬、蓬、蓬、嚓、蓬地跳了起来。音乐越来越快,大家喊着,笑着,越跳越快,越跳越快。人好像完全荡在空中,危险极了。领带掉了,化妆没了,头发散了,梳子发夹早已不知去向。克里斯突然穿过臂林交错的人群,跑到舞圈中央跳了起来。他脱了外衣,敞开衬衫,光着脚板,用希腊语喊着朋友们的大名,要他们到圈内来跳。有人跑上楼梯把灯全都关了,人们这才发现克里斯手里提着聚光灯。还有人把音乐声开得更响。克里斯独个儿在金色的光环里跳着,拍着手,转着圈子,还像陀螺似地不断旋转着,似乎要把他那正统的技能技巧统统抛掉,甚至抛掉他独有的美德,抛掉一切的一切,除了他那十七岁的青春年华,除了他那运动员的身价,除了他那希腊人种。他的哥儿们也一个个扔掉了外衣、扯掉了领带、甩掉了鞋子,投进了聚光灯下,与他一起跳起来。其中四人凑成不相称的对子,跳着不合拍的步子,只是像男子汉、像哥儿们那样跳着。一切都乱套了,谁也无法控制自己,犹如脱缰之马,粗野忘情,像是置身于极乐世界,尽情欢乐。

　　我们女人们,当回忆起初入舞池时,总不免会想起许多往事:诸如我们的成功得意和当众出丑啦,我们的穿着打扮和梳的发型啦,我们何时到场和舞伴是谁啦,以及我们回家时的感觉怎样啦,等等。这一切都历历在目。而那金色的光环,那些在金色光环里的谦谦君子,那种美,以及在暗中我们这好大一圈观舞者们,最使我久久无法忘怀。

(周馥祥　刘澹娟 译)

归 心 似 箭

安德鲁·兰斯多恩

9 月 17 日

雷伊说贾拉赫先生愿意用他们家 1924 年制造的奥佛兰汽车与我家的奶牛和干草车交换。我欲言又止,因为我知道那辆汽车破旧不堪,停放在围场上已达半年之久。雷伊却很自信,几个星期来一直在和贾拉赫讨价还价。我不想劝阻他,不管怎样,劝也没有用。他打算拿我家叫作雏菊的奶牛去交换,说这头奶牛已经派不了用场,不听使唤,挤奶的时候老是踢人。我看他是言过其实,要是他对雏菊动作稍微温柔些,我敢说它还不至于这么不听话。不过,果真要交换的话,不妨就搭上雏菊吧!

9 月 20 日

雷伊正在修理奥佛兰。一看到奥佛兰这副德行,我的心都快凉了。车子破破烂烂,年久失修,比我原先想象的还要惨。一头奶牛加上干草车换来了这么个破玩意儿! 我心里这么思忖着,但嘴里没有吱声。说句公道话,车子的马达还是会转的,"走得像钟表一样准。"雷伊是这样说的。我看得出他是在安慰自己,说服自己这笔交易非常值。这不,现在他正在车棚阴凉处修车呢!

庄稼成熟还得再过几个礼拜,收割之前的空隙并没有让雷伊有片刻的歇息——他本来可以乘此机会休息一下的。对工作他总是勤劳有加,满腔热忱,从不敢偷懒,一桩活儿干好了,又急于去干其他活儿。

9 月 22 日

今天早上给凯茜洗澡时,脑海里突然冒出一个念头(凯茜是个乖孩子,从来不给我添麻烦,给我省却了像她这般大的孩子通常所需要的照料)。我心里思忖着,也许我们可以开着奥佛兰回南澳老家去!对此想法我兴奋不已,迫不及待地盼着雷伊早点回家,问问他的意见。

9 月 23 日

糟糕,事情办砸了!他回到了家,筋疲力尽,而我太激动,劈头就问,我本应该把这件事暂且搁置一下的。说不上他是恼怒还是失望,当时猜测他很气愤,今儿早上转而一想可能他是绝望了。"你这个女人,"他冲我嚷嚷道,"我们手头所有的积蓄加起来还不到十个先令,而你却要长途跋涉跑遍半个国家,仅仅是为了探亲访友!"

我的这个想法也许真的很愚蠢,但我本来以为我们至少可以慢慢商量着办的。记得小时候我常常和母亲讲我的梦想,虽然是很幼稚的梦幻,但与她分享我的梦想似乎足以使它们变得更为真切。我哭了,一边哭一边骂,不能自控,说了些过头话,违背了我的本意。我说他心地残忍,办事不公;我还说他曾经答应我第一年收割之后就回趟老家的,好像还要别人提醒他似的。一半话语是我说着玩的,一半是我不该说的,是气话,不能当真。愿上帝早早堵住我的嘴巴,不胡说八道。

早上他没吃早饭便出了门,他是去修车的,再去看看庄稼,说是要到傍晚才能回家。我这么做真的伤了他的情感,我自己也感到心头在隐隐作痛。

9 月 29 日

今天真该死,胃痛得要命,心情沮丧。凯茜虽不淘气,但她毕竟是我的累赘。愿上帝怜悯她吧,让她长大成为一个真正的女人!

今天除了想家,别无所思。想起母亲我哭了整个上午,多么希望凯茜长大成家之后,别离乡背井,远走他乡。我这么祈祷着,内心感到万分失意,虽然我知道这样做于事无补。

雷伊回家吃中饭时,我旧话重提。"咱们什么时候能回老家?"我问道。他看得出我一直在哭,便想安抚我,但他自讨没趣,我又哭开了。他知道慰藉不了我,便不问不管了,让我哭去,他自己出门干活,什么也没吃,什么也没带。

10 月 6 日

我日思夜梦的就是家乡及母亲,于是想方设法给雷伊出难题,正如所罗门描述的那种喋喋不休的妻子那样折磨他——即使磨破嘴皮子也罢,滴水还可穿石嘛。我讨厌自己的做法,却又无法自持。我思家心切,归心似箭,犹如欧洲候鸟,一旦寒冬降临就往南方迁徙。如今远离母亲已有四个春秋,她老人家还没有见过我的孩子呢!

三茬庄稼均告歉收,第四茬看来也不会有个好收成。所以无论是收割了第一茬还是第三茬庄稼后,我们都不可能回老家。这不能怪雷伊,他不是能左右四季的天神。但是,我们多么祈望今年会是个丰收年!这一切恐怕又都是竹篮打水一场空,过去三年也是如此。

昨晚做祈祷时,雷伊念了《哈巴谷》中的一段话,"虽然无花果树不开花,葡萄树不结果,橄榄树不效力,土地不产粮食,羊圈里没有羊,牛棚里没有牛,但我仍为耶和华欢欣……"他念这段话的时候,情真意切,我希望这段话对我同样适用,心里说道,"不管出了什么事,我因耶和华而欢欣",但是我心里很清楚我做不到,但愿我的信念与雷伊的一模一样……

我停下手中的笔,乞求上帝宽恕我在过去一两个星期伤害了雷伊的感情,让他失望了。祈祷后我心里感觉舒坦了些,也许上帝不会赐给我们好收成,却能把我变得更纯净。

10 月 11 日

今天雷伊差点儿死于非命。他正在车棚那边修车,忽然看见一条野狼狗在围场羊圈附近转悠。他赶紧往家跑,大声叫嚷着要拿枪。我从壁柜里取出猎枪,他从抽屉里抓起一把子弹,边跑边给猎枪上膛。院子里只有爱丽丝这条拉着长脸的马,我家喂养的马匹中爱丽丝算是最好的。一匹正在生闷气的马,你能拿它有什么办法?更何况爱丽丝不是一匹坐骑!雷伊扬鞭策马,往围场飞驰而去,而爱丽丝不知道这究竟是怎么回事。待到他们跃过小溪时,爱丽丝忽然受到惊吓而后仰,将雷伊重重地摔下马背。他手中的枪走了火,枪声震天响,爱丽丝昂起头向天嘶鸣。如果你听到过马匹在痛苦或恐惧时发出的撕心裂肺的嘶叫声,哪怕是像我这样站在远处,你也会感到心惊胆战,毛骨悚然的。我来不及多想,一把抱起凯茜撒腿就跑,心想雷伊肯定被摔死了。只见爱丽丝踢着马蹄,颓然倒下,而雷伊摇摇晃晃从地上爬了起来。见此情景,我立马停下脚步,转身往家走去。这个时候抱在我怀里的凯茜大哭起来,简直是在嚎叫,她一准是觉察到我的恐惧,以她自己特有的方式做出这种反应。快到家门的时候,我听到了第二下枪声。这一枪声萦绕在我的脑海,挥之不去,令我头疼,即使此时此刻我在写日记的时候,也是如此。

雷伊回家时脸色苍白,"我把铁锤放在家里了,早该知道会出这种事的。"然后他就沉默不作声。我给他倒了一杯茶,但他一口也没有喝,只是干瞪着眼,茶凉了,只好倒掉。

10 月 15 日

今天上午我们得知道森家的马匹昨天全给报销了,一共死了六匹。谁也不知道个中原因,一年前我家一匹马死于蛇咬,但是六匹马?!谁也说不上究竟是怎么回事,大家都为自己马儿的安全提心吊胆。

我们赶赴道森家探望他们,很想帮他们一把,但道森说他准备离开这里,如果来得及打点行装的话,明天就走。

就在收割之前的节骨眼上——或者是在其他任何时候,一下子损失那么多马匹真是挺惨的,不过我认为道森把事情看得过于严重了。雷伊说了,等我们自家的活儿干完后就带上牲口帮他们家干——我相信其他几家也是这么对道森说的。雷伊还说,他可以捕捉一匹野马,稍加训练,赶在明年秋耕时就可以派上用场了。再说了,事情也许还不至于他们非走不可的地步,因为秋收之后他们就会有钱的,买几匹马儿应该没有问题。但是道森难消心头之痛,骂骂咧咧地说,很长时间以来他一直预感到要出什么事故,而且迟早总会发生,就算迟几天发生也没有用。雷伊对他说,城里情况更加糟糕,但道森说,"我们会考虑的。"事情就这么不了了之。

10 月 16 日

今天上午我们开着奥佛兰去给道森夫妇送行。威尔逊家已经把马车借给了他们,并帮忙把道森家随身携带的物品送去城里铁路支线。道森说准备投奔佩斯他哥哥家。整个社区的人都来为他们送行，大家装出一副轻松愉快的样子。道森家的农庄是本地区被遗弃的第四家农庄，其他地区的情况更加糟糕。不知道下一家会轮到谁。

10 月 25 日

今天雷伊终于修好了奥佛兰，把部分车身给截了去，另外还安上了一个车斗，像模像样地成了一辆卡车，我们管它叫小货车。我不知道他怎么弄的，他就是有东拼西凑的本领。他成功了，小货车行驶自如，新安装上去的车斗看上去也挺牢固的。不知道贾赫拉先生对我家雏菊是否也满意。

11 月 1 日

天气热得不堪忍受，春天就已经是这个样子，真不知道夏天怎么过。可以看到平原上热浪翻滚，万物纹丝不动，谁也挡不住这日渐见热的天气。地面上的一切——树木，房子等等，全都变了形，在阳光下闪烁发亮。羊群挤在树荫底下乘凉，可怜又愚蠢的牲畜拼命挤在一起，身体的热量毫无疑问成倍地抵消了树荫的凉意。凯茜无精打采，什么也不想玩，我真为她担忧，总是想让她多喝水。

我刚才说万物纹丝不动，哦，说错了，你看乌鸦飞出了鸟巢，在炎热中嘶鸣；一只穴鸟刚停在车棚旁的榕树上，毋庸置疑它是来偷吃鸡蛋的。这些鸟儿总是乘雷伊不在家的时候偷偷飞来，以免遭到枪杀。我还是早点把鸡蛋捡回家吧，天晓得近来鸡蛋少得可怜——几只母鸡快热死了，其余的几只也因为天气太热而歇了窝。

我等着雷伊回家吃午饭，他在围场那边下毒饵杀野兔——围场四周尽是野兔穴，兔患成灾！希望他使用氰化物千万要小心，大热天的干什么活儿呢！我可没有他那种意志，甚至去捡鸡蛋也要下一番决心。

11 月 18 日

莱斯今日来我们这里，我都快忘了他要过来。听到有人敲打后门，我感到非常吃惊，差一点把正在擦拭的碟子掉在地上。近来经常可以看到肩背行李的陌生人，或打工的，或只是路过。幸亏我家远离大路，还没有碰上这种人上门，但其他人家已经碰到些麻烦。我一直提心吊胆的，生怕雷伊不在家的时候这种人找上家门。敲门声吓着凯茜,她惊叫一声,围着厨房中央一码左右的地方团团转,阵阵恐惧向她袭来。我跑过去把她紧紧抱住,她像藤壶一样紧贴在我身上。我不敢去开门,但敲门声又响了,这一次响声更大,凯茜吓得直往我怀里钻,我这才不得不去开门。来者不是别人,正是莱斯,我又惊又喜,哭笑着拥抱他,亲他,弄得他很尴尬,不知所措。

莱斯比雷伊小几岁,两人长得十分相像,活像一对双胞胎。去年他打老远从佩斯赶来,也是来帮忙收割庄稼的,对此雷伊十分感激,不过据我看,更重要的是有年轻人来和他做伴了。这里前不着村,后不着店,只有一个女人和一个小孩可以聊天。然而,对我说来不也是一样吗!现在我得小心谨慎才是,免得受他们俩的气。

此时此刻雷伊和莱斯正在厨房间侃大山,我在卧室写日记。我不清楚他们俩在聊什么,也许我永远不会知道,他们俩在一起总要谈上几个小时,我准备先上床睡觉了。

11 月 20 日

政府宣布要给农民提供补贴,这个消息是今天早上贾赫拉先生带来的。他们计划每蒲式耳补贴四个半便士,以此让农民有钱购买明年用的生活必需品,以免他们再次离开这片热土,远走高飞。如果连政府都发了善心,准备采取措施挽留农民,那么我想形势一定已经糟糕透了。雷伊兴高采烈,拍打着贾赫拉的背,孩子似的欢呼雀跃,几个月来我还是头一次见他如释重负。他太激动了,叫莱斯备马,马上动手收割庄稼,让我招待给我们带来好消息而又受到冷遇的贾赫拉先生。

12 月 2 日

日复一日,天天如此,从很多方面来说,这不啻是一个福音。男人日出而作,喂养马匹——洗刷、喝水、喂料、套马具,把一天所需的食料——主要是饲料和饮水——当然还有零零星星的东西,装上大车,然后进屋吃早饭,每人一大碗麦片粥,三只蛋,吐司面包,然后再喝茶。饭毕出门套车。看到套好的大车整装待发,真的有说不出的高兴。三匹马成一组拴在收割机谷仓一侧。清晨,马儿总是看起来精神抖擞,嬉戏似的迫不及待想出发——

没有想到膘肥体壮、神态威严的驮马竟然做出这种嬉闹的"小"动作！偶尔可以听到马儿的嘶叫声、锁链的铿锵声，皮带拉紧时发出的嘎吱嘎吱的声音，收割机发出的隆隆声，尾随马儿转悠的狗狗发出的吠叫，阳光透过飞扬的尘土，闪耀着一派金光，所有这一切多么令人心旷神怡！

正午时分，我开着小货车给他们送饭。自从失去爱丽丝以后，我们不能用二轮马车了，所以雷伊教会了我怎么开汽车。实话实说，开车真的有一种说不出的喜悦。

午饭后，他们又干了四个小时的农活，尔后把牲口赶回家。雷伊撤下车套，给马儿喂了水，关进马棚喂好料，然后进屋喝茶。喝完茶，他又出去给马洗刷，擦掉马儿身上的汗渍及尘土，往马槽添料，再铺上稻草——稻既当作草料也是为了卫生，你知道他是多么热爱这些马匹。最后他才进屋与我和莱斯共进晚餐。他和莱斯聊一会儿白天的农活，有时也商量第二天的工作。做过祈祷后我们就上床休息。雷伊虽然劳累了一天，但他总是等我上床睡觉。

12 月 14 日

收割庄稼非常顺利，但雷伊却和牲口闹起了别扭。一头母马正处于发情期，本来这不是件大不了的事情，因为牲口中只有母马和阉割过的公马。不过其中一头阉割过的公马——我们叫它黑公子，正在和那匹母马调情。黑公子一定是很晚才阉割的，正如人们所说的，正值血气方刚。不管怎么说，这两匹马搅得整个马群鸡犬不宁。每天晚上雷伊回家总要带来些新闻，抱怨说那匹"该死的公马"老是出格，害得其他马儿也不规不矩。"我担心情况会更加糟糕呢，雷伊，"莱斯不动声色地说道，"大概它原本就是一匹种马吧。"我忍俊不禁，掩口而笑。

圣诞

我老是记不住圣诞是庆祝耶稣降生的，总想把它记在心上。但今天一整天我只是偶尔想起过今天就是圣诞。也许，假如我们去教堂做礼拜的话，情况会有所不同。

我们谈不上有什么圣诞礼物。凯茜似乎很喜欢几星期前我送给她的布娃娃，雷伊送给我一块零头花边，从男子服饰店里买来的，不知道他用什么钱买的。花边还真不错,只可惜不够大,派不了啥大用场,我打算缝在我最喜欢的衣服的领子和袖口上,如有多余的话,还可以缝在手帕上。我没有礼物送给雷伊,莱斯既没有礼物送人,也没有收到别人的礼物。

晚餐相当丰盛,雷伊从贾赫拉先生家买来一只小火鸡,我加了点土豆和胡萝卜把火鸡烤了,我还做了非常可口的水果布丁,蘸上芥末,好吃得很。雷伊给了我一枚三便士硬币,夹放在凯茜的布丁里。孩子看到天上掉下来的硬币,如获至宝。

然而,今天也让我感到郁闷,我的思绪飞往母亲,比以往任何时候都更加思念母亲。但是当我看到雷伊努力让大家愉快地度过圣诞,我就把对母亲的思念咽了回去,只字未提。

1932 年元旦
1932 年新的一年降临了,想到这里我心中感到非常烦恼。

1 月 11 日
傍晚时分,雷伊风尘仆仆从伯罗科坪回到了家,闷闷不乐。他还没有吐出一个字,我就猜到准是出了什么大事,因为他既不卸车,也不喂马,径直走进了家门。他和莱斯忙了一个上午,把上个礼拜收割好的谷子灌袋,缝口,装上了马车。雷伊赶着大车进城,莱斯则回家,因为两人都去没有必要,大部分卸车活儿是承包商的事。雷伊把粮食运到铁路支线,过磅,卸车,刚想从过磅处拿过磅单据,牲口突然跑掉了。好几匹马,确切地说是所有的马匹,大概思忖着该开路回去了。既然没有一匹马能挡住其他马儿的行动,所有的马儿都一溜烟地跑路了。承包商脚踩油门,驾车飞快追去,雷伊则站在汽车前踏脚板上面,努力平稳身体,不让自己摔下来。他们在半英里处终于追上了牲口,雷伊飞身一跃,跳上马车,止住了马儿。他赶着马车继续往前走,直到马儿上气不接下气,即使如此,雷伊还是逼迫马儿走完回家的最后一段路程。我看得出来当他把这一切一股脑儿说出来的时候,他才消了心头之气。虽然他信誓旦旦地说等他喝完茶之后再去喂马,但当我备好了茶水饭菜,他早动了恻隐之心,忙着牵马、喂料、洗刷去了。

回来时他对牲口又喜爱有加,拼命赞扬我家唯一的苏格兰纯种马威廉,说它彪悍,力气大,干活踏实,从不偷懒。记得有一次,马车搁浅在一个沙质斜坡上,雷伊使劲赶着马儿上坡,但马儿只在原地折腾,马车纹丝不动。此时威廉单枪匹马一使劲,差不多拉动整辆马车,又让其他马匹摆开阵势一起用劲,马车最终顺利过坡("威廉让它们感到难为情,只好用力拉车",雷伊如是说)。

雷伊说满装谷子的袋子非常沉,五十袋谷子足足有五吨多重,没有什么好抱怨的。

1 月 30 日

收成虽好,但丰收没有给我们带来实惠,因为今年粮价太低,只及生产成本的一半左右。代理商预付给我们三百英镑,作为生产投入,但是我们的全部收入却只有一百八十英镑,因此倒欠他们一百二十英镑。政府将提供每蒲式耳四个半便士的资助,我们对此还是非常感激的。这笔钱是提供给我们使用的,债权人无权克扣它。我们估算下这笔资助款将有四十英镑,最近一两个礼拜就可以到账。我们又有钱了,真高兴!

2 月 23 日

今天终于拿到了政府资助款,四十英镑六先令。雷伊用这个钱给我买了件裙衫,给凯茜买了些甘草糖,还给马儿买了些块糖。裙衫非常漂亮,只是胸围稍大了点,赶明天我收点小。衣服是用轻柔的纯棉布做的,浅蓝的底色,上面的印花相当淡雅。把腰身收点儿紧,臀围以下直至脚踝渐次舒展,轻飘飘的腰带更显现出我纤细的腰肢和丰腴的臀部。"像根柱子似的。"当我穿好裙衫走出卧室让雷伊看的时候,他这么调侃我,一双手顺着我的两肋往下抚摸,而莱斯就站在一旁看着,我感到怪不好意思的。

这件事说来也真奇怪,我一直无法理解雷伊看我时的那种眼神——时至今日我依然百思不得其解,虽然我早已接受并且乐于此道。论长相,我不算漂亮,但假如我说自己长得丑陋,明摆着是想听到几句好话。雷伊真的非常喜欢我,把我当作所罗门所追求的舒拉密。他这么爱我,我心里感到甜滋滋的。

莱斯和雷伊还在厨房间摆龙门阵,不用说准是在商谈资助款该怎么花。我在床上睡不着,盼着雷伊早点过来睡。

2月24日

一提到这件事就会让我感到无比的兴奋与激动,犹如坠入梦幻里一般。我们就要回老家了!今天早餐时分,雷伊这么对我说的。他还说莱斯将和我们一块儿回去,并打算把那笔资助款用作路上开销。他和莱斯两人昨晚讨论的原来就是这个事。我们要回家咯,很快又能见到母亲了。回家!假如我写上一千遍,梦想也许就会成真。我们要回家咯!

2月28日

莱斯赶车去了趟伯罗科坪,购买回家路上所需的生活用品,顺便付清了去年赊欠杂货店的债务,直到很晚才回家。

雷伊一整天都在检修小货车,对这辆车子似乎相当满意。

3月2日

今天农业银行派员来看望我们,带来不少文件和材料让雷伊签字画押。我们没有欠债——看来这和《政府债务调节法》有关——不过,我们也将分文不名。雷伊尽管终日操劳,初来乍到便倾囊购置地产,但待到离别此地时,还是落得两手空空,这几年白忙乎了,回家的喜悦心情顿时被浇上一盆冷水。假如我们继续住下去,我们也许能挺得下去,处境也可能不会变得更坏。但我非常清楚,要不是为了我,雷伊早就想留下来了,至少我们会待到明年秋收之后再走。但他已经下了回家的决心,我对此感到十分宽慰,当然不想阻拦他们离开的念头。

3月4日

今天我们把全部家当装上了车,一只四十四加仑油箱及六只四加仑水箱占据了汽车后部一半的地方,剩下的空间装上粮食、被褥、衣物、枪支弹药等等。雷伊在车子后部加装了几根弹簧,增加车子承受力,而在靠近座位一侧的踏脚板上还安放了一只箱子,盛放所有的罐头食品。

3月5日

早上出发之前,雷伊和马儿待在一起,久久不愿离开。像其他牲口一样,这些马儿是和土地一起来到我们家的,所以必须和土地一起留下。雷伊回来时两眼通红,我与莱斯转过头去,说些没头没脑的话,假装没有注意到他。

我们顺道在贾赫拉家稍事停留,贾赫拉一家一直是我们的好邻居,好朋友,现在要和他们话别还真于心不忍。当你和你所爱的人挥手告别,而且知道从此往后再无相见可能的时候,你会对他们说些什么呢?

我家的两条狗留给了他们。当我们驱车离狗狗而去,我看到狗狗在哀号,拼命想挣脱锁链追赶我们。我清楚狗狗们在新主人家会受到良好的照料,但仍难以弥补这一损失。

出了小城不久就遇见一队骆驼,凯茜兴奋极了。伯罗科坪是骆驼队的集结地,这些骆驼参加了一号防御野兔栅栏的检修任务。栅栏从南海岸的霍普顿一直延伸到北方的帕多。为什么这个栅栏到现在还保存得好好的,我不得而知。雷伊说:"这是典型的政府行为方式,采纳老百姓意见的时候,他们往往举棋不定,待到栅栏毫无用处行将废弃的时候,他们更是磨磨蹭蹭。"与其说栅栏是把野兔挡出去,毋宁说是把野兔关在里面,这在此间早已成了令人捧腹的笑料。

一踏上回乡之路,大家的情绪也随之跟着好转。雷伊吹着口哨——好像是吹口哨,马达的轰鸣声很大,我什么也听不清。

我们正朝着凯尔戈里方向行进,再从那儿往东沿着横贯大陆的铁路线去科克,接着去努勒博尔站,然后再沿着铁路干线向东走。雷伊说走这条线路可确保一路上有水喝,因为我们可以利用养路工的水箱,铁路线每隔六十英里就有这种水箱。

3月6日

今天早些时候途经的地区,都有袋鼠狩猎者活动的迹象,我们见到好几处堆得像山丘高的袋鼠尸体,皮开肉绽,触目惊心,散发出阵阵恶臭。狩猎者理应在取其皮之后将袋鼠就地焚烧,但他们中间很少有人这么做。遍地都是袋鼠尸骨,这是打破今日旅途单调乏味的唯一尤物。在我看来,旅途景色单调些也无妨。

凯茜不肯安静下来,老是坐卧不安,吵吵闹闹。我们在距科尔伽迪约二十英里处安营扎寨。由于长时间的坐势以及旅途劳顿,我浑身酸痛,像散了架似的。

3 月 7 日

离开凯尔戈里后,我们一径沿着骆驼车队走出来的小道行走,在抵达距离此地约一百八十英里的罗林纳养路工营地之前,我们还得沿着这条路走下去。路况非常之差,简直就是一堆堆凹凸不平的石灰石,我们只得晃晃悠悠地缓缓而行。相比之下,骑在光溜溜的马背上倒是一件很大的乐趣。更有甚者,汽车老是往一边倒,因为每隔一小段距离,路就分叉出去。我问雷伊,路为何不是笔直向前而是像蛇一样弯弯曲曲的,他说骆驼队向来不走直线,队伍中间的骆驼靠边走,以便增加对所载货物的承受力,这样才能拉动满载羊毛或者铁路物资的大车,因此我们沿着他们的足迹走,也只能是东倒西歪,就像坐在滚滚波涛上的小船上,随波逐流。

3 月 8 日

昨晚我们大家都没有睡好。一路上摇晃颠簸,累得我全身酸痛。雷伊说还得走一百英里才能到达罗林纳。真害怕今天又要开始新的旅程,喝过茶之后我们还得马上开路。

午后不久我们不得不停下车。雷伊预感到什么地方不对劲,好像出了问题,便停车检查。幸亏查看了下,后轮右边好几根钢丝折断了。钢丝承受不了这么重的负载以及连续不断的摇晃和颠簸。雷伊把车子架起,取下车轮,换下折断了的钢丝,把其余的再匀一下,使其平衡承受重力。他和莱斯两人在大太阳底下工作,附近没有树木可以乘凉,唯一看到的是低矮的盐沼灌木以及脊骨草。我早就把东西卸下了车,凯茜在捡树枝用来生火做饭,今天不打算再往前赶路了。

3 月 9 日

车轮停,罗林纳到。谢天谢地,这段阎王路终于走到头了。雷伊本来想在这里购买一只备胎,但这里无货可供,一只也买不到。养路工营地的工人看到我们,显得很高兴,他们送给雷伊一些零配件,以备小货车之用,还送给我几磅面粉,我们日渐见少的粮食供应也得到些补充。水箱也已经灌满了水,我甚至还洗了个澡,也给凯茜也洗了澡。他们让出一个帐篷给我和雷伊过夜,我们俩愉快地接受了。

3 月 10 日

今天旅途顺利,现在已经到达距佛瑞斯特不远的铁路支线安营扎寨。莱斯手里拿着来复枪外出打野兔去了,雷伊敲敲打打在修车,凯茜一边奔跑一边嚷嚷。每次停车,她总是像飞出笼子的小鸟到处乱跑,使劲拔除盐沼灌木,乱扔沙子、树枝,有时大声嚷嚷,为所欲为,以此来表达她无拘无束的喜悦之情。我简直难以置信,经过将近十个小时的长途跋涉,凯茜竟然还有如此旺盛的精力,要是她能告诉我其中之奥秘,那该有多好。

3 月 11 日

上午我们大家都很疲劳,彼此安贫乐道。昨晚一场大雨,大家都没有办法睡个安稳觉。夜晚的原野上万籁俱寂,我们刚刚睡着,突然铁器的撞击声和狂风呼啸声把我们大家都惊醒了。凯茜吓坏了,搞不灵清是什么响声,便咿里哇啦哭了起来,我们努力让她安静下来,但她已经没有一点睡意。

今晚住宿的地方一定要远离铁路才好!

3 月 12 日

昨晚抵达科克,并在那里宿夜。今天我们驱车途径滨海城市努勒博尔站,沿着内陆主干线再往赛多纳,距离此地大约一百二十英里。我们在好几个给水站停靠过,但都没有搞到水,因为水龙头被人偷走了,偷盗水龙头也许是去换钱的吧。幸运的是,我们在火车站灌满了水箱,如果找不到水源的话,我们真的要陷入困境了。我想雷伊肯定预感到会发生这类事情,所以他才选择走铁路线的。

今天小货车运转情况良好——雷伊老是提心吊胆的——我们已经走了很长的一段路了,尽管走了八天了,但后面还有很长的一段路要走。有时我会情不自禁地问自己,这么老远的赶着回家是否值得。我安慰自己,总有一天会见到母亲的。这个念想虽能聊以自慰,却未能制止凯茜的哭喊声,也减轻不了旅途的劳顿,更不能缩短我们的行程,以及到达目的地之前必须忍受的艰难时刻。

3月13日

路上先是换轮胎，后来还修理因量管造成漏水的管子，耽误了些时间，不过我们还是按计划赶到了赛多纳。

3月14日

上午在赛多纳街头买了一只雪佛兰牌的二手轮毂，花了五先令。因囊中羞涩，这样的开销我们快要付不起了。雷伊卸下二手轮毂上的钢丝，换下早些时候折断以及磨损的钢丝。

3月15日

今天我们来到距奥古斯特港一百英里的地方。安顿下来之后，雷伊照例外出打野兔，又像往常一样两手空空而归。我想振奋一下大家的情绪，决定开吃出发前就备下的水果蛋糕，这是我特意为这种时刻准备的。但是当我起身去拿蛋糕盒子的时候，意外地发现有几块洗衣皂竟然和蛋糕包装在一起，让我感到非常惊讶。蛋糕全是苯酚味，连装在盒子里面的面粉也是这种味，显然不能吃了。我一屁股坐在地上，哭了起来，沮丧极了。

3月16日

抵达奥古斯特港已经是下午很晚了，汽油也差不多消耗殆尽。这可把我们难住了，我们手头连买汽油的钱也不够花了，况且我们还得买些吃的东西。雷伊当下决定买高级煤油代替汽油，这样可以省下几个小钱去买面包、面粉、几听蔬菜罐头以及汤料等等。

3月17日

早上离开奥古斯特港的时候，我们出尽了洋相，成为众人笑柄。我从来没有见到过这么多的烟！雷伊迫于无奈，先用汽油灌满汽化器钵，发动汽车，直至汽车热了再换上煤油，然后随着轰鸣的引擎和喷薄而出的滚滚浓烟，我们出发了。

傍晚我们在奥古斯特和阿得雷德之间的路上宿营，原来设想我们应该可以更加靠近阿得来德的，问题就出在煤油上：其软性碳老是阻塞引擎，雷伊只好不时地停车熄火，清除火花塞上的污垢。

雷伊说明天再走一天就能到家了,旅途的艰辛现在似乎有了新的含义:过去的十四天是走向明天的阶梯,而明天就能见到母亲了。我归心似箭,急不可待地催雷伊早点上路,因为老家就在咫尺之遥了。要是不用停车过夜该有多好!此时此刻我一丝倦意也没有,母亲又能见到我们了,她该有多高兴啊!她还是第一次看到外孙女凯茜呢!

3月18日

母亲病魔缠身,仅一息尚存。看到她老人家这副模样,我有说不出的难过与震惊——好像火车突然把我们从睡梦中惊醒,令人难以置信。我们把一切都抛之脑后,历尽千辛万苦,想不到母亲的身体竟是这么个状况,大家手足无措,不知如何是好。不过可以告慰上苍的是,我们总算赶回了家看到她老人家,也让她看到了外孙女凯茜,了却了我们的一桩心事。我们搀扶着她坐起来,她几乎是在哀鸣,好像她的心被撕裂了。也许是太高兴了过于激动,母亲显得更为苍老——她转过头去,面对墙壁,不让我们看到她的眼泪顺着那张可亲可爱、干瘪消瘦的脸颊往下流淌。

(沈甫根 译)

车　子

凯瑟·莱特

"凯莉,我是你父亲。听说你买了辆车子?"你目不转睛地盯着电话听筒,激动得无言以对,活像电视广告中玩牌的胜者。你父亲已五年没和你讲话了。努力回忆一下吧。他是个身着三件套服,一大早便销声匿迹直到晚上才出现的夜猫子。他习惯于清除垃圾,调理游泳池扫帚,偶尔也爱待在荷兰猪的笼里。他收集所有那些稀奇古怪的胶膜开窗信封。他的口头禅不外乎"不!""这是我的房子"和"你认为这里谁来付钱"。

在整个少年时代,当你狂热地为保护鲸鱼、妇女和袋鼠而奋斗的同时,你却忽视了身边一位极其普通、显然处于危险之中的家庭成员。他就是你父亲。

随着他皮带、财礼的馈赠,十七岁那年你断定父亲们已显得多余,如同人身上的扁桃体、小脚趾和盲肠。他们日渐衰老,除了睡觉,别无作为。

"是呀,车子运转情况良好,爸爸。"你终于含含糊糊地答道,"是辆生锈了的旧车,不过还不错。"

几星期后,他又来电话。"凯莉,干吗不把车子开出来,我把它修整修整。"上了这把年纪的父亲是不善于表达情感的。一次,你妈妈赌气一星期没和你爸爸讲话,闷声不响地侍候他吃饭,独自一人上床睡觉,最后,她默认了,要和他接吻,言归于好。"对爱,你怎么想?"你爸爸疑惑地问道,他压根儿就没有注意过。你破译他关于车子的谈话,实际上那是你爸爸在说:"日安,我想你。"你突然觉得你是深爱你父亲的,只是不知道该说些什么。

父亲节那天,你开车去看他。他点点头向你问好,然后轻轻地碰碰保险杆,摸摸生锈的补块,还朝机罩下面看了看。"是呀,买得棒极了,车子完整无损。"你咬着指甲紧张地等待他的诊断……"除了冰雹砸坏掉一点,还有壁板被打到后面去了,很可能与一辆装煤的卡车相撞所致。"你吃惊地意识到自己居然没有领悟到他那份简洁、从不拖泥带水、干巴巴如同英国佬浴巾般的幽默。"车子需要的是,"他总结性地说道,"温柔的爱心。"他为你调节了化油器。

接下去的那次看望,他为你绷紧扇带,给轮胎充足气,给车子测压力、换汽油,给分离器标新触点。他还检查了差速器中的油位,更换火花塞……那热情与耐心简直是一首莎士比亚的十四行爱情诗。

从那时起,你们经常性地谈话了。每星期一次。谈星状辐射式轮胎和后防震装置,谈汽油、空气滤清器,谈高压引线和绷紧的扇带。你们的用词越来越多,简直可荣获交谈的大奖。

圣诞节那天,你们之间发生了一件意外事情——一场面对面的口舌交锋,全是由无聊的品头论足引出来的。关于失业者吃饭不会使用刀叉啦,关于禁止美国核战舰入港的粗暴无理啦,然后是你父亲叙述报上一篇关于一个女权主义者在砸碎南非驻堪培拉使馆窗户后遭一警察毒打的报道啦。

"她是个平胸。"你父亲毫不含糊地说。他手里握着一罐啤酒,身上满是蛋糕屑。

"是吗?"你拨开话题,不想这样继续谈下去。你像一辆在雾中追随前方的车灯过桥沿的车子。

"我也会把她痛打一顿的。"

"你的言下之意是任何乳房小的女人是没有女人味的,任何没有女人味的自然是搞同性恋的,而搞同性恋的肯定是有罪的,是吗? 真是荒唐!"你们四目相视,彼此被对方的车前灯刺得睁不开眼。

"你才荒唐,我的小姐。住在内城的贫民窟里,与男孩子们睡觉。你以为我们不知道? 你是你妈一生的祸根,你根本不是……"

你们无言而坐,陷入悔疚的沉默之中。奶油蛋糕在 40 摄氏度的太阳光下腐变着。你爸爸头发上的油脂已渗进他那顶紫色的皱纸帽。成群拉着一长队雪橇的迪尼斯鹿,成排身着东方长袍的智者和许多飘飘欲仙的圣诞老人们都从车后向他微笑。筵席已散,亲友们都告别而去,圣诞树上悬挂的各种糖果纸篮和饰物已被洗劫一空,冰箱架上也被扫荡得干干净净,空荡荡的房子看起来像一次野餐后吃剩的鸡骨架。你们都为失去的地盘而伤感。

"好了,"你爸爸突然开口说。此刻他已和颜悦色,开始言归正传了,他脑海里一片明朗,展现出一幅清晰明了的地图,条条街道都标绘其中,"凯莉,告诉我,你这车一加仑跑了多少英里了,亲爱的?"

（陈姝波 译）

省　略　号

蒂姆·温顿

　　朗格一家终于驶进白点沙滩时,天色已暗,谁都说不出话来。他们比原计划晚了几小时,延迟的原因每个人都清楚,但是奶奶端坐在吉普车里,于是没有人敢说什么。维克在座位上扭动着身体,忍不住还是又叹了一口气。

　　"你肚子里肯定有虫。"他祖母郑重其事地说道。

　　"嗯,我的钓饵是自带的。"他说。

　　"维克。"他母亲用警告的语气对他说。

　　"不好意思。"他嘟哝了一句。

　　但是他没什么觉得不好意思的。要不是被那家人耽搁了半个下午,他们早就该到了,和过去一样,又是厄尼叔叔惹的祸。他们中午时分就到了他家,维克的表妹们早就收拾好东西,坐在路虎车里等着了。街道上暑热难耐,她们的脸热得像头发一样通红,而她们的老爸老妈却还在吵架。路虎的引擎已经发动了,车后拖着小艇,钓竿、褥垫、冰盒都捆扎在艇里,横七竖八的一堆。可是厄尼和克里欧还在屋里,房门紧锁。维克的老爸砰砰敲打窗户,可是里面什么动静也没有,他又哐哐地拉门,按门铃,然后他叫维克的表妹们从车里出来,让她们坐到阴凉处。这两个女孩的模样可怜到了极点,满脸雀斑,牙齿细细的,鼻孔大大的,就连鲨鱼都长得比她们好看些。厄尼叔叔是个姜黄头发的矮个子,克里欧姨妈老是和大家说厄尼根本配不上她这个美人,她一头金发,长得像是那种老电影中的女明星,只是已经开始发胖了,胸前的乳沟深得仿佛能回响起她说话的回音。

　　每个人都在街上坐着,维克的小妹妹耐不住热,开始号啕大哭起来。奶奶从还挂着空挡的路虎上拔下钥匙,自己打开了房门。然后,厄尼和克里欧推推搡搡,骂骂咧咧地从屋里走了出来,表妹们也开始哇哇大哭。这时厄尼的路虎发动不起来了,因为它在马路上空转了不知多久,发动机过热了,于是他们只好等它冷却下来。大伙开始责怪起厄尼来,可是对于这个她最喜欢的儿子,奶奶听不得半句坏话。

　　这样,他们的吉普和路虎就在这个暑夜,蜿蜒地从山上驶下,开向白点沙滩。街头寂寥,他们一直向前开到没有路的地方,然后眼前就是一片沙丘,如雪地般,平铺在月光之下。其实维克从没见过雪,但是在他想象里,雪地就是这样无垠的一片白色。

　　他们爬进了沙丘之中,发动机摩擦着,呻吟着。车子时而平稳前行,时而突然震颤,维克在车上,尽量不去想晚餐会吃什么。当车速平稳时,微分电路低沉的嗡嗡声几乎催他入眠。有几次他突然醒来,看见厄尼叔叔的车陷进沙坑,沙子埋住了车轴,于是维克只能和老爸、奶奶一起下车,要么在沙滩上挖出一条车道来,要么系上拖绳,把路虎拖出来。

　　主要是因为车后面还拖着条船,奶奶在为厄尼的糟糕车技找理由,船那么沉,而且车上还有那么几个孩子。

　　明亮的月光,照出维克妈妈紧紧抿住的嘴唇,她低头安抚着小妹妹。和维克一样,她也知道其实都怪厄尼太马虎莽撞。每次上坡他都挂最大挡,轮胎也充气太足。

　　奶奶指挥大伙把路虎车从沙坑里弄出来,她身体挂在车外,脚踏在踏板上,向开着的车窗里发号施令,可她大声发表的那些指示只有不会开车的外行才说的出来。过了好久,他们开入一片滨藜地,接着驶上了一条硬道,然后就长驱向前了。前面拖车上红色的信号灯如催眠的红点,维克又昏昏睡去,待他醒来时,他们已经行驶在宽阔的白沙滩上了,地面如高速路般硬实,他们飞快顺畅地开了几英里,便到了一个岬角,已有几处篝火在那里。

　　维克和大伙儿一块儿支起帐篷杆,系好绳索,铺上篷布。疲乏中他糊里糊涂地吃了一点冷的烤羊肉和土豆。他倒在褥垫上,把自己包裹进一条床单里,四下是巨浪的咆哮声,他沉沉睡去。半夜里他醒来,觉得海水肯定已经漫上来浸湿了他们,可他发现只有凉凉的海风一阵阵吹拂着他的身体,于是他又睡去,通宿无梦。

　　曙光初照时,地面已经热乎乎的,闻得出一股滨藜和沙漠的气味。维克醒来了,奶奶生了一堆柴火,在上面煎鸡蛋。老爸和叔叔将小艇拖到了水边,把藤编的捕虾筐扛进艇里。维克坐在折叠桌前,头上的篷布被风吹得哗哗作响。他吃了几口蛋,用一个搪瓷杯喝茶。女孩们才刚起身,老妈和姨妈还在睡着。老爸和叔叔过来吃早饭。吃完后,维克帮他们一起把小艇推进拍岸的海浪,等舷外的发动机轰鸣起来,他跳进艇里。

　　厄尼掌舵,小艇突突突地驶入宁静的海面。维克回头,看见在他们的营地不远处还有几座帐篷和遮阳棚。他还看见一辆卡车、一辆拖拉机,和一座斑斓条纹的大帐篷,看起来就像个马戏团演出棚。太阳低照在连绵的沙丘上,他觉得有点困乏,又古怪地意识到自己年龄已经不小了。今天是一年的最后一天。他想要是车上有空位,可以带上个朋友一起来就好了,可以和他一起迎接新年,但是车上原来唯一的一个空位被奶奶坐了,那几年,什么事情都躲不开她。海风猎猎,吹动着他的头发,铝合金的船身在脚下微颤。他希望掌舵的是他老爸,而不是叔叔,因为厄尼开船就像开车一样漫不经心。厄尼越有自信,别人就越觉得不安全。然而船是厄尼的,不是老爸的,他们家没有船,根本买不起。维克朝老爸诡秘地笑笑,他看出老爸扬起的双眉间显出的滑稽感觉。他把住船舷,小艇拍击着海波,朝着礁岩驶去。船身劈开水面,激溅出白、绿、蓝、黄的水花,等他们越过那片五色斑斓的深水区,海浪变得平滑如脂。维克的老爸把用作虾饵的牛关节放进捕虾筐,厄尼将绳索和浮标拉开,他们把捕虾筐投进礁岩上绿色的沙洞里,上面系的绳索垂下去,浮在水面上。

　　他们回到了岸上,穿着橙色上衣的表妹们尖叫着,吵着也要坐船。

　　表妹们在浅滩嬉戏,维克走到搭在两辆车之间的临时遮阳棚,他妈妈已经起床了。他抱起小妹妹摇着哄她,让老妈去吃早饭,一边听着克里欧姨妈唠叨着说她指甲和角质层的毛病。姨妈的真名并不是克里欧,这个名字是借用了那份充斥着星座预测和大幅男模照片的杂志名字,其实她的真名是克劳丽丝。老妈被她说得烦死了,但仍尽力不让她看出她的厌烦,但是她心里很清楚。今天早上她准是觉得很累,在克里欧滔滔不绝的唠叨声中,正好奶奶朝她们的方向看过来,那时老妈正好朝维克看了看,眼珠转了转,仿佛在说:"给我力量吧!"克里欧没有注意到,而奶奶的嘴瘪瘪的,如刀锋般。

　　维克不知道为什么会和厄尼他们家一起来,但是无疑,这应该是奶奶的主意。她有强烈的家庭观念。只要她在场,其他人的任何想法都不堪一击。

他还没满 13 岁,但是他知道厄尼叔叔的一些事情。大人们没有直说,可他明白只要奶奶在,厄尼总是受保护的,好像他绝不会做错任何事情。可是不管厄尼做什么,都准会弄糟。他就是喜欢找茬抱怨。他喜欢赌博,总是喜欢一层层找熟人了解最可靠的内部消息,于是他总是会惹上麻烦。常常会有人因为他惹了事来维克家,弄得维克的老爸不像是他的哥哥,反倒像是他的父亲。不到一年前,那时小妹妹才刚出生,老爸曾带着维克,开着厄尼的卡车半夜三更替他去送牛奶,没人知道厄尼自己跑哪儿去了,奶奶当然也来了,她打着一支警用手电,将牛奶订户的名单念出来,维克则一家家跑,跑到嗓子冒烟。街道黑黢黢的,一片寂静。老爸开着车,跑着送奶,一晚上一言不发,维克知道,有几天晚上他们没有叫他去。幸好,现在总算不用再去送奶了。

在叔叔身边,维克总是觉得不自在。当然,厄尼的确很滑稽,他总会有笑话随时可以讲出来逗大家,那种不宜在女士面前讲的笑话。但是你绝不能把自己重要的事情讲给他听,他有说不完的话,但是从来不听别人说话。有一年圣诞节,维克那年 8 岁,厄尼叔叔突然跑来他家,送给他一辆崭新的自行车,那是一辆把手手柄上带变速器的虹鱼牌自行车,赤红的车身,其似厄尼的脸膛。叔侄俩都很高兴,可是奇怪的是,维克的父母并没有表现得特别兴奋。8 岁的维克也觉得这也许太过分了,这份礼太重了。他怀疑父母其实是有点嫉妒,甚至于因为自己的吝啬有点羞惭,他觉得那辆自行车太烫手了。那以后,他再也没有收到过礼物。

维克意识到,厄尼其实是一根带电的电线,一个冒险家。那就是他在家庭里面的角色。而另一方面,维克的父亲则是激情过后出来收拾残局的人。看得出来,他们一辈子都在重复这样的事情。

厄尼和克里欧以为他们太了不起了,有一次复活节他听见老妈对老爸说。

嗯,老爸回答,问题是,谁去告诉他们真相?

维克和大伙儿一起闲坐了一会儿,一边忍住性子。天越来越热,就连遮阳棚下面也热得受不了了。他从吉普车顶上解下冲浪板,朝海滩下奔去,从海边看去,在一片洁白的尽头,他们的营地如同一个孤独的墨迹。

海浪还很小,可他冲浪水平也并不高,因此也就无所谓了。走了这么一会儿,浑身发热,水里的感觉真是好极了。他兴奋地向大海里划去,攀上了几个浪头,但是每次不是一头扎进水中,就是从冲浪板上滑下来。有一次,大浪已经过去了,他坐在板上,居然还从上面掉了下来,简直就像是在骑一头背上抹了油的猪,于是你只能嘲笑自己的笨拙。几英里的海滩,空寂无人,绵延在你的身后,没有什么可以让你难为情的。只要他愿意,还可以全裸着冲浪,游到风平浪静的海面。他潜到海底,只见海床上黄沙如涟,向外展开去。海水冲拂着他的身体,如微风般。他觉得自由,快乐。

等他冒出海面,看见岸上有人在看他,不禁吓了一跳。就在第一座沙丘的顶端,有人双臂环膝地坐着,他看不清那是男的还是女的,大人还是小孩。他趴在冲浪板上,在海里逗留,等岸上的人走开。可是那人坐在那儿就是不走,维克感到有点不安,他知道如果必要的话他可以在海上待一天。要是他真的觉得有危险,他可以一直向外海划。可是他没机会了,就在他背对着大海时,一群大浪滚滚而来。第一个浪头将他一个跟头撞进沙洲,激流拽走了他怀里的冲浪板。随后,四个怪兽接踵而来,将他抛起来,砸下去,按向海底,牢牢地攫住他。他终于冒出了头,短裤被扯到了两腿中部。他不由发出一声可怜的尖叫,那声音比他的光屁股更令他感到尴尬。他拉起短裤,跌跌撞撞的,咳着嗽,沿着海岸去捡已被冲上沙滩的冲浪板。

沙丘上面,那个陌生人拍起了手。是个女孩,但不是他的表妹。他想捡起冲浪板就走,马上回到营地那儿去,然而他气喘吁吁,双膝发软。他只得坐在冲浪板上,背对着那女孩,尽量不去注意她。臭女人!可是他觉得自己好傻,头耷拉在两肩之间,坐在这样一个空旷的海滩上,有点像一只海龟正想把头缩进甲壳里面去。他佝偻着,生着气,鼻子里流出一股海水。

好了啦,你是没看见那些浪头打过来嘛,突然在他背后,那女孩说道。

维克一下子转过身,一串鼻涕和海水洒落在胳膊上。他用手臂擦了又擦,看见绿色的指甲油抹在她的脚趾甲上。

不好意思哦,她说。我不是想吓你哦。

维克耸了耸肩。太阳正从她的头后面照来,他一点儿都看不清她。

水里舒服不?

嗯,他答道。舒服。

我想啊,能不能借你的板子玩一下?

她走过来,一个脚趾触碰着冲浪板。她穿着李维斯的牛仔短裤,T恤衫上印着 Phi Zappa Krappa,还有个裸体男人坐在马桶上的图案。

好呀,他说。

真的?

他又耸了耸肩。

我一直都想试试看的,她说。啊呀,我真觉得无聊啊,你懂吗?

维克迟疑地笑笑,擦了两下鼻子——两只手各擦一下。他从板上站起来。女孩脱掉 T 恤,褪下短裤,把墨镜扔在沙滩上那一堆衣物上面。她穿着灰绿色的比基尼,腰上扣着塑料箍环,真像 007 电影里的女郎。太阳照出她大腿上细细的绒毛。她的一头棕发垂披在背后。她有着真正的乳房。她的年龄比他大,大得多。

有什么诀窍吗?她边问边把冲浪板拾起来,提在腰部。

呃,别掉下去?

她微笑着斜觑了他一下,然后走下水中。他望着她走下去,凝视着她的小腿肚和臀部摆动的样子。他不知道有个姐姐的感觉是什么样的。看见这样的肉体,你怎么受得了?怎么不会变成一个变态?

就冲浪而言,那女孩并不比他高明多少。她笨拙地扑腾着,让他不至于丢脸。她走回来,把冲浪板扔在他脚下,然后拧着头发里的海水。沙子干结在她大腿前面。她很漂亮。他不知道往哪儿看。

还以为你会过来帮我的,朋友,她说着拣起 T 恤衫,擦着脸。

不好意思,他喃喃地说。她用湿漉漉的 T 恤衫擦着胸口,他扭过头不去看。

你叫什么名字?

他告诉了她。

城里来的吧?

他摇了摇头。现在不算城里人啦,他说。我们刚搬到南部。安吉勒斯镇。很破的地方。

她扇动着 T 恤,他注视着她那绿色的指甲。好像有什么地方不对劲。

她坐到沙滩上,像个小学生或者嬉皮士那样两腿交叉着。她戴上了反光墨镜,这时他看出来了,她缺了一截手指。

怎么了?她说。

什么怎么了?

手指吗？

不是，他说。

得了吧，好了啦，朋友，承认吧。来，看吧。

她伸出左手，中指只有很短的一小截。

维克发现自己不由自主做了个鬼脸，连忙想要掩饰，可她已经看见了。

被捆草机弄的，她说。

哦，他含混地说，其实他也不知道捆草机是什么东西，应该是农村里的器械。

你住在农村啊？

差不多吧，其实我是在农村的寄宿学校上学。

这个，疼吗？

疼得见鬼，她说。不过你懂的，只要是重要的东西都会疼，如果不疼，说明不重要。

真的？

她一把拧住他的耳朵，紧紧扣住耳垂，疼得他眼冒金星。而他越是挣扎，她就捏得越紧。他觉得好像整个耳朵都被她从脑袋上拧下来了。这个变态！他碰上了一个变态！泪水从他眼睛里涌了出来，她的嘴突然吻上了他的嘴，柔柔、缓缓地吻他，直到他的嘴松弛下来，而与此同时，当她的舌头在他的牙齿上掠过，当他像一匹受惊的马似的喷着鼻息，她仍然毫不留情地紧攥着他的耳朵，直到那悠长湿热的吻停下。

她放开了他。他大口喘着气。

看见没？

看见什么？他护住耳朵说道。

你绝不会忘记你的初吻啦。

你这个神经病！

别胡说，她说道，一边朝下瞥了一眼他短裤中的坚挺。

维克佝偻着扭转身。

只是想让你明白这个道理啦，她笑嘻嘻地说。

去你的！他说。

我妈担心我婚礼那天，她说我老公当着那么多亲友们的面给我戴戒指，那时候一定特别尴尬。

你担心那个吗？他不由自主地问她。

才不呢，婚礼是资产阶级那套，婚姻已经过时了，谁还想结婚啊？

你妈不是结婚的嘛？

她嫁了个农民。她啥都不懂。

维克看着她的手。她让他害怕，又着迷。

我管它叫作我的省略号，她说着，仰躺在牛仔短裤上，举起她那只伤残的手，就像一个女配角接过男主角送给她的戒指在欣赏着。

什么？

这个手指啊，就是我的省略号。我老爸受不了它，连看都不敢看。

维克目不转睛地盯着那小截手指。

内疚吧，他是。那时我才 6 岁，他怪自己不小心。

是他不小心吧？

不是他啦，不是他的错。其实根本不是意外。我有意把手指伸进去的，因为我好奇。

好奇？

想看看伸进去会怎么样。

厉害！他轻轻说。

结果一切都太快了，根本看不清。她呵呵笑道。可是那天的每个细节我都记得清清楚楚，谁穿什么衣服，他们开车送我去镇上医院时相互指责的话，机器上麦秆断茎的气味，车上椅套的气味，还有喉咙里留下的午饭时番茄的味道。

你学校怎么样？他问。

就像个养鸡场。1 千个女生挤在一起想下蛋。

你几岁啊？他壮胆问道。

16 岁，没劲死了。

给我看看你的手指吧？我是说，凑近点儿看。

无所谓，她说，一边躺着，一边举起手来。

他们说话的时候，他盯着看的不是她那两条剃过毛的腿，甚至也不是她两腿之间包裹着那个隆起的那片内裤，而是她的手捋着身边的沙粒。她指甲上沾着细细白沙如霜，他不能移开自己的目光，只是跪在地上，挪动着，凑近前去看，他觉得喉头发紧。她将手转过来，又转过去，让他仔细端详。他俯身下去,吹口气,吹走她手指上的沙,石英般的沙砾飘落在她的小腹上面。

她将手向下倾,就像电影里贵妇伸手让人行吻手礼时那样,他不假思索地吻她的手。

吻我的光环,朵拉。

什么?

弗兰克·扎帕,他的歌词。

哦。

这太阳真受不了! 我得去涂点防晒霜,而且我真饿死了。

她像个长辈那样双手捧住他的脸,然后放开了他。

他们不紧不慢地沿着海滩走回去,边走边随口聊着。她名字叫梅兰妮,那辆大卡车和马戏团似的帐篷就是她们家的。他们趁收获季还没到,出来度几天假。北面有一大片低云,他们留意听着收音机里的天气报告。四周有邻居和表妹们跑来跑去,但只有她一个人和他年龄相仿。

我们情况差不多,他说。

她疑惑地笑笑。

我们打算点一堆篝火,他说,迎接新年。

呃呵。

他觉得她对他有点腻烦了。

他在梅兰妮的墨镜中看见自己的影子。他的嘴唇上粘着沙粒,那是他吻她手的时候粘上的。他看上去就像个 9 岁的小孩。

我热死了,他脸涨红着说道。

哦。

我去游会泳。

行啊。

那,再见了。

维克跃入水中,皮肤如淬火般仿佛有咝咝声响。他躺在海里,看着梅兰妮走回她家的宿营地。和她在一起时的那种兴奋感骤然变成一股挫败感。大海吸吮着他。他浑身刺痛。

那天下午,维克跟着老爸和叔叔,坐船出海去钓扁头鱼和石首鱼。厄尼叔叔唠叨着抱怨交警罚款、传票、税务员,维克的老爸任他絮叨着。厄尼阴囊的一边从他的小短裤里露了出来,像一段下垂的姜根,维克和老爸拼命忍住不笑出来。时不时的,在鱼咬钩的间隙,维克揉着耳朵嫩嫩的耳垂。

黄昏时分,他们回到岸边。老妈、姨妈和粗皮肤的表妹们在戏水,她们相互泼水,嬉闹着。奶奶背着小妹妹,仔细地看着水底,生怕会有潜藏的危险。

之后,他们燃起了篝火,火焰熊熊燃烧起来,他们吃着鱼、土豆色拉和青豆。大大的月亮,如柑橘一样,升起在沙丘之上。风已经完全平歇了。女孩们在冰盒里翻找出几瓶 Passiona 果汁,维克和妈妈喝的是 Cottee's 的可乐。阳光把皮肤晒得干紧。奶奶喝着冰水,其他的大人喝啤酒。很快,折叠桌上堆满了棕色的空饮料瓶。

篝火烧得噼啪作响,维克向水边走去,想再找一些浮柴。在滩头,离他不远处,就在那辆大卡车和彩条帐篷的前面,一堆篝火燃烧着,有 20 英尺高。这火可真够大的。他朝上走进沙丘之中,想藏身在梅兰妮的营地后面,不被人发现。

他蹲伏在一丛滨藜后,看着下面的篝火,还有卡车边上一堆桉树树根。人们大笑着,大人的声音,小孩在尖叫,女人嘻嘻地笑。他闻到烧肉和烤洋葱的气味。

农民的聚餐啦,身边突然传来一个熟悉的声音。

维克吓得几乎叫出声来。梅兰妮躲在另一簇滨藜后面,手里一个瓶子闪闪发光。

又吓到你啦。

才没呢,他撒谎说。

你也觉得没劲了?

有点。

来喝一口?

是什么?

今天是除夕啦。

别逗了。

去游泳吧?

不想,维克说。想走走。

好吧,走走。

月亮拖曳上升,圆圆在空中。他们走进一片绵延的白色沙丘,来到了一个低谷,沙丘的边缘被风吹得崎岖,维克觉得有点像大海的洋底。那凹凸的沙纹如涟漪般绵延不绝。

说点好玩的事情给我听吧,朋友,梅兰妮说。

维克给她讲厄尼那下垂的姜根,还有克里欧姨妈那对硕大的乳房。他还说起他的表妹,形容她们那细得像针一样的牙齿,还有她们的粗皮肤。

是酥皮吧,梅兰妮问。

粗皮肤,像鲨鱼皮一样。

懂了,朋友,可以想象。

他们在一个沙穴里坐下。梅兰妮打开瓶盖,喝了一口。

新年快乐,她说着把瓶子递给他。

是姜汁? 他闻了闻问道。

斯通牌青姜酒,用怪叔叔的小姜根酿制。

维克笑了起来。他呷了一口,不喜欢那口味。那味道就好像姜啤掺了柴油一样。

你耳朵怎么样了? 梅兰妮说着伸手过来。他警觉地往后缩,她嘻嘻笑起来。

没问题,他说。

那让我看看呀。

维克不信任她,但是他抵挡不住让她触摸的诱惑。她轻触他的耳垂,用两个指尖揉着。

你不会忘记今天的事情吧。

嗯。

一个捉弄人的把戏啦,她说道。她又像长辈似的捧住他的下巴。

你怎么这么不开心的样子? 他问道,她的手还是捧着他的脸。

没事,朋友。

你真的看上去很不开心。

除夕之夜吧。

还有一个月才开学呢。

我还不会开学。

哦,贵族学校晚开学嘛。

不是啊,她说。我不回去上学了。在农场上住几个月。

她把一只手指放到他的嘴唇上,让他不要说话,就这样手放在他嘴上,一边喝了一大口酒。他双唇含住她的手指。

呀,她说,亲我啊。要不亲亲这个?

她跷起那截断指,在月光里,举在他眼前。维克握住她的手腕,把她的手拉近。他感到她整只手都抚在他的脸上,他将她那截指头含在嘴里。它遮住了天空,它掩住了月光的耀眼,他同时品尝着那咸味、姜味、甜味。舌头舔察不出手指的纹痕,只有一种光滑柔顺令他的血在沸腾。

来吧,她说,管它呢,老朋友。

她吻着他,她的嘴柔软、饥渴,她弯腰俯在他身上,他们的膝盖撞翻了酒瓶,他听见酒液汨汨淌进沙里,她的舌头寻觅到了他的舌头,他的嘴迎合着她。他把手搭在她的腰上,感到她的十指拢住他的头,如摇篮般,他向她游去,感到从未像现在这样快乐、清醒。待她和他的嘴分开,吻了吻他的头顶,他怅然若失。他把额头贴住她的颈部,她将手指插在他的头发里。她撩起 T 恤衫,她的双乳在月光中生辉。她引导着他,他吻着她的乳房。双乳完全贴在他的脸上,他用嘴含住一个乳头,她呻吟起来,喘着气,直到最后,她开始哭泣,令他困惑。

午夜时,他回到营地的篝火处。大伙儿都在唱歌,相互亲吻,没人问他前面去哪儿了。他们唱着《怎能忘记旧日朋友》,表妹们虽然站着,竟已经睡着了。

维克夜里醒来,听见喘息和呻吟声。大家都睡下了,但是有一张露营床发出吱吱呀呀的声响。他感到老妈在边上翻了个身。那是克里欧姨妈在喘气,月光里映出她曲起的双腿。

噢,天哪!他妈妈轻轻道。

他听着,直到他腿上湿漉漉的,身上披的床单也变得汗津津。厄尼突然发出哼声,好像一个人突然想起了一件事的样子,接着就是一片宁静,海浪徜徉上了海滩,月光从头上顶棚的窟窿中洒落。维克想起了梅兰妮,想起她奇怪的泪水,还有他俩走回营地时那长长的沉默。他没有弄痛她,他只知道这一点,但是他感到她忍受着某种痛苦,有什么重要的事情,而他却根本不能明白。就好像有一个傻傻的小孩,大家在边上说话,可他却什么都听不懂。他想起她双乳间的幽深,将脸紧贴在枕头上,睡去了。

清晨,父亲把他叫醒。船已经浮在浅滩上了,厄尼狠拉着引擎的发动绳。

船儿驶到深水处时,维克还没完全醒来。海水很清澈,可以透过礁岩上绿苔覆盖的岩穴看见沙底。锯齿边的海草一簇簇的,升起一缕缕黄色和棕色,鱼群四散游去。

他们将小艇开到上次投下的第一个浮标,维克的老爸把它钩上船,然后开始收绳。小艇在海浪之间颠簸,他们将捕虾筐拉进舷内,小艇岌岌可危地倾斜着。筐里的虾噼啪作响,拍打弹跳,到处是虾尾巴、触须和掉下的虾腿。

新年快乐! 老爸说着把小龙虾从筐里扒拉出来,倒进一个大桶里。

糟糕! 厄尼叫道。站稳了!

发动机轰鸣着,小艇向前猛冲,老爸几乎倒在维克的身上。就在这时,维克看见了小艇舷边高耸的巨浪。船头高高翘起,老爸趴在他身旁的座位上,一只手攥住维克的腿。小船向上冲去,然后在浪头的后面坠落下去,狠狠跌撞到了水面上。老爸大笑起来,可是维克已经看见下一个巨浪席卷而来。

快逃! 他喊道。我们快逃啊!

厄尼加大了马力,老爸从一堆纠结的绳索里爬出来,坐到了船头,前后左右转着头四顾。这个浪比前面那个大得多,它已经开始往下砸落下来。在大浪的前方,海水现出一个巨涡,露出一块块水下礁岩的形状。

老爸指着一个方向,而厄尼却朝着反方向驶去。大浪在几码外朝着他们的小船轰然落下,厄尼把船头转向海岸,想要逃出巨浪。

维克感到大浪砸在他们身上,耳朵后面一阵阵海浪冲涌咆哮,浪头将他们攫起来,然后,大概最多有二三秒钟,小艇驶在浪尖,就像冲浪一样,这简直不可想象。发动机怒吼着,大海、空气轰鸣着。

然后一切静寂。面前、手边水泡狂舞,如珍珠般。他的头发向着一边舞起。他的头狠狠撞到了某个尖尖的东西,他意识到自己已经在船底下了,水里到处都是绳索、钓线,有什么东西咬了他的腿一下,他快憋不住气了,可是小艇灰色的船身将他压在水里,他紧紧闭着嘴唇。

　　有谁拽住他的领子,将他往下,然后往边上拉。维克觉得海水马上就要涌入他的嘴里了。他终于吐出最后一口空气,然后,他出水而起。

　　他被钩住了,老爸在说。

　　海上一大片水泡,如地毯一般,正在渐渐退去,海面又恢复了平静。空气刺激得肺里生疼。他哭起来。老爸潜进水中,浮出来时拉着一根钓线,维克终于可以动弹了,可是每当他踩水时,只要腿一用力,钓钩就更深地扎进他的小腿腿肚。

　　是个鱼钩,老爸对他说。还游得了吗?

　　维克点着头,还在大声哭着。

　　没关系,老爸说。维克,孩子,没关系的。

　　他浮在水上,双手尽力划着,鱼钩和沉重的钓线还拽扯着他的腿。厄尼爬上翻转过来的船底,太阳照着他赤裸的臀部。老爸和叔叔合力把船翻回来。厄尼往外舀水,老爸带着一把小刀,游了回来,把钓丝割断。

　　他们找回了漂走的桨,回到了船上。厄尼一丝不挂,他的短裤被浪卷走了。三个人神经兮兮地大笑了一阵,然后开始一起用手往外舀水。

　　马达已经发动不起来了,他们花了很长时间,顶着风,划到了岸边。海滩上那群女的在叫喊,两个表妹看上去比漏水的虾筐里抓出来的那些海生物还要丑。奶奶给厄尼拿来一条短裤。

　　妈妈和姨妈把他扶到遮阳篷下,让他躺下,厄尼和老爸则一起把大鱼钩从他腿上拔出来。终于,倒钩脱离了皮肤,他们用钳子把它夹断,然后将鱼钩整个儿拉出来。他们拔鱼钩的时候,痛楚一阵阵的如爆裂般,他心里想着梅兰妮。她的手指,她摇晃的乳房,她小腹上那一堆沙粒。他对他的表妹一点儿也不在意,让她们看着他扭曲呻吟。他想着的是她,什么也伤害不了他,什么也触及不了他。之后,在剧痛过后那长长的宁静中,他觉得精疲力竭,昏昏欲睡,虚弱无比。妈妈和姨妈给他涂着红药水,喂他吃鸡蛋,喝糖茶,给他抹干眼泪。等她们终于走开,他拿起那个鱼钩,上面的倒钩已经被剪掉了。他一瘸一拐地沿着海滩,拿鱼钩去给她看。梅兰妮会明白的,她知道它对他意味着什么。

　　可是,大卡车已经不见了,拖拉机也不在那儿。沙滩上一大堆煤炭还有余烬。原来立着大帐篷的地方,到处都是瓶子、罐子,沙上还留有褥垫和人身体的印痕。他们要赶着去收获,他意识到雷雨即将来临。他从口袋里面掏出鱼钩,它看上去钝钝的,不成形的样子,在阳光中闪闪发光。维克的腿一阵阵地抽痛,感觉烫烫的。他向大海的尽头望去,寻找雨云的迹象,寻找天气变化的征兆。可是大海、天空还是一样的灰,一样的蓝,一样的空虚,如一场长眠,了然无物,他站在那儿,站在浪花拍拂的海滩上。

（陈　弘 译）

邻 居 们

蒂姆·温顿

　　他们初次搬进去时，这对年轻夫妇对左邻右舍都存着戒心。整条街住的都是欧洲移民，使这对新婚夫妇感觉好似生活在异国他乡的旅居者。他们左边的邻居是来自马其顿的移民家庭，右边住着一位波兰的丧偶男士。

　　这对新婚夫妇的房子虽然不大，不过高高的天花板和镶嵌玻璃的窗户却给人以优雅别墅的感觉。从他的书房向外望去，男青年越过屋顶和停着二手车的院子能看到他们遛狗的公园里长着（澳洲）大叶榕。周围的邻居们看起来对这条狗，温顺的、正处于脱毛期的柯利牧羊犬都十分谨慎。

　　这对小夫妇曾经住在广阔而远离中心的郊区，那里几乎没见过也没听过有好邻居的存在。吐痰声、洗漱声和黎明的饮水声使这对新婚夫妇大为吃惊。马其顿一家总是喊叫、咆哮甚至尖叫，这对新来的夫妇甚至用了半年的时间才弄明白邻居们的大吵大嚷并非是打架，只不过是交谈而已。那位波兰老头整天在把钉子钉进木头，却只是想将它们再重新拔出，他的院子里堆满了这种可利用的木材，但他只是不断地增加木材，却没有用木材做过什么。

　　与邻居的这种关系一连几个月都不很舒服。马其顿一家对新邻居们早晨的晚起感到惊异。男青年能感觉到邻居对他待在家写论文而靠妻子去工作来养家并不赞许。他很气愤地看到邻居的小孩当街小便，他也曾看到那小孩从楼梯后面喷射小猫。他猜想为了使头发长得更浓密，那小孩准会定期剃头。当小男孩只是站在篱笆旁闪动着钴蓝色的眼睛时，男青年就会感到紧张。

　　秋天到了,年轻夫妇清除了后院的垃圾,在邻居们一览无余的、共同的关注下给土壤施了肥。他们种了韭菜、洋葱、卷心菜、球芽甘蓝和蚕豆,这使邻居们都来到篱笆园子对他们留间隔、堆土和覆膜等提出了建议。男青年很厌恶这种干预,但也很详细地记录了这些建议。他的妻子倒是胆大到用手去拂过产物的残株,长着黑眼睛又很健壮的大个子女子则给了她一袋大蒜瓣来种。

　　不久以后,这对夫妇建了个鸡舍。邻居们都看到了鸡舍的倒塌。波兰老头在没受任何邀请的情况下就穿过篱笆来帮他们重新建好了鸡舍。他们之间其实一句话也听不懂。

　　秋去冬来。那时,鲜红的夕阳刚刚消失,灰暗的黄昏便骤然而至,空气中夹杂着燃烧树木的烟味和日落时的鸡啼声,随着时光的流逝,这对年轻夫妇不觉地对邻居们报以微笑了。他们给邻居们好多卷心菜,收到了邻居们给的格拉巴酒和木柴等礼物。男青年继续写着关于二十世纪小说的文章,他为妻子做饭,听她讲着古怪的病人和医院的无能,在大街上,他们散步时不再低眼看路了,当他们的父母来访吃惊地向篱笆外扫视时,他们感到无比的优越和自豪。

　　冬天时,他们养了鸭子,是又大又安静的美洲家鸭,总是在雨中闲站而不断变肥。到了春天,马其顿一家教他们如何屠宰、拔毛和去头去内脏。他们都坐在大石头上将屁股向上翘,讲着几乎听不懂的故事。正如你要求的一样,男人们负责屠宰,而女人们则负责拔毛。在羽毛、雾气和断续对话的一片混沌之中,年轻夫妇陶醉其中。小猫玩弄着断头,小孩拽着小猫的尾巴。这对新来的夫妇不禁大叫起来。

　　但是他们从没有计划过怀孕。太早就成为父母会使他们不知所措。他们的朋友,如果真要的话,也都是在结婚很多年以后才要的孩子。少妇安排了产假,男青年继续在《二十世纪小说论》上耕耘。

　　波兰老头开始动工了。每当晚春破晓时,他就会栽下木桩,倒上水泥,然后开始使用他的那些木材。年轻夫妇在床上辗转反侧,在背后骂他。有时,男青年甚至怀疑波兰老头是故意跟他们作对。少妇每日早晨呕吐,而花粉病则使她丈夫日渐消瘦。

　　不久以后,年轻夫妇意识到所有的邻居都知道女青年已经怀孕了。大家都对他们不厌其烦地微笑。熟食店的人将巧克力送给这位妻子,将他在家里存放的香烟作为小礼物送给这位丈夫,而不是让他真的去抽。夏天到了,意大利妇女们开始给孩子取名。希腊妇女们会在大街上拦住少妇,将她的裙子撩起,抚摸她的肚子,告诉她这一定是个男孩。到了夏末,隔壁的女子给小宝贝织了一套衣服,连同婴儿袜和童帽。少妇既感到不胜荣幸,又感到有些恐惧,感激之中夹杂着气恼。

同样是在夏末,隔壁的波兰老头已经建完了可存放两台车的车库。男青年无法相信一个没车的人会做这样的事,一天晚上,当他正在抱怨这噪音时,波兰老头给他们推来了几车木头碎片用来烧火。

突然临产了,男青年撂下手头的《二十世纪小说论》,扑向电话。他的妻子开始用黑漆刷炉子。当他到处跑着发表类似疑问的声明时,助产士来帮了他的妻子。他妻子在房子附近提起肚子看着他的反应。男青年走到树林里,借着最后一点日光,他看到每家篱笆旁的面孔。他查了一下一共十二张脸。马其顿一家向他挥手并喊出了听起来像是最好的祝福。

夜色渐深,女青年在宫缩间打盹,时而走动,时而喊叫。她洗了个热水澡,开始吃冰,又点了肝泥香肠。她的肚子鼓起,子宫不断收缩,她的汗珠在火光的映照下如蛛丝般明亮。夜更加深了。助产士低哼着。男青年给妻子擦背,给她喂冰,用油给她擦拭嘴唇。

然后就是婴儿产出。男青年亲吻着,凝视着,尽力不喊出声。少妇蹲了下来,连地板都颤抖了。他能感到她的力量,她的复杂。她竭尽全力。她的脸(因过度用力)变得红一块、白一块的。她一直这样,一次又一次用力,冲破看不见的障碍,直到障碍突然粉碎,她完成了任务。当助产士突然把孩子抱到他胸前,他气都喘不过来地要看孩子脸上的表情。孩子一边瞄着他,一边发现了妈妈的奶头。这婴儿拖着脐带、皮脂的污秽和妈妈的汗水。妈妈大喘着,用手盖着孩子的小屁股。她说,是个男孩。片刻间,孩子找不到奶头就大哭起来。男青年在外面听到了喊声,他走向后门,在马其顿一家的篱笆旁,睡眼惺忪的一小排人抬头欢呼起来,于是男青年哭了,因为《二十世纪的小说论》并没有为此做好准备。

(刘云秋　译)

罗密欧与詹妮弗

弗雷达·麦克伦南

美好的早晨，宁静而安谧。

阳光温柔地透过花园中的树木和花丛。一只幼小的鹦鹉在水盆中拍打着桃红色的羽毛，它就要会飞了，但身体仍是椭圆形的。

詹妮弗喝了口咖啡。她的脚边搁着几种周末版的报纸，此刻的她正沉浸在那份舒爽的回忆中——她在星期三的社区委员会会议上击败了对手夸姆培。

美好的早晨，宁静而安谧。

一个秃顶的男子出现在她家园门外向她招手，她不认识这个人。

她放下咖啡，站起身朝园门走去。

"有什么事吗？"

"詹妮弗，"对方高兴地叫着她的名字，一边进了门，"我想你一定是詹妮弗·盖茨贝，一定是的，肯定没错。你好吗，詹妮弗？"陌生男子殷勤地问候道。他们不知不觉来到桌边，詹妮弗请他喝咖啡。

"一定好多年了吧。"男子语气中透着怀旧之情。"好咖啡！"他一边赞道，一边好奇开心地打量着庭院和房子中所能见到的一切。

詹妮弗记不得这辈子曾经见过这么一个人。

"你还是那么漂亮，和从前一样。"他说。

听他这么一说，要是再问他是谁似乎就不够礼貌了，但詹妮弗还是要问个究竟。

"恐怕我已记不起你是哪一位了。"她直言不讳道。

这话似乎伤了他的自尊心。

"罗德尼·平福瑟,你一定还记得我的!我们确实不常见面,"他伤感地说道,"可是我永远不会忘记你。"

罗德尼·平福瑟,罗德尼·平福瑟,罗德尼·平福瑟!

他们俩谈不上互相认识,他娶了她最要好的闺蜜特尔玛,在他们的婚礼上,她还是六个女傧相中的主傧相呢。

三年后,她又充当了一次与婚礼傧相截然相反的角色,陪伴和支持特尔玛度过分居和离异的艰难时光。归根结底,罗德尼·平福瑟是她这辈子再也不愿与之搭讪的人。

"没错,我当然记得。"她态度相当冷淡地应道,"对不起,我一时没认出你来。"

"没关系,"他说,显出自己的宽宏大度,"毕竟是多年未见了嘛。"

他接着介绍开了,说"我们一家"刚刚搬进一幢离这儿两条街的旧房子,又说刚刚正在散步,无意中看见她,觉得面熟。然后便是滔滔不绝地大谈如何看中那幢房子,并买下来的,以及对房地产交易的种种高见。

他正在糟蹋着美好晨光,詹妮弗不由得想。同时记起特尔玛对他的一些看法,他们的关系冷淡得出奇,特尔玛从不叫他罗德尼,提起他时总是他他他的。不过那是很久以前的事了。

"你又结婚了吗?"她问,打断了他那套房子买卖的生意经。

"唉,是的,结婚了。"他有些后悔地说道,仿佛早知道他们还能相见,他就绝不那么草率从事了。

"不过路易丝是个迷人的姑娘,也许现在他该称她少妇了吧。她懂人情世故,又聪明,对他也忠实,不忌惮双方都离过婚。"

"双方都离过婚?""对,夫妻双方。"

可是,他与特尔玛离婚几年后出现的女人难道不是叫罗斯·玛丽——罗斯·玛丽——叫罗斯·玛丽什么的吗?

"他与罗斯·玛丽没有相处太久,"他郑重其事地解释说,"他们不适合长期共同生活。"才三四年光景,罗斯·玛丽就坚决要求离婚,于是他再次结婚。

"和路易丝?!"

"不是,"他说,脸上露出一分愠色,那是男人讨论复杂问题被人打断时的那种表情。在与罗斯玛丽的种种不快之后,他又多少有点跃跃欲试、无所顾忌地落进西莉亚的掌心。西莉亚有西莉亚的好,她体贴、会持家,但当他与路易丝……

他接着又不慌不忙,一本正经地向她说起路易丝。这一说便在这星期六上午整整耗了她四十五分钟。

竟有四任老婆! 詹妮弗不胜惊讶,她是一位从未经过这种骚扰的未婚中年女子。特尔玛和另外三个女子,她实在搞不懂,究竟看上这秃顶男人什么了,这个自以为是,想到什么就絮絮叨叨个没完,连打都打不断的家伙!

他来她的花园中干什么啊,她突然回过神来,竟然操起她的咖啡壶自斟自饮起来。

一团可怕的疑云掠过她的脑海:他可能正是那种在正常的婚姻生活之外有所旁骛的男人,可能企图……

"对不起,罗德尼,"她打断他。她自少女时代起就在社区委员会工作,不乏女性的果敢,"我今天实在太忙,能请你原谅吗?"见他端坐不动,她又说道:"我是说,我现在就得请你离开。"

"很高兴见到你,"她送他到门口,如释重负,言不由衷地说,"请一定代我向——呃——向路易丝问好,我想我们没有见过面,不过也很难说哟。"

她把周末报纸拿进屋子,边吃饭边浏览,尽管花园中的星期六乃是生活中一件赏心乐事。

他当天没有再来,但星期天上午,正当她开始喝第二杯咖啡,翻开一本一直想读的小说时,他又出现了。

"老天,罗德尼!"

他说他喜欢充满智慧的谈话。于是乎,他便大谈特谈他的经历,其中谈到三个她所熟悉的城市和几个似乎人人唯恐避之不及的商界人士。

"对不起,罗德尼,我上司和夫人今天下午来访,我得做点准备。真的,我这就得请你走了。"

他下午又来了,说是来见见她的上司。没错,这位高尔夫球迷和夫人的到访仅仅是詹妮弗的托词,她只得让罗德尼又发表了一个下午关于共同体建立后税收制度的意见。

"恐怕我得走了,"五点三十分,罗德尼遗憾地解释说,"路易丝和我要与朋友共进晚餐。"

第二个星期六他又来向她问安,翌日又因为他觉得她很寂寞,需要散散心。

第三个星期,她打消一切外出度假的念头,在花园四周竖起六英尺高的无法翻越的篱笆和大门。生存第一,她想。虽然篱笆承包商都觉得太过分了,但她仍然坚持给装两个结实的门闩,外加一把门锁。

该星期六,邻居打电话给她,说有名男子在门外大声叫喊她的名字。

她说她不想理睬他,邻居们都觉得奇怪。直到今天,她与邻居之间还是只有说声早上好或谈几句天气之类的交情。

她需要人身保护!

她去找警察,他们开始时很是关注,但证实这家伙没有侵犯人身的企图后就不再感兴趣了,还暗示她可能对这位寂寞的男子表示了过多的友谊。

她离开时竟听到不知谁低声嘀咕道:"罗密欧与詹妮弗。"

次日早晨,罗德尼不但高声嚷嚷,把门推得吱嘎作响,还从门外伸手来摸索门闩,见状,詹妮弗从花盆中捡起一颗石子,向那只手扔过去,但没有打中。

"哎哟哟,怎么啦,詹妮弗?"

她感到自己受到了欺侮,花园也遭到了践踏。她不知他下一步又会整出什么幺蛾子来,她是无论如何都不会安宁的了。一位邻居打电话给她,说为她祈祷。

"谢谢你,奥德太太。"

一定得想个法子出来。

詹妮弗该怎么办?求助社区委员会。每当有什么明明白白的事情需要处理时,精明的委员、干练的主席就会开会解决,但委员会还没有组织过讨论她这一类的问题。

该由谁来讨论罗德尼的问题呢?

显然,由他的几任妻子。

他的妻子!

要牢牢记住这一点,她告诫自己,她们都曾经是他的妻子。如果特尔玛的婚姻经历可以作为另外三人的借鉴,可以想见其他三人很可能都不太愿意重温与罗德尼的共同生活。詹妮弗算不得是一位敏感精明的女子,却也估计到召集四任平福瑟太太开会的困难。

分散的"委员"和不同的日程该如何安排?记得玛格丽特·米德关于共同敌人的名言吗?

经过几天的努力和许多谨慎的电话,詹妮弗约特尔玛和西莉亚(罗德尼的第一、第三任妻子)于星期六下午在她的花园用茶点,而星期天下午则约罗斯·玛丽和路易丝(罗德尼的第二、第四任妻子。她并没有把路易丝视作第四任而非现任妻子的意思)。

园门不但没有上锁,而且洞开。詹妮弗认为这样可能发挥作用,而事实正如其所想。

客人们还未来得及为花园中的茶会感谢主人的盛情,也还未来得及咬一口鲑鱼三明治,罗德尼就出现了,他像一个应邀而来,且姗姗来迟的客人般匆匆进了门。

"罗德尼!罗德尼!"他的两位前妻——特尔玛和西莉亚一起尖声大叫道。

在极其狼狈的瞬间,罗德尼毫不迟疑地快步走到桌边,随即明白了。他一见到两个与詹妮弗站在一起的女人就想起另外一个熟悉的女人。

"咋的啦,咋的啦?"他说着转身离去。

"是罗德尼·平福瑟?"特尔玛气汹汹地问道。她与詹妮弗从小学起互相认识,但现在都没有时间叙旧,得先问西莉亚。

"我的前夫。"西莉亚说,她面色苍白,手摸索着茶杯。

"也是我的前夫。"特尔玛说。

她们相互打量着对方,"可你不是罗斯·玛丽!"她俩异口同声地说。

当她们谈起罗斯·玛丽时,詹妮弗又给她们沏了一次茶。

正如一切共同的敌人一样,罗斯·玛丽要多坏有多坏。她破坏了特尔玛的家庭,又使罗德尼痛苦不堪,被迫,完全被迫地去找西莉亚做伴,征求西莉亚的意见。

"恐怕,"詹妮弗说,一手紧紧握住自己的茶杯,"他现在想找我做伴,征求我的意见了。"

瞎扯!她比任何时候都更了解自己的身材不合时尚,双手粗糙得有如花匠的手,头发也需上美发店好好打理半天。

"他天天找上门来,"她气恼地说,"一坐就是几个小时,说些我压根儿不想听的事。"

客人们反应冷淡。"他喜欢女人,喜欢同女人说话。"特尔玛说,话中流露出淡淡的遥远的昔日忠诚。

"也许路易丝不是他想得到的一切。"西莉亚说。她低头对着茶杯,似乎沉浸在自己的情绪中。

"我可不想再见到他。"詹妮弗大声嚷道。

"得了,"特尔玛冷冷地说,"你会发现他很有趣。"

"那还用说。"西莉亚醋意浓浓地附和道。

"如果把我厌恶的人列份清单,罗德尼肯定进前十!"詹妮弗说。

"平心而论,他的确一直都很有趣。"特尔玛说。这就是她当年为之动心的原因。他那么殷勤地去看望她,跟她谈了那么多他的工作和兴趣。

西莉亚也有同感,说他能说会道,常去看望她,从而赢得她的喜爱。渐渐地,通过长期交往,他完全了解她后,就向她倾诉家庭生活的不幸。罗斯玛丽不理解他。

詹妮弗承认他确实健谈,但她也不理解他。"他没完没了找上门来。我可没有怂恿他来,有一天我还特地要他别再来了,但他仍然来了。"

"他就是喜欢做你叫他别做的事。"特尔玛勉强同意。

西莉亚讲了一个复杂的故事,说明最好不要请他别做反而激他去做。

詹妮弗突然发现一条线索。她们三人,在不同时期,都被罗德尼不折不挠地找上门过,难道都不是住处相近造成的便利吗?

特尔玛年轻貌美时,娘家距离罗德尼去棋类俱乐部的必经之路相距两条街;西莉亚的公寓与罗德尼的住处相距两条街;罗斯玛丽住在他早晨散步的路上,这难道没有奥妙吗?

而现在詹妮弗的住宅与罗德尼和路易丝的房子也相隔两条街,又在罗德尼随时可以信步而至的路上,但她并不觉得奥妙,她觉得愚蠢。

"我看这两条街正是他喜欢散散步,然后坐下来喝杯咖啡的距离。"她恼怒地说道,忘掉促膝谈心往往应该互相安慰。

"而且,任何女人,只要他来得够勤,坐下谈话的时间够长,就一定会想办法帮助他。"她说。

西莉亚失声哭了出来。"说得没错,詹妮弗!"特尔玛说,她忙着安抚西莉亚,没有再说什么。西莉亚怎么也无法平静,最后只得让特尔玛驾车送她回家。在关键时刻,特尔玛是个出色的女人。

詹妮弗独自坐着喝了一会儿茶,然后才以突然染病为由,打电话给罗斯·玛丽和路易丝取消了邀约。

两性较量总是令人伤感的,即使滑稽可笑也未尝不是如此。第二天是个星期天,一个房产代理商代表一位不知名的顾客,打电话问她是否愿意卖掉她的房子。

（叶旭军 译）

投 镖 能 手

弗兰克·佩奇

　　莫利多宾驱车匆匆离开大都市。过去的三年里他一直没有回自己的部落,现在就要回家和自己的亲人重聚了,这有多好。

　　驶过乡野时,看到熟悉的丛林和周围的群山,他这才意识到自己过去的思乡之情有多么强烈。四个轮子的货车以危险的高速奔驰在坎坷不平的大道上,车后扬起阵阵红色尘土。

　　莫利多宾归乡心切。长时间的离别之后,他渴望见到家人,急不可耐地想看到他们凑上前来看他在货车上装得满满的"好东西"时的脸庞。他可以想象他们看到这些礼物时露出的高兴劲儿。他们居住的这个偏僻的小角落将变成真正快乐宜人的地方。

　　当他快到家的时候,他们首先看见的将会是一辆货车。三年前他离家时,身上仅穿一条粗布短裤,光着脚走到最近的小镇。现在,他回来了,身上穿的是新衣服,还驾驶着这偏僻地区最奢华的机动车。

　　他的家人,尤其是部落长将会问这问那。

　　"你在哪里弄到这部车的?"

　　"你在哪里弄到钱买这些衣裳和礼物的?"

　　他将盯着部落长的眼睛说:"还记得我投梭镖的事吗? 还记得我是怎样在百步开外击中跳跃行进中的袋鼠的吗? 猎手们用枪都没打中的兔子,我轻而易举地就用梭镖击中了,记得吗? 对啦,我就是这样弄到货车和这么些'好东西'的。"

很难让他们相信我这年少的土著人靠掷梭镖就弄到这一切,但我会把事情的来龙去脉统统告诉他们的:

当初我离家"出走"时,来到一个叫作涅卡基的小镇。一位名叫比尔的剪羊毛老头看出我既没钱又没吃的。他拍拍我的肩膀说:"跟我进来,孩子,我请你喝瓶啤酒,吃点什么。"

他把我带进了一处他称作"酒吧"的地方。

那儿挤满了像比尔一样的剪羊毛工,他们都在喝酒、狂笑,向墙上的一块圆木板投掷小梭镖。

木板上写满了数字,每当有人侥幸投中时,他们都大声喝彩。

屋中央的一张大桌子上放满了钞票。他们全都大声嚷嚷说,汤姆,一位身材魁梧的剪羊毛工,准会赢得全部的钞票。

比尔问我以前有没有投过小梭镖。我告诉他说:"没有,但我是我们部落最好的长梭镖投掷手。"

他递给我三个小梭镖,大声说道:"我把我的土著同伴带来了;我要把赌注下在自己的腰包里。"

大伙儿都静了下来,比尔拉着我站在一条白线前,指着木板上的一个数字对我说:"往那儿投。"

我仔细瞄准,击中了他刚才所指的位置。接着他指着另一个数字,然后又是一个。三个小梭镖全击中靶子。

整个晚上,我击中了比尔要我投的每一个靶子。投了多年的活靶子,要击中死靶没什么难的。

酒吧打烊时,桌上所有的钱都归了比尔。

他把我带回他的住所睡觉,并对我说,"孩子,这一半是我俩今晚赢到的钱,你拿去给自己买些穿的和用的。"

比尔从此当了我的经纪人,带着我走遍了他剪羊毛的那个州。

我们去了许多酒吧,这样,我便干起了投掷小梭镖的营生。

比尔收取所有赢来的钱。

赢的钱我们总是平分,正如比尔所说:"什么东西都要来个对半分,孩子。"

他给我开了个户头,教会我如何存款和取款。

几个星期前,比尔在一家酒吧间喝酒。突然,他呛了口啤酒,噎住了,倒在地上。我向他俯下身,只见他抬起头看着我,轻声说:"孩子,我不行啦。带着你所有的积蓄,回家到自己的亲人身边去吧。别在这儿游荡了,那些家伙会趁机利用你的。不出几个月,你就会一个子儿都不剩了。"

说完这些话,他闭上双眼咽了气。所以我照他说的做了,这就是我又回来和你们在一起的缘故。

装在货车后面的"好东西"都是我赢来的,人人有份。

部落长还会问我些什么呢? 我想不出了,因为我说的全是实话。

等一等……也许对其中一个问题的回答会让他摇头。

"用小梭镖投掷的那游戏叫什么来着?"

我会说:"我也不清楚,好像是叫'走运的黑杂种'吧。"

(陆 萍 译)

家

凯瑟琳·科尔

政府给了艾哈默德城西的一处房,离路克伍德公墓①仅几步之遥。他的朋友伯特带他过来的。艾哈默德还在维拉伍德②的时候,伯特是政府派来探访他的人,给他捎点糖果和书籍。有次他还给艾哈默德带了几双新的黑袜子和香烟,尽管他俩谁也不抽烟。伯特的眼睛有种奇怪的蓝色,笑的时候,细纹在眼角漾开,他的前牙有个豁口。"现在我们的关系可是非官方性质的了。"艾哈默德放出来那天,伯特这么说。艾哈默德点点头,很高兴到底有个朋友了。

"这地方没啥特别的,"伯特一边开前门一边说,"就是水泥堆的。不过,你的文件弄好前先凑合着住吧。而且,这里非常安静。"伯特打趣道,指了指这房子不多的几个邻居:两个做墓碑的石匠,但他们的作坊显然没怎么用过;另两栋肮脏的房子;死人。

伯特走后,艾哈默德看了一圈墙皮掉落的房间,屋后的大院子,户外的洗衣房。和邻居们一起躲在巴格达时,他看过许多旧的《国家地理》杂志。伦敦看着非常大,巴黎,那才是美。他不喜欢纽约高耸突兀的摩天大楼,也不喜欢新加坡修剪整齐的乏味。他的房子离悉尼港挺远,真可惜。他在杂

---

①　路克伍德公墓:南半球最大的墓地,位于悉尼,靠近利德科姆火车站,19 世纪时公墓内曾通铁路,运载棺木和前往追悼的人们。

②　维拉伍德:悉尼的一个移民滞留中心。

志里见过,港口一派诱人的蓝,还有海港大桥的弧线,大桥从这头到那头,一遍遍地被粉刷一新,就像希腊的那个西西弗斯不停地把掉下来的石头又推上去那样。

他已经在他的房子里待了一个月了。他经常进城去看港口,又坐银色轻轨回来。火车携带着漫长一天工作下来的绝望气味,某人的快餐饭味道,是预煮过的鸡肉或炸薯条,还有携带着接通的手机告诉别人自己在哪儿的乘客……快到家了,他们说……我快到家了。

他一到家,就爱慢慢逛进墓地,在里面逗留。这让他稍稍振作,从那一排排无人光顾的墓地中,他感觉到一些过去的意义。火车上油腻的外卖,腋下的汗酸,小学生甜美而未成型的气味,都远去了。只有青草、土壤、衰朽的气息和墓石上的阳光。

他常担心银色火车跑得离墓地太近了,像是要一劳永逸地停下休息,车厢的咔嗒声,随之钻入地下搏动。在他自己的国家,死人被埋在城墙外,那里非常安静,逝者的灵魂若要回城,要走很长很长的路。而这里,死人和活人混居,他不时看到磷火飘浮在街道上空,大概是鬼魂们在墓地围墙外游荡吧。这时候,他强烈地感受到差异。他又能跟那些幽灵说些什么呢?他断定,在路克伍德,飘荡的灵魂喜欢看到微笑的脸庞,喜欢捡拾活人世界的快乐影像,抵抗他们自己的黑暗。去想那些穷人和富人,移民和早已去世的几代人,那些受人敬重的死者,他们的墓地散在墓园各处,又有什么用呢?

艾哈默德想,房子是不够结实,但至少给了他一个安静的空间,他可以从那里看着街上驶过的车辆,看着缓缓驶进利德科姆站的火车,看着铁轨对面的东正教堂。他更喜欢从房子后面看过去的景色,花园里那棵老柠檬树已经枯萎,玫瑰花也疏于修剪,和家里一样一样。他的妻子菲若扎一九九六年因癌症过世了,儿子和女婿四年前一个晚上被掳走,不知道上哪儿受刑去了。艾哈默德和他的朋友们四处寻找,他的女儿一直在哭泣,泪水濡湿了新生儿的头发。后来,一个邻居过来说,他看见他们的尸体被扔在城郊的战壕里。艾哈默德去找他们的埋身地,但始终没有找到。

如果有一天,女儿终于到了这里,他们要一起种罗勒和欧芹,西红柿和橘子。他们会把园子里每一寸土地都种上葡萄、无花果和李子。一旦他们的审批文件终获通过,他们会去找一座漂亮的房子,砖砌成的墙,红瓦铺的顶。他们将快乐地住在里面,一直到老到死。

　　艾哈默德走向墓地大门。踽踽独行有助于消磨时光。他还在等女儿的消息。当然他有别的地方可去,帕拉马塔的大商场或电影院什么的,但电影常常很残忍,语言又粗鲁野蛮。看完电影去买杂货时,他的眼前还闪烁着血光和暴力。每次独自用餐前,他都祈祷感恩。等待。墓地大门总是开着。艾哈默德在墓园间穿行,从狭长的墓间小道上远眺。横七竖八排列着的墓碑,有些镶着家庭照片。还有很久以前就死了的孩子,他们的墓地难以辨认。白色的十字架。一些郊区移民也埋在这个公墓。当然不是在这个少了一边翅膀的旧天使雕像下,也不是在倒翻了的骨灰瓮下——骨灰的残留散在壶口四周,就像年代久远的咖啡渣。地上也许还会长出淡蓝色的花朵,他曾听利德科姆一家水果店的女人管它叫"复活节雏菊"。

　　去世的移民有专给他们的墓区。中国人、越南人、犹太人、穆斯林、基督徒,每一群体都以自己的方式埋葬死者,符合他们的宗教戒律。尸体和土地之间,也许铺着一层薄布,像擀得极薄的生面。他们的骨灰也许已经随风飘向四面八方。他们是这座新城市失落的几代人,逝者长已矣,就像这个医生,他墓碑上的断翼天使一直试图飞走,虽然只有一片翅膀;或者像这个女人,她有十四个孩子,每一个都走在她前面。远处的红色和黄色标识出中国人的墓地。他去过那里几次,最初是被鲜艳的花朵吸引。大部分是红绸做的康乃馨,一些是绢制玫瑰,看着就像童书里的花园。那里鲜花永远盛开,阳光永远闪耀,圆圆的太阳像是伯特的笑脸,光线从笑脸上荡漾开来。

　　他曾经在一期《国家地理》看到过欧洲公墓的照片,那些公墓就像古老的城市,里面满是房屋、庙宇、鹅卵石铺成的小道,上面走着手拿导游手册和相机的活人,他们在寻找名人的墓碑。但这个公墓和那些完全不同,它显示出死亡的真正含义:死者必须被封在石下。就像细长的日影慢慢移向老旧的西门,猫也慢慢向西边踱步,它们必须去石板路上晒太阳。风必须侵蚀墓碑上的人名,下陷的泥土必须吞没坟冢。死者必须慢慢消失。

　　在世纪之久的坟墓废墟间,他知道自己勾勒出一个古怪的身影,不时弯下腰来,研读一则铭文,或拔出几许杂草。

　　我在自己国家是个教授,儿子和女婿为了反抗压迫者牺牲了。我再也不相信人性本善。我还祈祷,不过已经不信上帝了。

　　他的衣服皱巴巴的,因为没精力也不想去熨烫。除了隆隆驶过的银色火车上那些无名乘客,还会有谁看到他呢? 但是,伯特上门来时,他总是穿得整整齐齐。伯特带着粉色的冰糕和大枣烤饼,他们一起听伯特的老录音机里的音乐,音乐剧歌曲,乡村歌谣,西方歌曲。伯特倚着艾哈默德买来的二手沙发,跟着一起唱,脚下打着拍子。有时伯特会问起艾哈默德以前在巴格达的生活,但是艾哈默德并不愿意打开记忆的闸门。伯特走后,他会一个人,孤独地漫步在墓地里,就着墓碑练习英语。

　　艾哈默德回到家,一辆银色火车飞啸而过。他喜欢火车发出的声响,喜欢车轨从中央车站蜿蜒离开的线条,似乎经过精心设计,独具美学意味。车轨闪着银色光泽,朝着雷德芬方向,慢慢在视野中消失,和枕木间散落的灰色石子混为一体。单调的一切:隧道里沾染煤灰的墙壁,大学校园的钟塔,成排房屋的石板屋顶,冷冷铁灰色的道路。

　　他上次进城,天气好极了,天空一片蔚蓝,夜间,他听到南风呼啸,邻居橡胶树的树叶打着圈儿飘落,细长的枝条刮着屋瓦,接着下起雨来,一波波敲打着窗棂。澳大利亚的雨水之猛让人惊讶,他喜欢下雨,就像他喜欢往西走,在悉尼各处漫游一样。双城记——那个富有的城市有着上百万美金的公寓,光彩夺目的商场,郁郁葱葱的花园,四面都是水,被巨大的海洋包围。海水轻拍着环形码头的港口石墙,追逐着绿色和黄色的渡轮,沙沙作响。夜幕降临,海面上泛着霓虹灯光,人们盛装走向悉尼歌剧院,或坐在星星底下,喝着香槟,大声欢笑。但一旦跨过了区分出所有大城市的那条界限,马路就开始变得坑坑洼洼,树木逐渐稀疏,只剩下光秃秃的街道、脏乱的公园和陈旧的娱乐设施。

　　在悉尼的这一部分,聚集的是移民,商店出售面包、大米、扁豆、油和来自远洋的鱼干。然后,商店让位给破烂失修的房屋,接着,是他的房子,墓碑石匠们的作坊,以及殡葬业务。

　　艾哈默德的大门悬晃着,只剩下一根铰链,就像孩子仅靠一根筋连着的乳牙。前窗的纱窗翻卷起,像在打招呼。他抹了一把墙,水泥砌的,伯特就是这么说的。这房子真不结实,又脆又薄。肯定不是为了让人久住,不像他老家的房子,墙壁厚厚积着层层石灰和尘土,诉说着生命的出生和死亡。屋前花园里,他孩提时代就在那里的棕榈树,不时有枯干的叶子飘落在玫瑰花丛上,那些玫瑰花很久很久以前就种下了,它们紧紧凑拢在一起,形成一片红色、粉色和黄色的温柔海洋。每一丛都溜到其他丛中,年迈的花枝浓密、多刺、弯曲。

邮递员慢慢走在街道的上坡路上,经过石匠的院子,经过门廊柱已朽坏的蓝色房屋和车道上油漆斑驳的小汽车。邮递员的包很轻,今天他没有用手推车,也没有骑那辆小电动。里面有不少棕色的信封,还有一封白的,都不是给他的。有一天,邮递员进了公墓,坐在一棵树下吃午饭。他没有坐在墓石上,而是坐在草地上,吃的时候看着墓地,一边咀嚼,一边头慢慢从左转到右,邮包就挨着他,在草地上。

哦,不。邮递员回来了,他搞错了。艾哈默德生锈的邮箱,多了一封信。那不是来自政府的棕色信封,而是一张轻薄易碎的米纸,从印度尼西亚远道而来。艾哈默德一直等到邮递员身影看不见了,才走向邮箱,拿出信,打开。他知道,这封信曾在她女儿手中,她是那么小心翼翼,斟酌字句,减轻他的担忧。他没法再说什么"再等等""一步一步来"。他们已经奔波了三个月,先是驴车,接着是汽车,再是轮船和飞机。"我们快到了,"她写道,"船钱已经付了。我的父亲,亲爱的、亲爱的父亲,我们马上就可以再次团聚了。"

隔壁花园那些花朵盛开的大树,已经被它们潮湿的花朵压弯了腰。艾哈默德从自家百叶窗后望去,蜜蜂围着花儿嗡嗡作鸣,空气似乎在流动。风儿让花瓣纷纷掉落,他深深吸了口气,闻到了蜂蜜的气味,又强又浓。

愿海洋风平浪静,愿天空就像天青石一样润蓝,愿空气散发清香,就像这个方方正正、干干燥燥的房子,空气里到处是盛开花朵的香味。他知道自己的家人只能闻着海水的咸味和轮船的燃油味,但是,这是嗅觉的惊奇——一旦靠近陆地,香气便会出发前往迎接他们乘坐的船只。愿小家伙们知道这一点:土地上散发着泥土香、咖啡香和油香。鲜花,是啊,鲜花请献给将要到来的孩子们。他的小外孙会得到什么呢?充满希望的肥沃土地,他将在这片土地上茁壮成长,长得又高又壮,既对眼前的新事物感到自豪,也为留在身后的那些骄傲。

晚饭前,艾哈默德再次走向墓地大门。雨水让道路充满危险——到处是水坑,一没留心车辙,就会在路上打个趔趄——但他很高兴。他的女儿和外孙们就要来了,不用再等多久了。他找到阳光下一块干净的墓地,小心地坐在墓地主人那已无法辨识的名字上。他闭上眼睛,让阳光照得眼睑又红又透。这种红要比中国人墓区里的红花更亮,那是他外孙女嘴唇的红色,是他会在帕迪市场给外孙买的气球的红色。桌上会摆上红色的鲜花,那时,他们将第一次围在桌边用餐,有鲜红的石榴、血红的樱桃和酒红的无花果。

一道日影掠过,他睁开眼,睁得太快,日光的强烈让他有那么一会儿什么也看不见。邮递员已经回来了,他想。

"下午好。"

他抬起胳膊挡住光线。一个年轻单身女人走过,头发又长又黑,就像他最后一次见到女儿的模样。"下午好。"

她走了。

一个小时后,雨声又逼近了。他看见女孩在已腐朽的墓门前,用指尖轻轻刮擦着木桴。他在远处看了一会儿,她比他想象的要年纪大,她的长发让她看上去像十来岁,不过他猜她跟他女儿差不多大,二十四,或者二十五。她也有孩子吗?她全神贯注地在那里抚摸,没注意到雨又开始下起来了。但他感觉到雨滴,转过身往家走。要淋湿了会感冒,感冒有可能引起肺炎;他知道这个疑病症很可笑,不过现在他的生活有了期盼。很快,他就可以按自己的愿望开始家庭的新生活了。

他一到家,雨就瓢泼而至。他开着前门,这样就可以看到,雨水使得已被花朵压弯的枝条越垂越低,树下堆满掉落的鲜花,像湿透的地毯。那个年轻女人沿街跑着,戴着帽子,伞撑得高高的。她停下脚步,像在决定是不是在第二个石匠作坊里躲会儿雨。哦,没有,她匆匆跑走了,消失了。

艾哈默德想,现在我可以吃饭了——有一些面包、橄榄和水果。我要开始看书,学着说英语,慢慢地,冷冷地,就像他上利德科姆去,那里的人就那样说话,他们眯着眼睛打量他,小心地从他手里接过钱,就好像他的手脏得不得了。他不能再这么想下去了。他一个人待着的时间太长了,唯一做伴的只有电视。晚上,他看 SBS 台[①],如果幸运,他会碰到一部他听得懂的

---

① SBS 台:澳大利亚民族电视台,由联邦政府资助,是一个多元文化电视台。

电影。早上,他看用不同语言播报的同一条新闻,同样的镜头,同一个爆炸事件。

他关上前门,回头看了一眼公墓的大门。天色更暗了,太阳马上就要落山。我得祈祷了,他想。为生者感恩,为死者冥思。祈祷能将那些影像从我脑中带走,夜幕一降临,它们就会钻进我脑袋:海怪、海盗、惊涛骇浪、不择手段的中间人、锈迹斑斑的超载小船。我老了,他想,老人的乐观已经经不起折腾了。后两代人就要来了,我的生活会好起来。

（严蓓雯 译）

她父亲的女儿（长篇选译）

爱丽丝·彭

郊野（一）

父亲——

到了埋葬死者的郊野，树木像是长错了地方。他以前从没意识到，天空与大地竟然可以如此炎热，又可以如此湛蓝与洁白。他看着女儿，女儿慢慢转过身，转了一个整圈，像要把宽阔的天空与空旷的大地收入眼中。他知道，有了四周游荡的魂灵，女儿会觉得这里很神圣。每年洪水之后，他都在此掩埋尸体。

女儿会怎样看待他生命中失去的四年时光，会觉得浪费吗？女儿是想象不出的。女儿觉得，只要把自己的故事告诉世界，情况便会发生变化。即使世界停步不前，也只是在等待而已，时机一到，便会迎头赶上。不是这样的。即便人们相信世界是扁平的，即便人们相信世界会越来越热，会炸成碎片，世界依然如故。人们怎么想都不重要，世界不会因此改变，唯一重要的是人的所作所为。来澳大利亚之前，他向脑中派进一辆卡车，把其中的碎片清理干净，拉了出来，这也算是搬家的一部分了。踏上新大陆的一刻，他的一切重新开始。

澳大利亚人有一种有趣的说法："伙计，我可不是昨天才出生的！"他很喜欢。想想吧，昨天刚刚出生，却有满脑子完整的识见！一觉醒来，所有的感情只有一天那么长,他可以一切重新开始。他可以挑选想要留下的感情,他不会去看洒有婴儿鲜血的树,而会选择去看三年之后的奇迹。就像发现衣服的那一次,破碎的国度,他们在跋涉,无意中,他们在树干旁发现了一堆衣服,色彩斑斓,细心地叠放在树叶编织的篮子中。若不是他够细心,真是无法发觉。那天,受到老天暗自庇佑后的欣喜还让他们多走了一些路。是谁搁下的衣服?上帝啊,竟有如此的奇迹!

多年以后,女儿对他说,想知道波尔布特的事。她能明白吗?不过,他还是屈从了女儿的异想天开,带她去斯普林韦尔①郊区的一所木头老屋,见了几位朋友。朋友夫妇曾被困于泰柬边境扁担山脉②的山巅上。当时,难民前往泰国寻求避难,却被泰国政府驱赶回来,用大巴和卡车拉到地雷遍布的山上。那天下午,朋友妻子对来访的父女二人说:

"送我们到山顶的大巴有空调,我们以为上山便可以坐飞机去美国。我们是半夜到的,就睡在岩石上。早上,泰国士兵举着枪来了。我丈夫带着米先走,我和孩子们看着锅碗家什,我们把身上的钱都给了当兵的,觉得他们该高兴了,但他们还是开了枪,几千人抓着树藤向山下逃命,孩子们紧紧抓着我们的衣服。我一边跑,一边哭。"

她捡了一条命。到了山脚下,她帮两个要生产的女人生了孩子。她的孩子们也捡了条命。活下来的人被逼回了柬埔寨。逃命的路上,他们在空无一人的房子里发现了一些棉夹克衫和其他衣裤。他们拿了些自己用得上的,剩下的挂上树顶,好让其他逃过屠杀而流离至此的人找得到,其中也许还有他们的亲朋。

他再一次望向那些树,仿佛看见一件蓝色衬衣的衣袖正对他飘摇着,扣眼闪闪发光。

郊野(二)

女儿——

她的各种感觉都在扩展,似乎唯有如此,才可把握眼前的世界。起先

---

① 斯普林韦尔:澳大利亚墨尔本郊区的一座小镇。
② 扁担山脉:位于泰国与柬埔寨边境的山脉。

是郊野,其后是酷热,热浪从天空袭向大地,大地一片荒芜,唯有无尽的尘土。父亲说:"洪水来的时候,这里的地面还裸露着,我便在这里埋葬死者。"

如此灼热的大地怎么会灌满水呢? 父亲解释说:"柬埔寨只有两个季节,旱季和雨季。"一个干一个湿,如同介绍新型的飞利浦剃须刀。踏上这片土地之前,这些话对她而言没有任何意义。

想象人如苍蝇一样死去的惨况,她脑海里是一幅冰雪交加的场景:人们缺衣少食,冻饿而死。太多的电影演过斯大林格勒、纳粹大屠杀和长征的景象。现在她知道了,这么想真蠢。此处,死神嘴里的臭气是热烘烘的,能使尸体朽烂得更快;它那腐蚀一切的黏液把人体器官溶化成有毒的沼气。"除了粪便,这是世上最好的肥料。"父亲告诉她。

父亲只说了这些。

"你待在这里觉得怎么样?"她一直很想问父亲,但她也知道父亲的回答是什么。

"没什么大不了的。不过是个地方而已。"

不是没什么大不了,是哪里都没人。突然,一种虚无感延宕开来,变得无处不在。这一刻,她能感到的只有此处的空间。她明白了,父亲一生所做的一切只是为了填满这种虚无的感觉。在这郊野待过五分钟之后,父亲唯一想做的或许就是坐回空调车里,聊一聊基弗叔叔遍布市区、高耸入云的楼房,聊一聊犹如珠宝点缀的美妇躺卧沙滩的海边度假区,也想让自己迷失在她们好客的沙色臂弯中。

但是,郊野的中央空无一物,你所有的只有自己的身体,而身体却是多么难以预料。每天,早上醒来的时候,多数人都以为生命一定会延续,却丝毫没有意识到,这完全依赖身体的状况,而身体是你完全无法掌控的。身体会时不时给你来点可怕的意外。你会在公共汽车上呕吐,你会因为崴了脚跌倒在泥泞的路上,疲倦会让你看不清东西,耳鸣会让你没法掌握平衡,偏头疼会让你口有异味,鼻子出血。

郊野让她暴露其中,其他地方做不到这一点。郊野让她站在这里,与她所爱的人们在一起,让她意识到自己的所知所识多么有限,即便对自己也知之不多。这让她一下子没了生存的确定感。

这里,是父亲埋葬死者的地方。她意识到,被埋葬的那些人曾经与她和父亲现在一样，也会走，会呼吸，会眨眼。现在，已经没有人再提及他们了。她转过身，看看家人。家人的脚下，是埋葬的尸骨，家人的气息之间，游荡的是一个个的魂灵，而生死之间的界限，不过是心脏跳动的间隙。她突然觉得想去抱住他们，抱住她所爱的人，把他们抱得紧紧地，不让他们消弭得无影无踪。

这一刻，父亲正看向别的地方。父亲指了指一片小林子，不过是几株枯瘦的椰子树与桃榔树，瑟缩在黄尘漫漫的郊野一角，像是不敢踏入埋葬无数魂灵的土地。

她等父亲讲一讲这些树的故事。

父亲说："看看那些竹梯，是用来爬到高处，采集桃榔和椰果汁的。"

她抓住梯子，向上爬上去。

父亲说："爬几格就行，你会摔下来的。"

她放了手。

他们身边是过去的士兵，现在则是她家的保镖。其中一位身穿卡其布制服，斜背着粗麻布的子弹袋。另一位扛了一把锄头，正在地上挖坑。这次不是要埋葬死者，而是准备生火，给苏红婶婶的母亲烧冥币，苏红婶婶的母亲埋在这里。他们带了两个纸箱的冥币，每张冥币一面印的是金色，另一面是银色。

"你婶婶母亲死后的一年，"父亲对她说，"我挖到了她埋葬点的标记，你婶婶和叔叔把她的名字写在了一小块木头上。"

"你把木头带走了吗？"她问。

"没有，当然没有。"就算是从地里撮起一抔泥土，也是在盗窃革命的成果。

"解放后，人们一遍遍地挖开坟墓。"基弗叔叔曾经告诉她。人们想找到套在手指、手腕骨上的戒指与宝石。

"什么都没有，"父亲肯定，"我掩埋尸体的时候，他们连点像样的衣服都没有。"

现在，甚至连骨头都不剩了。这些人好像不曾存在过。而苏红婶婶还跪在地上，手中拿着三根香，面前是一个香瓮，地上铺了一条藤编的垫子，上面放着吃的东西：一盘盘烤肉，一碗碗水果，还有盛着红豆与米饭的竹筒。苏红婶婶鞠了三个躬，站起来，转过身，肩膀因思母心切而颤抖。

　　村里人都在看着,人数越来越多,有的在树下站了好几个小时。有位母亲的脖子上长了个瘤,将下巴顶了起来,苦难的面容透出一份坚毅。还有一群光屁股的小孩,她很想去亲亲他们的脸蛋。叔叔婶婶把吃的东西分发给村民。不知从哪里冒出了更多的孩子,飞奔过郊野。

　　与他们在一起的还有一个老人,这人曾经率领过娃娃兵。父亲向她介绍这人的时候,她的第一反应是,这是一个杀害孩子的刽子手! 她不敢相信,父亲和基弗叔叔竟然能跟他交谈得那么轻松与随意,好像他只是个街坊邻居。她不敢相信,从郊野回来后,那人还邀请他们去了他家,而他家不过是几根柱子搭起的棚子。那人给他们看了他女儿的婚礼照片。

　　“看!”父亲指着照片上的人对她说,“这是他唯一的女儿,旁边站的是他的女婿。”

　　他家棚屋的墙上,几张电影明星的照片与两幅家人的照片摆在一起,地上还有一小管用过的少儿护肤霜,看到这里有这样东西真奇怪。这男人也有自己的孩子,也爱他的孩子。他还得到邻居们大度的宽宥,多亏了他们金鱼一般短暂而健忘的记忆力。

　　她觉得这个国家如此珍稀——犹如一枚石榴,被残酷地剖开,散发着炙热的气息,显露出深埋其中百万双血红的眼睛。这是一个她永远无法理解的国家,然而这个国家塑造了她的父亲,让他成为今天的样子。看着父亲站在赤日炎炎中,把一顶草帽戴到头上,她想,真正的奇迹,不是父亲能够活下来,真正的奇迹是:父亲依然还能去爱。

(张　陟译)

附　录

1. 作家小传

　　帕特里克·怀特(Patrick White 1912—1990),小说家、剧作家,生于英国伦敦。在澳大利亚悉尼乡间的父母农场里度过童年。1932 年起在英国剑桥大学皇家学院攻读现代语言,其间游历了许多欧洲国家。第二次世界大战时,服务于英国皇家空军情报部门,战后返回澳大利亚潜心创作。他一生共发表了 11 部长篇小说,3 部短篇小说集,6 部剧本,1 部自传和 1 部演讲集。他最主要的代表作是:《人类之树》(1955)、《沃思》(1957)和《风暴眼》等长篇小说。1973 年,即《风暴眼》发表的这一年,由于"他史诗般的和擅长于刻画人物心理的叙事艺术,把一个新的大陆介绍进世界文学领域"而获得诺贝尔文学奖,成了澳大利亚和大洋洲地区获此殊荣的第一位作家。

　　朱达·沃顿(Juda Waten 1912—1987),小说家,生于俄国的奥德赛,1914 年随父母移居澳大利亚。他从事过多种职业,如教师、记者、职员、厨师等。主要作品有《不屈不挠》(1954)、《遥远的土地》(1964)、《革命生涯场景》(1982)等长篇小说。《没有祖国的儿子》(1952)是一部脍炙人口的短篇小说集。沃顿是澳大利亚一直坚持现实主义创作方法的重要作家之一,他的作品中有不少是反映移民生活的。

　　彼得·科恩(Peter Cowan 1914—2002),小说家,生于西澳洲,就学于西澳洲大学,并长期执教于该校。他的作品具有浓郁的乡土气息和人情味,最著名的作品是以乡村生活为背景的短篇小说集,如《洋铁皮》(1985)和《常年变动》(1979)。但他的长篇小说《种子》却改变风格,以城市为背景,刻画城市生活的各类场景。他也编辑了多部小说选,如《短篇小说·景色》。他生前是《西方》文学杂志编委和西澳洲大学的名誉教授。

朱迪斯·赖特(Judith Wright 1915—2000),诗人,小说家,生于阿米特尔的一户田园世家,毕业于悉尼大学。阿米特尔地区的田园风光为她的创作提供了大量的素材,主要作品有《移动的目标》《女人对男人》等诗集和《热爱自然》等短篇小说集及诗歌评论。保护自然环境、保护原住地居民和礼赞大自然是她作品中的三大主题,她认为"了解大自然是求索人类问题的阶梯"。

T. A. G 亨格福特(T. A. G. Hungerford 1915—2011),小说家,生于西澳洲首府珀斯。第二次世界大战时服役于新几内亚,战后随盟军占领日本,并以此为背景写了长篇小说《风风雨雨》。他长期从事记者和编辑工作,1954—1955年曾随澳大利亚南极探险队去南极。其他的主要作品有《山脉与河流》(1952)、《摇动金枝》(1963)等多部长篇小说及多部短篇小说选。他的作品富有人道主义色彩,充满了对弱者的同情。晚年仍活跃在文学和戏剧表演的舞台上。

弗朗克·哈代(Frank Hardy 1917—1994),小说家,生于维多利亚的北恰斯·马歇。13岁辍学后从事过摘果工、养路工、海员、漫画工等多种职业,1939年加入共产党,后成为现实主义作家团体的成员。他最著名并引起诉讼的是长篇小说《不光彩的权力》(1950),这部小说也是我国新中国成立后翻译的第一部澳大利亚长篇小说。其余的作品有《死者无数》(1975)、《败者能胜》(1985)等长篇小说。他曾在巴黎、悉尼居住多年。

尼纳·加尔(Nene Gare 1919—1994),小说家,生于阿德莱德,在阿德莱德艺术学院和珀斯技术学院接受教育。她的主要作品有《山脊居民》(1961)、《绿金》(1963)等长篇小说和短篇小说集《随风而去》(1978)。《带阳台的房屋》(1980)和《远方的岛屿》(1981)是她的自传。

伊丽莎白·乔莉（Elizabeth Jolley 1923—2007），小说家，生于英国的伯明翰，在英国和欧洲接受教育。第二次世界大战期间曾以护士为职业，此后在西澳洲的柯丁大学任教。她的作品脍炙人口，包括短篇小说集《灯罩下的女人》(1983)和《白鬃马》(1980)、《斯考皮先生的奥妙》(1982)、《井》(1989)等长篇小说。

伊丽莎白·哈罗尔（Elizabeth Harrower，1928—　）出生于悉尼。中学毕业后，当过职员，后重操学业，研习心理学。1951年至1959年间，一度生活在伦敦，回国后先后在澳大利亚广播电台以及一家出版公司工作，同时担任《悉尼晨报》评论员。主要作品有：《在城里》(1957)、《远大前景》(1958)、《风旋轮》(1960)、《瞭望塔》(1966)、《在某些圈子里》(2014)等。以表现人的深层动机、恐惧以及迷恋见称。1996年获帕特里克·怀特文学奖。

杰弗里·迪安（Geoffrey Dean 1930—　），小说家，生于塔斯马尼亚，自六十年代以来就大量发表作品，尤其是短篇小说。主要代表作有《陌生人的国家》和《冷酷的星期一》。他的短篇小说曾多次获奖。

切斯特·伊格尔（Chester Eagle 1933—　），小说家，生于新南威尔士州本迪戈的乡间牧场，墨尔本大学毕业后长期在维多利亚的吉普斯兰和普雷斯登等地任教，同时从事文学创作。他最主要的代表作是《谁爱夜莺?》《森林之家》《在窗畔》(1984)、《维多利亚印花毛料》(1991)和《知晓的云》(2006)等长篇小说。他的作品既洋溢着浓郁的乡土气息，又富有强烈的哲理内涵，同时，由于他酷爱古典音乐，他的作品又具有一种特有的艺术美。他至今仍笔耕不辍，已发表长篇小说12部，文学论文集、散文集等各类文集10余部，如2009年发表的《从头到尾》及大量的短篇小说。

费伊·兹维基（Fay Zwichy 1933—　），诗人，小说家，生于墨尔本，毕业于墨尔本大学，在西澳洲大学任教英语前曾多年担任交响乐队的钢琴师。她的主要作品是诗歌，如诗集《伊萨克·贝贝尔的小提琴》(1975)、《凯蒂希和其他的诗》(1982)，1983年发表短篇小说集《抵押品》后，又有多部小说集问世。

　　大卫·麦洛夫（David Malouf 1934—　），诗人,小说家,生于波里斯班,毕业于昆士兰大学,1959—1968年间生活在欧洲。麦洛夫已发表《诗选》《野柠檬》等6部诗集和《约翰诺》《汉兰的半英亩地》等多部长篇小说,编选了多部短篇小说和诗歌选集,并将怀特的长篇小说《沃思》改编为歌剧剧本。他是澳大利亚多种文学奖的获得者,创作风格恬淡、典雅、工整,享有很高声誉。

　　詹姆斯·麦克奎因（James McQueen 1934—1998）,小说家,生于塔斯马尼亚岛,当过轮船厨师、摘果工人、气象预报员,学过艺术和会计,但最后回到故乡一边种植果园,一边写作。他最主要的作品有《霍克的山峦》(1982)、《电滩》(1978)和《爬山人》(1984)。

　　B.旺格（Banambir Wongar 1936—　）,小说家,原名斯特莱登·波齐克(Streten Bozic),人类学家,青年时代从南斯拉夫来到澳大利亚后,化名为B.旺格,一头扎进丛林,长期生活在原住地居民中,并结婚成家。他的作品大多以原住地人的生活故事、民间传说和思想动态为素材,并在世界各地,尤在美国,广为流传。迄今他已发表近10部长篇小说,如《追猎者》《到布莱古的踪迹》和《罪犯》及多部短篇小说选和回忆录。

　　布雷恩·马修斯（Brain Mathews 1936—　）,小说家,生于维多利亚州的基达尔,墨尔本大学毕业后,曾在技术学院、弗林达大学任教。主要作品有《蠕动和其他故事集》、选编有《亨利·劳森的散文》《亨利·劳森的小说》《澳大利亚短篇小说》等。

　　弗兰克·穆尔豪斯（Frank Moorhouse 1938—　）,小说家,生于新南威尔士州的瑙拉。在悉尼大学和昆士兰大学学习政治学、新闻学和历史学,曾在悉尼从事记者工作,编过《澳大利亚工人》《故事小报》等杂志,曾任澳大利亚作协主席。他的成名作是《美国婴儿》(1972),随后发表的作品有《永久秘密之家和其他秘密》(1980)、《令人振奋的经验》(1974)、《黑暗的宫殿》(2001)等小说。他是澳大利亚新派作家的代表人物,在文坛颇具影响力。

　　格雷厄姆·希尔（Graham Sheil 1938—　），小说家、剧作家，生于墨尔本，曾在世界各地旅游。15岁离开学校，曾从事过技师和商业等工作。他的作品包括《战争结束》和《群岛》（1985）等短篇小说集和长篇小说《天上的圣诞树》（1991）及多部剧作。

　　莫里斯·卢里（Morris Lurie 1938—　），小说家，生于墨尔本，早年学习建筑，并致力于广告事业。六十年代定居欧洲，开始创作生涯，1973年返澳。主要作品有《飞回家去》（1978）、《跑得优美》（1979）和《疯狂》（1991）等长篇小说和《快乐的年代》等短篇小说集。他的作品富有独特的幽默感。《飞回家去》被全国书籍委员会评选为八十年代十部最佳小说之一。

　　芭芭拉·汉拉恩（Barbara Hanrahan 1939—1991），小说家，生于阿德莱德，毕业于南澳大利亚艺术学院。她长期居住在英国伦敦，现定居在阿德莱德，从事绘画和印刷业。她的主要作品有《绿色海洋》《信天翁穆夫》《素馨园》等长篇小说及一些短篇小说集，也写过一些诗歌。

　　贝弗莉·法玛（Beverley Farmer 1941—　），小说家，生于墨尔本，墨尔本大学毕业后从事过许多职业，曾侨居希腊多年。她的主要作品有《牛奶》《家庭时光》和《雨滴》等长篇小说，大多以乡村生活为背景，因此，作品具有浓郁的乡土气息，许多章节犹如一幅幅的乡村画卷。

　　莫利·贝尔（Murray Bail 1941—　），小说家，生于阿德莱德，曾居住于英国、印度和欧洲各国。在伦敦时，是《大西洋评论》和《泰晤士报文学增刊》的撰稿人。在她众多的作品中，长篇小说《乡情》和短篇小说集《当代人物肖像和其他故事》是被公认的代表作，深受广大读者的喜爱。她现在是澳大利亚国家美术馆的董事。

　　海伦·加纳（Helen Garner 1942—　），小说家，剧作家，生于杰隆，就读于墨尔本大学，1972年前在墨尔本一些中学任教，其后以记者和评论员为职业。她的处女作《猴环》（1977）奠定了她的文学地位，并被拍成电影。

其余的代表作有《荣誉和其他人的孩子们》《孩子们的背后》等。她也写了一些电影和电视剧本。

迈克尔·怀尔丁（Michael Wilding 1942—　），小说家，生于英国的伍斯特，牛津大学毕业后移居澳大利亚并执教于悉尼大学。他的主要作品有《生活在一起》《太平洋公路》等长篇小说和《死亡过程面面观》等短篇小说集。他是澳大利亚新派作家的代表人物，具有较大的影响力，作为大学教授，他也写了不少有关文学的论文。

巴里·希尔（Barry Hill 1943—　），小说家，生于墨尔本，毕业于墨尔本大学。他是一位心理学家，长期在维多利亚和伦敦任教，撰写教育论文。他的文学创作主要是短篇小说，最有影响力的代表性著作有《蓝色地平线》等短篇小说集和长篇小说《炼制厂附近》。

罗伯特·德鲁（Robert Drewe 1943—　），小说家，生于墨尔本，在西澳洲接受教育并从事新闻工作。1971—1974 年任《澳大利亚人》杂志的文学编辑。他的主要作品有《凶残的乌鸦》《来自丛林酒吧的呼叫声》《财富》等长篇小说。他也写了不少短篇小说，其中的《冲浪板运动员》已被拍成电影，并深受好评。

彼得·凯里（Peter Carey 1943—　），小说家，生于维多利亚的北恰斯·马歇，莫纳希大学毕业后，在墨尔本和伦敦从事广告代理业务，1974 年移居悉尼，同时从事创作。他最重要的代表作是《战争罪行》和《历史上的胖子》等短篇小说集及长篇小说《福佑》(1981)、《奥斯卡和露辛达》(1989)和《德里斯顿不同寻常的一生》(1996)。他被誉为"新派作家中最富有独创性、最有才华的作家之一"。他近年来常居美国，但仍活跃在澳大利亚文坛上，曾多次获诺贝尔文学奖提名。

彼得·斯卡辛纳基（Peter Skrzynecki 1945—　），诗人、小说家，生于德国，1949 年随家人移居澳大利亚，长期以来一直以教师为职业。他已发表多部诗集，如《波兰移民》(1983)，1988 年发表短篇小说集《野狗》。1991 年发表的《夜泳》是他最新近的作品之一。他现任教于悉尼大学。

布鲁斯·帕斯科(Bruce Pascoe 1947—),小说家,生于澳大利亚的里士满,在维多利亚州各地担任过教师等职,现经营帕斯科出版公司,自 1982年以来,主编和出版《澳大利亚短篇小说》双月刊,他最著名的作品是《狐狸》和《红眼松鸡》,短篇小说集《夜兽》在英国和澳大利亚电台上被广为播放。他现居住于维多利亚州阿波罗海湾的乡间别墅。

马里恩·坎贝尔(Marion Campbell 1948—),小说家,就学于新南威尔士大学、西澳洲大学等校,现任教于西澳洲的默多克大学,主要作品有《飞行线》和《不是米里亚姆》。

巴里·迪金斯(Barry Dickins 1949—),剧作家、小说家,生于维多利亚的水库地,他主要从事戏剧创作。他的第一部剧本《群鬼》发表于 1974年。他的专栏评论在墨尔本等地颇享盛名,写有《加勃的礼物》《我的祖母》和《办公饭馆》等多部长篇小说。

加里·迪谢尔(Garry Disher 1949—),小说家,生于南澳洲乡间,他曾在欧洲、非洲和美国等地工作过,现居住于墨尔本专门从事创作。主要作品有《对我不一样》《自身最好的》等长篇和短篇小说集。

斯蒂文·卡罗尔(Steven Carroll 1949—),小说家,生于墨尔本,当过中学英语老师、戏剧老师,为报纸写过戏剧评论。现居墨尔本,是专职作家。他曾三次获迈尔斯·富兰克林奖。其小说《我们花的时间》(2007)获2008 年的联邦作家奖。

亚历克西斯·赖特(Alexis Wright 1950—),澳大利亚原住民作家,出生于昆士兰州西北的克伦库瑞镇。代表作《卡彭塔利亚湾》(2006)把澳大利亚原住民古老的传说、神话,以及他们信奉的所谓"梦幻时代"的原始图腾和现实生活中的种种矛盾有机地糅合在一起,描绘出一幅色彩瑰丽的历史画卷。

凯特·格楞维尔(Kate Grenville 1950—),小说家,她生于悉尼,曾在欧洲、美国等地生活多年,担任过记者、电影编辑等职。主要作品有《有胡子的女士们》《李里安的故事》《梦屋》等。

布赖恩·卡斯特罗(Brian Castro 1950—　),中文名高博文,澳大利亚小说家。出生于香港。先后创作《候鸟》,《波莫罗伊》,《中国之后》,《随波逐流》,《斯特普》,《上海舞》,《园之书》,《巴赫赋格》,《街对街》等 10 部小说和《寻找艾特利塔》等文学评论集。作品先后获《时代》报小说奖,万斯·帕尔默小说奖,班若小说奖,维多利亚州/新南威尔斯州总理奖等。2014 年获得帕特里克·怀特文学成就奖。

安杰洛·劳卡基斯(Angelo Loukakis 1951—　),剧作家、小说家,父母为希腊人。他已发表不少电影剧本和短篇小说,短篇小说集《为了元老》(1981)描述了在澳大利亚的第二代和第三代希腊和意大利移民错综复杂的经历和遭际。另一部小说集是《乡梦》,发表于 1987 年。他现在是《世界出版》的高级编辑。

彼得·高尔斯华绥(Peter Goldsworthy 1951—　),诗人、小说家,生于南澳洲的明莱登,1972 年毕业于阿德莱德大学医学院,但酷爱文学创作,已出版的代表作有《传道书片札》和《群岛》等。他的诗集曾获两次大奖。

尼古拉斯·周思(Nicholas Jose 1952—　),小说家,生于英国伦敦,在澳大利亚阿德莱德长大,毕业于澳大利亚国立大学和英国牛津大学。曾在英格兰、意大利和中国工作多年,从事英语教学和澳大利亚研究,也曾担任过澳大利亚驻华大使馆的文化参赞。著有短篇小说集 2 部,长篇小说 7 部,如《长安大街》《黑玫瑰》《纸鹦鹉螺》等,都在澳大利亚文坛享有盛名,有些已被译成中文,为中国读者所推崇。他现在是新南威尔士大学教授,仍继续从事创作,驰骋文坛。

凯琳·高尔斯华绥(Kerryn Goldsworthy 1953—　),小说家,生于南澳洲的乡间麦场,在阿德莱德接受教育。1980 年移居维多利亚,1981 年起一直在墨尔本大学工作。她的短篇小说《北方的月光奏鸣曲》1989 年发表后,誉满文坛。二十世纪八十年代中到九十年代初,长期担任《澳大利亚书刊评论》的编辑工作,同时从事写作,以风格抒情著称。

安德鲁·兰斯多恩（Andrew Lansdown 1954—　），诗人、小说家,生于西澳洲的平极,默多克大学毕业后开始创作,已发表《回乡》和《均衡》等多部诗集和一些短篇小说及一部儿童读物。

凯瑟·莱特（Kathy Lette 1958—　）,小说家,16 岁离开学校后从事过多种职业,包括电视评论员、报纸专栏作家等。她写过 3 部剧本和《情窦初开》《姑娘夜间外出》等长篇小说和短篇小说集。她现在侨居美国洛杉矶,从事电视喜剧创作。

蒂姆·温顿（Tim Winton,1960—　）小说家,在澳大利亚文坛曾享有"神童"的美称,其作品曾多次获奖,其中 4 度获"迈尔斯·富兰克林奖",2 次入围英语文学大奖"布克奖"。代表作包括长篇小说《露天游水者》《浅滩》《天眼》《冬日的黑暗》《云街》《骑手们》《蓝背鱼》(1994)、《艾瑞》(2013),短篇小说集有《分离》《至少两个》(1987)和《岔路口》(2004)。

弗雷达·麦克伦南（Freda McLennon）,小说家,生平及著作情况不详。

弗兰克·佩奇（Frank Page）,小说家,生平及著作情况不详。

凯瑟琳·科尔（Catherine Cole）,澳大利亚新南威尔士州卧龙冈大学教授,讲授创意写作,生平不详。已发表长篇小说 3 部,她还发表过不少诗歌、短篇小说、散文和书评。

爱丽丝·彭（Alice Pung 1981—　）,华裔澳大利亚作家、律师、教师,生于澳大利亚。她的父母是华人,先从中国移民至柬埔寨,之后来到澳大利亚。2007 年,爱丽丝·彭凭借回忆录《未经打磨的宝石》获得澳大利亚出版业年度新人奖。长篇小说《她父亲的女儿》(2011)是她的新作。

（朱炳强 编写）

2. 谈澳大利亚文学及其研究在中国

朱炳强

　　在人类发展的历史长河中,雄踞南太平洋的澳大利亚是一个新兴国家。这个拥有 769 万平方公里的岛屿是 1770 年才被英国探险家库克船长发现的,这片大地广袤无垠、狂野富饶,让当时的英国政府喜出望外。1776年,美国爆发独立战争,1783 年脱离英国。三年后,英国立即把澳洲定为它新的罪犯流放地,1788 年 1 月 26 日首批船员和罪犯在新南威尔士登陆,澳大利亚从此成了英国的殖民地。

　　经历了罪犯流放、殖民圈地、游牧淘金等几个发展阶段,澳大利亚在1901 年建立联邦政府,成为英联邦的一个成员国。20 世纪以来,特别是第二次世界大战后,澳大利亚快步迈上了民族化和国际化的道路,在社会经济、文化艺术、教育科技、医药卫生等各个领域,全方位地突飞猛进,跻身于世界先进国家的行列。这个以多元化文化为特色的岛国成了南太平洋上一颗光彩夺目的明珠,令世人刮目相看。

一

　　文学是人学,是社会发展的印记,是历史的镜子。由于澳大利亚历史的特殊性,澳大利亚文化和文学的发展轨迹也与众不同,它从欧洲文明延伸,经过两百多年的岁月变迁,融合了澳洲地域固有的文化因素和地缘政治的影响,形成了一种蓬勃兴起的亚洲——太平洋文化,一种独具特色的多元化文化。

　　这种历史的特殊性决定了其文学的最初表现形式是诗歌、日记、书信和游记,最主要的特征是写实,倾诉在异国他乡的遭际,咏叹个人的苦难,抒发或悲或喜的感情,以及朴素的景观描写,这是澳大利亚文学的萌芽时期。

　　随着澳大利亚经济的发展,特别是畜牧业的飞速壮大和发现金矿以后,移民大量涌入,澳大利亚人的民族意识空前高涨,以亨利·劳森(1867—1922)为代表的民族文学迅速崛起,他们用小说为主要表现手段,以澳大利亚人为中心,探索澳大利亚历史对现实的关系和意义,创作了众多历史题材的作品,在现实社会的画面上驰骋笔墨,努力展示当代人的精神风貌和乡土人情。这是澳大利亚民族文学的一个高峰时期,除亨利·劳森外,代表性的作家当推 A. B. 帕特森、亨利·汉德尔·理查森、万斯·帕尔墨、马丁·博伊德和克里斯蒂娜·斯特德。

　　第二次世界大战结束以后,澳大利亚加速走向世界,国际地位迅速提升,文学也同步发展,呈现出一派欣欣向荣的繁荣景象,特别是 1973 年,帕特里克·怀特(1912—1990)被授予诺贝尔文学奖。第一位澳大利亚作家获此殊荣,不仅揭开了澳洲文学史崭新的一页,也成了澳大利亚文学走向世界的一座光辉里程碑,正如瑞典皇家科学院的授奖词中所说的"他史诗般的和擅长于刻画人物心理的叙事艺术,把一个新的大陆介绍进世界文学领域。"怀特才华出众,勤奋笔耕,一生中发表了 11 部长篇小说,2 部短篇小说集,6 部剧本,1 部自传和 1 部演讲集。《人类之树》《沃斯》和《风暴眼》是他最主要的三部代表作。

　　以怀特为杰出代表的澳大利亚当代文学,尽管流派纷呈,风格各异,但均以澳大利亚社会为背景,反映当代人的思想、感情和生活,时代色彩强烈,乡土气息浓郁。以小说为例,有的坚持继承现实主义和民族主义传统,精心描绘人与周围环境的冲突,包括人与人、人与自然之间的矛盾和斗争,这方面的代表性作家有艾伦·马歇尔、约翰·莫里森、朱达·沃顿、彼得·科恩和弗朗克·哈代;有的重视创新手法,从人际关系探究人的内心世界和潜意识活动,在审视人对自我价值的思索中,折射大千世界的百态人生,这类作家除怀特外,还有托马斯·基尼利、哈尔·波特、伦道夫·斯托、克里斯托夫·科契和大卫·麦洛夫;有的则刻意追求新颖的叙事艺术,把盛行于北美、拉美等地的各类写作理念和技艺糅合进自己的创作实践,着力刻画城市居民特别是知识分子的生活场景,以及他们中一些因生存错位而沦为"另类"的人和事,彼得·凯里、弗兰克·穆兰豪斯、迈克尔·怀尔丁、莫里斯·卢里、伊丽莎白·乔莉等作家应归属于这一类。当然,还有如 T. A.G 亨格福特、切斯特·伊格尔、尼古拉斯·周思、布赖恩·卡斯特罗、蒂姆·温顿等大批作家,他们以自己的切身经历和所见所闻为经纬线,精巧地编织画面,表达在异国他乡的生活感受和对事物的哲理思考,或深情地描绘故土的人情风俗,洋溢着爱国、爱乡的精神风貌和对社会良知的呼唤。

在繁花似锦的当代澳洲文坛,我们也不能忽视原住地居民的文学和艺术成就,出于历史、环境和语言等种种众所周知的原因,原住地居民的文学长期停留在口头文学上,真正意义上的第一部原住地居民的文学作品是故事集《本地传奇》(1929 年),作者是被称为"原住地居民文学之父"的戴维·尤纳庞(1872—1967)。上世纪 60 年代以来,由于政府和各界的重视,文学、艺术方面有了可喜的发展,出现了凯思·沃克、柯林斯·约翰逊等知名的诗人、小说家和剧作家,我们相信原住地居民的文学和艺术会成为一朵奇葩,怒放在这座百花园里。值得一提的是,20 世纪 50 年代末,一位 20 余岁的塞尔维亚青年只身深入丛林,融入当地人生活,与原住地妇女结婚成家,繁衍子孙,半个多世纪来,这位年近 80 岁的老人用笔名 B. Wangar 发表了近 10 部长篇小说和一些其他体裁的作品,多角度地反映了当地居民的历史沿革、传奇轶事、生活现状和他们的所思所求。尽管有些学者对他的身份、作品见仁见智,但作为了解和研究原住地居民的文化,他的作品不失为一珍贵资料。

二

澳大利亚文学一个引人瞩目的特色是它千姿百态的妇女文学,尤其是它丰富多彩的小说,不仅有光辉的昨天,更有灿烂的今天。早在其民族主义文学兴起之时,就出现了诸如迈尔斯·弗兰克林、克里斯蒂娜·斯特德、亨利·汉德尔·理查森等优秀女作家,特别是理查森的编年史体裁小说《理查德·马奥尼的命运》三部曲,以其刻画人物的社会性和人物心理的真实性而闻名于世,不仅是澳大利亚民族文学的代表之作,也是澳大利亚文学史上的一块里程碑。

"二战"以后澳大利亚的今日文坛,妇女文学更是风起云涌、新人辈出,占据了半壁江山。她们以女性特有的视角、心理、处境和笔触,或小说,或诗歌,或剧作,或传记,表达观点,抒发感情,针砭时弊,呼喊未来,赞美、批判、讽刺、忧患……都闪现在她们作品中的字里行间。

在众如繁星的女作家群中,特别要提到是朱迪斯・赖特、伊丽莎白・乔莉和海伦・加纳,因为这三位作家各具特色,盛誉于今日文坛。

首先是赖特,她是当代澳大利亚最不孚众望的女诗人(与诗人 A.D. 霍普齐名,被誉为诗坛双璧),也是出色的小说家。对田园风光的歌颂和赞美是她作品的主旋律,而基调却是人与自然的关系,为了保持两者的和谐,保护生态环境,她呕心沥血,字字铿锵,呼唤良知,不遗余力。她作品中时时流露出对原住地居民的人道主义关怀,这也源自她的爱心和理念。乔莉与赖特不同,她创作的聚焦点大多是物质文明高度积累过程中,人类精神文明的衰落和沦丧,因此,她的作品往往暴露诸如同性恋、吸毒、乱伦等等的社会阴暗面,以及被社会边缘化和被异化了的"另类"人物,让人从道德层面的高度,反思这些丑陋现象的成因。加纳是一位女权思想特别强烈的小说家,她的作品以女性为中心,用女性的话语和思维表现婚姻、性爱、家庭、社交等方面的女性生活画面,解读她们对独立、自由等女性观念的向往和憧憬,"女性画廊"是她作品的最大特色和亮点。

上面这几位是最有代表性的,而活跃在当今文坛上的女作家真是举不胜举,如杰西卡・安德森、西亚・阿斯特莉、贝弗莉・法玛、弗伊・兹维基、马里恩・坎贝尔、凯特・格楞维尔、凯琳・高尔斯华绥,称得上是她们中的佼佼者,有待我们去介绍、研究。

三

我国对澳大利亚及其文学的研究,起步甚晚,20 世纪 70 年代以前,几近空白,较有影响的是人民文学出版社出版的两部译作:《亨利・劳森短篇小说选》和弗朗克・哈代的长篇小说《不光彩的权力》。真正起步始于 1979 年,安徽大学的马祖毅教授成立了我国第一个以澳大利亚研究为重点的大洋洲研究所,该所在马祖毅和稍后从澳大利亚留学回来的陈正发教授的先后主持下,克服重重困难,创办了《大洋洲文学》和《大洋洲文学丛书》,从油印本开始,陆续发行了 30 余期,译、介了大量的澳大利亚文学家及其作品,让中国读者耳目一新，他们成了最早的"开拓者"，为我国的澳大利亚研究史上留下了浓墨重彩的一页。

也是在1979年，国家教委根据当时国际、国内形势的需要，在全国各地高校中选派了胡文仲、钱佼汝、黄源深、胡壮麟、侯维瑞、王国富、吴桢福、杜瑞清、龙日金九位优秀的青年学者赴澳留学，攻读语言文学。他们两年后学成归来，担任了各校外语院、系的负责人，以"领头羊"的角色身体力行，推动和掀起了我国澳大利亚研究里程碑式的高潮，开设课程、发表文章、译介作品，并从北京外国语学院和华东师范大学开始，建澳研中心，设专攻澳研的硕士点、博士点，培养专门人才。

1988年成立的中国澳大利亚研究会，其两年一次的国际性学术会议已举办了14次，这不仅促进了中澳文化交流，凝聚了大批有专于此的学者，也空前地调动了各地高校和研究机构的学术热情。科研成果更是成绩斐然，如黄源深教授的专著《澳大利亚文学史》、胡文仲教授的长篇译作《沃斯》、王国富教授主持翻译的大型工具书《麦夸里英汉双解词典》等重要译著相继问世，把澳大利亚研究引向纵深；而魏嵩寿、殷汝祥、韩锋、张勇先、张秋生等教授分别在厦门大学、南开大学、中国社会科学院、中国人民大学和徐州师范大学设立的澳研中心，拓宽领域，面向经贸、政治和人文等学科，标志我国的澳大利亚研究已经进入了更宽广、更宏观的层面。

到2012年，我国已有30余所高等院校和科研机构成立了澳研中心，特别可喜的是，学术成果累累的同时，王腊宝、陈弘、李又文、王光林、彭青龙、梁中贤、侯敏跃、朱晓映、徐凯、陈姝波等一大批才华出众的中青年学者脱颖而出，成了中流砥柱，引领学术大潮。我国的澳大利亚研究已经蔚然成风。写到这里，我想借此机会向澳大利亚——中国理事会和众多热心的澳大利亚友人，道一声感谢，没有他们长期来的关心和支持，中国的澳研难有今日的繁荣。

四

下面也简略地说说我个人对澳大利亚文学研究的经历。实际上，我只是澳研领域里的一名"散兵游勇"，而且纯属偶然才加入。引发我对澳大利亚文学兴趣的是一本书，时间是在"文革"中的1972年。此前，我因"莫须有"的罪名遭到隔离审查，隔离解除后，为了转移思绪，就埋头书堆，苦中作乐。一天,在整理曾被几次抄家的乱书堆时,发现了一本彼得·科恩编的 *Short Story·Landscape*(《短篇小说·景色》),由于过去学的、教的都是英美文学,对澳大利亚文学知之甚少,好奇之心促使我读了此书,读后,"别有洞天"之感油然而生,激起了我对澳洲文学的兴趣和关注,相继看了一些有关它历史、文学的书。

1981 年,漓江出版社邀我参与翻译《诺贝尔文学奖获得者丛书》时,我选定了怀特的《风暴眼》。1986 年,我在杭州大学(现已与浙江大学合并)成立了"英语国家文学和澳大利亚研究中心",把澳研列入我们的工作范围。1988 年 2 月,澳大利亚总督尼尼安·斯蒂芬爵士来华进行国事访问,在杭州停留半天,出席了向他赠送《风暴眼》译本的赠书仪式。1989 年,我首次应邀访澳,除了参加会议、讲学、会见学术界朋友外,还会见了怀特、科恩、伊格尔、休·安德森等 10 余位作家,特别是与怀特的交谈,感触颇深,与伊格尔等友人也成了莫逆之交。

回国后,我承担了国家社科项目"澳大利亚小说研究",作为其成果的《当代澳大利亚中短篇小说选》(1992 年)获得了浙江省政府授予的优秀社科成果三等奖和国家新闻出版总署授予的第二届全国优秀外国文学图书二等奖。此后,我又两次访澳,结识了更多的作家朋友,并两次得到前总督斯蒂芬爵士的接见,一种感激之情促使我相继又编译和出版了《澳大利亚·新西兰短篇小说选》(1996 年,获韩素音中外文化交流基金一等奖)、《世界经典散文新编——大洋洲卷》(2001 年)等译著,在澳大利亚的 *Australian Book Review*(1991 年第 8 期)、Australian Short Story(1993 年,总 42 期)和国内的《文艺报》《外国文学》《外国文学研究》等报刊发表了一些论文,培养了几名专攻澳洲文学的研究生,我们中心也成了不少澳方学者的来访之地。此外,我在英、美等国讲学时,也将"当代澳大利亚小说"列入讲座内容,并在奥地利克拉根福大学专门设立了这门课程,多次前往执教。我为自己写上这笔"流水账",只想说明我在澳研方面的所作所为是兴趣和爱好所驱,加上一些偶然因素促成的,谈不上深入,更谈不上专一,只是对澳洲文学的关注一直没有停止,因为澳大利亚文学已经和英、美文学一样,成了英语文学不可或缺的一个重要组成部分。

2014 年秋

图书在版编目(CIP)数据

当代澳大利亚小说选 / 朱炯强主编. —杭州：浙
江工商大学出版社，2015.6(2016.5 重印)

ISBN 978-7-5178-1122-0

Ⅰ.①当… Ⅱ.①朱… Ⅲ.①小说集－澳大利亚－现
代 Ⅳ.①I611.45

中国版本图书馆 CIP 数据核字(2015)第 134976 号

当代澳大利亚小说选

朱炯强 主编

出 品 人	鲍观明	
策划编辑	唐妙琴	
责任编辑	任晓燕	
责任校对	白小平	丁兴泉
封面设计	王妤驰	
责任印制	包建辉	
出版发行	浙江工商大学出版社	
	(杭州市教工路 198 号　邮政编码 310012)	
	(E-mail:zjgsupress@163.com)	
	(网址:http://www.zjgsupress.com)	
	电话:0571-88904980,88831806(传真)	
排　　版	杭州朝曦图文设计有限公司	
印　　刷	杭州五象印务有限公司	
开　　本	710mm×1000mm　1/16	
印　　张	31.25	
字　　数	506 千	
版 印 次	2015 年 6 月第 1 版　2016 年 5 月第 2 次印刷	
书　　号	ISBN 978-7-5178-1122-0	
定　　价	68.00 元	